契诃夫小说全集

汝 龙／译

8

契诃夫像
(1897年)

目　次

一八八九年
没意思的故事 …………………………………………… *3*

一八九〇年
贼 ……………………………………………………… *71*
古塞夫 ………………………………………………… *89*

一八九一年
村妇 …………………………………………………… *109*
决斗 …………………………………………………… *124*

一八九二年
妻子 …………………………………………………… *249*
跳来跳去的女人 ……………………………………… *300*
散戏以后 ……………………………………………… *329*
一鳞半爪 ……………………………………………… *333*
一家商号的历史 ……………………………………… *335*
在流放中 ……………………………………………… *340*
摘自老教师的札记簿 ………………………………… *350*

鱼的爱情 ………………………………………………… *352*

邻居 ……………………………………………………… *355*

第六病室 ………………………………………………… *376*

题解 ……………………………………………………… *437*

一八八九年

没意思的故事

摘自一个老人的札记

一

在俄罗斯,有一位德高望重的教授尼古拉·斯捷潘诺维奇,是枢密顾问官,勋章获得者。他有那么许多俄罗斯的和外国的勋章,每逢他必须把它们一齐戴在胸前,大学生就管他叫做"圣壁"。他所结交的人物都是最赫赫有名的;至低限度近二十五年或者三十年以来,俄罗斯的知名学者没有一个不是他所亲密交往的。现在他没有可交的朋友了,可是讲到过去,他的著名朋友的长名单却是以皮罗戈夫、卡维林①、诗人涅克拉索夫这样的名字结尾的,这些人都跟他有极为真诚热烈的友谊。他是俄罗斯一切大学和三个外国大学的委员。诸如此类,不胜枚举。所有这些,再加上以外许多也可以提一提的事情,就构成了我的所谓名声。

我这个姓名是人人知道的。在俄罗斯,凡是能读会写的人都知道它。在外国,大学讲坛上提起它总要冠上"著名的、可敬的"这类字眼。这个名字是归在少数幸运的名字当中的,如果有人在

---

① 皮罗戈夫(1810—1881),俄国教授,外科医术专家。卡维林(1818—1885),俄国教授,法学家,历史学家。

公共场合和报刊文章里辱骂或者滥用这类名字,就会被人看做品格太差的征象。这也是理所当然的。要知道,我的名字是跟名望很高、天赋极厚、无疑有用的人的观念紧密联系着的。我勤恳耐劳跟骆驼一样,这是重要的;而且我有才能,这就更重要了。此外,我要顺便提到,我是一个有教养的、谦虚而正直的人。我从来没有钻到文学和政治方面去出过风头,也没有贪图名望而跟不学无术的人进行过论战,更没有在宴会上或者我同事的坟墓上发表过演说……总之,我的学者名声没有一星半点的污点,它没有什么可抱怨的。这个名字是幸运的。

起了这个名字的人,也就是说,我自己,却是一个六十二岁的男子,头顶光秃,镶了假牙,害一种医不好的颜面痉挛症。我的名声十分辉煌美丽,我的模样却极其黯淡难看。我的头和手衰弱得发抖,脖子跟屠格涅夫的一个女主角那样像是大提琴的柄,胸脯凹进去,背部狭窄。我说话或者讲课,嘴角总是往一边撇。我一笑,脸上就布满衰老的、死气沉沉的皱纹。我这种可怜的模样没有一点动人的地方,也许只有在我发作颜面痉挛症的时候,我才会有一种特别的表情,惹得人家看见了必定会生出阴森而动人的思想:"这个人大概不久就要死了。"

我讲课跟过去一样,仍旧不错。我照旧能够一连两个钟头抓住听讲人的注意。我的热情、我在讲解方面的文学技巧、我的幽默,差不多遮盖了我声调的缺陷,因为我的声调干巴巴、尖得刺耳,可又抑扬顿挫跟假善人一样。我写文章却不行了。专管写作能力的那一小块脑子不听使唤了。我的记性衰退,思想不大连贯,每逢我把思想写在纸上,总觉得我已经失去一气呵成的本领,结构单调无味,语言贫乏拘谨。我常常词不达意,写到结尾忘了开端。普通字眼我往往忘记,写信时候我总得费不小的劲才能避免多余的句子和不必要的插句,这两样都显然证明我的智力活动衰退了。值得注意的是信越简单,写起来倒越费劲。我写科学论文反而觉得比写贺信或者报告便当得多,也通顺得多。还有一点:我觉得写德文或者英文比写俄文容易。

讲到我现在的生活方式,我先得提到近来常犯的失眠症。要是有人问我现在生活中主要的和基本的特点是什么,我就要回答:失眠症。跟过去一样,我按照习惯,一到午夜就脱衣上床。我很快就睡着了,可是不到两点钟又醒来,觉得好像根本没睡着似的。我只好下床,点上灯。我在房间里走上一两个钟头,从这个墙角走到那个墙角,瞧着早已看熟的照片和画片。我走得腻味了,就在桌旁坐下。我一动不动地坐着,什么也不想,什么欲望也没有。要是有一本书摆在我面前,我就顺手拉过来,一点也没兴趣地看下去。前不久我就是照这样在一夜之间随随便便看完整整一本题目古怪的长篇小说《燕子唱的是什么》。或者,为了使我的注意力有所寄托,我就逼着自己从一数到一千,再不然,我就想我的一个同事的脸,极力回忆他是在哪年,在什么情形下,来教书的。我喜欢听声音。一会儿,我的女儿丽莎在跟我相隔两个房间的一个屋子里匆忙地说梦话,一会儿我的妻子举着蜡烛穿过客厅,而且包管把火柴盒掉在地下,一会儿,干裂的木橱劈啪一响,或者灯头忽然呜呜地叫起来,不知什么缘故所有这些声音都惹得我兴奋。

晚上老睡不着觉,就会时时刻刻觉着自己不正常,因此我心急地巴望天亮和白昼,到那时候我就有权利不睡了。要挨过许多难熬的钟头,公鸡才会在院子里啼起来。它第一个给我带来好消息。它一叫,我就知道不出一个钟头楼下的看门人会醒来,使劲地咳嗽,上楼来拿什么东西。然后窗外天色渐渐发白,街上传来人声了……

白天刚一开头,我的妻子就走进屋来。她走来看我,总是穿着衬裙,头也没梳,不过脸已经洗过,冒出花露水的气味,装出仿佛偶

尔走进来的样子,每回老是说那一套话:

"对不起,我只在这儿待一分钟就走……你又是一夜没睡吧?"

然后她熄了灯,在桌旁坐下,谈起来。我不是先知,可是我事先总知道她会谈什么。每天早晨老是那一套。她不安地问过我的健康以后,照例忽然提起我们的儿子,在华沙服役的那个军官。每个月到二十号以后,我们总要汇给他五十卢布,这就成了我们谈话的主要题目。

"当然这在我们是不容易的,"我妻子叹道,"不过,在他还不能完全自立以前,我们也不得不接济他。孩子在异乡作客,饷银又少……不过呢,要是你乐意的话,下个月我们不汇他五十,汇四十算了。你觉得怎么样?"

日常的经验本来应该已经教会妻子:我们的开支是不会因为我们常常谈它就减少的。可是我的妻子不肯承认经验,每天早晨准定要谈到我们的军官,还要谈到谢天谢地,面包落价了,糖却贵了两个戈比,她说这些话的口气倒好像在向我报告什么新闻似的。

我听着,顺口答应一声,而且大概因为我一夜没睡觉吧,我的脑子里满是古怪而不必要的思想。我瞧着我的妻子,总是像孩子那样吃惊。我纳闷地问我自己:这个很胖而笨重的老太婆,一肚子琐碎的小烦恼,为区区一小块面包担惊害怕,总是露出一副蠢相,再加上经常为债务和贫穷操心,眼光也变得迟钝,而且一开口只会谈家中开支,必得东西落价才见笑容。难道这样一个女人就是当初那个清秀的瓦丽娅?那时候我是因为她头脑聪明,灵魂纯洁,面貌美丽,并且如同奥赛罗爱苔丝德梦娜①那样还因为她"同情"我的学问才热烈爱上她的。难道这个女人就是当初给我生下一个儿

---

① 莎士比亚所著剧本《奥赛罗》中的人物。

子的我那妻子瓦丽娅?

我注意地瞧着这个皮肉松弛、笨手笨脚的老太婆的脸,想在她身上找到我的瓦丽娅,可是从她的过去只剩下一个为我的身体担忧、把我的薪水叫做"我们的"薪水、把我的帽子叫做"我们的"帽子的老太婆罢了。我瞧着她,心里很难过,为了多少给她一点安慰,我总是随她爱说什么就说什么,遇到她不公道地批评别人,或者怪我不私人行医或者出版教科书,我甚至一声也不响。

我们的谈话也有老一套的结束方式。妻子忽然想起我还没喝茶,心慌了。

"我干吗紧自在这儿坐着?"她说,站起来,"茶炊早就摆在桌子上了,我却在这儿闲聊天。主啊,我的记性变得多么差!"

她赶快走去,可是在门口又站住,说:

"我们欠下叶戈尔五个月的工钱了。你知道吗?听差的工钱不可以拖欠,这话我说过不知多少遍了!每个月给十个卢布总比每隔五个月给五十卢布便当得多!"

她走到门外,又站住,说:

"谁也不及我们的苦命的丽莎那样招得我可怜。这姑娘在音乐学院读书,经常在上流社会来往,可是上帝才知道她穿的是什么样的衣服。那个样子的皮大衣,她都不好意思穿着上街了。如果她是别人的女儿,倒也罢了,可是人人又都知道她父亲是一位名教授,枢密顾问官!"

她把我的名望和官阶糟蹋一顿以后,到底总算走了。我的白天就是这样开始的。这以后,也并不见得好过些。

我正在喝茶,我的丽莎向我走来,穿着皮大衣,戴着帽子,拿着乐谱,已经完全准备好,要到音乐学院去了。她二十二岁。她的相貌看起来还要年轻一点,长得漂亮,有点像我妻子年轻的时候。她温柔地吻我的鬓角和手,说:

7

"早,爸爸。你身体好吧?"

她小时候很喜欢吃冰激凌,我常得带她上点心店去。在她心目中,冰激凌是一切美好东西的规范。要是她想称赞我,她就说:"你是奶油冰激凌,爸爸。"我们常把她的这一个小手指头叫做香榧冰激凌,另一个叫做奶油冰激凌,第三个叫做覆盆子冰激凌等等。往常她早晨来问我早安,我总要把她抱起来放在我的膝头上,吻她的小手指头说:

"奶油冰激凌……香榧冰激凌……柠檬冰激凌……"

现在呢,拗不过老习惯,我还是吻着丽莎的手指头,喃喃地说:"香榧冰激凌……奶油冰激凌……柠檬冰激凌……"可是我的声音完全不一样了。我冷冰冰,就跟冰激凌一样,自己也觉着难为情了。临到我女儿走到我面前,用嘴唇碰一碰我的鬓角,我却打个冷战,倒好像有一只蜜蜂螫了我的鬓角似的,我勉强笑一笑,把脸扭开了。自从我害失眠症以来,有一个问题像钉子那样钉在我的脑子里:我女儿常常看见我这个老头子,这个名人,因为欠仆役的工钱而痛苦得满脸绯红,她也看见由小小的债务带来的烦恼常常逼得我放下工作,在房间里走来走去,一连走上好几个钟头,想心事,可是为什么她就从来没有一回瞒着母亲,悄悄来到我的身边,凑着我的耳朵小声说:"爸爸,拿去吧,这是我的表、镯子、耳环、衣服……把它们统统拿去典当了吧,你要钱用……"她既然看见母亲和我要虚面子,极力把我们的贫穷瞒住外人,那她为什么不放弃学音乐这种昂贵的享乐呢?我不会收下她的表、镯子,也不会要她牺牲音乐。求主保佑我,我并不需要这些。

同时我也想起了我的儿子,那个在华沙的军官。他是个聪明、正直、清醒的人。可是这在我是不够的。我想:要是我有个老父亲,要是我知道有些时候他穷得害羞,那我就会把军官的职务交给别人去干,自己情愿做雇工。关于孩子的这一类想法败坏我的心绪。这样想有什么好处呢？只有心胸狭窄、满腔怨毒的人才会因为普通人不是英雄而对他们抱恶感。可是，这些不提也罢。

到九点三刻，我得去给我那些亲爱的孩子讲课了。我穿好衣服，顺着街道走去。那条街道我走了三十年，对我来说它已经有它自己的历史了。那儿是一所灰色的大房子，开着一家药店。从前那儿本来是一所小房子，开着一家啤酒店，我就在那啤酒店里构思我的学位论文，给瓦丽娅写第一封情书。我是用铅笔在一张上端标着"Historia morbi"①的纸上写的。那儿，有一家食品杂货店，当初是一个小犹太人开的，他赊给我纸烟，后来由一个胖妇人经营了，她喜欢大学生，因为"他们人人都有娘"，现在呢，那里面坐着一个红头发商人，是个很冷淡的人，用铜茶壶喝茶。那儿是大学的破败的、多年没修过的大门，穿着羊皮袄、烦闷无聊的看门人，笤帚，一堆堆的雪……在一个新从内地来的、生气勃勃的、以为科学的宫殿真是宫殿的孩子的心上，这样的大门是不会留下什么健康印象的。一般的说，在俄罗斯悲观主义的历史上，大学校舍的颓败，走廊的阴森，墙上的污迹，光线的不足，台阶、衣帽架、凳子的凄凉样子，在造成这倾向的种种原因当中占首要地位……那儿是我们的校园。我觉得从我做大学生的时候起到现在，它既没变得好一点，也没变得坏一点。我不喜欢它。要是拔掉那些病样的菩提树、枯黄的金合欢、剪了枝子的稀疏的紫丁香，在那儿栽上高高的松树和好看的橡树，那就合理多了。在大多数情形中大学生的胸襟都是由环境培养出来的，那么他在求学的地方无论走到哪儿，眼前所看见的只应当是高大的、强壮的、优雅的东西才对……求上帝别让他瞧见那些细瘦的树木、破碎的窗子、灰色的墙壁、蒙着破烂的漆布的门才好。

---

① 拉丁文：病历。

我一走到平时进出的门廊,门就开了,我碰到了我的老同事,跟我同年龄同名字的看门人尼古拉。他一面把我让进门去,一面嗽着喉咙说:

"天好冷啊,您老人家!"

或者,如果我的皮大衣湿了,他就说:

"下雨了,您老人家!"

然后他跑到我的前面,把一路上所有的门都替我推开。到了我的研究室里,他就小心地脱掉我的皮大衣,趁这机会跟我讲点大学的新闻。所有的大学看门人和校工之间十分相好,因此全校四个系里,办公处里,校长室里,图书馆里出了些什么事,他都知道。什么事情他不知道呀!遇到不吉利的日子,比方说,校长或者系主任辞职了,我就听见他跟年轻的校工聊天,指出补缺人的名字,而且说某某人不会得到部长批准,某某人自己又不肯接受这职务,然后离奇而详细地谈到办公处里接到了神秘文件,部长和校董大概在进行秘密谈话等等。如果把那些细节除外,他的话大体上差不多永远是对的。他对每个补缺人都形容一番,那种形容是别致的,可又正确。要是您想知道某人在哪年宣读学位论文,开始教书,退休,或者去世,那尽可以靠这个老兵的广博记忆来帮忙。他不但会告诉您哪年哪月哪天,还会讲到这件事或者那件事的经过情形。那样的记性是只有热爱的人才会有的。

他是大学传统的保护人。他由前辈的看门人那里接受了许多大学生活掌故这样一份遗产。他还给这份财富添上他自己在服务期间得来的许多宝贝。要是您想听,他就可以给您讲许多长短不等的故事。他会讲到有些了不起的学者什么都懂,有些出色的刻苦钻研的人一连几个星期不睡觉,很多的人为科学殉难和牺牲。在他看来,善战胜恶,弱者永远征服强者,聪明的征服呆傻的,谦虚的征服骄傲的,年轻的征服年老的……那些传说和故事,人也不必都信以为真,不过把它们滤一下,您就会在滤器里找着您需要的东西:我们的优良传统和大家公认的真正英雄的名字。

在我们这班人当中,学术界的所有新闻只限于某些老教授精神非常恍惚的奇谈以及关于格鲁别尔、关于我、关于巴布欣①的两三个笑话罢了。可是对于受过教育的我们这班人说来,这点消息未免太少。要是我们这班人都像尼古拉那样热爱科学、科学家、学生,那么写成文章的早就会有完整的史诗、故事、言行录了,可惜这样的文学现在还没有。

尼古拉跟我讲完新闻以后,就做出一脸的严肃神情,我们开始谈正事了。要是在这种时候有个外人能够听见尼古拉多么方便地说出许多学术名词,他也许会以为尼古拉本来是个学者,却假扮成一个兵。顺便说一句,关于大学的校工有学问的传言是大大夸张了的。不错,尼古拉知道一百多个拉丁的词,会把骨架拼凑起来,有时候还会准备实验标本,引一句课本上的文绉绉的长句逗学生发笑,可是,举例来说,血液循环这种绝不复杂的原理,他现在仍旧跟二十年前一样茫然不懂。

在我的研究室里,桌子旁边坐着我的解剖员彼得·伊格纳捷维奇,低下头凑着一本书或者一个实验标本。他是个勤恳谦虚,可是没有才分的男子,年纪在三十五岁上下,头顶已经光秃,肚子已经大了。他一天到晚工作,看许多书,凡读过的都记得清楚,在这方面他不止是人,而且要算是金子。在别的方面呢,他就只能算是一匹拉货车的马了,或者换句话说,是个书呆子。那种表明他缺乏才能的、拉车的马的特征,是这样的:他眼界狭隘,只注意他的专门学识;一超出他的专门学识,他就跟小孩一样幼稚了。我记得有一

---

① 格鲁别尔(1814—1890),俄国教授,解剖学家。巴布欣(1835—1891),俄国教授,医科组织学家。

天早晨我走进研究室,说:

"想想看!多么不幸!据说斯科别列夫①死了。"

尼古拉在胸前画十字,可是彼得·伊格纳捷维奇转过身来对着我,问道:

"这个斯科别列夫是什么人?"

还有一回(比这回稍稍早一点),我告诉他说彼罗夫②教授死了。这位亲爱的彼得·伊格纳捷维奇却问道:

"他是教什么的?"

看来,即使巴蒂③凑着他的耳朵唱歌,即使中国的大军侵入俄罗斯,即使发生了地震,他也不会动一动胳膊或者腿,倒会仍旧眯细眼睛,心平气和地看他的显微镜。一句话,赫邱芭跟他是两不相干的④。我倒恨不能看一看这块面包干到晚上跟他的妻子怎样一块儿睡觉才好。

另外一个特色是他狂热地相信科学的正确性,尤其是相信德国人所写的一切话的正确性。他相信自己,相信自己的实验标本,知道生活的目的,完全不了解使得天才头发变白的怀疑和失望。他对权威存着奴性的崇拜,缺乏独立思考的要求。打消他的信念是困难的,要跟他争论更不可能。一个人既然深信医学是最好的科学,医师是最好的人,医学传统是最好的传统,那就请您跟他去辩论吧。在医学的丑恶历史中只有一个传统留传下来,那就是现在医师们仍旧系着的白领结。对学者乃至一般的受过教育的人来说,只可能有一个共同的大学传统,并没有医学、法学等传统的分

---

① 斯科别列夫(1843—1882),俄国将军。
② 彼罗夫(1833—1882),俄国画家。
③ 巴蒂(1843—1919),意大利歌剧演员。
④ 意谓"两不相干",语出莎士比亚的悲剧《哈姆莱特》。赫邱芭是希腊传说中特洛埃王普顿姆之后,在特洛埃被围时失了丈夫和儿子。

别。可是要彼得·伊格纳捷维奇承认这一点是困难的,他准会为这个跟您一直争论到世界末日去。

他的前途我看得很清楚。他这一辈子会准备好几百次非常精确的实验标本,会写出许多枯燥的,可是很平稳的论文,准确地译出十来篇文章,可是做不出什么惊天动地的大事。要做那种事业就得有想象、发明、眼力才成,可是彼得·伊格纳捷维奇没有这类东西。总之,他不是科学的主人,却是它的工人。

我、彼得·伊格纳捷维奇、尼古拉,压低了喉咙说话。我们的神色有点变了。隔着门听见讲堂里像海浪翻腾的嗡嗡说话声,人就生出一种特别的感觉。三十年以来,我还没习惯这种感觉,每天早晨都会感到它。我烦躁地扣上我的礼服的扣子,问尼古拉几个不必要的问题,发脾气……倒好像我害怕似的,不过这不是胆怯,而是另外一种感觉,然而究竟是什么感觉,我也说不清楚,找不出它的名字来。

我完全不必要地瞧了瞧我的表,说:

"怎么样?现在是去的时候了。"

我们就排好次序走进讲堂:打头的是尼古拉,拿着实验标本或者图表,接着是我,再后是那匹拉车的马,谦虚地耷拉着脑袋,或者,遇到必要的时候,打头的是一个躺着死尸的担架,死尸后面是尼古拉等等。我一进去,学生就都站起来,然后坐下,海洋一样的声音忽然停了。一片安静。

我知道我要讲什么,可是不知道怎样讲法,从哪儿讲开头,讲到哪儿结束。我的脑子里还没准备好一句话。可是我只要往讲堂里扫一眼(讲堂造得像一个围绕着我的圆形剧场),说出那句老套头的话:"上一回我们讲到……"一长串的句子就从我的灵魂里飞出来,我一口气讲下去了!我很快地、兴冲冲地讲着,打都打不住,倒好像没有一种力量能够拦住我的话似的。如果要讲得好,那就是说，如果要讲得不枯燥，使听讲人得益，那么除了才能以外还得有技巧，有经验，对自己的力量，对自己所讲的内容，对听课的那班人，都得有极清楚的概念才行。此外，脑筋得快，眼睛得尖，一会儿也不能不注意眼前的那些人。

一个好指挥，在发挥作曲家的思想的时候，要同时做二十件事：又要瞧乐谱，又要摇指挥棒，又要注意唱歌的人，还要时而向鼓手那边，时而向吹圆号的乐师那边做个手势等等。我讲课的时候也是这样。我面前有一百五十张脸，彼此全不相像，三百只眼睛直直地瞧着我的脸。我的目的就是降伏这个多头的怪物。在我讲课的每一分钟要是我清楚地了解这怪物的注意程度和理解能力，那它就给我降伏住了。我的另一个敌人却是在我自己的身子里面。那就是千变万化的程式、现象、法则，以及由它们生发出来的许多我的和别人的思想。我得随时有本事从一大堆材料里检出顶要紧、顶必需的东西，随着我的滔滔不绝的话语赶快把我的思想装在一种能够使那个怪物听懂而且引起它注意的形式里面，同时又得小心在意，不要把我脑子里积存的那些思想照原样说出来，而要排成一定的、为了正确的组成我要描绘的那个画面而必不可少的次序。还有，我极力使措辞文雅，使定义简短而准确，使话语尽量朴素优美。我得随时控制自己，记着我所能支配的时间只有一小时零四十分钟。总之，要做的事很不少。人得同时做科学家，教师，演说家才成。要是在您身上演说家胜过了教师和科学家，再不然，如果倒过来，那就糟了。

讲了一刻钟，半个钟头以后，我就会发现学生们开始瞧天花板，瞧彼得·伊格纳捷维奇，这个在找手绢，那个在椅子上动弹着想要坐得舒服点，还有人想心事出了神，微微地笑……那意思是说他们的注意力疲了。那就得想办法才成。我赶紧抓个方便机会，说一句俏皮话。一百五十张脸就都现出欢畅的笑容，眼睛快活地发光,一时间又可以听见轻微的海洋般的声音了……我也笑了。他们的注意力振作起来,我可以接着讲下去了。

不管什么样的游戏,不管什么样的玩乐或者消遣,都不及讲课那样能够给我这样多的快乐。只有在讲课的时候我才能够生出满腔的热情,我才明白灵感不是诗人的胡诌,实际上的确有这东西。我想我每回下课后所感到的那种舒服的疲劳就连赫丘力斯①在干完顶痛快的英雄事业以后也不见得会感到。

这是从前的情形了。现在呢,我讲起课来却只觉着受罪。还没讲完半个钟头,我就觉着肩膀和两条腿衰弱得支持不住。我在圈椅上坐下,可是我又不习惯坐着讲课。过了一分钟,我又立起来,仍旧站着讲,后来又坐下了。我的嘴巴发干,喉咙发哑,脑袋发晕……为要把这种情形瞒过听讲人,我就不断地喝水,咳嗽,常常擤鼻子,仿佛因为着了凉才讲不下去似的。我说些不得当的俏皮话,临了不到钟点就宣布提前下课了。可是我非常羞愧。

我的良心和理智告诉我说:我现在所能做的顶好的事就是对那些孩子发表最后一回演讲,跟他们告别,给他们祝福,把我的职位让给一个比我年轻、比我强壮的人了。可是,让上帝裁判我吧,我缺乏勇气本着良心办事。

不幸,我不是哲学家,也不是神学家。我十分明白,我的寿命不出半年了。看起来,我目前应当关心的似乎主要是坟墓里的黑暗问题、我在地下长眠后会梦见什么幻象的问题了。可是不知什么缘故,虽然我的头脑充分领会那些问题的重要,我的灵魂却不肯承认。现在我虽然站在死亡面前,却跟二三十年以前一样,仍旧只对科学感兴趣。直到我咽气的时候,我仍旧会相信科学是人类生活中顶重要、顶美好、顶必要的东西,相信科学素来是而且将来

---

① 希腊神话中一个力大无比的英雄。

也是爱的最崇高的表现,相信人类只有凭借它才会征服自然和自己。这种信心也许在根本上是幼稚而不公正的,可是如果我只相信这个,而不相信别的,那却怪不得我。我没法克制我心中的这种信念啊。

不过问题不在于此。我只要求人们体恤我这种弱点,要求人们领会把一个关心骨髓的发展历史胜过关心宇宙的终极目的的人硬从讲台上拉下来,硬叫他跟他的学生分手,那就等于抓住他,不等他死,就把他放在棺材里,钉上盖子一样。

由于失眠,也由于极力压制我那渐渐增长的衰弱,我起了一种古怪的变化。我上课讲到半当中,眼泪会忽然使我的喉咙哽住,我的眼睛就痒起来,我生出一种热烈急切的欲望,恨不能向前伸出两只手,大声地诉一诉苦才好。我想提高喉咙喊叫道:我,一个著名的人,却被命运判处了死刑,不出半年就要由另一个人上这儿来占据这个讲堂。我要大声喊叫说我中了毒。以前我从来不知道的一些新思想毒害了我一生中的残余岁月。现在仍旧像蚊子似的不断螫我的脑筋。在这种时候,我的情形显得那么可怕,我巴不得所有我的听讲人都害怕,从座位上跳起来,心惊胆战,拼命喊叫,纷纷跑出门口去才好。

挨过这样的时光是不容易呀。

二

讲完课以后,我坐在家里工作。我看刊物和论文,或者准备下一次的课,有时候写点什么东西。我的工作时常中断,因为我不得不接见客人。

铃声响了。这是我的一个同事来找我谈正事。他戴着帽子,拿着手杖走进来见我,把那两样东西向我送过来说:

"我坐一坐就走,坐一坐就走!请坐,collegam①!只谈几句话就走!"

先是我俩都极力向对方表明我俩非常有礼貌,彼此见面十分高兴。我请他在一把安乐椅上坐下,他也让我坐下。我们一面让坐,一面小心地碰碰彼此的腰,摸摸彼此的钮扣,好像我们在互相试探,深怕烫了手指头似的。我们两人笑着,其实我们并没说什么可笑的话。我们坐好,低下头,彼此凑近,压低喉咙讲起来。尽管我们彼此有心真诚相待,可是我们仍旧不能不用种种中国人那类客套来装饰我们的谈话,例如"阁下明察秋毫",或者"鄙人已经荣幸地奉告",要是我们当中有谁说了句把笑话,即使说得并不可笑,我们也还是不能不笑一阵。等到谈完正事,这位同事就猛然站起来,对我的工作摇一摇帽子,开始告辞。我们就又互相摸索一阵,笑一阵。我把同事送到前厅,在那儿帮他穿上皮大衣,可是他竭力推谢这种崇高的光荣。后来,等到叶戈尔开了门,同事就对我说我要着凉了,我呢,却装出甚至情愿陪他走到街上去的样子。等到最后我回到自己的书房里,我的脸上仍旧挂着笑容,这大概是惰性关系吧。

没过多久,铃又响了。有人走进前厅里来,脱了半天衣帽,咳嗽很久。叶戈尔来通报说有一个大学生来了。我吩咐一声:请。过了一会儿,一个眉清目秀的青年走进来。有一年了,他跟我一直保持着紧张的关系:考试时候,他对我的问题回答得很不像话,我就给他打了个一分。每年我都有七个这样的学生。照大学生的切口说来,那就是我"掐住了"或者"刷下了"他们。凡是因为学力不够或者害病而考不及格的学生通常倒总是咬着牙忍下去,不来找我啰嗦。凡是找我啰嗦、到我家来的学生,都是些血气方刚、性格

---

① 拉丁文:同事。

开阔的人，考试一"刷下来"，连胃口也倒了，害得他们没法准时去听戏。对第一种人我总是宽宏大量，可是对第二种人我就"掐住"整整一年。

"请坐，"我对客人说，"您有什么话要说吗？"

"对不起，教授，我来打搅您……"他开口了，吞吞吐吐，眼睛不看我的脸，"我本不敢来麻烦您，要不是因为……您的课我已经考过五次了，可是……可是全没及格。我求您行行好，让我及格吧，因为……"

凡是懒汉为自己辩护而提出来的理由总是一样的。别的功课他们都考得挺好，只有我的课却考坏了，尤其奇怪的是偏偏他们素来很看重我的课，温得很熟，由于一种没法理解的误会，他们才考坏的。

"对不起，我的朋友，"我对客人说，"我不能给您及格的分数。您回去好好温习功课，再来找我。到那时候我们再看吧。"

沉默。我有意叫那个学生稍稍受点罪，因为他爱啤酒和歌剧胜过爱科学。我就叹口气说：

"依我看来，您现在所能做的最好的事就是索性脱离医学系。要是您凭自己的能力怎么也不能考及格，那您显然没有做医师的心，也没有做医师的才分。"

那个血气方刚的青年的脸拉长了。

"对不起，教授，"他冷笑着说，"可是这种话，依我想来，至少也得说是奇怪。学了五年医学，一下子……不学了！"

"嗯，不错！与其一辈子做自己不热爱的工作，还不如白白损失五年的好。"

可是我马上又觉着可怜他，就连忙说：

"不过这也随您。那么，把功课温一温再来吧。"

"什么时候来呢？"懒汉用闷闷的声音问。

"随您好了。明天也行。"

在他那对善良的眼睛里,我看出了这样的意思:

"我来是可以来,可是你这畜生还是会把我掐住的!"

"当然,"我说,"哪怕您再来考十五回,您也不见得就会增长多少学问,可是这样做可以锻炼您的性格。您一定会因此感激的。"

随后是沉默。我站起来,等这位客人走,可是他站在那儿,瞧着窗口,揪他的小胡子,想心事。这就惹人厌烦了。

那血气方刚的青年讲话声调清脆好听,眼睛灵活,带着讥诮的眼神,脸容和气,不过有点浮肿,因为常喝啤酒,而且在长沙发上躺得过久的缘故。看样子他本来可以对我讲许多有趣的关于歌剧的事,关于他猎艳的事,关于他所喜欢的同学的事,可是不幸,眼下不是谈这种事的时候。要不然我倒也愿意听一听呢。

"教授!我凭人格向您担保,要是您让我及格,那我……"

话一讲到"凭人格",我就摇了摇手,在桌子旁边坐下来。学生又沉吟一下,垂头丧气地说:

"既是这样,那就再见……请您原谅。"

"再见,我的朋友。祝您健康。"

他犹疑不定地走进门厅,慢吞吞地穿上大衣,走到街上,大概又想了很久。他什么也没想出来,只想出了一句针对我说的"老魔鬼",然后他走进一家便宜的饭馆,喝啤酒,吃饭,以后就回家上床睡觉去了。愿你的骨灰得到安宁,正直的劳动者!

铃声第三回响了。一个年轻的医师走进来,穿一套黑色新衣服,戴一副金边眼镜,当然打着白领结。他说了自己的姓名。我请他坐下,问他有什么贵干。那献身于科学的年轻人有点激动地开口了,告诉我说:他的学位考试已经及格,现在只剩下写论文了。他想在我的指导下写作,要是我肯给他一个论文的题目,那他会十分感激的。

"很愿意为您效劳,同事,"我说,"不过,首先,关于论文是什么东西,我俩得有一个共同的理解才行。所谓'论文',一般公认,是指由独立的创造所产生出来的著作。不是这样吗?一个作品,如果用的是别人的题目,在别人的指导下写出来,那就要叫做另一样东西了……"

这个考学位的没说话。我冒火了,从我坐着的地方跳起来。

"我不懂,为什么你们都跑来找我?"我生气地叫道,"难道我开着商店还是怎么的?我又不卖题目!我第一千零一次请求你们:全都躲开我!原谅我说话唐突,可是老实说,这种事我腻味透了!"

考学位的青年一声不响,只是他的颧骨四周现出淡淡的红晕。他的脸容表现了对我的声望和学识的深深尊崇,可是从他眼睛里我却看出他藐视我的声调、我的可怜的身材、我的心浮气躁的手势。我一发脾气,他就觉得我像是一个怪人了。

"我又没开店!"我生气地说,"真是怪事!为什么您不愿意独立自主?为什么您对自由这么厌恶?"

我说了许许多多,可是他始终一声不响。临了我渐渐气平了,当然也就让步了。考学位的青年就从我这儿得到一个不值一文钱的题目,预备在我的督促下写一篇对谁都没用处的论文,将来带着尊严的气派去进行枯燥的答辩,得到一个于他一无用处的学位。

铃声可能连连不断地响下去,可是我在这儿只限于写完四次铃声就算了。铃声第四次响起来,我听见熟悉的脚步声、衣服的沙沙声、亲爱的说话声……

十八年前,我有一个同事,是眼科医生,去世了,留下一个七岁的女儿卡嘉和大约六万卢布。他在遗嘱里指定我做监护人。卡嘉在我们家里一直住到十岁,然后送到一个寄宿女校去,只有到夏天,放了暑假,才住到我们家里来。我没有工夫过问她的教育,只在有空的时候偶尔注意一下,因此她小时候的情形我所能说的很少。

我所记得的而且喜欢回想的头一件事情,就是她搬到我家里来的时候,和听凭医生看病的时候她那可爱的小脸上老是闪着不同平常的信任表情。她常常躲在一旁什么地方坐着,包扎着脸,总是注意地瞧着什么。不管她瞧着我写字或者翻书,也不管她瞧着我妻子忙忙碌碌,瞧着厨娘在厨房里削土豆皮,或者瞧着狗儿玩耍,她的眼睛老是表现着同样的思想,那就是:"这个世界上进行着的一切事情都好,都合理。"她好奇心重,很喜欢跟我谈天。有时候她挨着桌子坐下,面对着我,瞧我的动作,提出问题。她想知道我看的是什么书,我在大学里做什么事,我怕不怕死尸,我怎样花我的薪水。

"大学里的学生打架吗?"她问。

"打架,亲爱的。"

"您罚他们跪吗?"

"罚的。"

她想到大学生打架,我罚他们跪下,觉着滑稽,就笑了。她是个温柔的、有耐性的、善良的孩子。我常常看见她手里的东西给人夺去,看见她无缘无故地受罚,或者她的好奇心得不到满足,这时候,她脸上那常在的信任表情就跟一种悲哀的神情混在一起,如此而已。我不知道该怎样卫护她才好。不过我一瞧见她难过,就有心把她拉到我怀里来,用老奶妈的疼爱口气说:"我可怜的小孤儿!"

我还记得她喜欢穿好衣服,喜欢在衣服上洒香水。在这方面,她跟我一样。我也喜欢漂亮衣服和好香水。

可惜我没有时间,也没有心情去注意卡嘉在十四五岁的时候怎样被一种狂热完全抓住,后来那种狂热怎样发展下去。我说的是她对戏剧的热烈爱好。假期她从学校回来,住在我们家里,谈起别的事情总不及谈到戏剧和演员那么愉快和热烈。她老是谈戏剧,我们都听得腻味了。我妻子和孩子都不理她。只有我没有勇气不理她。每逢她起意找人谈一谈她的痴迷,总是走进我的书房来,用恳求的声调说:

"尼古拉·斯捷潘内奇,让我跟您谈谈戏剧吧!"

我指一指钟,说:

"给你半个钟头的时间。说吧。"

后来她带回来好几十张她所崇拜的男女演员的照片,再后有好几回参加业余演出,最后她在学校里毕业了,向我声明说她天生来就应该做演员。

我从来也不同情卡嘉对戏剧的爱好。依我想来,要是剧本很好,那就用不着再麻烦演员演出来,使它产生正确的印象,只把剧本看一遍也就够了。要是剧本不行,那就不论怎样演也演不好。

我年轻时候常去戏院,现在我家里的人一年也总要订两次包厢,带我去"散散心"。当然,这还不足以使我有权利评断戏剧,不过我还是想说几句。依我看来,现在的戏院并不比三四十年前高明。不管在戏院的走廊上也好,休息室里也好,就跟过去一样,我无论怎样也找不到一杯干净的水。虽然冬天穿厚大衣是一点也不应该留难的事,可是就跟过去一样,招待员替我存好皮大衣,总要硬敲我二十个戈比的竹杠。休息时间就跟过去一样,毫无必要地奏一阵乐,给戏剧所造成的印象添上些没人需要的新东西。就跟过去一样,男人们一到休息时间就走出去,到饮食部去喝含酒精的饮料。要是在小事情上看不出什么进步,那么想在大地方找出进步来就会白费气力。有的时候,演员从头到脚笼罩在舞台习气和成见中,极力不把一句简单而平凡的独白"活着或者不活着"简单地说出来，总要莫名其妙地带点稀里呼噜的声音，还要全身发颤。有的时候，演员千方百计极力要我信服恰茨基①虽然老是跟傻瓜谈话，而且爱上一个傻女人，其实却是个很聪明的人，极力要我信服《聪明误》不是一个沉闷的戏。在这种时候舞台就会在我心中勾起四十年前饱看古典的咆哮怒叫和捶胸顿足的表演时候早已使我腻味的那种刻板演技。每次我走出戏院总要比走进去的时候更保守些。

多情善感和轻于相信的观众也许会听信一种论调：舞台即使在现在这种形式下也仍旧是学校。然而，凡是熟知什么叫做真正的学校的人，就绝不会上这种当。五十年后或者一百年后情形会怎么样，我不知道，不过照眼前这种情形看来，戏院却只能算做娱乐场所。可是要经常享受这种娱乐却又嫌太贵。它夺去这个国家成千上万健康而有才能的青年男女，这些人如果不去干演戏的行业，也许会成为好医师、好农艺家、好女教师、好军官。它又夺去观众的傍晚时光，而这正是从事脑力劳动和跟朋友闲谈的大好时光。至于金钱的浪费以及观众看了舞台上处理得很不正确的凶杀、私通、伪证以后道德上所蒙受的损害，那就更不用说了。

卡嘉的看法却完全不同。她硬对我说，舞台即使在现在这种形式中也比讲堂，比书本，比世界上任什么东西都高尚。戏剧是把一切艺术结合成一体的一种力量，演员是传教士。没有一种艺术，也没有一种科学，能够像舞台那样在人的灵魂上产生那么强烈和那么确实的影响，因此中等才能的演员比最优秀的科学家或者艺术家在国内享受更大的名望就不是没有理由的了。而且没有一种为公众服务的活动能够像戏剧那样提供那么多的快乐和满足。

于是在一个晴朗的日子，卡嘉参加一个剧团，走了，大概是到

---

① 俄罗斯剧作家格里鲍耶陀夫(1795—1829)所著剧本《聪明误》中的一个人物。

乌发去了,随身带去很多的钱、无数愉快的希望、对事业的崇高看法。

她在旅途中寄来的第一批信是惊人的。我看着那些信,简直奇怪几页小小的信纸怎么容得下那么多青春的朝气、心地的纯洁、神圣的清白,以及又细致又切实的判断,这种判断即使是出于优秀的男性智力也会引人赞叹。伏尔加河啦,大自然啦,她游历过的城市啦,她的同事啦,她的成就啦,她的失败啦等等,她不是在写,而是在唱。每一行字都透露出我往常在她脸上看到的信任,同时信上有许多文法方面的错误,而且差不多根本没加标点符号。

半年还没过完,我就接到一封饶有诗意的、热情洋溢的信,劈头是这样一句:"我在恋爱。"信里附着一张照片,照片上是一个青年男子,剃光胡须,戴一顶宽边帽,肩膀上搭着一条方格毛毯。这以后的信还是跟先前一样的好,可是信上有了标点符号,文法错误不见了,字里行间发出浓烈的男性气息。卡嘉开始在信上谈起如果在伏尔加流域找个地方开办一个大戏院,规定合股经营,吸引富商大贾和轮船主人到这个事业里来,那是多么好。钱会有很多,观众也会有很多。演员依照合作的条件来演戏……也许这个办法真的挺好吧,可是我觉着这一类花样是只有男人的脑筋才想得出来的。

不管怎样,在一年半或者两年当中,一切都好像顺顺当当:卡嘉在恋爱,相信她的事业,幸福。可是这以后,我渐渐发觉她的信上有明显的泄气迹象了。开头是卡嘉对我抱怨她的同事,这是第一个最不吉利的征象。要是年轻的科学工作者或者文学工作者刚开始工作就恶狠狠地抱怨科学家和文学家,那就表明他已经厌倦,不宜于做那种工作了。卡嘉写信告诉我说:她的同事不参加排演,也永远不懂自己的角色,看得出他们每个人在闹剧的表演中,在舞台动作上,对观众表现了极不恭敬的态度。为了增加票房收入

（这是大家唯一的话题），正剧中的女演员竟不顾身份唱小调，悲剧演员唱杂曲来讪笑戴绿帽子的丈夫和不贞节而怀了胎的妻子等等。总之，这些现象怎么会至今还没使内地的戏院倒闭，那些戏院怎么会靠着这么腐败的细小血管维持下来，这倒是应该奇怪的了。

我写给卡嘉一封很长的回信，我得承认那是一封很沉闷的信。除了别的话以外，我对她说："我过去不止一次跟愿意同我结交的、人品极其高尚的老演员们谈过话，从他们的话里我才明白他们的活动并不尽是由他们个人的智慧和自由意志指导着，多半倒是由社会的风气和喜好控制着的。就连最好的演员，一生当中也不得不时而演悲剧，时而演歌剧，时而演巴黎闹剧，时而演神话剧，不过他们好像始终仍旧认为他们走的是正路，对社会有益。所以，你可以看出来，这种坏现象的根源不该在演员们身上去找，而该更深地到艺术本身中，到整个社会对它的态度中去找。"我这封信反而惹得卡嘉怄气了。她回信给我说："您跟我在两个不同的歌剧里演戏。① 我在信上跟您谈起的不是那些愿意跟您结交的、人品极其高尚的人，而是一帮谈不上一丁点高尚的坏蛋。他们是一伙野人，只因为别处没人愿意给他们工作才到舞台上来鬼混的，他们管自己叫做艺术家也只是因为他们老脸皮罢了。有才能的人一个也没有，可是庸才啦，醉汉啦，阴谋家啦，造谣家啦，倒有许多。我没法告诉您我是多么痛心：我所热爱的艺术却落在我所痛恨的人的手里。我痛心的是最优秀的人对这种坏现象只是站在远处冷眼旁观，却不愿意走近一点，非但不出头想办法，反而写些沉闷的老生常谈和对谁都没用处的教训……"此外还有些别的话，都是那么一种口气。

又过了不久，我接到这样一封信："我被人残忍地欺骗了。我

---

① 意思是"我们谈的是两回事"。

活不下去了。我那些钱随您的意思处置好了。我爱您,把您看做我的父亲和我唯一的朋友。别了。"

原来她的他也该归在那"一伙野人"里面。后来,我凭某些迹象推测她有过自杀的企图。大概卡嘉服毒自尽过。大概后来她生了一场大病,因为我后来接到的信已经是从雅尔达寄来的,多半是医生把她送到那儿去了。她写给我的最后一封信上请求我赶快汇一千卢布到雅尔达去,结尾是这样的话:"请原谅这封信满纸辛酸。昨天我把我的孩子埋葬了。"她在克里米亚盘桓将近一年以后,回家来了。

她在外有四年光景。在这四年当中,我得承认,在我跟她的关系上,我扮了一种简直不值得羡慕的古怪角色。先是她写信向我说明她要去做女演员,后来写信给我讲到她的恋爱,她每过一个时期总要起一回挥霍的心,我就不得不依照她的请求,时而汇去一千卢布,时而汇去两千。后来她写信向我提起她有意自杀,再后又说到她的孩子夭折,每一回我得到信都不知道该怎么办才好,我对她的遭际的满腔关切只表现在我想得很多,写去沉闷的长信,其实那样的信还是根本不写的好。可是话说回来,我还是以父亲的身份待她,爱她如同爱自己的女儿一样呢!

现在,卡嘉住的地方离我这儿不出半俄里远。她租了一所房子,有五个房间,把它布置得相当舒服,显出了她固有的美感。要是谁有心描写她的布置,那么这个画面最突出的情调就是懒散。为了懒惰的身体布置了软躺椅和软凳子,为了懒惰的脚铺好了地毯,为了懒惰的眼睛配好了淡淡的、昏暗的或者不透明的颜色,为了懒惰的灵魂,墙上挂着无数便宜的扇子和无聊的画片,讲到那种画片的新奇,惹人注意的却不是画题,而是画法。房间里摆着许多小桌子和小架子,上面放满一点也没用处、一点也没价值的摆设,不成形状的小毡毯代替了帷幔……这一切,再加上害怕鲜明的彩色,害怕匀称和空旷,不但证明了精神的懒惰,也证明了对自然的美感的歪曲。卡嘉一连好几天躺在躺椅上看书,主要是看长篇和中篇小说。她一天中间只在下午出门一回,来看我。

我做我的事,卡嘉坐在离我不远的一个长沙发上,沉默着,戴着披巾,仿佛怕冷似的。要么因为我喜欢她,要么因为我从她还是小女孩子的时候起就习惯了她的常来常往,总之,她坐在我这儿,并不妨碍我集中我的注意力。我偶尔信口问她一句话,她也很短地回答一句,或者,我想歇一会儿,就扭转身去对着她,看她出神地瞧着一本医学杂志或者报纸。在这样的时候,我发现她的脸上已经没有旧日那种信任表情了。现在她的表情冰冷、淡漠、涣散,就跟不得不很久很久地等火车开来的旅客的表情一样。她的装束跟从前一样美丽而朴素,可是粗心大意。她往往一连好几天躺在躺椅上或者坐在摇椅上,看得出来她的衣服和头发因此揉得很乱。她也没有从前那份好奇心了。她不再问我什么问题,仿佛已经阅历过生活里的一切,不再等着听什么新鲜事了。

将近下午四点钟,前厅和客厅里开始有走动的声音。这是丽莎从音乐学院回来,带来几个女朋友。可以听见她们弹钢琴,试嗓音,哈哈笑。叶戈尔正在饭厅里摆饭桌,弄得盘盏丁当响。

"再见,"卡嘉说,"今天我不去看您家里的人了。请她们原谅我。我没工夫了。请您来看我。"

我送她到门口,她用严格的眼光从头到脚打量我,烦恼地说:

"您越来越瘦了!为什么您不找个医生看看?我要去请谢尔盖伊·费奥多罗维奇来。让他给您看看病吧。"

"用不着,卡嘉。"

"我不懂,您家里的人眼睛长到哪儿去了!不用说,这班人倒真不错!"

她猛一下子穿上皮大衣,这时候就一定有两三个别头发的针从她那凌乱的头发上掉下来,落在地板上。她懒得理一下她的头发,而且也没工夫了。她把披下来的发卷随便塞在帽子底下,走了。

我走进饭厅,我的妻子就问我说:

"刚才卡嘉在你那儿吗?为什么她不来看我们?这简直是怪事……"

"妈!"丽莎用责备的口气对她说,"她既不愿意来,就随她去吧。反正我们也不会跪下来求她。"

"不管你怎么说,这也未免眼中无人。在书房里坐了三个钟头,却没想起我们。不过呢,那也只好由她。"

瓦丽雅和丽莎都恨卡嘉。这种仇恨我是不懂的,大概也必须是女人才能懂得这种仇恨。我敢凭我的头颅保证,在我差不多每天在课堂里遇见的一百五十个青年男子当中,在我每个星期要碰见的百把个上了年纪的男子当中,几乎找不出一个人能够了解她们为什么憎恨而且厌恶卡嘉的过去,那就是说憎恨而且厌恶她没有结婚就怀了孕,有过私生子。同时,我怎么也想不起来我认识的女人和姑娘有谁不是有意无意地存着这样的反感。这倒不是因为女人比男人贞节,纯洁。要知道美德和纯洁,如果不跟反感绝缘,那就跟恶德没有什么很大的不同了。我把这现象简单地解释做女人的落后。现代的男子看到不幸便感到哀伤的怜恤和良心的痛苦,依我看来,这比憎恨和厌恶更多地说明文化和道德的成长。现代的女人却跟中世纪的女人一样感伤和粗鲁。依我看来,凡是主张女人应该跟男人受同样教育的人,是十分有见识的。

我妻子所以不喜欢卡嘉,还因为她做过女演员,因为她忘恩负义,因为她骄傲,因为她怪僻,因为但凡一个女人在另一个女人身上可以找到的无数坏处,卡嘉都有。

除了我、妻子、女儿以外,跟我们一块儿吃饭的常常还有两三个我女儿的女朋友和亚历山大·阿朵尔佛维奇·格涅凯尔,这人是丽莎的追求者,有意向她求婚。他是个至多不过三十岁的金发青年,中等身材,长得很饱满,肩膀很宽,耳朵旁边留着火红色络腮胡子,嘴唇上有一点点染了色的唇髭,这就给他那丰满光滑的脸添上一种洋娃娃般的神情。他穿一件很短的上衣,一件花坎肩,一条上部很肥、裤腿很瘦的大花格裤子,一双平底的黄皮鞋。他生着龙虾样的爆眼睛,领结像龙虾的脖子,我甚至觉得这个青年冒出一股龙虾汤的气味。他天天上我们这儿来,可是我家里没有一个人知道他的出身,他在哪儿受过教育,他靠什么生活。他既不弹琴,也不唱歌,可是跟音乐和唱歌却不知有一种什么关系,在一个什么地方替一个什么人卖钢琴,常到音乐学院去,认识所有的名流,布置音乐会。他用很有权威的口气批评音乐,我发现人们都乐意附和他的话。

阔人的身旁永远少不了寄生者,艺术和科学也一样。似乎,世界上没有一种艺术或者科学躲得开像格涅凯尔这类的"异物"。我不是音乐家,或许我看错了格涅凯尔也未可知,再者,对他的情形我知道的很少。可是人家弹琴或唱歌时候他站在钢琴旁边摆出的那种权威的神态和尊严的气派却太使我起疑了。

您尽管是个百分之百的正人君子,枢密顾问官,不过要是您有个女儿,那您就无从保证您能够避开那种常常由献殷勤、作媒、婚姻等带到您家里来和搅扰您心境的庸俗气氛。比方说,每逢格涅凯尔在座的时候我妻子脸上流露出来的得意神情我就无论怎样也看不惯。我也看不惯那些瓶拉菲特、伯特维茵①、雪利②,这些酒都是为了他才摆出来的,好叫他凭了亲眼目睹相信我们的日子过

---

① 葡萄牙所产的红葡萄酒。
② 西班牙所产的白葡萄酒。

得又奢华又大方。我受不了丽莎在音乐学院学来的那种音调发颤的笑声,以及她遇到我们家里有男人的时候总是眯细眼睛的那种神情。主要的是我无论怎样也不明白一个跟我的习惯、我的学问、我的生活气息毫不相干,跟我所喜欢的人完全不同的人,为什么天天跑到我家里来,跟我一块儿吃饭。我的妻子和仆人鬼鬼祟祟地小声说:"他是一个求婚的人。"可是我仍旧不懂他为什么待在这儿。这种事在我心中引起的惶惑不下于他们在饭桌旁边把一个组鲁①人安置在我的身旁。还有一件事我也觉着奇怪,那就是我素来看做小娃娃的女儿居然会爱上那样的领结、那样的眼睛、那样的胖脸……

从前我吃饭时候总是很痛快,或者至多冷冷淡淡。现在吃饭在我心中引起的,除了烦闷和愤懑以外,就没有别的心情了。自从我成了"老爷",做了系主任以后,我的家人不知什么缘故觉着我们的菜单和吃饭习惯得完全改变才成。我从做学生时候,做医生时候起就吃惯的那些简单的菜,现在都没有了,他们给我吃的却是什么法国浓肉汤,面上浮着像冰渣一样的白东西,另外还给我吃什么用玛第拉②烹的腰子。将军的品位和名望使我永远断绝了白菜汤、可口的馅饼、加苹果汁的鹅、鳊鱼粥。他们辞掉我的女仆阿加霞,一个爱说爱笑的老太婆,换了个叶戈尔来伺候吃饭,那是个呆笨而又傲慢的家伙,右手老是戴一只白手套。等菜的工夫很短,可是好像长得不得了,因为在那种时候没有什么事可做。从前那种欢畅、那种随意谈话、那种戏谑、那种哄笑,现在一点也没有了。从前我们在饭厅里会齐,总有一种互相亲近,欢欢喜喜的感觉搅动孩子、妻子和我的心,现在却没有了。对我这忙人来说,吃饭正是休

---

① 非洲东南部的一个黑种民族。
② 西班牙属玛第拉岛所产的红葡萄酒。

息和团聚的时间。对我妻子儿女来说这是节庆,时间固然短,可是快乐欢畅,他们知道在这半个钟头里我不属于科学,不属于学生,不属于别人,只属于他们。喝一小杯酒就醉了的本事再也没有了,阿加霞走了,鳊鱼粥没有了,旧日吃饭时候遇到出了什么小岔子,比方猫跟狗在桌子底下打架,或者卡嘉的绷带从脸上落到汤盘里,大家就哇哇地叫起来,现在也没有了。

现在我们的进餐,描写起来就跟吃起来一样乏味。我妻子的脸上现出得意和做作的尊严神情,还有平素那种操心神情。她不安地瞧着我们的碟子,说:"我看你们不喜欢吃烤肉吧……告诉我,是不喜欢吃吧?"我只好回答:"你别瞎耽心,亲爱的,烤肉很好吃。"她就说:"你老是向着我,尼古拉·斯捷潘内奇,你从来也不说实话。为什么亚历山大·阿朵尔佛维奇吃得这么少呢?"总之,饭桌上说的老是这一套话。丽莎声音发颤地笑一阵,眯细眼睛。直到现在吃饭时候,我瞧着她们母女俩,我才完全明白过来:我很久没有注意这两个人的精神生活了。我有这样的感觉,从前我倒好像是跟真正的家人住在一个家里,现在我却在做客,跟一个不像是真正的妻子同桌吃饭,我瞧着丽莎,觉着她也不像是真正的丽莎了。她俩都起了惊人的变化,我错过了她们完成这种变化的漫长过程,怪不得我一点也不懂了。为什么会发生那种变化呢?我不知道。也许问题只在于上帝没把赐给我的力量照样赐给我的妻子和女儿吧。我从小就习惯了抵制外来的影响,把自己锻炼得十分坚强,生活中的大变动,例如名望、将军的品位、从生活舒适过渡到窘困、跟名流的结交等,差不多对我不起影响,我始终原封不动,没受到伤害。可是这一切,对于没受过锻炼的、软弱的妻子和丽莎却像雪崩一样压下来,砸坏了她们。

格涅凯尔和那些姑娘谈赋格曲,谈对位法,谈歌唱家,谈钢琴家,谈巴哈①和勃拉姆斯②。我妻子深怕她们疑心她不懂音乐,就向她们做出同情的笑脸,含含糊糊地说:"这实在好……难道有这样的事!真没想到……"格涅凯尔尊严地吃着,尊严地说笑话,爱理不理地听那些小姐的批评。有时候他起意说几句糟糕的法国话,于是不知因为什么缘故,他觉着需要称呼我一声"Votre Excelence"③了。

可是我沉下脸。我分明碍他们的事,他们也碍我的事。我以前从来也不大懂得什么叫阶级仇恨,可是现在正好有一种跟这差不多的感情在折磨我。我极力在格涅凯尔身上专找短处,而且很快就找到了。我想到坐在这儿当我女儿的求婚人的,不是我的同行,就生闷气。他在座,对我还有另一方面的坏影响。我单身一个人或者跟我喜欢的人作伴的时候,照例从来不想到我自己的成就,或者即使想起来,我也觉得那点成就平平常常,仿佛我昨天才成为学者似的。可是在格涅凯尔这样的人面前我却觉得我的成就像是一座最高的山,山顶耸进云霄,格涅凯尔那流人只配在山脚下跑来跑去,而且渺小得肉眼都几乎看不见。

饭后,我走进书房,在那儿点上我的烟斗,我一天只抽这么一回烟,这是旧日一天到晚抽烟的坏习惯留下来的一点残余。我抽烟的时候,我的妻子走进来,坐下,跟我谈话。跟早晨一样,我事先总能料到我们会谈些什么话。

"我得认真跟你谈一谈了,尼古拉·斯捷潘内奇,"她开口了,"我的意思是指丽莎……你为什么一点也不在心上呢?"

"什么事不在心上?"

"你假装什么也没瞧见,可是这是不对的。漠不关心是不行

---

① 巴哈(1658—1750),德国作曲家和音乐家。
② 勃拉姆斯(1833—1897),德国作曲家。
③ 法语:大人。

的……格涅凯尔对丽莎有求婚的意思……你觉着怎么样?"

"我不能说他是坏人,因为我不了解他。不过我不喜欢他,这话我已经跟你说过一千回了。"

"可是不能这样……不能这样……"

她站起来,兴奋地走来走去。

"你不能用这样的态度对待这么严重的大事……"她说,"这问题牵涉到女儿的幸福,那就得把私人成见统统丢开才对。我知道你不喜欢他……好吧……假定我们现在拒绝他,把这件事闹翻,那你怎么能保证丽莎不会终生抱怨我们呢?现在,求婚的人可是不怎么多了,说不定将来没有人上门呢……他很爱丽莎,她也分明喜欢他……当然,他还没有固定的地位,不过那有什么办法呢?求上帝保佑,他将来总会有固定地位的。他出身好家庭,有钱。"

"这是你从哪儿听来的?"

"他自己说的。他父亲在哈尔科夫①有一所大房子,在城郊有田产。总之,尼古拉·斯捷潘内奇,你非到哈尔科夫去一趟不可了。"

"去干什么?"

"你上那儿去打听一下……那儿有许多你认得的教授,他们会帮你忙。我恨不得自己去一趟才好,可惜我是个女人。我不能去……"

"我不上哈尔科夫去。"我阴沉地说。

我妻子吓坏了,她脸上现出痛苦到极点的表情。

"看在上帝的面上,尼古拉·斯捷潘内奇!"她恳求我,哭了,"看在上帝的面上,了却我这件心事吧!我痛苦啊!"

我瞧着她,心里难过了。

---

① 乌克兰的一个城名。

"好吧,瓦丽雅,"我亲切地说,"既是你要这样办,那就放心,我到哈尔科夫去,把你要做的事办一下好了。"

她拿手绢蒙住眼睛,走出去,回到自己房间里去哭了。这儿只剩下我一个人了。

过了一会儿,灯拿进来。圈椅和灯罩在墙上和地板上投下了熟悉的、我早已看腻的阴影。我一瞧见它们,就觉得夜晚来了,而且带着我那该诅咒的失眠一齐来了。我在床上躺下,然后站起来,在房间里走来走去,随后又躺下……照例在晚饭以后,黄昏到来以前,我的神经的兴奋要达到顶点。我无缘无故地哭起来,把脑袋埋在枕头底下。这种时候我总怕有人走进来,又怕突然死掉,我为自己的眼泪害臊,总之,我的灵魂里起了一种叫人受不了的变化。我觉着我再也看不得我的灯、我的书、地板上的阴影,再也听不得从客厅里传来的说话声了。有一种肉眼看不见的和不能理解的力量正粗鲁地把我推出卧房外面去。我就跳起来,匆匆穿好衣服,小心在意,免得让家人发觉,溜出去,走到街上。我上哪儿去好呢?

这个问题的答案早已在我的脑子里了:到卡嘉家去。

三

她照例躺在一张土耳其式长沙发上或者躺椅上看书。她看见我,就懒洋洋地抬起头,坐起来,把手伸给我。

"你老是躺着,"我停了一会儿,歇口气以后说,"这对身体是不好的。你应当干点什么才对!"

"什么?"

"我是说你应当干点什么才对。"

"干点什么呢?女人只能做普通的女工或者演员。"

"那有什么关系?要是你不能做女工,就去做演员好了。"

她没说话。

"你应当结婚了。"我半开玩笑地说。

"找不着可以结婚的人啊。而且结婚也没什么意思。"

"这样生活下去是不行的。"

"没有丈夫就不行?倒好像真有什么关系似的!只要我想找,要找多少男人就可以找着多少。"

"这不好,卡嘉。"

"什么不好?"

"哪,你刚才说的那种话不好。"

卡嘉看出我有点不好受,想冲淡这不好的印象,就说:

"走。上那儿去。那边。"

她带我走进一个很舒服的小屋,指了指写字台,说:

"瞧……我已经给您预备下了。您就在这儿工作吧。您天天上这儿来,把您的工作随身带来好了。您在家里,那些人反而妨碍您做事。您以后就在这儿工作吗?您愿意来吗?"

我怕回绝她会伤她的心,就答应我会上这儿来工作,说我很喜欢这个房间。然后我俩在这舒服的小屋里坐下来谈天。

现在,温暖、舒适的环境,眼前又有这样一个招我喜欢的人,在我心中引起的却不是像从前那样的满足感觉,而是一种想要诉苦和发牢骚的强烈心意。不知什么缘故,我觉着要是抱怨一阵,发一阵牢骚,心里就会畅快些。

"情形很糟啊,我亲爱的!"我开口了,叹口气,"很糟啊……"

"怎么呢?"

"你明白,是这么回事,我的朋友。皇帝的最好的和最神圣的权利莫过于原谅的权利。我以前老是觉着自己是皇帝,因为我总是毫无限度地使用这种权利。我从来也不责备人,总是体恤人家。不管什么样的人,我都愿意原谅。遇到别人气不平或者愤慨,我总

35

是劝一劝,说服一下。我这一辈子所努力的只是不惹家人、学生、同事、仆人讨厌。我知道,我这种待人的态度教育了我周围那些跟我有过接触的人。可是现在我做不成皇帝了。我心里发生一种只有奴隶才配有的情形:我的脑子里一天到晚装满恶毒的思想,我早先没有领略过的种种感情却在我的灵魂里搭下了窠。我满腔的痛恨、轻蔑、怨气、愤慨、害怕。我变得过分严格,苛求,爱生气,不体恤,多疑。有些事情从前只会给我说一句无伤大雅的笑话的机会,好意地笑一笑了事,现在却在我心中产生一种阴暗的感情。我的逻辑也变了,从前我只是看不起钱,现在我呢,却不是对钱,而是对阔人有恶感,好像他们有罪似的。从前我恨暴力和专制,可是现在我恨那些使用暴力的人了,仿佛只该怪他们不对,不该怪我们大家不善于互相教育似的。这是怎么回事呢?要是这些新思想和新感情是因为信念转变才产生的,那么这转变是怎么产生的呢?难道这世界变坏了,我变好了?或者难道我以前瞎了眼睛,漠不关心?如果这变化是因为我的体力和脑力共同衰退才产生的(我本来有病,体重天天减轻),那我的情形就未免可怜了,这是说我的新思想不正常,不健康,我应当为它们惭愧,把它们看得没价值才对……"

"这跟病没有什么关系,"卡嘉打断我的话,"这只不过因为您的眼睛睁开了而已,没别的缘故。有些事情,从前不知因为什么缘故您不肯看,现在却看见了。依我想来,您首先应该做的是跟您的家庭一刀两断,一走了事。"

"你在胡说了。"

"您并不爱她们,那您何苦勉强呢?难道她们也能叫做家人?简直是些废物!要是她们今天死了,明天就不会有人注意她们在不在人世。"

卡嘉十分看不起我的妻子和丽莎,就跟她们十分恨她一样。

在我们这个时代是不可以谈到人们有互相看不起的权利的。不过,要是凭卡嘉的观点看问题,承认有这种权利,就可以看出来,我妻子和丽莎既有权利恨她,她就也有权利看不起她们。

"简直是废物!"她又说,"您今天吃过饭没有?她们怎么会没忘了叫您到饭厅里去吃饭?她们怎么会至今还记得有您这么一个人?"

"卡嘉,"我厉声说,"请你别说了。"

"您当是我喜欢谈她们吗?我倒巴不得压根儿就不认识她们才好。听我的话,我亲爱的:丢开一切,走吧。出国去吧。越快越好。"

"简直是胡说!大学怎么办呢?"

"也丢开那大学好了。大学跟您什么相干呢?反正它也没什么道理。您教了三十年的书,可是您的学生都上哪儿去了?您教出了许多著名的科学家吗?数一数好了!用不着有才能的好人来出力,照样可以培养出大批大批敲诈无知无识的人而大发横财的医生。您这种人是多余的。"

"我的上帝啊!你好刻薄!"我恐怖地叫道,"你好刻薄!快别说了,要不然我就走了!我不会回答你这些刻薄话!"

使女走进来,请我们去喝茶。到了茶炊旁边,谢天谢地,我们的谈话总算变了题目。我发完牢骚以后,又想发泄另外一种老年的嗜好:回忆。我对卡嘉谈起我的过去,使我大大吃惊的是我跟她讲了些简直没想到至今还完整地保存在记忆里的事情。她带着温柔、带着骄傲,屏住呼吸,听我讲下去。我特别喜欢跟她讲起从前我怎样在宗教学校里求学,怎样梦想着进大学。

"我常在我们那宗教学校的校园里散步……"我说,"风带来远处一个酒馆里的手风琴的呜呜声和歌唱声,或者围墙外面跑过一辆有铃子的马车,这就足以使一种幸福的感觉不但忽然灌满我的胸膛,甚至灌满的我胃、腿和胳膊了……我听着手风琴的声音或者渐渐远去的铃声,幻想自己做了医生,描出许多画面,一个比一个灿烂。现在呢,你瞧,我的梦想实现了。我所得到的还超过了当初所敢梦想的呢。三十年来,我一直是一个得到学生爱戴的教授,我有许多卓越的朋友,我享受光荣的名望。我恋爱过,由于热烈的爱情结了婚,有了子女。一句话,只要回头一看,我就看见我的一生像是一篇由天才写出来的美丽的文章。现在剩下来要做的只有别糟蹋这一生的结局了。要做到这一点,我就应该死得不愧是个人的样子。要是死亡真是一件危险的事,我就得合乎教师、学者、基督教国家的公民身份,精神饱满、心平气和地迎接它。可是我却在糟蹋我的结局。我正在沉下去,我跑到你这儿来求救,你却告诉我说:沉下去吧,本来就该这样。"

可是这当儿前厅传来了铃声。我和卡嘉听清拉铃的声音,就说:

"来人一定是米哈依尔·费奥多罗维奇。"

果然不到一分钟,我的同事,语言学家米哈依尔·费奥多罗维奇走进来了,这是个身材高大、体格结实、年纪在五十上下的男人,脸刮得干干净净,长着浓密的白发和黑眉毛。他是个好人,而且是个好朋友。他出身于一个古老的贵族家庭,那是个相当幸运的、有才气的家族,在我国文学和教育的历史上占据显要的地位。他自己也聪明,有才气,受过很高的教育,然而也不是没有怪脾气。在一定程度上,我们都有点古怪,都是怪人,可是他的古怪却有点出奇,而且对他的熟人来说不无危险。我知道在他的熟人当中有不少人只看见他的古怪而完全看不见他的许多长处。

他走进我们屋里,慢慢地脱下手套,用柔和的低音说:

"你们好。你们在喝茶吗?这倒正合适。外头冷得厉害。"

然后他在桌子旁边坐下来,喝下一杯茶,立刻谈起来。他讲话方式中最显出特色的一点就是永久不变的取笑口吻,把哲学和打诨揉在一起,跟莎士比亚戏里的掘墓人一样。他老是谈严肃的事,可是经他一讲,就绝不严肃了。他的评语总是尖酸刻薄,爱挑毛病,可是幸好他的声调柔和、平稳、招笑,那种刻薄和痛骂才不刺耳,很快就让人听惯了。每天傍晚他总要带来五六个大学生活趣事,照例在桌旁一坐下,就讲起来。

"唉,主啊!"他叹气,讥诮地活动黑眉毛,"世界上有好多的小丑哟!"

"怎么呢?"卡嘉问。

"今天早晨我从讲堂里出来,在楼梯上碰到咱们那个老傻瓜某某人……他照例翘起马那样的下巴,想要对人抱怨一下他的偏头痛,抱怨一下他的妻子,抱怨一下不肯来听他讲课的学生。'啊呀,'我想,'他看见我了,这一下子完蛋了,倒定了霉了……'"

诸如此类,总是这么一套。要不然,他就这样开始:

"昨天我听我们的朋友某某公开演讲。我不懂我们的 almamater① 怎么会打定主意搬出像某某这样的宝货,独一无二的蠢才(这种话在天黑以后可别说呀),拿给群众看。是啊,他是全欧罗巴的傻瓜!天呐,像他那样的家伙在全欧洲大白天打着火把也找不出第二个来!您想想吧,他演讲就像吮冰糖:稀里呼噜,稀里呼噜……他慌慌张张,差点看不清自己的底稿,他那些渺小的思想爬都爬不动,就跟修道院长骑自行车那么慢腾腾的,糟糕的是你简直闹不清他到底要说什么。枯燥得要命,连苍蝇都会闷得断了气。这份沉闷也许只有在礼堂里开年会,宣读例行报告时候的沉闷才比得上,真是见鬼。"

话题马上一变:

---

① 拉丁文:母校。

"三年前,尼古拉·斯捷潘内奇总还记得吧,我就做过那样的报告。天气又热又闷,我的制服勒着胳肢窝,紧得要命!我念了半个钟头,一个钟头,一个半钟头,两个钟头……'好了。'我想;'谢天谢地,剩下只有十页了。'我那报告的结尾有四页可以完全不念,我想把它删掉算了。'那么只剩下六页了。'我想。可是,您猜怎么着,我偶然瞧一眼前面,看见第一排有一位披着宽绶带的将军和一位主教并肩坐着。这两个可怜虫烦闷得身子发僵,睁大了眼睛免得睡着,可是脸上又极力做出注意听讲的神情,装得听懂了我的话而且很爱听的样子。'行,'我想,'既然爱听,你们就听吧!我要叫你们受一受!'于是我索性把那四页也都对他们念了。"

跟所有的爱讥诮的人一样,他讲起话来,只有眼睛和眉毛才含着笑意。在这种时候,他的眼睛里面并没有憎恨或者恶意,只有许多的尖刻以及人们仅仅在很善于观察的人的脸上才能看到的那种特别的、狐狸样的狡猾。如果继续再谈他的眼睛,那我就要说我在他眼睛里还发现另外一种特色。每逢他接过卡嘉递给他的杯子,或者听她讲话,或者卡嘉有事出去一会儿,他瞧着她的背影的时候,我就发现他的眼光里带点温柔、恳求、纯洁的眼神……

使女拿走茶炊,在桌上放了一大块干酪、水果、一瓶克里米亚的香槟酒,那是一种糟透了的葡萄酒,卡嘉住在克里米亚的时候却喝上了口。米哈依尔·费奥多罗维奇从书架上拿下两副纸牌,开始摆牌阵。照他说起来,有几种牌阵的摆法需要很大的灵敏和专心,可是话虽如此,他打牌的时候仍旧不停地谈天消遣。卡嘉注意地看他的牌,给他出主意,然而不是用嘴说,而是用表情。她一个傍晚至多不过喝两小杯葡萄酒,我喝四大杯,瓶里余下的酒就都归米哈依尔·费奥多罗维奇享用了,他酒量大而且永远不醉。

摆牌阵的时候,我们解决各种问题,大都是高级的问题。最倒霉的正是我们最热爱的东西,也就是科学。

"科学,谢谢上帝,已经活到头了,"米哈依尔·费奥多罗维奇抑扬顿挫地说,"它的歌已经唱完了。对了。人类已经开始感到需得用另外一种东西来代替它了。它原是在迷信的土壤上生长起来,受到迷信的滋养的,现在也仍旧是迷信的结晶,跟它去世的祖母、炼金术、形而上学、哲学等一样。真的,科学究竟给过人类什么东西呢?可不是,有科学的欧洲人和没有任何科学的中国人中间,那差别是微乎其微的,而且也只限于表面上。中国人不懂科学,可是他们因此损失了什么呢?"

"苍蝇也不懂科学,"我说,"可是那又能证明什么呢?"

"您用不着生气,尼古拉·斯捷潘内奇。这些话,我只是背地里在我们自己人中间这么说说……我这个人,比您料想的总还小心得多,我不会当着大家说这种话的,求主保佑!公众中间仍旧存在着迷信,认为艺术和科学比农业和商业高明,比手工业高明。咱们这班人就靠了这种迷信才有饭吃。破坏这种迷信可不是您和我的事。求主保佑!"

在摆牌阵的时候,年轻的一代也挨到一顿痛骂。

"听我们讲课的人现在也退步了,"米哈依尔·费奥多罗维奇叹道,"姑且不谈理想什么的,只要能工作,能思索,就已经不错了!瞧,正好应了那句话:'我悲哀地瞧着我们这一代的青年。'①"

"是啊,他们大大退步了,"卡嘉同意说,"您说说看:近五年或者十年以来,你们教出过哪怕一个了不起的人吗?"

"别的教授怎么样,我不知道,可是我教出来的学生当中,我却一个也想不起来。"

"我这一辈子也总算见过许多你们的学生、年轻的科学工作

---

① 莱蒙托夫的诗《沉思》中的一句。

41

者、许多演员了……怎么样呢？慢说英雄或者天才我从来没有那种福气碰见过，就连单是有趣味的人我也一个都没见过。全是些灰色的人，庸才，自高自大……"

这种关于退步的话每一回都使我有一种感触，好像偶然间偷听到人家用难听的话骂我女儿一样。我所以听不入耳，是因为这类责难毫无道理，他们所根据的无非是早已陈腐的滥调，吓人的大话，例如什么退步啦，缺乏理想啦，比不上过去的灿烂时代啦。不管什么样的指责，即使是在女人面前说说的，也应当尽量明确地提出来，要不然那就不是指责，只是空洞的谩骂，不合正人君子的身份。

我是老人，教书有三十年了，可是我既没看出什么退步，也没看出缺乏理想。我也不认为现在比过去糟糕。我的看门人尼古拉在这方面的经验是很有价值的，他说今天的学生既不比过去的学生好，也不比他们差。

要是有人问我在哪方面不喜欢现在我们的学生，我回答这问题不会很便当，可也不会说得太长，不过一定十分明确。我知道他们的缺点，因此用不着找出那些含混的老生常谈来搪塞。我不喜欢他们抽烟，喝酒，晚婚，也不喜欢他们那么漠不关心，常常冷淡到眼看自己周围有同学挨饿，却不捐款给学生救济会。他们不懂现代的语言，讲俄国话也不正确。就是昨天我的同事，卫生学教授，还对我抱怨说他教的课总得多讲一遍才行，因为学生们的物理学知识很差，对气象学完全不懂。他们很容易受最新的，甚至不是最优秀的作家的影响，可是他们完全不关心古典著作，例如莎士比亚、马可·奥勒留①、埃披克梯托斯②，或者帕斯卡③。他们分不清伟大和渺小，这尤其说明他们在生活方面不切实际。凡是多多少

---

① 马可·奥勒留(121—180)，罗马帝国皇帝兼哲学家。
② 埃披克梯托斯(60？—120？)，罗马哲学家。
③ 帕斯卡(1623—1662)，法国哲学家。

少含有社会性质的困难问题(比方说,移民问题),他们总是靠这问题的论文来解决,而不是靠科学研究和科学实验,虽然这方法是他们完全做得到的,尤其是跟他们的职业很符合。他们情愿做住院医生、医务助理员、化验室的医生,情愿把这种职业做到四十岁,然而在科学方面,独立自主的气魄、自由的感觉、个人的主动精神,并不比其他行业,例如艺术或商业,少需要一分。学生和听讲人,我是有的,可是帮手和继承人却没有,所以我爱他们,为他们所感动,可是并不为他们感到骄傲。等等,等等……

这类缺点尽管很多,却只能惹得懦弱和胆怯的人生出悲观情绪或者谩骂心理。这种种短处具有偶然的、暂时的性质,完全随生活条件的变化而转移。只要过上十年,这些短处就会消灭,或者让位给别的新缺陷,那些缺陷也是完全不能避免的,不过它们也会吓得那时候的懦弱的人胆战心惊。学生们的坏处常常惹得我气恼,可是拿这点气恼跟近三十年来我跟学生谈话、给他们讲课、考察他们相互关系、把他们跟别的行业的人对比的时候所得到的快乐相比,那就算不得什么了。

米哈依尔·费奥多罗维奇专说刻薄话,卡嘉听着,他俩都没觉出这种挑剔邻人的消遣,表面看来虽然没有什么害处,实际上却在把他们渐渐地拖进一个多么深的深渊里去。他们自己并没觉得简单的谈天怎样一步步化为讥诮和嘲骂,他俩怎样甚至开始养成了在人背后说坏话的习惯。

"人常会碰见些滑稽家伙,"米哈依尔·费奥多罗维奇说,"昨天我到我们的朋友叶戈尔·彼得罗维奇家里去,在那儿碰见一位念书的学爷,大概是你们医科三年级的学生吧。好一张脸……杜勃罗留波夫[①]的脸型,脑门子上刻着深奥的思想。我们攀谈起来。'年轻

---

① 杜勃罗留波夫(1836—1861),俄罗斯革命民主主义者,杰出的文学批评家。

人,有这样一件事儿,'我说,'我读到一篇文章,'我说,'有个德国人——我忘记他的名字了——从人的脑子里提取了一种新的生物碱:痴呆。'你们猜怎么着?他真的听信了,脸上甚至现出佩服的表情,好像在说,'瞧,我们这班人本事多大!'有一天我到戏院里去。我在位子上坐下。刚好我前面第二排上坐着两个人:一个也是'我们这班人'之流的人物,大概是学法律的;另一个披头散发,是医科学生。那医科学生醉得跟皮匠一样。他根本没看台上的戏。他只顾打盹儿,鼻子往前一冲一冲的。可是只要演员开始大声念独白,或者光是提高了喉咙,我们这位医科学生就吃一惊,拿手指头戳一下邻座那个人的肋骨,问道:'他在说什么?说得高——尚吗?''高尚。'那位'我们这班人'回答。'好哇!'医科学生吼起来,'高尚啊!好哇!'你们瞧,这喝醉了酒的蠢才上戏院里来原来不是为了欣赏艺术,而是要找高尚的东西。他要的是高尚。"

卡嘉听着,笑了。她的笑法相当古怪,吸气很快,每一吸气和每一呼气中间的空当既有节奏,而又整齐,很像是在拉手风琴,同时她脸上只有鼻孔在笑。我心里发闷,不知道说什么好。我忍不住,冒火了,从座位上跳起来,叫道:

"别说了!为什么你们两个像癞蛤蟆似的坐在这儿,吐出气来弄得空中满是毒素?我听够了!"

我不等他们嚼完蛆,就准备回家去。实在,也应该走了:已经十点多钟了。

"我想再坐一会儿,"米哈依尔·费奥多罗维奇说,"您答应吗,叶卡捷琳娜·弗拉基米罗芙娜?"

"行。"卡嘉回答。

"Bene[①]!既是这样,那就请您吩咐他们再拿一小瓶酒来吧。"

[①] 拉丁文:好。

他俩举着蜡烛送我到门厅,我穿皮大衣的时候,米哈依尔·费奥多罗维奇说:

"近来您瘦多了,也老多了,尼古拉·斯捷潘内奇。您怎么了?您病了?"

"对了,身体不大好。"

"他却不肯治病……"卡嘉闷闷不乐地插嘴。

"为什么您不治一治病呢?怎么能照这样拖下去呢?天助自助者,亲爱的人。托您向您家里的人致意,替我道歉,说我没去看她们。在我出国以前,一两天里我要去辞行的。一定去!下个星期我就走了。"

我从卡嘉家里出来,因为大家谈起我的病而又激动又害怕,不满意自己。我暗自盘算是不是真的应该找个同事来看看我的病。我立刻想象我的同事给我听诊以后,会一句话也不说地走到窗口去,沉吟一下,然后转过身来对着我,极力提防我从他脸上看出真相,用随随便便的口气说:"眼下我还看不出有什么特别的情形,不过,同事,我还是要劝您辞掉工作的好……"那就夺去了我的最后一线希望。

谁能不存一点希望呢?近来,每逢我诊断自己的病,给自己开药方,就往往希望自己的无知欺骗了自己,希望在自己身上所发现的蛋白质和糖质、心脏的毛病、有两次在早晨发生过的全身浮肿,都是我弄错了。我带着忧郁病患者的那份热心翻看治疗学的专书,天天换药吃,老是觉得会碰到对症的药。这都很不像话。

每天傍晚,不管天上布满阴云也好,月亮和星星正在照耀也好,我在回家的路上举眼望天,心里总是想着:死亡不久就要把我带走了。人也许会以为在这种时候我的思想一定跟天空那么深奥,灿烂,惊人……可是不然!我想到的是我自己、我的妻子、丽莎、格涅凯尔、学生们、一般的人。我的思想卑劣、渺小,我在蒙哄我自己。在这种时候,我的世界观可以用著名的阿拉克切耶夫①在一封私信里所说的话表达出来:"这世界上一切好东西都不可能不含有恶,而且恶永远比善多。"这就是说,一切东西都丑恶,根本没有一种可以使人为它生活下去的东西。我活过的六十二年只应该算是白活。我一发觉自己有这种思想,就极力说服自己:这些思想是偶然的、暂时的,在我心里没有深深地生下根,可是我立刻又想:

"真要是这样的话,那为什么我每天傍晚总想去找那两个癞蛤蟆呢?"

我暗自赌咒从此再也不去找卡嘉了,可又明明知道第二天傍晚我还是会去。

我在自己的家门口拉了铃,后来走上楼去,却觉得现在我已经没有家了,也没心再把它找回来。事情是明明白白的,新的阿拉克切耶夫式的思想不是偶然地、暂时地在我心里出现,它已经占据我的全身心了。我带着痛苦的良心,垂头丧气,无精打采四肢都不大能动,觉得身上好像加了几千普特的体重似的,于是我脱衣上床,很快便睡着了。

然后呢,失眠来了……

四

夏天来了,生活改变了。

一天早晨,天气晴朗,丽莎走到我的房间里来,用开玩笑的口气说:

"走吧,大人。准备停当了。"

---

① 阿拉克切耶夫(1769—1834),沙皇手下最反动的专权佞臣。

我这位大人就给领到街上,被安置在一辆马车上,他们把我运走了。我坐在车上,没事可做,就看左右两边的招牌。"特拉克季尔"①变成了"里特卡尔特"。这个字倒正好做男爵的姓:里特卡尔特男爵夫人。我的车子往前走去,穿过田野,经过墓园。虽然我不久就要躺在那墓园里,它却没使我生出任何感触。然后我的车子穿过一片树林,又到田野上了。一点有趣味的东西也没有。坐了两个钟头的车以后,我这位大人就给领进一个别墅的楼下,安置在一个不大的、很畅快的、糊着淡蓝色壁纸的房间里。

　　我晚上还是跟先前一样失眠,可是到早晨我不再醒着,听我妻子讲话,却躺在床上了。我没睡,可是处在一种似睡非睡的状态中,半昏半醒,自己知道不是在睡觉,却又在做梦。我一直睡到中午才起床,拗不过习惯的力量,仍旧靠着桌子坐下来,可是我不再工作,只翻看卡嘉送来的黄色封面的法国小说作为消遣。当然,看俄国作家的书才更富于爱国精神,可是我得承认,我对俄国作家没有什么特别的好感。除了两三个老作家以外,今天我们的一切文学依我看来都不是文学,而是一种特别的手工业成品,只为了获得鼓励才存在,偏偏大家又不愿意买这类成品。在这些家庭手工业的成品当中就连顶好的也不能说有什么了不起,要真心称赞它而不加个"但是",那是办不到的。关于近十年或者十五年来我所读过的新的文学作品,也应该这样说:其中没有一本是了不起的,不管哪一本书,称赞起来总少不了加个"但是"。它们有隽永,有高尚,却缺乏才气;有才气,有高尚,却又缺乏隽永;或者最后,有才气,有隽永,却又缺乏高尚。

　　我不是说法国书又有才气、又有隽永、又有高尚。它们也并没满足我。不过它们不像俄国书那么沉闷,而且在那些书里往往可

---

① 俄语:酒馆。

以找到艺术创造的基本要素:个人自由的感觉,这却是俄国作家所缺少的。我想不起有哪一本新书,作者不是从第一页起就极力用种种世俗的偏见和种种对良心的束缚把自己包紧。有的人不敢提到裸体,有的人死命地钻进心理分析,有的人认为必须"对人类有热情的态度",有的人故意整页整页地描写自然,免得被人疑心他的写作有倾向……有的人一心要在自己作品里装得是个平民,有的人却要装做贵族,等等。那些书里有处心积虑,有步步小心,有四平八稳,可是既没有自由,也没有要写什么就写什么的勇气,因此也就谈不上创造。

这些话指的是所谓的美文学。

讲到俄国那些社会学的、艺术的等等的严肃论文,我纯粹因为胆怯而不敢读。不知什么缘故,我在儿童时代和少年时代害怕看门人和戏院里的验票员,这种畏惧一直留存到今天。直到现在我也还是怕他们。据说,只有我们不理解的事,我们才害怕。的确,为什么看门人和戏院验票员那么神气,那么傲慢,那么庄严而粗鲁,那是很难理解的。我一读那些严肃的论文就准会感到同样的、意义不明的恐惧。那种非同小可的自命不凡、那种大将军一样的戏弄口吻、那种对外国作家过分随便的态度、那种一本正经净说废话的本事,都使我不能理解,觉得可怕。这跟我读我们那些医学作家和自然科学家的作品的时候所常见到的谦虚、文雅、平和的口吻完全不同。不但论文是这样,就是俄国严肃的人们所翻译的或者编纂的作品我也一样读不下去。序言的夸耀的教诲口气、译者所加的过多的注解,妨碍我聚精会神地阅读正文。在所有论文或者书本中由慷慨的译者所加的许多带括弧的问号和 sic①,依我看来,对作者个人也好,对我作为读者的独立自主地位也好,都是一

---

① 拉丁文:原文如此。

种侵犯。

有一回我被人请到地方法院里去做鉴定人。在休息时间,另一个鉴定人,我的同事,叫我注意检察官对待被告是多么粗暴,被告中有两个是有知识的妇女。我就回答同事说,检察官的态度比严肃论文的作者们彼此相待的态度不见得更粗暴,我觉得我这话一点也没夸大。实在,他们的态度是那么粗暴,一谈起来就不能不痛心。他们相互间的态度和他们对待所批评的作家的态度,要就不顾自己的尊严,过分捧场,要就刚好相反,比我在这札记中和思想中对我将来的女婿格涅凯尔的蔑视还要放肆得多。动不动就骂人家不负责任,骂人家居心不正,甚至骂人家犯了种种罪行,已经成了严肃论文照例的装饰品。这正好应了年轻的医学工作者在论文里所喜欢说的那句话,ultima ratio[①]!这种作风无可避免地要影响年轻一代的作家的性情,因此在近十年或者十五年来我所看到的文学新著中男主人公往往喝很多的白酒,女主人公不十分贞节,我也就一点也不觉着奇怪了。

我读法国书,眺望敞开的窗子外面。我看见花园里用尖头木棍编成的栅栏和两三棵瘦树,还看见远处栅栏外面的道路、田野以及宽阔的针叶树林地带。我常常愉快地瞧着两个头发金黄、衣服破烂的小男孩和小女孩爬上花园栅栏,笑我的秃顶。在他们亮晶晶的眼睛里,我读到:"瞧,那个秃头!"恐怕只有他们这两个人才不把我的名望和品位放在心上。

现在我不是每天都有客人了。我只想提一提尼古拉和彼得·伊格纳捷维奇的来访。尼古拉通常总是遇到假期才到我这儿来,仿佛是来接洽什么公务似的,其实多半是为了来看望我。他来的时候喝得醉醺醺的,以前他在冬天从来没有这样醉过。

[①] 拉丁文:最后的论据。

"你有什么事要说吗?"我走出去,在门厅里迎着他问道。

"大人!"他说,把手按住胸口,带着爱人的那种痴迷神情瞧我,"大人!求上帝惩罚我!让雷当场劈死我吧!Gaudeamus egitur juventus①!"

他热烈地吻我的肩膀、袖子、钮扣。

"我们学校里事情都很顺当吗?"我问他。

"大人!求上帝做我的审判官……"

他完全没有必要地不住赌咒,不久就弄得我厌烦了。我就打发他到厨房去,由他们招待他吃饭。彼得·伊格纳捷维奇到了假日也特意到我家来看我,跟我谈一谈他的思想。他通常坐在我房间里一张桌子旁边,谦虚,整洁,规矩,不敢跷起脚来,也不敢把胳膊肘支在桌子上。他用轻轻的、平和的小声音对我谈起他在杂志和小册子上读到的依他看来十分有趣而尖刻的各种消息,声调四平八稳,文绉绉的。那些消息彼此相像,可以归结成这样一个格式:一个法国人发现了一种新东西,另外一个德国人驳斥他,证明早在一八七〇年已经有一个美国人发明过,另外有个第三者,也是德国人,比他俩都厉害,证明他俩都出了丑,在显微镜底下把气泡错看成黑色素了。彼得·伊格纳捷维奇即使在有意逗我笑的时候,也还是讲得冗长详尽,好像宣读学位论文,详细地举出他是从哪一篇文章上看来的,极力不说错刊物的日期、号数、有关的人名,而且一提到人名绝不简单地说一声贝蒂,必得说让·惹克·贝蒂②。有时候他留在我们这儿吃饭,于是这一顿饭的工夫他不住地讲那种有趣的故事,弄得所有吃饭的人都烦闷无聊。要是格涅凯尔和丽莎在他面前谈起赋格曲和对位法,谈起布拉姆斯和巴哈,

---

① 这是一首古老的大学生的歌的第一句歌词,被篡改了,原文为拉丁文,意思是"我们趁着年轻,快快活活吧"。
② 贝蒂(1674—1750),法国外科医学家。

他就谦虚地垂下眼帘,窘得什么似的。他觉着难为情,因为在他和我这样严肃的人面前居然有人谈起这种无聊的东西。

照我眼前这样的心境,只要他在我面前待上五分钟就足能惹得我厌烦,倒好像我看他,听他,已经足足有了一万年似的。我讨厌这个可怜的家伙。他那轻柔平稳的嗓音和文绉绉的话语使得我无精打采,他的故事听得我发呆……他对我存着一片好心,跟我讲话纯粹是凑我的高兴。我对他的报答却只是呆瞪瞪地瞧着他,仿佛要对他使催眠术似的,同时心里想着:"走吧,走吧,走吧……"可是他对我的心愿不理不睬,紧自坐下去,坐下去,坐下去……

他坐在我面前的时候,我总摆脱不了一种想法:"说不定我一死,他就奉派接替了我的位子。"于是我那可怜的讲堂在我的幻想中就成了一片泉水干涸的绿洲。我对彼得·伊格纳捷维奇很不客气,一句话也不说,生气,倒好像我有这种思想不该怪我自己,却该怪他不对似的。每逢他照例开口称赞德国科学家,我却不再照往常那样好意地开一句玩笑,只没好气地嘟哝一句:

"您那些德国人都是些蠢驴……"

这很像去世的尼基塔·克雷洛夫①教授当初在雷瓦尔跟彼罗戈夫②一块儿洗澡的时候嫌水太凉,生气了,骂道:"这些混蛋的德国人!"我对彼得·伊格纳捷维奇的态度很不好,直到他走了,我从窗口看见他那顶灰色的帽子在花园栅栏外面一闪一闪,我才想叫住他,说:"原谅我,我的好人!"

现在我们吃饭比在冬天还要无聊。我现在痛恨而且看不起的格涅凯尔差不多天天跟我一块儿吃饭。我往常瞧见他在座,总还一声不响地忍着,现在我却对他说些挖苦的话,招得我妻子和丽莎

---

① 克雷洛夫(1807—1879),俄国法律学家。
② 彼罗戈夫(1810—1881),俄国外科医学家。

脸都红了。我压不住满腔的恶意，常常说些简直很愚蠢的话，自己也不知道为什么会说出那种话来。比方，有一回，我带着轻蔑的心情对格涅凯尔凝神瞧了很久，忽然无缘无故地念起来：

　　有时候老鹰比公鸡飞得还低，
　　可是公鸡绝飞不上天去……①

顶气人的是公鸡格涅凯尔却显得比老鹰教授还要聪明。他知道我的妻子和女儿站在他那一边，就使出一种手段，用傲慢的沉默回答我的讥刺（仿佛在说："这老家伙昏了头……何必跟他多费话呢？"），要不然他就好意地拿我开一句玩笑。真应该奇怪：人会无聊到这种程度！吃饭的时候我居然始终幻想着格涅凯尔会怎样露出冒险家的真面目，我妻子和丽莎会怎样看出自己的错误，我会怎样讪笑她们。到了我这种年纪，一只脚已经踏进坟墓了，还会有这么荒唐的幻想！

近来家里出了一种误会，这一类的误会我从前是只凭道听途说才有所体会的。不管我提起这种事会多么难为情，我还是要写出一次这类的争吵，那是在有一天吃过饭后发生的。

我坐在我的房间里，正在抽烟斗。我妻子照例走进来，坐下，开口说道：趁现在天气暖和，我又空闲，要是我肯到哈尔科夫去走一趟，打听一下我们的格涅凯尔是个什么样的人，那倒挺好。

"好吧，我去就是……"我同意道。

我妻子对我很满意，站起来，往门口走去，可是立刻回转身来说：

"顺便提一下，另外还有一个请求。我知道你会生气，可是我有责任忠告你……对不起，尼古拉·斯捷潘内奇，你上卡嘉家里去

---

① 　这两句诗出自俄国作家克雷洛夫的寓言《鹰与公鸡》。

得太勤,我们所有的邻居和熟人已经在纷纷议论了。我不否认,她聪明,受过教育,跟她在一块儿也许挺痛快,不过你知道,依你这年纪,照你的社会地位,你跟她在一块儿会觉着愉快,那就未免奇怪了……再说,她那名声是那么……"

所有的血猛然从我的脑子里涌出来,我的眼睛里冒出火星。我跳起来,抱住头,顿着脚,用一种不像是我自己的声音嚷道:

"躲开我!躲开我!躲开!"

大概我的脸色可怕,嗓音奇怪,因为我妻子忽然脸色发白,用一种也不像是她自己的声音绝望地高声尖叫起来。听见我们喊叫,丽莎、格涅凯尔,然后叶戈尔……都跑进来了。

"躲开我!"我叫道,"走开!躲开我!"

我的腿发麻,仿佛两条腿根本没有了似的。我觉着自己倒在一个什么人的怀里,随后还听得见哭声,不过只听见一会儿就晕过去了,有两三个钟头不省人事。

现在说一说卡嘉。每天将近傍晚她总来看我,当然邻居和熟人都难免注意到。她来一会儿,就带我出去坐上马车游逛。她自己有一匹马,有一辆新马车,都是今年夏天买下的。总之,她生活得很阔绰:租下一个华贵的大别墅,外带一个大花园,把城里的家具都搬来,用了两个女仆和一个车夫……我常问她:

"卡嘉,你把父亲的钱挥霍完了以后怎么过下去啊?"

"到那时候再说吧。"她回答。

"那笔钱,我的朋友,应当受到比较严肃的对待才对。那是由一个好人靠了正直的劳动挣来的。"

"这话您先前已经跟我说过。我知道了。"

起初我们坐车走过原野,随后又走过从我的窗口可以看见的那一片针叶树林。在我的眼睛里,大自然显得跟往常一样美丽,只是有一个魔鬼凑在我的耳边悄悄说:这些松树、枞树、鸟雀、天空的

53

白云,等我过三四个月死了以后,对我的去世却不会在意。卡嘉喜欢赶车。天气好,又有我坐在她身旁,她觉着很愉快。她兴致好,没说尖刻的话。

"您是个很好的人,尼古拉·斯捷潘内奇,"她说,"您是一个天下少有的人,没有一个演员会演您的角色。比方拿我或者米哈依尔·费奥多罗维奇来说,就连坏演员都演得来,可是谁也演不了您。我羡慕您,非常羡慕您!您看,我算是什么呢?什么呢?"

她想了一会儿,然后问我:

"尼古拉·斯捷潘内奇,我不是一种否定的现象吗?对吗?"

"对了。"我回答。

"嗯!……那我该怎么办呢?"

我拿什么话回答她呢?说一声"工作吧",或者"把家财散给穷人吧",或者"了解一下你自己吧",那倒是容易的。惟其说起来容易,我倒不知道该回答什么话好了。

我的同事们,那些治疗学家,在教治疗学的时候,总是劝人"分别处理个别的病例"。人必得听从这种忠告,才能相信教科书里做为范例而推荐的最好的、最适宜的治疗法在个别病例中往往完全不适用。在精神的病症方面,情形也是一样。

可是总得回答一句话才成,我就说:

"你的空闲时候太多了,我的朋友。你总该干点什么才好。真的,如果演戏是你的本行,为什么你不去重做演员呢?"

"我办不到。"

"听你那口气,看你那态度,倒好像你是个遭了难的人似的。我不喜欢这样,我的朋友。这得怪你自己不好。记住,你开始恼恨一般的人和事了,可是你从没做过什么事来对人和事加以改进。你并没有向坏现象做斗争,你只是厌倦了,你并不是因为斗争而遭了难,却是因为软弱才遭的难。嗯,当然,那时候你还年轻,没有经验,可是现在一切都可能有所不同了。对了,干吧!你会工作,为神圣的艺术服务……"

"请您别装模做样,尼古拉·斯捷潘内奇,"卡嘉打断我的话,"我们来一言为定,我们尽可以谈男演员、女演员、作家,可是别谈艺术。您是个少有的好人,可是对于艺术,您了解得却不多,还不能诚心诚意地认为它神圣。您对艺术缺乏感觉,也没有领略它的耳朵。您一辈子辛辛苦苦工作,没有工夫培养那种感觉。总之……我不喜欢这样谈艺术!"她烦躁地接着说,"不喜欢!多谢多谢,艺术已经被人弄得十分庸俗了!"

"谁把它弄得庸俗了?"

"有些人用酗酒弄得它庸俗,报纸用过分轻视的态度弄得它庸俗,聪明人呢,用哲学弄得它庸俗。"

"哲学跟这不相干。"

"有关系。谁要是唱高调,就表示他并不懂。"

为了免得惹出尖酸刻薄的话来,我就连忙改变话题,随后沉默了很久。直到我们的车子出了树林,向卡嘉的别墅走去,我才回到原来的话题上,说:

"你还是没回答我你为什么不打算去做女演员。"

"尼古拉·斯捷潘内奇,这未免太狠心了!"她叫道,忽然满脸通红,"您要我大声说出真心话吗?既是您……您想知道,那就遵命!我没有才能!没有才能,只有……只有很大的虚荣心!就是这么的!"

照这样和盘托出以后,她就背过脸去不再看我,为要遮掩手在发抖,就使劲拉缰绳。

我们赶着车走近她的别墅,远远看见米哈依尔·费奥多罗维奇在大门附近走来走去,心焦地等我们。

"那个米哈依尔·费奥多罗维奇又来了!"卡嘉烦恼地说,"把他从我这儿带走吧,劳驾!我讨厌他了,他没意思……滚他的!"

米哈依尔·费奥多罗维奇早就应当出国去了,可是他一个星期一个星期地拖下去,始终没走成。近来他起了点变化。看上去他有点瘦了,喝酒会醉了,这可是他从来没有过的。他的黑眉毛开始变白了。等到我们的马车在门口停住,他的快乐和心焦掩盖不住了。他慌忙搀扶卡嘉和我下车,匆忙地问这样问那样,笑着,搓手,往常我只在他眼睛里才看得到的那种温柔、恳求、纯洁的表情,现在洋溢到他的整个脸上了。他高兴,同时又为他的高兴不好意思,觉着自己养成习惯,天天傍晚上卡嘉这儿来盘桓一阵,也很不好意思。他觉着需得为他的来访找个明明很荒唐的借口,比方说,"我正巧有事坐车路过,我想那就进去坐一会儿吧。"

我们三个人走进房间。起初我们喝茶,后来桌子上出现了我早就熟悉的那两副纸牌、大块的干酪、水果、一瓶克里米亚的香槟。我们的谈话内容并不新鲜,跟冬天谈的一样。我们痛骂大学、大学生、文学、戏院,空气装满这些恶意的话语,变得越发稠密闷人。现在已经不像冬天那样只有两个癞蛤蟆用呼吸来弄得空气充满毒素,而是一共有三个了。除了柔和的男中音的笑声和手风琴那样的笑声以外,那个伺候我们的女仆还听见另一个不愉快的、刺耳的笑声:"嘻嘻嘻!"就跟轻松喜剧里的将军的笑声一样……

五

有些可怕的夜晚,风雨交加,雷声隆隆,电光闪闪,民间管这样的夜晚叫做"麻雀夜"。在我个人的生活中也有过这样一个麻雀夜……

我半夜醒来,忽然跳下床。不知什么缘故,我觉着现在马上就要死了。为什么我会觉着这样呢?我的肉体并没有一点表明立刻要死的感觉，可是我的灵魂给一种恐怖压住，好像我忽然看见一大片不吉利的火光似的。

我赶紧点上灯，拿起水瓶凑着瓶口喝了点水，然后匆忙地走到敞开的窗口。外面的天气真美。空中有一股干草的气息，另外还有一种更好闻的香气。我可以看见栅栏上的尖木桩、窗旁边睡意朦胧的瘦树、道路、一带黑树林。天空只有一个安静的、很亮的明月，没有一片云。四下里全是寂静，没有一片树叶动一动。我觉得样样东西都在瞧我，想听我怎样死掉……

这真可怕。我关上窗子，跑回床上。我摸脉搏，可是在手腕上找不着，就到太阳穴上去找，然后到下巴上找，临了又在手腕上找。我的手碰到的地方都因为出汗而发凉和发黏。我的呼吸越来越快，身子打战，五脏六腑都翻腾起来，脸上和秃顶上有一种像是粘着蜘蛛网的感觉。

怎么办呢？叫家里的人吗？不，没用处。我想不出我的妻子和丽莎走到我屋里来以后会怎么办。

我把头埋在枕头底下，闭上眼睛，等着，等着……我的背脊发凉，五脏六腑好像把背脊吸进去了，仿佛死亡果然从背后偷偷掩来了……

"叽维——叽维！"在夜晚的寂静中我忽然听见尖叫声，不知道这声音是打哪儿来的，是从我胸中发出来的呢，还是从街上传来的。

"叽维！叽维！"

我的上帝，多么可怕呀！我想再喝点水，可是睁开眼睛太可怕，我不敢抬起头来。我有一种控制不住的、动物性的恐怖。我无论如何也不明白为什么这样害怕：是因为我想活下去呢，还是因为有一种我还不知道的新痛苦在等着我？

楼上，正好在我的头顶上，有个什么人像是在呻吟，又像是在笑……我听着。不久以后，楼梯上传来了脚步声。不知什么人匆匆忙忙地走下楼来，然后又走上去了。过一分钟，又有脚步声下楼来了，有人在我的门外站住，听着。

"谁？"我叫道。

门开了。我大起胆子睁开眼睛，看见了我的妻子。她脸色苍白，眼睛上沾着泪痕。

"你没睡着吗，尼古拉·斯捷潘内奇？"她问。

"你有什么事？"

"看在上帝的面上，到丽莎那儿去看看她吧。她出了点毛病……"

"好吧……依你就是……"我喃喃地说，倒觉得很痛快，因为现在我不是孤零零一个人了，"好吧……就来。"

我跟着我的妻子走去，一路听她对我说话，可是我太激动，一个字也没听清。在楼梯上她的蜡烛洒下一朵朵明亮的光来，跳动着，我们的长影子发抖。我的腿被我的睡衣的前襟裹住，我喘得透不过气，觉着身后好像有个东西追来，极力要抓住我的后背似的。"我马上会死掉，就在这楼梯上，"我想，"我马上就会死……"可是我们走完楼梯，走过安着意大利式窗子的黑过道，走进了丽莎的房间。她坐在床上，只穿着睡衣，光脚耷拉下来，正在呻吟。

"哎呀，我的上帝！……哎呀，我的上帝！"她嘟嘟哝哝地说，给我们的烛光照得眯细了眼睛，"我受不了，我受不了……"

"丽莎，我的孩子，"我说，"你怎么了？"

看见我，她大叫一声，伸出胳膊来搂住我的脖子。

"我的亲爸爸……"她抽抽搭搭地说，"我的好爸爸……我亲爱的，我的好人……我自己也不知道我自己是怎么回事……我难过！"

她搂我，吻我，数落着她小时候我常听她说的那些亲热话。

"冷静一下,我的孩子,求上帝跟你同在,"我说,"不要哭了。我自己也难过。"

我极力给她盖上被子,我妻子给她水喝,我们俩在床旁边胡乱地忙一阵,我的肩膀碰着她的肩膀,这当儿我想起了从前我们怎样一块儿给我们的孩子洗澡。

"务必救救她吧!救救她!"我妻子恳求道,"想想办法吧!"

我有什么办法呢?我没法办。那女孩心头沉重,可是我什么也不明白,而且一点也不知道究竟是怎么回事,只能嘟哝着说:

"没什么,没什么……这会过去的……睡吧,睡吧……"

仿佛故意捣乱似的,我们屋外忽然传来狗叫的声音,那是两只狗的叫声,先还轻轻的,犹疑不定,后来却响起来。狗吠啦,猫头鹰叫啦,这类兆头我素来不认为有什么意义,可是现在我的心却痛苦地缩紧了,我连忙暗自解释这种叫声。

"没道理……"我想,"这无非是一个有机体影响了另一个有机体罢了。我的神经的极度紧张感染了我的妻子、丽莎、狗,就是这么回事……预感和先见就是用这种感染来说明的……"

过了一会儿,我回到自己的房间里给丽莎开药方,这时候我已经不再想着我马上就要死了,只是心头沉重,郁闷,使得我简直惋惜刚才没有一下子死掉。我在房中央一动也不动地站了很久,寻思该给丽莎开点什么药才好。可是楼上的呻吟声停了,我就决定索性不开药方,仍旧站在那儿……

四下里一片死气沉沉的寂静,就跟有一位作家所说的一样,沉静得甚至"耳朵里响起来了"。光阴慢慢过去,照在窗台上的一条条月光不移动位置,仿佛凝住了似的……一时天还不会亮。

可是这时候栅栏门吱吱咂咂地响,不知什么人偷偷地掩进来了,那个人在一棵瘦树上折断一根枝子,拿那根枝子轻轻地敲窗子。

"尼古拉·斯捷潘内奇!"我听见低低的说话声,"尼古拉·斯捷潘内奇!"

我开了窗子,觉得自己像在做梦:窗外,紧贴着墙,站着一个女人,穿一身黑色连衣裙,被月光照亮,张开一双大眼睛瞧着我。她脸色苍白,严厉,给月光照得不像是一张真脸,倒像是大理石做的。她的下巴在发抖。

"是我……"她说,"是我……卡嘉!"

在月光底下,凡是女人的眼睛都显得又大又黑,所有的人都显得高大、苍白。大概就是因为这个缘故,我乍一看却没有认出她来。

"你有什么事?"

"对不起,"她说,"不知什么缘故,我忽然觉着难过得受不了……我受不住,就上这儿来了……您的窗子里有灯亮,我……我就大胆敲了敲窗子……请您原谅……唉,您再也不知道我有多么难过!您刚才在做什么?"

"没做什么……我失眠。"

"我有一种预感。可是,那是胡思乱想。"

她的眉毛拧起来,眼睛里含着泪水而发亮,整个脸上像添了一抹亮光似的忽然闪着我很久没看到的那种熟悉的信任神情。

"尼古拉·斯捷潘内奇!"她恳求地说,向我伸出两只手,"珍贵的朋友,我求求您……我央求您……要是您不小看我对您的友情和尊重,那就请您答应我的要求!"

"什么事?"

"请您把我的钱拿去!"

"得了吧!你这是在胡想什么呀!我干吗要拿你的钱呢?"

"您到什么地方去治一治病吧……您应当医好您的病。您肯收下那笔钱吗?肯吗?亲爱的,肯吗?"

她热烈地瞧着我的脸,再说一遍:

"行吧?您肯收下吧?"

"不,我的朋友,我不要……"我说,"谢谢你。"

她背转身去,低下头。大概我用那样的口吻拒绝她,使得钱方面的话没法再讲下去了。

"你回家去睡吧,"我说,"我们明天见面好了。"

"这样说来,您不把我看做您的朋友吗?"她垂头丧气地问。

"我没说这种话。不过你的钱现在于我没有什么用处。"

"请您原谅……"她说,她的声调低了整整一个音阶,"我明白您的意思……领一个我这样的人的情……领一个退休的女演员的情……那是……不过,再见吧……"

她很快地走了,我都没来得及对她说再会。

六

我到了哈尔科夫城。

既然要扭转我目前的心境是白费劲,而且也不是我的力量所能办到的,我就决心让我一生中最后这段日子至少在外表上不要有受人指摘的地方。要是我对家里人的态度不正确(这我是充分感到的),那就至少极力依她们的意思办事吧。既然要我到哈尔科夫来,来一趟就是。再说,近来我对一切事情都不大在意,因此,到哈尔科夫来也好,上巴黎去也好,到别尔季切夫去也好,对我来说简直都一样。

我是在中午十二点钟来到此地的,在一个离大教堂不远的旅馆里住下来。火车颠得我头晕,过堂风吹得我着了凉,现在我坐在床上,双手捧着头,等着颜面痉挛病发作。我今天本来应该去看几个我认识的教授,可是我既没那种兴致,也没那份力气了。

一个年老的旅馆仆役走进来问我带来床单没有。我留住他五分钟,问了好几个关于格涅凯尔的问题,我就是为了他才上这儿来的。原来这仆役正是哈尔科夫本地的人,对这个城就跟对自己的五个手指头那么熟悉,可是记不得有姓格涅凯尔的人家。我问起那庄园,回答也一样。

过道上的钟敲了一下,后来两下,再后三下……我觉得我一生中最后的等死的这几个月好像比我的一辈子还要长得多。时间过得这么慢,换了在从前,我绝不能像现在这样的定心。从前坐在火车站等车,或者在试场里坐着,一刻钟就好比一万年。现在我却能通宵坐在床上,一动也不动,完全淡漠地想着明天晚上也会这么长,也会这么没有光彩,后天也一样……

过道上,钟敲了五下,六下,七下……天黑下来了。

我的脸上起了一种酸麻的疼痛,这是颜面痉挛病发作了。为了叫我自己思索,我就用当初我还不淡漠时候的旧观点,暗自问道:为什么我这么一个名人,一个枢密顾问官,来到这旅馆的一个小小的房间里,坐在铺着一条陌生的灰色被子的床上?为什么我眼睛瞧着这便宜的白铁脸盆,耳朵听着过道上那架破钟的刺耳的声音?难道这跟我的名望,我在众人当中的崇高地位相称吗?我用冷冷的一笑来回答这些问题。我想起我年轻时候那种天真实在好笑,那时候我夸大名望的意义,夸大名人大概会享受到的超出常人的地位。我有名,我的名字被人尊敬地念着,我的照片登在《田地》杂志和《世界画报》上。我甚至在一份德国杂志上看到过我的传记文章。这些究竟有什么道理呢?眼下,我孤孤单单一个人,待在一个陌生的城里,坐在一张陌生的床上,用手掌揉我的酸痛的脸颊……家庭的口角啦,债主的铁石心肠啦,火车服务员的粗鲁啦,护照制度的不方便啦,食堂饭食的昂贵和不卫生啦,一般人的无知和相互间的粗鲁态度啦,所有这些,再加上此外许许多多数也数不尽的烦恼,对我的影响并不下于对声名不出自己所住的小巷的任何一个市民的影响。我的超出常人的地位又表现在什么地方呢?姑且承认我的名气大极了,我是我的祖国引以为荣的英雄,所有的报纸也确实都登载我的病况,邮局已经送来我的同事、学生、社会人士的慰问信,可是这一切并不能挽救我不孤身一人痛苦地死在异乡的床上……当然,这是不能责怪任何人的,可是我这个有罪的人却不喜欢我的遐迩皆知的名字。我觉得它好像骗了我似的。

到十点钟光景,我睡着了。尽管颜面痉挛病发作,我还是睡得挺香,要不是人家叫醒我,我会睡得很久。到一点多钟,忽然有人来敲门。

"谁?"

"电报!"

"你尽可以明天再送来,"我从旅馆仆役手里接过电报来,生气地说,"这样一来,我就再也睡不着了。"

"对不起。您的灯亮着,我当是您还没睡觉。"

我撕开电报的封口,先看一看下款:是我妻子打来的。她有什么事呢?

> 昨日格涅凯尔已与丽莎秘密举行婚礼。速归。

我看着电报,只吃惊了不大一会儿。使我吃惊的倒不是格涅凯尔和丽莎的行为,而是我听到他们结婚消息后的这种淡漠心情。据说哲学家和真正的圣贤都是淡漠的。这话不对,淡漠是灵魂的麻痹,提早的死亡。

我又在床上躺下,极力让我的脑子里有思想的活动。想点什么好呢?仿佛一切事情都已经想过,现在没有什么事情可以激起我的思想了。

等到天亮,我就在床上坐起来,用胳膊搂着膝盖。为了消磨光阴,我极力了解我自己。"了解你自己"是很好的、有益的忠告。只可惜古人从没想到指示我们用什么方法来实行这个忠告。

以前每逢我有心了解别人或者我自己,所考虑的总不是行动,行动是受各种条件制约的,我考虑的是欲望。告诉我你要什么,我就可以说出来你是个什么样的人。

现在我就考问自己:我要什么呢?

我希望我们的妻子、孩子、朋友、学生不要着眼于我们的名望,不要着眼于招牌和商标而爱我们,要跟爱普通人一样地爱我们。另外还有什么呢?我希望有帮手和继承人。此外呢?我希望过上大约一百年以后醒过来,至少让我用一只眼睛瞧一下科学成了什么样子。我希望再活十年……还有什么呢?

此外什么也没有了。我想了又想,想了很久,什么也想不出来。不管我怎样费力地想,也不管我把思路引到什么地方去,我清楚地觉得我的欲望里缺乏一种主要的、一种非常重大的东西。我对科学的喜爱、我要生活下去的欲望、我在一张陌生的床上的静坐、我想了解自己的心意,凡是我根据种种事情所形成的思想、感情、概念,都缺乏一个共同点来把它们串联成一个整体。我的每一种思想和感情在我心中都是孤立存在的。凡是我对科学、戏剧、文学、学生所抱的见解,凡是我的想象所画出来的小小画面,就连顶精细的分析家也不能从中找出叫做中心思想或者活人的神的那种东西来。

可是如果缺乏这个,那就等于什么都没有。

在这样的贫乏下,只要害一场大病,只要有了对死亡的畏惧,只要受到环境和人们的影响,就足以把我从前认为是世界观的东西,我从中发现我的生活意义和生活乐趣的东西,一齐推翻,打得粉碎。因此也难怪我会用那些只有奴隶和野人才配有的思想和感情把我一生中最后这几个月弄得十分暗淡,到了现在,冷冷淡淡,连黎明的曙光也无心去看了。如果一个人缺乏一种比外界的一切影响更高超更坚强的东西,那么当然,只要害一回重伤风就足以使他失去常态,一看见鸟就认为是猫头鹰,一听见声音就以为是狗叫。在这种时候,所有他的乐观主义或者悲观主义以及他的伟大的和渺小的思想,就只有病征的意义,没有别的意义了。

我垮了。既是这样,那么多想也无益,多谈也没用了。那就坐着,默默地等着看随后会发生什么事好了。

到早晨,仆役给我送茶来,带来一份当地的报纸。我随意看一看第一版的广告、社论、报纸和杂志的摘要、新闻……除了别的以外,在新闻中我找到这样一段消息:"我们的著名学者,著名教授尼古拉·斯捷潘诺维奇昨日乘特别快车到达哈尔科夫,住在某某旅馆。"

显赫的名字分明是为了脱离具有这个姓名的本人而独立生活才存在的。现在,我的名字就正在哈尔科夫城里心平气和地散步。过上三个月光景,这名字会用金字刻在墓碑上,跟太阳那么亮,而到那时候,我自己却已经埋在青苔底下了……

门上有人轻轻地敲着。不知什么人要见我。

"是谁?请进!"

门开了,我惊奇得往后直退,赶紧把身上睡衣的前襟裹一裹紧。原来站在我面前的是卡嘉。

"您好,"她说,因为走上楼来而有点气喘,"您没料到吧?我……我也上这儿来了。"

她坐下来,眼睛没看我,结结巴巴地说下去:

"您为什么不理我?我也来了……今天到的……我打听出来您住在这家旅馆里,就来看您。"

"见着你,很高兴,"我说,耸一耸肩膀,"可是我觉着奇怪……你好像是从天上掉下来的。你到此地来干什么?"

"我吗？就是这么的……兴头一起，就来了。"

沉默。冷不妨她猛然站起来，向我走过来。

"尼古拉·斯捷潘内奇！"她说，脸白了，把手按着胸口，"尼古拉·斯捷潘内奇，我照这样再也活不下去了！不行了！看在上帝的面上赶快告诉我，这分钟就告诉我：我该怎么办？请您告诉我，我该怎么办呢？"

"我怎么说得出呢？"我迷糊地说，"我是无能为力的。"

"我求求您，请您告诉我！"她接着喘吁吁地说，周身打抖，"我向您赌咒：我照这样子再也活不下去了！我支持不住了！"

她往椅子上一坐，抽抽搭搭哭起来。她把头往后扬，绞着手，顿着脚。她的帽子从头上掉下来，吊在帽带上，头发散了。

"帮帮我！帮帮我吧！"她求我，"我活不下去啦！"

她从旅行袋里拿出一块手绢，随着手绢带出来好几封信，从她的膝头掉到地板上。我从地板上捡起那些信，在其中的一封信上认出是米哈依尔·费奥多罗维奇的笔迹，而且无意中读到两个字："热烈……"

"我想不出什么话来跟你说，卡嘉。"我说。

"帮帮我！"她抽抽搭搭地说，抓住我的手，吻我的手，"要知道，您是我的父亲，我的唯一的朋友！您本来就聪明，又受过教育，活了这么大岁数！您做过教师！请您告诉我，我该怎么办呢？"

"说真的，卡嘉，我不知道……"

我茫茫然，慌了手脚，给她哭得心乱了，站都站不住了。

"我们吃早饭去吧，卡嘉。"我说，勉强笑一笑，"别哭了！"

立刻我又用有气没力的声音说：

"我不久就要死了，卡嘉……"

"只说一句，只说一句吧！"她哭着，向我伸出手来，"我该怎么办呢？"

"你也真是个怪姑娘……"我喃喃地说,"我不懂!这么明白的人,忽然间哇哇地哭了……"

随后是沉默。卡嘉理一理头发,戴上帽子,然后把信团起来,往旅行袋里一塞,这些事她做得从从容容,一声不响。她的脸、胸、手套,都沾着泪痕,湿了,可是脸上的表情却干巴巴的,冷峻了……我瞧着她,想到我比她快活,不由得觉着惭愧。我是直到临死以前不久,直到我一生中的残年,才发现我自己缺乏我那些朋友,哲学家,所说的中心思想的,可是这可怜的姑娘的灵魂却素来没安宁过,而且此后,一辈子,一辈子也休想安宁了!

"我们吃早饭去吧,卡嘉。"我说。

"不了,谢谢。"她冷冷地回答。

又在沉默中过了一分钟。

"我不喜欢哈尔科夫,"我说,"这儿很灰色。这是一个相当灰色的城。"

"对了,也许吧……这儿丑恶。……我在这儿不会待得久……我是过路。我今天就走了。"

"上哪儿去?"

"到克里米亚去……那就是说到高加索去。"

"原来是这样。去很久吗?"

"我不知道。"

卡嘉站起来,冷冷地笑一笑,眼睛没看着我,向我伸出手来。

我想问她:"那么你不来参加我的葬礼了?"可是她的眼睛不看我,她的手冷冰冰,跟生人的手一样。我默默地送她到门口……于是她离开我,走出去,顺着长过道走了,头也不回。她知道我在瞧她的背影。多半走到转弯地方,她会回头看一眼的。

不,她没有回头看。她的黑色连衣裙最后闪了一下,脚步声就听不见了……再会,我亲爱的!

一八九〇年

贼

医士叶尔古诺夫是一个浅薄无聊的人,在县里以吹牛大王和酒徒闻名。有一天,在圣诞周,他到列彼诺镇去为医院买东西,傍晚从那儿回来。医师怕他误了时间,希望他早些回来,就把自己的一匹最好的马交给他使用了。

起初天气倒还不坏,四下里安安静静,可是将近八点钟,来了一场大风雪,医士在离家大约只有七俄里路的地方完全迷路了。……

他驾不好马,又认不得路,便存着侥幸的心,随眼睛看到哪儿就把马赶到哪儿,希望那匹马自己会走回去。照这样过了大约两个钟头,那匹马走乏了,他自己也冻得发僵。他觉得他不是在往回家的路上走,却是退回列彼诺去。可是这当儿,在风雪的呼啸声中,总算传来了喑哑的狗叫声,前面出现一个朦胧的红色光点,渐渐显出一道很高的大门和一堵长围墙,围墙上钉着些钉子,尖端朝上。随后围墙里露出一截井上吊杆,是歪的。风吹散他眼睛前面的雪雾,于是原来的红色光点如今变成一所不大的、低矮的小房,上面耸起高高的芦苇房顶。在三个小窗口当中,有一个窗口挂着一块红布,点着灯。

这是谁家的院子呢?医士想起离医院六七俄里远的大路右边,有一家安德烈·奇里科夫的客栈。他还想起这个奇里科夫不久以前给一些马车夫打死了。他留下一个老太婆和一个女儿柳布卡,大约两年以前柳布卡还到医院里来治过病呢。这个客栈名声很坏,晚上到这个地方来,而且使用别人的马,是不无危险的。不过也没有办法了。医士从行囊里摸到手枪,严厉地嗽了嗽喉咙,用马鞭子敲几下窗框。

"喂,这儿有人吗?"他喊道,"心好的老太太,让我进去取个暖吧!"

一条黑狗发出粗嘎的吠声,像球似的滚到马蹄底下来。然后蹿出另一条白狗,又跑来一条黑狗,前后一共来了大约十条狗!医士看准一条最大的狗,扬起鞭子,用尽气力抽它一下。那条狗并不大,腿却高,它扬起尖尖的脸,发出尖细刺耳的哀叫声。

医士在窗旁站了很久,不住敲窗子。不过后来,围墙里面房子旁边那些树木上的白霜转成红色,大门吱呀一声开了,一个女人,浑身穿戴得严严实实,手里拿着提灯出来了。

"老奶奶,让我取个暖吧,"医士说,"我赶车到医院去,可是现在迷路了。天气真糟,求上帝保佑。你不要怕,我们要算是自己人,老奶奶。"

"我们的自己人都在家里,我们没有约外人来,"那个人厉声说道,"你为什么平白无故地敲窗子?大门又没有上锁。"

医士把车赶进院子,在门廊上站住。

"请你吩咐工人,老大娘,把我的马牵走。"他说。

"我不是老大娘。"

她也的确不是老大娘。她熄掉提灯的时候,灯光照在她脸上,医士看到两道黑眉毛,认出这个人就是柳布卡。

"现在上哪儿去找工人?"她一面走进房里,一面说,"有的喝醉酒睡觉了,有的一清早就到列彼诺去了。今天是节日……"

叶尔古诺夫在披屋里拴上他的马,却听到另有马嘶声,这才看出黑地里还立着一匹别人的马,摸到马身上有哥萨克式的鞍子。可见房子里除了女主人以外还有外人。为了稳妥起见,医士把自己的马鞍子卸下来,带着它和他所买的东西走进房里。

他踏进头一个房间,看见那儿很宽绰,炉火烧得正旺,有一股新擦过地板的气味。神像下面那张桌子旁边,坐着一个身材不高的瘦乡下人,年纪四十岁上下,留一把不大的、稀疏的淡褐色胡子,穿着蓝色的衬衫。这个人姓卡拉希尼科夫,是个坏透了的骗子和偷马贼,他的父亲和叔父在博加廖夫卡村开一家饭铺,把偷来的马想方设法卖出去。他也到医院来过不止一次,然而不是来看病,而是跟医师做马生意,问医师有没有马要卖,他老人家愿意不愿意把他的枣红色雌马换一匹浅黄色小骟马。现在他头发上擦了油,耳朵上闪着银耳环,总之,显出过节的样子。他皱起眉头,耷拉着下嘴唇,专心地瞧着一本翻卷了角的大画册。火炉旁边的地板上直挺挺地躺着另一个乡下人,他的脸上、肩膀上和胸脯上盖着一件短皮袄,大概他睡熟了。他身旁放着一双新靴子,近旁有两摊发黑的、溶化的雪水,靴底钉着亮晃晃的铁鞋掌。

卡拉希尼科夫看见医士,打了个招呼。

"是啊,天气很坏……"叶尔古诺夫说,用手心擦着冻僵的膝盖,"雪都灌进衣领里来了,我周身湿透,简直像只水鸡子。我的手枪大概也……"

他取出手枪来,翻来覆去看了一阵,又放回行囊里。然而手枪一点也没发生什么影响,那个乡下人仍旧看他的书。

"是啊,天气很坏……我迷了路,要不是这儿有狗叫,我大概活活冻死了。那可就麻烦了。可是女主人都到哪儿去了?"

"老太婆到列彼诺去了,闺女在烧晚饭……"卡拉希尼科夫回答说。

随后是沉默。医士发抖,哼哼唧唧,往手心里呵热气,缩起身子，做出很冷很累的样子。人可以听见那些余怒未息的狗在院子里吠叫。这使得人心里发闷。

"你是从博加廖夫卡来吗？"医士厉声问那个乡下人。

"是的，从博加廖夫卡来。"

医士闲着没有事做，就开始想那个博加廖夫卡。那是个大村子，坐落在幽深的峡谷里，因此人在月夜骑着马沿大路走，如果往下看黑暗的峡谷，再抬头看天空，就会觉得月亮正好挂在一个无底的深渊上面，这儿就是世界的尽头似的。那条通往下面的道路很陡，弯弯曲曲，而且十分窄，所以每逢为了医治流行病或者种牛痘而骑着马到博加廖夫卡去，一路上就得提高喉咙嚷叫，或者吹口哨，要不然如果对面遇上一辆大板车，就会卡住，彼此都走不过去。博加廖夫卡的村民以优秀的园艺家和偷马贼闻名。他们的果园很富饶，春天所有的树木都淹没在樱桃树的白花里，临到夏天卖樱桃，一桶只要价三个戈比。人只要付出三个戈比，就可以吃个够。那些村民的妻子生得俊俏，丰衣足食，喜欢打扮得漂漂亮亮，就连工作日也什么活都不做，光是坐在土台上，捉彼此头发里的虱子。

可是后来，脚步声响起来了。柳布卡走进房来，这是个二十岁上下的姑娘，穿着红色连衣裙，光着脚……她斜着眼睛看了看医士，然后从这个墙角走到那个墙角，来回走了两趟。她不是简简单单地走，而是挺起胸脯，迈着细碎的步子。看来，她喜欢光着脚在刚擦过的地板上走来走去，为此特意脱掉了鞋。

卡拉希尼科夫不知为什么笑起来，勾着几个手指头，招呼她走过去。她走到那张桌子跟前，他就把书上的先知以利亚的画片指给她看，那位先知赶着一辆三套马的马车，腾云上天去了。柳布卡把胳膊肘支在桌子上，辫子横过肩膀往下耷拉着。那是一条深褐色的长辫子，辫梢上系着红色丝带，几乎碰到地板。她也笑了。

"真是一幅出色的画儿,妙极了!"卡拉希尼科夫说,"妙极了!"他又说一遍,两只手做出好像要替以利亚拉缰绳的样子。

风在炉子里怒号。有个什么东西咆哮起来,又吱吱地叫,仿佛一条大狗咬住一只老鼠的脖子似的。

"嘿,魔鬼发脾气了!"柳布卡说。

"这是风。"卡拉希尼科夫说。他沉默一会儿,抬起眼睛看着医士,问道:"奥西普·瓦西里伊奇,按你们念书人的看法,这该怎么说,世界上到底有鬼没有呢?"

"老兄,该怎么跟你说呢?"医士回答说,耸起一个肩膀,"要是按科学来说,那么当然,鬼是没有的,因为这是迷信。不过,要是照现在你和我这样简单地看问题,那么干脆说吧,鬼是有的……我这一辈子就见过许多……我念完书以后在龙骑兵团里担任军医士。当然,我上过战场,得过勋章和'红十字'奖章,可是在圣斯忒法诺和约①后,我回到俄罗斯来,在地方自治局工作。就因为我周游过世界,我可以说,我见过的事情别人在梦里都没见过。就连鬼我也见过,那就是说,并不是长着犄角或者尾巴的鬼,那都是胡说。说实在的,我是见过跟鬼差不多的东西。"

"在哪儿见过?"卡拉希尼科夫问。

"在好些地方见过。不必到远处去找,就说去年吧,喏,在这儿,在这个客栈附近,我就遇到过一个鬼……只是晚上不要提他才好。我记得,那一次我是到戈雷希诺村去种牛痘。当然,我照往常那样坐着一辆双轮快车,嗯,赶着一匹马,带着一套用具,此外我身上还带着表和别的东西,所以我一面赶车,一面提防着可别出什么乱子……各式各样的流浪汉多得很哟。我走到蛇谷,这个该死的

---

① 一八七八年俄土战争后俄土两国于土耳其圣斯忒法诺城缔结的和约。

地方,刚要下坡,忽然间,好家伙,走过来一个人。头发乌黑,眼睛乌黑,整个脸膛像是用烟熏过的……他走到马跟前来,一把拉住左边的缰绳,喊一声:站住!他打量一下马,然后又打量我,后来他松开缰绳,倒没有说什么坏话,只是说:'你上哪儿去?'他的牙龇出来,眼睛凶得很……我心想:嘿,你可真是个鬼!我就说:'我去种牛痘。这干你什么事?'他就说:'既是这样,那就也给我种种痘。'他卷起胳膊上的袖子,把胳膊一直戳到我的鼻子跟前。我呢,当然不再跟他废话,干脆给他种上牛痘,好躲开他。这以后,我一看我那把柳叶刀,它完全生锈了。"

睡在炉子旁边的那个乡下人忽然翻个身,撩开盖在脸上的短皮袄。医士不由得大吃一惊,因为他认出那个人就是先前在蛇谷遇见的陌生人。这个乡下人的头发、胡子和眼睛都像油烟那么黑,他的脸也黑黝黝的,而且右边脸颊上有一颗黑痣,像小扁豆那么大。他讥诮地瞧着医士,说:

"拉住左边缰绳的事,倒是有过的。至于牛痘什么的,那是你胡扯,先生。我压根儿没跟你谈起过牛痘。"

医士心慌了。

"我说的又不是你,"他说,"你既是躺着,就自管躺着好了。"

这个脸皮发黑的乡下人一次也没有去过医院,医士不知道他是什么人,是从哪儿来的。如今瞧着他,医士心里暗自断定这人一定是茨冈。这个乡下人站起来,伸个懒腰,大声打个呵欠,走到柳布卡和卡拉希尼科夫跟前,在旁边坐下,也开始看那本书。他那带着睡意的脸上现出动情和羡慕的神采。

"瞧,梅里克,"柳布卡对他说,"你给我弄几匹这样的马来,我要拿它们套上车子,坐着车到天上走一趟。"

"罪人可上不了天……"卡拉希尼科夫说,"那是圣徒的事。"

随后柳布卡摆饭,端来一大块腌猪油和几根腌黄瓜,还有一个大木盘盛着烤牛肉,已经切成碎块,然后又端来一个煎锅,里面盛着白菜煎腊肠,油花四溅。桌上还出现一个磨玻璃的白酒瓶,等到他们往杯子里斟酒,顿时有一股橙皮的香味弥漫整个房间。

医士心里懊恼,因为卡拉希尼科夫和面色发黑的梅里克只顾互相攀谈,一点儿也不理睬他,倒好像房间里没有他这个人似的。可是他很想跟他们谈谈话,吹吹牛皮,喝一通酒,吃一个饱,而且如果可能,就跟柳布卡调调情。吃晚饭的时候,她有五次在他身旁坐下,她那好看的肩膀仿佛出于无意似的碰着他,她不时伸出手摩挲她宽大的胯股。她是个健康、爱笑、好动的姑娘,一刻也不能消停,一会儿坐下,一会儿站起来,即使坐着,也时而转过胸脯来对着人,时而扭过脸去背对着人,就跟闲不住的人一样,而且她这么转来转去,她的胳膊肘或者膝盖一定会碰到人。

还有一件事也惹得医士不高兴,那就是两个乡下人各自只喝下一杯酒就不再喝了,只剩下他一个人喝酒却未免别扭。然而他又忍不住,喝了第二杯,随后又喝第三杯,把整根腊肠都吃光了。他希望那两个乡下人不见外,把他看成自家人,就决意恭维他们一番。

"你们博加廖夫卡村的人可都是好汉!"他说,把头摇晃一下。

"他们有哪点称得上是好汉呢?"卡拉希尼科夫问。

"喏,比方就拿马来说吧。偷马的本事可不小!"

"哼,这算什么好汉!不过是些酒鬼和小贼罢了。"

"从前倒是有过好年月,可是那已经过去了,"梅里克沉默一下,说,"他们那班人,如今也许只剩下菲里亚一个人还活在人世,可是就连他也成瞎子了。"

"是啊,只剩下菲里亚一个人了,"卡拉希尼科夫说着,叹口气,"现在他大概有七十岁了。他有一只眼睛给德国的侨民剜出来,另一只也眼力不济了。它生了白内障。从前,本区的警察局长一看见他就嚷道：'嘿，你呀，沙米尔①！'所有的农民也都这样叫他，沙米尔，沙米尔，可是现在大家对他却不称呼别的，只称呼独眼菲里亚了。想当年，他真称得起是好汉！他跟去世的安德烈·格里戈里伊奇，也就是柳巴②的父亲一块儿，有一天晚上摸进罗日诺沃，当时那儿驻扎着一个骑兵团。他们一下子牵走了九匹军马，顶好的骏马，第二天早晨把那些马都卖给茨冈阿丰卡，只收了二十个卢布。是啊！眼下的人呢，专偷醉汉或者睡熟的人的马，而且一点也不敬畏上帝，连醉汉脚上的靴子也扯下来，然后提心吊胆，牵着那匹马跑出二百俄里以外，到市集上去卖，像犹太人那样斤斤较量地讲价钱，直到后来警官把他这个傻瓜抓住了事。这不是找乐子，简直是丢脸！不用说，这都是些没出息的小人物。"

"那么梅里克呢？"柳布卡问。

"梅里克不是我们这儿的人，"卡拉希尼科夫说，"他是哈尔科夫城人，从米日利奇来的。讲到他是条好汉，那倒是实在的。没话说，他是个好样儿的。"

柳布卡狡猾地、快活地瞧着梅里克，说道：

"是啊，怪不得他让那些好人塞进冰窟窿里去了。"

"这是怎么回事？"医士问。

"是这样的……"梅里克说，笑了，"菲里亚从萨莫伊洛夫卡的佃农那儿偷走三匹马，他们当是我干的。萨莫伊洛夫卡的佃农一共有十个，加上长工有三十个人，都是莫罗勘派③教徒……有一次，在市集上，他们派来一个人，对我说：'上我们那儿去看一看，梅里克，我们从市上买回来几匹新马。'我呢，当然，就兴冲冲地到

---

① 沙米尔（1798—1871），高加索山民宗教民族主义运动的组织者，在高加索东北地区建立了一个特殊的伊斯兰国家，对俄国作战二十五年。
② 柳布卡的爱称。
③ 十八世纪在俄国产生的否认一切宗教仪式的一个教派。

他们那儿去了。他们一伙三十个人,把我的胳膊反绑起来,拉到河边去。他们说:我们要叫你尝尝偷马的滋味。他们已经砸开一个冰窟窿,这时候又在旁边一俄丈开外的地方再凿开一个。然后,你知道,他们拿来一条绳子,穿过我的两个胳肢窝,系上扣子,绳子的另一头拴上一根弯曲的木棒。这根木棒,你知道,能从这个冰窟窿通到那一个。好,他们就把它塞进一个冰窟窿,一直伸到另一个冰窟窿。我呢,原来的衣服全没换,仍旧穿着皮袄,蹬着靴子,扑通一声掉进冰窟窿里!他们站在那儿,有的用脚踹我下水,有的用劈柴的斧子砸我,然后把我从冰底下拉过去,由另一个冰窟窿里揪出来。"

柳布卡打了个冷颤,全身缩成一团。

"起初我冻得发烧,"梅里克接着说,"等到他们把我拉出来,我躺在雪地上动都动不得,那些莫罗勘派教徒站在我身旁,还用棍子打我的膝盖和胳膊肘。我痛得要命!他们打了一阵就走了……我浑身上下都冻僵,衣服上结了冰,我想站起来,可是没有力气。谢天谢地,总算有个村妇赶着车子路过,才把我扶上车,拉走了。"

这中间医士喝了五六杯酒。他心情开朗,也想说点儿不平常的、美妙的事,表示他也是一条好汉,什么都不怕。

"喏,在我们平扎省……"他讲起来。

由于他喝了很多酒,醉得眼神歪斜,也许还由于他两次说谎都被他们揭穿,总之那两个乡下人根本不理睬他,甚至不再回答他问的话。而且,他们在他面前毫不避讳地谈他们那些事,他不由得战战兢兢,心里发凉。这表明他们根本没把他放在眼里。

卡拉希尼科夫的风度是庄严的,就跟沉稳而慎重的人一样。他讲话有头有尾,每次打呵欠都要在嘴上画十字[①],谁也不会想到

---

① 宗教迷信,为了驱邪。

他是个贼,是个抢劫穷人和毫无心肝的贼,他已经坐过两次牢,村社本来做出判决,把他流放到西伯利亚去,后来经他父亲和叔叔用钱赎免了,而他父亲和叔叔也是贼和坏蛋,跟他本人一样。梅里克摆出英雄好汉的架势。他看出柳布卡和卡拉希尼科夫佩服他,就认为自己是一条好汉,一会儿双手叉腰,一会儿挺起胸膛,一会儿伸个懒腰,弄得凳子吱吱嘎嘎响……

吃过晚饭以后,卡拉希尼科夫没有站起来,坐着对神像做祷告,然后他跟梅里克握一握手。梅里克也做了祷告,握一握卡拉希尼科夫的手。柳布卡把饭桌收拾干净,在桌上撒下些薄荷味的蜜糖饼干、干炒的榛子、南瓜子,另外还放了两瓶甜葡萄酒。

"祝安德烈·格里戈里伊奇升天堂,永久安息,"卡拉希尼科夫跟梅里克碰杯,说道,"当初他在世的时候,我们常在他这儿聚会,或者在马丁大哥那儿聚会。我的上帝,我的上帝啊!那都是什么样的人,什么样的谈话呀!谈得有意思极了!在座的有马丁,有菲里亚,有斯图科捷伊·费奥多尔……一切都有气派,像那么回事儿……大家玩玩乐乐,多么痛快啊!痛快极了,痛快极了!"

柳布卡走出去,过一会儿戴着一块绿色头巾和几串珠子回来了。

"梅里克,你看卡拉希尼科夫今天给我带来了什么东西!"她说。

她不住照镜子,摇了几次头,好让那几串珠子玎玲玎玲响。后来她打开一口箱子,从里面一会儿取出一件花布连衣裙,带红色和浅蓝色的小花点,一会儿取出另一件红色连衣裙,有绉边,像纸那样窸窸窣窣响,一会儿取出一块新头巾,蓝色的底子配上花花绿绿的彩色。她把这些东西抖搂出来,一面笑一面拍手,仿佛惊讶自己竟有这么多宝贝似的。

卡拉希尼科夫拿过三弦琴来,定好弦,弹起来。医士怎么也听不懂他弹的是哪种曲子,究竟是欢乐的还是悲愁的,因为曲调时而很悲凉,听得人简直想哭一场,时而又快活起来。梅里克忽然纵身一跳,落下地,就在落脚的地方不住跺他的靴后跟,随后张开胳膊,单用靴后跟从桌旁移到炉子那儿,再从炉子旁边移到箱子跟前,然后好像被蛇咬了一口似的往上一跳,把两个铁鞋掌在半空中一磕,接着就蹲下去跳跃不停。柳布卡抡起两条胳膊,发出死命的一声尖叫,跟着他跳动。起初她侧着身子阴险地走动,仿佛打算溜到谁的身后,给他一拳似的,同时她用脚后跟极快地跺地板就跟梅里克用靴后跟跺地板一样。随后她像陀螺似的团团转,略微把身子往下蹲,她那件红色连衣裙就胀起来,像是一口钟。梅里克恶狠狠地瞧着她,龇出牙,一路蹲着跳到她跟前,仿佛打算抬脚把她踩死似的,她呢,跳起来,头往后仰,挥动着两条胳膊,像是一只大鸟拍着翅膀,几乎脚不点地,飘过整个房间。……

"嘿,一团火似的姑娘!"医士坐在箱子上观赏他们跳舞,暗想道,"好一团烈火!哪怕为她牺牲一切也会嫌太少呢……"

他暗自惋惜:为什么他是个医士而不是个普通的乡下人呢?为什么他穿着上衣,戴着表链,坠着镀金的钥匙,而不穿一件蓝衬衫,腰上系一根绳子呢?要是那样的话,他倒可以放胆唱歌,跳舞,喝酒,像梅里克那样伸出两条胳膊去搂住柳布卡了……

由于剧烈的跺脚声、嚷叫声、喧闹声,食器柜里的盘盏就玎玲玎玲响起来,蜡烛上的火苗跳动不停。

线断了,珠串散开,珠子洒在地板上,绿色头巾从头上掉下来,柳布卡摇身一变,成了一朵红云和两只亮晶晶的黑眼睛,梅里克的胳膊和腿仿佛一转眼间就要散架似的。

可是忽然,梅里克最后跺一下脚,就此站稳,纹丝不动……柳布卡累得要命,气也透不过来,扑到他的胸脯上,偎紧他,就跟靠着

一根柱子一样。他呢,搂住她,瞧着她的眼睛,温柔而亲切,仿佛开玩笑似的说:

"我一定会找出你家老太婆藏钱的地方。我会打死她,再用一把小刀把你的小喉咙割断,然后放一把火烧掉这家客栈……人家会以为你们是让火烧死的,我呢,拿着你们的钱到库班去。我会在那儿养上一大群马,再买许多羊……"

柳布卡什么话也没回答,光是负疚地瞧着他,问道:

"梅里克,库班那地方好吗?"

他什么话也没说,走到箱子跟前,坐下,沉思不语。多半他在想库班吧。

"不过,我该走了,"卡拉希尼科夫说着,站起来,"大概菲里亚在等我。再见,柳巴!"

医士走到院子里看一看,深怕卡拉希尼科夫骑着他的马走掉。风雪仍旧在逞威。一团团白云飘过院子,那些白云的长尾巴钩住杂草和灌木。围墙外面,旷野上,有些身穿白色尸衣的巨人张开宽阔的衣袖,转动不停。他们倒下去又站起来,抡开胳膊互相厮打。好大的风,好大的风啊! 光秃的桦树和樱桃树受不住狂风那种粗鲁的爱抚,深深地弯下腰去,凑近地面,哭道:

"上帝啊,我们究竟犯了什么罪,使得你硬要我们守着这块地,不放我们走?"

"唷!"卡拉希尼科夫厉声喝道,然后骑上他那匹马。大门原就拉开一半,门旁耸起一个高雪堆,"喂,你倒是快点儿走啊!"卡拉希尼科夫对马吆喝道。他那匹矮小而且腿短的马就走动起来,连肚子都陷在雪堆里了。卡拉希尼科夫在雪地里周身发白,不久就连人带马一齐走出大门以外,不见了。

医士回到房里,柳布卡正在地板上爬来爬去捡珠子。梅里克不在。

"好漂亮的姑娘！"医士暗想,在长凳上躺下,把皮袄垫在脑袋底下,"啊,要是梅里克不在这儿就好了！"

柳布卡在长凳附近的地板上爬来爬去,引得他不住兴奋。他心想：要是这儿没有梅里克,那他一定马上站起来,搂住她,至于以后会怎么样,那是自会有分晓的。不错,她还是姑娘,然而未必会是处女,再者即使是处女,在贼窝里又何必讲客气？这时候柳布卡捡齐珠子,走出去了。蜡烛点完,火苗已经烧到烛台上的纸了。医士把手枪和火柴放在自己身旁,把蜡烛吹灭。神像前面长明灯的灯光摇闪得厉害,刺痛他的眼睛,一个个光点儿在天花板上,地板上,食柜上跳动。在光影中间柳布卡隐约出现了,身子结实,胸脯丰满。她时而像陀螺似的团团转,时而让跳舞累坏了,呼呼地喘气……

"哎,要是魔鬼把梅里克抓走就好了！"他想。

长明灯的灯光最后闪摇一下,发出一点儿溅油的声音,灭了。有个人,大概是梅里克吧,走进房来,在长凳上坐下。他在吸烟斗,烟斗里的光一刹那间照亮了他黧黑的脸颊和脸颊上的黑痣。他喷出来的烟气难闻得很,医士的喉咙发痒了。

"你这烟太次,真该死！"医士说,"简直要惹人呕吐。"

"我把燕麦花搀在烟草里了,"梅里克沉默一会儿,说道,"这样,胸口好受点。"

他吸一阵烟,吐几口唾沫,又走出去。过了半个钟头,前堂里忽然灯光明亮。梅里克出现了,穿着皮袄,戴着帽子,随后出现了柳布卡,手里拿着蜡烛。

"你留下来吧,梅里克！"柳布卡用恳求的声调说。

"不了,柳巴。你别留我。"

"听我说,梅里克,"柳布卡说,她的声调温柔缠绵,"我知道你会找到妈妈的钱,杀死她和我,跑到库班去爱上别的姑娘,可是求主跟你同在①。我只要求你一件事,我的心肝:留下来吧!"

"不,我要去找乐子……"梅里克说,束上腰带。

"你没法去找乐子……要知道,你是走着来的,那你现在骑什么马走?"

梅里克向柳布卡那边低下头,凑着她的耳朵小声说话。她朝门口看了看,含着眼泪笑起来。

"他睡着了,这个好说大话的魔鬼……"她说。

梅里克搂住她,使劲吻她一下,走出去了。医士把手枪放进衣袋,赶快跳起来,跟踪跑出去。

"让开路!"他对柳布卡说,因为她在前堂很快扣上门扣,堵住门口,"让开!你为什么站在这儿?"

"你出去干什么?"

"去看我的马。"

柳布卡又调皮又亲热地从下往上打量他。

"马有什么可看的?你看我得了……"她说,然后弯下腰去,用手指头碰了碰挂在他表链上的镀金小钥匙。

"让开,要不然他就骑着我的马走了!"医士说,"让开,魔鬼!"他叫道,生气地伸出拳头打她的肩膀,使劲用胸脯挤她,想把她从门旁挤开,可是她用力扣紧门,像一个铁打的人似的,"我跟你说,他要跑掉了!"

"哪儿会?他不会跑掉的。"

她喘着气,摩挲她发痛的肩膀,又从下往上地打量他,涨红脸,笑起来。

"你别走,我的心肝……"她说,"我一个人闷得慌。"

医士瞧着她的眼睛,沉吟一下,搂住她,她并没有反抗。

---

① 意谓"那也由你"。

"得了,别胡闹,让开路!"他要求说。

她没有开口。

"我刚才听见了,"他说,"你对梅里克说你爱他。"

"哪儿的话……我爱谁,我心里有数哟。"

她又用手指头碰一下小钥匙,小声说:

"把这个给我……"

医士把小钥匙解下来,递给她。她忽然伸长脖子,仔细地听一下,现出严肃的脸色,医士觉得她的眼神又冷酷又狡猾。他想起了他的马,这时候很容易就把她推开,跑进院子里。披屋里有一头睡熟的猪发出均匀的、懒洋洋的鼾声,有一头奶牛在撞它的犄角……医士点上火柴,看见那头猪、那头奶牛以及许多看见火亮而从四面八方向他扑过来的狗,然而那匹马却已经不见踪影。他对那些狗不住吆喝,挥动胳膊,脚底下绊着雪堆,脚陷进雪里,跑到大门外面,向黑暗里张望。他尖起眼睛,却只看见雪在飘飞,雪花清楚地形成各种形状的东西,时而有一张死人的苍白的笑脸从黑暗里露出来,时而有一匹白马跑过去,一个女人骑在马上,穿着薄纱连衣裙,时而头顶上飞过一长串白色的天鹅……医士又气又冷,浑身发抖,不知道该怎么办才好,拿出手枪对那些狗放了一枪,却一条也没有打中,他跑回房里去。

他走进前堂,清楚地听见有人从房间里溜出去,把房门碰响。房间里漆黑。医士推门,门却扣上了。于是他一根连一根地划亮火柴,跑回前堂,从那儿走进厨房,从厨房走进一个小房间,四壁挂着女人的衣服和裙子,有矢车菊和茴香的气味,墙角上火炉旁边放着一张什么人的床,床上的枕头堆得像山那么高,这儿大概是老太婆、柳布卡的母亲住的房间吧。从这儿他又走进另一个房间,也很小。他在这儿看见了柳布卡。她睡在一口箱子上,盖着一条花花绿绿的、用零碎布头缝成的棉被,假装睡熟了。她床头上方,点着一盏长明灯。

"我的马在哪儿?"医士厉声问道。

柳布卡一动不动。

"我的马在哪儿,我问你?"医士又问一遍,声调越发严厉,揭掉她身上的被子,"我在问你,母鬼!"他嚷道。

她跳起来,跪在箱子上,一只手抓住衬衫,另一只手极力拉住被子,身子缩到墙边去……她瞧着医士,现出憎恶和恐惧的神色,像是一头被捉住的野兽,眼睛狡猾地盯紧他的动作,连最小的动作也不放过。

"你说马在哪儿,要不然我就把你的魂灵打出窍!"医士嚷道。
"走开,讨厌的家伙!"她用嘎哑的声音说。

医士抓住她衬衫的领子,一下子就把衬衫扯破了。这时候他再也忍不住,就用尽气力搂抱那个姑娘。可是她气得喘吁吁的,溜出他的怀抱,腾出一只手来(另一只手缠在破碎的衬衫里),捏成拳头,照准他的头顶打下去。

他的脑袋痛得发昏,耳朵里嗡嗡地响,突突地跳。他往后退去,同时又挨一拳,这次是打在他太阳穴上。他踉踉跄跄,抓住门框免得跌倒,然后摸到放着他东西的那个房间里,在长凳上躺下。他躺了一会儿,从衣袋里拿出火柴盒,毫无必要地一根连一根地划起火柴来,他把火柴划亮,吹灭,丢在桌子底下,又划亮一根,照这样一直把所有的火柴都划完才罢休。

这时候窗外的天光变成蓝色,公鸡啼起来了。他的脑袋却仍旧在痛,耳朵里一片响声,倒好像坐在铁路上一座桥梁底下,听着一列火车从头顶上开过去似的。他好歹穿上皮袄,戴上帽子,至于马鞍和他买来的一大包东西,他却没找到,他的行囊空了,怪不得先前他从院子里走进来,正好有个人从这个房间里溜出去呢。

他在厨房里拿起一根火钩子以防狗咬,然后走到外面,听任房门敞开着。风雪已经停了,外面静悄悄的……他走出大门,白色的旷野像是死了,清晨的天空连一只飞鸟也没有。道路两旁和远处有一片小树林,颜色发青。

医士开始思忖医师在医院里会怎样迎接他,会说些什么话。这件事一定要好好想一想,事先对各种问话准备好答复,可是他的思想变得模模糊糊,终于无影无踪了。他一面走,一面专心想着柳布卡,想着跟他一块儿度过这个夜晚的乡下人。他想起柳布卡打他第二下以后,怎样向地板弯下腰去拾起被子,她那根蓬松的辫子怎样落到地板上。他脑子里乱哄哄的,他不由得暗想:为什么这个世界上有医师,有医士,有商人,有文书员,有农民,而不光是有自由人呢?是啊,自由的鸟雀是有的,自由的野兽是有的,自由的梅里克也是有的,他们不怕谁,也不需要谁!那么,是什么人出的主意,是什么人硬说,早晨必须起床,中午应该吃饭,晚上定要睡觉,医师的职位比医士高,人得住在房间里,只准爱自己的老婆?为什么不恰恰相反,晚上吃饭,白天睡觉呢?啊,要是能不问谁的马骑上就走,要是能够像魔鬼似的策马狂奔,跟风赛跑,穿过旷野、树林、峡谷,要是能爱上一个姑娘,要是能嘲笑所有的人……那多好呀!

医士把火钩子丢在雪地里,伸出前额抵住一棵桦树的冰凉的白树干,沉思不语。他那灰色而单调的生活、他那点儿薪水、他那卑下的职位、那个药房、那种为药膏药罐忙碌不停的生活,依他看来,真叫人瞧不上眼,惹人恶心。

"谁说找乐子是犯罪?"他烦恼地问自己,"哼,凡是说这种话的人,从来也没像梅里克或者卡拉希尼科夫那样自由自在地生活过,也没爱过柳布卡。他们一辈子讨饭,生活得毫无乐趣,只爱自己的癞蛤蟆般的老婆。"

他现在这样想自己:如果他至今没做贼,做骗子,或者做强盗,

87

那也只是因为他没有那种本领,或者还没遇到适当的机会罢了。

一年半过去了。春天,复活节后,有一天,早已被医院辞退而且至今没找到工作的医士,傍晚在列彼诺村一家饭铺里走出来,沿着街道,毫无目的地慢慢走着。

他走出村子,来到旷野上。那儿弥漫着春天的气息,刮着温暖亲切的和风。安静的星夜从天空俯览大地。我的上帝啊,天空是多么深邃,它多么广阔无垠地笼罩着这个世界呀!这个世界创造得挺好,只是,医士暗想,为了什么缘故,有什么理由,把人们分成清醒的和酗酒的,有职业的和被辞退的,等等?为什么清醒的和吃饱的人就安安稳稳坐在自己家里,酗酒的和挨饿的人却得在旷野上徘徊,寻不到安身之处呢?为什么没有工作而且领不到薪水的人就一定会挨饿,没有衣服穿,没有靴子穿呢?这是谁想出来的办法?为什么天上的飞禽和树林里的走兽并不工作,也不领薪水,却生活得逍遥自在呢?

远处,在笼罩着地平线的天边,有一片美丽的深红色火光在颤抖。医士站住,看了很久,心里仍旧在想:为什么昨天他拿走别人的一个茶炊,在酒店里换酒喝了,那就是犯罪呢?为什么呢?

大路上走过两辆大板车,一辆车上睡着一个女人,另一辆车上坐着一个老人,没有戴帽子……

"老大爷,这是什么地方起火?"医士问道。

"安德烈·奇里科夫客栈……"老人回答说。

于是医士想起一年半以前,在冬天,他在那家客栈遭到过一些什么事,想起梅里克怎样夸口。于是他想象老太婆和柳布卡让人割断喉咙,怎样被火焚化,他嫉妒梅里克了。他又往那家饭铺走去,一路上瞧着那些富足的酒店老板、牲口贩子、铁匠的房子,心里盘算:要是夜间能摸进一个比较富裕的人的家里,那该多好啊!

古 塞 夫

一

天色已经昏黑,不久夜晚就要来了。

古塞夫,一个无限期休假的士兵,在吊床上欠起身子,低声说:"你在听我说话吗,巴威尔·伊凡内奇?在苏城①,有一个兵告诉我,说是他们的船在路上撞着一条大鱼,船底给撞破了一个窟窿。"

他讲话的对象是一个身份不明的人,船上诊疗所里的人都叫他巴威尔·伊凡内奇,这时候他沉默不语,仿佛什么也没听见。

寂静又来了。……风戏弄缆绳,螺旋桨轰轰地响,浪头哗哗地溅开,吊床吱吱作声,然而人们的耳朵早已听惯这些声音,似乎四下里一切都在沉睡,没有一点声音。这使人心里烦闷。那三个病人(两个兵和一个水手)打了一整天纸牌,这时候已经睡熟,在说梦话了。

船好像摇晃起来。古塞夫身子底下的吊床慢慢地升起,又落下,仿佛在叹气。它照这样起落一次,又一次,再一次。……有一个什么东西碰在地板上,当的一响,多半是带把的杯子掉在地

---

① 苏联滨海边疆区城市游击队城的旧称。

上了。

"这是风挣脱了链子……"古塞夫仔细听着,说。

这一回巴威尔·伊凡内奇咳嗽着,生气地回答说:

"你一会儿说船撞上一条鱼,一会儿又说风挣脱了链子。……难道风是野兽,能挣脱链子?"

"基督徒都是这么说的。"

"那些基督徒都跟你一样,是些无知无识的人。……他们说的废话还嫌少吗?人的肩膀上总得有个脑袋,遇事动一动脑筋才是。你简直是个糊涂虫。"

巴威尔·伊凡内奇患晕船病。每逢船身摇晃,他照例会生气,一丁点的小事也会惹得他动怒。可是依古塞夫看来,压根儿就没有什么值得生气的事情。比方说,那条鱼或者挣脱链子的风,这有什么奇怪或者难懂的呢?我们不妨假定有的鱼确实跟山那么大,它的背跟鲟鱼的背一样硬。我们也不妨假定那边,在世界的尽头,立着很厚的石墙,凶恶的风给人用链子锁在墙上了。……如果它不是挣脱了链子,那为什么发疯似的在整个海面上东奔西跑,跟狗那样急着逃掉呢?要是平时它不是用链子锁着,那么风平浪静的时候,它在哪儿呢?

古塞夫久久地想着那条跟山一般大的鱼,想着那些生了铁锈的粗链子,随后他觉得心里闷得慌,就开始思念他的故乡:他在远东服役五年以后,如今正在回到故乡去。……他不由得想起一个巨大的池塘,只是被雪封没了。……池塘这一边有个红砖色的瓷器工厂,立着很高的烟囱,冒出一股股像浮云似的黑烟;另一边是个村子。……从村子尽头数起第五家院子,哥哥阿历克塞坐着雪橇出来了,他身后坐着他的小儿子万卡,穿一双大毡靴,另外,还有他的小女儿阿库尔卡,也穿着毡靴。阿历克塞带着酒意,万卡在笑,阿库尔卡的脸却看不见,她上上下下都裹严了。

"说不定孩子们会冻坏呢……"古塞夫想。"上帝啊,"他小声说,"赐给他们脑筋吧,叫他们尊重父母,不要比父母精明才好。……"

"这儿需要新鞋掌,"那个害病的水手用低音讲梦话,"对了!对了!"

古塞夫的思路断了。池塘消失,忽然无缘无故地出现一个没有眼睛的牛头,马和雪橇也不再往前走,却在黑烟中转来转去。不过他仍然高兴,因为总算见到亲人了。欢快使他透不过气来,身上像有蚂蚁在爬,手指头发颤了。

"上帝保佑,总算能够见面了!"他说着梦话,然而立刻睁开眼睛,在黑暗里找水喝。

他喝过水,躺下来,雪橇就又驶动起来,随后又出现那个没有眼睛的牛头、那烟、那云……照这样一直闹到天亮。

二

起初,黑暗里现出一个蓝色的圆圈,那是小圆窗口。随后古塞夫渐渐开始看清他旁边吊床上的人巴威尔·伊凡内奇了。这个人坐着睡觉,因为他躺下去就气喘。他脸色灰白,鼻子又长又尖,眼睛由于他瘦得厉害而显得很大,两鬓凹进去,胡子稀疏,头发很长。……人瞧着他的脸,怎么也弄不明白他是什么身份:是老爷呢,商人呢,还是庄稼汉?凭他的神情和长头发来判断,他似乎是个持斋者,寺院里的见习修士,不过听他讲话,他又好像不是当修士的。他常常咳嗽,加上四周闷热,身上有病,因此筋疲力尽,呼吸急促,干焦的嘴唇微微颤动着。他看见古塞夫瞧他,就向他转过脸去,说:

"我渐渐看透了。…… 是的。…… 我现在全都明白了。……"

"您明白什么,巴威尔·伊凡内奇?"

"喏,是这么回事。……我一直觉得奇怪:你们这些重病人为什么非但不能安安静静养病,反而给送到轮船上来,让闷热、溽暑、颠簸,总之,让一切东西活活逼死?不过现在,我全明白了。……对了。……你们的医生把你们送到轮船上来,是要甩掉你们。他们为你们,为你们这班畜生,忙得厌烦了。……你们又不给他们钱,他们为你们空忙一阵,你们一死,可就把他们的统计表弄得不像样子了。可见,你们只能算是畜生!不过,要丢开你们也并不难。……要做到这一点,只要第一,昧着良心,不讲人道,第二,瞒过船上的管理人员。头一个条件简直不用操心,在这方面我们都是行家,至于第二个条件,只是略略做一点手脚,总可以办到。由四百个健康的兵和水手组成的一群人当中,夹带五个病人,那并不惹人注目。好,他们就把你们赶到轮船上来,叫你们夹在健康人当中,匆匆忙忙点一下数,在杂乱中什么马脚也没露出来。等到轮船开航,人们这才看见甲板上躺着一些瘫痪的人和肺痨病已经到了末期的人。……"

古塞夫没听明白巴威尔·伊凡内奇的话,以为在骂他,就替自己辩白说:

"先前我躺在甲板上,是因为我浑身没有力气。我们坐着驳船到这条轮船上来的时候,我身上冷得厉害。"

"真气人!"巴威尔·伊凡内奇接着说,"要知道,主要的是他们清楚地知道,你们经不起这种遥远的行程,却仍旧把你们送上船来!好吧,我们姑且假定,你们到得了印度洋,可是以后会怎样呢?想一想都可怕。……你们的服役是忠诚的,没犯一点过失,竟然得到这样的报答!"

巴威尔·伊凡内奇瞪起气愤的眼睛,厌恶得皱起眉头,喘着气说：

"巴不得有个人在报纸上痛骂一顿，闹得天翻地覆才好！"

两个有病的兵和那个有病的水手已经醒来，在打纸牌。水手在吊床上半躺半坐，两个兵坐在他旁边的地板上，姿势不舒服极了。有个兵右臂缠着绷带，手腕包得密密匝匝，他只好把牌塞在右面胳肢窝里，或者臂弯里，用左手出牌。船摇晃得厉害。谁都没法站起来，没法喝茶，也没法吃药。

"你是当勤务兵的吗？"巴威尔·伊凡内奇问古塞夫。

"对，当勤务兵。"

"我的上帝，我的上帝啊！"巴威尔·伊凡内奇说，伤心地摇头，"好端端的一个人从家里硬给拉出来，送到一万五千俄里以外，然后让他害上肺痨病完事，这……这都是为了什么，请问？就为了叫他给一个陆军上尉柯彼依金或者海军准尉迪尔卡当一名勤务兵。这究竟有什么道理！"

"这种活不难做，巴威尔·伊凡内奇。早晨起来后，把靴子擦亮，生好茶炊，收拾一下房间，然后就没有事情干了。那位中尉成天价画图纸，你要祷告上帝就管自祷告，你要看书就管自看书，你要上街就管自上街去走走。求上帝保佑人人都能过着这样的日子才好。"

"是啊，好得很呢！中尉绘图，你呢，成天价坐在厨房里，想念家乡。……图纸。……问题不在于图纸，而在于人的生命！生命是不能死了又活的，应该怜惜它才是。"

"这当然，巴威尔·伊凡内奇，一个坏人，不论在什么地方，在家里也好，在当兵的地方也好，总是不会有人怜惜的；不过，要是规规矩矩地过日子，服从命令，那么人家何必一定要给你气受呢？他们都是些受过教育的老爷，明白事理。……我在这五年当中没有关过一次禁闭。挨打呢，倒是挨过，让我想想，总共就这么一次。……"

"为什么事挨打呢?"

"因为我打了人。我出手重,巴威尔·伊凡内奇。有四个满洲人走进我们院子里来,他们送来柴禾什么的,我记不清了。喏,我心里正憋气,就动手狠狠地给了他们几下子。有个该死的家伙,让我打得鼻子出血了。……中尉在窗子里看见,生气了,就打了我一个耳光。"

"你是可怜的蠢人……"巴威尔·伊凡内奇小声说,"你什么也不懂。"

他给船身摇得筋疲力尽,就闭上了眼睛。他的头时而往后仰,时而耷拉在胸前。有好几回他想躺下去,可是白费劲,他喘得躺不住。

"你干吗打那四个满洲人?"他过一会儿问道。

"不为什么。他们走进院子,我就动手打他们。"

跟着是沉寂。……打牌的人玩了大约两个钟头,玩得挺上劲,互相叫骂着,然而颠簸却使得他们疲乏无力,他们就只得丢下纸牌,躺下了。古塞夫又幻想那个大池塘、工厂、村子。……雪橇又来了,万卡又笑,阿库尔卡那个傻丫头敞开皮袄,把脚伸出来,意思是说:您瞧,好人儿,我的毡靴可跟万卡的不一样呀,是新的。

"快满六岁了,还是这么没有脑筋!"古塞夫说梦话,"你别这么伸出脚来,还是给你这当兵的叔叔倒点水喝吧。我会送你一件礼物的。"

随后安德龙来了,肩膀上扛着一管火石枪,手里提着一只打死了的兔子,衰老的犹太人伊萨依契克跟在他的身后,打算用一块肥皂换他那只兔子。随后,有一头小黑牛闯进穿堂里来。过后,多木娜一边做衬衫,一边不知为什么在哭泣,然后又出现那个没有眼睛的牛头、黑烟……

上边,不知什么人在大声呼喊,有几个水手跑过去了,好像他们拖着一个笨重的东西走过甲板,或者有个什么东西发出咔嚓一响。于是又有些人跑过去。……莫非出了什么祸事?古塞夫抬起头来倾听,眼睛却看见那两个兵和那个水手又打起纸牌来了。巴威尔·伊凡内奇坐在那儿,嘴唇动个不停。天气闷热,没有力气呼吸,口渴,然而水是热的,又难于下咽。……船身依旧摇晃着。

　　忽然,有个打纸牌的兵出了一件怪事。……他把红桃叫成红方块,算不清账,把纸牌掉在地下,然后害怕地傻笑,眼睛环顾着众人。

　　"老兄,我马上要……"他说着,就倒在地上了。

　　大家都不明白。他们纷纷叫他,可是他没答话。

　　"斯捷潘,你大概觉得不舒服吧?啊?"另一个胳膊上缠着绷带的兵问道,"也许该请神甫来吧?啊?"

　　"你,斯捷潘,喝点水吧……"水手说,"喏,老兄,喝吧。"

　　"喂,你干吗拿杯子去撞他的牙?"古塞夫生气地说,"难道你没看出来,笨蛋?"

　　"看出什么?"

　　"什么?"古塞夫讥诮地重复他的话说,"他已经断了气,死了!还说'什么'!天下真有这么糊涂的人,上帝啊,我的天哪!……"

三

　　船身不摇了,巴威尔·伊凡内奇高兴起来。他不再生气了。他脸上现出夸耀、激昂、讥诮的神情。他仿佛想说:"是啊,我马上要对你们讲一件事,管保叫你们大家都笑破肚皮。"那个小圆窗子开了,温和的清风吹到巴威尔·伊凡内奇身上。外面传来说话的声音和船桨划水的声音。靠近小窗口,有个人用尖细难听的声音哀叫,多半是一个中国人在唱戏吧。

"是啊,我们现在来到碇泊场了,"巴威尔·伊凡内奇说,讥诮地微笑着,"再过上一个月光景,我们就到俄国了。嗯,是啊,可敬的丘八先生。等我到了敖德萨城,我就从那儿一直到哈尔科夫城去。在哈尔科夫城我有个朋友,是文学工作者。我到了他那儿就对他说:老兄,暂时丢开你那些无聊题材,别写女人的恋爱和大自然的美丽了。你该揭露两条腿的败类……这才是你该写的题材。……"

他想了一会儿,然后说:

"古塞夫,你知道我怎么蒙骗了他们吗?"

"蒙骗谁,巴威尔·伊凡内奇?"

"就是那些人啊。……你知道,这条轮船上只有头等舱和三等舱,而且他们只准农民,也就是粗人,坐三等舱。要是你穿着整整齐齐的上衣,哪怕远远看去像是老爷或者有钱人,那也非坐头等舱不可。任凭你怎么说,你也得拿出五百卢布来。我就问:为什么你们要定下这个规章?莫非你们想借此提高俄国知识分子的威信吗?'不对。我们不让您坐三等舱,只是因为上流人没法待在三等舱,那儿太糟,太不像样了。'是吗?多谢你们为上流人这么操心。可是,不管怎么说,糟也罢,好也罢,五百个卢布我可没有。我既没贪污过公家的钱,也没搜刮过异族人①,又不干偷运私货的事,更没把人活活打死,那么请您想想看:我还有权利高坐在头等舱里,尤其是把自己看作俄国知识分子吗?不过,跟他们讲道理是讲不通的。……那就只好想办法蒙混。我就穿上农民式的厚呢长

---

① 19—20 世纪初俄国对一些民族,尤其是对居住在哈萨克和西伯利亚的游牧民族的称谓。

外衣和大靴子,装出一副土头土脑的醉相,走到轮船售票员跟前,说:'老爷,给咱一张票儿吧。……'"

"那么您是什么身份呢?"水手问。

"僧侣。我父亲是个正直的教士。他对达官贵人总是有话直说,为此吃过很多苦头。"

巴威尔·伊凡内奇讲得疲乏,喘气了,可是仍旧说下去:

"是啊,我总是对人有话直说。……我谁也不怕,什么也不怕。在这方面我和你们有很大的区别。你们是些无知无识、瞎了眼睛、受尽压制的人,你们什么也看不见,就是看见了也不明白。……人家对你们说,风挣脱了链子,你们是畜生,是佩彻涅格人①,你们就听信了。人家打你们的脖梗子,你们反倒吻他的手。一个穿着浣熊皮大衣的人抢去你们的钱,然后丢给你们一枚十五戈比的硬币算是赏钱,你们却说:'让我吻您的手,老爷。'你们都是贱民,可怜虫。……我就不同。我活着,头脑清楚,什么都看得见,好比一只鹰或者雕在大地的上空飞翔。我什么都明白。我是抗议的化身。我一看见专横跋扈就抗议,一看见假仁假义和伪君子就抗议,一看见得意扬扬的卑鄙小人就抗议。任什么东西也不能压倒我,就是西班牙宗教裁判所也堵不住我的嘴。对了。……就是割掉我的舌头,我也要比画着手势抗议,就是把我关进地窖,我也要在那儿大声喊叫,让一俄里以外的人都听得见;要不然,我就绝食而死,叫他们的黑良心多添点负担。就是杀了我,我也要变成鬼来显灵。所有的熟人都对我说:'您成了叫人受不了的人,巴威尔·伊凡内奇!'我为这样的名声自豪。我在远东工作过三年,可是我留下来的名声却会存一百年。我跟所有的人都吵过架。

---

① 8—12世纪伏尔加河中下游左岸草原上的突厥部落和萨尔马舒部落联盟,在此借喻野蛮人。

我的朋友们从俄国写信来说:'你不要回来。'我呢,不管三七二十一,偏要回去。……对了。……这就是生活,我明白。这才叫生活。"

古塞夫没有听他讲话,眼睛瞧着那个小窗口。在透明的、现出柔和的绿松石颜色的海面上,有一条木船摇摇晃晃,沉浸在耀眼的炎阳的亮光里。船上站着些赤身露体的中国人,举起装着金丝雀的鸟笼,喊道:

"它在唱,它在唱呢!"

另一条木船撞在这一条木船上。有一艘汽艇开过去了。随后又来了一条木船,上面坐着一个肥胖的中国人,拿着筷子吃米饭。海水懒洋洋地流动,白色的海鸥懒洋洋地在水上飘飞。

"要是能给这胖子一个脖儿拐才好……"古塞夫瞧着那个胖中国人暗想,打了个哈欠。

他昏昏睡去,觉得整个大自然也在昏睡。光阴跑得很快。白天不知不觉地过去,黑暗不知不觉地来临。……那条轮船不再停住不动,又往前朝某个地方驶去。

四

两天过去了。巴威尔·伊凡内奇不再坐着,已经躺下了。他的眼睛紧闭,鼻子好像更尖了。

"巴威尔·伊凡内奇!"古塞夫叫他,"喂,巴威尔·伊凡内奇!"

巴威尔·伊凡内奇睁开眼睛,动了动嘴唇。

"您不舒服吗?"

"没什么……"巴威尔·伊凡内奇回答说,不住地喘气,"没什么,甚至相反……好一点了。……你看,我已经能躺下来。……我感到轻松一点了。……"

"真要谢天谢地,巴威尔·伊凡内奇。"

"我拿自己跟你们比,我就怜惜你们……这些可怜虫。我的肺是健康的,咳嗽是因为肠胃出了毛病。……就连下地狱我也经得住,漫说去红海了!再说,我对我的病,对药品,都采取追根究底的态度。你们呢……你们却是些无知无识的人。……你们苦,很苦很苦哟!"

船身不摇了。风平浪静,然而船上又闷又热,跟澡堂里一样。不但说话困难,就连听人家讲话也不易。古塞夫抱住膝盖,把头枕在膝盖上,思念家乡。我的上帝啊,在这种闷热当中想念白雪和寒冷,那是多么畅快啊!人坐上一辆雪橇出门,忽然,不知什么缘故,那些马受了惊,狂奔起来。……它们不管大路,不管沟渠,不管峡谷,直冲过去,发疯般穿过村子,越过池塘,经过工厂,然后在旷野上奔驰。……"拉住马!"工厂里的人和路上相遇的人纷纷提高声音叫道。"拉住马!"可是何必拉住呢?让刺骨的寒风管自扑到脸上来,刺痛手,让马蹄扬起的一团团雪,管自掉到帽子上,顺着衣领落到脖子上、胸膛上,让雪橇的滑铁吱吱地尖叫,让马的套索和马轭都碎裂,叫它们见鬼去吧!等到雪橇翻了个儿,把你一下子扔进雪堆,脸陷进雪里,然后,你站起身来,周身发白,唇髭上挂着小冰柱,帽子不见了,手套没有了,腰带松开了,那是多么畅快啊。……人们哈哈大笑,狗汪汪地叫。……

巴威尔·伊凡内奇略微睁开一只眼睛,瞧着古塞夫,轻声问道:

"古塞夫,你的司令官贪污吗?"

"谁知道呢,巴威尔·伊凡内奇!我们可不知道,这事我们没法儿知道。"

然后,在沉默中过了许久。古塞夫沉思,说梦话,不时地起来喝水。他说话吃力,听话吃力,生怕人家找他说话。过了一个钟头,两个钟头,三个钟头,傍晚来了,然后夜晚来了,可是这些他都没注意,一直坐在那儿,思念严寒。

他听见仿佛有人走进诊疗所里来,人声嘈杂,可是过了五分钟,一切又归于沉寂了。

"祝他升天堂,永久安息,"胳膊上缠着绷带的兵说,"他是个心神不宁的人。"

"什么?"古塞夫问,"谁?"

"他死了。刚才人家把他抬到上边去了。"

"哦,"古塞夫打着哈欠,嘟哝说,"祝他升天堂。"

"你觉得怎么样,古塞夫?"胳膊上缠着绷带的兵沉默一会儿,问道,"他会不会升天堂?"

"你说的是谁?"

"说的是巴威尔·伊凡内奇啊。"

"他会升天堂的……他吃过那么多的苦。还有一点,他出身教士家庭,教士的亲戚是很多的。经他们一祷告,他就升天堂了。"

那个胳膊上缠着绷带的兵在古塞夫的吊床上坐下,低声说:

"你呢,古塞夫,在人世也活不长了。你到不了俄国。"

"莫非大夫或者医士说过这话?"古塞夫问。

"倒不是有谁说过,这是看得出来的。……人快要死了,那是一眼就能看出来的。你不吃东西,不喝水,瘦下去,瞧着真吓人。一句话,这是痨病。我说这话不是要惹得你心乱,而是因为你也许打算领圣餐,受涂油礼。要是你身边有钱,该把它交给长官才是。"

"我没写信回家……"古塞夫叹道,"我死了,家里人还不知道呢。"

"他们会知道的,"有病的水手用男低音说,"你死后,这儿的人就会在值班日记上写一笔,到了敖德萨城照抄一份交给军事长官,军事长官再通知乡里或者其他什么地方。……"

谈过这番话后,古塞夫害怕了,有一种什么渴望开始折磨他。他喝口水,觉得不对头。他凑到小小的圆窗口,吸点潮湿的热空气,也不行。他极力想念家乡,想念严寒,还是不行。……最后,他觉得要是他在这个诊疗所里哪怕再待上一分钟,他也一定会死掉了事。

"这儿闷得很,老兄……"他说,"我要到上边去。看在基督分上,扶我上去吧。"

"行,"缠着绷带的兵同意道,"你走不动,我背着你去。你抱住我的脖子。"

古塞夫就搂住兵的脖子,兵用他那条健康的胳膊托着他,把他背上去。甲板上并排躺着一些无限期休假的兵和水手。他们人数那么多,弄得人很难从他们中间穿过去。

"你下来,站在地上,"缠着绷带的兵小声说,"悄悄跟着我走,拉住我的衬衫。……"

天色黑暗。甲板上也好,桅杆上也好,四周的海面上也好,一点灯火也没有。船头上站着一个哨兵,一动也不动,好比一尊塑像,看上去像是也睡着了。仿佛这条轮船已经由自己做主,要往哪儿开就往哪儿开了。

"现在他们要把巴威尔·伊凡内奇丢进海里了……"缠着绷带的兵说,"先装进一个布袋子,再丢进水里。"

"是的。这是规矩。"

"不过,还是躺在家乡的地里好。至少母亲总会到坟地上来哭一场。"

"当然。"

这时候飘来畜粪和干草的气味。有几头牛立在船舷附近,耷拉着脑袋。一头,两头,三头……一共有八头!那儿还有一匹小马。古塞夫伸出一只手去想摩挲它,可是它摇一摇头,龇出牙来,要咬他的袖子。

"该死的……"古塞夫生气地说。

他和兵两个人悄悄往船头走去,然后靠着船舷停下,时而默默地往上看,时而往下看。上面是深邃的天空、明亮的繁星、安宁和寂静,就跟家乡的村子里一样。下面呢,却是黑暗和混乱。谁也不知道那些高高的浪头为什么吵闹不休。不管你看哪一个浪头,它总是极力要耸得比别的浪头都高,然后砸下去,淹没别的浪头,接着另一个同样凶猛丑陋的浪头又带着轰轰的响声,闪着白色的长鬃,向它扑过去。

海洋既没有理性,也没有怜悯。假定轮船小一点,而且不是用厚铁板做成的,海浪就会毫不顾惜地砸碎它,把船上的人,不管是圣徒还是罪人,一股脑儿吞下去。轮船也同样没有理性,带着凶狠的神情。这个生着大鼻子的庞然大物照直往前冲,一路上冲碎了几百万个浪头。它既不怕黑暗,也不怕风,又不怕空旷,更不怕孤独,什么都不在它眼里,要是海洋上住着人,它也会不管是圣徒还是罪人,一股脑儿碾死了事的。

"现在我们到哪儿了?"古塞夫问。

"不知道。多半是在海当中。"

"看不见陆地。……"

"那怎么看得见!他们说要过七天才看得见呢。"

两个兵瞧着像磷火那样发亮的白色泡沫,沉默着,想心事。古塞夫首先打破沉默。

"这也没有什么可怕的,"他说,"只是有点阴森,仿佛坐在黑树林里。假定说,他们眼下把一条舢板放到水面上,有个军官命令我到一百俄里以外的海面上去捉鱼,那我是会去的。或者,比方说,眼下有个基督徒失足落水,我就会跟着跳下水去。要叫我救德国人或者满洲人,我不干,可是救基督徒,我肯出力。"

"你怕死吗?"

"怕。我舍不得家里那些田。你知道,我哥哥在家,可是他不牢靠,爱喝酒,无缘无故打老婆,不孝敬爹娘。缺了我就什么都完了,说不定我父亲会带着老太婆去沿街讨饭。不过,老兄,我的腿支持不住了,而且这儿闷得透不过气来。……我们回去睡吧。"

五

古塞夫回到诊疗所里,在他的吊床上躺下。照旧又有一种模糊的欲望来折磨他,他无论如何也不明白他需要什么。他的胸膛里像有个什么东西压着,脑袋里突突地跳,嘴里干得很,舌头都不容易活动了。他昏昏睡去,说梦话,然后给噩梦、咳嗽和闷热弄得疲乏不堪,直到早晨才睡熟。他梦见在营房里人们刚从烤炉里取出面包,他就钻进烤炉,在里面洗蒸汽浴,用桦树枝编成的长把笤帚拍打自己的身子。他睡了两天,到第三天中午,上边来了两个水手,把他从诊疗所里抬出去了。

人家用帆布把他包好,缝起来,为了要这个包沉一点,就把两根铁炉条塞进包里。他缝在帆布包里以后,看上去像是一根胡萝卜或者白萝卜,头部宽,脚部窄。……太阳落下去以前,他被人抬到甲板上,放在一块木板上,木板的一头放在船舷上,另一头放在用凳子垫高的一口箱子上。四周围站着一些脱掉帽子的无限期休假的兵和船员。

"赞美上帝!"教士开始念道,"永远,永远,世世代代赞美!"

"阿门!"三个水手唱道。

那些无限期休假的兵和船员在胸前画十字,瞧瞧一旁的海浪。说来奇怪,一个人居然缝在帆布包里,马上就要扔到海浪里。难道每个人都会碰到这种事吗?

教士在古塞夫的包上撒下一把土,然后朝他鞠躬。大家唱《永恒的悼念》。

值班的水手抬起木板的一头,古塞夫就头朝下,从木板上滑下去,在空中翻了个身,扑通一声响!泡沫把他盖住,霎时间,他似乎穿上一件满是花边的衣服,不过这一刹那就过去,他立即消失在海浪里了。

他很快地往海底沉下去。他会沉到海底吗?据说,海面离海底有四俄里。他沉下去八九俄丈以后,就越沉越慢,有节奏地摇晃着,仿佛在犹豫不定似的。他给水流带动着,已经不是照直往下沉,而是比较快地往斜下里漂去了。

不过后来,他在沉下去的路上遇到一种名叫舟鲫的鱼群。那些小鱼看见这个黑乎乎的东西,就停下来,纹丝不动,后来忽然一齐掉转头游回去,不见了。没有过完一分钟,它们又像箭似的很快扑到古塞夫这边来,循着锯齿形的线路,在他四周的水里游动。……

这以后,另一个黑东西出现了。那是一条鲨鱼。它大模大样而且不大情愿地游到古塞夫的下面,仿佛没注意到他似的。他呢,沉到它背上去了,于是它翻个身,肚皮朝上,在温暖而透明的海水里纳一纳福,懒洋洋地张开嘴,露出两排牙齿。那些舟鲫鱼高兴极了,它们停住,看看随后会发生什么事。鲨鱼把那个东西耍弄一阵,然后不乐意地把嘴凑上去,小心地用牙齿碰一碰它,帆布包就从头到脚整个裂开,一根炉条掉下来,把那些舟鲫鱼吓了一跳,它打在鲨鱼的身子上,很快地沉到水底去了。

这当儿,海面上,在太阳落下去的那一边,浮云正在堆叠起来,有的像是凯旋门,有的像是狮子,有的像是剪刀。……云层里射出一条宽阔的绿色亮光,一直伸展到天空中央。过了一会儿,它旁边出现一条紫色的,这旁边又出现一条金色的,然后又出现一条粉红色的。……天空呈现一片柔和的雪青色。海洋瞧着这个壮丽迷人的天空,先是皱起眉头,然而不久,它本身也现出一种亲切的、欢畅的、热烈的颜色,像这样的颜色是难以用人类的语言表达的。

一八九一年

村　　妇

拉依布日村里，教堂的正对面，立着一所用石头奠基和铁皮盖顶的两层楼房子。绰号大舅的房主人菲里普·伊凡诺夫·卡欣，带着一家人住在楼下。楼上是过路的官吏、商人、地主下榻的地方，那儿夏天很热，冬天很冷。大舅租下一块地，在大道旁边开一家酒店，出售焦油、蜂蜜、牲口、喜鹊，他已经积下大约八千卢布，存在本城的银行里。

他的大儿子费多尔在工厂里担任机械工长，庄稼汉们一提起他就说，他已经爬上高枝儿，现在大家跟他高攀不上了。费多尔的妻子索菲雅是个难看而有病的村妇，住在她公公家里，老是哭泣，每逢星期日总到医院里去看病。大舅的第二个儿子，驼背的阿辽希卡，住在父亲家里。不久以前他娶了一个穷人家的姑娘，名叫瓦尔瓦拉。这个村妇年轻、俊俏、健康，打扮得花枝招展。每逢官吏们和商人们来住宿，他们总是要瓦尔瓦拉给他们烧茶炊和铺床。

六月里的一天傍晚，太阳已经下山，空气里满是干草、晒热的畜粪、新鲜的牛奶的气味，这时候有一辆普通的板车驶进大舅家的院子，车上坐着三个人：一个三十岁上下的男子，身穿帆布衣服，旁边坐着一个七八岁的男孩，穿一件黑色长上衣，配着骨制的大纽扣，车夫座位上坐着一个穿红色衬衫的年轻小伙子。

小伙子把马卸下来，拉到街上去遛一遛。那个过路的客人洗过脸,对着教堂祷告一番,然后在板车旁边铺好一块车毯,跟男孩一块儿坐下来吃晚饭。他吃得不慌不忙,规规矩矩。大舅这辈子见过很多旅客,现在从这人的举止看出,他是个认真严肃而且自视很高的人。

大舅坐在门廊上,只穿着坎肩,没戴帽子,等着旅客开口说话。他习惯于傍晚听旅客们在临睡前讲各式各样的事情,他喜欢听。他的老伴阿方纳西耶芙娜和儿媳妇索菲雅正在棚子里挤牛奶,另一个儿媳妇瓦尔瓦拉则坐在楼上敞开的窗口嗑葵花子。

"这个小家伙是你的儿子吧?"大舅问旅客说。

"不是的,他是我的养子,原是个孤儿。我是为了拯救我自己的灵魂才收养他的。"

他们攀谈起来。原来这位旅客是个喜欢讲话、谈锋很健的人。大舅从谈话中知道他是城里的小市民,有房产,名字是玛特威·萨维奇,现在去查看他从德国侨民那儿租来的果树园;男孩名叫库兹卡。这天傍晚又闷又热,谁也不想睡觉。等到天黑下来,天空中这儿那儿闪着苍白的星星,玛特威·萨维奇就开始讲库兹卡的来历。阿方纳西耶芙娜和索菲雅站在稍远的地方听着,库兹卡往大门口走去。

"老大爷,这是一个非常曲折的故事,"玛特威·萨维奇开口了,"要是我把这件事的经过一五一十讲给你听,那是一夜也讲不完的。大概十年以前,我们那条街上跟我家毗邻的那所小房子里,住着一个年老的寡妇玛尔法·西蒙诺芙娜·卡普龙采娃,如今那所小房子里开了蜡烛厂和油坊了。老寡妇有两个儿子,一个在铁路上做车长,另一个名叫瓦夏,跟我同岁,住在他妈妈家里。去世的老人卡普龙采夫养着五对马,打发赶大车的车夫到全城去做拉货的生意。寡妇没有丢下这个生意,而且指挥车夫也不比亡夫差,因此有些日子单靠这几匹马就能挣到足足五个卢布。那小伙子也有小小的进项。他养些良种的鸽子,卖给鸽子迷。有时候他一直站在房顶上,拿一把扫帚往上扔,吹口哨,那些筋斗鸽就飞上云霄,他还嫌不够,要它们飞得再高点。他常捉黄雀和椋鸟,做鸟笼子。……这是不值一提的工作,可是靠这种小营生一个月说不定倒也能挣来十个卢布呢。好,日月如梭,老太婆的两条腿瘫痪,躺在床上起不来了。这么一来,家里可就缺了女主人,好比一个人缺了眼睛。老太婆心思不定,决意给他的瓦夏娶媳妇。她马上叫来媒婆,照女人家那样谈谈说说,一来二去,我们的瓦夏就出外相亲去了。他相中了寡妇萨莫赫瓦里哈的女儿玛宪卡。他们没多耽搁就把亲事讲定,不出一个星期事情全办妥了。这个姑娘年轻,十七岁左右,身材矮小,可是脸庞白净,好看,处处都像一位小姐。她带来的陪嫁也不错:五百卢布的现钱、一头奶牛、一张床。……那老太婆好像早就预感到似的,在儿子婚后第三天,她就归了天,到那个既没有疾病也没有叹息的地方去了。新婚夫妇把死者安葬后就开始一块儿过日子。他们头半年过得很顺心,不料,忽然来了新的灾难。俗语说得好,'祸不单行',瓦夏被征去当兵了。可怜的人,人家硬要他去当兵,甚至不准他出钱免服兵役。他们剃光他的头发,把他送到波兰帝国。这可是上帝的旨意,没法可想哟。他在院子里跟妻子告别的时候,倒还没什么,可是临到他最后看一眼住着鸽子的干草棚,他的眼泪就止不住流下来了。瞧着都觉得可怜。起初玛宪卡怕一个人觉得寂寞,就把她母亲接过来住。她母亲一直住到这个库兹卡出世,随后就到奥博扬城去找她另一个也已出嫁的女儿去了,撇下玛宪卡跟娃娃孤零零地过活。那五个赶大车的庄稼汉都是酒鬼,终日胡闹。可是,那些马啦,大板车啦,都得有人照看,篱墙破了或者烟囱里的煤烟起了火,都不是娘们儿家管得了的,她遇上这些小事总央求我这个邻居帮忙。好,我就去了,料理一下,出个主意什么的。……当然,我也免不了走进屋里,喝一口茶,谈谈天。我是个年轻而聪明的人,喜欢谈各式各样的事。她呢,也受过教育,懂得礼数。她打扮得干净利索,夏天出门总打着阳伞。有时候我开导她,给她讲宗教或者政治,她认为我看得起她,就请我喝茶,吃果子酱。……总之,老大爷,不要把话说长,我对你直说了吧,不出一年,魔鬼,人类的仇敌,就迷住了我的心窍。我渐渐觉得我哪天没去找她,就好像不自在,闷得慌。我老是找个由头到她那儿去一趟。我说:'您这儿该安上冬天的窗子了。'于是在她那儿待上一整天,一边给她安窗子,一边留下两个窗子好第二天再去安。'应当把瓦夏的鸽子点点数,看有没有走失。'总之,我找出这一类的借口就是了。我老是隔着篱墙跟她讲话,后来我为了免得绕远路,就索性在篱墙上开一个便门。在这个世界上,女人总是惹出很多坏事和祸害。漫说我们这些罪人,就连圣徒也难免上钩哟。玛宪卡并没叫我别再到她那儿去。她非但不想念她的丈夫,守身如玉,反而爱上我了。我开始注意到,她也闷得慌,老是在篱墙旁边走来走去,隔着篱笆缝瞧我的院子。我的脑子里胡思乱想,闹得不可开交。在复活节周星期四那天,我一清早去赶集,天刚亮,我走过她家的门口,这时候魔鬼就来了。我往里一看(她那道门的上部有一排空格子),她已经醒了,正好站在院子当中喂鸭子吃食。我忍不住叫了她一声。她就走过来,隔着格子瞧我。她那脸蛋儿白白的,一双温存的眼睛带着睡意。……我很喜欢她,就开口对她说了些称赞的话,好像我们不是在门口而是在命名日宴会上讲话似的。她涨红脸,笑了,一直瞧着我的脸,连眼睛都不眨一下。我神魂颠倒,对她说穿了我爱她的情意。……她开了门,把我放进去,从那天早晨起我们就像一对夫妇那样过活了。"

驼背的阿辽希卡从街上走进院子,喘着气,对谁也没看一眼,跑进正房去了。过了一分钟,他拿着手风琴从房里跑出来,衣袋里的铜钱叮叮当当响,一面跑一面嗑着葵花子,冲出大门外边去了。

"这是你们家里的什么人?"玛特威·萨维奇问。

"他是我的儿子阿历克塞①,"大舅回答说,"他喝酒去了,这个坏包。上帝罚他驼背,所以我们管得也就不很严了。"

"他老是找伙伴们喝酒,老是喝酒,"阿方纳西耶芙娜叹口气说,"谢肉节②前,我们给他成了亲,心想他会好一点,可是反而更不行了。"

"真是没用。反而白白娶了人家的闺女。"大舅说。

教堂后面,有些人唱起一支动人的悲歌。歌词听不清,只能听清歌声:两个男高音和一个男低音。大家都在听歌,院子里就变得十分安静。……有两个歌声突然停住,哈哈大笑,第三个歌声,男高音,仍旧唱下去,而且调门那么高,大家不由自主地抬头往上看,好像那声音高得飞上了天空。瓦尔瓦拉从房里走出来,用手挡住眼睛,像遮住阳光似的,瞧了瞧教堂。

"那是教士的儿子跟教员在唱歌。"她说。

三个声音又一起唱起来。玛特威·萨维奇叹口气,接着说:

"事情就是这样的,老大爷。过了两年光景,我们接到瓦夏从华沙寄来的信。信中说,长官打发他回家养病。他病了。这当儿我已经丢掉我脑子里的糊涂想法,有人给我说了个挺好的媳妇,只是我不知道怎样才能跟我的情妇一刀两断。我每天都打算跟玛宪卡说穿,可又不知道用什么法子谈才不至于惹起一场女人的哭号。这封信正好帮上我的忙。我跟玛宪卡一块儿看完这封信,她脸白得跟雪一样,我就说:'谢天谢地,现在你又要做一个有丈夫的妻子了。'然而她对我说:'我不要跟他过下去。''咦,他不是你的丈夫吗?'我说。'说得倒轻巧。……我从来也没有爱过他,我嫁给

---

① 上文阿辽希卡是阿历克塞的昵称。
② 基督教节日,在大斋前的一个星期,这时候可以吃荤食肉。

他并不是心甘情愿。是我母亲硬叫我嫁的。'我说:'你可别推得一干二净,傻娘们儿。你说说看:你是不是在教堂里跟他行过婚礼的?'她说:'是行过的,可是我爱你,我要跟你一块儿过,一直到死。随人家去笑吧。……我才不在乎。……'我说:'你是信教的人,念过《圣经》,那上面是怎么写的?'"

"既是嫁了丈夫,就得跟丈夫过下去。"大舅说。

"夫妻是血肉相连的。我说:'以前我跟你犯过罪,往后就别再犯了,人得有良心,敬畏上帝才行。我们给瓦夏赔个不是,他性格温和,老是怯生生的,他不会打死你的。再者,'我说,'宁可在这个世界上受你那合法的丈夫的折磨,也别到最后审判的日子把牙咬得咯咯响。'这个娘们儿不听我的话,打定主意,任你说破了嘴也没用!'我爱你。'她老是说这句话,别的话就没有了。瓦夏在圣三主日①前星期六那天一清早回来了。我隔着篱墙看得清清楚楚:他跑进房里,过一会儿抱着库兹卡走出来,又笑又哭,吻着库兹卡,观看干草棚,他既舍不得丢下库兹卡,又想去摆弄鸽子。他是个温柔多情的人。这一天过得顺顺当当,安静,没出什么事。教堂打钟做晚祷了,我心里想:明天是圣灵降临节,他们家大门和篱墙上怎么不装点些绿色的枝叶呢?我心想,事情不妙啊。我就到他们家里去了。我一看,他正坐在房间中央的地板上,眼珠乱转,像喝醉了酒一样,眼泪顺着脸颊往下流,两只手发抖。他从一个包裹里拿出小面包圈啦,项链啦,蜜糖饼干啦,另外还有种种礼物,随手扔在地板上。库兹卡那时候才三岁,在他身旁爬来爬去,嚼着蜜糖饼干。玛宪卡呢,站在炉子旁边,脸色苍白,浑身发抖,嘟哝说:'我不是你的妻子,我不想跟你一块儿过。'她说出各式各样的蠢

---

① 亦称三一主日。东正教十二大节之一,在复活节后第五十天。

话。我却对瓦夏跪下去,说:'我们对不起你,瓦西里①·玛克西梅奇,看在基督分上饶了我们!'然后我站起来,对玛宪卡说出这样一番话:'您,玛丽雅②·谢敏诺芙娜,现在应当给瓦西里·玛克西梅奇洗脚,把洗脚水喝掉才是。您该做他百依百顺的妻子,而且替我祷告上帝,'我说,'求上帝大慈大悲,饶恕我的罪过!'仿佛有个天使来指点我似的,我对她谆谆教诲一番,而且讲得那么动感情,甚至连我自己也感动得流下了眼泪。这样,大约过了两天,瓦夏来找我。他说:'玛丘沙③,我原谅你,也原谅我妻子,求上帝保佑你们。她是个大兵的老婆,年纪轻,要守住贞节是很难的。干这种事,她不是头一个,也不是末一个。不过,我求你好好过下去,就像你们中间没有出过什么事似的,你要不露声色。我呢,'他说,'要极力在各方面讨她的欢心,好让她再喜欢我。'他跟我握了握手,喝了一阵茶,就欢欢喜喜地走了。我心想:好,谢天谢地。事情这么顺利,我也高兴起来。可是瓦夏刚刚走出院子,玛宪卡就来了。简直是造孽啊!她搂住我的脖子,哭着哀求我说:'看在上帝面上,不要丢开我,我缺了你就活不下去。'"

"真是下贱!"大舅叹口气,说。

"我对她嚷叫,顿脚,把她拉到穿堂,扣上我的房门。我嚷着说:'到你丈夫那儿去!别叫我在大家面前丢脸,你得敬畏上帝才是!'天天都要闹这么一场。有一天早晨我站在院子里马棚旁边,修理马笼头。忽然,我一瞧,她穿过便门跑进我的院里来了,光着脚,只穿着裙子,照直跑到我跟前。她伸出两条胳膊抱住马笼头,弄得满身都是焦油。她身子发抖,哇哇地哭。……'我不能跟这个讨厌的家伙过下去,我受不了!要是你不爱我,你干脆把我杀

---

① 上文瓦夏是瓦西里的爱称。
② 上文玛宪卡是玛丽雅的爱称。
③ 玛特威的爱称。

了。'我生气了,拿起笼头打她两下,这当儿瓦夏也穿过便门跑来,拼命叫道:'别打她!别打她!'可是他自己却跑过来,像发了疯似的,抡起拳头,用尽力气打她,后来把她推倒在地,用脚踩她。我开始保护她,他却捞起缰绳来抽她。他一面抽,一面像马驹似的尖叫着:'嘶,嘶,嘶!'"

"应该拿起缰绳来,叫你尝尝这种滋味才对……"瓦尔瓦拉嘟哝着,走出去,"该死的东西,欺侮我们的姐妹。……"

"你闭嘴!"大舅对她吆喝道,"母马!"

"他不住地叫着:'嘶,嘶,嘶!'"玛特威·萨维奇接着说,"从他的院子里跑来一个赶车的,我叫来一个我的工人,我们三个人从他手里夺过玛宪卡来,把她搀回家去。丢脸啊!当天傍晚我到他们家里去看一眼。她躺在床上,周身缠着绷带,只露出眼睛和鼻子,瞧着天花板。我说:'您好,玛丽雅·谢敏诺芙娜!'她闷声不响。瓦夏坐在另一个房间里,抱着头,哭道:'我真混!我毁了我的生活!主啊,叫我死吧!'我在玛宪卡身旁坐了半个钟头,对她开导一番。我略微吓唬她一下。我说:'遵守教规的人到另一个世界会进天堂,你呢,却要跟你们那伙淫妇一同到烧着大火的地狱里去。……不要反抗你的丈夫,到他那儿去,对他跪下。'她却一句话也不说,连眼睛也没眨一下,倒好像我在对一根柱子说话似的。第二天瓦夏生病了,像是霍乱,将近傍晚,听人说,他死了。他下了葬。玛宪卡没到墓园去,她不愿意让人家看见她那张无耻的脸和她的伤痕。不久,小市民中间议论纷纷,说瓦夏不是病死的,而是被玛宪卡害死的。这话传到官府去了。他们就检验瓦夏的尸体,开膛破肚,在他肚子里发现有砒霜。事情这才水落石出。警察来了,把玛宪卡抓走,连带把没罪的库兹卡也抓去了。他们都下了狱。这个娘儿们自讨苦吃,上帝来惩罚她了。……大约过了八个月,这个案子举行公审。我记得,当时她坐在一条长凳上,戴着白色头巾,穿着灰色囚衣。她瘦了,脸色苍白,眼睛尖利,看上去真可怜。她身后站着一个兵,拿着枪。她不认罪。有些人在法庭上说,她毒死了她的丈夫,有些人则证明,她丈夫是因为伤心才服毒自尽的。我也去做证人。堂上问到我,我就本着良心,什么都说了。我说:'她有罪,这用不着遮盖,她不爱她丈夫,性情又刚强。……'审问从早晨开始,将近夜晚才作出判决,把她流放到西伯利亚去做十三年苦工。这样判决以后玛宪卡在我们的监狱里又关了三个月。我去看她,而且出于善心,还给她带去茶叶和糖。可是她一见我就全身发抖,挥着手,嘟哝说:'走开!走开!'她还把库兹卡搂在怀里,仿佛怕我把他夺走似的。我说:'瞧你落到什么下场了!哎,玛霞①,玛霞,你这自寻死路的人啊!当初我开导你,你不听我的话,瞧,如今你只好叫苦了。你自己有罪,'我说,'这得怪你自己。'我不住地开导她,她却说:'走开!走开!'她拉着库兹卡缩到墙边,浑身发抖。等到人家把她从我们这儿押解到省城去,我就送她到火车站,而且为了拯救我的灵魂,还往她的行囊里塞进一个卢布。不过她没有走到西伯利亚。……她在省城得了热病,死在监狱里了。"

"狗只配狗的死法。"大舅说。

"他们把库兹卡送回家来了。……我左思右想,就把他收养下来。是啊,虽说他是囚犯的后代,到底也是个活人,基督徒。……我怜惜他。我会栽培他做一名伙计,要是日后我没有子女,那就提拔他做商人。现在,我不论到哪儿去,总是带着他,好让他学着点。"

玛特威·萨维奇讲话的时候,库兹卡一直坐在大门旁边一块小石头上,两只手托着头,眺望天空。远远看去,他在黑暗中像是

---

① 玛丽雅的另一个爱称。

一个小树桩。

"库兹卡,去睡觉!"玛特威·萨维奇对他喝道。

"对了,也该睡了。"大舅说着,站起来。他大声打个哈欠,补了一句:"一个人由着自己的性子行事,不听别人家的话,到头来就会有这样的下场。"

月亮已经游到院子上面的天空中。它急匆匆地往一边奔跑,它下面的浮云却往另一边奔跑。浮云已经走得远了,月亮却仍然挂在院子的上空。玛特威·萨维奇对着教堂做了一阵祷告,道过晚安,就在大车旁边的地上躺下。库兹卡也祷告一阵,在大车上躺下,把自己的衣服盖在身上。为了睡得舒服点,他在干草上揉出一个小坑,蜷缩着身子,弄得胳膊肘碰到膝盖了。从院子里,可以看见大舅在楼下房间里点燃一支蜡烛,戴上眼镜,在墙角站住,手里捧着一本小书。他念了很久,不住地鞠躬。

旅客们睡着了。阿方纳西耶芙娜和索菲雅走到大车那儿,看着库兹卡。

"这个孤儿睡着了,"老太婆说,"他又细又瘦,只剩皮包骨了。亲娘不在,就再也没有人来照应他了。"

"我的格利舒特卡大概比他大两岁,"索菲雅说,"他待在工厂里像个奴隶,没有母亲在身旁。恐怕工头会打他吧。刚才我瞧着这个小家伙,就想起我的格利舒特卡,我心里的血都凝成块了。"

她们沉默了一会儿。

"也许他记不得他的母亲了。"老太婆说。

"他怎么会记得!"

索菲雅的眼睛里淌下大颗的泪珠。

"他缩成一团了……"她说,她满腔温情和怜悯,又是哭又是笑,"可怜的小孤儿啊。"

库兹卡打了个哆嗦,睁开眼睛。他看见面前有一张难看的、满是皱纹的、泪痕斑斑的脸,旁边有一张苍老的、脱了牙的、长着尖下巴和钩鼻子的脸,上面是无底的天空、奔驰的浮云和月亮,他就吓得大叫一声。索菲雅也尖叫一声。两个叫声引起了回声,闷热的空气里掠过一阵不安。守夜人在附近什么地方敲响梆子,一条狗吠起来。玛特威·萨维奇在睡乡中嘟哝一句什么话,翻了个身。

夜深了,等到大舅、老太婆、附近的守夜人都睡熟了,索菲雅就走到大门外面,在一条长凳上坐下。她觉得闷热,又因为哭过一场而头痛。这条街又宽又长,往右走有两俄里长,往左走也差不多,两边的尽头都看不见。月亮已经离开院子,游到教堂后面去了。街道有半边浸在月光里,半边罩在黑影里。杨树和椋鸟巢的细长的影子伸展到街对面,教堂的影子又黑又可怕,宽阔地铺在街上,罩住大舅的大门和半所房子。街上没有人,静悄悄的。偶尔从街道的尽头传来隐约的音乐声,大概是阿辽希卡在拉他的手风琴吧。

教堂围墙旁边的阴影里,有个活的东西在走动,没法辨别这究竟是个人还是头奶牛,或者也许什么也没有,只是一只大鸟在树木当中沙沙作响。可是后来,从阴影里走出一个人影,站住,说了一句什么话,是男人的声音,然后,这人走进教堂附近的巷子里去了。过了一会儿,离大门大约两俄丈远,又出现一个人影。他从教堂那边照直往大门走来,看见坐在长凳上的索菲雅,就站住了。

"瓦尔瓦拉,莫非是你吗?"索菲雅问。

"是我又怎么样?"

果然是瓦尔瓦拉。她呆站了一分钟,然后走到长凳这边,坐下来。

"你到哪儿去了?"索菲雅问。

瓦尔瓦拉一句话也没回答。

"你可别玩得昏了头,闹出乱子来,你这小媳妇,"索菲雅说,"你刚才听见玛宪卡又挨脚踩,又挨缰绳抽吗? 小心,你可别落到

119

这个下场。"

"管他呢。"

瓦尔瓦拉嘴巴隐在头巾里笑起来,小声说:

"刚才我跟教士的儿子一块儿玩来着。"

"胡说!"

"真的!"

"罪过啊!"索菲雅小声说。

"管他呢。……有什么可懊悔的?造孽就造孽,像这样过日子,还不如索性让雷劈死的好。我年轻,健康,我那丈夫呢,却驼背,讨厌,粗鲁,比该死的大舅还不如。当初我做姑娘的年月,吃不饱肚子,光着脚没有鞋穿,一心想逃出这种穷困,贪图阿辽希卡有钱,这才落进陷阱,好比一条鱼钻进捕鱼的篓子了。依我看来,哪怕跟毒蛇一块儿睡觉也比跟讨厌的阿辽希卡同床轻松得多。再说,你的生活又怎样呢?我都不忍心看哟。你的费多尔把你从工厂里赶出来,送到他父亲家里来住,他自己却勾搭上另外一个女人。你的孩子给人夺走,当人家的奴仆。你像牛马那样干活,可是好话却一句也听不到。要是这样,还不如孤孤单单,一辈子做老姑娘,还不如找教士的儿子要半个卢布,还不如去讨饭,还不如跳井自尽。……"

"罪过啊!"索菲雅又小声说。

"管他呢。"

教堂后面刚才传来的那三个人的声音——两个男高音和一个男低音,现在又唱起一支悲歌。歌词也还是听不清。

"这些夜游神啊……"瓦尔瓦拉说着,笑起来。

她小声讲起她晚上怎样跟教士的儿子一块儿玩乐,他对她讲些什么话他有些什么样的朋友,她怎样跟过路的官吏和商人调笑。听着那支悲歌,人就不由得向往自由的生活,索菲雅笑起来。她听着那些话,觉得又是罪过,又是可怕,又是悦耳。她羡慕瓦尔瓦拉,暗暗懊悔自己年轻漂亮的时候没有造过这种孽。……

乡村墓地上那个老教堂里打起钟来,报了午夜的时辰。

"现在该睡了,"索菲雅站起身来说,"要不然就要挨大舅的骂了。"

两个人悄悄走进院子里。

"刚才我走了,没听见他后来还讲了玛宪卡一些什么话。"瓦尔瓦拉说着,在靠窗的地方铺好被褥。

"他说她死在监狱里了。她把丈夫毒死了。"

瓦尔瓦拉在索菲雅身边躺下,沉吟一下,小声说:

"我真想干掉我的阿辽希卡。我干了不会后悔的。"

"你胡说,愿上帝饶恕你。"

索菲雅正要昏昏睡去,瓦尔瓦拉却依偎到她身边来,凑近她耳朵说:

"我们来干掉大舅和阿辽希卡!"

索菲雅惊醒过来,什么话也没说,然后睁开眼睛,久久地瞧着天空,连眼皮也没眨一下。

"人家会查出来的。"她说。

"不会。大舅老了,也该死了,至于阿辽希卡,人家会说是醉死的。"

"我怕。……上帝会处死我们的。"

"管他呢。……"

两个人都睡不着,默默地思索。

"我冷,"索菲雅说,开始周身发抖,"大概快要天亮了。……你睡着了?"

"没有。……你别听信我的话,我的亲人,"瓦尔瓦拉小声说,"我恨透了他们,这些该死的东西,我都不知道我在说些什么

121

了。……睡吧,要不然天就亮了。……睡吧。……"

两个人停住嘴,定下心,不久就睡着了。

醒得最早的是老太婆。她叫醒索菲雅,两个人到棚子里去挤牛奶。驼背的阿辽希卡回来了,喝得酩酊大醉,没有把手风琴带回来。他胸前和膝盖上满是尘土和干草,多半在路上跌过跤。他摇摇晃晃,走进棚子,没脱衣服就往干草上一躺,立刻打起鼾来。太阳东升,明亮的光芒照耀着教堂上的十字架,后来又照耀着窗子。树木和井上吊杆的阴影就伸过院子,铺在沾着露水的青草上。这时候玛特威·萨维奇一跃而起,开始忙碌起来。

"库兹卡,起来!"他叫道,"该套车了!快!"

早晨的忙乱开始了。有一个年轻的犹太女人穿一条带绦边的深棕色连衣裙,牵着一匹马走进院里来饮马。井上的吊杆悲凉地吱吱叫,水桶发出碰撞的声响。……库兹卡带着睡意,浑身无力,衣服上沾满露水,坐在大车上,懒洋洋地穿好衣服,冷得缩起身体,听木桶在井里溅出水的声音。

"大娘,"玛特威·萨维奇对索菲雅叫道,"你去催一下我那小伙子,叫他来套车!"

这当儿大舅在一个小窗子里叫道:

"索菲雅,跟犹太女人要一个戈比的饮马钱!她们老是来,这些讨厌的家伙。"

街上有些羊群来来往往,咩咩地叫。村妇们对牧人叫骂,牧人管自吹着芦笛,抽着鞭子,或者用低沉、嘶哑的男低音还骂。有三只羊跑进院里来了,它们找不到大门口,就挺着犄角撞围墙。在这片闹声中,瓦尔瓦拉醒过来,抱起被褥,往正房走去。

"你至少该把羊赶出去啊!"老太婆对她叫道,"太太!"

"想得倒好!我才不高兴给你们这些魔王干活呢。"瓦尔瓦拉嘟嘟哝哝,走进正房去了。

旅客们在大车的车轴上涂了点儿油,套好了马。大舅从正房里走出来,手里拿着账单,在门廊上坐下,开始计算应该向旅客要多少钱的宿费、燕麦费、饮马费。

"老大爷,你要的燕麦钱太贵了。"玛特威·萨维奇说。

"嫌贵就别要嘛。商人,我们可没硬逼你要。"

旅客们往那辆大车走去,想坐上车赶路,却有一件事害得他们耽搁了一阵。库兹卡的帽子丢了。

"你把它放在哪儿了,小猪猡?"玛特威·萨维奇对他生气地叫道,"它在哪儿?"

库兹卡的脸吓得变了样。他绕着大车走来走去,没有找到,就跑到大门口,后来又跑进棚子里。老太婆和索菲雅都帮着他找。

"我要拧掉你的耳朵!"玛特威·萨维奇叫道,"真是下流胚!"

帽子总算在车的底部找到了。库兹卡用衣袖拂掉帽子上的干草,把它戴在头上,胆怯地爬上大车,脸上仍旧带着恐惧的神情,仿佛生怕有人在身后打他似的。玛特威·萨维奇在胸前画个十字,小伙子拉一下缰绳,于是大车出发,驶出了院子。

决　　斗

一

那是早晨八点钟,军官们、文官们、旅客们已经熬过又热又闷的夜晚,照例要到海水里去游一游,然后到亭子里去喝咖啡或者喝茶。伊凡·安德烈伊奇·拉耶甫斯基是个二十八岁左右、精瘦的金发青年,戴着财政部的制帽,穿着便鞋,也来游泳,在海岸上遇到许多熟人,其中有他的朋友,军医官萨莫依连科。

这个萨莫依连科长着一个大脑袋,头发剪短,脖子几乎看不见,红脸膛,大鼻子,浓密的黑眉毛,花白的连鬓胡子,身材矮胖而臃肿,再加上说起话来用的是军人粗哑的男低音,就给每个新来的旅客留下了不愉快的印象,就像他是个嗓音嘶哑的大老粗,不过,认识以后过不上两三天,人们就开始感到他那张脸异常善良可爱,甚至漂亮了。尽管他模样笨手笨脚,说话粗声粗气,但他却是个性子温顺、无限善良、心肠很软、善于体贴的人。他对城里所有的人都用"你"相称,把钱借给大家,为大家看病,做媒,调解争端,安排野餐。每到举行野餐,他总是做烤羊肉串,十分可口的鲻鱼汤;他老是为别人的事奔走请托,老是为什么事情高兴。按照大家的看法,他没有什么不好的地方,待人接物只有两个弱点:第一,他总为他的善良害臊,极力用严厉的目光和故意的粗暴来遮盖;第二,他喜欢医士和兵称呼他"大人",其实他只是个五等文官罢了①。

"你回答我一个问题,亚历山大·达维狄奇,"拉耶甫斯基开口说,这时候他们两个人,他和萨莫依连科,已经走进海水,水没到他们的肩膀了,"假定说,你爱上一个女人,跟她同居了;又假定你跟她同居了两年多,后来,这是常有的事,你不再爱她,开始觉得跟她合不来了。在这种情况下,你怎么办呢?"

"很简单。'亲爱的,你走你的路吧',事儿就了结了。"

"说得倒轻巧!可是万一她没有地方可去呢?她是个孤身的女人,没有亲戚,身边没有钱,又不会工作。……"

"那又怎么样呢?一次塞给她五百卢布或者按月给她二十五卢布,就完事了。很简单。"

"就算你既有五百卢布,也能按月给她二十五卢布,然而我说的这个女人却是知识分子,自尊心强。难道你敢给她钱?而且怎样给法呢?"

萨莫依连科本来打算答话,可是这当儿有个大浪头从他们头顶上冲过去,然后撞在岸上,接着顺着碎石地,哗哗响地滚回来。这两个朋友就走上岸去,开始穿衣服。

"当然,一个女人,要是你不爱她,却要跟她一块儿生活下去,那是困难的,"萨莫依连科说着,抖掉靴子里的沙土,"不过,万尼亚②,人应当按人道的观点来考虑问题。要是我遇上这种事,我就不会对她露出我不再爱她的神色,我会跟她一块儿生活到死。"

他忽然为自己的话害臊了,他觉得不对头,就说:

"要按我的意思,一个娘们儿都没有才好。叫她们见鬼

---

① 在旧俄时代,三、四等文官才被称为"大人"。
② 伊凡的爱称。

去吧!"

两个朋友穿好衣服,走进售货亭。在这儿,萨莫依连科是老主顾,这儿甚至为他预备下一套特殊的餐具。每天早晨他们用托盘给他端来一杯咖啡和一杯白兰地,另外还有一只高高的、里面盛着清水和冰块的刻花玻璃杯。他先喝白兰地,后喝热咖啡,最后喝冰水,这样的喝法大概蛮有滋味,因为喝完以后,他的眼神就变得含情脉脉了。他两只手摩挲着连鬓胡子,瞧着海说:

"这风景美得出奇啊!"

拉耶甫斯基昨晚却是用种种郁闷无益的思想打发掉漫漫长夜的,他没有睡好觉,而且那些思想使得夜间的闷热和黑暗似乎更加浓重了。这时候他精神不振,有气无力。游泳和咖啡也没提起他的兴致。

"亚历山大·达维狄奇,我们来接着谈下去,"他说,"我不想瞒着你,我要把你当作朋友,老老实实地告诉你:我跟娜杰日达·费多罗芙娜的关系不好……很不好!原谅我,我把我的隐私告诉了您,不过我不得不说。"

萨莫依连科已经预感到接下来会谈什么事,就垂下眼帘,用手指头敲桌子。

"我跟她同居了两年,已经不爱她了……"拉耶甫斯基讲下去,"或者不如说,我们之间压根儿就没有什么爱情。……这两年其实是互相欺骗罢了。"

拉耶甫斯基有个习惯,讲话的时候总是注意地瞅他的粉红色手心,咬手指甲,或者伸出手指头揉他的袖口。现在他就在这样做。

"我清楚地知道,你没法帮我的忙,"他说,"不过我所以要对你说这件事,是因为对我们这班失意的和多余的人来说,要想得救,全靠喋喋不休了。我得总结我每一个行动,我得在什么人的学说里,在文学的典型里,为我的荒唐生活找到说明和辩解,例如,我们这些贵族在退化,等等。……比方说,昨天晚上我就安慰自己,老是在想:啊,托尔斯泰多么正确,多么无情地正确啊!这么一来,我就觉得轻松点了。真的,老兄,他是个伟大的作家!任凭你怎么说,反正他是个伟大的作家!"

萨莫依连科从来也没看过托尔斯泰的作品,天天都打算读一下,这时候发窘了,说道:

"是的,所有的作家都是凭幻想写东西,可是他写的却是实际生活。……"

"我的上帝,"拉耶甫斯基叹道,"我们受文明的害多么深啊!我爱上一个有夫之妇,她呢,也爱我。……起初我们又是接吻,又是安静的黄昏,又是海誓山盟,又是斯宾塞①,又是理想,又是共同的志趣。……多么虚伪呀!实际上我们是从她丈夫家里私奔的,可是我们却欺骗自己说,我们逃脱了我们知识分子空虚的生活。我们这样描画我们的未来:先来到高加索,为了熟悉一下地方和人,我姑且穿上文官制服,到机关里工作,然后找一个空旷的地方买下一块地,劳动得脸上流汗,开辟一个葡萄园,垦出一片地,等等。假如不是我,而是你或者你那个动物学家冯·柯连,你们也许就会跟娜杰日达·费多罗芙娜一块儿生活三十年,给你们的继承人留下一个富饶的葡萄园和一千俄亩②玉米田,我呢,却从头一天起就觉得自己像是个破产的人。在城里住着,热得受不了,闷得慌,缺人做伴,到田野上去,却又觉得每一丛灌木里,每一块石头底下,都好像有避日虫、蝎子、蛇藏着。田野之外就是高山和荒野。陌生的人、陌生的大自然、贫乏可怜的文化,所有这些,老兄,可不

---

① 斯宾塞(1820—1903),英国哲学家和社会学家,理论社会学的创始人之一。
② 1俄亩等于1.09公顷。

像穿着皮大衣,挽着娜杰日达·费多罗芙娜的胳膊在涅瓦大街上散步,幻想温暖的地方那么轻松。这儿需要的是生死的搏斗,可是我哪里是个战士呢?我是个可怜的神经衰弱患者,干不了粗活的娇客。……从头一天起,我就体会到我那些关于劳动生活和葡萄园的想法简直是活见鬼。至于爱情,那么我得告诉你,跟一个读过斯宾塞著作而且愿意跟你走遍天涯海角的女人一块儿生活,就像跟安菲萨或者阿库里娜①之流一块儿生活那样乏味。照样有熨斗、脂粉、药品的气味,每天早晨也照样有卷发纸,也照样自己骗自己。……"

"家里缺了熨斗是不行的。"萨莫依连科说,听到拉耶甫斯基对他这么坦率地谈到一个他认识的女人,不由得涨红了脸。"你,万尼亚,今天心绪不好,我看出来了。娜杰日达·费多罗芙娜是受过教育的好女人,你呢,是个才智卓越的人。……当然,你们没有正式结婚,"萨莫依连科接着说,往邻近的几张桌子看一眼,"不过,这不是你们的过错,再者……应当抛弃成见,站在当代思想水平上才对。我自己就是赞成自由结合的,是啊。……可是依我看来,一旦共同生活,就该共同生活到死。"

"没有爱情也该这样?"

"我马上给你解释,"萨莫依连科说,"大约八年以前我们这儿有个年老的经纪人,是个很有见识的人。他常这样说:家庭生活里最主要的是忍耐。你听到吗,万尼亚?不是爱情,而是忍耐。爱情不可能持续很久。你在爱情中已经生活了两年光景,而现在,你的家庭生活显然进入新的阶段,在这种时候,为了保持所谓平衡,你就必须运用你所有的忍耐力才成。……"

"你相信你那个年老的经纪人,可是对我来说,他出的主意却

---

① 旧俄时代农村妇女常起的名字。

毫无道理。你那个老头子可以假仁假义,他可以锻炼他的耐性,把一个他不爱的人看作他的锻炼所不可缺少的对象。不过我还没有堕落得这么深。如果我想锻炼耐性,我就会买一对哑铃或者一匹倔强的马,却不会找一个活人。"

萨莫依连科要了加冰块的白葡萄酒。等到他们各自喝下一大杯,拉耶甫斯基忽然问道:

"劳驾,告诉我,什么叫作脑软化?"

"这个,我该怎样向你解释呢……这是这样一种病:脑子变得软了……仿佛变得稀薄了似的。"

"这种病治得好吗?"

"只要不耽误,那是治得好的。……凉水淋浴啦,斑蝥硬膏啦。……再吃一些内服药。"

"哦。……那么,你瞧瞧我的处境吧。跟她一同生活下去我办不到,我受不了啦。我跟你在一块儿,倒还能高谈阔论,脸上现出笑容,可是一回到家里,我就完全泄了气。我已经害怕极了,假定有个人对我说,我还得跟她一块儿生活下去,哪怕只生活一个月,我好像就会往我的脑门里开一枪。同时,要跟她分手也不可能。她孤孤单单,又不会工作。她没有钱,我也没有钱。……她怎么办呢?叫她去找谁呢?什么办法也想不出来。……是啊,你说说看,该怎么办呢?"

"嗯,是啊……"萨莫依连科闷声闷气地说,不知道该回答什么话才好,"她爱你吗?"

"是的,她爱我,那是因为在她这种年纪,按她那种气质,她需要男人。对她说来,跟我分开如同丢开脂粉或者卷发纸那样困难。在她心目中,我已经成为她闺房中一个不可缺少的组成部分了。"

萨莫依连科窘了。

"你,万尼亚,今天心绪不好,"他说,"多半你没睡好。"

"是的,我睡得不好。……总之,老兄,我觉得很不舒服。脑子里空荡荡,心脏好像停止了跳动,浑身没有力气。……应该跑掉才对!"

"跑到哪儿去?"

"跑到那边,北方。跑到有松树、有菌菇、有人群、有思想的地方去。……我宁愿缩短一半寿命,只求现在能够到莫斯科省或者图拉省一个什么地方去,在小河里洗个澡,挨一下冻,然后哪怕跟一个最差的大学生溜达三个钟头,聊一阵天也好。……那儿会有多么好闻的干草香气啊!你记得吗?到了傍晚就可以到花园里去散步,听钢琴声从正房飘来,听一列火车开过去……"

拉耶甫斯基高兴得笑起来,随后眼泪涌上了他的眼眶。他为了遮盖眼泪,并没有站起来,却探过身去,伸手在邻近的一张桌子上取火柴。

"我已经有十八年没去过俄罗斯,"萨莫依连科说,"我已经忘记那边是什么样子了。依我看来,再也不会有什么地方比高加索更美妙了。"

"韦列夏金①有这样一幅画:有几个被判死刑的人在一口深井底下受折磨。你这个美妙的高加索在我眼里就是这样一口井。如果有人要我在两条路当中选一条:要么在彼得堡做扫烟囱工人,要么到此地来做公爵,那我情愿做扫烟囱工人。"

拉耶甫斯基沉思了。萨莫依连科瞧着他那佝偻的身体,瞧着他那呆呆地出神的眼睛,瞧着他那苍白、冒汗的脸和凹下去的两鬓,瞧着他那咬坏的手指甲,瞧着他那双从脚后跟滑下来、露出缝补得很差的袜子的便鞋,不由得满腔怜悯;而且,多半因为拉耶甫斯基使他联想到孤苦伶仃的小孩,便问道:

---

① 韦列夏金(1842—1904),俄国现实主义画家。

"你母亲还活着吗?"

"活着,不过我跟她闹翻了。她为了我和一个女人的这种结合而不能原谅我。"

萨莫依连科喜欢他的朋友。他把拉耶甫斯基看作一个好人,一个大学生,一个直爽的人,跟这样的人可以喝喝酒,笑一阵,毫无顾忌地谈谈天,在拉耶甫斯基的行为举止中,凡是萨莫依连科了解的地方他都极不喜欢。拉耶甫斯基喝很多的酒,而且往往喝得不是时候,喜欢打纸牌,蔑视自己的工作,生活入不敷出,在谈话里常常使用不中听的字眼,穿着便鞋在街上走路,当着外人的面跟娜杰日达·费多罗芙娜吵架,这些都是萨莫依连科很不喜欢的。至于拉耶甫斯基以前在大学语文系里读过书,如今订阅两种厚杂志,谈吐常常十分深奥,只有少数人能听懂,跟一个有知识的女人一块儿生活,这些都是萨莫依连科不了解的,却反而使他喜欢,他认为拉耶甫斯基比自己高明,因而尊敬他。

"还有一件事,"拉耶甫斯基说,摇一下头,"不过这话不能宣扬出去。我眼前还瞒着娜杰日达·费多罗芙娜,你可别当着她的面说走了嘴。……前天我接到一封信,说是她的丈夫得了脑软化症死了。"

"祝他升天堂……"萨莫依连科叹道,"可是你为什么瞒着她呢?"

"给她看这封信就无异于说,我们到教堂去举行婚礼吧。可是,首先得把我们的关系弄弄清楚。等到她相信我们不能继续共同生活下去,我才把这封信拿给她看。那时候就不会有危险了。"

"你要知道,万尼亚,"萨莫依连科说,他的脸忽然现出忧郁的恳求神情,仿佛打算要求一件很美妙的事,生怕遭到拒绝似的,"你结婚吧,好朋友!"

"为什么呢？"

"尽你对这个好女人所应尽的责任啊！她丈夫死了，这是上帝亲自指点你该怎么办！"

"可是你要明白，怪人，这是不行的。没有爱情而结婚是卑鄙可耻的，就跟不信宗教而去做祷告一样。"

"可你有责任结婚！"

"为什么我有责任？"拉耶甫斯基生气地问道。

"因为你既然把她从她丈夫那儿带走，你就负有责任了。"

"可是我已经用俄国话对你说清楚了：我不爱她！"

"好，你不爱她，那就该尊重她，博得她的欢心。……"

"尊重她，博得她的欢心……"拉耶甫斯基讥诮说，"好像她是个女修道院长似的。……如果你认为单靠尊重和恭敬就能跟一个女人一块儿生活，那你就是个糟糕的心理学家和生理学家。女人首先需要的是卧室哟。"

"万尼亚，万尼亚……"萨莫依连科发窘了。

"你是个老孩子，理论家，我呢，是个小老头，实干家，我们永远也不会互相了解。我们还是不要再谈下去的好。穆斯达法！"拉耶甫斯基对堂倌叫道，"我们这儿多少钱？"

"不，不……"军医官惊慌地说，抓住拉耶甫斯基的胳膊，"钱该我付。是我要的酒。记在我的账上！"他对穆斯达法喊道。

两个朋友站起来，默默地顺着那条堤岸走去。在林荫道入口的地方，他们站住，互相握手告别。

"你们这种人都给惯坏了，先生！"萨莫依连科叹道，"命运赐给你一个年轻美丽而且受过教育的女人，你却不要，我呢，即使上帝赐给我一个歪歪扭扭的老太婆，只要她温存、心好，我也就心满意足了！我会跟她一块儿住在葡萄园里，而且……"

萨莫依连科忽然觉得这话不对头，就说：

"而且叫她这个老巫婆给我烧茶炊。"

他跟拉耶甫斯基分手以后,沿着林荫道走去。每逢他这个体态笨重、神态庄重的人,脸上带着严厉的表情,身穿一件雪白的军服上装,脚蹬一双擦得很亮的靴子,挺起胸膛,胸前明晃晃地挂着一个系丝带的弗拉季米尔勋章,沿着林荫道走去,他总是自我欣赏,觉得整个世界好像都在高兴地瞧着他似的。他不转动脑袋,瞧着大路两旁,觉得这条林荫道修建得十分完美,那些小柏树、桉树、瘦弱难看的棕榈树都很美,日后会铺开很大的树荫,觉得切尔克斯人是诚实而好客的民族。"奇怪,拉耶甫斯基居然不喜欢高加索,"他暗想,"怪极了。"他在路上遇见五个扛着枪的兵,他们对他行礼。林荫道右边,人行道上有一个文官的妻子带着她的儿子(中学生)走着。

"玛丽雅·康斯坦丁诺芙娜,早上好!"萨莫依连科愉快地微笑着,对她叫道,"您去游泳?哈哈哈。……替我问尼科季木·亚历山德雷奇好!"

他又往前走去,仍旧愉快地微笑着,可是看见一个军医士迎面走来,他忽然皱起眉头,拦住他,问道:

"诊疗所里有人来看病吗?"

"没有,大人。"

"啊?"

"没有,大人。"

"好,你走吧。……"

他大摇大摆地走到一个卖柠檬水的棚子里,柜台里坐着一个胸脯丰满、冒充格鲁吉亚人的犹太老太婆。他对她大声说话,仿佛在对一团人下命令似的:

"劳驾,给我拿瓶苏打水来!"

133

二

拉耶甫斯基不爱娜杰日达·费多罗芙娜,这主要表现在凡是她所说的话和所做的事,在他看来都像是作假,或者近似作假。凡是他在书报上读到过的斥责女人和爱情的言论,在他看来都好像能够最恰当不过地应用到他身上、娜杰日达·费多罗芙娜身上以及她丈夫身上。等他回到家里,她已经穿好衣服,梳好头发,正坐在窗前,带着专心的神情喝咖啡,翻一本厚杂志。他心里就想:喝咖啡并不是什么了不得的大事,犯不上因此做出专心的脸色,而且她也不必浪费时间梳出时髦的发型,因为这儿没有人喜欢这种发型,这是白费心思。在那本杂志上,他也看出了虚伪。他心想,她穿衣服和梳头发都是要显得漂亮,看杂志是要显得聪明。

"我今天去洗个澡,好吗?"她问。

"那有什么关系?你去也好,不去也好,我看总不会因此发生地震吧。……"

"不,我问这句话,是因为怕大夫会生气。"

"那就去问大夫好了。我又不是大夫。"

这一回娜杰日达·费多罗芙娜惹得拉耶甫斯基最不喜欢的,是她那裸露的白脖子和脑后卷起来的一绺头发。他想起,安娜·卡列尼娜[①]在不爱她丈夫的时候,最不喜欢他的耳朵,就暗自想道:"这是多么真实!多么真实啊!"他感到浑身乏力,脑子里空荡荡,就走到书房里,在长沙发上躺下,拿手绢盖上脸,免得苍蝇来打搅他。那些纠缠在同一个问题上的思想,软弱无力,却源源不断在他的脑子里铺展开来,好比秋天阴雨的傍晚出现的一长串车队。

---

① 托尔斯泰的长篇小说《安娜·卡列尼娜》中的女主人公。

于是他陷进一种睡意蒙眬的抑郁状态里去了。他觉得他对不起娜杰日达·费多罗芙娜，也对不起她的丈夫，觉得她丈夫去世就是由他造成的。他觉得对不起他自己的生活，因为他把它毁掉了。他觉得也对不起那个充满崇高的思想、知识和劳动的世界，在他的心目中，那个美妙的世界是可能有的，存在的，然而不是在这儿，这儿只有饥饿的土耳其人和懒散的阿布哈兹人在海岸上徘徊，而是在那边，在北方，那儿有歌剧，有戏院，有报纸，有种种脑力劳动。要做正直、聪明、高尚、纯洁的人，就只能到那边去，而不能待在此地。他责难自己在生活里缺乏理想和指导思想，然而这些东西究竟是什么，他现在却了解得模模糊糊。两年前他爱上娜杰日达·费多罗芙娜，觉得只要跟娜杰日达·费多罗芙娜结合，跟她一起到高加索来，他就会摆脱生活的庸俗和空虚而得救；如今他却相信，只要他丢开娜杰日达·费多罗芙娜，动身到彼得堡去，他所需要的一切就会到手了。

"跑掉吧！"他嘟哝着，坐起来，咬着手指甲，"跑掉吧！"

他想象着他怎样坐上轮船，后来吃早饭，喝清凉的啤酒，在甲板上跟太太们谈天，然后在塞瓦斯托波尔坐上火车，再往前走。万岁啊，自由！火车站一个个地闪过去，空气越来越寒冷刺骨，然后出现了桦树和枞树，接着是库尔斯克、莫斯科。……火车站上的饮食部里有白菜汤，有羊肉粥，有鲟鱼肉，有啤酒，一句话，再也不会有亚细亚的不文明，全是俄罗斯气派，真正的俄罗斯气派。火车上的乘客们讲起生意和新的歌女，议论法国和俄国之间的亲善关系。到处都可以使人感到活跃的、文化的、智力的、蓬勃的生活。……快点吧，快点吧！最后总算出现了涅瓦大街、大莫尔斯卡亚街①，接着是以前他在大学生时代住过的柯温斯基巷，然后是可爱的灰

---

① 都在彼得堡。

色天空、毛毛细雨、淋湿的街头马车。……

"伊凡·安德烈伊奇!"有人在隔壁房间里叫他,"您在家吗?"

"我在这儿!"拉耶甫斯基回答说,"您有什么事?"

"公文!"

拉耶甫斯基懒洋洋地站起来,觉得脑袋发晕。他打着哈欠,趿着便鞋,走进隔壁房间。那儿,在临街的敞开的窗口外面,站着他的年轻的同事,窗台上摊开一些政府的公文。

"我马上就来,亲爱的。"拉耶甫斯基温和地说,走出去找墨水瓶。等他回到窗口来,他没看公文就在上面签了字,说:"天真热啊!"

"是的。您今天来吗?"

"大概不去了。……我有点不舒服。亲爱的,请您告诉谢希科甫斯基,就说吃过饭我去找他。"

文官走了。拉耶甫斯基又在他房间里长沙发上躺下,开始思索:

"那么,我得估量一切情况,仔细考虑一下才对。我离开此地以前,先得还清债务。我欠下将近两千卢布。我身边却没有钱。……当然,这并不要紧。眼前我设法还掉一部分,另一部分以后我从彼得堡寄来就是。关键是娜杰日达·费多罗芙娜的问题。……首先得明确我们的关系。……是啊。"

过了一会儿,他又想:是不是最好去找萨莫依连科商量一下呢?

"去倒也不妨去,"他想,"不过去一趟到底有什么好处呢?我又会对他讲闺房,讲女人,讲正直或者不正直,说出许多不得体的话。眼前,既然得赶快拯救我的生活,既然我在这种该死的不自由状态里透不过气来,会把自己活活折磨死;那么,见他的鬼,何必还要谈什么正直或者不正直呢?……现在总应该明白,再继续过我这样的生活,简直卑鄙和残酷,跟这件事情相比,其他一切事情都渺小而不足道了。跑掉吧!"他嘟哝说,坐起来,"跑掉吧!"

海岸一片荒凉,炎热无法消解,烟雾迷蒙的淡紫色山峦单调乏味,老是一个样子,静寂无声,冷冷清清,这些都使他满心苦闷,仿佛催他入睡,耗掉他的精力似的。也许他很聪明,有才气,非常正直;要不是大海和山脉四面八方把他圈住,或许他会成为出色的地方自治会活动家,国家要人,演说家,政论家,建功立业的人吧。谁知道呢?既是这样,那么,如果一个有才能而且有用处的人,例如音乐家或者画家,为了逃出牢笼而挖破墙壁和欺骗看守,外人大谈这样做正直不正直,这岂不是愚蠢吗?一个人处在这种情况下,不论做什么事都是正直的。

下午两点钟,拉耶甫斯基和娜杰日达·费多罗芙娜坐下来吃午饭。厨娘给他们端来大米番茄汤,拉耶甫斯基就说:

"每天老是这个汤。为什么不做白菜汤呢?"

"没有白菜。"

"奇怪。萨莫依连科家里做白菜汤,玛丽雅·康斯坦丁诺芙娜家里做白菜汤,唯独我,却不知什么缘故得喝这种发甜的泔水。这样下去是不行的,亲爱的。"

如同大多数夫妇经常发生的情况一样,起初,拉耶甫斯基和娜杰日达·费多罗芙娜之间没有一顿饭不发生一点小口角,闹一场,可是自从拉耶甫斯基断定已经不爱她以后,他倒极力在各方面向娜杰日达·费多罗芙娜让步,对她讲话又温和又客气,赔着笑脸,称呼她"亲爱的"。

"这种汤的味道跟甘草差不多,"他微笑着说,极力控制自己,装得挺和气,可是又忍不住说道,"我们家里没有人管家务。……既然你总是有病,或者忙着看书,那么,也罢,我自己下厨房就是。"

换了在先前,她就会回答他说:"你就下厨房好了",或者"我看得出来,你是要叫我做厨娘",然而现在她光是胆怯地瞧他一眼,涨红了脸。

"那么,你今天觉得身体怎么样?"他亲切地问。

"今天没什么。还好,只是有点虚弱罢了。"

"应当保重身体才是,亲爱的。我十分为你担心。"

娜杰日达·费多罗芙娜得了一种什么病。萨莫依连科说她得的是间歇热,给她吃奎宁。可是另一个大夫乌斯契莫维奇却认为她得的是妇女病,吩咐她用热压布治疗,这个大夫是个又高又瘦、性情孤僻的人,白天坐在家里,傍晚在堤岸上慢腾腾地散步,倒背着手,手杖压在背脊上,常常咳嗽。从前拉耶甫斯基爱娜杰日达·费多罗芙娜的时候,她的病总是在他心里引起怜悯和担忧;可是现在他觉得,连她害病也在作假。娜杰日达·费多罗芙娜发过间歇热后她那张睡意蒙眬的黄脸,那种没有精神的目光,那种不断的哈欠,她在发病的时候躺在方格毛毯底下与其说像女人不如说像男孩的那种样子,她房间里那种闷热难闻的气味,依他看来,都破坏幻想,成为爱情和婚姻的障碍。

第二道菜,他吃的是熟鸡蛋加菠菜,娜杰日达·费多罗芙娜是病人,吃的是牛奶果子羹。她带着专心的神情先用匙子搅一下果子羹,然后懒洋洋地吃果子,喝牛奶,他听着她的吞咽声,心里生出难以忍受的憎恶感,害得他的头皮都发痒了。他承认这种感情哪怕用来对待狗都要算是侮辱,然而他气恼的却不是他自己,而是娜杰日达·费多罗芙娜,因为她居然在他心里引起了这样的感情。他这才明白为什么有的时候男人会杀死情妇。他自己当然不会杀人,不过如果他现在有机会做陪审员,那他就会主张将凶手无罪开释。

"谢谢①,亲爱的。"他吃完饭后说,吻一下娜杰日达·费多罗芙娜的额头。

他回到自己的书房里,从这个墙角走到那个墙角,来来回回走了五分钟光景,斜起眼睛看他那双靴子,然后在长沙发上坐下,嘟哝说:

"跑掉吧,跑掉吧!明确了关系就跑掉吧!"

他在长沙发上躺下来,又想起娜杰日达·费多罗芙娜的丈夫去世也许真是由他造成的。

"责难某人爱上或者不再爱某个人,那是愚蠢的,"他躺在那儿说服自己,同时伸出脚去穿上靴子,"爱和恨不受我们的支配。讲到她的丈夫,我也许是造成他死亡的间接原因之一,不过话得说回来,我爱上他的妻子,他的妻子爱上我,这也该怪我吗?"

随后他站起来,找到他的制帽,就动身到他的同事谢希科甫斯基家去,文官们每天都聚在他的家里玩"文特"②,喝凉啤酒。

"我这种犹疑不决很像哈姆雷特,"拉耶甫斯基在路上暗想,"莎士比亚观察得多么真实!嘿,多么真实啊!"

三

为了排遣烦闷,也为了体谅新到此地却没带家眷的人由于城里没有旅馆而无处吃饭的困境,军医官萨莫依连科为他们办了一件事:在自己家里向他们供应包饭。在这段时期,只有两个人在他家里搭伙:一个是年轻的动物学家冯·柯连,他今年夏天来到此地,在黑海边研究海蜇的胚胎,另一个是助祭波别多夫,他不久以

---

① 原文为法语。
② 一种纸牌戏。

前在宗教学校毕业,奉派到这个城里来接替一个出外医病的老助祭的职务。他们两个人包午饭和晚饭,每个月各付十二卢布,萨莫依连科要他们保证准时两点钟来吃午饭。

头一个来的照例是冯·柯连。他不声不响,在客厅里坐下,从桌上拿来照相簿,开始专心地细看那些褪色的照片,照片上有些不相识的男人,穿着肥裤子,戴着高礼帽,也有些女人,穿着钟式裙,戴着包发帽。萨莫依连科只记得其中少数人的姓名,关于他已经忘掉姓名的人,他总是赞叹道:"那是个非常出色、有大才大智的人啊!"冯·柯连看完照相簿,就从格子柜里取出一把手枪,眯细左眼,长时间对着沃龙佐夫公爵的肖像瞄准,要不然他就在一面镜子跟前站住,端详他那张皮肤黝黑的脸,大额头,像黑人一样拳曲的头发,那颜色发暗、印着好像波斯地毯上那种大花的布衬衫和代替坎肩的宽皮带。对他来说,观察自己大概比看照片或者玩那装在贵重的柜子里的手枪更愉快。他的脸也好,他那剪得漂亮的胡子也好,他那显然可以证明健康良好和体质茁壮的肩膀也好,都使他觉得很满意。他也满意他那从配合衬衫颜色的领结到黄色皮鞋的时髦装束。

他端详照片,照镜子,而萨莫依连科却在厨房和它旁边的穿堂里忙碌,他没穿上衣和坎肩,袒露着胸脯,神情兴奋,大汗淋漓,在桌子旁边忙忙碌碌,他在拌生菜或者做一种调味的佐料,再不然就切牛肉、黄瓜、葱,以便做冷杂拌汤,同时恶狠狠地瞪起眼睛瞧着帮他烹调的勤务兵,时而对他挥舞菜刀,时而挥舞汤瓢。

"拿醋来!"他命令道。"这不是醋,这是橄榄油!"他嚷着,跺脚,"可是你上哪儿去,畜生?"

"去拿黄油,大人。"惊慌的勤务兵用发颤的高音说。

"快点!它在柜子里!你告诉达丽雅,叫她往黄瓜罐里添点茴香!茴香!把酸奶油盖上,你这个马马虎虎的家伙,要不然苍蝇就飞上去了！"

他一喊不要紧，仿佛整个房子都响起来了。离两点钟还差十分或者十五分钟，助祭也来了。他是个二十二岁左右的青年，长得精瘦，头发很长，没留胡子，唇髭也少得看不大出来。他走进客厅，就对着神像在胸前画个十字，微微笑着，向冯·柯连伸出一只手来。

"您好，"动物学家冷冷地说，"您到哪儿去了？"

"到码头上去捉鰕虎鱼来着。"

"嗯，当然。……看来，助祭，您永远也不会忙着干工作的。"

"何必忙呢？工作又不是熊，不会跑进树林里去的。"助祭说，笑吟吟的，把手伸进他那穿在圣衣里面的白色长衣的很深的口袋里。

"可惜没有人来打您一顿！"动物学家说，叹了口气。

又过了十五到二十分钟，还没有人来叫他们去吃饭。仍旧可以听见勤务兵从穿堂跑进厨房，再跑回去，皮靴噔噔地响，萨莫依连科嚷道：

"把它放在桌子上！你往哪儿塞啊？先洗干净！"

挨饿的助祭和冯·柯连开始用鞋后跟跺地板，借此表示他们等得心焦了，就像剧院里高层楼座的看客一样。最后，房门总算开了，累得要命的勤务兵通报说："开饭了！"在饭厅里，萨莫依连科脸色发紫，给厨房的热气弄得汗流浃背，带着气呼呼的神情正在等待他们；他凶恶地瞧着他们，脸上带着害怕的神情揭开汤钵的盖子，给他们两人各舀满一盘汤，直到相信他们喝得津津有味，喜欢喝这种汤，他这才轻松地舒一口气，在他那把深深的圈椅上坐下。他的脸上现出陶然心醉、甜蜜温柔的神情。……他不慌不忙地给自己斟上一杯白酒，说：

"为年青一代的健康干杯！"

自从跟拉耶甫斯基谈过话以后,萨莫依连科从早晨起一直到吃午饭,尽管心绪十分好,却总觉得心灵深处压着一块沉重的东西。他怜惜拉耶甫斯基,想帮助他。他在喝汤以前喝下一杯白酒,叹口气说:

"我今天看见万尼亚·拉耶甫斯基了。这个人的日子很不好过。他生活的物质方面不能令人满意,不过主要的是心理上很不好受。这个小伙子很可怜。"

"我才不会可怜这种人呢!"冯·柯连说,"要是这个可爱的男子失足落水,那我就会再用手杖推他一下:淹死吧,老兄,淹死吧。……"

"这是假话。你不会这么做的。"

"你为什么这样想呢?"动物学家耸耸肩膀说,"我跟你一样也会做好事的。"

"难道淹死人也算是好事?"助祭问,笑起来。

"淹死拉耶甫斯基? 这是好事。"

"冷杂拌汤里好像缺点什么……"萨莫依连科说,打算改变话题。

"拉耶甫斯基是绝对有害的,对社会的危险性不下于霍乱细菌,"冯·柯连说,"淹死他是一件功德无量的事。"

"你照这样讲你的朋友,是不会给你添什么光彩的。你说说看:你为什么痛恨他?"

"不要说废话,大夫。痛恨和藐视细菌是愚蠢的,然而把自己所遇到的人,不分青红皂白,一概看作朋友,那么,多谢多谢,这是不辨是非,不肯对人采取公正的态度,一句话,这是不负责任。我认为你的拉耶甫斯基是个坏蛋,我并没掩盖这一点,而且完全本着良心,像对待坏蛋那样对待他。哼,你却把他看作你的朋友,那你就跟他接吻去吧。你把他看作你的朋友,这就是说,你对待他跟你对待我和助祭一样,或者说,大体一样。你对所有的人一概无所谓。"

"把人说成坏蛋!"萨莫依连科嘟哝说,厌恶地皱起眉头,"这简直糟透了,我都不知道该怎么跟你说好了!"

"判断人要以人的行动为依据,"冯·柯连接着说,"现在请您判断吧,助祭。……我来跟您谈一下,助祭。拉耶甫斯基先生的活动明明白白地摊在您的面前,好比中国的长长的一行字,您可以从头读到尾。他在这儿住了两年,都干了些什么?我们可以扳着手指头一件件地来讲。第一,他教会本城的居民们玩'文特',两年以前此地人不懂这种赌博,可是现在,所有的人,连女人和少年也都一天到晚玩'文特'了。第二,他教会市民们喝啤酒,这儿的人本来也没领略过这东西;承他的情,市民们才弄懂了各种不同的啤酒,所以现在即使用布把他们的眼睛蒙上,他们也还是能辨别哪种是柯谢列夫牌,哪种是斯米尔诺夫牌第二十一号。第三,从前此地的男人跟别人的妻子私通是在暗地里干的,原因就跟贼在暗地里偷东西而不明着干一样。通奸素来给人看作一种见不得人的事,然而拉耶甫斯基在这方面做了开路先锋,他公开跟别人的老婆同居。第四……"

冯·柯连很快地喝完冷杂拌汤,把盘子递给勤务兵。

"我跟拉耶甫斯基相识以后,从头一个月起就看透他了,"他接着对助祭说,"我们是同时到达此地的。像他那样的人总很喜欢友谊啦,亲近啦,团结之类的东西,因为他们老是需要有同伴陪他们玩'文特',喝酒,吃饭,况且,他们喜欢闲谈,那就需要有人听他们讲话。我们交成朋友了,那就是说,他每天逛荡到我这儿来,妨碍我工作,毫无顾忌地讲他情妇的事。从一开头,他那不同寻常的谎话就使我暗暗吃惊,简直惹得我要呕。我以朋友的身份责备他,说他何苦喝这么多的酒,为什么生活得入不敷出,欠下了债,为什么一点事也不做，什么书也不看，为什么这么缺乏修养，知道得这么少。他回答我这些问题的时候，却苦笑着，叹口气，说，'我是个失意的人，多余的人啊'，或者说，'您要我们这些农奴制的残余怎么样呢？'或者说，'我们退化了……'要不然，他就废话连篇，讲起奥涅金啦，毕巧林啦，拜伦的该隐啦，巴扎罗夫①啦。他讲到他们，总是说：'他们就是我们肉体上和精神上的父亲'。这就是说，你们得明白，政府的公文一连好几个星期丢在那儿不拆封并不是他的过错，他自己喝酒而且叫别人喝酒也不是他的过错，该对这类事负责的倒是奥涅金、毕巧林以及写过失意的人和多余的人的屠格涅夫。您看，他极度放荡和荒唐的原因并不在他本身，却在他外面的什么地方。再者，多么巧妙的想法！原来放荡、虚伪、肮脏的不单是他一个人，而是我们……'我们这些八十年代的人'，'我们这些软弱的和神经质的农奴制子孙'，'我们受了文明的害'……一句话，我们得明白，像拉耶甫斯基这样伟大的人就是在堕落当中也还是伟大的。他的放荡、缺乏教养、卑鄙龌龊，是一种自然现象和历史现象，由于不可避免而变得神圣了，其中的原因是带有世界性和自发性的，为此，在拉耶甫斯基面前应当点上长明灯，因为他是时代、潮流、遗传等等的不幸的牺牲品。所有的文官和太太听他讲话，都止不住赞叹，可是我很久都弄不明白，跟我打交道的这个人究竟是个愤世嫉俗者呢，还是个灵巧的骗子。像他这种表面上是个知识分子而实际上一知半解、竭力吹嘘自己高雅的人，是善于装得性格异常复杂的。"

"闭嘴！"萨莫依连科说，冒火了，"我不容许在我面前把一个极高尚的人说得这么坏！"

---

① 奥涅金是普希金的《叶甫盖尼·奥涅金》中的主人公；毕巧林是莱蒙托夫的《当代英雄》中的主人公；该隐是拜伦的诗体剧《该隐》中的主人公；巴扎罗夫是屠格涅夫的《父与子》中的主人公。

"你别打岔,亚历山大·达维狄奇,"冯·柯连冷静地说,"我就要说完了。拉耶甫斯基是相当简单的有机体。他精神的骨架是这样:早晨,是便鞋、洗澡、咖啡,这以后直到午饭前,是便鞋、散步、谈话,下午两点钟,是便鞋、午饭、酒,五点钟,是洗澡、茶、酒,然后玩'文特'、说谎,十点钟,是晚饭、酒,午夜以后,是睡眠、女人①。他的生活就包含在这个狭窄的框架里,好比鸡蛋包在蛋壳里。他走路也好,坐着也好,生气也好,写字也好,高兴也好,全都可以归结到酒、纸牌、便鞋、女人上。女人在他的生活里占决定性的和压倒一切的地位。他自己说过,他十三岁坠入情网,刚做一年级大学生就跟一位太太私通,那女人对他有过良好的影响,他在她那儿受到音乐教育。他读到大学二年级,花钱从妓院里赎出一个妓女,把她的地位提得跟他一般高,也就是说,叫她做他的情妇,可是她跟他同居了半年,就跑回鸨母那儿去了,这件事使他精神上受到不少痛苦。唉,他痛苦极了,只好离开大学,在家里住了两年,什么工作也没做。可是,这反而更好。在家里,他勾搭上一个寡妇,她劝他脱离法律系,转到语文系。他照这样做了。他毕业以后,热烈地爱上了现在这个……该怎么说呢?……有夫之妇,不得不跟她一同跑到高加索来,据说是为了理想才这样做的。……不是今天就是明天,他又会不再爱她,跑回彼得堡,而且那也是为了理想。"

"可你是怎么知道的?"萨莫依连科嘟哝说,气愤地瞧着动物学家,"你还是吃饭的好。"

这时候端上来炖鲻鱼加波兰调味汁。萨莫依连科给两个搭伙的客人每人一整条鲻鱼,亲自给他们倒上波兰调味汁。他们在沉默中过了两分钟。

"女人在每个男人的生活里都占重大的地位,"助祭说,"这是

---

① 原文为法语。

没法可想的。"

"不错,可是重大到什么程度呢?对我们每个人来说,女人是母亲、姐妹、妻子、朋友;然而对拉耶甫斯基来说,女人成了一切,同时又仅仅是情妇。女人,也就是说跟女人姘居,成了他生活的幸福和目标;他快活、忧愁、烦闷、幻灭,那都是由于女人;生活使他厌烦,那也得怪女人不对。新生活的曙光亮起来,理想出现了,那就又要找女人。……作品也好,图画也好,其中必得有女人才能使他满意。我们这个时代,依他看来,其所以不好,比四十年代和六十年代差,也只是因为我们不善于在恋爱的缠绵和情欲里沉湎到忘我的地步罢了。在这些好色之徒的脑子里,多半有着近似肉瘤的赘生物,它压住脑子,指挥他们的全部心理活动。每逢拉耶甫斯基在一个社交场合坐着,你们只要观察一下就会发现:要是有人在他面前提出一般的问题,例如细胞或者本能问题,他就坐在一旁,闷声不响,也不听人家说话。他显得没精打采,失望,对什么都不感兴趣,觉得一切都庸俗,无聊;不过,只要你们谈到公的和母的,例如谈到雌蜘蛛在受精以后总是把雄蜘蛛吃掉,他的眼睛就会由于好奇心而发亮,他的脸色就会开朗,一句话,他活了。所有他的思想,不管多么高尚,多么崇高,多么冷静,永远有这么一个共同的会合点。你跟他一块儿在街上走,比方说,遇见一头驴。……他就会问:'劳驾,请您说说看,要是让一头母驴同一头骆驼交配,那会怎么样?'还有那些梦!他跟您讲过他那些梦吗?真是精彩!一会儿他梦见跟月亮结婚,一会儿又梦见被警察叫去,要他跟一把六弦琴结婚。……"

助祭扬声大笑。萨莫依连科皱起眉头,生气地虎着脸,免得笑出来,可是到底忍不住,也笑起来了。

"这全是胡扯!"他说,擦干眼泪,"真的,胡扯!"

四

　　助祭很爱笑,只要遇到一点小事就会笑得岔了气,前仰后合。看来,他之所以喜欢跟人们相处,好像只是因为他们有可笑的一面,他可以给他们起个可笑的绰号罢了。他给萨莫依连科起一个绰号叫"毒蜘蛛",给他的勤务兵起一个绰号叫"公鸭",有一回听见冯·柯连把拉耶甫斯基和娜杰日达·费多罗芙娜叫作"猕猴",简直乐坏了。他直视着人家的脸,眼睛一眨也不眨地听着人家讲话,谁都可以看出,他眼睛充满笑意,脸上的肌肉绷紧,正在急切地等待,以便机会一到就可以放开喉咙,哈哈大笑一阵。

　　"他是个荒淫腐化的人,"动物学家接着说,同时助祭等着可笑的话,盯紧他的脸,"像这样的废物是很少遇到的。他身体虚弱,消瘦,苍老,智力呢,跟胖老板娘没有什么不同,她们光是吃喝,在绒毛褥子上睡觉,跟自己的马车夫通奸。"

　　助祭又大笑不止。

　　"你别笑,助祭,"冯·柯连说,"这简直成了蠢笑。要不是因为他那么有害和危险,"他等到助祭止住笑声,接着说,"我也不会去注意他的渺小无聊,放过他算了。他的危害性首先在于他在女人那儿总是得到成功,因而有留下后代的危险,也就是说他会献给世界十几个跟他同样虚弱、腐化的拉耶甫斯基。第二,他有很强的传染力。我已经跟你们讲过'文特'和啤酒。再过一两年,他就会征服整个高加索的海滨。你们知道群众,特别是中间阶层的群众,他们多么相信文化水平,相信大学教育,相信高贵的气派和文学语言。不管他做什么歹事,大家都相信那是好的,理所当然的,因为他是个有学识、有自由主义思想、受过大学教育的人。再者,他又是个失意的人,多余的人,神经衰弱的人,时代的牺牲品,这就是说,他什么事都可以干。他是个可爱的人,心好的人,他那么诚恳地宽容人的弱点;他遇事好商量,肯让步,随和,不骄傲,跟他在一块儿不妨喝喝酒,说说下流话,闲扯一通。……群众永远倾向于宗教和道德方面的'神人同形观',最喜爱那些跟他们自己有同样弱点的偶像。你们想想看吧,他有多么广阔的天地可以发挥他的传染力!此外,他还是个很不错的演员,精于此道的伪君子,老练得很。就拿他的诡辩和花招来说吧,例如他对文明的态度。他压根儿不懂得文明是怎么回事,却说:'我们多么受文明的害啊!啊,我多么羡慕野蛮人,那些大自然的儿女,那些没有领略过文明的人啊!'你们看,这就是要我们明白,老早以前,他曾经把全部心灵献给文明,为它工作过,透彻地了解它,然而它使他筋疲力尽,使他失望,使他受了骗。你们要明白,他是浮士德,是第二个托尔斯泰。……至于叔本华和斯宾塞,他是看不上眼的,他们只能算是些孩子,他老气横秋地拍拍他们的肩膀,说:'嗯,怎么样,斯宾塞老兄?'当然,他没读过斯宾塞的著作,可他总是带着极其洒脱、满不在乎的讥诮口气谈到他的女人:'她居然读过斯宾塞的著作!'每逢这种时候,他显得多么可爱啊!大家都听他讲话,谁也不想理解,这个骗子非但没有权利用这种口气谈论斯宾塞,就连吻斯宾塞的脚后跟的权利都没有!挖文明的墙脚,挖权威的墙脚,挖别人的圣坛的墙脚,朝它们泼污水,嬉皮笑脸地对它们眨眼睛,这完全是为了掩盖自己的软弱和道德败坏,替自己辩护,只有酷爱虚荣、下贱、卑鄙的动物才干得出来。"

"柯里亚,我不知道你要他怎么样,"萨莫依连科瞧着动物学家说,他的目光不再显得气愤,而是带着负疚的神情了,"他跟所有的人一样,都是人。当然,他不是没有弱点,不过他站在当代思想的水平上,他在工作,为祖国带来益处。十年前有一个老经纪人在此地工作,是个很有见识的人。……他常常这样说……"

"得了,得了!"动物学家打断他的话,"你说他在工作。可是他在怎样工作呢?难道他一到此地来,秩序就变得好了,文官们按时办公了,也廉洁得多,有礼貌多了?正好相反,他凭受过大学教育的知识分子的权威反倒给他们的腐化推波助澜。他只有每月二十日领薪水的时候才按时到机关去,至于其余的日子,他只是在家里趿着便鞋,极力装出一副神情,好像他在高加索住下来就是赏给俄国政府很大的面子。不,亚历山大·达维狄奇,你不用替他辩白。你从头到尾不诚恳。如果你真喜欢他,认为他是你的朋友,那你首先就不会对他的弱点漠不关心,不会纵容这些弱点,你会为他好而极力消除他的危害作用。……"

"这是什么意思?"

"消除他的危害作用。既然他已经无法挽救,那就只有一个办法才能消除他的危害作用。……"

冯·柯连伸出一个手指头在自己脖子上戳了一下。

"或者把他淹死也行……"他补充说,"这样的人,为了人类的利益以及他们个人的利益,是必须消灭的。一定得这么办。"

"你说什么?!"萨莫依连科喃喃地说,站起来,惊愕地瞧着动物学家那张平静冷漠的脸,"助祭,他说什么?难道你神智正常吗?"

"我并不坚持一定要处死他,"冯·柯连说,"如果这样做证明有害,那就请您另外想出一个什么办法来。既然消灭拉耶甫斯基不行,那不妨把他隔离,剥夺他的自由,送他去做苦工。……"

"你说什么?"萨莫依连科说,吓坏了。"加胡椒,加胡椒!"他发现助祭吃带馅的西葫芦而没有加胡椒,就嚷道。"你这个有大才大智的人,你在说什么呀?!居然把我们的朋友,一个高傲而有学识的人,送去做苦工!!"

"如果他高傲,打算反抗,那就给他套上镣铐!"

萨莫依连科给弄得一句话也说不出来,只有活动手指头的份儿了。助祭看一眼他那副张口结舌确实滑稽的面相,就放声大笑。

"我们不要再谈这些了,"动物学家说,"只是有一点要记住,亚历山大·达维狄奇,原始的人类是依靠生存竞争和自然淘汰才消灭了像拉耶甫斯基那样的人而保存下来的。可是现在,我们的文化大大削弱了这种竞争和淘汰,我们就不得不自己来操心,动手消灭虚弱而不中用的人了,要不然,等到拉耶甫斯基之流繁殖起来,文明就会消亡,人类就会完全退化。我们就有罪了。"

"如果要把人淹死和绞死,"萨莫依连科说,"那就叫你的文明见鬼去吧,叫你的人类见鬼去吧!见鬼去吧!我告诉你:你是个有学问、有大才大智的人,是祖国的骄傲,可是德国人把你毁了。对,德国人!德国人!"

萨莫依连科自从在杰尔普特①学完医学,离开那儿以后,很少再见到德国人,也没有再读过德国书,不过按他的看法,政治上和科学上的坏事都是德国人搞出来的。他怎么会有这种看法的,他自己也说不上来,可是他坚定地抱着这种看法。

"是啊,德国人!"他又重复一遍,"我们去喝茶吧。"

三个人就站起来,戴上帽子,走到屋子前面的小园子里,在那些不起眼的槭树、梨树、栗树的树荫下面坐下来。动物学家和助祭坐在一张小桌旁边的长凳上,萨莫依连科则坐在一张有着宽阔而且倾斜的靠背的藤椅里。勤务兵端来茶、果酱和一瓶甜果汁。

天气很热,树荫底下也有三十度。炎热的空气停滞不动,一个蜘蛛网从栗树上垂下来,粘在地上,无力地挂着,一动也不动。

助祭拿起一把经常放在桌旁地上的六弦琴,定好弦,用尖嗓音轻声唱起来:"宗教学校的后生,站在酒店附近……"可是他立刻

---

① 杰尔普特,爱沙尼亚的城市塔尔图的旧称。

热得停住唱,擦额头上的汗,抬头看一眼火烧般的蓝天。萨莫依连科睡意蒙眬,炎热、寂静、饭后很快布满他四肢的舒服的倦意,使他浑身无力,迷迷糊糊。他的胳膊就垂下来,眼睛变小,脑袋耷拉到胸前。他带着含泪的温情瞧着冯·柯连和助祭,喃喃地说:

"年轻的一代啊。……科学的明星,教会的荣耀。……瞧着吧,这个穿长袍的哈利路亚①会升成都主教,说不定我得吻他的手呢。……是啊……求上帝保佑吧。……"

不久就响起了鼾声。冯·柯连和助祭喝完茶,就动身到街上去了。

"您还要到码头上去捉鰕虎鱼吗?"

"不了,天太热了。"

"那就到我那儿去。您可以把我要寄出去的东西打成包,再抄写点东西。顺便我们谈一谈您该干点什么事。应该工作,助祭。照这样下去是不行的。"

"您的话公正而合理,"助祭说,"不过我的懒散在我当前的生活状况下是情有可原的。您知道,地位不稳定,总是大大促进人们的淡漠心境。我究竟是暂时调到这儿来呢,还是永久住下,只有上帝才知道。我在这儿糊里糊涂地生活着,我的妻子呢,正在她父亲家里混日子,惦记我。老实说,我热得脑子都快融化了。"

"这都是胡说,"动物学家说,"不但炎热可以习惯,太太不在也是可以习惯的。不应当到处逛荡。应当控制自己才对。"

五

娜杰日达·费多罗芙娜早晨去洗澡,她的厨娘奥尔迦拿着一

---

① 基督教祷告中对上帝的赞美词,在此借指教士。

个水罐、一个铜盆、几条大毛巾、一块海绵,跟在她的后面。碇泊场上停着两条人们不熟悉的轮船,竖起肮脏的白烟囱,看来是外国的货轮。有些穿着白衣服和白皮鞋的男人在码头上走来走去,用法国话大声喊叫,轮船上有人对他们答话。本城的小教堂里,有人在起劲地敲钟。

"今天是星期日!"娜杰日达·费多罗芙娜快活地想起来。

她感到自己十分健康,带着假日的畅快心情。她穿一条肥大的新连衣裙,是用男人做衣服的粗茧绸缝的,头上戴一顶大草帽,她把宽帽边用力地向耳朵弯折,因此她的脸看上去仿佛装在小盒子里似的。她觉得自己很妩媚。她想到全城只有一个年轻漂亮的知识妇女,那就是她,而且只有她才会装束得又不费钱,又优美,又雅致。比方说,这条连衣裙只值二十二卢布,可是却多么可爱!全城只有她才能招男人们喜欢,而男人却有那么多,所以他们,不管有意无意,一定都在嫉妒拉耶甫斯基。

她想到近来拉耶甫斯基对她冷淡,勉强装出殷勤的样子,有时候甚至蛮横、粗鲁,她就暗自高兴。从前,她一看到他使性子,看到他那轻蔑而冷酷或者古怪而不可理解的目光,总是用眼泪和责备来还报,威胁说,她要离开他,或者索性不吃饭,活活饿死。然而现在呢,她的回答却只是涨红脸,负疚地瞧着他,见到他对她不亲热,反而暗自高兴。假如他骂她或者恐吓她,那倒更好,更愉快,因为她感到十分对不起他。她觉得她有过错,第一,她没有支持他对劳动生活的想望,而他却是为这一点才离开彼得堡到高加索来的,她相信近来他生她的气,正是因为这个缘故。当初她到高加索来,以为头一天就会在这儿海岸旁边找到一个朴素的小窝,门前有个舒服的小花园,树木成荫,鸟雀飞翔,小溪流水,她可以在这儿种花种菜,养鸡养鸭,招待邻居,为贫困的农民医病,散给他们一些小册子。不料高加索只有光秃秃的山峦、树林、大山谷,他们花了很长的时间选择,奔忙,才算安顿下来。这儿一个邻居也没有,天气很热,说不定会有人来抢劫。拉耶甫斯基没有急着买一块地,她为此暗暗高兴,他们两个人仿佛心照不宣,从此再也不提劳动生活。她认为他所以不提是因为她没提,于是他生她的气了。

第二,这两年她没跟他说一声就在阿契米安诺夫商店里买了各种零星物品,一共欠下三百卢布的债。她零零碎碎,时而买一块料子,时而买一段绸子,时而买一把阳伞,不知不觉积下了这笔债。

"今天我要把这件事告诉他……"她决定,不过又立刻想到,拉耶甫斯基眼前的心境不佳,对他提起债务不大合适。

第三,她已经有两次趁拉耶甫斯基不在家私自接待过警察分局长基利林:一次是在早晨,拉耶甫斯基出外洗澡去了,一次是在午夜,他出去玩"文特"了。娜杰日达·费多罗芙娜一想起这些就满脸涨得通红,回头看一眼厨娘,好像生怕她会偷听到她的思想似的。白昼那么漫长,热得要命,弄得人心里烦闷,黄昏那么优美而又使人懒洋洋,夜晚总是闷热,她从早到晚简直不知道该怎样打发那些不必要的光阴才好,再加上她一个劲儿想着她是本城最漂亮和最年轻的女人,她的青春却在白白地过去,拉耶甫斯基固然诚实,有理想,然而单调,老是趿着一双便鞋走来走去,咬手指甲,乱发脾气惹得人厌烦,总之,这一切使她渐渐为情欲所控制,昼夜像发疯般地只想着这件事。她感到她的呼吸,眼光,声调,步态都充满情欲。海水的哗哗声对她诉说她应当谈恋爱,傍晚的幽暗也对她这样诉说,山峦也对她这样诉说。……等到基利林开始追求她,她就支持不住,不打算反抗,也没法反抗,索性委身于他了。……

现在那些外国的轮船和那些穿白衣服的人,不知什么缘故,使她联想到一座巨大的舞厅。随着那些法国话,圆舞曲的乐声也一同灌进她耳朵里来了。一种没来由的欢乐搅得她的胸脯颤抖起来。她巴不得跳舞,说法国话才好。

她快活地暗想,她这种失节行为没有什么可怕的。她的心并没有参与她的失节:她仍旧爱着拉耶甫斯基。这是显而易见的,因为她唯恐他爱上了别人,怜惜他,他不在家的时候惦记他。基利林其实平平常常,虽然漂亮,却有点粗俗。她已经跟他一刀两断,以后什么事也不会有了。发生过的事已经过去,这件事跟任何人都不相干,即使拉耶甫斯基知道了也不会相信的。

海岸上只有一个供女人使用的浴棚,男人在露天底下洗澡。娜杰日达·费多罗芙娜走进浴棚,在那儿碰见一个上了年纪的文官太太玛丽雅·康斯坦丁诺芙娜·比丘果娃和她那在中学里念书的十五岁女儿卡嘉。她们两人正坐在一条长凳上脱衣服。玛丽雅·康斯坦丁诺芙娜是个善良、热情、殷勤的人,说起话来拖长音调,有声有色。她三十二岁以前一直做家庭教师,后来才嫁给文官比丘果夫,他是个矮小秃头的男子,头发梳到鬓角上,脾气很温顺。她至今爱着他,唯恐失去他的爱,一听到"爱情"两字就脸红,口口声声对所有的人说,她十分幸福。

"我亲爱的!"她看见娜杰日达·费多罗芙娜就热情地说,脸上露出一种凡是她的熟人都称之为"十分妩媚的"神情,"亲爱的,您来了,这叫人多么高兴啊!我们一块儿洗澡,这太好啦!"

奥尔迦很快地脱掉自己身上的外衣和内衣,开始给她的太太脱衣服。

"今天天气不像昨天那么热,是吧?"娜杰日达·费多罗芙娜说,赤身露体的厨娘粗手粗脚地碰她的身体,害得她缩起身子,"昨天我差点儿热死!"

"嗯,是啊,亲爱的!我也几乎透不出气来。信不信由您,我昨天洗了三次澡……您想想看,三次!就连尼科季木·亚历山德雷奇都觉得不安了。"

"嘿,难道会有这么丑的人?"娜杰日达·费多罗芙娜看一眼厨娘和那个文官太太,心里思忖。她瞧了瞧卡嘉,暗想:"这个姑娘的身段倒还不错。""您的尼科季木·亚历山德雷奇可爱得很,可爱得很!"她说,"我简直爱上他了。"

"哈——哈——哈!"玛丽雅·康斯坦丁诺芙娜勉强笑着,"这太好了!"

娜杰日达·费多罗芙娜一脱掉衣服,就生出愿望,想飞上天去,而且她觉得,只要她挥动两条胳膊,就一定飞得上去。脱完衣服以后,她发现奥尔迦带着嫌弃的神情瞧她雪白的身体。奥尔迦是兵士的年轻妻子,跟自己合法的丈夫一块儿生活,所以认为自己比她好,比她高一等。娜杰日达·费多罗芙娜还感到玛丽雅·康斯坦丁诺芙娜和卡嘉不尊敬她,怕她。这叫人不愉快。为了在她们心目中抬高自己的地位,她就说:

"在我们彼得堡,现在别墅生活正好到了高潮!我和我的丈夫都有很多熟人!应当去看一看他们才对。"

"您的丈夫好像是工程师吧?"玛丽雅·康斯坦丁诺芙娜胆怯地问道。

"我说的是拉耶甫斯基。他有很多熟人。不过可惜,他母亲是个骄傲的贵妇人,不大聪明……"

娜杰日达·费多罗芙娜没有说完就跳到水里去了;随后,玛丽雅·康斯坦丁诺芙娜和卡嘉也下水了。

"我们上流社会里有很多偏见,"娜杰日达·费多罗芙娜接着说,"生活并不像看起来那么轻松。"

玛丽雅·康斯坦丁诺芙娜在贵族家庭里做过家庭教师,对上流社会很熟悉,就说:

"是啊!信不信由您,亲爱的,加拉青斯基家里要求吃早饭和午饭的时候一定得穿戴整齐,因此我像演员似的除了领薪水以外,还领到一笔服装费呢。"

她站在娜杰日达·费多罗芙娜和卡嘉中间,仿佛要挡住娜杰日达·费多罗芙娜洗过的水流到她女儿身上去似的。有一道门面对海洋敞开着,从门口望出去,可以看见有人在离浴棚一百步开外的地方游泳。

"妈妈,这是我们的柯斯嘉!"卡嘉说。

"哎呀,哎呀!"玛丽雅·康斯坦丁诺芙娜惊慌地像母鸡般叫起来。"哎呀!柯斯嘉,"她叫道,"回来!柯斯嘉,回来啊!"

柯斯嘉是个十四岁的男孩,为了在母亲和姐姐面前显示他的勇敢,就钻进水里,往远处游去,可是他疲乏了,又连忙往回游,从他的严肃紧张的脸色可以看出他不相信自己的力量。

"这些孩子可真叫人操心啊,亲爱的!"玛丽雅·康斯坦丁诺芙娜说,放心了,"你一不小心,他就会把脖子摔断。啊,亲爱的,做个母亲,是多么愉快,同时又多么艰难啊!样样事情都要担惊受怕。"

娜杰日达·费多罗芙娜戴上草帽,游到外面海上去了。她游出四俄丈远,平躺在水面上。她看见海洋伸展到天边,看见轮船,看见海岸上的人,看见城市,所有这些,再加上炎热以及清澈而温柔的海浪,都打动她的心,仿佛在对她小声说:她应该享受生活的乐趣,应该享受生活的乐趣。……一条帆船迅速有力地劈开海浪和空气,从她身旁漂过去。一个男人坐在船舵那儿,瞧着她。她呢,看见人家瞧她,觉得很愉快。……

洗完澡以后,几个女人穿好衣服,一块儿走出来。

"我每隔一天发一次烧,可是我并没瘦下来,"娜杰日达·费多罗芙娜舔着洗过澡而带咸味的嘴唇说,向那些点头的熟人们微笑,"我素来胖,现在似乎越发胖了。"

"亲爱的,这可是天生的。像我这样天生不会发胖的人,再怎么吃也没有用。不过,亲爱的,您把您的帽子全弄湿了。"

"不要紧,它会干的。"

娜杰日达·费多罗芙娜又看见那些穿白衣服的人在堤岸上走来走去,说法国话。不知什么缘故,她的胸中又有一股欢乐在激荡,她模糊地想起一个大厅,从前她在那里面跳过舞,或者也许只是梦见在那里面跳过舞。然而,在她灵魂深处,有一个声音含混地、隐隐约约地小声告诉她说,她是个浅薄庸俗、微不足道的坏女人。……

玛丽雅·康斯坦丁诺芙娜在自己的家门口停住,邀她进去坐一坐。

"进去吧,我亲爱的!"她用恳求的声音说,同时带着忧虑和希望瞧着娜杰日达·费多罗芙娜:或许她会拒绝,不肯进去吧!

"遵命,"娜杰日达·费多罗芙娜同意说,"您知道我多么喜欢到您家里来!"

她就走进屋去。玛丽雅·康斯坦丁诺芙娜请她坐下,给她咖啡喝,要她吃甜面包,把她从前教过的学生,加拉青斯基家的小姐们的照片拿给她看,她们如今都已经出嫁了。然后她又把卡嘉和柯斯嘉的考试成绩单拿给她看,他们的成绩很好,可是她要使这些成绩显得更好一点,就叹着气抱怨说:目前在中学里念书可真是困难呀。……她极力向客人讨好,可是同时又可怜她,而且想到娜杰日达·费多罗芙娜待在这儿也许会对卡嘉和柯斯嘉在道德上发生不良影响,就不由得难过,她暗自庆幸她的尼科季木·亚历山德雷奇总算不在家。依她的看法,所有的男人都喜欢"这样的女人",因此娜杰日达·费多罗芙娜对尼科季木·亚历山德雷奇也会产生不良的影响。

玛丽雅·康斯坦丁诺芙娜一面跟客人谈话,一面随时想起今天傍晚有野餐会,冯·柯连恳切地要求她不要对那些猕猴,也就是

对拉耶甫斯基和娜杰日达·费多罗芙娜谈起这件事,可是她无意间说出了口,就涨红了脸,惊慌地说:

"我希望你们也去!"

六

大家约定坐车出城,沿着往南方去的大道走出七俄里远,在一家小饭馆附近,也就是在两条小溪——黑溪和黄溪合流的地方停下,烧鱼汤。五点多一点,他们就出发了。在带头的那辆轻便双轮马车里,坐着萨莫依连科和拉耶甫斯基。他们后面的一辆四轮马车,由三匹马拉着,上面坐着玛丽雅·康斯坦丁诺芙娜、娜杰日达·费多罗芙娜、卡嘉和柯斯嘉。他们身旁放着食品筐子和餐具。后面一辆轻便马车里坐着警察分局长基利林和年轻的阿奇米安诺夫,后者是商人阿奇米安诺夫的儿子,娜杰日达·费多罗芙娜的三百卢布债务正是欠这个商人的;他们对面的座位上坐着尼科季木·亚历山德雷奇,他身子缩成一团,两脚放到座位底下,这人身材矮小,衣服整齐,头发梳到鬓角那儿。最后一辆车上坐着冯·柯连和助祭。助祭的脚旁放着一筐子鱼。

"靠右走!"萨莫依连科每逢遇到大车或者骑驴的阿布哈兹人,就扯开嗓子大叫一声。

"过上两年,等我积下了钱,有了一批人,我就出外去做考察工作,"冯·柯连对助祭说,"我要沿着海岸从符拉迪沃斯托克[①]去到白令海峡,然后从白令海峡去到叶尼塞河河口。我们要绘制地图,研究动物和植物,仔细地进行地质学研究,人类学和民族学的研究。您得决定究竟跟不跟我一块儿去。"

---

① 即海参崴。

"这不行。"助祭说。

"为什么?"

"我是个有牵挂、有家眷的人。"

"您的太太会放您去的。我们来负担她的生活费。如果您能说服她顾全大家的利益,索性去做女修士,那就更好。这样一来,您也可以凭修士司祭的身份去进行考察了。我能为您办好这件事。"

助祭沉默不语。

"您很熟悉您的神学吗?"动物学家问。

"不大熟悉。"

"哦。……在这方面我不能给您什么指点,因为我自己就不熟悉神学。您把您需要的书开一个单子,交给我,今年冬天我可以从彼得堡寄给您。您也需要读一下宗教旅行家的笔记,他们当中有优秀的民族学者和东方语言的专家。您熟悉了他们的方法,做起工作来就容易了。不过,目前您即使没有书,也不要白白地耗费光阴。您到我那儿去,我们来研究罗盘,学好气象学。这都是缺少不得的。"

"话是不错的……"助祭支吾道,笑起来,"我已经要求把我调到俄国中部去,我的叔叔是大司祭,已经答应为我疏通了。如果我跟您走,我就白白麻烦他们了。"

"我不明白您的迟疑。如果您继续做一个普通的助祭,只在节日才做工作,平时闲着没事干,那么十年以后您仍旧会跟现在一模一样,也许只添了唇髭和胡子;然而您去做考察工作呢,那么,十年以后您回来的时候,却会成为另一个人,您想到您多少做了点事,就会觉得自己充实了。"

从女人坐的那辆轻便马车上传来惊恐和快活的喊叫声。那辆马车走上一条在十分陡峭的岩岸上开出来的道路,大家都觉得这条路像是固定在一堵高墙上的长木板,她们的马车就在这块长木板上疾驰,马上就会掉进深渊似的。右边展现出海洋,左边是一堵不平整的深棕色高墙,上面布满黑色的斑点、红色的脉络、匍匐的根茎。上边那些苍郁的针叶树仿佛害怕和好奇似的,弯着树干瞧着底下。过了一分钟又传来尖叫声和笑声:原来马车要从一块隆起的大岩石下驶过去。

"见鬼,我不明白我为什么跟你们一块儿来,"拉耶甫斯基说,"多么愚蠢而庸俗! 我应该去北方,跑掉,拯救我自己,可是不知什么缘故,我却坐车来参加这种愚蠢的野餐。"

"可是你看,多好的风景啊!"萨莫依连科对他说,这时候马车往左拐,黄溪流过的那道峡谷就在眼前展开了,溪水亮闪闪的,发黄,混浊,像发疯似的流动。……

"这种风景,萨沙①,我看不出有什么好,"拉耶甫斯基回答说,"老是赞叹大自然,这表示想象的贫乏。这些小溪和岩石跟我的想象所能给我的东西相比,无非是一堆破烂罢了。"

四轮马车已经在沿着溪岸行驶。两岸的高山渐渐靠拢,谷地越来越窄,前面成了一条峡谷。马车挨近石头的大山走着,山是由巨大的石块天然堆成的,石块带着可怕的力量互相挤压,因此,每逢萨莫依连科瞧见它们,总会不由自主地发出哼哼声。阴沉而美丽的山有的地方让裂口和峡谷切断,从那儿往坐车的人们这边吹来一股潮气和神秘的气息。从峡谷望出去,可以看见另外一些山,有深棕色的,有粉红色的,有淡紫色的,有烟色的,有浸在明亮的阳光里的。旅客们路过那些峡谷,可以听见不知什么地方有水落下来、溅在石头上的声音。

"哎,该死的山,"拉耶甫斯基叹道,"我多么讨厌它们!"

---

① 亚历山大的爱称。

在黑溪流进黄溪,像墨水那么黑的溪水染污黄水,跟黄水搏斗的地方,在大道旁边,有着一家鞑靼人凯尔巴莱开的小饭馆,房顶上飘着俄国的旗子,挂着一块用粉笔写的招牌:"快活饭馆"。饭馆附近有个小园子,围着一道篱墙,放着几张桌椅,独一无二的一棵柏树挺立在一个可怜巴巴的、带刺的灌木林里,显得又美又黑。

凯尔巴莱是一个矮小而灵活的鞑靼人,穿一件蓝色衬衫,系一条白色围裙,站在大道当中,迎着马车,捧着肚子,深深地鞠躬,微笑着,露出又白又亮的牙齿。

"你好,凯尔巴莱!"萨莫依连科对他叫道,"我们再往前走一点,你把茶炊和椅子送到那边去!快!"

凯尔巴莱点着头发剪短的脑袋,嘴里念念叨叨,只有坐在最后一辆马车上的人才听得清他的话:"我们有鲑鱼,大人。"

"送来,送来!"冯·柯连对他喊道。

马车驶到离小饭馆大约五百步远,停了下来。萨莫依连科选了一块不大的草地,上面有石头,坐着很方便,还有一棵被暴风雨掀倒的树,毛茸茸的树根已经拔出地来,树上有些枯黄的针叶。这儿的小溪上架着一道通到对岸的单薄的木桥。对岸有一个木板棚,用四个不高的木桩支着,供晾干玉米用,使人联想到童话里那个用鸡腿架着的小木房。板棚门口有一道小楼梯通到地面。

大家头一个印象是,仿佛再也走不出这个地方了。不管往哪儿望,四面八方都是重叠的大山,围得很紧。从小饭馆和黑色的柏树那边,黄昏的阴影溜过来了,很快很快。于是黑溪的狭长弯曲的山谷就越发狭窄,山也越发高陡。人们可以听见溪水潺潺地响,知了一刻也不停地叫。

"太好了!"玛丽雅·康斯坦丁诺芙娜说,兴奋得不住地深深叹息,"孩子们,瞧,这多好!多么安静啊!"

161

"是啊,这儿真是好。"拉耶甫斯基同意说。他喜欢这一带的风景,他抬头看一眼天空,然后看一眼小饭馆烟囱里冒出来的蓝烟,不知什么缘故突然忧郁起来。"是的,很好!"他又说一遍。

"伊凡·安德烈伊奇,您把这儿的风景描写一下吧!"玛丽雅·康斯坦丁诺芙娜含泪说道。

"何必呢?"拉耶甫斯基问,"印象比任什么描写都好。每个人通过印象得来大自然的色彩和声音的宝藏,一到作家的笔下,就变得不成样子,面目全非了。"

"是这样吗?"冯·柯连冷冷地问道。他已经在河边选好一块大石头,正在用力爬上去,想坐下来。"是这样吗?"他又问一遍,直勾勾地瞧着拉耶甫斯基,"那么《罗密欧与朱丽叶》①呢?比方说,普希金笔下的乌克兰夜晚②呢?大自然应当拜倒在它们的脚下才对。"

"也许吧……"拉耶甫斯基同意说,他懒得再思考和反驳了。"然而,"过了一会儿,他说,"实际上《罗密欧与朱丽叶》是什么东西呢?那种美丽的、富于诗意的、神圣的爱情是人们打算用来掩盖腐败的东西的玫瑰花。罗密欧也是动物,跟一切人一样。"

"不管跟您谈什么,您总是把它归结到……"

冯·柯连回头看一眼卡嘉,没有再说下去。

"归结到哪儿去呢?"拉耶甫斯基问。

"比方人家对您说:'这串葡萄多么美啊!'您却说:'是的,不过等到它吃进嘴里,在人胃里消化以后,就不成样子了。'何必说这种话呢?这并不新奇,而且……这完全是怪脾气。"

拉耶甫斯基知道冯·柯连不喜欢他,因此他怕冯·柯连。有

---

① 英国剧作家莎士比亚的一个悲剧。
② 指普希金的长诗《波尔塔瓦》的第二章。——俄文本编者注

这个人在场,他总觉得大家都感到拘束,觉得身后好像站着个什么人似的。他什么话也没回答,走到一边去,后悔自己不该到这儿来。

"诸位先生,去拾些枯枝来生篝火!"萨莫依连科命令道。

大家就分头去拾,这儿只剩下基利林、阿奇米安诺夫、尼科季木·亚历山德雷奇没走。凯尔巴莱送来椅子,在地上铺一块地毯,放上几瓶葡萄酒。警察分局长基利林是个高大魁伟的男子,不管什么天气,总在制服外面穿一件军大衣,他那高傲的气派、威严的步态、有点嘶哑的低沉有力的嗓音,都使他很像内地年轻的警察局长。他表情忧郁,带着睡意,好像刚才有人违背他的意愿把他叫醒了似的。

"你为什么送这东西来,畜生?"他问凯尔巴莱说,慢腾腾地吐出每一个字,"我本来吩咐你把克瓦列利①送来,可是你送来的是什么,你这鞑靼丑八怪?啊?什么?"

"我们有很多自己的葡萄酒,叶果尔·阿历克塞伊奇②。"尼科季木·亚历山德雷奇胆怯而客气地说。

"什么?不过我希望这儿也有我的酒。我既参加野餐,就认为我有充分的权利把我的酒也拿来。我认为是这样!你给我拿十瓶克瓦列利来!"

"何必要这么多呢?"尼科季木·亚历山德雷奇惊讶地说,他知道基利林没有钱。

"拿二十瓶来!拿三十瓶!"基利林喊道。

"没关系,随他去要,"阿奇米安诺夫小声对尼科季木·亚历山德雷奇说,"反正由我来付钱就是。"

---

① 一种葡萄酒。
② 基利林的名字和父名,但是这个中篇的另一处,基利林的名字和父名却为伊里亚·米海雷奇。

娜杰日达·费多罗芙娜怀着欢乐的、渴望嬉闹的心情。她想蹦蹦跳跳,哈哈大笑,大声嚷叫,耍弄别人,对人卖弄风情。她身上穿一条价钱便宜的、上面印着浅蓝色小花的布连衣裙,脚上是一双红色小便鞋,头上仍然戴着草帽。她觉得自己娇小、朴素、灵活、轻盈,好比一只蝴蝶。她跑上那道单薄的木桥,对着河水看一分钟,为的是看得脑袋发晕,然后尖叫一声,笑着跑到对岸晾玉米的棚子那儿,她觉得所有的男人,连凯尔巴莱在内,都爱慕她。天色很快地黑下来,树木和山脉连成一片,马和马车混在一起分不清楚,小饭馆的窗子里闪着灯火,这时候她却顺着在乱石和荆棘丛中蜿蜒而上的一条小路爬到山顶上,在石头上坐下。下面已经燃起一堆篝火。在篝火旁边,助祭卷起袖子,走来走去,他那细长的黑影在篝火四周像一条半径似的移动。他往火里添枯枝,用一个拴着长木棍的汤瓢搅动锅里的东西。萨莫依连科脸孔带着红铜色,在火旁边忙忙碌碌,如同在自己家的厨房里一样。他气冲冲地喊道:

"诸位先生,盐在哪儿?别是忘记带来了?为什么你们像地主似的坐在那儿纳福,光让我一个人忙?"

拉耶甫斯基和尼科季木·亚历山德雷奇并排坐在一棵倒在地下的树干上,瞧着火光呆呆地出神。玛丽雅·康斯坦丁诺芙娜、卡嘉、柯斯嘉正从筐子里取出茶具和盘子。冯·柯连紧靠着河岸站着,两条胳膊交叉在胸前,一只脚踩在石头上,正在思索。篝火的红光点和阴影一起在地面上黑黝黝的人身附近移动,在山上、树木上、桥上、玉米棚上颤抖,对岸陡峭而坎坷不平的岸坡全给照亮,映在河水里,闪闪摇摇,湍急而汹涌的河水却把映影撕成一块块碎片。

助祭走去取鱼,这时候凯尔巴莱正在岸边收拾和洗净那些鱼;可是助祭走到半路上却停住脚,看一眼周围。

"我的上帝,多么好啊!"他暗想,"人啦,石头啦,黑暗啦,奇形怪状的树啦,此外什么也没有,可是这多么好啊!"

对岸玉米棚旁边,出现一些陌生人。由于火光闪烁,篝火的浓烟飘到对岸,谁都不能一下子看清那些人,只能零零碎碎,一会儿看见一顶毛茸茸的帽子和一把白胡子,一会儿看见一件蓝色的衬衫,一会儿看见一件从肩膀到膝头破破烂烂的衣服和一把斜挂在肚子上的短刀,一会儿看见一张年轻而发黑的脸庞以及两道墨黑的眉毛,黑得那么刺目,好像是用黑炭画出来的。他们有五个人在地上坐着,围成圆圈,另外有五个人走进玉米棚里去了。有一个站在门口,背对着篝火,倒背着手,在讲一件什么事,而且一定是很有趣的事,因为等到萨莫依连科加上几根枯枝,篝火旺起来,爆出火星,明晃晃地照亮玉米棚,人就可以看见门里露出两张脸以及集中注意力的平静表情,还可以看见那些围成圆圈席地而坐的人回过头去,专心倾听那个故事。过了一会儿,那些坐成一圈的人轻声唱起一支声调悦耳的歌,拖着长音,类似大斋期间教堂里的歌。……助祭听着他们的歌声,想象十年以后他考察归来会是什么样子:他是一位修士司祭又是传教士,成为有名望和有光荣经历的著作家。他会升为修士大司祭,后来又升为主教。他会在大教堂里主持日祷,头上戴着金冠,胸前佩戴饰有宝石的圣母小像,举起双枝烛台和三枝烛台为民众祝福,高声念道:"上帝啊,从天上往下看吧,到你亲手栽培的葡萄园里来吧。"孩子们就用天使般的声音应和着唱道:"神圣的上帝啊……"

"助祭,鱼在哪儿啊?"传来萨莫依连科的声音。

助祭回到篝火那儿,想象七月里一个炎热的日子,一个宗教行列怎样顺着尘土飞扬的大道走着,前头有农民撑起神幡,有村妇和姑娘举着神像,后面是唱诗的男孩和包着脸颊、头发里夹着干草的诵经士,再后,依照顺序,就是他助祭,随后是戴着僧帽、拿着十字架的神甫,殿后的是一群农民、村妇、男孩,他们脚下扬起一片尘土。神甫和助祭的妻子戴着头巾,也夹在人群里。歌手们唱诗,小孩子啼哭,鹌鹑鸣叫,云雀歌唱。……后来他们站住,给一群牲口洒圣水。……他们又往前走,随后跪下来求雨。后来大家吃冷荤菜,谈话。……

"这样倒也挺好……"助祭暗想。

七

基利林和阿奇米安诺夫顺着一条小路爬上山。阿奇米安诺夫留在后面,站住了。基利林却一直走到娜杰日达·费多罗芙娜跟前。

"傍晚好!"他说着,把手举到帽檐那儿。

"傍晚好。"

"是啊!"基利林说,瞧着天空,沉思着。

"什么'是啊'?"娜杰日达·费多罗芙娜沉默片刻,问道,发现阿奇米安诺夫在监视他们两人。

"是这样的,"警官慢腾腾地说,"我们的爱情,可以说是,还没来得及开花就枯萎了。您要我怎样理解这件事呢?这究竟是您那方面与众不同的一种卖弄风情呢,还是您认为我是个可以任人摆布的蠢货?"

"过去的事本来就是个错误!别烦我!"娜杰日达·费多罗芙娜尖锐地说,在这个美妙的黄昏带着恐惧瞧着他,困惑不解地问自己:难道以前真的有过那么一段时期,这个人打动她的心,跟她亲近过吗?

"原来是这样!"基利林说。他默默地站了一会儿,想了想,说:"好吧。等日后您心情好的时候我们再谈吧,不过眼前我要对您提出保证,我是个正人君子,在这方面我不容许任何人加以怀疑。耍弄我可不行!再见①!"

他把手举到帽檐那儿行了个礼,就钻进一旁的灌木丛中去了。过了一会儿,阿奇米安诺夫迟疑不决地走过来。

"今天这个黄昏真好!"他说,微微带点亚美尼亚口音。

他长得挺好看,穿得很时髦,举止大方,就跟受过良好教育的青年一样。可是娜杰日达·费多罗芙娜不喜欢他,因为她欠他父亲三百卢布。她想到连商店老板也给约来参加野餐,就心里不痛快。他正好在这个黄昏,她心灵十分纯洁的时候到她身边来,她也觉得不痛快。

"大体说来,这次野餐办得很成功。"他沉默一会儿以后说。

"是的。"她同意说。然后,她仿佛刚刚想起她的债务似的,随随便便地说:"对了,请您对你们店里的人说,过几天伊凡·安德烈伊奇就会到你们店里去,还清那三百卢布或者……我记不清数目究竟是多少了。"

"我情愿再拿出三百卢布,只求您不再每天都提这笔债就行。何必谈这种无聊的事呢?"

娜杰日达·费多罗芙娜笑起来。她的脑子里猛地生出一种可笑的想法:只要她不顾廉耻,只要她乐意,那么不出一分钟,她就能摆脱她的债务。比方说,只要把这个年轻漂亮的小傻瓜弄得昏头昏脑就行!说真的,那会多么可笑、荒唐、出奇啊!她忽然想要搞得他爱上她,要抢光他的钱,丢开他,然后再看看结果会怎么样。

"请容许我给您进一个忠告,"阿奇米安诺夫胆怯地说,"我请求您要提防基利林。他到处说您的坏话,难听极了。"

---

① 原文为法语。

"那种蠢货说我什么坏话,我才不高兴去理会呢。"娜杰日达·费多罗芙娜冷冷地说,心里感到不安,原先打算耍弄年轻漂亮的阿奇米安诺夫的可笑想法忽然失去了魅力。

"我们该下去了,"她说,"他们在叫我们。"

下面,鱼汤已经烧好。大家把鱼汤盛在盘子里喝着,现出只有野餐的时候才会有的那种一本正经的神情。大家都认为他们在家里从没喝过这样鲜美可口的鱼汤。如同野餐的时候常常出现的那种情形,在一堆餐巾、纸包、没有用处而被风吹动的油纸当中,谁也不知道自己的酒杯或者面包放在哪儿了。他们不小心把酒洒到毯子上、自己的膝头上,把盐撒得满地。这时候四周昏暗,篝火不再烧得那么旺,可是人人都懒得站起来,去添一把枯枝。大家都喝葡萄酒,也给柯斯嘉和卡嘉每人倒了半杯。娜杰日达·费多罗芙娜喝下一杯酒,然后又喝一杯,有了醉意,忘掉基利林的事了。

"丰美的野餐啊,迷人的傍晚,"拉耶甫斯基说,由于喝了酒而快活起来,"不过我仍旧认为优美的冬天比这好。'他的海狸皮衣领蒙着浓霜而变得银白'①。"

"各有所好。"冯·柯连说。

拉耶甫斯基觉得不自在了:虽然他的背上吹来篝火的热气,他的胸部和脸上却射来冯·柯连憎恨的目光。这个正派而聪明的人多半有充分的理由憎恨拉耶甫斯基,这就使他感到委屈、气馁了。他没有力量抵抗这种憎恨,就用讨好的口吻说:

"我热爱大自然,我惋惜我不是自然科学家。我羡慕您。"

"不过,我却不羡慕,也不惋惜,"娜杰日达·费多罗芙娜说,"我不明白:在人民受苦的时候,人怎么能认真地去研究小甲虫和小瓢虫。"

---

① 引自普希金的《叶甫盖尼·奥涅金》。

拉耶甫斯基跟她的意见相同。他完全不懂自然科学,因此永远也听不惯那些研究蚂蚁触角和蟑螂小爪子的人的权威口气,更看不惯他们那种学问渊博、思想高深的气派。他老是暗自气恼,因为这些人居然根据触角、小爪子和一种什么原生质(他不知什么缘故总是把它想象成牡蛎的样子)就来着手解决人类起源和人类生命之类的问题。然而他在娜杰日达·费多罗芙娜的话里听出虚伪,于是纯粹为了反驳她而说道:

"问题不在于小瓢虫,而在于由此得出的结论!"

八

直到很晚,将近十一点钟,大家才开始坐上马车,预备回家。所有的人都已经坐好,只缺娜杰日达·费多罗芙娜和阿奇米安诺夫,他们两个人正在对岸一前一后地追逐,扬声大笑。

"诸位,快点吧!"萨莫依连科对他们喊道。

"你不应该给太太们喝酒。"冯·柯连轻声说。

拉耶甫斯基已经给野餐、冯·柯连的憎恨、自己的思想弄得十分疲乏,这时候迎着娜杰日达·费多罗芙娜走去。等到她兴高采烈,欢欢喜喜,觉得自己像羽毛那么轻盈,喘吁吁,笑哈哈,抓住他的两条胳膊,把头贴到他的胸口上,他却退后一步,厉声说道:

"你这种样子活像……娼妇。"

这句话说得十分粗鲁,连他自己都觉得可怜她了。她在他气愤疲倦的脸上看出憎恨、怜悯、对他自己的气恼,就顿时泄了气。她明白她做得过火,举动过于放肆了,于是她心里难过,感到自己变得沉重、肥胖、粗野、醺醉了,一瞧见空马车就跟阿奇米安诺夫一块儿坐上去。拉耶甫斯基跟基利林同坐一辆马车,动物学家跟萨莫依连科同车,助祭跟女人们同车,这个马车队就动身了。

"瞧,他们,这些猕猴,就是这个样子……"冯·柯连开口说,把身上的外套裹一裹紧,闭上眼睛,"你刚才听见了:她不愿意研究小甲虫和小瓢虫,因为人民在受苦。所有的猕猴都这样批评我们这班人。他们是一个奴性十足的、狡猾的种族,足足有十代给鞭子和拳头吓坏了。他们战战兢兢,扭扭捏捏,只有见着暴力才磕头;可是,一旦把这种猕猴放到自由自在的地方,没有人来揪他们的脖领,他们就放肆起来,任性胡闹。你瞧吧,他们到了画展上,博物馆里,戏院中,或者评论科学的当口,变得多么勇敢呀,张牙舞爪,慷慨激昂,破口大骂,任意批评。……他们是非批评不可的,这就是奴性的特征!你听我说,干自由职业的人反而比骗子更常挨骂,这是因为社会上有四分之三的人都是奴隶,都是那样的猕猴。绝不会有一个奴隶对你伸出手来,由于你在工作而诚恳地向你道一声谢。"

"我不知道你要怎么样!"萨莫依连科打着哈欠说,"那个可怜的女人性情直爽,想跟你谈一谈学问上的问题,你却从中得出了结论。你对他,不知怎的生了气,如今又生她的气,就因为她跟他一块儿过活。不过,她倒是个挺好的女人呢!"

"哎,得了吧!一个平平常常的姘妇罢了,又放荡又庸俗。你听我说,亚历山大·达维狄奇,如果你碰见一个普通的村妇,不跟丈夫住在一块儿,什么事也不做,光是嘻嘻哈哈,你就会对她说:去干活。那么在眼前这种情形下,为什么你就胆怯起来,不敢说实话呢?就因为娜杰日达·费多罗芙娜不是跟一个水手而是跟一个文官私姘吗?"

"那要我拿她怎么样呢?"萨莫依连科生气地说,"要我打她一顿还是怎么的?"

"不要姑息养奸。我们总是背地里咒骂恶事,这就像把手藏在口袋里朝恶人做轻蔑的手势。我是动物学家,或者是社会学家……反正这都是一样。你呢,是医生。社会信任我们。我们有责任对社会指出,像娜杰日达·伊凡诺芙娜之类的太太们的存在对社会以及下一代会有多么可怕的害处。"

"不是伊凡诺芙娜,而是费多罗芙娜,"萨莫依连科纠正道,"那么社会应该怎么办呢?"

"社会?那是它的事。依我看来最直截了当的正确办法就是强制。应当用军事力量①,把她送到她丈夫那儿去,要是她丈夫不肯收留,就把她送去做苦工,或者送到改造机关之类的地方去。"

"嘿!"萨莫依连科叹口气说。他沉默了一会儿,小声问道:"前几天你说,对拉耶甫斯基那样的人,应该消灭。……那你告诉我:要是那个……假定说,政府或者社会委托你去消灭他,那你……你下得了手吗?"

"我的手不会发抖。"

九

拉耶甫斯基和娜杰日达·费多罗芙娜回到家,走进他们那些漆黑、闷热、乏味的房间。他们两人沉默不语。拉耶甫斯基点起蜡烛。娜杰日达·费多罗芙娜坐下来,没有脱掉大衣和帽子,抬起悲伤、负疚的眼睛瞧着他。

他明白她在等他解释,然而解释是乏味、无益而且劳神的。他心头沉重,因为他忍不住气,对她说了难听的话。无意间他在口袋里摸到一封他每天都打算念给她听的信,心想要是现在把这封信拿给她看,那就可以把她的注意力引到别的方面去了。

---

① 原文为法语。

"现在到了明确关系的时候了,"他暗想,"给她看就是。要发生的事总归要发生的。"

他取出信来拿给她。

"你看一看吧。这封信跟你有关。"

说完这话,他就走回他的书房,摸着黑在长沙发上躺下,脑袋底下没有放枕头。娜杰日达·费多罗芙娜看完那封信,觉得好像天花板塌下地,四面墙壁向她挤拢来似的。房间里突然变得狭窄、黑暗、可怕了。她很快地在胸前画三回十字,嘴里说:

"让他安息吧,上帝。……让他安息吧,上帝。……"

她哭了。

"万尼亚!"她叫道,"伊凡·安德烈伊奇!"

回答的声音却没有。她以为拉耶甫斯基来了,正站在她椅子旁边,她就像孩子那样呜呜地哭着,说:

"为什么你早不告诉我说他死了呢?那我就不会去参加野餐,也不会笑得那么响了。……有些男人对我说了些庸俗无聊的话。好大的罪恶,好大的罪恶呀!救救我,万尼亚,救救我吧。……我昏了头。……我完了。……"

拉耶甫斯基听着她的哭声。他憋得受不了,心猛烈地跳动。他满腔愁闷,站起身来,在房间中央站了一会儿,摸着黑,找到桌旁那把椅子,坐下来。

"这是监狱……"他暗想,"我得走。……我受不了。……"

出去打牌已经太迟。城里也没有饭馆可去。他就又坐下来,捂上耳朵,免得听见哭声。他忽然想起可以到萨莫依连科家去。他不想在娜杰日达·费多罗芙娜身边走过,就爬出窗子,钻进小花园,跨过栅栏,来到街上。天色很黑。有一条轮船刚刚到达此地,从船上的灯火来看,那是一条大客轮。……抛锚声轰轰地响起来。有个红色的灯火从海岸这边很快地往轮船那边移动,那是海关的木船。

"旅客都在客舱里睡熟了……"拉耶甫斯基暗想,不禁羡慕别人的安宁。

萨莫依连科那所房子里的几扇窗子敞开着。拉耶甫斯基在一个窗口往里看一眼,然后在另一个窗口看一眼,房间里黑魆魆、静悄悄的。

"亚历山大·达维狄奇,你睡了吗?"他招呼道,"亚历山大·达维狄奇!"

房间里响起咳嗽声和不安的喊叫声:

"是谁?捣什么乱?"

"是我,亚历山大·达维狄奇。对不起。"

过了一会儿,房门打开了,长明灯柔和的亮光闪了一下,魁伟的萨莫依连科就出现了,他穿一身白衣服,戴着白色尖顶帽。

"你有什么事?"他问,半睡半醒,一边搔痒,一边喘着粗气,"等一等,我马上去开大门。"

"不必费事,我从窗子里爬进来好了。……"

拉耶甫斯基钻进小小的窗口,走到萨莫依连科跟前,抓住他的手。

"亚历山大·达维狄奇,"他用发抖的声音说,"救救我吧!我求求你,我央告你,你要了解我才好!我的处境苦极了。要是这种局面再延续哪怕一两天,我也要把自己勒死,像勒死……狗那样!"

"慢着。……你说的到底是什么事啊?"

"你点上蜡烛吧。"

"唉,唉……"萨莫依连科叹口气说,点上一支蜡烛,"我的上帝,我的上帝啊。……现在已经一点多钟了,老兄。"

"对不起,我在家里待不住了,"拉耶甫斯基说,他看到烛光,又有萨莫依连科在场,觉得轻松多了,"你,亚历山大·达维狄奇,是我唯一的好朋友。……我所有的希望都寄托在你身上了。你愿意也好,不愿意也好,求你看在上帝分上救救我。无论如何我得离开此地。借点钱给我吧!"

"唉,我的上帝,我的上帝啊!……"萨莫依连科说,叹口气,搔搔自己的身子,"我刚要睡着,就听到汽笛声,一条轮船来了,然后你又来了。……你要很多钱吗?"

"至少三百卢布。我得给她留下一百,我拿两百上路。……我已经欠你四百左右,不过我都会给你汇来的……都会汇来的。……"

萨莫依连科用一只手抓住自己脸颊两边的络腮胡子,撇开两条腿,沉思起来。

"哦……"他沉思地喃喃说道,"三百。……唔……可是我没有那么多。这得向别人借才成。"

"去借吧,看在上帝分上!"拉耶甫斯基说,从萨莫依连科脸上看出他肯借给他钱,而且一定肯借,"去借吧,我一定会还的。我一到彼得堡就给你汇钱来。这你尽管放心。哎,萨沙,"他说,快活起来了,"我们来喝点酒吧!"

"好。……喝酒就喝酒。"

他们两人走进饭厅。

"可是娜杰日达·费多罗芙娜怎么办呢?"萨莫依连科问,在桌上放下三瓶酒和一盘桃子,"莫非她留在这儿?"

"我会把一切都安排好的,我会把一切都安排好的……"拉耶甫斯基说着,感到心中突然涌上一股欢乐,"我以后会给她汇钱来,她可以去找我。……这样我们就可以明确我们之间的关系了。为你的健康干一杯,朋友。"

"慢着!"萨莫依连科说,"你先喝这酒。……这是我的葡萄园里酿出来的。这一瓶是纳瓦利泽葡萄园的,这一瓶是阿哈图洛夫葡萄园的。……你尝一尝这三种酒,再老老实实对我说一下你的意见。……我那瓶好像带点酸味吧?啊?没尝出来?"

"是的。你给了我安慰,亚历山大·达维狄奇。谢谢你。……我又成活人了。"

"是有点酸味吗?"

"鬼才知道,我尝不出来。不过你真是个宽宏大量的大好人!"

萨莫依连科瞧着他那苍白、激动、善良的脸,想起冯·柯连的看法,认为像他这样的人应该消灭;于是萨莫依连科就觉得,拉耶甫斯基好像成了人人都可以欺凌和消灭的、无力自卫的小娃娃了。

"你回去以后,跟你母亲和解吧,"他说,"现在这样是不好的。"

"对,对,我一定要跟她和解。"

他们沉默了一会儿。等到头一瓶酒喝完,萨莫依连科说:

"你跟冯·柯连也该讲和才是。你们俩都是极其优秀和聪明的人,可是你们俩却彼此敌视。"

"是的,他是个极优秀极聪明的人,"拉耶甫斯基同意道,眼前他愿意赞美和原谅一切人,"他是个了不起的人,然而要我和他相好却办不到。不行!我们的性格差得太远了。我性格软弱,无力,随和。我到适当的时候,也许会对他伸出手去,不过他一定会抱着轻蔑的态度……背过脸去不理我。"

拉耶甫斯基喝下一口酒,从这个墙角走到那个墙角,然后在房中央站住,接着说:

"我十分了解冯·柯连。这人性格坚定,有力,专横。你听见他不断提到远方考察,这并不是空话。他需要沙漠和月夜;在露天底下,在四周的帐篷里,睡着他那些挨饿的、有病的哥萨克、向导、搬运工人、医生、教士,由于长途跋涉而筋疲力尽,只有他一个人没睡觉,像斯坦利①那样坐在一把折椅上,感到自己是沙漠的皇帝,是这些人的主宰。他走啊,走啊,不住地往前走,他手下的人呻吟着,一个个死去,而他却仍旧一个劲儿地往前走,结果他自己也死了,不过仍旧是沙漠的暴君和皇帝,因为他坟墓上的十字架在三四十英里以外就能让运货的商队看见,统治着这片沙漠。我惋惜这个人没有到军队去服役。他会成为出色的、天才的统帅呢。他能使他的骑兵淹死在河里,用他们的尸首搭成桥,在战争中这样的勇敢比任何筑城工事和战术都更需要。啊,我十分了解他!你说,他为什么跑到这儿来闲住?他有什么必要待在此地呢?"

"他在研究海洋里的动物。"

"不对,不对,老兄,不对!"拉耶甫斯基说,叹一口气,"在轮船上有一个研究科学的旅客对我讲过,黑海里的动物是贫乏的,海水深处有大量硫化氢,因此有机体不能生存。一切严肃的动物学家都在那不勒斯②或者维勒弗朗什③的生物所里工作。可是冯·柯连有独立精神,为人固执,正因为没有人在黑海这儿工作,他才偏要在这儿工作。他跟大学决裂,不愿意跟学者和同事来往,因为他首先是暴君,其次才是动物学家。你瞧着就是,他日后会大有成就的。就连现在他也已经在幻想:日后等他考察归来,他要扫除我们大学里的倾轧风气和庸碌之辈,把那些学者管束得俯首帖耳。专制主义,在科学界也跟在战争中一样厉害。他住在这个臭烘烘的小城里,已经是第二个夏天了,因为他宁可在乡村里坐头一把交椅,也不愿意在城里坐第二把交椅。他在这儿是国王和山鹰。他降伏所有的居民,凭他的权威压倒他们。他把所有的人都抓在手

---

① 斯坦利(1841—1904),英国殖民者、探险家。
② 意大利地名。
③ 原文为法语,法国地名。

心里,干预别人的事情,什么都管,人人都怕他。我正从他的爪子底下溜走,这他感觉到了,因此恨我。他对你说过应该消灭我,或者把我送去做苦工吧?"

"说过。"萨莫依连科说,笑起来。

拉耶甫斯基也笑起来,喝下一点酒。

"他的理想也是专横的,"他笑着说,吃起桃子来,"一般人如果为公共的利益工作,那他心里所想的就是他周围的人,就是你和我,一句话,普通人。可是对冯·柯连来说,人是小狗,是毫无价值的东西,渺小得不配成为他的生活目标。他工作,出外考察,在那边送掉命,都不是出于他对人们的爱,而是出于抽象观念,例如人道主义、后代、理想的人种等。他致力于人种的改善,在这方面我们对他来说只不过是些奴隶、炮灰、驮载的牲口罢了。他要把一些人消灭,或者流放出去做苦工,把另一些人严加管束,像阿拉克切耶夫那样硬逼人们随着鼓声起床和睡觉,派太监来监督我们的贞节和道德,凡是超出我们狭隘而保守的道德范围的人,一概下令枪决,而所有这些都是为了人种的改善。……那么人种是什么东西呢?幻觉、海市蜃楼。……暴君永远是幻想家。我,老兄,十分了解他。我尊重他,不否定他的重要性。这个世界依靠他那样的人才能维持下来;如果把这个世界完全交托给我们,那么尽管我们心地善良,满腔善意,我们也还是会把这个世界弄得一团糟,好比苍蝇把那张画片弄得一团糟一样。事情就是如此。"

拉耶甫斯基挨着萨莫依连科坐下,带着真诚的热情说:

"我是个浅薄的、无聊的、堕落的人!我吸的空气、这葡萄酒、爱情,一句话,我的生活,到现在为止,是以虚伪、懒散、懦弱为代价换来的。到现在为止,我一直欺骗别人和自己,我为此痛苦,然而我的痛苦却是廉价而庸俗的。我在冯·柯连的憎恨面前,胆怯地弯下了腰,因为有时候,我连自己也憎恨自己,看不起自己。"

拉耶甫斯基又激动地从这个墙角走到那个墙角,说道:

"我高兴,因为我知道自己的缺点,意识到这些缺点了。这会帮助我复活,变成另一个人。我的好朋友,但愿你知道我多么热烈,多么如饥似渴地盼望我自己重新做人。我向你发誓,我会成为一个真正的人! 我会的! 这究竟是葡萄酒在我身上起了作用呢,还是事实真是这样,我不知道,然而我觉得好像很久没有经历过像此刻跟你在一块儿这样清醒而纯洁的时光了。"

"老兄,现在该睡了……"萨莫依连科说。

"对,对。……对不起。我马上就走。"

拉耶甫斯基在家具和窗台那儿转来转去,找他的帽子。

"谢谢你……"他喃喃地说,叹一口气,"谢谢你。亲切的好心话比施舍强。你又使我活得有生气了。"

他找到帽子,站定下来,惭愧地瞧着萨莫依连科。

"亚历山大·达维狄奇!"他用恳求的声调说。

"什么事?"

"好朋友,让我在你这儿过夜吧!"

"欢迎。……那又何尝不可?"

拉耶甫斯基就在长沙发上躺下,又跟医生谈了很久。

十

野餐以后过了大约三天,出人意料,玛丽雅·康斯坦丁诺芙娜到娜杰日达·费多罗芙娜家里来了。她没打招呼,也没脱帽子,一把抓住娜杰日达·费多罗芙娜的两只手,把它们按在自己的胸口上,非常激动地说:

"我亲爱的,我又是兴奋,又是震动。昨天我们那可爱可亲的大夫告诉我的尼科季木·亚历山德雷奇,说您的丈夫已经去世了。告诉我,亲爱的……这是真的吗?"

"对,这是真的,他死了。"娜杰日达·费多罗芙娜回答说。

"这真可怕,可怕呀,亲爱的!不过,俗语说得好,因祸得福。您的丈夫多半是个很好的、出色的、神圣的人,这样的人在天上比在人间更需要哩。"

玛丽雅·康斯坦丁诺芙娜脸上的每条纹路和每个毛孔都在颤抖,好像皮肤底下有许多细小的针在跳动似的。她露出十分妩媚的笑容,喘着气,热情洋溢地说:

"这样一来,您自由了,亲爱的。您现在可以高高地昂起头,放心大胆地正眼看人了。从今以后,上帝和人都要为您和伊凡·安德烈伊奇的结合祝福。这太好了。我高兴得浑身发抖,不知道该说什么好。亲爱的,我来给你们办喜事。……我和尼科季木·亚历山德雷奇都十分喜欢你们,请允许我们为你们的合法的纯洁结合祝福。什么时候,什么时候你们打算举行婚礼呢?"

"我没有想过这件事。"娜杰日达·费多罗芙娜说,缩回自己的手。

"这不可能,亲爱的。您想过了,想过了!"

"真的,我没想过,"娜杰日达·费多罗芙娜说,笑起来,"我们何必举行婚礼呢?我看不出这有什么必要。我们原来怎样生活就怎样生活好了。"

"您在说什么呀!"玛丽雅·康斯坦丁诺芙娜大吃一惊地说,"上帝,您在说什么呀!"

"我们举行婚礼,事情不会变得更好一点。刚好相反,事情甚至会变糟。我们就会失去我们的自由了。"

"亲爱的!亲爱的,您在说什么呀!"玛丽雅·康斯坦丁诺芙娜叫道,往后倒退,把两只手一拍,"您真古怪!您清醒一下吧!

您该安分才是!"

"什么叫安分呢?我还没有好好生活过,您却要我安分!"

娜杰日达·费多罗芙娜想起自己确实还没好好生活过。她在贵族女子中学毕业后,嫁给一个她并不爱的男人,后来跟拉耶甫斯基同居,一直跟他一块儿住在这个荒凉乏味的海岸上,巴望日子会好起来。难道这就是生活?

"不过举行婚礼也是应当的……"她暗想,然而她想起基利林和阿奇米安诺夫,就脸红了,说:

"不,这不行。哪怕伊凡·安德烈伊奇跪在我面前要求我举行婚礼,我也要拒绝。"

玛丽雅·康斯坦丁诺芙娜在长沙发上呆坐了一分钟,神情悲伤而严肃,瞧着一个地方出神,然后站起来,冷冷地说:

"再见,亲爱的!对不起,我打搅您了。但是有一句话我不便说,可是又不得不对您说:从今天起我们之间的关系一刀两断,尽管我深深地尊敬伊凡·安德烈伊奇,我家里的门对你们来说却关上了。"

她说这话的时候气度庄严,连她自己也给她的庄严口吻镇住了,她的脸又颤抖起来,现出柔和的、妩媚的神情,她向惊骇而狼狈的娜杰日达·费多罗芙娜伸出两只手,用恳求的声调说:

"我亲爱的,请允许我做您的母亲或者姐姐,哪怕只做一分钟也好!我要像母亲似的跟您开诚布公地谈一谈。"

娜杰日达·费多罗芙娜感到胸中激荡着温暖、欢乐、对自己的怜惜,好像她的母亲真的活过来,在她面前站着似的。她猛地搂住玛丽雅·康斯坦丁诺芙娜,把脸偎在她的肩膀上。两个人都哭起来。她们在长沙发上坐下,呜咽了几分钟,彼此谁也没看谁,一句话也说不出来。

"亲爱的,我的孩子,"玛丽雅·康斯坦丁诺芙娜开口说,"我不怕您难过,要对您说些不入耳的实话。"

"看在上帝分上,看在上帝分上,说吧!"

"您要信任我,亲爱的。您回想一下,在本地的太太们当中只有我一个人跟你们来往。你们从头一天起就吓坏我了,可是我又不忍心像别人那样鄙视你们。我为善良可爱的伊凡·安德烈伊奇难过,就跟为我的儿子难过一样。一个年轻人,在异乡作客,缺乏经验,软弱,没有母亲,我好难过,好难过呀。……我丈夫不肯跟他来往,可是我劝他……把他说服了。……我们就开始接待伊凡·安德烈伊奇,既然接待他,当然也就接待您,要不然他就觉得丢了面子。我有一个女儿,一个儿子。……您明白,小孩子的头脑是幼稚的,心是纯洁的……'凡使这信我的一个小子跌倒的……'①我接待你们,可是又为孩子们担惊受怕。啊,等您做了母亲,您就会明白我的忧虑。大家都暗暗吃惊,因为我接待您如同接待正派女人一样(请您原谅我这样说),他们向我暗示……嗯,当然,免不了背地里说坏话,胡乱揣测。……我在灵魂深处责难您,然而您那么不幸,可怜,反常,我动了怜悯心,为您感到难过。"

"可是为什么?为什么呢?"娜杰日达·费多罗芙娜问道,周身发抖,"我做了什么对不住人的事呢?"

"您是大罪人啊。您违背了您在圣坛前对丈夫起过的誓。您引诱一个很好的年轻人,这个人如果不遇见您,也许就会从他自己圈子里的一个规矩人家娶一个合法的生活伴侣,那么他现在就跟别人一样了。您断送了他的青春。您不用强辩,不用说了,亲爱的!我不相信在我们的罪恶里男人有过错。这种事素来是女人的过错。男人在家庭生活方面总是随随便便的,他们凭理智而不是

---

① 见《新约·马太福音》,第18章,第6节:"凡使这信我的一个小子跌倒的,倒不如把大磨石拴在这人的颈项上,沉在深海里。"——俄文本编者注

凭感情生活,有许多事情不懂,可是女人却全懂。一切都得由她做主。既然上苍给了她许多东西,也就对她有许多要求。啊,亲爱的,要是女人在这方面比男人愚蠢或者软弱,上帝就不会把教养儿女的事托付给女人了。其次,亲爱的,您干出这种放荡的把戏却一点廉耻也不顾;换了别人处在您的地位,就会躲着众人,守在家里不出门,人们只有在上帝的殿堂①里才能看见她,她应当脸色苍白,穿一身黑衣服,哭哭啼啼,每个人都会带着真诚的悲痛心情说:'上帝啊,这个犯罪的天使又回到你的身边来了。……'可是您呢,亲爱的,您丢开一切顾忌,公开地、反常地生活着,倒好像为您的罪恶骄傲似的。您欢蹦乱跳,哈哈大笑,我一瞧见您,总是吓得发抖,每逢您在我们家里坐着,我就担心天上会响起一声雷,劈碎我们的房子。亲爱的,您不用说,不用说了!"玛丽雅·康斯坦丁诺芙娜发现娜杰日达·费多罗芙娜打算讲话,就叫道,"您相信我吧,我不会欺骗您,我也不会把真理瞒过您的灵魂。您听我的话吧,亲爱的。……上帝总是不会放过大罪人的,您就已经给注意到了。您想一想,您的装束素来可怕!"

娜杰日达·费多罗芙娜素来认为自己的装束极好,这时候就停住哭,惊讶地瞧着她。

"是啊,真可怕!"玛丽雅·康斯坦丁诺芙娜接着说,"人家单凭您装束的奇特和花哨就能判断您的品行。大家瞧见您,都忍不住讪笑、耸肩膀,我心里好难过,好难过哟。……还有,请您原谅我,亲爱的,您不爱干净!每逢我们在浴棚里碰见,您害得我直发抖。您外面那条连衣裙倒还将就,可是那衬裙,那衬衫……亲爱的,我脸都红了!可怜的伊凡·安德烈伊奇,也没有一个人给他好好地系上领结,从他的内衣、他的靴子看得出来,家里没有人照应

---

① 指教堂。

182

他。他在您那儿,我的好朋友,总是挨饿。真的,要是家里没有人为茶炊和咖啡操心,人就不得不在饮食店里花掉一半薪水了。而且您这个家呀,简直吓人,吓人!全城没有一个人家里有苍蝇,可是您家里的苍蝇多得没法办,所有的盘子和碟子都成了黑的。窗台上和桌子上,您瞧吧,满是灰尘、死苍蝇、玻璃杯。……玻璃杯何必放在这儿呢?亲爱的,直到现在,您这儿的桌子还没收拾过哩。至于您的卧室,人都不好意思走进去了,到处乱丢着衬衣短裤,墙上挂着您那些各式各样的橡胶用具,盘啊碗的胡乱放着。……亲爱的!可不能让丈夫瞧出什么来,妻子在丈夫面前应当干干净净,跟天使一样!每天早晨,我天一亮就醒来,用凉水把脸洗干净,免得叫我的尼科季木·亚历山德雷奇看出我带着睡意。"

"这全是小事,"娜杰日达·费多罗芙娜哭着说,"要是我幸福倒也罢了,可是我这么苦恼!"

"是啊,是啊,您很苦恼!"玛丽雅·康斯坦丁诺芙娜叹道,几乎忍不住也哭出来,"日后还有可怕的灾难等着您呢!孤独的老年啦,疾病啦,最后还得在末日审判时听候发落。……可怕呀,可怕!眼前,命运向您伸出了援救的手,可是您不识好歹,反倒躲开它。举行婚礼吧,赶快举行婚礼吧!"

"是的,应该这样,应该这样,"娜杰日达·费多罗芙娜说,"可是这不行!"

"为什么呢?"

"不行!唉,但愿您知道就好了!"

娜杰日达·费多罗芙娜想要讲有关基利林的事,讲昨天晚上她在码头上遇见年轻漂亮的阿奇米安诺夫,她的脑子里怎样猛地产生一种疯狂可笑的主意,企图借此摆脱三百卢布的债务。她觉得这个主意很好玩,夜深回到家里,却觉得自己已经成了一个堕落得无法挽救而且出卖自己灵魂的人了。她自己也不知道她怎么会想出这种主意来的。如今她很想在玛丽雅·康斯坦丁诺芙娜面前起誓,说她一定要还清债务,然而痛哭和羞臊不容她开口说话。

"我要走掉,"她说,"让伊凡·安德烈伊奇留在这儿好了,可是我得走。"

"到哪儿去?"

"到俄罗斯去。"

"可是您在那儿怎么生活呢?要知道,您一个钱也没有。"

"我可以干翻译工作,或者……或者开办一个图书馆。……"

"别胡思乱想了,亲爱的。有了钱才能开办图书馆。好,现在我要跟您分手了,您定下心来想一想吧,明天再欢欢喜喜地来看我。那才好!好,再见,我的小天使。让我吻您一下。"

玛丽雅·康斯坦丁诺芙娜吻一下娜杰日达·费多罗芙娜的额头,在她胸前画个十字,就不出声地走出去了。天色已经黑下来,奥尔迦在厨房里点上了灯。娜杰日达·费多罗芙娜仍旧在哭,她走进卧室,在床上躺下。她开始发高烧。她躺在那儿脱掉衣服,把她的连衣裙团起来,丢在脚旁,盖上被子,缩成一团。她想喝水,可是没有人来给她倒水。

"我要还清那笔债!"她自言自语,在昏迷中她觉得好像坐在一个病人身旁,而且认出这个病人就是她自己,"我要还清那笔债。以为我干这种事是图财,那是愚蠢的。……我要离开此地,在彼得堡汇钱给他。……先汇一百……再汇一百……然后又一百。……"

拉耶甫斯基夜深才回来。

"先汇一百……"娜杰日达·费多罗芙娜对他说,"再汇一百。……"

"你该吃点奎宁。"他说,然后他暗想:"明天是星期三,轮船要开走,我走不成了。那么只好在这儿住到星期六。"

娜杰日达·费多罗芙娜坐起来,在床上跪着。

"我刚才说什么话了吗?"她问道,微微笑着,灯光照得她眯细了眼睛。

"没说什么。明天早上得打发人去请大夫来。睡吧。"

他拿着枕头,往门口走去。自从他打定主意离开此地,留下娜杰日达·费多罗芙娜一个人在这儿以后,她就开始在他心里引起怜悯和负疚的感觉。他在她面前觉得有点惭愧,仿佛站在一匹已经决定屠宰的病马或者老马面前似的。他在门口站住,回过头去看她一眼。

"那次野餐,我发脾气,对你说了粗鲁的话。看在上帝分上,请你原谅我。"

说完这话,他就走到书房里,躺了下来,很久没睡着。

第二天早晨萨莫依连科来了,由于这天是假日①,他穿着全副军装,佩戴着肩章和勋章。他给娜杰日达·费多罗芙娜摸过脉,看过舌头后,就走出她的卧室。拉耶甫斯基站在门口,不安地问道:

"哦,怎么样?怎么样?"

他脸上现出恐惧、极度的不安和希望。

"你放心吧,没有什么危险,"萨莫依连科说,"普通的热病。"

"我问的不是这个,"拉耶甫斯基说,不耐烦地皱起眉头,"钱借到了吗?"

"我的好人,请你原谅,"萨莫依连科小声说道,回头看一眼房门,觉得很窘,"看在上帝分上,原谅我吧!谁的手头都没有余钱。眼下我就东借五卢布,西借十卢布,一共凑齐一百一十个卢布。今天我要找一个人谈谈。你耐心一点吧。"

"可是最后期限是星期六!"拉耶甫斯基小声说,心里焦灼得

---

① 指教会的和皇室的节庆日。

发抖,"看在一切圣徒分上,星期六以前务必凑齐!要是星期六我走不了,我就一个钱也不需要……一个钱也不需要了!我不明白一个做大夫的怎么会没有钱!"

"求上帝发发慈悲吧,"萨莫依连科又迅速又紧张地说,甚至嗓音都有点发尖,"我的钱全叫别人拿走了,人家欠着我七千,我呢,到处都欠着债。难道这能怪我?"

"那么星期六以前能凑齐吗?行吗?"

"我尽力去凑就是。"

"求求你,好朋友!务必星期五早晨把钱交到我手里。"

萨莫依连科坐下来开药方,写下奎宁、溴化钾①、大黄浸剂、龙胆健胃剂②、茴香水③——所有这些药掺在一起,成为合剂,另加粉红色糖浆,免得药苦,然后他就走了。

十一

"看你这样子,好像是来逮捕我的。"冯·柯连看见萨莫依连科穿着全副军装走进房来,就说。

"我路过这儿,心里寻思:我就进去一趟,看望一下动物学家吧。"萨莫依连科说着,在动物学家本人亲手用普通木板钉成的大桌子旁边坐下。"你好,神甫!"他对助祭点一下头说,助祭正在窗子旁边坐着,抄写什么东西。"我坐一会儿就回家去吩咐预备午饭。是时候了。……我不碍你们的事吧?"

"一点也不碍事,"动物学家回答说,在桌上摆开一张张写满小字的纸片,"我们正忙着抄写呢。"

"是这样……啊,我的上帝,我的上帝呀……"萨莫依连科叹

---

①②③ 原文为拉丁语。

道。他把桌上一本落满灰尘、上面放着一只已经死掉的干避日虫的书拉过来,说:"嘿!你想想看,有一只淡绿色小甲虫正爬着去办自己的事,忽然间在路上遇见这么一个该死的东西。我想得出来,它会多么害怕!"

"对,我想也是这样。"

"上帝给它毒液是要让它保护自己,防御敌人,是吗?"

"是的,要让它保护自己,而且也要让它用来进攻。"

"是这样,是这样,是这样。……自然界的万物,我的好朋友,都是合情合理,可以解释的,"萨莫依连科叹道,"不过有一件事我却不懂。你是个有大才大智的人,劳驾给我解释一下。你知道,有那么一种小动物,并不比耗子大,长得倒挺好看,可是,我跟你说,它非常恶劣,不道德。比方说,这个小动物在树林里走动,看见一只小鸟,就捉来吃了。它再往前走,看见草丛里有一窝卵;它不想吃,肚子已经饱了,可是它仍旧咬碎一个,用爪子把别的卵都弄到窝外去。后来它遇见一只青蛙,就一味耍弄它。它把青蛙折磨死,舔舔自己的身子,走了。后来它遇见一只甲虫,就用爪子把它弄死。……它一路上把样样东西都毁掉,都糟蹋掉。……它爬进别的动物的洞穴,毫无目的地刨开蚁冢,咬碎蜗牛的外壳。……它遇见一只耗子,就跟它斗起来;看到一条蛇或者一只幼鼠呢,它就活活掐死。它一整天就干这种事。嗯,你说说看,要这种动物有什么用处?何必把这种动物创造出来呢?"

"我不知道你讲的是什么动物,"冯·柯连说,"大概是一种食虫类动物吧。不过,那又怎么样呢?小鸟被它弄死,无非是因为这只小鸟自己不小心。它捣毁一窝卵,是因为鸟不高明,没把窝造好,又不善于隐蔽它的窝。青蛙呢,必是颜色有缺陷,要不然就不会被那动物发现,等等。你说的那个动物仅仅毁掉软弱的、不高明的、不小心的动物,一句话,仅仅毁掉本身有缺陷而且大自然认为不宜于传宗接代的动物。留存下来的,全是比较高明的、小心的、强壮的、发达的动物。因此,那个动物虽然自己没有感觉到,却在为改进这一伟大目标服务。"

"是的,是的,是的。……顺便说一句,老兄,"萨莫依连科随随便便地说,"借给我一百卢布吧。"

"好。在食虫类动物当中,有些很有趣的东西。例如鼹鼠就是。人们说它有益,因为它扑灭害虫。据说有个德国人把鼹鼠皮做成一件皮大衣,送给皇帝威廉一世,皇帝却下令将他申斥一顿,说他弄死了这么多有益的动物。可是鼹鼠在残忍方面一点也不比你说的那个动物差,而且很有害,因为它们常把草场毁坏得一塌糊涂。"

冯·柯连打开一个小匣子,从里面取出一张一百卢布的钞票。

"鼹鼠有着像蝙蝠那样强壮的胸廓,"他接着说,关上那个小匣子,"它有极其发达的骨骼和肌肉,嘴里的牙齿异常锋利。假如它长得有象那么大,它就会成为一种摧毁一切、不可征服的动物。有趣的是每逢两只鼹鼠在地底下相遇,它俩总是仿佛预先商量好似的,一齐挖出一个小平台来。它们要这个小平台,是为了便于打架。它们一干完这个工作,就凶猛地打起来,一直打到比较弱的一个倒下去才罢休。这一百卢布你拿去,"冯·柯连压低声音说,"但是有个条件,不准借给拉耶甫斯基。"

"就算是借给拉耶甫斯基的,那又怎么样!"萨莫依连科说,冒火了,"这干你什么事?"

"我不能让你把钱借给拉耶甫斯基。我知道你喜欢借钱给人家。哪怕强盗凯利姆向你借钱,你也会借,可是对不起,我不能在这方面帮助你。"

"不错,我就是替拉耶甫斯基借的!"萨莫依连科说着,站起身来,挥动着右手,"不错!就是替拉耶甫斯基借的!而且任什么恶魔,任什么鬼怪,也没有权利支使我该怎样处理我自己的钱财。您不肯借吗?不肯?"

助祭哈哈大笑。

"你别冒火,要讲道理,"动物学家说,"对拉耶甫斯基先生行善,依我看来,如同给杂草浇水或者喂养一群蝗虫那样不聪明。"

"可是依我看来,我们有责任帮助我们的邻人!"萨莫依连科叫道。

"既是这样,你就帮帮那个饿得躺在围墙脚下的土耳其人吧!他是个工人,比那个拉耶甫斯基有用得多,有益得多。把这一百卢布给他好了。要不然就把这一百卢布捐给我的考察队!"

"我问你:你到底借不借?"

"你老实告诉我:他要钱有什么用?"

"这不是秘密。他星期六要到彼得堡去。"

"原来是这么回事!"冯·柯连拖着长音说,"啊,啊……我们懂了。那么,她跟他一块儿走还是怎么的?"

"她暂时留在此地。他去彼得堡安排停当,就给她汇钱来,到那时候她再走。"

"这真妙!……"动物学家说,发出一连串短促而高亢的笑声,"真妙!煞费苦心啊。"

冯·柯连很快地走到萨莫依连科面前,跟他面对面地站着,直视着他的眼睛,问道:

"你老实说:他不再爱她了,是吧?你说啊:他不再爱她了,对吗?"

"对。"萨莫依连科费力地说,冒出汗来了。

"这多么可恶!"冯·柯连说,从他脸上可以看出,他确实感到憎恶,"两者必居其一,亚历山大·达维狄奇:要么你跟他朋比为奸,要么,对不起,你是个糊涂虫。难道你不明白,他把你当小孩子,用最无耻的方式哄骗你？要知道,事情跟白昼一样明白,他打算摆脱她,把她丢在此地。她就会成为你的负担。事情跟白昼一样明白:你就得自己出钱把她送到彼得堡去。莫非你那个好朋友的品格是那么光彩照人,弄得你的眼睛也发花了,竟然连顶顶简单的事情也看不清楚？"

"这不过是揣测罢了。"萨莫依连科坐了下来,说。

"揣测？可是为什么他一个人走而不跟她一块儿走呢？你问问他:为什么不让她先走,然后他自己再走？无赖！"

萨莫依连科对他的朋友突然产生了疑窦,不由得心情沉重,忽然泄了气,声调低下来了。

"不过这不可能！"他想起拉耶甫斯基在他家里留宿的那个夜晚,说道,"他那么痛苦！"

"这又怎么样？盗贼和放火犯也痛苦哩！"

"我们甚至不妨假定你的话是对的……"萨莫依连科沉思着说,"就算是这样吧。……然而他是一个年轻人,在异乡做客……又是大学生,我们也是大学生,此地除了我们以外就没有人肯帮助他了。"

"只因为你和他在不同的时期都念过大学,而且你们两人在大学里都没有什么作为,你就得帮他去做坏事！真荒唐！"

"慢着,我们来冷静地考虑一下。我想,可以这样办……"萨莫依连科一面思忖着,一面活动着手指头,说,"你要知道,我把钱给他,可是要他许下诚实高尚的诺言,过一个星期务必给娜杰日达·费多罗芙娜汇路费来。"

"那他就会给你许下诚实的诺言,甚至还会掉下几滴眼泪,而且他自己也会相信自己,可是这种话有什么价值？他不会履行诺言。过上两三年你会在涅瓦大街遇见他,胳膊上挽着新的情人,他会为自己辩白说,他受了文明的害,他是罗亭一流的人。看在上帝分上,你丢开他吧!离开这堆垃圾,不要用你那两只手去搅动它了!"

萨莫依连科想了一分钟,坚决地说:

"可是我仍旧要给他钱。随你怎样,我也还是要给。我不能只根据揣测就拒绝一个人。"

"好得很。你去跟他亲嘴吧。"

"那么,给我一百卢布。"萨莫依连科怯生生地要求道。

"我不给。"

接着是沉默。萨莫依连科完全泄了气。他脸上现出负疚的、羞臊的、讨好的神情。一个身材魁伟、佩着肩章和勋章的人,脸上竟会现出这样一副孩子气的、发窘的可怜相,使人看了不免觉得奇怪。

"此地的主教巡查他的辖区的时候,不是坐马车,而是骑马,"助祭放下笔,说,"他骑在马上的那种气派,动人极了。他的朴实和谦虚充满《圣经》的庄严。"

"他是好人吗?"冯·柯连问,由于改换话题而暗自高兴。

"怎么能不是好人呢?如果他不好,难道会授予他主教的职位吗?"

"在高级僧侣当中,常常可以遇见很好和很有才能的人,"冯·柯连说,"只是可惜,他们之中很多人都有一个弱点,喜欢把自己看作大政治家。有的人竭力推行俄罗斯化,有的人批评科学。这不是他们的事。他们最好还是多管管正教辖区监督局的好。"

"俗人不能批评高级僧侣。"

"为什么呢,助祭?高级僧侣也跟我一样是人。"

"一样,可也不一样,"助祭生气地说,拿起钢笔,"要是您跟他一样,神恩就会落在您身上,您自己就会做主教了。既然您没做主教,可见您就不一样。"

"别胡说了,助祭!"萨莫依连科闷闷不乐地说。"你听我说,我想出这样一个办法,"他对冯·柯连说,"你不用借给我一百卢布。你今年冬天以前还要在我家里搭三个月伙食,那么你把三个月的伙食费先支给我吧。"

"我不给。"

萨莫依连科眨巴着眼睛,脸涨红了。他信手把上面放着避日虫的那本书拉过来,仔细观察一番,然后站起身来拿帽子。冯·柯连开始可怜起他来了。

"跟这班先生一块儿生活,打交道,真是要命!"动物学家说道,愤愤地把一张纸片踢到墙角上去。"你得明白,这不是仁慈,不是爱,而是懦弱,是姑息,是害人!凡是理智得出来的东西都被你们那种婆婆妈妈而一无用处的好心毁掉了!当初我做中学生的时候,得过一次伤寒,我的姑妈出于怜悯,给我饱吃了一顿醋渍的蘑菇,我差点送了命。你跟我的姑妈都应该明白:对人的爱不应当在心里,不应当在心口窝儿上,也不是在腰里,而应当在这儿!"

冯·柯连拍一下他的脑门子。

"拿去!"他把一张一百卢布钞票丢给他,说。

"你不该生气,柯里亚,"萨莫依连科温和地说,把那张钞票叠起来,"我十分了解你,不过……你也设身处地替我想一想。"

"你是老太婆,就是这么的!"

助祭扬声大笑。

"你听从我的最后一个要求吧,亚历山大·达维狄奇!"冯·柯连激昂地说,"你把钱给那个坏蛋的时候,对他提一个条件:要他跟他的女人一块儿走,或者打发她先走,要不然,就不给他钱。用不着跟他讲客气。你就这样对他说。如果你不说,那我就向你保证,我要到他的机关里去找他,把他从楼上推下去,而且从此跟你断绝来往。你得心里放明白些!"

"这有什么不可以的！如果他跟她一块儿走，或者打发她先走，这在他倒方便些，"萨莫依连科说，"他甚至会高兴呢。好了，再见吧。"

他温和地告辞，走出去，可是在关上身后的门以前，回过头来看一眼冯·柯连，做出一副可怕的脸相，说道：

"你呀，老兄，活活叫德国人给毁了！是的！德国人！"

十二

第二天，星期四，玛丽雅·康斯坦丁诺芙娜为她的柯斯嘉做生日。她请大家中午去吃馅饼，傍晚喝巧克力茶。傍晚拉耶甫斯基和娜杰日达·费多罗芙娜去了，这时候动物学家已经坐在客厅里喝巧克力茶了。他问萨莫依连科道：

"你跟他说过了吗？"

"还没有。"

"注意，用不着讲客气。这些先生这样厚脸皮，我真不懂！他们分明知道这家人对他们姘居的看法，可是偏要闯到这儿来。"

"要是各种偏见都得顾到，"萨莫依连科说，"人就没有地方可去了。"

"难道大家对婚外恋和道德败坏的憎恶是偏见？"

"当然。这是偏见，是嫉恨。兵士们看见一个姑娘举止轻佻，就哈哈大笑，嘴里打呼哨。可是你去问问他们：他们自己是些什么样的人？"

"他们不是平白无故地打呼哨的。姑娘们闷死自己的私生子，被流放出去做苦工，安娜·卡列尼娜跳到火车底下自尽，在乡村里，人们把大门涂上焦油，你和我不知什么缘故都喜欢卡嘉的纯洁，每个人都知道纯洁的爱情是没有的，却又模模糊糊地感到需要这样的爱情,——难道所有这些都是偏见?这个,老兄,是在自然淘汰中唯一留存下来的东西,如果没有这种神秘的力量调节两性的关系,那么拉耶甫斯基先生之流就会由着性儿地胡搞,人类不出两年就会退化。"

拉耶甫斯基走进客厅里来。他跟所有的人打过招呼,握一握冯·柯连的手,露出讨好的笑容。他左等右等,抓住一个方便的机会,对萨莫依连科说:

"对不起,亚历山大·达维狄奇,我要跟你谈几句话。"

萨莫依连科就站起来,搂住他的腰。他们两人走到尼科季木·亚历山德雷奇的书房里去了。

"明天是星期五……"拉耶甫斯基说,咬着手指甲,"你答应的那笔钱凑齐了吗?"

"只到手二百一十个卢布。余下的今天或者明天可以凑齐。你放心吧。"

"谢天谢地!……"拉耶甫斯基说,叹一口气。他快活得两只手发抖,"你救了我,亚历山大·达维狄奇。我要当着上帝发誓,以我的幸福,以你认可的任什么东西担保:我一到那边,就把钱给你汇来。我把旧债也给你汇来。"

"你听我说,万尼亚……"萨莫依连科说道,摸着他的纽扣,涨红了脸,"请你原谅我干涉你的家庭私事,不过……为什么你不跟娜杰日达·费多罗芙娜一块儿走呢?"

"怪人,难道这可能吗?我们两人总得有一个留下,要不然那些债主就会哇哇叫。要知道,我欠着商店七百个卢布,或者还不止这个数目。瞧着吧,我会给他们汇钱来,堵住他们的嘴,到那时候她就可以离开此地了。"

"哦。……可是为什么你不打发她先走呢?"

"唉,我的上帝,难道这可能吗?"拉耶甫斯基说,露出吓坏的样子,"要知道,她是女人,她一个人到那边能干什么呢?她懂得什么呢?这只会拖延时间,多破费些钱罢了。"

"这话倒也有道理……"萨莫依连科暗想,可是他想起他跟冯·柯连谈的话,就低下头,阴郁地说:

"我不能同意你的话。要么你跟她一块儿走,要么你打发她先走,不然的话……不然的话,我就不借给你钱。这是我的最后决定。……"

他跟跟跄跄地往后退去,背脊撞在房门上,涨红了脸,心慌意乱地走进了客厅。

"星期五……星期五,"拉耶甫斯基想着,回到客厅,"星期五……"

仆人给他端来一杯巧克力茶。他被滚热的巧克力茶烫痛了嘴唇和舌头,暗自想着:

"星期五……星期五……"

不知什么缘故,"星期五"这几个字不肯离开他的脑子。除了星期五,他什么也不想。只有一件事在他是清楚的,然而不是脑子里想清楚,而是在心底里明白,那就是,星期六他走不成了。他面前站着尼科季木·亚历山德雷奇,穿得整整齐齐,两鬓的头发也梳理过,他请求道:

"请吃点东西吧。……"

玛丽雅·康斯坦丁诺芙娜把卡嘉的记分册拿给客人们看,拖着长音说:

"现在念书难得很,难得很!学校的要求那么多哟。……"

"妈妈!"卡嘉哀叫道,她由于害羞,又受到称赞,不知道把自己藏到哪儿去才好。

拉耶甫斯基也看了看记分册,称赞几句。神学课啦,俄语啦,品行啦,五分啦,四分啦,不住地在他眼前跳动,再加上缠住他不放的星期五、尼科季木·亚历山德雷奇细心地梳过的鬓发、卡嘉红扑扑的脸颊,——这一切在他心里形成一种无边无际而又无法克制的烦闷,弄得他几乎绝望地大叫起来,问他自己:"难道,难道我走不成了吗?"

人们把两张呢面牌桌拼好,坐下来玩"邮递"。拉耶甫斯基也坐了下来。

"星期五……星期五……"他想,赔着笑脸,从衣袋里取出一支铅笔,"星期五……"

他打算考虑一下他的处境,可又怕去想它。他战战兢兢,不敢承认:许久以来他设下一个骗局,可是小心谨慎,瞒着自己,现在却被医生揭开了。他每次想到他的未来,总是不容他的思想尽情驰骋。他坐上火车,走掉,他的生活问题就此解决,至于后事如何,他就不容许自己再往下想了。偶尔也有一个想法,好比旷野中一个遥远而模糊的灯光,在他脑子里闪过,那就是在遥远的将来,在彼得堡一个巷子里,他为了跟娜杰日达·费多罗芙娜分手,为了还债,不得不使用小小的作假手段。他只要作一次假,然后全新的生活就来了。这倒也挺好:作一次小小的假就可以换回巨大的真理。

现在,医生拒绝借钱,这就露骨地暗示他在骗人。他这才明白:不但在遥远的未来他需要作假,就是今天,明天,一个月后,也许直到生命结束的那一天,他也还是要作假。确实,为了离开此地,他就不得不对娜杰日达·费多罗芙娜、债主和他的上司说谎。其次,在彼得堡要弄到钱,又不得不对他母亲撒谎,说他已经跟娜杰日达·费多罗芙娜脱离关系了。他母亲至多只会给他五百卢布,那么他已经在欺骗医生,因为他不可能在短时间内汇钱给他。再者,等娜杰日达·费多罗芙娜来到彼得堡,他就不得不运用一整套大大小小的欺骗手段来跟她分手,这就又会引来眼泪啦,苦闷啦,可憎的生活啦,懊悔啦,可见根本就不会有什么新生活。只会有欺骗，别的什么也不会有。在拉耶甫斯基的想象里升起一座虚伪的大山。为了纵身一跃，跳过这座大山，不再点点滴滴地弄虚作假，那就得下定决心采取坚决的行动，例如一句话也不说，站起来，戴上帽子，不要钱，也不费口舌，立刻走掉。然而拉耶甫斯基觉得这在他是办不到的。

"星期五，星期五……"他想，"星期五……"

人们写好小字条，把它们折叠起来，放在尼科季木·亚历山德雷奇的一顶旧礼帽里，等到小字条积得足够多了，柯斯嘉就充当邮递员，绕着桌子走一圈，散发字条。助祭、卡嘉、柯斯嘉得到的是滑稽的字条，就极力写些更滑稽的字条，他们玩得兴高采烈。

"我们得谈一谈。"娜杰日达·费多罗芙娜念着一张小字条。她跟玛丽雅·康斯坦丁诺芙娜互相看一眼，那位太太露出杏仁油般的笑容，频频对她点头。

"谈些什么呢？"娜杰日达·费多罗芙娜暗想，"要是不能把所有的话都讲出来，那么谈也没有用处。"

她出来做客以前，给拉耶甫斯基打好领结，这件简单的事使她心里充满温柔和忧伤。他脸上那种不安的神情，他那恍恍惚惚的眼神，他那苍白的面色，他近来发生的不可理解的变化，她瞒住他的那个可怕又可憎的秘密，她的手打领结时候的颤抖，不知什么缘故，都在对她表明，他们共同生活的日子不会久了。她瞧着他如同瞧着神像，心里又是恐惧又是后悔，暗自想着："宽恕我吧，宽恕我吧。……"桌子对面坐着阿奇米安诺夫，他那对入迷的黑眼睛一刻也不放松她。她给情欲煎熬着，不由得为自己害臊，生怕就连愁闷和忧伤也无法阻止她不在今天就在明天屈从于那种不纯洁的欲念。她好比害狂饮病的酒徒，没有力量管束自己了。

为了不再继续过这种叫她丢脸而又使拉耶甫斯基受尽侮辱的生活，她决定离开此地。她会哭着恳求他放她走，如果他不赞成，她就悄悄离开他。已经发生的那些事她不会告诉他。让他保留着关于她的纯洁的回忆吧。

"我爱你,我爱你,我爱你。"她念着。"这是阿奇米安诺夫写的。"她想。

她要到一个偏僻的地方去生活,工作,而且"匿名"汇钱给拉耶甫斯基,把绣花衬衫和烟草寄给他,一直到她年老,或者如果他害了重病,需要护士,才回到他身边去。等他到了老年,知道她当初由于什么缘故不肯做他的妻子而离开他,他就会珍惜她的牺牲,宽恕她了。

"您的鼻子很长。"这大概是助祭或者卡嘉写的。

娜杰日达·费多罗芙娜幻想她跟拉耶甫斯基分手的时候,会紧紧地拥抱他,吻他的手,起誓说,要永生永世爱他,然后她就到一个偏僻的地方,在生人当中住下来,每天想着在某个地方她有一个朋友,一个她所热爱的人,那个人纯洁、高尚、崇高,保留着关于她的纯洁的回忆。

"如果您不跟我约定今天相会,我就要采取措施,我凭人格向您担保。对待正派人是不能这样的,您得放明白点。"这是基利林写的。

十三

拉耶甫斯基收到两张小字条。他打开其中的一张,上面写着:"不要走,我亲爱的。"

"这会是谁写的呢?"他暗想,"当然不会是萨莫依连科。……也不会是助祭,因为他不知道我要走。莫非是冯·柯连?"

动物学家低下头凑近桌子,正在画金字塔。拉耶甫斯基觉得他的眼睛似乎带着笑意。

"多半萨莫依连科传出风声去了……"拉耶甫斯基暗想。

另一张字条上同样是歪歪扭扭的笔迹,而且字母后面拖着长尾巴和小钩,那上面写着:"某人星期六走不成。"

"愚蠢的嘲弄,"拉耶甫斯基暗想,"星期五,星期五……"

有个什么东西涌到他的喉头。他拉拉衣领,咳嗽一声,然而喉咙里发出来的却不是咳嗽声,而是笑声。

"哈哈哈!"他笑起来,"哈哈哈!"

"我在笑什么呀?"他暗想。"哈哈哈!"

他极力控制自己,用手封住嘴,可是笑声压住他的胸膛和脖子,他的手封不住嘴了。

"哎,这多么愚蠢!"他想,同时不住地大笑,"我疯了还是怎么的?"

笑声越来越高,变成小狮子狗般的吠叫声了。拉耶甫斯基想从桌旁站起来,然而他的腿不听使唤,他的右手有点蹊跷,不由自主地在桌上跳动,乱抓纸片,把它们捏在手心里。他看见人们惊异的眼光、萨莫依连科严肃惊恐的面容、动物学家充满冷酷的讥诮和厌恶的目光,这才明白自己发了癔病。

"多么不像样子,多么丢脸啊,"他暗想,感到脸上淌下热泪……"唉,唉,多么坍台!我从没出过这种事。……"

这时候人们搀起他的胳膊,在后面托住他的脑袋,把他扶到不知什么地方去了。随后一只玻璃杯在他眼前闪过,撞在他的牙齿上,水泼到他的胸口。这是一个小房间,房中央并排放着两张床,上面铺着干净、雪白的床单。他倒在一张床上,放声痛哭。

"不要紧,不要紧……"萨莫依连科说,"这种事是常有的。……这种事是常有的。……"

娜杰日达·费多罗芙娜害怕得周身发凉,四肢打战,预感到会

发生什么可怕的事,就站在床边问道:

"你怎么了?怎么了?看在上帝分上,你说呀。……"

"莫非基利林给他写了些什么话?"她暗想。

"没什么……"拉耶甫斯基说,又是笑又是哭,"你走开吧……亲爱的。"

他脸上既没表现痛恨,也没表现憎恶,可见他什么也不知道。娜杰日达·费多罗芙娜略略放了心,走到客厅里去了。

"您不要激动,亲爱的!"玛丽雅·康斯坦丁诺芙娜挨着她坐下,拉住她的手,对她说,"这会过去的。男人跟我们这些罪人一样软弱。你们两人目前正经历一个严重的关头……这是完全可以理解的!喏,亲爱的,我等着答复呢。我们来谈一谈。"

"不,我们不要谈了……"娜杰日达·费多罗芙娜说,听着拉耶甫斯基的哭声,"我心里难过。……您让我走吧。"

"您说什么呀,亲爱的,您说什么呀!"玛丽雅·康斯坦丁诺芙娜惊恐地说,"难道您以为我能让您不吃晚饭就走?等吃完饭再走吧。"

"我心里难过……"娜杰日达·费多罗芙娜小声说,她怕跌倒,就两只手抓住圈椅的扶手。

"他得了惊厥!"冯·柯连快活地说,走进客厅来,可是一看见娜杰日达·费多罗芙娜就心里发慌,走出客厅去了。

等到癔病发完,拉耶甫斯基坐在别人的床上,心里想:

"丢脸,像小妞儿似的哇哇地哭!我那样儿想必很可笑,很讨厌。我从后门走掉吧。……不过这样一来,我倒是把我的癔病看得过于认真了。应当拿它当笑话似的敷衍过去才是。……"

他照一照镜子,坐一会儿,就走到客厅去。

"我来了!"他笑吟吟地说。他羞得不得了,觉得别人见着他也觉得难为情。"这是常有的事,"他说,坐下来,"我本来坐在那儿,可是忽然间,您猜怎么着,我觉得胸口两边刺痛得厉害……难忍难熬,神经受不住,就……就出了这样的蠢事。我们眼下处在神经紧张的时代,这是没有办法的啊!"

晚饭席上,他喝葡萄酒,谈天,偶尔猛然叹口气,摩挲胸口两边,仿佛刺痛还没消退似的。除了娜杰日达·费多罗芙娜以外,谁都不相信他,他自己也看出来了。

九点多钟,人们到林荫道上散步。娜杰日达·费多罗芙娜生怕基利林要找她谈话,一直极力待在玛丽雅·康斯坦丁诺芙娜和孩子们身边。恐惧和愁闷弄得她四肢无力,又预感到热病要发作,浑身疲乏得很,勉强挪动两条腿。可是她没有回家去,因为她相信基利林或者阿奇米安诺夫会跟踪她,或者两个人一块儿来找她。现在基利林就在她后面,跟尼科季木·亚历山德雷奇并排走着,用唱歌的声调低声哼着:

"我不容许人家玩弄我!我不容许人家玩弄我!"

他们从林荫道上转了个弯,往售货亭那边走去。他们沿海岸走着,久久地观赏海面上发出的一片磷光。冯·柯连开始讲解海面上怎么会发出磷光。

十四

"可是现在我要去玩'文特'了。……他们在等我,"拉耶甫斯基说,"再见吧,诸位先生。"

"等一等,我跟你一块儿走。"娜杰日达·费多罗芙娜说,挽着他的胳膊。

他们就向大家告辞,走了。基利林也告辞,说他正好同路,就跟他们并排走去。

"要发生的事终归要发生,"娜杰日达·费多罗芙娜暗想,"那就随它去。……"

她觉得好像所有那些糟糕的往事都从她的脑子里钻出来,在黑暗中跟她并排走着,粗声粗气地呼吸着。她自己呢,好比落在墨水瓶里的苍蝇,沿着马路费力地爬动,把拉耶甫斯基的肋部和胳膊都染黑了。她暗想:如果基利林做出什么不好的事来,那么在这方面该负责的不是他,而是她自己。要知道,从前有过一个时期,没有一个男人会像基利林这样对她说话,她自己却把那段时期像一根线似的扯断,无可挽回地毁掉了,那么这该由谁负责呢?她给情欲弄得神魂飘荡,开始对一个全不相识的男人媚笑,大概只因为他体态端正,身材高大。经过两次幽会以后,他却惹得她厌倦,她就丢开他了。这时候她暗想:"就因为这个缘故,他不是就有权利可以随意摆布她吗?"

"在这儿,亲爱的,我要跟你分手了,"拉耶甫斯基站定下来,说,"伊里亚·米海雷奇会送你回家的。"

他向基利林点点头,很快地穿过林荫道,穿过大街,往谢希科甫斯基的房子走去,那儿的窗子里灯光明亮。随后他们可以听见他带上便门的声音。

"请容许我把话跟您说清楚,"基利林开口说,"我不是小孩子,也不是什么阿奇卡索夫,或者拉奇卡索夫,扎奇卡索夫。……我要您认真地注意这一点!"

娜杰日达·费多罗芙娜的心怦怦地跳。她什么话也没回答。

"我起初把您态度的突然转变解释为卖弄风情,"基利林接着说,"现在我才看出来您根本不懂得该怎样对待正派人。您简直就是有意玩弄我,如同玩弄那个小孩子,那个亚美尼亚人一样。然而我是个正派人,我要求人家对待我像对待正派人那样。所以,我为您效劳。……"

"我心里难过……"娜杰日达·费多罗芙娜说,哭起来,为了遮掩眼泪而扭转身去。

"我也难过,可是这又怎么样呢?"

基利林沉默一会儿,然后清清楚楚、一板一眼地说:

"我再说一遍,太太:如果您今天不跟我相会,那么今天我就要闹出一场乱子来。"

"今天就放过我吧。"娜杰日达·费多罗芙娜说,她都听不出自己的声音来了,那声音变得那么可怜,那么细声细气。

"我得给您一点教训。……原谅我的粗鲁口吻,我非给您一点教训不可。是的,很抱歉,我不得不给您一点教训。我要求两次约会:今天和明天。后天您就可以完全自由,您爱上哪儿,爱跟什么人要好,都由您。今天和明天。"

娜杰日达·费多罗芙娜走到她的家门口,站住。

"放开我吧!"她小声说,周身打战,在黑暗里除了他那件白色制服以外什么也看不见。"您是对的,我是坏透了的女人……我不对,可是您放了我吧。……我求求您……"她说,碰到他冰凉的手,打了个哆嗦,"我求求您了。……"

"唉!"基利林叹道。"唉!放走您却不在我的计划之内,我只是打算给您一点教训,让您明白一下罢了。再说,夫人,我是不大相信女人的。"

"我心里难过。……"

娜杰日达·费多罗芙娜听着海水平和的哗哗声,看着繁星密布的天空,恨不得赶快了结这一切,摆脱这种该诅咒的生活以及那海洋、繁星、男人、热病。……

"只是不要在我的家里……"她冷冷地说,"把我带到别处去。"

"那我们到缪利多夫家去。那儿再好不过了。"

"那是什么地方?"

203

"在旧围墙附近。"

她顺着大街快步走去,后来转个弯,走进一条通到山坡上去的巷子。天黑了。道路上这儿那儿横着些苍白的光带,那是由里面点着灯的窗子里射出来的。她觉得自己像是一只苍蝇,时而落进墨水瓶,时而又爬出来,到亮光里。基利林跟着她走。他走到一个地方绊了一下,几乎摔倒,不由得笑起来。

"他醉了……"娜杰日达·费多罗芙娜暗想,"没关系……没关系。……随它去吧。"

阿奇米安诺夫不久也向大家告辞,去追娜杰日达·费多罗芙娜,打算请她去划一会儿船。他走到她家,隔着篱栅往里看:窗子都开着,没有点灯。

"娜杰日达·费多罗芙娜!"他叫她。

一分钟过去了。他又叫一声。

"谁啊?"奥尔迦的声音响起来。

"娜杰日达·费多罗芙娜在家吗?"

"不在。她还没回来。"

"奇怪……奇怪得很,"阿奇米安诺夫暗想,感到十分不安,"刚才她是回家来了。……"

他在林荫道上走着,然后顺着大街走去,往谢科甫斯基家的窗子里看一眼。拉耶甫斯基脱了上衣,坐在桌子旁边,专心地看着纸牌。

"奇怪,奇怪……"阿奇米安诺夫嘟哝着,想起拉耶甫斯基刚才发病,不由得觉着羞愧,"既然她不在家里,那她到哪儿去了呢?"

他又往娜杰日达·费多罗芙娜的家走去,看一眼乌黑的窗子。

"这是欺骗,欺骗……"他暗想,记起今天中午她在比丘果夫家里遇见他,答应今天傍晚跟他一块儿去划船。

基利林住着的那所房子里,窗子是黑的,大门口的一条长凳上坐着一个警察,睡着了。阿奇米安诺夫看一眼窗子,瞧一下警察,心里全明白了。他决定回家,就往前走,可是又走到娜杰日达·费多罗芙娜的住所附近。在这儿,他在一条长凳上坐下,脱掉帽子。他又嫉妒又委屈,脑袋发热了。

城里的教堂一天只有两次敲钟报时辰:中午和午夜。它敲钟报过午夜以后不久,就传来了匆忙的脚步声。

"那么明天傍晚再到缪利多夫家里去!"阿奇米安诺夫听到有人在说话,而且听出那是基利林的嗓音,"八点钟。再见!"

娜杰日达·费多罗芙娜在篱栅附近出现了。她没注意到阿奇米安诺夫坐在长凳上,却像影子似的在他面前走过去,推开便门,也没关上,就走进正房去了。她走到自己房间里,点上蜡烛,很快地脱掉衣服,然而没有上床躺下,却在一把椅子面前跪下,伸出胳膊抱住它,把额头抵在椅子上。

拉耶甫斯基两点多钟回到家里。

十五

拉耶甫斯基决定不把谎话一下说完,而要点点滴滴地说下去,于是第二天下午一点多钟到萨莫依连科家去借钱,为的是星期六一定可以动身。自从他昨天发过癔病,给他的郁闷心境新添了一种尖锐的羞愧感觉以后,他觉得再在这个城里住下去就变成不堪设想的事了。如果萨莫依连科坚持他的条件,他想,那也不妨同意他的条件,把钱拿到手,到明天临动身,再推说娜杰日达·费多罗芙娜不肯走就行了。今天傍晚他总可以把她说服:这样做都是为她好。假如萨莫依连科受到冯·柯连的明显影响,根本不肯借钱,或者提出什么新的条件,那么他,拉耶甫斯基,今天就搭货轮动身,要不然，索性坐上一条帆船，到新阿丰或者新罗西斯克，在那儿住下，给他母亲发出一封低声下气的电报，等他母亲给他汇来路费再走。

他走进萨莫依连科家，正巧在客厅里碰见冯·柯连。动物学家刚到这儿，是来吃午饭的，他照例翻开照相簿，端详那些戴礼帽的男人和戴包发帽的女人。

"多么不凑巧，"拉耶甫斯基看见他，心里暗想，"他会碍事的。"

"您好！"他说。

"您好！"冯·柯连回答说，眼睛没有瞧他。

"亚历山大·达维狄奇在家吗？"

"在家。他在厨房里。"

拉耶甫斯基就往厨房走去，可是在门口看见萨莫依连科正忙着做凉拌菜，就回到客厅里坐下来。有动物学家在座，他素来觉得别扭，现在他生怕讲起他的癔病。他们在沉默中过了一分多钟。冯·柯连忽然抬起眼睛来看着拉耶甫斯基，问道：

"您昨天发过病，现在觉得怎么样？"

"挺好，"拉耶甫斯基说，脸红了，"实际上，没什么大不了的。……"

"在昨天以前，我一直以为只有女人才会发癔病，所以起初我认为您发了舞蹈病。"

拉耶甫斯基一面做出讨好的笑脸，一面暗想：

"他也未免太不体谅人了。他分明知道我心情沉重。……"

"是的，那是件可笑的事，"他说，仍旧赔着笑脸，"我今天笑了一个早晨呢。在癔病发作的当儿，你明知它荒谬，心里觉得可笑，可是同时你却又痛哭，这真是稀奇古怪。在我们这个神经紧张的时代，我们都成了神经的奴隶，神经变成我们的主人，由着性儿摆布我们。在这方面,文明给我们帮了倒忙。……"

拉耶甫斯基滔滔不绝地说下去,却觉得不自在,因为冯·柯连严肃而且专心地听他讲话,专心地瞧着他,眼睛都不眨,仿佛在研究他似的。他也恼恨自己,因为尽管他不喜欢冯·柯连,却无论如何也不能收起他脸上那种讨好的笑容。

"话虽如此,"他继续说,"我也得承认,这次发病是有直接原因的,而且是相当重要的原因。近来我的身体大不如前了。此外还有烦闷,经常缺钱用……缺少朋友和共同的兴趣。……我的处境糟透了。"

"对,您的处境是没有出路的。"冯·柯连说。

这句平静而冷漠的话不知包含着讥诮还是唐突的预言,反正它弄得拉耶甫斯基感到受了侮辱。他回想昨天动物学家那种充满讥诮和厌恶的眼光,就沉默了一会儿,而且不再微笑,问道:

"您是从哪儿知道我的处境的?"

"您自己刚刚说过。再者,您的朋友们对您也那么热切地关心,弄得人成天价老是听到您的事。"

"什么朋友?您说的是萨莫依连科吧?"

"对,他也在内。"

"我要请亚历山大·达维狄奇和我所有的朋友少为我的事操心。"

"等萨莫依连科来了,您自己可以要求他少为您的事操心。"

"我不懂您为什么用这样的口气说话……"拉耶甫斯基嘟哝道。他忽然产生一种感觉,好像他直到此刻才明白动物学家痛恨他,看不起他,嘲弄他,动物学家是他最凶恶的、不共戴天的仇人似的。"请您对别的什么人去用这种口气说话。"他轻声说道,满腔憎恨,没有力气大声说话了。这种憎恨如同昨天想笑的欲望那样充塞着他的胸膛和喉咙。

萨莫依连科走进来,没有穿上衣,由于厨房里闷热而大汗淋漓,涨红了脸。

"哦,你来了?"他说,"你好,老兄。你吃过饭了吗?别客气,你说吧:吃过饭没有?"

"亚历山大·达维狄奇,"拉耶甫斯基站起来说,"假如我对你提出什么私人的请求,这并不等于说我容许你不承担说话慎重和尊重别人的秘密的义务。"

"怎么回事?"萨莫依连科惊讶地问。

"要是你没有钱,"拉耶甫斯基接着说,提高嗓门,激动得不住地调动两只脚,"那你就不要给我钱,回绝我,何必到大街小巷去宣扬,说我的处境没有出路之类的话呢?这样的行善,这样的给朋友帮忙,口惠而实不至,我受不了!你要吹嘘你的善行,管自去吹嘘就是,可是谁也没有给你权利去张扬我的秘密!"

"什么秘密?"萨莫依连科问道,摸不着头脑,开始生气了,"如果你是来骂人的,那你就给我走开。以后再来!"

他想起一个老办法:每逢自己对别人生气的时候,心里暗自从一数到一百,就会平静下来。他就很快地数着。

"我请求你们不要为我的事操心!"拉耶甫斯基接着说,"别管我的事。我做什么事,我怎样生活,这跟别人有什么相干?不错,我想离开此地!不错,我欠下债,我喝酒,我跟别人的妻子同居,我发过癔病。我庸俗,不像有些人那么思想深刻,可是这跟外人有什么相干?要尊重别人!"

"你,老兄,对不起,"萨莫依连科说,数到三十五了,"可是……"

"要尊重别人!"拉耶甫斯基打断他的话,"这样不断地议论别人的事情,大惊小怪,刺探隐私,偷听秘密,这种友好的关怀……都见鬼去吧!借给我钱,却要提什么条件,把我当小孩子看待!看不起我,不知把我当成什么东西!我什么也不要!"拉耶甫斯基叫道,激动得身子摇摇晃晃,生怕自己又发癫病。"那么,我星期六走不成了。"这个想法在他脑子里闪过。他又说:"我什么也不要!只是我请求你们,劳驾,不要对我严加看管!我不是小孩子,也不是疯子,我请求取消对我的管束。"

助祭走进来了。他看见拉耶甫斯基脸色苍白,挥动胳膊,面对沃龙佐夫公爵的肖像发表古怪的演说,不由得在门口站住不动了。

"这种对我灵魂的经常窥探,"拉耶甫斯基接着说,"侮辱了我个人的尊严,我要求那些自告奋勇的暗探停止他们的刺探!够了!"

"你……您说什么?"萨莫依连科已经数完一百,涨红了脸,走到拉耶甫斯基跟前,问道。

"够了!"拉耶甫斯基又说一遍,上气不接下气,拿起帽子。

"我是俄国医生,我是贵族,我是五等文官!"萨莫依连科一板一眼地说。"我从来也没做过暗探,我不容许任何人侮辱我!"他声嘶力竭地嚷着,使劲念出最后两个字,"闭嘴!"

助祭从没见过大夫这样威风凛凛,神气活现,涨红了脸,神态吓人,就用手捂住嘴,跑到门厅去,放声大笑。仿佛隔着一层迷雾似的,拉耶甫斯基看见冯·柯连站起身来,把手插进裤袋里;从他站立的姿态看来,好像他在等着瞧以后会发生什么事似的。拉耶甫斯基觉得这种镇静的姿态傲慢到了极点,具有很大的侮辱性。

"请您把您的话收回去!"萨莫依连科嚷道。

拉耶甫斯基这时候已经记不得他说过什么话了,回答说:

"躲开我!我什么也不要!我只要求您和那些犹太种的德国人①躲开我!要不然我就要采取行动!我就要动手打人!"

---

① 按冯·柯连这个姓氏来看,那位动物学家祖籍是德国。

"现在我们明白了,"冯·柯连说,从桌子的另一边走过来,"拉耶甫斯基先生打算在临行之前举行一次决斗来消遣一下。我可以奉陪。拉耶甫斯基先生,我接受您的挑战。"

"挑战?"拉耶甫斯基低声说道,走到动物学家面前,带着憎恨瞧着他那晒黑的额头和拳曲的头发,"挑战?挑战就挑战!我恨您!恨您!"

"遵命。明天一清早在凯尔巴莱小饭铺附近。一切细节全按您的意思安排。现在请您滚出去。"

"我恨您!"拉耶甫斯基气喘吁吁地低声说,"我早就恨您了!决斗!行!"

"把他赶出去,亚历山大·达维狄奇,要不然我走,"冯·柯连说,"他要咬我了。"

冯·柯连的沉着口气倒弄得医生冷静下来了。不知怎的,他忽然清醒过来,头脑清楚了,就伸出两条胳膊搂住拉耶甫斯基的腰,把他从动物学家面前拉开,用激动得发颤的亲热声调嘟哝着:

"我的朋友们……善良的好朋友们……大家发了一阵脾气,也就够了……够了。……我的朋友们……"

拉耶甫斯基听见这种柔和而且友好的声调,才感到刚才他的生活里发生了一件从来也没有过的极可怕的事,仿佛差点被一列火车轧死似的,他几乎哭出来,就摆一摆手,跑出房间去了。

"你自己经受着别人对你的憎恨,却又在憎恨你的人面前露出一副极可怜、极可鄙的狼狈相,我的上帝啊,这多么叫人难受!"过了一会儿,他在卖饮食的亭子里坐着,暗自想道,觉得全身仿佛由于刚才受到别人的憎恨而长上锈似的,"这是多么粗俗啊,我的上帝!"

凉水和白兰地使他的精神振作起来。他清楚地想象着冯·柯连镇静而傲慢的面容、他昨天的目光、他那件跟毯子差不多的衬衫、他的声调、他那双白净的手;于是有一种强烈的、难以忍受的刻骨仇恨在他胸膛里翻腾起来,急切地要求报复。他在想象中把冯·柯连打倒在地,用脚踩他。他把刚才发生的事,前前后后,一点一滴,统统想起来了,不禁暗自惊讶:他怎么会对一个微不足道的人做出讨好的笑脸,而且一般说来,怎么会重视那些住在可怜的小城里浅薄而默默无闻的小人物的见解,像这样的小城大概在地图上是找不到的,彼得堡的上流人也一个都不会知道。即使这个小城忽然坍塌,或者被火焚毁,全俄国的读者看到这条电讯,也会觉得乏味,就跟看到售卖旧家具的广告一样。明天冯·柯连中弹毙命也好,活在人间也好,反正都是一样,同样无益和乏味。顶好是一枪打中他的腿或者胳膊,叫他受点伤,然后讪笑他,让他像一只昆虫断了腿而消失在草丛中那样,带着他不敢明说的痛苦消失在一群跟他同样渺小的人当中。

拉耶甫斯基到谢希科甫斯基家去,把这件事原原本本地讲给他听,请他做证人。随后他们两人动身去找邮电局局长,请他也做证人,并且在他家里吃了饭。吃饭的时候,他们说了很多笑话,笑了很久。拉耶甫斯基还嘲笑自己,说他几乎完全不会开枪,可是却把他自己叫作皇家射击手和威廉·退尔①。

"应当给这位先生一点教训⋯⋯"他说。

饭后,他们坐下来打牌。拉耶甫斯基打牌,喝葡萄酒,暗想:一般说来,决斗是愚蠢而毫无道理的,因为它不能解决问题,反而把问题弄得更复杂,不过呢,有的时候缺了它倒也不行。例如在眼前这个事例中就是这样。你总不能拉着冯·柯连到调解法官那儿去告状啊!而且这次决斗也自有好处,因为这以后他就不能再在这个城里住下去了。他微微有点醉意,打牌兴致很高,觉得心情

---

① 瑞士民间传说中的英雄,是个神箭手。

211

畅快。

可是等到太阳西下,天黑下来,他却心神不定了。他倒并不是怕死,因为他吃饭和打牌的时候,不知什么缘故,心里一直相信这场决斗会无结果而散;他是害怕明天早晨他将生平第一次碰到的那件不熟悉的事,也害怕那即将到来的夜晚。……他知道今天晚上会过得很长,睡不着觉。他一定会不仅想到冯·柯连和他的憎恨,而且会想到那座他必须越过的虚伪的大山,他可没有力量和本领避开这座大山。他仿佛突然害了病,一时间对纸牌和人们失去了兴趣,坐立不安,开始要求大家让他回家去。他一心想赶快上床,然后一动也不动,准备好思考一夜。谢希科甫斯基和邮局官员就送他回去,然后到冯·柯连家里去商量决斗的事。

拉耶甫斯基在他的寓所附近遇见了阿奇米安诺夫。这个年轻人喘着气,神情激动。

"我正在找您,伊凡·安德烈伊奇!"他说,"我请您赶快去一趟。……"

"到哪儿去?"

"有一位您不认识的先生要见您,他有一件对您关系重大的事。他恳求您务必到他那儿去一会儿。他有话要跟您谈。……这件事对他来说无异于生死问题。……"

阿奇米安诺夫很兴奋,说这些话的时候带着浓重的亚美尼亚土音,把"生"念成"绳"了。

"他是什么人?"拉耶甫斯基问道。

"他要求我不要说出他的姓名。"

"请您对他说我很忙。要是他乐意,明天再谈吧。……"

"那怎么成!"阿奇米安诺夫惊恐地说,"他想跟您谈一件对您关系重大的事……很要紧的事! 要是您不去,就会发生不幸的事了。"

"奇怪……"拉耶甫斯基嘟哝说,不明白阿奇米安诺夫为什么这么激动,不明白在这个谁都不需要和乏味的小城里会有什么秘密。"奇怪,"他在沉思中又说一遍,"不过,去就去吧。反正也没关系。"

阿奇米安诺夫很快地在前面走,他跟在后面。他们走完大街,就拐进一条巷子。

"这多么乏味啊。"拉耶甫斯基说。

"马上就到了,马上就到了。……近得很。"

在旧围墙附近,他们穿过一条夹在两堵墙之间的窄巷子,墙外是空地。然后他们走进一个大院子,往一所不大的房子走去。……

"这是缪利多夫的家吧?"拉耶甫斯基问道。

"对了。"

"可是我不懂:为什么我们从后院走进来呢?我们本来可以走大街。那样近多了。……"

"没关系,没关系。……"

还有一件事也使拉耶甫斯基觉得蹊跷:阿奇米安诺夫把他领到那所房子后门口,对他摆摆手,好像要他放轻脚步走进去,不要开口说话。

"往这边走,往这边走……"阿奇米安诺夫说着,小心推开后门,踮起脚尖走进过道,"轻一点,轻一点,我求求您。……他们会听见的。"

他仔细听了听,费力地呼出一口气,小声说:

"喏,您推开房门,走进去。……不用害怕。"

拉耶甫斯基糊里糊涂,推开房门,走进一个房间,天花板低矮,窗子下了窗帘。桌上放着一支蜡烛。

"找谁?"有人在隔壁房间里问道,"缪利德卡,是你吗?"

213

拉耶甫斯基转向那个房间,走了进去,看见了基利林、娜杰日达·费多罗芙娜就在他的身旁。

他没听见人家对他说了些什么话,只是踉踉跄跄地往后退去,自己也不知道怎么走到街上来了。他对冯·柯连的憎恨以及他的不安,都从灵魂里消失了。他在走回家的路上,笨拙地摆动他的右胳膊,专心地瞧着脚底下,极力在平坦的地面上走路。他回到家里,走进书房,搓着手,笨拙地耸动肩膀和脖子,仿佛他的上衣和衬衫太紧似的。他从这个墙角走到那个墙角,然后点上一支蜡烛,挨着一张桌子坐下来。……

十六

"您所说的人文科学,只有在前进中遇到精密的科学,而且同它们携手并进的时候,才能满足人类的思想。至于它们究竟会在显微镜下面相遇,还是在一个新的哈姆雷特的独白中相遇,或者在一种新的宗教中相遇,那我就不得而知了;不过,我想,地球等不到这件事发生,就已经蒙上一层冰壳了。在所有的人文知识当中最稳定和最富于生命力的当然莫过于基督的教义;不过您注意看一下,就连对于这个教义,也有多么不同的理解啊!有的人教导说:我们应该爱一切人,同时却又把兵士、罪犯、精神病人除外。他们允许兵士在战争中被杀,允许罪犯被隔离,被处死,禁止精神病人结婚。另一些解释者又教导说:必须爱一切人,不分好坏,没有例外。按照他们的教导,那么,如果有一个结核病人,或者一个杀人犯,或者一个癫痫病患者到您这儿来,要求跟您的女儿结婚,您就得把女儿嫁给他。如果白痴殴打身心健康的人,那您也得把脑袋送上去。这种为爱而爱的说教如同为艺术而艺术一样,要是得了势,就会使得人类最后完全绝种,从而犯下古往今来人间犯过的罪行中最大的罪行。解释是很多的,既然多,严肃的思想也就不会对其中的任何一个解释感到满足,只会在那一大堆解释中匆匆忙忙添上它自己的解释罢了。所以绝不应该照您所说的那样,在哲学的或者所谓基督教的基础上提出问题。要是照那样做,您反而没法解决问题了。"

助祭注意地听着动物学家的话,想了一想,问道:

"每个人所固有的道德准则究竟是由哲学家臆造的呢,还是上帝创造人的时候连同肉体一并创造出来的?"

"我不知道。然而这种准则在一切民族和一切时代都普遍存在;因此我觉得,应当承认,它是跟人类有机地联系在一起的。它不是臆造的,而是现在存在,将来也会存在下去的。我不会对您说,日后有一天可以在显微镜下看见它,可是这种有机的联系却有明显的事实可以证明:据我所知,脑子的严重疾病以及一切所谓的精神病,首先表现在破坏道德准则上。"

"好。那么,如同胃要求吃东西一样,我们的道德感要求我们爱别人。是这样吧? 然而我们天然的本性却爱自己,因而抵制良心和理智的呼声,于是产生许多伤脑筋的问题。如果您不许在哲学基础上提出这些问题,那我们应当找谁去解决这些问题呢?"

"要到我们目前掌握不多的精密的科学知识那儿去找。要相信不容置疑的事实以及事实的逻辑。不错,这种知识还很少,然而它不像哲学那样不稳定,那样含混。我们姑且假定道德准则要求您爱别人。那又怎样呢? 爱无非是消除现在和将来用这样那样的方式危害人们和以各种危险威胁人们的一切东西。我们的知识和明显的事实告诉您说,身心不正常的人所造成的危险威胁着人类。如果是这样,就该与这些不正常的人进行斗争。倘使您没有力量把他们提高到正常的水平上来,那么您总有足够的力量和本领使他们不产生危害作用,也就是说,消灭他们。"

"那么爱就是强者征服弱者?"

"这是毫无疑问的。"

"可是要知道,我们的主耶稣基督就是被强者钉死在十字架上的!"助祭激昂地说。

"问题就在于把他钉死在十字架上的并不是强者,而是弱者。人类的文化削弱而且极力取消生存竞争和自然淘汰;因此弱者迅速繁殖,造成对强者的优势。您不妨设想一下,您把人道的思想按照它原来的基本形式成功地灌注到蜜蜂的脑子里,这会发生什么后果?本来应该被处死的雄蜂就会活下来,吃光蜂蜜,使蜜蜂腐化,而且摧残它们,结果就造成弱者对强者的优势以及强者的退化。现在人类发生的情形也正是这样:弱者压迫强者。在至今还没接触到文化的野蛮人那里,最强的、最聪明的、最有道德的总是走在前头,他总是领袖和统治者。我们这些有文化的人,却把基督钉在十字架上,而且继续在钉他。可见我们缺少某种东西。……我们得在我们身上恢复这'某种东西'才行,要不然,这类错误就没有完结的一天了。"

"可是您用什么标准来区别强者和弱者呢?"

"知识和不容置疑的事实。人们是根据病情来认出结核病人和癞病病人的;而不道德的人和疯子则要根据他们的行动认出来。"

"不过要知道,可能认错的!"

"对。可是,既然受着洪水的威胁,就不用怕沾湿脚。"

"这是哲学。"助祭说,笑起来了。

"一点也不是。您已经给您的宗教哲学教坏了,因此您在一切东西里都只想看见迷雾。您那年轻的头脑塞满了抽象的学问,这种学问之所以说是抽象的,就是因为它使您的头脑不顾明显的事实。您得直视魔鬼,如果他是魔鬼,您就说他是魔鬼,用不着跑到康德或者黑格尔那儿去寻求解释。"

动物学家沉吟一下,接着说:

"二乘二等于四,一块石头就是一块石头。明天我们要去决斗。您和我都会说,这愚蠢,荒谬,说决斗早已过时,说上流人的决斗和下等酒店里的醉后斗殴实际上没有什么分别,然而我们仍然不会就此罢休,仍然会去厮杀。可见有着一种比我们的理性强大的力量。我们嚷着说战争是掠夺,是野蛮,是惨祸,是自相残杀,我们一看到鲜血就会昏厥;可是只要法国人或者德国人侮辱我们,我们就顿时感到精神奋发,真心诚意地喊着乌拉,冲上前去攻打敌人,您就会祈求上帝祝福我们的武器,我们的勇敢就会激起普遍而又真诚的热忱。这又可以证明,确实存在这样一种力量,它即使不比我们以及我们的哲学高明,至少也比它强大。我们拦不住它,就跟拦不住眼前从海那边拢过来的乌云一样。不要假仁假义,不要背地里对这种力量做鬼脸,也不要说什么:'哎呀,愚蠢啊!哎呀,过时啦!哎呀,不符合《圣经》上的道理呀!'要面对面地瞧着它,承认它的合理合法性,而且,比方说,遇到它打算消灭一个虚弱的、多病的、腐败的民族,您也不要用您那些药丸以及从《福音书》上摘下来的那些理解得不对头的话来阻挠它。列斯科夫①写过一个有良心的达尼拉②,他在城外发现一个麻风病人,就用爱和基督的名义供他吃饭,给他穿暖。要是这个达尼拉真的爱人们,他就该把麻风病人拉走,越远越好,然后丢在一条沟里。他应该为健康的人服务。我想,基督教导我们的是一种合情合理而又有益的爱。"

"您这个人可真怪!"助祭笑着说,"您并不信仰基督,可是您

---

① ② 列斯科夫(1831—1895),俄国作家。达尼拉是他的短篇小说《有良心的达尼拉轶事》中的主人公。——俄文本编者注

为什么老是提到他呢?"

"不,我信仰的。不过当然,那是按我的方式而不是按你们的方式信仰的。啊,助祭呀,助祭!"动物学家说,笑起来。他搂住助祭的腰,快活地说:"嗯,怎么样? 明天一块儿到决斗的地方去吗?"

"我的教职不允许我去,要不然,我倒是会去的。"

"'教职'是什么意思?"

"我受了圣职。我已经受到神恩了。"

"啊,助祭呀,助祭,"冯·柯连又笑着说,"我喜欢跟您谈天。"

"您说您有信仰,"助祭说,"那是什么样的信仰呢? 喏,我有个叔叔,是个神甫,他信得那么虔诚,每逢天旱,他就到旷野上去求雨,总是随身带着一把雨伞和一件皮革的大衣,免得回来的路上让雨淋湿。这才不愧为信仰! 他一讲起基督就神采焕发,村中的男男女女,都听得放声痛哭。他能够挡住这块乌云,能够把您所说的那种力量打得望风而逃。对了。……信仰能够移山倒海呀。"

助祭笑起来,拍了拍动物学家的肩膀。

"是啊……"他接着说,"瞧,您时时刻刻教导穷人,探索海洋的深处,区别弱者和强者,著书立说,要求决斗,可是人间万物并没有起什么变化。您瞧着吧,说不定会有一个衰弱的老头子由于圣灵附体而嘟哝出一个词儿,或者有个新的穆罕默德骑着马,手持马刀从阿拉伯奔驰而来,于是人间万物就会翻个身,在欧洲再也没有一块石头还能安安稳稳地压在另一块石头上。"

"喂,助祭,这可是越说越玄了!"

"光有信仰而缺乏行动,那种信仰是死的,可是,光有行动而缺乏信仰,那就更糟,无非是白费时间而已。"

医生在堤岸上露面了。他看见助祭和动物学家,就走到他们这边来。

"好像什么都准备好了，"他说，喘着气，"戈沃罗甫斯基和包依科做证人。他们明天早晨五点钟动身。乌云密布！"他看一眼天空说，"什么都看不见。马上就要下雨了。"

"我想，你会跟我们一块儿去吧？"冯·柯连问。

"不，求上帝保佑，我就是不去也已经够苦恼的了。乌斯契莫维奇会替我去的。我已经跟他谈过了。"

远处，海洋上空电光一闪，传来闷声闷气的隆隆雷声。

"在暴风雨之前，天气多么闷啊！"冯·柯连说，"我敢打赌，你已经到拉耶甫斯基家里去过，扑在他的怀里哭过一场了。"

"我何必到他那儿去呢？"医生回答说，心慌了，"什么话！"

在太阳落下去以前，他确实在林荫道上和大街上来来回回走过好几次，希望遇见拉耶甫斯基。他觉得难为情，因为他发了一阵脾气，而且刚发完脾气，忽然又心慈面软了。他想用开玩笑的口气对拉耶甫斯基道歉，责备他几句，安慰他一下，对他说，决斗是中世纪野蛮风气的残余，不过现在上帝指使他们决斗，却是把决斗当作和解的手段：明天他们这两个极出色的、有大才大智的人各自放过一枪以后，就会尊重彼此的高尚品格，成为朋友。可是他一次也没遇见拉耶甫斯基。

"我何必到他那儿去呢？"萨莫依连科又说一遍，"又不是我侮辱了他，而是他侮辱了我。请你说说看：为什么他跟我过不去？我做了什么对不起他的事？我一走进客厅，他忽然无缘无故地骂我是暗探！这是怎么搞的！你告诉我：这事是怎么开头的？你都对他说了些什么？"

"我对他说他的处境是没有出路的。我的话是对的。只有正人君子和坏蛋才能在任何处境中都找到出路，凡是又想做正人君子又想做坏蛋的人，就不会有出路。不过，诸位先生，现在已经十一点钟,明天我们还得早起。"

突然来了一阵大风,刮起堤岸上的灰尘,把它卷成旋涡;风的呼啸声盖过了海水的哗哗声。

"飓风!"助祭说,"我们得走了,要不然,眼睛就要给迷住了。"

他们就往回走,萨莫依连科拉住帽子,叹一口气,说:

"今天晚上我多半会睡不着觉。"

"你不要激动,"动物学家说,笑起来,"管自放心,这场决斗会无结果而散的。拉耶甫斯基会宽宏大量地朝天放枪,他不会不这样做的。至于我,多半会根本不开枪。为拉耶甫斯基去吃官司,浪费时间,是一点也划不来的。顺便问一句,决斗照规矩要受什么惩罚?"

"逮捕。如果决斗的对手身亡,就要在要塞里坐三年牢。"

"在彼得保罗要塞里?"

"不,大概在军事要塞里。"

"不过,话说回来,那个家伙真应当受点教训才对!"

他们身后的海洋上空闪过一道电光,一时间照亮了房顶和山峦。三个朋友在林荫道附近分手了。医生消失在黑暗中,脚步声已经听不见,冯·柯连却对他叫道:

"希望明天的天气不会碍我们的事才好!"

"难说呀!求上帝保佑吧!"

"晚安!"

"晚什么?你说什么?"

在大风呼啸、海水咆哮和隆隆的雷声中,很难听清人家说的话。

"没什么!"动物学家嚷着,匆匆地走回家里去了。

十七

……在我那愁闷苦恼的心中,
涌现着许多沉痛的思想;
回忆在我的面前
默默地展开它那冗长的篇章。
我回顾我的生活而感到厌弃,
我诅咒,我战栗,
我伤心抱怨,流下辛酸的眼泪,
然而我不能抹掉这些悲哀的记忆。

——普希金①

不论明天早晨他中弹毙命,还是受人嘲笑(也就是保全性命),反正他是完了。那个丢脸的女人由于绝望和羞耻而自杀也好,悲悲惨惨地活下去也好,反正她也完了。……

夜深人静,拉耶甫斯基坐在桌子边这样想着,一边仍旧不住地搓手。窗子忽然开了,砰的一声响,一股大风刮进房间里来,桌上的纸片飞走了。拉耶甫斯基关上窗子,伛下腰去,拾起地板上的纸片。他觉得他身上似乎新添了一种东西,一种以前没有过的别扭感觉,他觉得自己的动作变了样。他走动起来胆战心惊,胳膊肘往两边伸,肩膀耸动。等到他在桌子旁边坐下,他又开始搓手。他的身子不那么灵活了。

在死亡的前夜,人应当给亲人写信。拉耶甫斯基想起了这一点。他拿起钢笔,用颤抖的笔迹写道:

"亲爱的母亲!"

---

① 摘自普希金的诗《回忆》。——俄文本编者注

他想在信上对他母亲说,求她看在她所信仰的慈悲的上帝分上收留那个不幸的女人,用她的爱抚使那个女人得到温暖,那个女人给他害得名誉扫地,如今孤身一人,贫穷,孱弱;他求母亲忘掉而且宽恕一切,一切,一切,以她的牺牲多多少少弥补她儿子可怕的罪恶。可是他想起他母亲,一个肥胖笨重的老太婆,早晨怎样戴着花边包发帽,从正房里出来,走进花园,身后跟着食客们和小狮子狗;他想起母亲怎样用蛮横的声调对花匠和仆人嚷叫,想起她的神情如何傲慢,看不起人。他想到这儿,就把他写下来的几个字涂掉了。

天空中电光一闪,三个窗子一齐亮了,接着就响起了震耳欲聋的雷声,起初还闷声闷气,后来却轰隆轰隆,接着是一声霹雳,力量那么猛,震得窗上的玻璃丁零丁零响。拉耶甫斯基站起来,走到窗前,把额头抵在玻璃上。外面,大雷雨雄壮而美丽。天边,闪电像一条条白色的长带,不住地从乌云里钻出来,投进海洋,照亮了远处广阔海面上那些高高的黑色波涛。不论是左边还是右边,大概就连这所房子的上空,都有电光闪亮。

"大雷雨啊!"拉耶甫斯基小声嘟哝着,他生出一种愿望,想对什么人或者什么东西祈祷,哪怕对闪电或者乌云祈祷也行,"可爱的大雷雨!"

他想起他小时候,遇到大雷雨,总是不戴帽子,跑进花园,身后追来两个长着淡黄色头发和淡蓝色眼睛的小姑娘。他们往往被雨淋得全身湿透,高兴得哈哈大笑。然而,每逢天上打一个很响的雷,两个小姑娘总是信赖地偎到这个小男孩身边来,他呢,就在胸前画十字,急忙念道:"神圣的,神圣的,神圣的……"啊,纯洁美好的生活的萌芽,你到哪儿去了?你淹没在什么海洋里了?如今他不再怕大雷雨,也不再喜欢大自然,心里也没有上帝了。他往日认识的那些轻易信赖旁人的小姑娘,如今也被他和他的同辈们给毁了。他这一辈子从来也没在他家花园里栽过一棵树,种过一株草。他生活在生物当中,却没拯救过一只苍蝇,光是破坏、毁灭,以及虚伪,虚伪……

"我过去所干的有哪一件不是坏事?"他问自己,极力要抓住一点点光明的回忆,就像一个落进深渊的人极力抓住草丛似的。

中学吗?大学吗?然而那都是骗局。他的学习成绩很差,学过的东西都忘掉了。为社会服务吗?那也是骗局,因为他在机关任职的时候,什么事也没做,白白地领薪水,他的所谓服务无异于盗窃公款的卑鄙罪行,只是他没有为此而受到法庭惩办罢了。

他素来不需要真理,他也没追求过真理。他的良心给恶习和虚伪蒙蔽,已经昏睡不醒,或者沉默无声了。他像一个局外人,或者一个从其他行星上雇来的人,根本没有参与过人们的共同生活,对人们的痛苦、思想、宗教、知识、探索、斗争等一概漠不关心。他没对人们说过一句善意的话,没写过一行有益的、不庸俗的文字,也没为人们出过一丁点儿力,光是吃他们的面包,喝他们的酒,拐走他们的妻子,靠他们的思想生活。为了在他们面前和自己面前替他这种可鄙的寄生生活辩护,他总是竭力装出一副样子,倒好像他比他们高尚、优越似的。虚伪啊,虚伪,虚伪……

他清楚地想起他在缪利多夫家里看见的那个场面,又是厌恶又是凄凉,心惊肉跳得受不了。基利林和阿奇米安诺夫是可憎的,然而他们只是继续做一件他已经做开头的事情罢了;他们是他的同谋犯和门徒。那个年轻而软弱的女人本来相信他胜过相信她的兄弟,他呢,却使她失去了丈夫、周围的熟人、故乡,把她带到此地来,经受酷暑、热病和烦闷。她每天不得不像镜子似的映出他的懒惰、堕落、虚伪,她用这些,仅仅这些,来填满她那软弱的、懈怠的、可怜的生活。后来他腻烦她,憎恨她了,可是没有足够的勇气丢开她,他便极力用虚伪像蛛网似的把她缠起来,越缠越紧。……剩下来的事那些人就接着干了。

拉耶甫斯基时而在桌旁坐下,时而又走开,往窗前走去。他一会儿吹熄蜡烛,一会儿又点上。他嘴里念叨着诅咒自己的话,哭泣,抱怨,请求原谅。他有好几次绝望地跑到桌旁,写道:"亲爱的母亲!"

除了母亲以外,他没有任何亲人和朋友了。可是他母亲怎么能够帮助他呢?而且她在哪儿呢?他想跑到娜杰日达·费多罗芙娜那儿去,扑在她的脚下,吻她的手和脚,请求她原谅他。然而她是受害于他的人,他怕见她,仿佛她已经死了似的。

"我的生活已经毁了!"他喃喃地说,搓着手,"可是为什么我还活着呀,我的上帝!……"

他已经把他那颗昏暗的星从天空摘掉,那颗星已经落下来,它的踪迹就此同夜晚的黑暗混合在一起了。它再也不会回到天上,因为生命只有一次,不会有第二回。假使过去的岁月能够重新回来,那他就会用真实来代替过去的虚伪,用劳动来代替过去的懒惰,用欢乐来代替过去的烦闷,他就会把他从别人那儿夺来的纯洁交还本人,就会找到上帝和正义。然而这已经不可能了,就跟落下来的星不可能回到天上一样。正因为这是不可能的,他就灰心绝望了。

等到大雷雨过去,他就在敞开的窗口旁边坐下,平心静气地想着他眼前就要遇到的事。冯·柯连大概会开枪把他打死。这个人明确而冷酷的世界观容许他消灭虚弱而不中用的人。即使临到千钧一发的时刻他的看法变了,那么平时拉耶甫斯基在他心里激起的痛恨和嫌恶也会来帮他的忙。不过,假如他没有打中,或者为了嘲弄他所痛恨的对手而只打伤他,或者对空中放枪,那又该怎么办呢?他该到哪儿去好呢?

"到彼得堡去吗?"拉耶甫斯基问自己,"可是这等于重新开始过我目前诅咒的旧生活。凡是希望像候鸟那样变换一下地点就能得救的人总是会一无所获,因为对他来说地球上到处都是一样。到人们当中去寻找救星吗?那么到什么人当中去找,怎样找法呢?萨莫依连科的善良和慷慨,就像助祭爱笑的脾气或者冯·柯连的憎恨一样,并没有挽救人的力量。人只应当在自身寻找救星,如果找不到,那就不必枉费时间,干脆自杀了事。……"

传来马车的辘辘声。天已经亮了。一辆四轮马车走过他家门前,然后转了个向,车轮吱吱嘎嘎在潮湿的沙地上响着,马车在他的房子附近停住了。四轮马车里坐着两个人。

"请你们等一等,我马上就来!"拉耶甫斯基在窗口对他们说,"我没睡觉。莫非已经到时候了?"

"是啊。四点钟了。等我们到那边……"

拉耶甫斯基穿上大衣,戴上帽子,把纸烟放在口袋里,站住,沉思起来。他觉得好像还有一件什么事需要做似的。街上,两个证人轻声谈话,马儿喷鼻子。在这潮湿的清晨,大家都在睡觉,天刚发亮的时候,这些声音使得拉耶甫斯基心里充满了愁绪,就像一种不祥的预感。他在沉思中呆站了一会儿,然后向寝室走去。

娜杰日达·费多罗芙娜平躺在床上,挺直身体,从头到脚盖着一条方格毛毯。她一动也不动,她那样儿,特别是她的头部,让人联想到埃及的木乃伊。拉耶甫斯基默默地瞧着她,心里暗暗求她原谅,同时思忖着:如果天上不是空的,那儿真有上帝,那么他就会保佑她;假如没有上帝,那就索性让她死了吧,她无须活下去了。

忽然,她跳起来,在床上坐定。她抬起苍白的脸,恐惧地瞧着拉耶甫斯基,问道:

"是你吗?大雷雨过去了?"

"过去了。"

她想起过去的事,就两只手抱住头,周身发颤。

"我多么难过呀!"她说。"要是你知道我多么难过就好了!我本来料着,"她眯细眼睛,接着说,"你会弄死我,或者把我赶出这所房子,叫我到雨里,到大雷雨里去,可是你一直没动静……一直没动静。……"

他猛然紧紧地搂住她,不住地吻她的膝盖和手。后来,她喃喃地对他说着什么,回想过去的事而发抖,他就摩挲她的头发,仔细看她的脸,心里明白过来:这个不幸的、不规矩的女人,对他来说,才是唯一贴近的、亲密的、无可代替的人。

等到他走出家门,坐上马车,他就希望活着回家来了。

十八

助祭起床,穿好衣服,拿起满是疤痕的粗手杖,悄悄走出家门。外面漆黑一片,助祭在街上走动,起初连他的白手杖都看不见。天上一颗星也没有,像是又要下雨了。空中弥漫着湿沙地和海水的气味。

"大概不会有车臣人来拦路抢劫吧。"助祭暗想,听他的手杖敲打路面的声音,这种声音在夜晚的寂静中显得响亮而孤单。

他走到城外,开始看见道路,也看见自己的手杖了。乌黑的天空东一处西一处现出昏暗的斑点,不久有一颗星露面了,胆怯地眨着它那只独眼。助祭在高高的石岸上走路,看不见海。海在下面睡着了,肉眼看不见的海浪懒洋洋地、沉甸甸地拍打着海岸,仿佛在叹气:唉!而且,多么慢呀!一个浪头打过来,助祭数着自己走完八步路,才有另一个浪头打过来,再数完六步,才来第三个浪头。这儿也是什么都看不见,黑暗中只能听见懒洋洋的、带着睡意的海水声,这就使人仿佛听见了无限遥远和难于想象的时代,也就是当初上帝在全世界的一片混沌中走来走去的时代。

助祭觉得毛骨悚然。他暗想,如今他跟不信教的人来往,甚至去观看他们的决斗,只求上帝不要因此惩罚他才好。这次决斗没什么了不起,不致流血,滑稽可笑,然而不管怎样,那类景象是邪魔歪道,宗教界的人在决斗的场面里出现总是完全不成体统的。他停下来,暗想:要不要回去呢?然而强烈的、不安的好奇心战胜了他的游移,他往前走去。

"他们虽然不信教,却都是好人,会得救的。"他安慰自己。"他们一定会得救!"他说出声来,点上一支纸烟。

要用什么尺度来衡量人们的品格才能公正地评断他们呢?助祭想起自己的仇人,宗教学校的学监,他既信仰上帝,又不跟人决斗,守身如玉,然而那时候他却常把掺进沙土的面包拿给助祭吃,有一次几乎拧掉助祭的耳朵。如果人类的生活变得莫名其妙,学校里人竟然都尊敬这个残忍而不正直的、盗窃国家面粉的学监,为他的健康和得救祷告上帝,那么,只因为冯·柯连和拉耶甫斯基不信教就避开他们,难道是公正的吗?助祭正在考虑这个问题,可是这时候,不由得想起昨天萨莫依连科的样子多么可笑,这就把他的思路打断了。明天他们会开多么有趣的玩笑啊!助祭暗自想象,等一会儿他坐在一丛灌木后面偷看,然后,第二天吃午饭的时候,冯·柯连开口夸耀决斗的事,他,助祭,就会带着笑声把这场决斗的经过详详细细讲给他听。

"这些您都是怎么知道的?"动物学家会问。

"就是啊。我坐在家里,可是我都知道了。"

要是能把这次决斗描写得滑稽逗笑就好了。他的岳父读到这样的描写就会笑起来。他岳父连饭都宁可不吃,只要你给他讲一件可笑的事,或者写信告诉他就行。

黄溪流过的那道峡谷在他面前展开了。下过雨后,小溪变得宽阔而湍急,溪水不像先前那样潺潺地流,而是哗哗地流了。天开始破晓。阴沉昏暗的清晨,往西边游去、追踪雨云的浮云,被迷雾环绕的山峦,潮湿的树木,——这一切在助祭看来都显得难看而可怕。他凑着溪水洗了一把脸,念过晨祷,很想喝一点每天早晨在岳父家里必定端上桌子的茶,吃一点他们家里那种加了酸奶油的热的油炸饼。他不由得想起他的妻子以及她经常在钢琴上弹奏的《一去不复返的时光》。她是个什么样的女人呢?从助祭跟她相识起,一直到求婚和结婚,前后只有一个星期。他跟她共同生活不满一个月,他就被派到这儿来了,因此他至今还没弄清楚她是个什么样的人。不过她不在,他不免闷得慌。

"应当给她好好写一封信才是……"他暗想。

小饭馆上头的一面旗淋了雨,耷拉下来。小饭馆本身以及潮湿的房顶也显得比以前黑,比以前矮了。小饭馆门前停着一辆大车。凯尔巴莱,另外两个阿布哈兹人,一个穿着灯笼裤的年轻的鞑靼女人(想必是凯尔巴莱的妻子或者女儿),从小饭馆里抬出一袋袋东西,放在大车的玉米秸上面。大车附近站着一对驴,耷拉着脑袋。两个阿布哈兹人和鞑靼女人放好那些口袋后,拿些玉米秸盖在上面,凯尔巴莱则匆匆忙忙地把那些驴套到大车上。

"大概是走私吧。"助祭暗想。

瞧,这就是一棵倒下来的树和它干枯的针叶。瞧,这就是篝火留下来的一块黑地。他不由得想起那次野餐以及当时的种种情形,想起那堆火、阿布哈兹人的歌声、希望做主教的美妙幻想、宗教行列。……黑溪添了雨水,变得更黑更宽了。助祭小心地走过一道单薄的小桥,溪里混浊的浪头已经碰到小桥了。他爬上小梯子,走进一个晾玉米的棚子。

"出色的头脑!"他在玉米秸上躺下来,想到冯·柯连,"真是很好的头脑,上帝保佑他吧。只是他未免残酷。……"

为什么他恨拉耶甫斯基,拉耶甫斯基也恨他呢?为什么他们要决斗呢？如果他们从小就经受过助祭遭到的那种贫困,如果他们是在愚昧、铁石心肠、一心想发财而抱怨家人白吃饭、态度粗暴野蛮、随地吐痰并且在吃饭和祈祷的时候不住地打嗝的人们当中长大,如果他们没有从小被安乐的生活环境和周围的上流人们惯坏;那么,他们会多么友好,多么乐于原谅对方的缺点,多么珍视彼此的优点啊。要知道,这个世界上就连外表正派的人都很少呢!不错,拉耶甫斯基轻浮,放荡,古怪;可是毕竟他不贪污,不朝地板大声吐痰,不抱怨妻子,说她"光吃饭不干活",不拿缰绳抽打孩子,不给仆人吃臭烘烘的腌牛肉,难道这还不足以使人用宽容的态度对待他吗？再者,要知道,他是由于他的缺点而首先遭受痛苦的人,就像病人由于伤口而痛苦一样。他们与其出于烦闷无聊,出于某种误会而在彼此身上寻找什么退化啦,绝种啦,遗传性啦,以及其他种种难以理解的东西,还不如到下面去,把痛恨和愤怒用到另外的地方去,用到由于粗野、愚昧、贪财、抱怨、污秽、骂詈、女人的尖叫而使许多街道充满呻吟声的地方去……

远处传来马车的辘辘声,打断了助祭的思路。他从门口向外张望,看见一辆四轮马车,车上坐着三个人:拉耶甫斯基、谢希科甫斯基和邮电局长。

"停住!"谢希科甫斯基说。

三个人都下了马车,你看着我,我看着你。

"他们还没来,"谢希科甫斯基说着,抖掉身上的尘土,"怎么样？趁这出戏还没开锣,我们先去物色一个合适的地点。这儿转不开身。"

他们就顺着溪岸,往上游走去,不久就不见了。车夫是个鞑靼人,坐在四轮马车上,脑袋耷拉在肩膀上,睡着了。等了十分钟光景,助祭从棚子里走出来,生怕被人发现,就脱掉黑色帽子,伛下身去,往四下里看,开始沿着溪岸在灌木丛里和玉米田里钻来钻去。

229

树上和灌木上的大水珠纷纷洒到他身上来,青草和玉米是湿的。

"丢脸!"他提起潮湿的、粘了泥的底襟,嘴里嘟哝着,"早知道这样,我就不来了。"

不久他听见说话声,看见人了。拉耶甫斯基把手揣在袖子里,伛着腰,在一块不大的林中草地上很快地走来走去。他的证人们站在溪岸旁边卷纸烟。

"奇怪……"助祭暗想,认不出拉耶甫斯基的步态来了,"他像个老头子了。"

"他们也未免太不礼貌了!"邮务官员说,看了看他的怀表,"也许依学者看来,迟到是好事,不过依我看来,这却是胡闹。"

谢希科甫斯基是个胖子,留着一把黑胡子。他仔细听了听,说:

"他们来了!"

十九

"这还是我有生以来头一次看到!多么出色!"冯·柯连说,来到林中草地,往东方伸出两只手,"请看,绿色的光!"

东方的山峦后面伸出两道绿色的光,这确实美。太阳升上来了。

"你们好!"动物学家对拉耶甫斯基的证人们点点头,接着说,"我没有来迟吧?"

他的身后跟着他的证人包依科和戈沃罗甫斯基。那是两个年纪很轻、同等身材的军官,穿着白色制服,另外还有消瘦而孤僻的大夫乌斯契莫维奇,他一只手提着一个不知装着什么东西的包袱,另一只手放在背后,他那根手杖照例紧贴在背上。他把包袱放在地上,跟谁都没打招呼,把另一只手也放到背后,在林中草地上走动不停。

拉耶甫斯基感到疲劳和尴尬,那是一个也许不久就要死掉因而引起大家注意的人总会感到的。他巴不得快一点把他打死或者快一点把他送回家去。现在是他生平第一次看见日出。这个清晨,这两道绿光,这种潮湿的天气,这些穿着湿靴子的人,依他看来,都是他生活里多余而不必要的东西,惹得他不自在。这一切跟昨天夜晚,跟他的思想,跟他负疚的心情都没有任何联系,因此他恨不能一走了事,不想再等决斗了。

冯·柯连分明在激动,却极力掩饰,装出一副样子,仿佛最使他发生兴趣的是那两道绿光。证人们慌慌张张,互相瞧着,好像在问,他们为什么到这儿来,他们该干什么事似的。

"我想,诸位先生,我们不必再往远处走了,"谢希科甫斯基说,"这儿也行了。"

"是的,当然。"冯·柯连同意。

跟着是沉默。乌斯契莫维奇本来在走动,这时候突然转过身来对着拉耶甫斯基,呼出的气一直喷到他的脸上,小声说:

"他们多半还没来得及把我的条件告诉您。决斗的每一方得付给我十五卢布,假如有一方死了,活着的那一方就得总共付给我三十卢布。"

拉耶甫斯基早先就认识这个人,可是直到现在才头一次看清他那对无神的眼睛,他那硬唇髭,他那细细的、痨病患者的脖子。他简直是个放高利贷的人,而不是大夫! 他的呼吸有一种难闻的牛肉气味。

"这个世界上,什么样的人都有。"拉耶甫斯基思忖着,回答说:

"好吧。"

医生点一下头,又走动起来。看得出来,他根本不需要钱,他要钱纯粹是为了解恨。大家都感到现在应该开始了,或者应该把已经开始的事结束,然而他们并没有开始,也没有结束,光是走动,站住,吸烟。两个青年军官生平第一次参加决斗,他们直到现在还不大相信这种依他们看来没有必要的平民之间的决斗会真的举行。他们只顾注意地查看他们的军服,摩挲他们的衣袖。谢希科甫斯基走到他们面前,小声说道:

"诸位先生,我们得运用所有的力量使这次决斗不要举行才成。应当让他们讲和。"

他涨红脸,接着说:

"昨天基利林到我家来诉苦,说是昨天拉耶甫斯基正好撞见他和娜杰日达·费多罗芙娜在一起,诸如此类讲了不少。"

"是的,我们也听说了。"包依科说。

"喏,你们看。……拉耶甫斯基的手在发抖,还有其他诸如此类的情况。……现在他就连枪也举不起来。跟他比武,就如同跟醉汉或者伤寒病人比武一样不人道。要是和解不成功,那么,诸位先生,至少把决斗的日期推延一下也好。……这样的鬼事情,真叫人看不下去。"

"您去跟冯·柯连谈一谈吧。"

"我不知道决斗的规则,叫那些规则见鬼去吧。我也不打算知道。说不定他会以为拉耶甫斯基胆怯,才打发我去找他。不过,他爱怎么想都由他,我还是要谈一下。"

谢希科甫斯基迟迟疑疑,往冯·柯连那边走过去,腿略微有点跛,仿佛两条腿坐得有点麻木了似的。他一面走一面嗽喉咙,周身都现出有气无力的样子。

"我有一件事要跟您说,先生,"他开口了,注意地瞧着动物学家衬衫上的花,"这事情我们私下里来谈一谈。……我不知道决斗的规则,叫这些规则去见鬼吧。我也不想知道。我不是凭证人以及诸如此类的人的资格来说话,而是凭一个堂堂正正的人的资格来说话的。"

"哦。怎么样?"

"证人们提议和解,人家照例置之不理,认为这只是例行公事,就是爱面子,如此而已。然而我恳求您注意一下伊凡·安德烈伊奇。今天他处在一种所谓不正常的状态中,神志不清,样子可怜。他遭到一件不幸的事。我讨厌流言蜚语,"谢希科甫斯基说,涨红了脸,回头看一眼,"可是既然要举行决斗,我就认为有必要告诉您。昨天晚上他在缪利多夫家里撞见他的太太跟……一位先生在一起。"

"多么叫人恶心!"动物学家嘟哝一句,他脸色发白,皱起眉头,大声吐一口唾沫,"呸!"

他的下嘴唇开始颤抖。他从谢希科甫斯基面前走开,不愿意再听下去,好像无意间尝到一种什么苦味的东西似的,又大声吐一口唾沫。而且,在这整个早晨,他带着憎恨的神情第一次看一眼拉耶甫斯基。他的激动和尴尬的感觉过去了,他摇一下头,大声说:

"诸位先生,我们到底在等什么,请问?为什么我们不开始呢?"

谢希科甫斯基跟军官们耸耸肩膀,面面相觑。

"诸位先生!"他大声说,但是他的脸没有对着什么人,"诸位先生!我们建议你们和解!"

"快一点结束这种例行公事吧,"冯·柯连说,"关于和解,我们已经讲过了。下面还有什么例行公事?快一点吧,诸位先生,时间不等人。"

"可是我们仍然坚持和解。"谢希科甫斯基像那种不得不干涉别人事情的人那样,用抱愧的声调说。他涨红脸,把手放在胸口上,接着说:"诸位先生,我们看不出有什么理由可以把意气冲突和决斗联系起来。在决斗和我们由于人类的弱点彼此冒犯而引起的意气冲突中间,没有什么共同之处。你们是读过大学和受过教育的人,当然你们自己就看得出来:决斗不过是一种过时的和无聊的官样文章,以及诸如此类的东西罢了。我们就是这样看待这种事的,要不然我们就不会来了;因为我们不能容许人们在我们面前互相开枪之类的。"谢希科甫斯基擦掉脸上的汗,接着说:"诸位先生,消除你们之间的误会,彼此握手吧,我们回家去喝讲和酒。一言为定,诸位先生!"

冯·柯连没开口。拉耶甫斯基发现人们在看他,就说:

"我自己并没有什么要跟尼古拉·瓦西里伊奇过不去的地方。要是他认为我有错,我准备向他道歉。"

冯·柯连生气了。

"诸位先生,"他说,"显然你们打算把拉耶甫斯基先生打扮成一个宽宏大量的人和骑士而把他送回家去;不过我不能够让你们和他得到这种愉快。单单为了喝讲和酒,吃一顿饭,对我解释决斗是过时的官样文章,那是不必起这么早,坐车出城,赶十俄里路的。决斗就是决斗,不应该把它弄得比实际上愚蠢,虚假。我要决斗!"

跟着是沉默。军官包依科从匣子里取出两支手枪,一支递给冯·柯连,一支递给拉耶甫斯基。接着出了一件麻烦事,使得动物学家和证人们有一会儿感到好笑。原来所有在场的人当中有生以来谁也没参加过决斗,谁都不大清楚应当怎样站着,证人们必须说些什么,做些什么。不过后来包依科想起来了,就带着微笑开始解释。

"诸位先生,谁记得莱蒙托夫的描写[①]?"冯·柯连笑着问道,

---

① 指莱蒙托夫的小说《当代英雄》。

"在屠格涅夫的作品①里巴扎罗夫也跟别人决斗过。……"

"何必去回想呢?"乌斯契莫维奇站住,不耐烦地说,"把距离量出来就完了。"

他就迈了三步,仿佛借此表明应该怎样量似的。包依科数着步数,他的同伴就拔出军刀,在两端地上各划了一下,算是标出界线。

决斗双方在大家的沉默中站到各自的位置上。

"这像是那些鼹鼠。"坐在灌木丛中的助祭回想起来。

谢希科甫斯基说了一句什么话,包依科又解释起来,可是拉耶甫斯基没有听见,或者说得准确些,听倒是听见了,可是没有听明白意思。后来时间到了,他就扳起枪机,举起那支沉甸甸的、冰凉的手枪,枪口向上。他忘记解开大衣纽扣,肩膀和胳肢窝给大衣箍得很紧,胳膊笨拙地抬起来,好像衣袖是用白铁做的。他想起昨天对这晒黑的额头和拳曲的头发的痛恨,心里暗想:他就连在昨天那种十分痛恨和激怒的心情下,也不可能开枪打死这个人。他生怕一不小心枪弹偏巧打在冯·柯连身上,就把手枪越举越高。他感到这种过于露骨的宽宏大量不大得体,不像宽宏大量了;可是他又不会也不能够换一种做法。冯·柯连显然从一开头就相信对方会对空中放枪,便露出讥诮的笑容;拉耶甫斯基瞧着冯·柯连那张苍白的脸,心里暗想:现在,谢天谢地,事情总算就要结束,只要他把枪机扣紧就行了。……

他的肩膀猛地一震,枪声一响,山里起了回声:啪——啪!

冯·柯连扳起枪机,往旁边瞧一眼乌斯契莫维奇,那人跟先前一样在来回走动,双手放在背后,对什么都不在意。

"大夫,"动物学家说,"劳驾,不要走来走去,像钟摆似的。您

---

① 指屠格涅夫的长篇小说《父与子》。

走得我眼花了。"

医生就停住脚。冯·柯连举起枪来瞄准拉耶甫斯基。

"完了!"拉耶甫斯基暗想。

枪口直对着他的脸。冯·柯连的姿态和全身也流露出痛恨和鄙夷,一个正派人在光天化日下,当着许多正派人的面,马上就要干出凶杀的罪行了。四下里肃静无声,一种从未有过的力量促使拉耶甫斯基站定脚跟,没有逃跑。所有这些都是多么神秘,多么不可理解,多么可怕呀!冯·柯连举枪瞄准的这段时间,对拉耶甫斯基来说,似乎比整整一夜还要长久。他用恳求的眼光瞧着证人们。他们一动也不动,脸色苍白。

"快点开枪吧!"拉耶甫斯基暗想,感到自己这张苍白的、颤抖的、可怜巴巴的脸一定在冯·柯连心里激起更大的憎恨。

"我马上就会打死他,"冯·柯连暗想,他瞄准对方的额头,手指头已经摸到枪机,"对,当然,我会打死他的。……"

"他要打死他啦!"突然有个气急败坏的叫喊声在很近一个地方响起来。

立刻枪声一响。大家看见拉耶甫斯基站在原地,没有倒下,就回转头,往传来喊叫声的方向瞧一眼,看见了助祭。他脸色苍白,湿漉漉的头发沾在前额上和脸颊上,周身湿透,沾着污泥,站在对岸的玉米田里,有点古怪地微笑着,摇动他那顶湿帽子。谢希科甫斯基高兴地微笑着,随后又哭了起来,走到一旁去了。……

二十

过了一会儿,冯·柯连和助祭在小桥旁边碰头了。助祭神情激动,呼吸费力,不肯正眼看人。他觉得难为情,因为刚才担惊受怕,而且身上的衣服又脏又湿。

"我觉得您想打死他……"他嘟哝说,"这多么违背人类的本性!这多么反常!"

"不过,您怎么到这儿来了?"动物学家问道。

"您不要问了!"助祭说,摇一下手。"魔鬼迷住了我的心窍,说:去吧,去吧。……于是我来了,在玉米田里差点吓死。不过现在,谢天谢地,谢天谢地,总算没事了。……我对您非常满意,"助祭嘟哝说,"我们的毒蜘蛛老大爷也会满意的。……真是可笑,可笑!不过我恳切地要求您,别对外人说我来过此地,要不然我的上司大概会收拾我。他们会说:助祭做人家决斗的证人了。"

"诸位先生!"冯·柯连说,"助祭要求你们不要对外人说你们在此地见到过他。这会闹出乱子来的。"

"这是多么违背人类的本性啊!"助祭叹口气说,"请您大度包涵,不过我还是要说,按当时您那张脸来看,我觉得您存心要打死他。"

"当时我确实很想干掉那个坏蛋,"冯·柯连说,"可是您那么一喊,害得我没有打中。不过,这整个过程由于我不习惯而惹得我厌恶,弄得我疲劳不堪,助祭。我累极了。我们坐车走吧。……"

"不,请您允许我步行。我得让衣服吹一吹干才成,要不然,我又湿又冷。"

"好,那也随您,"累极的动物学家用疲乏的声音说,坐上马车,闭住眼睛,"那也随您。……"

他们在马车旁边走着,后来坐上马车的时候,凯尔巴莱一直站在大路旁边,两只手捧着肚子,深深地鞠躬,露出他的牙齿假笑。他以为那几位先生是来欣赏风景、喝茶的,不明白他们为什么坐上了马车。在大家默默无语的肃静中,这几辆马车驶动了,小饭馆附近只剩下助祭一个人。

"我要到,饭馆里,喝茶,"他对凯尔巴莱说,"我要,吃点,

237

东西。"

凯尔巴莱讲一口很好的俄国话,然而助祭认为,如果对那个鞑靼人讲半通不通的俄国话,他会容易懂些。

"煎鸡蛋,拿奶酪。……"

"请进,请进,教士,"凯尔巴莱鞠着躬说,"样样东西都会给你预备好的。……奶酪也有,葡萄酒也有。……你爱吃什么尽管吩咐。"

"在鞑靼话里,'上帝'叫什么?"助祭走进小饭馆,问道。

"你的上帝和我的上帝一样,"凯尔巴莱不明白他的意思,说道,"大家的上帝只有一个,可是人倒有各式各样。有的是俄国人,有的是土耳其人,有的是英国人。这样那样的人很多,可是上帝只有一个。"

"好。既然所有的民族都信奉一个上帝,那么你们这些穆斯林为什么把基督教徒看成永世的仇敌呢?"

"你怎么生气了?"凯尔巴莱说,两只手捧住肚子,"你是教士,我是穆斯林,你要吃东西,我拿给你。……只有阔人才分你的上帝和我的上帝,对穷人来说上帝都一样。好,请吃吧。"

小饭馆里正进行这场有关神学的谈话,拉耶甫斯基却已经坐着马车回家了。他想起方才黎明时分他坐车赶路,多么提心吊胆啊。当时大路、岩石、山峦又潮又黑,不可知的未来像看不见底的深渊那么吓人。现在呢,挂在青草和石头上的水滴在阳光里像钻石那么发亮,大自然欢畅地微笑,可怕的未来落在身后了。他瞧着谢希科甫斯基那张阴沉的、沾着泪痕的脸,又瞧着前面两辆坐着冯·柯连、他的证人、医生的马车,觉得他们大家仿佛刚从墓园回来,他们在墓园里刚刚埋葬了一个难以相处的、谁也受不了的、妨碍大家生活的人似的。

"一切都结束了。"他想着他的过去,伸出手指头小心地摩挲着他的脖子。

他脖子的右半边,靠近衣领的地方,肿起一个不大的包,有小手指头那么长,那么粗。他觉得挺痛,仿佛是用熨斗烫出来的。那是枪弹擦伤的。

后来,他回到家里,对他来说,漫长、古怪、美妙、朦朦胧胧,像是昏迷的一天开始了。他仿佛刚从监狱里或者医院里放出来,注意地瞅着那些他早已熟悉的东西,暗自惊讶,因为桌子啦、窗子啦、椅子啦、亮光啦、海洋啦,在他心里激起一种活泼而稚气的欢乐,这是他很久很久以来没有领略过的了。脸色苍白而极其憔悴的娜杰日达·费多罗芙娜不明白他温柔的声调和奇怪的步态。她急急忙忙把她干过的事对他和盘托出。……她觉得他大概没在听她讲话,也没听明白,如果他全听懂了,他会咒骂她,打死她的。然而他确实在听她讲话,同时摩挲着她的脸和头发,瞧着她的眼睛,说:

"除了你以外,我没有亲人了。……"

后来他们在屋前小花园里坐了很久,互相依偎着,没开口说话,或者用简短而不连贯的句子说出他们关于未来幸福生活的幻想。他觉得以前好像从来也没讲得这么长,这么美似的。

二十一

三个多月过去了。

冯·柯连预定动身的日子到了。这天从一清早起就下着寒冷的大雨,刮着东北风,海上掀起大股的浪头。据说,轮船在这样的天气未必能开进港口来。按时间表上的规定,轮船应该早晨九点多钟到达此地,可是冯·柯连中午到沿岸街去,吃过午饭后又去,都没有在望远镜里看见轮船,只看见灰色的浪头和遮没天边的大雨。

天近黄昏,雨才止住,风才明显地小了。冯·柯连已经死了心,以为他今天走不成了,就坐下来跟萨莫依连科下棋。可是等到天黑下来,勤务兵却来报告说,海上出现灯火,人们看见船上发射一枚照明弹。

冯·柯连着了忙。他背起一个小包袱,吻了吻萨莫依连科和助祭,毫无必要地走遍各个房间,跟勤务兵和厨娘告别。然后他走出房外,来到街上,露出一种样子,仿佛有什么东西忘在医生家里或者他自己的住所里了。在街上,他跟萨莫依连科并排走着,助祭手提箱子,在后面跟着,殿后的是勤务兵,提着两只大皮箱。只有萨莫依连科和勤务兵才看得清海上那些朦胧的亮光,其余两个人瞧着黑暗,什么也没看见。轮船停在离海岸很远的地方。

"快点,快点,"冯·柯连说,"我担心船要开了!"

冯·柯连走过一幢有三个窗子的小房,那是拉耶甫斯基在决斗后不久搬进去住的。冯·柯连忍不住往窗子里看一眼。拉耶甫斯基靠一张桌子坐着,背对着窗子,低下头,正在写东西。

"我觉得奇怪,"动物学家小声说,"他多么刻苦啊!"

"是啊,确实叫人觉得奇怪,"萨莫依连科说,叹一口气,"他照这样从早晨坐到晚上,老是工作。他打算还清债务。老兄,他生活得比乞丐都不如啊!"

在沉默中过了半分钟。动物学家、医生、助祭站在窗外,都瞧着拉耶甫斯基。

"他一直没离开此地,可怜的人,"萨莫依连科说,"你还记得当初他怎样急着要走吗?"

"是啊,他刻苦极了,"冯·柯连又说一遍,"他的婚礼,这种为糊口而整天工作的辛劳,他脸上那种新的表情,以至他的步态,都那么不平常,我简直不知道用什么字眼来表达这一切才好了。"动物学家拉住萨莫依连科的袖子,声调里带着激动,继续说下去:

"请你转告他和他的太太,就说我临走的时候,对他们感到吃惊,祝他们万事如意……而且请求他,如果可能的话,不要记住我的坏处。他了解我。他知道,假如那时候我能预先看到这种变化,那我就会成为他最好的朋友的。"

"你进去一趟,跟他辞行吧。"

"不,这不合适。"

"为什么呢?上帝知道,也许你从此再也不会跟他见面了。"

动物学家想了想,说:

"这倒是实在的。"

萨莫依连科就用手指头轻轻敲几下窗子。拉耶甫斯基吃一惊,回过头来看。

"万尼亚,尼古拉·瓦西里伊奇来向你辞行,"萨莫依连科说,"他马上就要走了。"

拉耶甫斯基从桌旁站起来,走进穿堂去开门。萨莫依连科、冯·柯连、助祭就走进屋里。

"我待一会儿就要走的。"动物学家开口说,在穿堂里脱掉雨鞋,已经后悔不该感情冲动,没有得到邀请就走进来了。"倒好像是我硬要闯进来似的,"他想,"这有多尴尬。"

"请您原谅我来打搅您,"他说,跟着拉耶甫斯基走进房间,"不过我马上就要走的,我只想跟您见见面。上帝才知道以后我们会不会再见面了。"

"我见着您很高兴。……请坐。"拉耶甫斯基说,笨手笨脚地给客人们搬椅子,仿佛想拦住他们的路似的,后来他在房间中央站定,搓着手。

"我应该把这伙见证人留在街上才是。"冯·柯连暗想。然后他沉稳地说:

"请您不要记着我的坏处,伊凡·安德烈伊奇。忘记过去的事当然是不可能的,那些事太叫人痛苦了。我到这儿不是来道歉,也不是来申明我没有错。当初我的行动是认真的,从那时候以来我的信念并没改变。……然而,使我十分高兴的是,现在我明白当初我错看了您,不过,真的,人就是在平坦的路上行走也会跌跤的。人类的命运就是这样:即使不在大处犯错误,也会在小处出错。真正的真理是谁也不知道的。"

"是的,谁也不知道真理……"拉耶甫斯基说。

"好,再见。……求上帝保佑您万事如意。"

冯·柯连向拉耶甫斯基伸出手去。拉耶甫斯基握一握手,鞠躬。

"请您不要记住我的坏处。"冯·柯连说,"请您代我问候您的太太,对她说我没有能够向她辞行,觉得很抱歉。"

"她在家。"

拉耶甫斯基就走到房门口,朝着另一个房间说:

"娜嘉,尼古拉·瓦西里伊奇想跟你告别。"

娜杰日达·费多罗芙娜走进房来,她在房门旁边站住,羞怯地看一眼客人们。她的脸色惭愧而惊恐,两只手保持那样一种状态,她就像一个正在挨骂的中学生似的。

"我马上就要离开此地了,娜杰日达·费多罗芙娜,"冯·柯连说,"我是来辞行的。"

她犹豫不决地向他伸出一只手。拉耶甫斯基鞠躬。

"哎,他们俩多么可怜啊!"冯·柯连暗想,"这种生活对他们来说并不轻松。"

"我就要到莫斯科和彼得堡去了,"他问道,"要我给你们从那边寄点什么东西来吗?"

"哦,"娜杰日达·费多罗芙娜说,不安地跟她丈夫对视了一眼,"好像不需要什么东西。……"

"是的,不需要什么东西……"拉耶甫斯基说,搓着手,"请您替我们向大家问好。"

冯·柯连不知道另外还可以说些什么,应该说些什么;可是先前他走进来的时候,却以为自己会说出许多很好的、热情的、有意义的话来。他默默地握一下拉耶甫斯基的手,再握一下他妻子的手,就怀着沉重的心情,从他们家里走了出来。

"什么样的人啊!"助祭在后面走着,低声说。"我的上帝,什么样的人啊!确实,上帝的手栽植了这棵葡萄树!主啊,主啊!有的人征服几千个人,有的人征服几万个人。尼古拉·瓦西里伊奇,"他热烈地说,"您知道,您今天征服了人类最大的敌人:骄傲!"

"得了吧,助祭!我和他哪能算是什么征服者!征服者看上去像鹰,然而他露出一副可怜相,畏畏缩缩,萎靡不振,像中国的泥娃那样不住地鞠躬,我……我心里难过。"

后面传来脚步声。这是拉耶甫斯基赶来送行。勤务兵提着两只皮箱,站在码头上。离他不远,站着四个划船人。

"可是,起风了……嘿!"萨莫依连科说,"现在海上多半有暴风,唉,唉!你走得不是时候,柯里亚。"

"我不怕晕船。"

"问题不在这儿。……我怕这些笨蛋会让你摔到水里去。你应当坐轮船公司的小艇上船才对。轮船公司的小艇在哪儿?"他对那些划船人嚷道。

"走了,大人。"

"那么海关的船呢?"

"也走了。"

"为什么不早来报告?"萨莫依连科生气地说,"混蛋!"

"没关系,你别着急……"冯·柯连说,"好,再见。求上帝保

243

佑你们。"

萨莫依连科拥抱冯·柯连,在他胸前画了三次十字。

"你别忘记我们,柯里亚。……写信来。……明年春天我们等你来。"

"再见,助祭,"冯·柯连说着,握一握助祭的手,"多谢您给我做伴,多谢那些次愉快的谈话。关于考察队,您考虑一下吧。"

"行。主啊,哪怕到天涯海角去都成!"助祭说,笑起来,"难道我表示过反对吗?"

冯·柯连在黑地里认出拉耶甫斯基,就默默地对他伸出一只手。划船人已经下船,正在稳住那条木船,虽然有防波堤挡住大浪,然而那条船仍然在撞木桩。冯·柯连顺着一道梯子走下去,跳上那条木船,在船舵旁边坐下。

"写信来!"萨莫依连科对他叫道,"保重身体!"

"谁也不知道真正的真理!"拉耶甫斯基心里暗想,翻起他大衣的领子,两只手揣到袖管里。

木船灵活地绕过码头,驶出去,来到广阔的海面上。它消失在海浪里,然而马上又从深渊里钻出来,滑到大浪的高峰上,因此他们倒可以看清船上的人,甚至看清船桨了。木船划出三俄丈去,然后又被海浪打回来,退后两俄丈。

"写信来!"萨莫依连科叫道,"是魔鬼支使你在这种天气动身的!"

"是的,真正的真理是谁也不知道的……"拉耶甫斯基暗想,愁闷地瞧着不安定的、乌黑的海洋。

"海浪把船打回来了,"他想,"它往前走两步,又往后退一步,可是划船人是固执的,他们不知疲劳地划动船桨,不怕高耸的海浪。木船不住地往前走,往前走,瞧,现在已经看不见它了。再过半个钟头,划船人就会清楚地看见轮船上的灯火。不出一个钟头,他们就会靠拢轮船的舷梯。生活里也是这样。……寻求真理的时候，人也总是进两步，退一步。痛苦、错误、生活的烦闷把他们抛回来，然而渴求真理的心情和顽强的意志却又促使他们不断前进。谁知道呢？也许他们终于会找到真正的真理。……"

"再见！"萨莫依连科拖着长音嚷道。

"看不见他们，也听不见他们的声音了，"助祭说，"一路顺风！"

天上开始掉下疏疏落落的雨点了。

一八九二年

妻　子

一

我接到这样一封信：

巴威尔·安德烈耶维奇先生！离您不远，就在彼斯特罗沃村里，发生了一些可悲的事，我认为我有责任把这些事通知您。这个村子的全体农民本来已经卖掉他们的农舍和所有的家私，往托木斯克省①迁移，可是没有走到那儿就折回来了。此地的东西，当然，再也没有一件属于他们所有，统统归在别人名下了。他们三四家人合住一个农舍，因此每个农舍的人口，男男女女不下于十五口，小孩还不计算在内。最后要说的是他们没有东西吃，挨饿，普遍得了斑疹伤寒流行病，简直人人都病倒了。女医士说：人一走进农舍，看见的是些什么呢？大家都在生病，说胡话，有人哈哈大笑，有人气得发疯。农舍里满是臭气，没有水供人喝，也没有人给他们水喝，食物只有坏土豆。女医士和索包尔（我们的地方自治局的医生）看出他们需要的首先是粮食，其次才是药物，可是他们偏偏缺粮

---

① 在西伯利亚。

食。那么医务人员又有什么办法？地方自治局执行处拒绝赈济，因为那些农民的户口已经在地方自治局注销，归入托木斯克省了。再者，地方自治局也没有钱。我把这件事告诉您，知道您为人仁慈，因此，求您火速周济他们，请勿推辞是幸。

为您祝福的人

显然，这封信是女医士本人或者冠着野兽姓氏①的医生写来的。地方自治局的医生和女医士之流，一连许多年，天天相信他们没有办法可想，可是却仍旧靠那些只有坏土豆糊口的人领到薪水，而且不知什么缘故竟然自以为有权判断我仁慈不仁慈。

除了这封匿名信以外，每天早晨总有些农民跑到我家的仆人厨房里来，跪着不走，晚上又有人来捣毁防护墙，从我家谷仓里偷走二十大袋子黑麦。再者，平时的谈话、报纸、恶劣的天气也弄得我心情郁闷，总之所有这些都扰乱我的心境，因而我工作得无精打采，很不顺利。我在写《铁路史》，这需要读许多俄国的和外国的书籍、小册子、杂志论文，而且必须打算盘以计算数字，查对数表，思考，写作，然后再读书，再打算盘，再思考。可是我刚刚拿起书来或者开始思索，我的思想就乱成一团，我的眼睛眯缝起来。我就叹口气，离开书桌，在这个空荡荡的乡村住宅的大房间里走来走去。等到我走得厌烦，在我书房的窗前站住，我的眼光就越过宽阔的院子，越过池塘和一棵光秃的小桦树，越过不久以前铺着白雪而如今正在融雪的广大田野，看见天边一个高冈上聚着一堆深褐色的农舍，有一条黑色的泥泞道路从那儿顺着高坡溜下来，不规则地蜿蜒着，像一条长带。那就是彼斯特罗沃村，也就是匿名人写信告诉我的那个村子。要不是一群预告天要下雪或者下雨的乌鸦呱呱地叫唤，飞过池塘和田野上空，要不是木匠的小板棚里有敲打声，那么

---

① 在俄语中，索包尔（соболь）的意思是"黑貂"。

目前大家议论纷纷的那个小小世界看上去就像是死海了。那儿的一切都是那么安静，停滞，缺乏生气，乏味！

我这种心神不宁的情绪妨碍我工作，妨碍我聚精会神。我不知道这是怎么回事，一心相信这是幻想破灭。确实，我辞掉交通部的工作，回到村子里来，就是贪图这儿生活安静，可以从事有关社会问题的著述。这原是我由来已久的、心爱的梦想。可是现在却得跟安静告别，跟著述工作告别，丢下一切，专门去管农民的事了。这是没法避免的，因为我相信，这个县里除我以外，根本就没有一个人能够给那些饥民什么帮助。我四周的人都是些没有受过教育、思维不发达、漠不关心的人，其中绝大多数都不正派，或者即使正派，却又任性而不认真，例如我的妻子就是这样。依靠这样的人是不行的，丢下那些农民不管，让他们去听天由命也不行，于是剩下来可做的就只有顺应需要，由我亲自动手把那些农民的生活纳入正轨。

我第一步决定，捐出五千银卢布赈济饥民。可是这并没有减轻我的不安，反而加强了这种不安。我在窗前站住，或者在各处房间里走来走去，老是有一个以前没遇到过的问题来折磨我：怎样处理这笔钱呢？派人买粮食来，然后挨家散发，那不是一个人的力量办得成的，更不要说匆忙中还有危险，发给吃饱肚子或者领来粮食转手倒卖的人也许比发给饥民的粮食反而多一倍。行政机关我是不信任的。所有那些地方自治局长官啦，税务督察员啦，都是年轻人，我对他们就像对当代一切只重实利而没有理想的青年一样不能轻易信任。地方自治局执行处、乡公所以及本县一切机关也丝毫引不起我向他们求援的心意。我知道这些机关已经咬住地方自治局和国库的馅饼，而且每天张开嘴等着，准备一有机会再咬住另一个什么馅饼。

我灵机一动，想邀请附近的地主们到我家来，对他们提出建议,在我家里组织一个委员会或者中心之类的机构,由它把所有的捐款汇总起来,在全县散发赈款,发布指示。这样一个机构可以使人们常常会商,可以进行广泛而得力的控制,这倒完全合我的意。可是我想象那些小吃啦、午饭啦、晚饭啦,还有那些形形色色的本县人士必然会带到我家里来的嘈杂、闲散、饶舌、低级趣味,我就赶紧放弃这种想法了。

讲到我自己家里的人,我却最不能期望他们会给我什么帮助或者支持。我的头一个家庭,也就是我父亲的家庭,原本人口众多,十分热闹,现在却只留下一个完全不中用的人,就是家庭女教师玛丽①小姐,或者按照现在大家对她的称呼,玛丽雅·盖拉西莫芙娜。她是个身材矮小、为人古板的七十岁的老太婆,穿一条浅灰色连衣裙,戴一顶镶着白丝绦的包发帽,活像个瓷娃娃。她老是坐在客厅里看书。每逢我走过她面前,她总是知道我沉思默想的原因,说:

"您要怎么样呢,巴沙②?我早就说过事情会弄到这个样子。您从我们家里这些用人身上就看得出来。"

我的第二个家庭包括我和我的妻子娜达丽雅·加甫利洛芙娜。她住在楼下,占据楼下所有的房间。她在楼下吃饭、睡觉、招待客人,完全不关心我怎样吃饭,怎样睡觉,招待一些什么客人。我们的关系平平常常,并不紧张,然而冷淡、空虚、乏味,如同那些早已彼此疏远因而即使一个住在楼上一个住在楼下也没法互相亲近的人一样。先前娜达丽雅·加甫利洛芙娜在我心里激起的那种热烈而又不安宁的爱情,时而甜蜜,时而又像艾草那么苦,如今却不复存在,就连往日的口角、高声的谈话、责难、抱怨、突然发作的

---

① 原文为法语。
② 巴威尔的爱称。

憎恨也已经不存在了(这类发作照例这样结束:我妻子出国旅行或者回娘家去了,我呢,给她稍稍汇一点钱去,不过汇钱的次数很多,为的是要常常刺痛我妻子的虚荣心)。我那骄傲的、爱面子的妻子和她的亲属是靠我的钱养活的,我妻子虽然心里不愿意,却没法拒绝我的钱,这使我心中暗暗痛快,成为排解我的愁闷的唯一安慰了。现在,每逢我们偶尔在楼下过道上或者院子里相遇,我总是点一点头,她也有礼貌地笑一笑。我们谈到天气,说眼下似乎该装双层窗子了,又说有人坐着马车,响着铃铛,顺着堤坝走过去;同时我在她的脸上看出这样的表情:"我对您是忠实的,不会破坏您十分珍爱的您那好名声;您呢,也聪明,不来搅扰我,我们谁也没有对不起谁。"

我对自己反复说:爱情早已在我心里熄灭,我太专心于我的工作,没法认真考虑我对妻子的态度了。可是,唉,这只是我那么想罢了。每逢我的妻子在楼下大声说话,我却注意地听她的说话声,虽然连一个字也听不清。她在楼下弹钢琴,我老是站起来听。遇到她要坐马车出门或者骑马外出,我就走到窗前,等着她从正房走出来,看她怎样坐上马车或者骑上马,从院子里走出去。我觉得我的灵魂里起了一点变化,我生怕我的眼神和我脸上的神情会流露出来。我目送妻子外出,然后盼她回来,好在窗子里再看见她的脸、肩膀、皮大衣、帽子。我心里寂寞、凄凉,为某种事物无限地惋惜,有心趁她不在家到她那些房间里走一走,巴不得我和我的妻子由于性情不合而不能解决的问题赶快靠自然法则来自动解决,也就是,这个美丽的二十七岁女人赶快变老,我的头发赶快变白变秃。

有一回正吃早饭,我的管家符拉季米尔·普罗霍雷奇报告我说,彼斯特罗沃村的农民们已经开始把铺在房顶上的干草揭下来喂牲口了。玛丽雅·盖拉西莫芙娜瞧着我,现出惊骇和困惑的神情。

"我有什么办法呢?"我对她说,"势孤力单呀。我还从来没有感到过像现在这样孤单。我情愿付出昂贵的代价,只求在全县哪怕只找到一个可以依靠的人也行。"

"那您把伊凡·伊凡内奇请来吧。"玛丽雅·盖拉西莫芙娜说。

"真是的!"我想起来,高兴了。"这倒是个办法! 这话有道理①。"我像唱歌似的说着,一边走回书房去给伊凡·伊凡内奇写信。

"这话有道理,这话有道理……"

二

原先,在二十五年到三十五年以前,有许许多多熟人在这所房子里喝酒,吃饭,参加化装舞会,谈情说爱,结婚,絮絮叨叨讲自己所养的良种猎犬和骏马,如今这一大群人却只剩下伊凡·伊凡内奇·布拉京一个还活在人世了。原先他很好活动,谈锋健,嗓门高,易于堕入情网,以思想激烈,面部有一种不但使女人入迷而且也使男人入迷的特别表情而出名。可是现在他衰老、发胖了,等着寿终正寝,谈不到什么思想和表情了。他接到我的信,第二天傍晚就来了,那时候饭厅里的仆人刚刚端来茶炊,矮小的玛丽雅·盖拉西莫芙娜正在切柠檬。

"我见到您很高兴,我的朋友,"我快活地说,迎着他走过去,"不过您越发胖了!"

"我这不是胖,而是肿,"他回答说,"我是让蜜蜂蛰了。"

---

① 原文为法语。

这个自己嘲笑自己肥胖的人带着随随便便的态度伸出两条胳膊搂住我的腰,把他那柔软的、额头上像乌克兰人那样挂着一绺头发的大脑袋放在我的胸口上,发出一串尖细苍老的笑声。

"您倒越发年轻了!"他一面笑一面说,"我不知道您是用什么颜料染您的头发和胡子的,应该给我一点才是。"他呼哧呼哧地喘气,搂住我,吻我的脸。"应当给我一点才是……"他说,"不过,亲爱的,您四十岁了吧?"

"哎,我已经四十六了!"我笑起来。

伊凡·伊凡内奇身上有烛油和厨房里的气味,这气味正好跟他相称。他那肥大、臃肿、呆笨的身躯上紧绷着一件很长的礼服,类似马车夫的长袍,没有纽扣,只有钩子和钩眼,腰身很高;如果他身上有花露水的香气,那倒会叫人奇怪了。他的双层下巴上生着一丛类似牛蒡的胡子,很久没有刮过,肤色发青;他的双眼凸出,他的呼吸总是喘吁吁的,他全身笨拙而邋遢,他的嗓音、笑声和话语都不好听,总之,凭着这些,人们很难认出他就是当年本县的丈夫们担心妻子被他勾去魂的那个身材匀称、招人喜欢、谈吐不俗的人。

"我很需要您,我的朋友,"我说,这时候我们在饭厅里坐下来喝茶,"我有心组织一个赈济饥民的机构,不知道该怎么样着手做起。那么,您也许肯费神出个主意。"

"是啊,是啊,是啊……"伊凡·伊凡内奇说,叹口气,"对,对,对。……"

"我本来不想惊动您,可是说真的,最亲爱的朋友,这儿除了您,我另外简直再也找不到人了。您知道这儿的人都是什么路数。"

"对,对,对。……是啊。……"

我心里暗想:目前要商量的是一件严肃的正事,每个人,不论处于什么地位,也不论私人关系怎样,都可以参加,那我何不把娜达丽雅·加甫利洛芙娜请来呢?

"三个人就凑成一个会了!①"我快活地说。"我们把娜达丽雅·加甫利洛芙娜请来,怎么样?您看如何?费尼雅,"我转过身去对女仆说,"请娜达丽雅·加甫利洛芙娜到楼上我们这儿来一趟,如果可能的话,马上就来。就说有很要紧的事。"

过了一会儿,娜达丽雅·加甫利洛芙娜来了。我站起来迎接她,说:

"原谅我们惊动您,纳塔莉②。我们正在这儿讨论一件很重要的事,我们高兴地想到我们可以借重您来出些好主意,您是不会拒绝我们这种要求的。请坐。"

伊凡·伊凡内奇吻娜达丽雅·加甫利洛芙娜的手,她吻他的前额。然后大家在桌子边坐下,他含着眼泪愉快地瞧着她,向她那边探过身子,又吻她的手。她穿一条黑色连衣裙,头发梳得很仔细,身上带着新洒过的香水的气味,显然她正打算出外拜客或者等人来访。刚才她走进饭厅,毫不拘束,和蔼地对我伸出一只手,而且像对伊凡·伊凡内奇那样对我做出有礼貌的笑脸,这使我满意。然而她讲话的时候,不住地活动手指头,常常猛地往椅背上一靠,吐字很快,这种讲话和动作的浮躁姿态惹得我不痛快,使我想起她的故乡敖德萨,当初我跟那儿的男男女女交往,他们俗不可耐的风度就惹得我厌烦。

"我想为那些饥饿的人做点事,"我开口了,然后沉默一会儿,继续说,"不消说,钱是大事,然而只限于捐款,就此心满意足,那却无异于逃避最主要的麻烦事。帮助饥民应当表现在出钱上,可

---

① 原文为拉丁语。
② 原文为法语。

是主要的却应当表现在正确而认真的组织上。朋友们,让我们来想一想,出点力吧。"

娜达丽雅·加甫利洛芙娜用疑惑的眼光瞧着我,耸耸肩膀,意思好像是说:"这种事我哪儿懂呢?"

"是啊,是啊,饥饿……"伊凡·伊凡内奇喃喃地说,"真的。……是啊。……"

"情况是严重的,"我说,"必须进行火速的赈济。我认为,在我们目前要制定的种种原则当中,头一条就应该是火速。要照军人那样,手疾眼快,猛打猛攻。"

"是啊,要快……"伊凡·伊凡内奇带着倦意,无精打采地说,仿佛快要睡着似的,"可是没有办法呀。庄稼没有收成,空话有什么用。……再怎么手疾眼快、猛打猛攻也还是不行。……这是天时不正。……人总拗不过上帝和命运啊。……"

"是的,然而要知道,人有头脑就是为了跟天时作斗争。"

"啊?是呀。……这话对,对。……是呀。"

伊凡·伊凡内奇拿出手绢蒙住鼻子,打了个喷嚏,精神振作起来,仿佛刚刚睡醒似的,瞧一瞧我和我的妻子。

"我那儿也是一点收成也没有,"他说,尖声笑起来,调皮地眨眨眼睛,好像这种事实际上很滑稽似的,"钱嘛,没有,粮食呢,也没有,可是院子里满是工人,就跟谢烈美契耶夫伯爵家里一样。我打算把他们赶出去,可又好像于心不忍。"

娜达丽雅·加甫利洛芙娜笑起来,开始问伊凡·伊凡内奇家里的事。有她在场,我感到愉快,这是很久以来都没有感到过的。我不敢看她,免得我的目光会泄露我心底的感情。我们的关系已经僵到这样的地步:这种感情反而会显得突兀而且可笑了。我妻子跟伊凡·伊凡内奇有说有笑。尽管她待在我的房间里,尽管我没笑,她却一点也不觉得拘束。

"那么,朋友们,我们怎么办呢?"我等到他们刚一停嘴就开口问道,"我认为,首先我们要赶快征集捐款的人。纳塔莉,我们写信给我们那些在京城和敖德萨的朋友们,要求他们捐款。等我们募到少数款项,我们就着手买粮食和牲口饲料。至于您,伊凡·伊凡内奇,请您费心着手分配赈款。我们指望您在各方面发挥您原有的精明强干的作风,我们只斗胆表示一点愿望,就是您在分发赈款以前,先要到当地仔细了解一下所有的情况。此外,还有一件很重要的事,那就是要认真监督,使得粮食仅仅发给真正急需的人,绝不发给酒鬼、懒汉、倒卖粮食的人。"

"是啊,是啊,是啊……"伊凡·伊凡内奇喃喃地说,"对,对,对。……"

"哎,跟这种糟老头子什么事也谈不成。"我暗想,生气了。

"这些挨饿的人闹得我腻烦死了,滚他们的!他们老是愤愤不平,老是愤愤不平,"伊凡·伊凡内奇接着说,吮着柠檬皮,"挨饿的人对吃饱的人总是愤愤不平。有粮食的人呢,也对挨饿的人愤愤不平。是啊。……人一挨饿就昏了头,变得糊涂,变得野蛮了。饥饿可不是闹着玩的事。挨饿的人又说粗话,又偷东西,也许还要做出更糟的事。……人得理解这些才行。"

伊凡·伊凡内奇喝茶呛着了,咳嗽起来,随后发出像耗子叫那样尖锐的笑声,笑得他喘不过气来,浑身发颤。

"'波尔塔瓦近郊发生过战役!'①"他吃力地说,他又笑又咳嗽,这就妨碍他说话,只有摆动两只手的份儿了,"'波尔塔瓦近郊

---

① 这是一首由不著名的俄国诗人莫尔恰诺夫(1809—1881)作词的歌曲的第一句。这首歌曲写的是在俄国和瑞典之间进行的北方战争(1700—1721)中俄军在波尔塔瓦获胜的事。此处借喻由广大群众参与的轰动一时的事件。——俄文本编者注

发生过战役!'那是在农奴解放①以后大约过了三年,我们这儿两个县里都闹饥荒,如今已经去世的费多尔·费多罗维奇有一次坐车到我家来,约我到他那儿去。'走吧,走吧。'他纠缠不休,就像拿刀架在我脖子上一样。'行,走就走。'我说。好,我们就走了。这发生在傍晚,天正下雪。一直到夜里,我们的马车才走到离他庄园不远的地方,可是忽然间,树林里发出砰的一声枪响,随后又是一声。'嘿,他娘的!'……我跳下雪橇,一看,黑地里有个人朝我跑过来,膝盖没在雪里。我一只手抓住他的肩膀,就像这个样子,一拳打掉他手上的武器,随后又来了一个,我照准他的后脑壳给一拳,那个人哼了一声,鼻子朝下扑在雪地里。那时候我身强力壮,手也重,我一个人抵挡他们两个,再一看,费嘉②正骑在第三个人身上。我们就把这三个坏蛋都抓住,把他们的手倒绑在背后,免得他们再对我们捣乱,然后把这几个蠢货带到厨房里。我们又恨他们,又不好意思看他们:这都是些熟识的农民,好人,谁都会觉得他们可怜。他们呢,简直吓呆了。一个哭着讨饶,一个看上去像头野兽,破口大骂,一个跪下祷告上帝。我就对费嘉说:别怨恨他们,放了他们这些混蛋吧!他就让他们吃饱,给他们每人一普特面粉,放了他们:'走你们的路吧!'事情就是这样的。……祝他升到天堂,永久安息!他明白事理,并没有愤愤不平,可是有些人却愤愤不平,坑害了多少老百姓啊!是啊。……单是克洛奇科夫酒店一案就有十一个人给送去做苦工了。是啊。……现在呢,你看,也有这种事。……法院侦讯官阿尼西英上星期四在我家里过夜,给我讲起一个地主的事。……是啊。……这个地主家谷仓的墙夜里给人捣毁,有二十大袋黑麦被人偷走了。到早晨地主知道家里出了刑

---

① 指1861年沙皇颁布农奴解放令。
② 费多尔的爱称。

事案,就马上给省长打电报,然后又给检察官打电报,给县警察局长打电报,给法院侦讯官打电报。……当然,大家都怕这种惹是生非的人。……长官们紧张起来,闹得天下大乱。有两个村子受到了搜查。"

"容我插一句嘴,伊凡·伊凡内奇,"我说,"我就有二十大袋黑麦被人偷去了,是我给省长打了电报。我还往彼得堡打了电报。可是这完全不是像您所说的那样,出于惹是生非,也不是因为我愤愤不平。我对任什么事情都是首先从原则上看问题的。盗窃,不论是吃饱的人还是挨饿的人干的,在法律上并没有区别。"

"是啊,是啊……"伊凡·伊凡内奇支吾道,发窘了,"当然。……对,是啊。……"

娜达丽雅·加甫利洛芙娜脸红了。

"有这样一些人……"她说,可又住了口;她极力按捺自己,装得全不在意,可又忍耐不住,用一种我十分熟悉的憎恨神情直视着我。"有这样一些人,"她说,"饥饿和人间的痛苦之所以存在,对他们来说,只是给他们一个机会,好让他们向这些受苦的人发泄一通自己那恶劣和无聊的脾气罢了。"

我心慌了,耸了耸肩膀。

"我是想一般地谈谈,"她接着说,"有些人十分冷漠,根本缺乏怜悯心,然而这种人偏不肯放过人间的痛苦,偏要插一杠子,生怕人家缺了他们也能办事。对他们的虚荣心来说,没有一种东西是神圣的。"

"有些人,"我轻声说,"他们固然具有天使般的性格,可是他们表白自己出色的思想所采取的方式,却使人难于分清他们到底是天使还是敖德萨市场上的女小贩。"

我承认,这话说得并不中肯。

我妻子瞧了我一阵,看样子她好像费了不小的劲才没有还嘴。她先是无端地发脾气，随后又对我想帮助饥民的愿望发表一通不恰当的宏论，这至少是不得体的。先前我请她上楼来，原是期望她对我和我的意图会采取完全不同的态度。我不能确切地说明我期望的究竟是什么，可是那种期望使我生出愉快的激动心情。不过现在我看得出，再谈那些饥民却显得困难，而且也许不识趣了。

"是啊……"伊凡·伊凡内奇不得当地喃喃道，"商人布罗夫有四十万家财，也许还不止此数。我就对他说：'你拨出一二十万来周济挨饿的人吧，和我同名的先生。反正你要死的，你死了，那些钱是带不走的。'他生气了。可是话说回来，人人都要死的。死亡可不是闹着玩的啊。"

紧跟着又是沉默。

"这样看来只有一个办法，只好独自一人动手干了，"我说，叹一口气，"这真是所谓势单力薄。哦，好吧！那我试一试孤军作战就是。也许对饥饿作战倒比对冷漠作战顺利得多呢。"

"有人在楼下等我。"娜达丽雅·加甫利洛芙娜说。她从桌旁站起来，转过身对伊凡·伊凡内奇说："那么过一会儿您到楼下我那边去坐坐吧。我还不想跟您告别呢。"

她就走了。

伊凡·伊凡内奇已经喝第七杯茶了，喘吁吁的，吧嗒着嘴唇，时而吮自己的唇髭，时而吮柠檬皮。他带着昏睡的样子，无精打采地唠唠叨叨。我没有听他讲话，只盼着他走。最后，他露出他到我这儿来似乎纯粹是为了饱喝一顿茶的神情，站起来，开始告辞。我送他出去，说：

"那么，您没有给我出什么主意。"

"啊？我是个糟老头子，头脑不中用了。"他回答说。"我能出什么主意呢？您呢，也不该操这份心。……真的，我不知道您为什么要操这份心。您别操心了,我亲爱的!真的,什么事也没有……"他亲热而诚恳地小声说,把我当作孩子似的安慰我,"真的,什么事也没有!……"

"怎么会'什么事也没有'呢?农民已经把房顶上的干草揭下来,而且据说有的地方闹伤寒了。"

"哦,那又怎么样呢?来年会有收成,会有新房顶的。即使我们害伤寒死了,我们死后也还会有另外的人活着。反正人人都得死,不是现在就是以后。您别操心了,我的美男子!"

"我不能不操心。"我生气地说。

我们在灯光微弱的门厅里站住。伊凡·伊凡内奇忽然抓住我的胳膊肘,打算说一句分明很重要的话,默默地看了我半分钟。

"巴威尔·安德烈伊奇!"他轻声说,他那张呆板的胖脸上和他那对深色的眼睛里,突然现出当初那种使他出过名的特别神情,这神情也确实动人。"巴威尔·安德烈伊奇,我凭朋友的身份对您说:改一改您的脾气吧!跟您很难相处!好朋友,很难相处!"

他定睛瞧着我的脸。他那种优美的神情消失了,眼光昏沉了,他无精打采,喘着气,嘟哝说:

"是啊,是啊。……原谅我这个老头子。……我在胡说八道。……是啊。……"

他沉甸甸地走下楼梯,张开两条胳膊好稳住身子,把他那肥大的后背和通红的后脑壳直对着我,给我留下一个活像螃蟹的不愉快印象。

"您应该出外走一趟才是,阁下,"他唠叨说,"到彼得堡去,或者出国去。……您何必住在这儿,虚度黄金般的岁月呢?您是个年轻人,健康,有钱。……是啊。……哎,要是我年轻一点,我就会像兔子似的跑掉,逍遥自在一番!"

三

  我的妻子突然发脾气,这就使我想起了我们的夫妇生活。以前,每次发过脾气以后,我们照例难忍难熬地要去找对方,等到我们见了面,就让我们心上日积月累的炸药统统爆发出来。现在,伊凡·伊凡内奇走后,我也还是一心想去找她。我打算下楼去对她说:她喝茶那当儿的举动侮辱了我,她心狠,她肤浅,她凭小市民的头脑永世也休想了解我说的话和我做的事。我在那些房间里走了很久,寻思该对她说些什么话,揣测她会回答我什么话。

  我感到,在今天傍晚伊凡·伊凡内奇走后,近来使我腻烦的那种心神不宁的情绪,以一种特别恼人的形式表现出来。我坐也不是,站也不是,一个劲儿地走啊走的,同时专挑那些灯火通明的房间走进走出,常常靠近玛丽雅·盖拉西莫芙娜坐着的房间。我的心情很像当年坐船在德意志海上遇到风暴,人人害怕既没有载货又没有压舱物的轮船会翻掉的时候我所体验到的那种心情。这天傍晚我才明白我的心神不宁的情绪并不是以前我所想的那种幻灭感,而是另外一种东西,至于那究竟是什么,我却不明白,这就使得我越发烦躁了。

  "我要去找她,"我决定,"借口是可以编造的。我就说我要找伊凡·伊凡内奇就行了。"

  我走下楼,不慌不忙地踩着地毯穿过门厅和大厅。伊凡·伊凡内奇坐在客厅里一张长沙发上,又在喝茶,唠叨。我的妻子站在他对面,扶着一把圈椅的椅背。她脸上有一种安静的、入迷的、依顺的神情,就跟人们倾听疯修士或傻子讲话,揣测他们那些无聊的话语和唠叨里隐含着什么特殊的意义一样。我觉得我妻子的神情和姿态有点精神病人或者修女的味道,她那些不高的、半明半暗的、十分温暖的房间以及古老的家具、在笼子里睡熟的鸟、天竺葵的香气,总使我联想到女修道院长或者年老而笃信宗教的将军夫人的房间。

我走进客厅。我妻子既没有表现出惊奇,也没有表现出慌张,光是严厉而镇静地瞧着我,仿佛知道我会来似的。

"对不起,"我柔声说,"您还没走,我很高兴,伊凡·伊凡内奇。刚才在楼上我忘记问您:您知道我们地方自治局执行处主席的本名和父名吗?"

"安德烈·斯坦尼斯拉沃维奇。是啊。……"

"谢谢①。"我说,从衣袋里拿出小本子,记下来。

接着是沉默,在沉默当中我的妻子和伊凡·伊凡内奇大概在等我走。我的妻子不相信我要打听地方自治局执行处主席的名字,这我从她的眼神里看出来了。

"那么我要走了,美人儿。"伊凡·伊凡内奇喃喃地说,这时候我已经在客厅里走了一两个来回,在壁炉旁边坐下了。

"不,"娜达丽雅·加甫利洛芙娜很快地说,碰一碰他的手,"再坐一刻钟。……我求求您。"

她分明不愿意没有外人在座,单独跟我待在一块儿。

"好吧,我也等一刻钟就是,"我想。

"哦,下雪了!"我说,站起来,看着窗外。"好一场雪!伊凡·伊凡内奇,"我接着说,在客厅里走来走去,"我很惋惜我自己不是猎人。我想象得出,在这种下雪天追逐兔子和野狼是多么痛快!"

我妻子站在原地不动,也没回过头来,光是斜起眼睛跟踪我的动作,从她的神情看来,好像我衣袋里藏着尖刀或者手枪似的。

"伊凡·伊凡内奇,您好歹带我去打一回猎吧,"我接着柔声

---

① 原文为法语。

说,"我会十分十分感激您的。"

　　这时候有客人走进客厅里来。他是一位我不认识的先生,年纪四十上下,又高又壮,头顶光秃,生一把淡黄色大胡子和一对小眼睛。凭他肥大而有皱褶的大衣,凭他的风度看来,我觉得他是个教堂里的诵经士或者教员,可是我妻子向我介绍说,他就是索包尔大夫。

　　"跟您相识很高兴,很高兴!"大夫用男高音大声说,紧紧握住我的手,天真地微笑着,"很高兴!"

　　他在桌旁坐下,拿起一杯茶,大声说:

　　"您这儿或许有朗姆酒①或者白兰地吧?劳驾,奥丽雅,"他对使女说,"到柜子里找一下。我冻坏了。"

　　我又在壁炉旁边坐下,看着,听着,偶尔在大家谈话当中插一句嘴。我妻子对客人们做出殷勤的笑脸,警惕地盯住我,如同盯住野兽似的。有我在场,她觉得苦恼,这在我心里引起嫉妒、烦恼和有意使她痛苦的顽强愿望。我暗想:我的妻子啦,这些舒适的房间啦,壁炉旁边那一小块暖和地方啦,本来都归我所有,而且很久以来一直是我的,可是不知什么缘故,这个头脑昏聩的伊凡·伊凡内奇或者索包尔对这些东西倒比我有更大的权利。现在我不是站在窗口看到我的妻子,她就在我身边,在普通的家庭氛围中,而这种氛围是我眼前上了年纪的时候所需要的。尽管她恨我,我却恋着她,就跟从前我小时候恋我的母亲和奶妈一样。我觉得虽然如今我临近老年,可是我比以前更纯洁、更高尚地爱她了。也正因为这个缘故,我才想走近她,用鞋后跟更加使劲地踩她的鞋尖,让她吃一下苦,同时我却微微地笑。

---

　　① 用甘蔗汁发酵和蒸馏酿成的烈性酒精饮料。

265

"叶诺特先生①,"我转过身去对大夫说,"我们县里有几个医院?"

"索包尔……"我妻子纠正说。

"有两个,先生。"索包尔回答说。

"那么每个医院里一年要死多少人?"

"巴威尔·安德烈伊奇,我有话要跟您讲,"我妻子对我说。

她向客人们告个罪,走到隔壁房间去了。我站起来,跟着她走出去。

"您马上回到楼上您的房间去。"她说。

"您太无礼了。"我说。

"您马上回到楼上您的房间去。"她又尖刻地说一遍,带着憎恨的神情瞧我的脸。

她站得那么近,要是我略微弯下一点腰,我的胡子就会碰着她的脸。

"不过,这是怎么回事?"我说,"我什么地方忽然出毛病了?"

她下巴开始发抖,匆匆忙忙擦一下眼睛,顺便照了照镜子,小声说:

"老一套又来了。您,当然,是不肯走的。好,那也随您的便。我自己走,您留在这儿好了。"

她带着果断的脸色回到客厅,我呢,耸动着肩膀,极力做出讥诮的笑容,也回到客厅。这儿已经来了新的客人,是一位上了年纪的太太和一个戴着眼镜的年轻人。我没有跟新客人打招呼,也没有向旧客人告辞,就走回我的房间去了。

自从喝茶的时候出了点事,后来在楼下又接连出了一些事以后,我心里才明白:近两年来我们已经开始淡忘的我们那种"家庭

---

① 浣熊先生(叶诺特在俄语里的原意是"浣熊")。

幸福",由于一些微不足道的无聊原因,如今卷土重来了。不论我或者我的妻子,都没法制止自己。我依据往年的经验来下判断,这种憎恨一旦爆发,明天或者后天就会出现一种可憎的局面,打乱我们生活的全部秩序。我开始在我那些房间里走来走去,同时暗想:这样看来,这两年我们并没变得聪明点,冷静点,沉稳点。这样看来,又要有眼泪啦,嚷叫啦,咒骂啦,皮箱啦,出国啦,然后就是连绵不断的、病态的恐惧,生怕她在那边,在国外,跟意大利或者俄国的花花公子相好,玷辱我的名声,随后又是我拒绝给她身份证,又是信札往返,又是彻底的孤独,又是对她的想念,于是,五年之后,我衰老,头发灰白了。……我走来走去,暗自想象一种不可能的事:她又漂亮又丰满,搂着一个我不认得的男人。……我这才相信,这种事是势必要发生的,就抱着绝望的心情问自己:为什么过去,在长年的吵架当中,我没有一次对她提出过离婚呢?或者,为什么她当时没有一下子离开我,从此不回来?为什么?如果是那样的话,现在我就不会对她眷恋,不会有憎恨和不安,我就会平心静气,什么也不想,专心做我的工作,过完一辈子了。……

一辆挂着两盏灯的马车驶进院子,随后又来了一辆由三匹马拉着的、宽大的雪橇。显然我的妻子在举办晚会。

午夜以前,楼下一直安安静静,我什么也没听见,可是到了午夜,椅子纷纷挪动,餐具叮当乱响。这样看来,楼下开晚饭了。后来,椅子又纷纷挪动,我隔着地板听到一片喧哗声,他们似乎在欢呼。玛丽雅·盖拉西莫芙娜已经睡觉了,整个楼上只有我一个人。客厅墙上挂着的那些肖像画上,我的祖先们,那些渺小而残忍的人,瞪起眼睛瞧着我。我书房里那盏灯映在窗玻璃上,不愉快地眨着眼。我对楼下的种种情形生出又羡慕又嫉妒的心情,一面听一面想:"我是这儿的主人,只要我有心,我就能在一分钟里把这伙可敬的人统统赶走。"可是我知道这是胡思乱想,我没法赶走任何人,"主人"这两个字毫无意义。人尽可以随自己的高兴,认为自己是主人,结过婚,有钱,担任少年侍从,可是却不知道这有什么意义。

晚饭后,楼下有个男高音唱起歌来。

"其实,并没有出什么了不得的事!"我说服自己,"我何必这么激动呢?明天我不到楼底下去找她就行了,我们的争吵也就结束了。"

一点一刻,我走去睡觉。

"楼下客人都散了吗?"我问阿历克塞说,他在给我脱衣服。

"是的,老爷,散了。"

"刚才他们为什么欢呼?"

"阿历克塞·德米特利奇·玛霍诺夫捐给挨饿的人一千普特面粉和一千卢布现款。还有一位老太太,我不知道她老人家的姓名,答应在她的庄园上办一个食堂,供一百五十个人吃饭。谢天谢地。……娜达丽雅·加甫利洛芙娜当下决定,要所有的老爷太太每星期五来聚会一次。"

"就在这儿楼底下聚会?"

"是的,老爷。晚饭以前,他们念过一张单子:从八月起到今天,娜达丽雅·加甫利洛芙娜已经收齐八千卢布,粮食除外。谢天谢地。……我是这样想,大人,要是太太肯为拯救她的灵魂多费点心,那她还会收到许多钱。这儿阔人多的是。"

我把阿历克塞打发走,然后吹熄灯火,拉过被子来,蒙住头。

"其实,我又为什么这样心神不宁呢?"我想,"是什么力量推动我,像飞蛾扑火似的,去为挨饿的人们奔忙?是啊,我并不认识他们,也不了解他们,从来都没见过他们,也不喜欢他们。那么这种心神不宁是怎么来的呢?"

我忽然在被子底下抬起手来,在胸前画个十字。

"不过,她是怎么回事呢?"我想到我的妻子,对自己说,"她瞒着我,在这所房子里办了一个正儿八经的委员会。何必瞒着我?为什么他们串通一气?我有什么地方对不住他们呢?"

伊凡·伊凡内奇说得对:我得离开此地才对!

第二天我醒过来,就下定决心:干脆走掉。昨天的种种情形,例如喝茶时候的谈话啦,我的妻子啦,索包尔啦,晚饭啦,我的恐惧啦,都使我十分苦恼。我暗自庆幸很快就可以脱离这个环境,不会再为那些事伤脑筋了。我喝咖啡的时候,总管符拉季米尔·普罗霍雷奇冗长地向我报告各种事务。他把最愉快的消息留到最后讲出来。

"那些偷我们黑麦的贼已经捉到了,"他报告说,微微笑着,"昨天法院侦讯官在彼斯特罗沃村抓走三个农民。"

"滚出去!"我勃然大怒,对他喊道。我无缘无故拿起装饼干的筐子,往地板上一摔。

四

早饭后,我搓着手暗想:我得上我妻子那儿去一趟,通知她说我要离开此地。不过,干吗要去通知?谁要知道这种事?接着,我又回答自己说,这种事固然谁也不想知道;但是为什么不去跟她说一声呢,更何况这个消息不会给她别的,只会使她愉快?再者,昨天吵过架,现在一句话也不说就走掉,未免不大妥当,她也许会以为我怕她,说不定她还以为这是她把我从我家里排挤出去的,心里会很不好受呢。我也不妨通知她,说我捐助五千,并且在组织工作方面给她提出一些意见,预先警告她说,她由于缺乏经验,干这样复杂而责任重大的工作可能造成极其可悲的后果。一句话,我一心想去找我的妻子。我想出各种借口好去找她,这时候我心里已经打定主意,非去见她不可。

我走去找她的时候,天还亮着,没有点灯。她在她的工作室里坐着,那个房间是客厅和卧室之间的一个穿堂屋。她坐在桌旁,低着头,正在很快地写什么东西。她一看见我,就打了个哆嗦,从桌旁走过来,站住,从她的姿势看得出,她好像要拦住我,不许我去碰她的纸似的。

"对不起,我只耽搁您一会儿工夫,"我说,不知为什么发窘了,"我偶然听说您,纳塔莉,正在办理赈济饥民的事。"

"是的,我在办。不过这是我的事。"她回答说。

"对,这是您的事,"我柔声说,"我为这件事高兴,因为它完全合乎我的心意。我请求您允许我参加这个工作。"

"对不起,我不能答应您参加。"她回答说,眼睛看着一旁。

"这是为什么,纳塔莉?"我轻声问道,"为什么呢? 我也穿得暖,吃得饱,也想帮助挨饿的人。"

"我不知道您跟这件事有什么相干,"她说,冷冷地一笑,耸起一个肩膀,"谁也没有请您干这个工作。"

"也没有人来请您啊,可是您在我家里却办了一个地地道道的委员会!"我说。

"有人来要求过我,不过您可以相信我的话:不论什么时候也不会有人来要求您。请您到人家不认识您的地方去帮助人吧。"

"看在上帝分上,不要用这种口气跟我讲话。"

我极力表现得温和,用尽我心灵的全部力量要求我自己不要失去冷静。起初的几分钟,我在妻子身旁感到很愉快。有一种柔和的、家庭的、青春的、女人的、极其优雅的气息向我扑来,这些正是我在楼上以及一般说来我在生活里所十分缺乏的。我妻子穿一条粉红色法兰绒的宽大连衣裙,这使她显得分外年轻,而且给她那种急促而且有的时候显得突兀的动作添上了柔和的色彩。她那头好看的黑发,以前我一看见,心里就会生出热情,此刻却由于她坐在那儿低头写了很久,已经披散开来,显得很乱,不过这样一来我倒觉得越发蓬松漂亮了。可是话说回来,这一切都平平常常,甚至到了庸俗的地步。我面前站着的是一个普通的女人,也许并不美丽,也不优雅,不过她是我的妻子,以前我跟她一块儿生活过,要不是她那种不幸的性格,也许直到今天还跟她生活在一块儿呢。她要算是全世界我所爱的唯一的人了。如今我在临动身以前,知道此后即使隔着窗子也看不到她了,因此哪怕她严峻而冷淡,带着骄傲而鄙夷的笑容回答我的话,我也还是觉得她迷人。我为她骄傲,暗自承认:离开她是可怕的,而且是不可能的。

"巴威尔·安德烈伊奇,"她沉默一会儿,说,"我们有两年谁也不管谁的事,平静地过下来了。为什么您现在突然想回到旧日去呢?昨天您来侮辱我,弄得我下不了台,"她接着说,提高声音,涨红了脸,眼睛里射出憎恨的光芒,"不过,您该克制自己,不要这样做,巴威尔·安德烈伊奇!明天我递一个呈文上去,他们会发给我身份证,那我就走,走,走!我要进修道院,进寡妇院,进养老院……"

"进疯人院!"我忍不住嚷道。

"哪怕进疯人院也成!那倒更好!那倒更好!"她继续叫道,两只眼睛闪闪发光,"今天我到彼斯特罗沃村去过一趟,我羡慕那些挨饿而有病的村妇,因为她们不是跟您这样的人一块儿过日子。她们诚实、自由,我呢,多承您厚爱,成了寄生虫,在闲散中沉沦。我吃您的面包,花您的钱,用我的自由和忠实来报答您,而那种忠实却是谁也不需要的。由于您不给我身份证,我就得保护您的好名声,其实您并没有什么好名声。"

我应该沉默才对。我就咬住牙关,快步走到客厅去,可是立刻又走回来,说:

271

"我恳切地要求您,以后不要再在我的家里聚合这么一帮人,串通一气捣鬼,搞什么秘密活动!我只准许我熟识的人到我家里来,至于您周围的那些混蛋们,如果他们愿意办慈善事业,那就让他们另找地方。我可不允许外人天天晚上在我家里由于能够利用像您这样的精神病人而高兴得大喊大叫!"

我妻子脸色惨白,绞着手,像害牙痛那样不住地呻吟,快步从这个墙角走到那个墙角。我摆一下手,走进客厅。我满腔怒火,透不过气来,同时我又发抖,生怕我一时忍不住而做出什么事或者说出什么话来害得我抱恨终身。我用力握紧自己的手,想借此遏制自己。

我喝了点水,略略定下心来,又回到我妻子那边去。她照先前那种姿势站着,仿佛要拦住我,不让我去碰那张铺在桌子上的纸似的。眼泪顺着她那冷峻苍白的脸慢慢地流下来。我沉默一会儿,不再气愤了,沉痛地对她说:

"您多么不了解我!您对我多么不公平!我凭我的人格起誓:我原是带着纯正的动机,一心抱着做好事的愿望来找您的!"

"巴威尔·安德烈伊奇,"她说,把两只手放在胸前,脸上现出受苦的、恳求的神情,好像一个担惊受怕的、啼哭的孩子要求免除惩罚似的,"您会拒绝我,这我清楚地知道,不过我还是要请求您。请您强迫自己哪怕一辈子当中只做这一回好事。我请求您离开此地!这是您为挨饿的人们所能做的唯一的事情。您真走开,我就会原谅您的一切,一切!"

"您不该侮辱我,纳塔莉,"我说,叹了口气,觉得心头突然涌起一股特别的温情,"我本来已经决定走了,不过,在我没有为饥民做一点事以前,我不能走。这是我的责任。"

"唉!"她轻声说,不耐烦地皱起眉头,"您能造出一条出色的铁路或者一座出色的桥,可是为挨饿的人们,您却什么事也做不成。您要明白这一点！"

"真的吗？昨天您责备我冷漠，责备我缺乏怜悯心。您可真是了解我！"我冷笑说，"您信仰上帝，那么请上帝做证，我一天到晚心神不定。……"

"我看得出您心神不定，然而这跟饥荒和怜悯毫不相干。您心神不定，是因为那些挨饿的人没有您也能活下去，因为地方自治局以及一切赈灾的人并不需要您的指导。"

我沉默了一会儿，好压下我心里的怒火，然后我说：

"我来是为了跟您谈正事的。请坐。我请求您坐下。"

她没坐下。

"坐下吧，我请求您！"我向她指了指椅子，又说一遍。

她坐下了。我也坐下，想了想，说：

"请您认真地对待我说的话。您听着。……您出于对人们的爱心，承担了赈济饥民的组织工作。对这件事，当然，我一点也不反对，而且十分同情您。不管我们的关系怎样，我还是准备处处跟您合作。可是，尽管我尊重您的头脑和心灵……心灵，"我又说一遍，"我却不能容许赈灾的组织工作这种困难复杂而又责任重大的事情完全交给您一个人来承担。您是女人，您缺乏经验，不了解生活，过于信任别人，意气用事。您让自己被一些您完全不了解的助手们所包围。我毫不夸张地说，在这种情况下，您的活动将不可避免地造成两种可悲的后果。第一，我们县里的人仍旧会丝毫得不到救济。第二，您不但要以您自己的钱袋，而且要以您的名誉来抵偿您的错误和您的助手们的错误。赈款的滥用和亏空就算由我来补偿，可是谁会把好名声偿还您呢？日后，由于不健全的监督和疏忽，有人散布谣言，说是您，因而还有我，在这个工作上中饱了二十万，难道您那些助手会来帮您的忙吗？"

她不说话。

"我并不是像您所说的那样出于虚荣心,"我接着说,"我是纯粹出于利害上的考虑,免得饥民得不到赈济,免得您失掉好名声,才认为我有道义上的责任干预您的工作。"

"请您说得简单一点。"我妻子说。

"请您费神,"我接着说,"给我看一看到今天为止您已经收到多少捐款,支出多少。此后您天天把每项新的进款或者实物,每项新的开支都告诉我。您,纳塔莉,再给我抄一份您的助手的名单。也许他们都是十足正派的人,这我不怀疑,然而仍旧需要进行调查。"

她不开口。我站起来,在房间里走来走去。

"那么我们就动手工作吧。"我说,在她的桌旁坐下。

"您这些话都是当真的吗?"她问,带着困惑而惊恐的神情瞧着我。

"纳塔莉,请您仔细考虑一下!"我从她的脸色看出她要抗议,就用恳求的声调说,"我求求您,请您充分相信我的经验和正直!"

"我仍旧不懂您要怎么样!"

"请您给我看一下您已经收齐多少钱,支出多少钱。"

"我没有秘密。人人都可以看。您管自看吧。"

桌上放着大约五本学生用的练习簿、几张写满字的信纸、一张本县的地图、许多大小不等的纸片。天色黑下来了。我点上一支蜡烛。

"对不起,我此刻什么也看不明白,"我翻着练习簿说,"您收进的捐款统计表在哪儿?"

"这可以从认捐单上看出来。"

"不错,可是要知道,统计表也是必要的!"我说,对她的天真微微一笑,"您收到捐款和实物的时候,人家附来的信都放到哪儿去了?请原谅①,我要提出一个小小的切合实际的指示,纳塔莉,

---

① 原文为法语。

这些信必须保存起来。您得把每封来信编上号码,登记在一份单独的报表上。您自己寄出去的信也得这样办。不过这些都由我自己来做好了。"

"您做吧,您做吧……"她说。

我很满意自己。我喜欢这种有生气而又有趣味的工作、这张小桌子、这些朴素的练习簿以及跟我妻子同做这种工作的快乐;可是我又怕我的妻子忽然拦住我,怕她突然变卦而打乱一切,因此我忙着收拾那些东西,极力控制自己,不去理会她的嘴唇在发抖,她像被捉住的小野兽那样惊恐狼狈地往四下里看。

"听我说,纳塔莉,"我说道,眼睛没看着她,"请您容许我拿着这些纸张和练习簿回到楼上我的房间去。我在那儿检查一下,了解一下,明天再把我的意见告诉您。另外您还有别的文件吗?"我把那些纸张和练习簿收拾在一起,问道。

"您拿去,统统拿去吧!"我妻子说,帮我把文件叠好,大颗的眼泪顺着她的脸流下来,"统统拿去吧!生活留给我的只有这一点点了。……您就把这一点点也抢走吧。"

"唉,纳塔莉,纳塔莉!"我带着责备的口气叹道。

她有点手忙脚乱,她的胳膊肘碰着我的胸膛,她的头发擦着我的脸。她匆匆拉开书桌抽屉,从中取出一些纸张,对着我往桌子上一丢。这当儿有些零钱掉在我的膝头上,然后落到地下。

"统统都拿去吧……"她用沙哑的声音说。

她丢完了纸张,从我身边走开,两只手抱着头,倒在躺椅上。我拾起那些零钱,放回抽屉,然后关上抽屉,免得引诱仆人犯罪。随后,我把所有的纸张都抱在怀里,走回我的房间去了。我走过妻子身旁,停下来,瞧着她的后背和颤抖的肩膀,说:

"您简直还是个孩子啊,纳塔莉!哎哎!您听我说,纳塔莉:等到您明白这个工作多么严肃,责任多么重大,您首先就会感激我。我敢对您起誓。"

我回到自己的房间,不慌不忙地整理那些文件。练习簿没有装订,纸页没有编号。登记是由不同的笔迹写成的,显然不论是谁,只要高兴,都可以使用这个练习簿。捐助实物项下,没有注明产品的价钱。可是,对不起,如今黑麦的价钱固然是一卢布十五戈比,可是过两个月却可能涨价,成为两卢布十五戈比了。怎么可以这样办事呢?其次,"付索包尔三十二卢布",这是什么时候付的?为什么付的?证明文件在哪儿?什么也没有,怎么也弄不懂。万一日后打官司,这些纸张反而会弄得案情不明。

"她多么幼稚啊!"我惊讶地想,"她简直是个孩子啊!"

我又烦恼又好笑。

五

我的妻子已经收齐八千,再加上我的五千,一共是一万三。作为开端,这已经很好了。这个本来使我感兴趣,同时弄得我放心不下的工作现在总算落在我手里了。我在做一件别人不肯做而且也不会做的工作,我在尽我的责任,我在筹划正确严肃的赈济饥民的办法。

一切都似乎进行得合乎我的意图和愿望,可是为什么我那种心神不宁的情绪始终没有离开过我?我一连四个钟头检查我妻子的文件,了解它们的意义,改正它们的错误,可是我非但没有感到安慰,反而觉得仿佛有人站在我的身后,用粗糙的手心摩挲我的后背似的。我还缺什么呢?赈济的组织工作已经落在可靠的人手里,饥民可以吃饱了,那还需要什么呢?

四个小时的轻松工作不知什么缘故弄得我很累,我没法再埋下头坐在这儿,没法再写下去了。楼下偶尔传来闷声闷气的呻吟,那是我的妻子在哭。那个老是脾气温顺、带着睡意、假仁假义的阿历克塞不时走到我的桌子跟前,把蜡烛摆好,有点古怪地瞧着我。

"不行,我得离开此地!"我终于暗自决定,这时候我已经累极了,"要躲开这些烦心的事,走得远远的。我明天就动身。"

我把纸张和练习簿收拾好,到我妻子那儿去。我带着十分疲劳和衰弱的感觉,用两只手把纸张和练习簿压在胸上,穿过我的卧室,看见我的皮箱,这时候那哭泣的声音隔着地板传到我这儿来。……

"您是少年侍从吗?"有人在我的耳朵旁边问道,"久仰久仰。不过您仍旧是个坏蛋。"

"这全是胡说,胡说,胡说……"我一面走下楼梯,一面嘟哝着,"胡说。……至于我爱面子,有虚荣心,那也是胡说。……这都是废话!难道我为饥民出了力,人家就会给我一个星章,或者提升我去做部长?胡说,胡说!而且在乡下,我向谁去夸耀这种虚名呢?"

我累了,累得很,有一句话老是在我的耳边轻轻响着:"久仰久仰。不过您仍旧是个坏蛋。"不知什么缘故,我想起以前小时候念过的一首古诗,里面有一行:"做一个好人是多么愉快啊!"

我的妻子照先前那种姿势伏在躺椅上,脸朝下,两只手抱住头。她在哭。她身旁站着一个使女,现出惊恐和迷惑的脸色。我把使女打发走,把纸张放在桌子上,沉吟一下,说:

"您的公文都在这儿,纳塔莉。一切都有条有理,一切都挺好,我很满意。明天我要走了。"

她仍旧哭个不停。我走进客厅,在那儿的黑暗里坐下来。我妻子的涕泣和她的叹息是对我的一种责难。我为了开脱自己,就回想我们这场争吵的经过,从我的头脑里出现倒霉的念头,要邀我妻子上楼共同商量起,直到这些练习簿和哭泣为止。这是我们夫

277

妻间仇恨的老毛病又发作了,既不像样子又毫无意义,此种情况在我们婚后的生活当中是屡见不鲜的。可是如今为什么把饥民也牵连进来呢?他们怎么会成了我们争执的原因呢?这倒像是我们互相追逐着,无意间跑到圣坛上,就在那儿吵起架来似的。

"纳塔莉,"我在客厅里轻声说,"别哭了,别哭了!"

为了止住她的哭声,结束这个痛苦的局面,我应当走到妻子跟前,安慰她、亲近她,或者对她赔罪才是。可是我该怎样做才能使她相信我呢?我怎样才能叫一个生活得不自由而且痛恨我的野小鸭相信我喜欢它,同情它的痛苦呢?我从来也不了解我的妻子,所以从来也不知道该跟她谈些什么,该怎样谈才对。她的外貌我知道得很清楚,而且给予它正确的评价,可是她的内心活动或者精神世界、她的智慧、世界观、经常变化的情绪、充满憎恨的眼睛、高傲、有的时候使我惊讶的读书热情,或者比方说,像昨天那样的修女神态,在我都是不熟悉和不了解的。每逢我们发生冲突,我想确定她究竟是什么样的人,我的心理学总是只限于确定她任性,不严肃,具有不幸的性格,按女人的逻辑办事,似乎这在我已经完全够了。可是目前她一哭,我却又生出满腔的热望,想多了解她一点才好。

哭声停了。我走到妻子那边去。她坐在躺椅上,两只手支着头,深思地、呆呆地瞧着烛火。

"我明天早晨要走了。"我说。

她沉默。我在房间里走来走去,叹口气,说:

"纳塔莉,先前您要求我离开此地,您总是说,您会原谅我的一切,一切。……可见您认为我对不起您。我请求您冷静下来,用短短几句话概括我有什么对不起您的地方。"

"我累了。以后再谈吧……"我的妻子说。

"我有什么过错呢?"我接着说,"我做过些什么错事呢?如果说,您年轻、美丽、希望生活,我的年纪却差不多比您大一倍,您憎恨我;那么,这难道是我的过错吗?我并没有强迫您跟我结婚啊。不过呢,也罢,如果您希望过自由的生活,想走,那么我给您自由就是。您尽管走,您要爱谁就爱谁。……我甚至可以跟您办离婚手续。"

"我并不需要这些,"她说,"您知道,以前我一直爱您,老是认为我的年纪比您小。这都不算一回事。……您的过错并不是您年纪大而我年纪小,也不是我一过上自由的生活就可以爱上别人,而在于您是一个难以相处的人,是利己主义者,内心充满憎恨的人。"

"我不知道。也许是这样。"我说。

"您走吧,劳驾。您打算把我数落到明天早晨去,可是我预先声明,我很累,没有力气回答您的话了。您答应过,说要离开此地,我很感激您,此外我不需要什么了。"

我妻子叫我走,然而要做到这一点,在我却不容易。我感到浑身无力,害怕我那些不舒适的而且讨厌的大房间。从前我小时候,遇到我身上有什么地方疼痛,我总是偎到母亲或者奶妈身边,把脸藏在她们衣服暖和的皱褶里,觉得好像避开疼痛了。现在,不知什么缘故,我也有那样的感觉,我只有在这个小房间里,在我妻子身旁,才能摆脱我那种心神不宁的情绪。我坐下来,把手放在眼睛上,遮住亮光。四下里静悄悄的。

"您有什么过错?"我妻子沉默很久,然后抬起闪着泪光的红眼睛瞧着我,问道。"您受过良好的教育,很有教养,为人十分正直,公平,有原则,可是在您身上这一切却造成这样一种后果:不管您走到哪儿,您总是带去憋闷和压抑,弄得人感到非常屈辱、难堪。您的思维方式是纯正的,因此您憎恨全世界。您憎恨有信仰的人,因为信仰是不开化和无知的表现,同时您又憎恨缺乏信仰的人,因为他们没有信仰,没有理想。您憎恨老人,因为他们落后和保守;

您也憎恨青年,因为他们具有自由思想。人民的利益和俄国的利益在您是宝贵的,所以您憎恨人民,因为您怀疑每个人都是贼,都是强盗。您憎恨一切人。您公平,您站在合乎法律的立足点上,所以您经常跟农民和邻居们打官司。您给人偷去二十大袋黑麦,您由于热爱秩序而把农民们告到省长和一切长官那儿,又把当地的长官告到彼得堡去。好一个合乎法律的立足点!"我妻子说着,笑起来,"根据法律,而且为了维护道德的利益,您不给我身份证。居然有这样的道德,这样的法律,弄得一个年轻健康而有自尊心的女人在闲散中,在痛苦中,在经常的恐惧中消磨岁月,她所得到的无非是一个她并不爱的人所供应的膳食和住所而已。您精通法律,很正直,很公平,尊重婚姻和家庭基础,可是这一切却造成这样一种结果:您一辈子也没有做过一件好事,人人都恨您,您跟所有的人都处得不和睦。您结婚有七年了,跟您的妻子同居却连七个月也不到。您没有妻子,我也没有丈夫。跟您这样的人是没法共同生活的,谁都会受不了。起初那些年,我跟您在一块儿觉得害怕,如今却只觉得害臊。……最好的岁月就这样虚度过去了。那些年我只顾跟您吵闹,却弄得自己的脾气很坏,变得尖刻、粗鲁、胆怯、不信任人了。……哎,说这些有什么用!难道您真想了解这些?您走开吧,求上帝保佑您!"

我妻子在躺椅上躺下,沉思起来。

"可是,我们本来可以过到多么美好,多么使人羡慕的生活啊!"她轻声说,沉思地瞧着灯火,"那会是什么样的生活呀!现在却没法挽回了。"

要是有谁冬天在农村居住过,领略过那些冗长、乏味、安静的傍晚,看到连狗也烦闷得不肯吠叫,似乎时钟也懒得滴答滴答响了,要是有谁在这样的傍晚给醒来的良心惊扰得心乱如麻,神魂不定地从这个地方走到那个地方,时而要压制自己的良心,时而要弄清楚它是怎么回事,那他一定会理解在那舒适的小房间里响起一个女人的嗓音,说我是一个坏人的时候,我会感到多么快乐,多么欢喜。我不明白我的良心需要什么,可是我的妻子倒像翻译家似的,按照女人的方式清清楚楚地对我阐明了我的心神不宁的含义。如同我以前心情极其不安的时候常常发生的情况一样,我猜出,整个关键并不在于那些饥民,而在于我没有成为一个我应该成为的人。

我妻子费力地站起来,走到我跟前。

"巴威尔·安德烈伊奇,"她说,凄凉地微笑着,"请您原谅,我不相信您的话,您是不会离开此地的。不过我再请求一次。这些东西,"她指着她那些文件说,"随您说它们是自欺,是女人的逻辑,是错误,都由您,可是请您不要再管我的事。生活里给我留下的只有这一点点了。"她背过脸去,沉默了一会儿。"以前,我什么也没有。我在跟您争吵上耗尽了我的青春。现在我总算抓到这个工作,我活过来了,我幸福了。我觉得,我找到这个工作就仿佛找到了我生活下去的正当理由似的。"

"纳塔莉,您是一个有思想的好女人,"我说,热情洋溢地瞧着我的妻子,"您做的事和您说的话都美好而且聪明。"

为了掩盖我的激动,我在房间里走来走去。

"纳塔莉,"过了一分钟,我接着说,"我临行前,想要求您:作为一种特别的照顾,帮助我为那些饥民做点事!"

"我能帮什么忙呢?"我妻子说,耸一耸肩膀,"也许只有认捐单能帮您忙吧?"

她在那些纸里翻一阵,找到了那张认捐单。

"您捐点钱吧,"她说,从她的口气可以听出她并不十分看重她这张认捐单,"除此以外,您不可能用别的方式参加这个工作了。"

我拿过那张纸来,写上:"匿名氏,五千。"

"匿名氏"三个字带有一种不好的、作假的、虚荣的意味,然而这是我一直到发现妻子满脸通红,匆匆地把这张纸塞进那堆纸里的时候才体会到的。我们两个人都害臊了。我感到我无论如何也得马上把这件不妥当的事弥补一下才成,否则以后我到火车上,到彼得堡,还是会觉得羞愧。可是怎么样弥补呢?该说什么话呢?

"我赞成您的工作,纳塔莉,"我诚恳地说,"我祝您一切顺利。不过,请您容许我在临别的时候给您进一个忠告。纳塔莉,您对索包尔,一般地说对您的助手们,都要小心提防,不要轻易信任他们。我并不是说他们不老实,不过他们都不是贵族,都是些没有思想的人,他们没有理想和信仰,没有生活目标,没有明确的原则,他们生活的全部意义就在于卢布。卢布,卢布,卢布!"我说着,叹口气,"他们喜欢那种轻易到手和白白得来的面包,在这方面他们越是受过教育,对工作却越是危险。"

我的妻子走到躺椅那儿,躺下来。

"思想啦,有思想原则啦,"她无精打采,勉强地说,"原则性啦,理想啦,生活目标啦,原则啦……每逢您要糟蹋人,侮辱人,说不中听的话,您总是用这些辞藻。您就是这么个人!如果容许您带着这种见解,带着这种对人的态度参加工作,那无异于头一天就把工作弄得一败涂地。现在该明白这一点了。"

她叹口气,沉默一会儿。

"这是性情粗鲁,巴威尔·安德烈伊奇,"她说,"您受过教育,有教养,可是实际上您还是个……西徐亚人①!这是因为您过的是闭塞的、充满憎恨的生活,什么人也看不见,而且除了工程书以外,您什么书也不看。可是,好人有的是,好书有的是!是

---

① 公元前7世纪至公元3世纪黑海北岸的草原游牧民族,在此借喻野蛮人。

的。……不过我累了,说话吃力了。我得睡觉了。"

"那我走了,纳塔莉。"我说。

"好,好。……谢谢。……"

我呆站了一会儿,回到楼上我的房间去。过了一个钟头,那是一点半钟,我举着蜡烛又走下楼,打算跟我的妻子谈话。我不知道我要对她说什么,可是觉得我有重要的、非说不可的话要对她说。她不在工作室里。她卧室的房门关紧了。

"纳塔莉,您睡了吗?"我轻声问。

没有答话。我在门旁站了一会儿,叹一口气,走进客厅。在那儿,我在长沙发上坐下,吹熄蜡烛,在黑暗中一直坐到天亮。

六

早晨十点钟,我坐雪橇到火车站去。天气不算太冷,然而天上落下大片的湿雪,刮着不舒服的潮湿的风。

我们经过一个池塘,然后穿过一片小桦树林,开始顺着大路爬上我在窗子里看得见的高冈。我回过头去,想最后看一眼我的房子,可是大雪纷飞,什么也看不见。过一会儿,前面,像在雾里一样,现出一些乌黑的农舍。那就是彼斯特罗沃村。

"假如日后有一天我发了疯,那就都得怪这个彼斯特罗沃村,"我暗想,"它把我害苦了。"

我们走到村子的街上。那些农舍的所有屋顶都是完整的,没有一个屋顶拆毁,可见我的总管说谎。有一个男孩拉着一辆小雪橇,上面坐着一个小姑娘,手里抱着一个小娃娃。另一个男孩大约三岁,脑袋像女人似的包得严严实实,手上戴着大手套,伸出舌头去想接住飞下来的雪,一边在笑。这时候迎面驶来一辆载干柴的大车,旁边走着一个农民,谁也看不清他的胡子原是白的呢,还是因为沾着雪而发白。他认出我的车夫,对他微笑,说了一句什么话,见着我不由自主地脱掉帽子。有几条狗从院子里跑出来,好奇地瞧着我的马。一切都安静,平常,朴实。那些移民回来了,没有粮食,农舍里"有人哈哈大笑,有人气得发疯",可是眼前的种种情形却那么平淡,甚至叫人不能相信真有过那样的事。这儿没有惊慌失措的脸,没有哀求救济的声音,没有哭泣,没有咒骂。四下里一片静寂,有生活的秩序,有孩子,有小雪橇,有竖起尾巴的狗。那些孩子也好,方才遇见的那个农民也好,都没有心神不宁的样子,然而为什么我这样心神不宁呢?

我瞧着笑吟吟的农民,瞧着戴大手套的男孩,瞧着农舍,想起我的妻子,这才明白任什么灾难也打不倒这些人。我觉得空中已经弥漫着胜利的气息,我感到骄傲,准备对他们嚷叫:我也跟他们一伙。可是我那些马已经跑出村子,来到旷野上,雪在飘飞,风在怒号,我只能一个人守着我的思想。在成千上万为人民工作的人群当中,生活本身却把我一个人抛出来,像是抛弃一个不需要的、没有能耐的坏人。我成了障碍,成了人民灾难的一个小小的组成部分,于是人们把我打败,丢在一边了。我急急忙忙地赶到火车站,想离开此地,躲到彼得堡,躲到大莫尔斯卡亚街上的一家旅馆去。

过了一个钟头,我们到了火车站。一个胸前戴着号牌的铁路巡查员和车夫把我的皮箱抬进妇女候车室。车夫尼卡诺尔把衣襟塞在腰里,穿着毡靴,周身给雪弄湿,很高兴我出门,对我好意地微笑着,说:

"一路顺风,大人。上帝保佑您路上平安。"

顺便说一句:大家都称呼我大人,其实我不过是个六等文官,是个少年侍从罢了。铁路巡查员说火车还没有从上一站开出。我只好等着。我走到外面,由于一夜没睡而脑袋发沉,两条腿乏得几乎走不动。我毫无目的地往水塔那边走去。四下里一个人影也没有。

"为什么我要走呢?"我问自己,"那边有什么东西在等我?无非是我已经很久不来往的熟人啦,孤独啦,饭馆的膳食啦,嘈杂啦,伤我眼睛的电灯光啦。……我要到哪儿去?为什么要去?为什么我要去呢?"

再者,跟我的妻子一句话也没说就扬长而去,也未免有点奇怪。我觉得我会弄得她莫名其妙。我临走应该对她说明,她讲得对,我确实是个坏人。

等到我从水塔那边走回来,站长已经从门里出来,以前我有两次把他告到他的上司那儿去。由于风雪很大,他竖起上衣的衣领,缩起脖子,走到我跟前,把两个手指头举到帽檐那儿,带着慌张的、勉强恭敬的、充满憎恨的脸色告诉我,说这班火车误了二十分钟,我是不是愿意此刻到暖和的地方去等车。

"谢谢您,"我回答说,"可是我多半不走了。请您吩咐我的车夫等一等。我还要考虑一下。"

我在月台上走来走去,暗想:我走不走呢?等到火车到站,我却决定不走了。在家里等着我的将是我妻子大感不解的神色,也许还有她讥诮的笑容,外加楼上那种阴郁的气氛和我本人心神不宁的情绪。不过在我这种年纪,这总比两天两夜跟许多陌生人一起坐火车到彼得堡去,随时意识到我的生活对任何人和任何事业都不需要,一天天临近结束,毕竟要使人觉得轻松点,也多少亲切点。是啊,不管怎样还是回家的好。……我走出火车站。可是,家里的人本来看到我外出,都挺高兴,如今我又回去,而且是白天回去,未免会扫兴。那么我不妨把这一天在邻居家里消磨过去,晚上再回家。可是到谁家去呢?有些邻居跟我保持着紧张的关系,有些邻居我又根本不相识。我思忖了一阵,想起伊凡·伊凡内奇来了。

"我们到布拉京家去!"我在雪橇上坐下,对车夫说。

"很远呢,"尼卡诺尔说,叹了口气,"大概有二十八俄里,或者足足三十俄里哩。"

"麻烦你了,好朋友,"我说,从我的口气听起来,好像尼卡诺尔有权利不听我的命令似的,"走吧,劳驾!"

尼卡诺尔怀疑地摇头,慢腾腾地说,现在该换辕马才成,不是那种切尔克斯式的,而是"庄稼汉"式的,或者"黄雀"式的。他犹豫不决地伸出戴着手套的手,拿起缰绳来,仿佛等我改变主张似的。他略微欠起身子,想一想,然后才挥动鞭子。

"一连串虎头蛇尾的行动……"我暗想,把脸藏在衣领里,躲开飘来的雪,"我发疯了。得,随它去吧。……"

尼卡诺尔来到很高很陡的山坡上,先是小心地放马下坡,可是走到半山坡上,马忽然不听使唤,飞快地奔下坡去。他怔了一下,抬起胳膊肘,用我以前从没听他叫过的撒野的和发狂的声音喊道:

"嘿,咱们叫将军坐着快车兜风吧! 要是你们跑坏了,将军会买新的,宝贝儿! 喂,小心,把你们累死啦!"

直到这时候,雪橇已经跑得非常快,我都透不过气来了,才发觉原来他已经喝得大醉。大概他在火车站上喝过一通酒。到峡谷底下,冰碎裂了,有一小块裹着马粪的硬雪从大路上跳起来,打在我的脸上,打得很痛。狂奔的马一口气冲上山去,跟方才下山一样快,我还没来得及向尼卡诺尔喊叫一声,那辆由三匹马拉着的雪橇就已经在平地上飞驰,窜进一个古老的云杉林,两旁高大的云杉把毛茸茸的白爪子向我身边伸过来。

"我发了疯,车夫喝醉了酒……"我想,"这可真妙!"

我正碰上伊凡·伊凡内奇在家。他笑得直咳嗽,把头靠在我的胸口,说出他一遇见我就必定要说的话:

"您越来越年轻了。我不知道您是用什么颜料染您的头发和胡子的,应当给我一点才是。"

"我是来回拜您的,伊凡·伊凡内奇,"我撒谎说,"您别见怪,我是京城人,讲究礼尚往来,习惯成自然了。"

"很高兴,好朋友!我老糊涂了,喜欢面子。……是啊。"

从他的声调和他那快乐得微笑的脸上,我看得出我这次来访使他受宠若惊。在门厅,有两个村妇给我脱掉皮大衣,由一个穿红色衬衫的农民把它挂在衣钩上。我和伊凡·伊凡内奇一块儿走进他的小书房,有两个光脚的姑娘正坐在那儿地板上,看一本硬封面的画册。她们看见我们来了,就跳起来,跑出去,接着,立刻有个又高又瘦、戴着眼镜的老太婆走进来,向我规规矩矩一鞠躬,从长沙发上拿走一个枕头,从地板上拾起那本画册,走出去了。从隔壁房间里不断传来低语声和光脚走路声。

"我在等大夫来吃饭,"伊凡·伊凡内奇说,"他答应从诊疗所出来,就到我这儿来。是啊。他每个星期三都在我家里吃饭,求上帝赐给他健康。"他向我这边探过头来,吻我的脖子。"您来了,好朋友,那么可见您没有生气,"他喘吁吁地对我小声说,"别生气,亲爱的。是啊。也许心里不好受,可那也别生气。我在死以前,只求上帝一件事:让我同大家老老实实、和睦融洽地生活在一起。是啊。"

"对不起,伊凡·伊凡内奇,我要把一只脚放在这把圈椅上。"我说,感到十分疲劳,不能正襟危坐了。我往长沙发的紧里面一坐,把一只脚放在圈椅上。我的脸遭过风吹雪打以后正在发烧,我的全身似乎都在吸进热气,因而变得瘫软了。"您这儿真好,"我接着说,"温暖,软和,舒服。……还有鹅毛笔,"我看一眼写字台,笑着说,"撒沙器①。……"

---

① 供吸干纸上的墨水用。

"啊？是啊,是啊。……这张写字台和那边一个红木柜子都是一个无师自通的木匠格列勃·布狄加给我父亲做的,他是茹科夫将军的农奴。是啊。……他在这一行当中称得上是大艺术家了。"

他无精打采,用快要睡着的人的声调对我讲木匠布狄加的事。我听着。后来伊凡·伊凡内奇走到隔壁房间,叫我看一个红木衣柜,这柜子特别好看,也特别便宜。他用手指头敲一阵衣柜,然后叫我注意看一个现在已经见不到的带画的瓷砖火炉。他也用手指头敲了敲火炉。那个衣柜、那个瓷砖火炉、那些圈椅、那些用毛线和丝线在十字布上绣成并且镶在结实而难看的框子里的图画,都散发出好心和满足的气息。我回想当年我还是小孩子,常跟母亲到这儿来参加命名日宴会的时候,所有这些家具就已经按照同样的格局放在同样的地方,于是我简直不能相信它们有一天会不复存在。

我心想:布狄加和我有多么大的差别呀!布狄加制造东西首先注重结实牢固,认为这才是主要点。他对人类的长存赋予一种特殊的意义,根本没有想到死亡,大概也不大相信有死亡的可能;可我呢,在我修建那些要存在一千年的铁路桥梁和石桥的时候,总是忍不住想:"这种东西不会永久存在。……这种东西没什么道理。"如果日后有一位精明的艺术史家凑巧看见布狄加的柜子和我的桥,他就会说:"这是两个人做的,各有特色:布狄加热爱人类,不允许自己想到他们会死亡、会消灭,因此做家具的时候所设想的是不死的人;而阿索陵工程师呢,既不爱人类,也不爱生命,甚至在快乐的创造时刻也不觉得死亡、消灭、止境之类的想法可憎,所以,您看,他这些线条多么渺小、局促、胆怯、可怜。……"

"我只给这些房间生上火,"伊凡·伊凡内奇领我看他那些房间,喃喃地说,"自从我妻子去世,我儿子在战场上阵亡以后,我就把客厅和大厅关起来不用了。是啊……瞧。……"

他推开一个房门,我看见一个大房间,里面立着四根柱子,放着一架旧钢琴,地板上有一堆豌豆。那儿有一股寒气和潮气。

"另一个房间里放着花园里用的长凳……"伊凡·伊凡内奇唠叨说,"现在再也没有人跳玛祖卡舞了。……我就把房间锁上了。"

传来一片嘈杂声。原来索包尔大夫来了。他冷得搓手,理顺他那潮湿的胡子,这当儿,我看出来:第一,他生活得很乏味,所以看见伊凡·伊凡内奇和我很高兴;第二,他是个头脑有点简单的天真汉。他瞧着我,从他的神情看来,好像我很高兴跟他见面,对他很感兴趣似的。

"我有两夜没睡了!"他说,天真地瞧着我,理顺他的胡子,"有一夜是忙着接生,另一夜让臭虫咬了个通宵,我是在农民家里过夜的。您知道,我困得要命。"

他挽住我的胳膊,把我拉进饭厅去,现出一种神情,仿佛这种事除了使我感到愉快以外不会有别的感觉。他那对天真的眼睛,他那件揉皱的上衣,他那个价钱便宜的领结,他那股碘酒的气味,给我留下不愉快的印象。我觉得好像到了下层社会。我们围着桌子坐下,他给我斟上白酒,我无可奈何地微笑着,喝下去。他在我的碟子上放一小块火腿,我乖乖地吃下去。

"求学贵在温习①,"索包尔说,匆匆喝下第二杯酒,"信不信由您,我看见了好人,心里一高兴,连睡意都没有了。我成了乡下人,在穷乡僻壤变野了,变俗了,可是,诸位先生,我仍旧是知识分子,我要诚恳地对你们说:没有人做伴可真难过啊!"

---

① 原文为拉丁语。

仆人端来凉的白乳猪加洋姜和酸奶油,随后是油腻滚烫的白菜汤,外加猪肉和荞麦粥,粥里腾起一股热气。大夫仍旧说个不停,我马上就确信,他是个性格软弱、外表不整、遭际不幸的人了。他喝下三杯酒便醉了,不自然地活泼起来,吃很多东西,嗽喉咙,吧嗒着嘴唇,用意大利话称呼我"大人"。他天真地瞧着我,好像相信我很高兴看见他,听他讲话似的。他告诉我说,他早已跟他的妻子离婚,把四分之三的薪水拨给她用。她住在城里,带着孩子,一个男孩和一个女孩过活,他喜欢这些孩子。此外,他说他爱上一个寡妇,是个女地主,受过教育,可是他很少到她那儿去,因为他为工作一天忙到晚,根本没有空闲的时间。

"成天价不是守在医院里就是在赶路,"他说,"我可以向您起誓,大人,这是实情:不要说没有工夫去看我所爱的女人,就连读书也没有时间。十年以来我什么书也没读过!十年啊,大人!讲到我的经济方面,那么请您问一声伊凡·伊凡内奇就知道了:有的时候连买烟草的钱都没有。"

"不过您在精神方面是愉快的。"我说。

"什么?"他问,眯起一只眼睛,"不,我们还是喝酒的好。"

我一面听大夫讲话,一面按照我由来已久的习惯,用通常的尺度衡量他,看他是唯利是图者还是理想主义者,爱不爱卢布,是否有合群的天性等,可是没有一种尺度用得上,就连近似的也没有。说来奇怪,如果我光是听他说话,看着他,我倒十分清楚,他是个什么样的人;可是我一旦用我的尺度衡量他,那么尽管他为人坦率而朴实,却变成一个异常复杂、分辨不清、不可理解的人了。我问我自己:这个人会挪用别人的钱,辜负别人的信任,喜欢白白得来的面包吗?这个以前显得严肃重大的问题,现在却显得幼稚、肤浅,不该提了。

仆人送来馅饼,然后,我记得,他们每上一道菜就要停很长的一段时间,我们就利用这些空当喝果子露酒。他们前后送上来的菜有酱汁鸽子、杂碎、烤乳猪、鸭子、山鹑、花椰菜、甜馅饺子、乳渣加牛奶、果子羹,最后一道是果酱煎饼。起初,特别是白菜汤和粥,我吃得津津有味,到后来,却在随口吃东西,吞下去,苦笑,辨不出滋味了。由于那盘热汤和房间里的闷热,我脸上烧得厉害。伊凡·伊凡内奇和索包尔也脸红了。

"为您太太的健康干杯,"索包尔说,"她喜欢我。请您对她说:御医问候她。"

"说实在的,她真幸运!"伊凡·伊凡内奇说,叹口气,"她没有奔走,没有操心,没有忙乱,可是结果,她现在成了全县头一号人物了。几乎全部工作都掌握在她的手里,所有的人都聚在她的四周,有大夫,有地方自治局那些长官,有太太们。对那些真正的人来说,这种事就像是自然而然发生的。是啊。……苹果树用不着操心就长出了苹果,那是自然而然长出来的。"

"冷漠的人才不操心。"我说。

"啊?是啊,是啊……"伊凡·伊凡内奇没有听清,喃喃地说,"这是实在的。……用不着操心。……对,对。……说的就是。……只要在上帝面前,在人面前保持公道,别的都不用管。"

"大人,"索包尔庄重地说,"您看一看四周围的大自然吧,您的鼻子或者耳朵从您的大衣领子里一露出来,它们马上就会冻得掉下来。在旷野上只要待一个钟头就会被雪盖没。乡村跟留里克时代①一模一样,一点也没有改变,农民仍旧是佩彻涅格人和波洛伏齐人②。他们只知道火灾、饥荒,用各种方法跟自然界作斗争。我要说什么来着?对了!您知道,如果把这些乱七

---

① 俄国古代封建王朝。
② 11—13世纪黑海沿岸草原上的突厥系游牧民族,在此借喻"野蛮人"。

八糟的情况好好想一想,看一看,分析一下,那么,说句不好听的话,这不是生活,而是戏院起火!在这种地方,凡是跌倒的,吓得大叫、乱跑的人,都是秩序的头号敌人。应当站得笔直,睁大眼睛留神瞧,不能惊慌失措!在这种地方,根本没有工夫哭天抹泪,干无关紧要的小事。既然是跟自然界的力量打交道,那就得用同样的力量去对付它,要坚定,不让步,跟石头一样。不是这样吗,老爷爷?"他转过脸去对伊凡·伊凡内奇说,笑了起来。"我自己像个娘儿们,窝囊废,萎靡不振的人,所以我受不了软弱。我不喜欢那些无聊的感情!有的人发愁,有的人胆怯,有的人这时候跑到这儿来,说:'好家伙,你们一口气吃十道菜,居然还谈挨饿的人!'这是无聊、愚蠢!还有些人,大人,会责备您家财豪富。大人,对不起,"他接着大声说,把手放在胸口上,"您给我们的法院侦讯官找了些活儿干,要他黑夜白日为您捉拿窃贼,对不起,这从您那方面来说也是无聊。我喝醉了,所以现在才会说出这些话来,不过您要明白,这是无聊!"

"谁要他操这份心呢?我不明白。"他站起身来,说。我忽然羞愧得不得了,难过得不得了,在桌子旁边走来走去。"谁要他操这份心呢?我根本没有要求过他。……叫他见鬼去吧!"

"他拿住三个农民,又放了。原来他捉错了,眼前正在捉拿新的呢,"索包尔说,笑起来,"这是罪过呀!"

"我根本没有要求他操这份心,"我说,激动得要哭出来,"他这么干是为了什么,为了什么呢?嗯,好,就算我不对,我做错了,就算是这样,可是他们为什么极力给我多添点错处呢?"

"得了,得了,得了,得了!"索包尔安慰我说。"得了!我喝醉了酒,所以才会说出这些话来。我的舌头是我的仇人。得了,"他说,叹口气,"饭也吃了,酒也喝了,现在该睡一觉了。"

他从桌旁站起来,吻一下伊凡·伊凡内奇的头,由于酒足饭饱,一路歪斜地走出饭厅。我和伊凡·伊凡内奇默默地吸烟。

"我呢,亲爱的,饭后是不睡觉的,"伊凡·伊凡内奇说,"请您到休息室去歇一歇吧。"

我同意了。在被人称为休息室的、半明半暗的、生着旺火的房间里,沿墙放着几张又长又宽的长沙发,结实而沉重,都是木匠布狄加的产品,上面高高地放着柔软的白被褥,多半是那个戴眼镜的老太婆铺的。索包尔已经躺在一张沙发床上,脱了上衣和靴子,脸对着沙发背,睡着了;另一张沙发床在等我。我脱掉上衣和靴子。疲劳啦,弥漫在这个安静的休息室里的布狄加的阴魂啦,索包尔的轻微亲切的鼾声啦,降伏了我,我就乖乖地躺了下去。

立刻,我梦见妻子、她的房间、带着憎恨脸色的站长、一堆堆雪、戏院里的火灾。……我还梦见从我的谷仓里偷去二十大袋黑麦的农民。……

"侦讯官把他们放了,毕竟是件好事。"我说。

我被自己的说话声惊醒,迷迷糊糊地瞧了一会儿索包尔宽阔的后背、他的坎肩的扣子、他那圆滚滚的脚后跟,然后又躺下,睡着了。

等我第二次醒过来,天已经黑了。索包尔在沉睡。我心里平平静静,想赶快回家。我穿上衣服,走出休息室。伊凡·伊凡内奇坐在他书房里的一张圈椅里,一动也不动,瞧着一个地方出神,大概我睡觉的时候他一直照这样呆坐着。

"真好!"我说,打了个哈欠,"我有这样一种感觉,好像我是在复活节开斋以后醒过来似的。今后我要常到您这儿来。告诉我,我妻子以前到您这儿来吃过饭吗?"

"来……来……来……来过,"伊凡·伊凡内奇喃喃地说,极力让身子活动一下,"上个星期六她就来吃过饭。是啊。……她喜欢我。"

略略沉默一会儿,我说:

"伊凡·伊凡内奇,您说过我性情不好,跟我难于相处,您还记得吗?可是,应该怎么办才能改变这种性情呢?"

"我不知道,好朋友。……我是个没用的人了,老得皮肉发松,不会给人出主意了。……是啊。……那一回我跟您说那些话,是因为我爱您,爱您的妻子,爱您的父亲。……是啊。我快要死了,我何必瞒着您不说,或者说谎呢?我爽快地说吧:我十分爱您,然而我不尊敬您。是啊,不尊敬您。"

他回转身来对着我,喘着气小声说:

"要尊敬您是不可能的,好朋友。从外表看来,您倒像是个真正的人。您的外貌和气派很像法国总统卡诺①呢,前几天我在画报上看见过他……是啊。……您谈吐不俗,人也聪明,官阶很高,高不可攀,不过,好朋友,您缺乏真正的灵魂。……您的灵魂没有力量。……是啊。"

"一句话,我是个西徐亚人,"我说,笑起来,"不过,我的妻子怎么样?您跟我谈一谈我妻子的事吧。您比较了解她。"

我打算谈一谈我的妻子,可是索包尔走进来,把话岔开了。

"我睡了个觉,洗了个脸,"他说,天真地瞧着我,"我再喝一杯加朗姆酒的茶,就要回家去了。"

七

这时候已经是傍晚七点多钟。把我们从门厅送到门外的,除了伊凡·伊凡内奇以外,还有几个农妇,那个戴眼镜的老太婆,几个姑娘和一个农民,他们流着眼泪,说了种种吉祥话。在那些马旁

---

① 卡诺(1837—1894),自1887年起任法国总统。

边,在黑地里,有些人提着灯站在那儿,或者走来走去,他们指点我们的车夫该怎么赶路,走哪条路最好,而且纷纷祝我们一路平安。那些马啦,雪橇啦,人啦,都是白的。

"他家里怎么会有这许多人?"我问,这时候我那辆三套马雪橇和大夫的双套马雪橇正缓缓地驶出院子。

"这都是他的农奴,"索包尔说,"新条例①还没有传到他这儿。有些老仆人要在他的家里一直待到死;还有各式各样没处安身、无依无靠的人;又有些人硬要住在这儿,赶也赶不走。古怪的老头儿!"

又是马的飞奔,醉醺醺的尼卡诺尔的反常的叫声,大风,纠缠不已、飞进人的眼睛和嘴里和皮大衣的各处皱褶里的白雪。……

"鬼支使我东奔西跑!"我想。我雪橇上的铃铛和大夫的铃铛互相呼应,大风怒号,车夫们呐喊,在这种疯狂般的闹声中我想起这稀奇古怪的一天的种种情形,这在我一生中要算是仅有的一次了。我觉得我真的疯了,或者变成另外一个人了,仿佛今天以前的我,如今在我看来已经成为陌生人了。

大夫的雪橇跟在后面跑,他一直跟他的车夫大声说话。有的时候他追上我了,跟我并排赶路,仍旧天真地相信这在我一定很愉快。他请我吸纸烟,向我要火柴。或者,他一追上我就忽然在雪橇上站起来,挺起身子,挥动他那几乎比胳膊长一倍的皮大衣袖子,嚷着说:

"快呀,瓦斯卡!赶过那个阔佬去!加油,小猫!"

大夫那些"小猫"就在索包尔和他的瓦斯卡的幸灾乐祸的响亮笑声中冲到前头去了。我的尼卡诺尔生了气,勒住那三匹马,可是等到大夫的铃声听不见了,他却抬起胳膊肘,大喝一声,我那三

---

① 指1861年俄皇颁布的农奴解放令。

匹马就发疯般猛追上去。我们跑进一个什么村子。眼前闪过稀疏的灯火和农舍的轮廓,有人喊叫一声:"嘿,这些魔鬼!"雪橇似乎已经跑了两俄里光景,那条街却还在往前伸展,看不见尽头。等到我们追上大夫,两辆雪橇都慢下来,他就向我要火柴,说:

"您来供养这条街上的农民吧!要知道,此地这样的街有五条呢,先生。站住!站住!"他嚷道,"拐弯到小饭铺去!我们得取一下暖,马也得休息一下。"

我们在一个小饭铺旁边停下来。

"在我住的教区里,这样的村子不止一个,"大夫说着,推开一扇装着吱吱响的滑车的门,让我先走进去,"就是大白天来看一看,也还是看不到这条街的尽头,而且另外还有许多小巷,弄得人只有搔头皮的份儿。要出力都很难呀。"

我们走进迎客的"正屋",那儿有浓重的桌布气味。我们进门的时候,一个睡眼惺忪的农民从长凳上跳了起来。他穿着坎肩,衬衫没有塞进裤腰里。索包尔要啤酒,我要茶。

"想出力都很难啊,"索包尔说,"您的太太有信心,我佩服她,尊敬她,可是我自己的信心不大。只要我们对待老百姓的态度仍旧带有普通的慈善工作的性质,如同孤儿院或者残疾人收容所那样,那么,我们就只是在耍花招、蒙蔽人、欺骗自己而已。我们的态度应当实实在在,建立在计算、知识和公正上。我的瓦斯卡在我家做了一辈子工人,如今他那儿没有收成,他挨饿,得了病。如果我现在每天给他十五个戈比,那我是想借此恢复他原先的工人地位,也就是说我首先是要维护我的利益;可是不知为什么,我却把这十五个戈比叫作赈济、补助、做好事。现在我们就来照这样谈一谈这种赈济。按照最起码的计算,每家五口人,每口人七个戈比,那么要养活一千家人,每天就得散发三百五十卢布。这个数字是由我们对那一千家人实实在在、义不容辞的态度所规定的。可是,我们每天不是给三百五,却只给十个,还说这就是赈济、补助,为此您的太太和我们这些人都成了好得出奇的人,引得大家为我们的人道主义喝彩。事情就是这样,老兄!唉,要是我们少谈点人道主义,多算一算,想一想,而且本着良心对待我们的责任就好了!我们当中有多少这样富于感情的人道主义者呀,他们真心诚意拿着认捐单,挨家挨户地跑,可是他们的裁缝和厨娘的工钱,他们却扣着不给。我们的生活没有道理可讲,就是这么的!没有道理可讲!"

我们沉默了一会儿。我暗自计算一下,说:

"我想养活一千家人二百天。您明天来我这儿谈谈吧。"

我这些话说得很朴实,我自己觉得很满意。使我高兴的是,索包尔回答得更朴实:

"行。"

我们付过该付的账,走出这家小饭铺。

"我喜欢这样坐车赶路,"索包尔说,在雪橇上坐下,"大人,请您把火柴借给我用一用,我把我那盒忘在小饭铺里了。"

过了一刻钟,他那辆双套马雪橇落在后面了。在风雪的呼啸声里,听不到他的铃铛声了。我回到家,在我那些房间里走来走去,仔细考虑,尽量想弄明白我的处境。至于我该对妻子说什么话,我脑子里却一句也想不出,一个字也想不出。我的头脑不灵了。

我什么也没想出来,却下楼去找我的妻子了。她在她的房间里站着,仍旧穿着那件粉红色长衫,仍旧保持着那种姿势,仿佛要拦住我,不准我去碰她那些文件似的。她脸上现出困惑和讥诮的神情。看得出来,她听说我已经回来,就准备好不像昨天那样哭出声来,也不提出要求,也不为自己辩护,而只是嘲笑我,带着轻蔑回答我的话,采取果断的行动。她脸上的表情仿佛在说:既是这样,那我们就分手吧。

"纳塔莉,我没有走掉,"我说,"然而这不是欺骗。我神志失常,衰老,病了,变成另外一个人了,总之,您爱怎么想,都随您。……我总算战战兢兢,战战兢兢地把原来的我摆脱了,我看不起他,为他害臊。不过,从昨天起,在我心里出现的新人,却不容许我走掉。请您不要赶走我,纳塔莉!"

她定睛瞧着我的脸,相信了我的话,她的眼睛里闪着不安。有她在面前,我的心陶醉了,再加上她的房里温暖,我的身子也暖和过来了。我对她伸出手,像说梦话似的喃喃道:

"我要对您说:除了您以外,我连一个亲人也没有。我从来没有一分钟不留恋您,只是顽强的虚荣心不容许我承认这一点。当初我们照夫妇那样生活过的日子,如今是无法挽回了,其实也不必挽回,您就叫我做您的仆人,把我所有的财产都拿去,按您的心意散发出去吧。现在我心里踏踏实实,纳塔莉,我心满意足。……我心里踏实了。……"

我妻子带着好奇的神情凝视着我的脸,忽然轻轻地叫了一声,哭起来,跑进隔壁房间去了。我回到楼上我自己的房间。

过了一个钟头,我已经坐在我的桌子边,写《铁路史》,那些挨饿的人不再妨碍我做这个工作。现在我不再感到心神不宁了。这以后,不管是有一天我同我妻子和索包尔一块儿在彼斯特罗沃村巡查农舍的时候看到的混乱情形,也不管是凶险的谣传,周围的人的错误,我的老年的临近,都不能使我心神不宁了。如同战场上那些飞过的炮弹和枪弹不会妨碍士兵们谈自己的事、吃东西、修理皮靴一样,那些挨饿的人也不来妨碍我安静地睡觉,做我个人的工作了。我家里也罢,我院子里也罢,远处,四面八方也罢,都在沸腾着索包尔大夫称之为"慈善的狂欢"的工作。我的妻子常到我的房间里来,眼睛不安地打量我的房间,仿佛在搜寻还有什么东西可以拿去送给那些挨饿的人,为的是要"找到自己生活下去的正当理由"。我看出来,由于她,不久我们的财产就会一点也不剩,我们就要穷了。然而这也没有使我激动,我对她快活地微笑。以后会怎么样,我就不知道了。

跳来跳去的女人

一

在奥莉加·伊万诺夫娜的婚礼上,她所有的朋友和相好的熟人都来参加了。

"瞧瞧他吧,真的,他不是有点与众不同吗?"她往她丈夫那边点一点头,对朋友说,仿佛要解释她为了什么缘故才嫁给这个普通的、很平常的、在无论哪一方面都没有什么了不起的男人似的。

她的丈夫奥西普·斯捷潘内奇·德莫夫是医师,论官品是九品文官。他在两个医院里做事,在一个医院里做编制外的主任医师,在另一个医院里做解剖师。每天早晨从九点钟到中午,他给门诊病人看病,查病房,午后搭上公共马车到另一个医院去,解剖死去的病人。他私人也行医,可是收入很少,一年不过有五百卢布光景。如此而已。此外关于他还有什么可说的呢?另一方面,奥莉加·伊万诺夫娜和她的朋友,相好的熟人,却不是十分平常的人。他们每个人都在某一方面有出众的地方,多多少少有点名气,有的已经成名,给人看做名流了;有的即使还没有成名,将来却有成名的灿烂希望。有一个剧院的演员,早已是公认的大天才,他是一个优雅、聪明、谦虚的男子,又是出色的朗诵家,教奥莉加·伊万诺夫娜朗诵。有一个歌剧演员,是个性情温和的胖子,叹口气对奥莉加·伊万诺夫娜郑重说明,她毁了自己,要是她不发懒,肯下决心,她就会成为出色的歌唱家。其次,有好几个画家,其中打头的一个是风俗画家、动物画家、风景画家里亚博夫斯基,他是很漂亮的金发青年,年纪在二十五岁左右,画展开得很成功,把最近画成的一张画卖了五百卢布,他修改奥莉加·伊万诺夫娜的画稿,说她将来很可能有所成就。此外,还有一个拉大提琴的音乐家,他的乐器总是发出呜咽的声音,他公开声明在他认识的一切女人当中,能够给他伴奏的只有奥莉加·伊万诺夫娜一个人。再其次,有一个文学家,年纪轻轻,可是已经出了名,写过中篇小说、剧本、短篇小说。此外还有谁呢?喏,还有瓦西里·瓦西里奇,是地主、乡绅、业余的插图家和饰图家,深深爱好古老的俄罗斯风格、民谣和史诗,在纸上、瓷器上、用烟熏黑的盘子上,他简直能够创造奇迹。这伙逍遥自在的艺术家已经给命运宠坏,尽管文雅而谦虚,可是只有在生病的时候才会想起天下还有医师这种人,德莫夫这个姓氏在他们听起来就跟西多罗夫或者塔拉索夫差不多。在这伙人当中,德莫夫显得陌生、多余、矮小,其实他个子挺高,肩膀挺宽。看上去,他仿佛穿着别人的礼服,长着店员那样的胡子。不过如果他是作家或者画家,那人家就会说他凭他的胡子会叫人联想到左拉①了。

有一个演员对奥莉加·伊万诺夫娜说:她配上她那亚麻色的头发和结婚礼服,很像是一棵到了春天开满娇嫩的白花、仪态万方的樱桃树。

"不,您听着!"奥莉加·伊万诺夫娜对他说,挽住他的胳臂,"这件事怎样突然发生的呢?您听着,听着……我得告诉您,爸爸跟德莫夫同在一个医院里做事。可怜的爸爸害了病,德莫夫就在他的床边一连守了几天几夜。了不起的自我牺牲啊!您听着,里

---

① 左拉(1840—1902),法国著名作家,留一把大胡子。

亚博夫斯基……还有您,作家,听着。这事很有意思。您走过来一点儿。了不起的自我牺牲啊,真诚的关心!我也一连好几夜没睡觉,坐在爸爸身旁。忽然间,了不得,公主赢得了英雄的心!我的德莫夫没头没脑地掉进了情网。真的,有时候命运就有这么离奇。嗯,爸爸死后,他有时候来看我,有时候在街上遇见我。有这么一个晴朗的傍晚,冷不防,他忽然向我求婚了……就跟晴天霹雳似的……我哭了一宵,我自个儿也没命地掉进了情网。现在呢,您瞧,我做他的妻子了。他结实,强壮,跟熊似的,不是吗?现在,他的脸有四分之三对着我们,光线暗,看不清楚,不过,等到他把脸完全转过来,那您得瞧瞧他的脑门子。里亚博夫斯基,您说说看,那脑门子怎么样?德莫夫啊,我们正在讲你呐!"她向丈夫叫道,"上这儿来。把你那诚实的手伸给里亚博夫斯基……这就对了。你们交个朋友吧。"

德莫夫温和而纯朴地微笑着,向里亚博夫斯基伸出手,说:

"幸会幸会。当年有个姓里亚博夫斯基的跟我同班毕业。他是您的亲戚吗?"

二

奥莉加·伊万诺夫娜二十二岁,德莫夫三十一岁。他们婚后过得挺好。奥莉加·伊万诺夫娜在客厅的四面墙上挂满了她自己的和别人的画稿,有的配了镜框,有的没配。靠近钢琴和放家具的地方,她用中国的阳伞、画架、花花绿绿的布片、短剑、半身像、照片……布置了一个热闹而好看的墙角……在饭厅里,她用民间版画裱糊墙壁,挂上树皮鞋和小镰刀,墙角立一把大镰刀和一把草耙,于是布置成了一个俄罗斯风格的饭厅。在寝室里,她用黑呢蒙上天花板和四壁,在两张床的上空挂一盏威尼斯式的灯,门边安一个假人,手拿一把戟,好让这房间看上去像是一个岩穴。人人都认为这对青年夫妇有一个很可爱的小窝。

每天上午十一点钟起床以后,奥莉加·伊万诺夫娜就弹钢琴,或者要是天气晴朗,就画点油画。然后,到十二点多钟,她坐上车子去找女裁缝。德莫夫和她只有很少一点钱,刚够过日子,因此她和她的裁缝不得不想尽花招,好让她常有新衣服穿,去引人注目。往往她用一件染过的旧衣服,用些不值钱的零头网边、花边、长毛绒、绸缎,简直就会创造奇迹,做出一种迷人的东西来,不是衣服,而是梦。从女裁缝那儿出来,奥莉加·伊万诺夫娜照例坐上车子到她认识的一个女演员那儿去,打听剧院的新闻,顺便弄几张初次上演的新戏或者福利演出站的戏票。从女演员家里一出来,她还得到一个什么画家的画室去,或者去看画展,然后去看一位名流,要么是约请他到自己家里去,要么是回拜,再不然就光是聊聊天儿。人人都快活而亲切地欢迎她,口口声声说她好,很可爱,很了不起……那些她叫做名人和伟人的人,都把她看做自己人,看做平等的人,异口同声地向她预言说,凭她的天才、趣味、智慧,她只要不分心,不愁没有大成就。她呢,唱歌啦,弹钢琴啦,画油画啦,雕刻啦,参加业余的演出啦,可是所有这些,她干起来并不是凑凑数,而是表现了才能。不管她扎彩灯也好,梳装打扮也好,给别人系领带也好,她做得都非常有艺术趣味、优雅、可爱。可是有一方面,她的才能表现得比在别的方面更明显,那就是,她善于很快地认识名人,不久就跟他们混熟。只要有个人刚刚有点小名气,刚刚引得人们谈起他,她就马上认识他,当天跟他交成朋友,请他到她家里来了。每结交一个新人,在她都是一件十足的喜事。她崇拜名人,为他们骄傲,天天晚上梦见他们。她如饥如渴地寻找他们,而且永远也不能满足她这种饥渴。旧名人过去了,忘掉了,新名人来代替了他们,可是对这些新人,她不久也就看惯,或者失望了,就开始热心地再找新人,新伟人,找到以后又找。这是为了什么呢?

到四点多钟,她在家里跟丈夫一块儿吃饭。他那种朴实、那种健全的思想、那种和蔼,引得她感动,高兴。她常常跳起来,使劲抱住他的头,不住嘴地吻它。

"你啊,德莫夫,是个聪明而高尚的人,"她说,"可是你有一个很严重的缺点。你对艺术一点兴趣也没有。你否定了音乐和绘画。"

"我不了解它们,"他温和地说,"我这一辈子专心研究自然科学和医学,根本没有工夫对艺术发生兴趣。"

"可是,要知道,这可很糟呢,德莫夫!"

"怎么见得呢?你的朋友不了解自然科学和医学,可是你并没有因此责备他们。各人有各人的本行嘛。我不了解风景画和歌剧,不过我这样想:如果有一批聪明的人为它们献出毕生的精力,另外又有一批聪明的人为它们花大笔的钱,那它们一定有用处。我不了解它们,可是不了解并不等于否定。"

"来,让我握一下你那诚实的手!"

饭后,奥莉加·伊万诺夫娜坐车去看朋友,然后到剧院去,或者到音乐会去,过了午夜才回家。天天是这样。

每到星期三,她家里总要举行晚会。在这些晚会上,女主人和客人们不打牌,不跳舞,借各种艺术来消遣。剧院的演员朗诵,歌剧演员唱歌,画家们在纪念册上绘画(这类纪念册奥莉加·伊万诺夫娜有很多),大提琴家拉大提琴,女主人自己呢,也画画,雕刻,唱歌,伴奏。遇到朗诵、奏乐、唱歌的休息时间,他们就谈文学、戏剧、绘画,争辩起来。在座的没有女人,因为奥莉加·伊万诺夫娜认为所有的女人除了女演员和她的女裁缝以外都乏味、庸俗。这类晚会没有一回不出这样的事:女主人一听到门铃声就吃一惊,脸上带着得意的神情说:"这是他!"这所谓"他"指的是一个应邀而来的新名流。德莫夫是不在客厅里的,而且谁也想不起有他这么一个人。不过,一到十一点半钟,通到饭厅去的门就开了,德莫夫总是带着他那好心的温和笑容出现,搓着手说:

"诸位先生,请吃点东西吧。"

大家就走进饭厅,每一回看见饭桌上摆着的老是那些东西:一碟牡蛎、一块火腿或者一块小牛肉、沙丁鱼、奶酪、鱼子酱、菌子、白酒、两瓶葡萄酒。

"我亲爱的 maître d'hôtel①!"奥莉加·伊万诺夫娜说,快活得合起掌来,"你简直迷人啊!诸位先生,瞧他的脑门子!德莫夫,把你的脸转过来。诸位先生,瞧,他的脸活像孟加拉的老虎,可是那神情却善良可爱跟鹿一样。啊,宝贝儿!"

客人们吃着,瞧着德莫夫,心想:"真的,他是个挺好的人。"可是不久就忘了他,只顾谈戏剧、音乐、绘画了。

这一对年轻夫妇挺幸福。他们的生活,水样地流着,没一点儿挂碍。不过,他们蜜月的第三个星期却过得不十分美满,甚至凄凉。德莫夫在医院里传染到丹毒,在床上躺了六天,不得不把他那漂亮的黑发剃光。奥莉加·伊万诺夫娜坐在他身旁,哀哀地哭。可是等到他病好一点,她就用一块白头巾把他那剃掉头发的头包起来,开始把他画成沙漠地带以游牧为生的阿拉伯人。他俩都快活了。他病好以后又到医院去,可是大约三天以后,他又出了岔子。

"我真倒霉,奥莉卡!"有一天吃饭时候,他说,"今天我做了四次解剖,我一下子划破两个手指头。直到回家我才发现。"

奥莉加·伊万诺夫娜吓慌了。他却笑着说,这没什么要紧,他做解剖的时候常常划破手。

---

① 法语:管家。

"奥莉卡,我一专心工作,就变得大意了。"

奥莉加·伊万诺夫娜担心他会害血中毒症,就天天晚上做祷告,可是结果总算没出事。生活又和平而幸福地流着,无忧无虑。眼前是幸福的,而且紧跟着春天就要来了,它已经在远处微微地笑,许下了一千种快活事。幸福不会有尽头的!四月、五月、六月,到城外远处一座别墅去,散步,素描,钓鱼,听夜莺唱歌。然后,从七月直到秋天,画家们到伏尔加流域去旅行,奥莉加·伊万诺夫娜要以这团体不能缺少的一分子的身份参加这次旅行。她已经用麻布做了两身旅行服装,为了旅行还买下颜料、画笔、画布、新的调色板。里亚博夫斯基差不多每天都来找她,看她的绘画有了什么进步。每逢她把画儿拿给他看,他就把手深深地插进衣袋里,抿紧嘴唇,哼了哼鼻子,说:

"是啊……您这朵云正在叫唤:它不是夕阳照着的那种云。前景有点儿嚼烂了,有点儿地方,您知道,不大对劲……您那个小木房有点儿透不过气来,悲惨惨地哀叫着……那个犄角儿应当画得暗一点儿。不过大体上还不错……我很欣赏。"

他越是讲得晦涩难解,奥莉加·伊万诺夫娜反倒越容易听懂。

三

降灵周①第二天,午饭后,德莫夫买了点凉菜和糖果,到别墅去看他的妻子。他已经有两个星期没看见她,十分惦记。他起先坐在火车车厢里,后来在一大片树林里找他的别墅,时时刻刻觉着又饿又累,巴望待一会儿他会多么逍遥自在地跟他妻子吃一顿晚饭,然后睡一大觉。他看着他带的一包东西,心里挺高兴,里面包

---

① 基督教的节日,复活节后的第七周。

着鱼子酱、奶酪、白鲑鱼。

等到他找着别墅,认出是它,太阳已经在下山了。一个老女仆说太太不在家,大概不久就回来。那别墅样子难看,天花板很低,糊着写字的纸,地板不平,尽是裂缝。那儿一共有三个房间。一个房间里摆一张床,另一个房间里有画布啦,画笔啦,脏纸啦,男人的大衣和帽子啦,随意丢在椅子上和窗台上。在第三个房间里,德莫夫看见三个不认得的男子。有两个长着黑头发,留着胡子,另一个刮光了脸,身材很胖,大概是演员。桌子上有一个茶炊,水已经烧开了。

"您有什么事?"演员用男低音问,不客气地瞧着德莫夫,"您要找奥莉加·伊万诺夫娜吗?等一等吧,她马上就要来了。"

德莫夫就坐下来,等着。有一个黑发的男子睡意蒙眬、无精打采地瞧着他,给自己斟了一杯茶,问道:

"您也许想喝茶吧?"

德莫夫又渴又饿,可是他谢绝了茶,怕的是把吃晚饭的胃口弄坏。不久,他就听到了脚步声和熟悉的笑声。门砰的一响,奥莉加·伊万诺夫娜跑进房间里来了,戴一顶宽边草帽,手里提一个盒子,她身后跟着里亚博夫斯基,脸蛋绯红,兴高采烈,拿着一把大阳伞和一个折凳。

"德莫夫!"奥莉加·伊万诺夫娜叫道,快活得涨红了脸,"德莫夫!"她又叫一遍,把她的头和两只手都放到他的胸口上,"你来了!为什么你这么久没有来?为什么?为什么?"

"我哪儿有空儿,亲爱的?我老是忙,好容易有点空儿,不知怎么火车钟点又老是不对。"

"可是看见了你,我多么高兴啊!我整宵整宵地梦见你,我直担心你别害了病。啊,你再也不知道你有多么可爱,你来得多么凑巧!你要做我的救星了。也只有你才能救我!明天这儿要举行一个顶顶别致的婚礼，"她接着说，笑了，给她丈夫系好领带，"火车站上有一个年轻的电报员，姓契凯尔杰耶夫，要结婚了。他是个漂亮的小伙子，是啊，并不愚蠢。你要知道，他脸上有一种强有力的、熊样的表情……可以把他画成一个年轻的瓦利亚格人①呢。我们这班消夏的游客，对他发生了好感，答应他说我们一定参加他的婚礼……他是个没有钱的、孤单单的、胆小的人。当然，不同情他是罪过的。想想吧，做完弥撒就举行婚礼，然后大家从教堂里出来，步行到新娘家里去……你知道，树木苍翠，鸟儿啼叫，一摊摊阳光照在青草上，我们这些人呢，被绿油油的背景衬托着，成了五颜六色的斑点，这可很别致，有法国印象派的味道呢。可是，德莫夫，我穿什么衣服到教堂去呢？"奥莉加·伊万诺夫娜说，做出要哭的脸相，"在这儿，我什么也没有，简直是什么也没有！衣服没有，花也没有，手套也没有……你务必要救救我才好。既然你来了，那就是命运吩咐你来救我了。拿着这个钥匙，我的好人儿，回家去，把衣柜里我那件粉红色连衣裙拿来。你知道那件衣服，它就挂在前面……然后，到堆房里，在右边地板上你会瞧见两个硬纸盒。打开上面的盒子，那里面全是花边，花边，花边，还有各种零头的料子，在那下面就是花了。把那些花统统小心地拿出来，可别压坏它们，亲爱的，回头我要在那些花里挑选一下……另外再给我买副手套。"

"好吧，"德莫夫说，"明天我去取了，派人给你送来。"

"明天怎么成啊？"奥莉加·伊万诺夫娜问，惊奇地瞧着他，"明天怎么来得及啊？明天头一班火车九点钟才开，可是十一点钟就举行婚礼了。不行，亲爱的，要今天去才成，务必要今天去！要是明天你来不了，那就打发一个人送来也成。是啊，去吧……那

---

① 古代北欧的一个漂泊民族名，相传古俄罗斯最早的王公就是它的后裔。

班客车马上就要开到了。别误了车,宝贝儿。"

"好吧。"

"唉,我多么舍不得放你走啊,"奥莉加·伊万诺夫娜说,眼泪涌到她的眼眶里,"我这个傻瓜呀,为什么应许了那个电报员呢?"

德莫夫赶紧喝下一杯茶,拿了一个面包圈,温和地微笑着,到车站去了。那些鱼子酱、奶酪、白鲑鱼,都给那两位黑头发的先生和那个胖演员吃掉了。

四

七月里一个平静的月夜,奥莉加·伊万诺夫娜站在伏尔加河一条轮船的甲板上,一会儿瞧着河水,一会儿瞧着美丽的河岸。里亚博夫斯基站在她身旁,对她说,水面上的黑影不是阴影,而是梦。他还说,迷人的河水以及那离奇的光辉,深不可测的天空和忧郁而沉思的河岸,都在述说我们生活的空虚,述说人世间有一种高尚、永恒、幸福的东西,人要是忘掉自己,死掉,变成回忆,那多么好啊。过去的生活庸俗而乏味,将来呢,也毫无价值,而这个美妙的夜晚一辈子只有一回,不久也要过去,消融在永恒里。那么,为什么要活着呢?

奥莉加·伊万诺夫娜一会儿听着里亚博夫斯基的说话声,一会儿听着夜晚的宁静,暗自想着:她自己是不会死的,永远也不会死。她以前从没见过河水会现出这样的蓝宝石色,还有天空、河岸、黑影、她灵魂里洋溢着的控制不住的喜悦,都在告诉她,说她将来会成为大艺术家,说在远方那一边,在月光照不着的那一边,在一个广漠无垠的天地里,成功啦,荣耀啦,人们的爱戴啦,都在等她……她眼也不眨地凝神瞧着远方,瞧了很久,好像看见成群的人、亮光,听见音乐的胜利的节奏、痴迷的喊叫,看见她自己穿一身白色连衣裙,花朵从四面八方像雨点般落在她身上。她还想到跟她并排站着、用胳膊肘倚着船边栏杆的这个人,是个真正伟大的人,天才,上帝的选民……这以前他的一切创作都优美、新颖、不平凡,可是等到他那绝世的天才成熟了,绚烂起来,他的创作就会惊天动地,无限高超,这是只要凭他那张脸,凭他的说话方式,凭他对大自然的态度就看得出来的。他用他自己的话语,照他所独有的方式,讲到黑影、黄昏的情调、月光,使人不能不感到他那驾驭大自然的威力是多么摄人心魄。他本人很漂亮,有独创能力。他的生活毫无牵挂,自由自在,超然于一切世俗烦恼以外,跟鸟儿的生活一样。

"天凉了。"奥莉加·伊万诺夫娜说,打了个冷战。

里亚博夫斯基拿自己的斗篷给她披上,凄凉地说:

"我觉着我落在您的掌心里了。我成了奴隶。为什么您今天这样迷人啊?"

他一直凝神瞧着她,动也不动。他的眼睛可怕,她不敢看他了。

"我发疯地爱您……"他凑着她的耳朵说,他的呼吸吹着她的脸蛋儿,"只要对我说一个字,我就不活下去,丢开艺术了……"他十分激动,嘟嘟哝哝说,"您爱我吧,爱我吧……"

"不要说这种话,"奥莉加·伊万诺夫娜说,闭上眼睛,"这真可怕。而且,拿德莫夫怎么办呢?"

"德莫夫是什么人?为什么跑出来一个德莫夫?德莫夫跟我什么相干?这儿只有伏尔加、月亮、美丽、我的爱、我的痴迷,压根儿就没有什么德莫夫不德莫夫……唉!我什么也不知道……我不管过去,只求眼前给我一会儿……一会儿的快乐吧!"

奥莉加·伊万诺夫娜的心跳起来。她有心想一想她的丈夫,可是她觉得一切往事,以及她的婚姻、德莫夫、她的晚会,都显得渺小,琐碎,朦胧,不必要,远而又远了……真的,德莫夫是什么人?

为什么跑出来一个德莫夫？德莫夫跟她什么相干？而且,他究竟是实有其人呢,还是只不过是个梦？

"对他那么一个普通而又平凡的人来说,过去他享受到的幸福也就足够了,"她想,用手蒙上脸,"随他们批评我好了,随他们诅咒我好了。我呢,偏要这样,情愿灭亡。偏要这样,情愿灭亡!……生活里的一切都该体验一下才对。天呐,多么可怕,可又多么痛快啊!"

"啊,怎么着？怎么着？"画家喃喃地说,搂住她,贪婪地吻她的手,她软绵绵地想推开他,"你爱我吗？爱吗？爱吗？啊,什么样的夜晚！美妙的夜晚啊！"

"是啊,什么样的夜晚！"她小声说,瞧着他那双含着眼泪而发亮的眼睛。然后她很快地往四下里看一眼,搂住他,使劲吻他的嘴唇。

"我们靠近基涅西莫了！"在甲板的那一头,有人说。

他们听到沉甸甸的脚步声。那是饮食间里的仆役走过他们身旁。

"听着,"奥莉加·伊万诺夫娜对那人说,幸福得又哭又笑,"给我们拿点葡萄酒来。"

画家激动得脸色发白,坐在凳子上,用爱慕而感激的眼睛瞧着奥莉加·伊万诺夫娜,然后闭上眼睛,懒洋洋地微笑着说:

"我累了。"

他把脑袋倚在栏杆上。

五

九月二日天气温暖,没有风,可是天色阴沉。一清早,伏尔加河上飘着薄雾,九点钟以后下起小雨来了。天色一点也没有晴朗的希望。喝早茶的时候,里亚博夫斯基对奥莉加·伊万诺夫娜说画画儿是顶吃力不讨好、顶枯燥乏味的艺术,说他算不得画家,说只有傻瓜才会认为他有才能,说啊说的,忽然无缘无故拿起一把小刀,划破了他的一张最好的画稿。喝完茶以后,他满脸愁容,坐在窗口,眺望伏尔加。可是伏尔加没有一点光彩,混浊暗淡,看上去冷冰冰的。一切,一切,都使人想起凄凉萧索的秋天就要来了。两岸苍翠的绿毯、日光灿烂的反照、透明的蓝色远方,以及大自然一切华丽的盛装,现在仿佛统统从伏尔加那里搬走,收在箱子里,留到来春再拿出来似的。乌鸦在伏尔加附近飞翔,讥诮它:"光啦!光啦!"里亚博夫斯基听着它们聒噪,想到自己已经走下坡路,失去了才能,想到在人世间,一切都是有条件的、相对的、愚蠢的,想到他不应该缠上这个女人……总之,他心绪不好,胸中郁闷。

奥莉加·伊万诺夫娜坐在隔板那一面的床上,用手指头梳理她那美丽的亚麻色头发,一会儿幻想自己在客厅里,一会儿在卧室里,一会儿在丈夫的书房里。她的想象带她到剧院里,到女裁缝家里,到出名的朋友家里。现在他们在干什么?他们想念她吗?筹备晚会的时令已经开始了。还有德莫夫呢?亲爱的德莫夫!他在信上多么温存,多么稚气而哀伤地求她赶快回家呀!他每月给她汇来七十五卢布。她写信告诉他说,她欠那些画家一百卢布,他就把那一百卢布也汇来了。多么善良而慷慨的人!旅行使得奥莉加·伊万诺夫娜厌倦了,她觉着无聊,恨不能赶快躲开这些乡下人,躲开河水的潮气,摆脱周身不干净的感觉才好,这种不干不净是她从这个村子迁移到那个村子,住在农民家里时时刻刻都感到的。要不是因为里亚博夫斯基已经对那些画家认真地答应过要跟他们在此地一直住到九月二十日,那他们今天就可以走了。要是今天能够走掉,那多好!

"我的上帝啊,"里亚博夫斯基唉声叹气,"到底什么时候才会出太阳呀？没有太阳，我简直没法接着画那幅阳光普照的风景画了！……"

"可是你有一张画稿画的是阴云的天空，"奥莉加·伊万诺夫娜说，从隔板那一面走过来，"你记得吗，在右边的前景上是一片树林，左边是一群母牛和公鹅？现在你不妨把它画完。"

"哼！"画家皱起眉头，"画完它！难道您当我有那么笨，自己都不知道自己该做什么！"

"你对我的态度变得好厉害哟！"奥莉加·伊万诺夫娜叹口气。

"哼，那才好。"

奥莉加·伊万诺夫娜的脸抖着。她走开，到火炉那边去，呜呜地哭了。

"对，只差眼泪了。算了吧！我有一千种理由要哭，可我就不哭。"

"一千种理由！"奥莉加·伊万诺夫娜哭道，"顶重要的理由是您已经嫌弃我了。对了！"她说，哭起来，"实话实说，您在为我们的恋爱害臊。您一个劲儿防着那些画家发现我们的关系，其实要瞒也瞒不住，他们早就全都知道了。"

"奥莉加，我只求您一件事，"画家恳求道，把手按住心口，"只求一件事：别折磨我！此外，我也不求您别的了。"

"可是请您赌咒说您仍旧爱我！"

"这真是磨人！"画家咬着牙说，跳起来，"搞到最后我只好去跳伏尔加河，或者发疯了事！躲开我！"

"好，打死我吧，打死我吧！"奥莉加·伊万诺夫娜叫道，"打死我吧！"

她又哭起来，走到隔板的那一面去了。雨哗哗地落在小屋的草顶上。里亚博夫斯基抱着头，在小屋里走来走去，然后现出果断的脸色,仿佛要向谁证明什么似的,戴上帽子,把枪挂在肩上,走出小屋去了。

他走后,奥莉加·伊万诺夫娜在床上躺了很久,哭着。起初,她心想索性服毒,让里亚博夫斯基一回来就发觉她死了才好。然后她的幻想把她带到客厅里,带到丈夫的书房里,她想象自己一动也不动地坐在德莫夫身旁,全身享受着安宁和洁净,到傍晚就坐在剧院里,听玛西尼①唱歌。她想念文明,想念城里的热闹和名人,把心都想痛了。一个农妇走进小屋来,不慌不忙地动手生炉子烧饭。屋里弥漫着木炭烧焦的气味,空中满是淡蓝的烟雾。画家们回来了,穿着泥泞的高筒靴,脸上沾着雨水,凝神瞧着画稿,用安慰的口气自言自语,说是哪怕遇到坏天气,伏尔加也自有它的妩媚。墙上,那个不值钱的钟滴答滴答响……受了冻的苍蝇聚在墙角里圣像四周,嗡嗡地叫。人可以听见蟑螂在凳子底下那些大皮包中间爬来爬去……

里亚博夫斯基直到太阳下山才回到家。他把帽子丢在桌子上,没脱他那泥泞的靴子,脸色苍白,筋疲力尽地倒在长凳上,闭上眼睛。

"我累了……"他说,皱着眉头,竭力想抬起眼皮来。

奥莉加·伊万诺夫娜为要对他亲热,表示她没生气,就走到他面前,默默地吻他一下,把梳子放到他金色的头发里。她想给他梳一梳头。

"怎么回事?"他说,打个冷战,睁开了眼睛,仿佛有什么凉东西碰到他身上似的,"怎么回事?请您躲开我,我求求您。"

他推开她,走掉了。她觉着他脸上现出憎恶和厌烦的神情。这当儿,一个农妇小心翼翼地用两只手给他端来一盆白菜汤,奥莉

---

① 当时在俄国演唱的一个意大利歌唱家。

加·伊万诺夫娜看见她那大手指头浸到汤里去了。腆起肚子的肮脏的农妇、里亚博夫斯基吃得津津有味的白菜汤、那小屋、这整个生活(她起先由于这生活的简朴和艺术性的杂乱而深深喜爱过),现在都使她觉得可怕。她忽然觉得受了侮辱,就冷冷地说:

"我们得分开一个时期才成,要不然,由于无聊,我们会大吵一架的。我可不愿意这样。我今天要走了。"

"怎么走法?骑着棍子走?"

"今天是星期四,因此九点半钟有一班轮船到这儿。"

"哦?不错,不错……嗯,好,走吧……"里亚博夫斯基轻声说,用毛巾代替食巾擦了擦嘴,"你在这儿闷得慌,没事可干。谁要留你,谁就一定是个大利己主义者。走吧,到本月二十号以后我们就可以见面了。"

奥莉加·伊万诺夫娜兴高采烈地收拾行李。她的脸蛋儿甚至高兴得发红了。她问她自己:难道真的她不久就要在客厅里画画,在寝室里睡觉,在铺着桌布的桌上吃饭了?她心里轻松,她不再生画家的气了。

"我把颜料和画笔统统留给你,里亚博夫斯基,"她说,"凡是留下来的,你都带着就是……注意,我走以后,别犯懒,别闷闷不乐,要工作。你是个好样的,里亚博夫斯基!"

到九点钟,里亚博夫斯基给了她临别的一吻,她心想这是为了免得在轮船上当着那些画家的面吻她。然后,他就送她到码头去。轮船不久就开来,把她装走了。

过了两天半,她回到家里。她兴奋得直喘,没脱掉帽子和雨衣就走进客厅,从那儿又走到饭厅。德莫夫没穿上衣,只穿着坎肩,敞着怀,靠饭桌坐着,正在用叉子磨快刀子。他面前的碟子上放着一只松鸡。奥莉加·伊万诺夫娜走进住宅的时候,相信她得把一切事情瞒住丈夫才成,她相信自己有那个力量,也有那个本事。可是现在,她一看见他那欢畅、温和、幸福的微笑和那双亮晶晶的、快活的眼睛,就觉得瞒住这个人跟毁谤、偷窃、杀人一样的卑鄙,可恶,不可能,而且她也没有力量这样做。一刹那间她决定把一切发生过的事向他和盘托出。她让他吻她,搂她,然后在他面前跪下来,蒙上脸。

"怎么了?怎么了,亲爱的?"他温存地问,"你想家了吧?"

她抬起臊得通红的脸,用惭愧的、恳求的眼光瞧他。可是恐惧和羞耻不容她说出实话来。

"没什么……"她说,"我没什么……"

"我们坐下来吧,"他说,搀起她来,扶她在桌子旁边坐下,"这就对了……你吃松鸡吧。你饿了,小可怜。"

她贪婪地吸进家里的亲切的空气,吃着松鸡。他呢,温存地瞧着她,高兴地笑了。

六

大概直到冬季过了一半,德莫夫才开始怀疑自己受着欺骗。倒仿佛他自己良心不清白似的,他每回遇见妻子,再也不能够面对面地瞧她的眼睛,也不再快活地微笑了。为了少跟她单独待在一块儿,他常常带着他的同事科罗斯捷列夫回家来吃饭,那是个身材矮小、头发剪短、满脸皱纹的男子,每逢跟奥莉加·伊万诺夫娜说话,总是窘得把他那件上衣的所有纽扣一会儿解开,一会儿扣上,然后用右手捻左边的唇髭。吃饭时候,两个医生谈到横隔膜一升高,有时候就会使心脏发生不规则的跳动,或者谈到近来常常遇到很多神经炎病例,再不然就讲到前一天德莫夫在解剖一个经诊断害"恶性贫血"的病人尸体的时候却在胰腺里发现了癌。他们所以谈医学,仿佛只是为了给奥莉加·伊万诺夫娜一个沉默的机会,

也就是不必撒谎的机会似的。饭后,科罗斯捷列夫在钢琴那儿坐下来,德莫夫就叹口气,对他说:

"唉,老兄!对,可不是!弹个悲调的曲子吧。"

科罗斯捷列夫就耸起肩膀,伸开手指头,弹了几个音,用男高音唱起来:"指给我看啊,有什么地方俄罗斯农民不呻吟。"①德莫夫就又叹一口气,用拳头支着头,沉思起来。

奥莉加·伊万诺夫娜近来的举动非常不检点。她每天早晨醒来,心绪总是很坏,心想她已经不爱里亚博夫斯基,因此,谢谢上帝,事情就此了结了。可是喝完咖啡,她又寻思:里亚博夫斯基使她失去了丈夫,现在呢,她既失去了丈夫,又失去了里亚博夫斯基。然后她想起她那些熟人说里亚博夫斯基正在为画展准备一张惊人的画儿,是用波列诺夫②风格画成的、风俗和风景的混合画,凡是到过他画室的人,看见那种画儿,都看得入迷。不过她心想:他是在她的影响下才创造出这张画儿来的,总之多亏有她的影响,他才大大地变得好起来。她的影响是那么有益,那么重要,要是她离开他,那他也许会完蛋。她又想起上回他来看她的时候,穿一件带小花点的灰色上衣,系一根新领带,懒洋洋地问她:"我漂亮吗?"凭他那种潇洒的风度、长长的鬈发、蓝蓝的眼睛,他也真的很漂亮(或者,也许只是乍一看才显得漂亮吧),而且他对她很温柔。

奥莉加·伊万诺夫娜想起许多事情,盘算了一阵,就穿好衣服,十分激动地坐上马车,到里亚博夫斯基的画室去了。她发现他兴高采烈,为他那幅真正美丽的画儿得意。他蹦蹦跳跳,十分顽皮,不管人家提出多么严肃的问题,总是打个哈哈了事。奥莉加·伊万诺夫娜嫉妒里亚博夫斯基画出那张画儿,痛恨那张画儿,可是

---

① 俄国诗人涅克拉索夫的诗句。
② 波列诺夫(1844—1927),俄罗斯的现实主义风景画家。

她出于礼貌,只好在那张画儿面前默默地站了五分钟光景,仿佛见到什么神圣的东西似的叹一口气,轻轻地说:

"是啊,这样的画儿以前你还从来没有画过。要知道,简直叫人生出满腔敬畏的心情呢。"

然后,她开始要求他爱她,别丢开她,要求他怜悯她这个可怜而不幸的人。她哭,吻他的手,逼他赌咒说他爱她,还对他说:缺了她的好影响,他就会走上岔路,完蛋。等到她扫了他的兴,觉着她自己有说不尽的委屈,就坐上车到女裁缝那儿去,或者到她认识的女演员那儿去要戏票。

要是她在他的画室里没找到他,就给他留下一封信,信上赌咒说:如果他当天不来看她,她准定服毒自尽。他害了怕,就去看她,留下来吃午饭。虽然她的丈夫在座,他却并不顾忌,用话顶撞她,她也照样还敬他。两个人都觉得彼此要拆也拆不开,都觉得对方是暴君和敌人,都气愤,在气愤中却没留意到他们两人的举动很不得体,连头发剪短的科罗斯捷列夫也全看明白了。饭后,里亚博夫斯基匆匆告辞,走了。

"您上哪儿去?"奥莉加·伊万诺夫娜在前厅带着憎恨瞧着他,问道。

他皱起眉头,眯细眼睛,信口念出一个他俩都认得的女人的名字。他明明在讪笑她的醋意,有意惹她生气。她就回到她的寝室,倒在床上。她由于嫉妒、烦恼、又委屈又羞耻的感觉,咬着枕头,哇哇地哭起来。德莫夫在客厅里丢下科罗斯捷列夫,走进寝室来,又慌张又着急,低声说:

"别哭得这么响,亲爱的……这是何苦呢?……这种事千万不要声张出去……千万别让人看出来……你知道,已经发生的事是不能挽救的了。"

沉重的嫉妒简直要弄得她的太阳穴炸开来,她不知道怎样才能平息这种嫉妒,同时她又觉着事情仍旧可以挽回,于是她把泪痕斑斑的脸洗一下,扑上粉,飞快地跑到刚才提到过的那个女人家里去了。她在那女人家里没找到里亚博夫斯基,就坐上车,到另一个女人家里,然后又到第三个女人家里……起初,照这样乱跑,她还觉着难为情,可是后来她跑惯了,往往一个傍晚跑遍她认识的一切女人的家,为的是找到里亚博夫斯基。大家也都明白这是怎么回事。

一天,她对里亚博夫斯基讲起她的丈夫:

"这个人用宽宏大量压迫我!"

她很喜欢这句话,她遇到那些知道她跟里亚博夫斯基的关系的画家,一谈起她的丈夫,她就把胳膊用力地一挥,说道:

"这个人用宽宏大量压迫我!"

他们的生活方式跟去年一模一样。每到星期三,他们总是举行晚会。演员朗诵,画家绘画,大提琴家弹奏,歌唱家演唱。照例一到十一点半钟,通到饭厅去的门就开了,德莫夫带着笑容说:

"诸位先生,请吃点东西吧。"

奥莉加·伊万诺夫娜照旧找名流,找到了又不满足,就再找。她每天晚上照旧很迟才回来。可是德莫夫却不像去年那样已经睡觉,他坐在他的书房里,在写什么东西。他三点钟左右才上床睡觉,八点钟就起来了。

一天傍晚,她正准备到剧院去,站在穿衣镜面前,忽然德莫夫走进她的寝室来,穿着礼服,打着白领结。他温和地微笑着,跟从前那样快活地瞧着他妻子的眼睛。他的脸放光。

"我刚才宣读了我的学位论文。"他说,坐下来,揉着他的膝头。

"宣读?"奥莉加·伊万诺夫娜问。

"嘀嘀!"他笑了,伸出脖子瞧镜子里他妻子的脸,因为她仍旧

319

背对着他站在那儿,理她的头发,"嚄嚄!"他又笑一遍,"你知道,他们很可能给我病理总论的讲师资格。看样子恐怕会的。"

从他那神采焕发的、幸福的脸容看得出来,只要奥莉加·伊万诺夫娜跟他一块儿高兴,一块儿得意,那他样样事情都会原谅她,不但现在原谅,将来也一样,他会把一切都忘掉。可是她不懂什么叫做"讲师资格",或者"病理总论",此外,她担心误了戏,就什么话也没说。

他在那儿坐了两分钟,然后,带着自觉有罪的笑容走出去了。

七

那是很不平静的一天。

德莫夫头痛得厉害。他早晨没喝茶,也没去医院,一直躺在书房里一张土耳其式长沙发上。中午十二点多钟奥莉加·伊万诺夫娜照例出门去找里亚博夫斯基,想给他看她画的静物写生画,还要问他昨天为什么没来看她。她觉得这张画儿并没什么价值,她画它只不过要找一个不必要的借口到画家那儿去一趟罢了。

她没有拉铃就照直走进门去看他。她在门道脱雨鞋的时候,仿佛听见一个什么东西轻轻跑进画室去了,带着女人衣襟的沙沙声。她赶紧往里一看,只瞧见一段棕色的女裙闪了一闪,藏到一幅大画后面去了。有一块黑布蒙着那张画儿和画架,直盖到地板上。没有问题,有个女人躲起来了。想当初她奥莉加·伊万诺夫娜自己就常在那张画儿后面避难!里亚博夫斯基分明很窘,仿佛对她的光临觉着奇怪似的,向她伸出两只手,赔着笑脸说:

"啊啊!看见您很高兴。有什么好消息吗?"

奥莉加·伊万诺夫娜的眼睛里满是泪水。她又害羞又心酸。哪怕给她一百万卢布,她也绝不肯当着那个陌生的女人,那个情敌,那个虚伪的女人的面讲一句话,那女人现在正站在画儿背后,多半在恶毒地暗笑吧。

"我带给您一幅画稿……"她用细微的声音怯生生地说,嘴唇发抖,"Nature morte.①"

"哦哦!……画稿吗?"

画家用手接过那幅素描,一边瞧着一边走,仿佛不经意地走进了另一个房间。

奥莉加·伊万诺夫娜乖乖地跟着他走。

"Nature morte.……上等货,"他嘟嘟哝哝地说,渐渐押起韵来了,"罗……莫……祸……"

从画室里传来匆匆的脚步声和衣襟的沙沙声。这样看来,她已经走了。奥莉加·伊万诺夫娜恨不能大叫一声,拿起一个重东西照准画家的脑袋打过去,然后走掉,可是她泪眼模糊,什么也看不见,羞得什么似的,觉得自己已经不是奥莉加·伊万诺夫娜,也不是画家,只是个小小的甲虫了。

"我累了……"画家瞧着那幅画稿,懒洋洋地说,摇晃脑袋,好像要打退睡意似的,"当然,这幅画儿挺不错,不过今天一幅,去年一幅,过一个月又一幅……您怎么会画不腻呢?换了我是您,我就不画这劳什子,认真搞音乐什么的了。您本来就不能做画家,您是音乐家。可是您知道,我多累啊!我马上去叫他们拿点茶来……好吗?"

他走出房间,奥莉加·伊万诺夫娜听见他对他的听差交代几句话。为了避免告辞和解释,尤其是为了避免哭出来,她趁里亚博夫斯基还没回来,赶快跑到门道,穿上雨鞋,走到街上。这时候,她呼吸才算畅快,觉得她跟里亚博夫斯基,跟绘画,跟方才在画室里

---

① 法语:静物。

压在她心上的沉重的羞辱感觉,从此一刀两断了。什么都完了!

她坐上车子到女裁缝那儿,然后去看昨天刚到此地的巴尔纳伊①,又从巴尔纳伊那儿到一家乐谱店,心里时时刻刻盘算怎样给里亚博夫斯基写一封又冷又狠、充满个人尊严的信,怎样到开春或是夏天跟德莫夫一块儿到克里米亚去,在那儿跟过去的生活一刀两断,从头过起新的生活。

傍晚很迟了,她才回到家。她没有脱掉外衣就走进客厅,坐下来写信。里亚博夫斯基对她说什么她做不了画家,现在为了报复,她就还敬他几句,写道,他年年画的老是那一套东西,天天讲的老是那一套话。她还写道,他已经站住不动,除了已有的成绩以外此后他休想有什么成绩了。她还想写下去,说他过去大大叨了她的好影响的光,如果他从此走下坡路,那只是因为她的影响被各式各样的暧昧人物,例如今天藏在画儿背后的那个家伙,抵消了。

"亲爱的!"德莫夫在书房里叫道,没有开门,"亲爱的!"

"你有什么事?"

"亲爱的,你不要上我屋里来,只在门口站住好了。是这么回事……前天我在医院里传染了白喉,现在……我病了。快去请科罗斯捷列夫来。"

奥莉加·伊万诺夫娜对丈夫素来称呼姓,她对她熟识的男人都是这样称呼的。她不喜欢他的教名奥西普,因为那名字总叫她联想到果戈理的奥西普②,和一句俏皮话:"奥西普,爱媳妇;阿西福,开席铺。"现在她却叫道:

"奥西普,不会的!"

"快去吧!我病了……"德莫夫在门里面说,她可以听见他走

---

① 德国话剧演员。
② 果戈理的剧本《钦差大臣》中的一个仆人。

回去,在长沙发上躺下来,"快去吧!"他的声音含糊地传来。

"这是怎么回事?"奥莉加·伊万诺夫娜想,吓得周身发凉,"这病危险得很呐!"

她完全不必要地举着蜡烛走进寝室。在那儿,她盘算着她该怎么办,无意中往穿衣镜里看自己一眼。她瞧见她那苍白的、惊骇的脸,高袖口的短上衣,胸前的黄褶子,裙子上特别的花条,觉着自己又可怕又难看。她忽然热辣辣地感到对不起德莫夫,对不起他对她的那种深厚无边的爱情,对不起他年轻的生命,甚至对不起他好久没来睡过的那张空荡荡的小床。她想起他那常在的、温和的、依顺的笑容。她哀哀地哭了一场,给科罗斯捷列夫写一封央求的信。那已经是夜里两点钟了。

八

早晨七点多钟,奥莉加·伊万诺夫娜由于没有睡足而脑袋发沉,头发没有梳,模样很不好看,脸上带着惭愧的神情,走出寝室来。这时候有一位先生,留着一把黑胡子,大概是医师,走过她面前,到前堂去了。屋里有药气味。科罗斯捷列夫站在书房的门旁,用右手捻着左边的唇髭。

"对不起,我不能让您进去看他,"他阴沉地对奥莉加·伊万诺夫娜说,"这病会传染人的。况且,实际上,您也不必进去。反正他在发高烧,说昏话。"

"他真的得了白喉吗?"奥莉加·伊万诺夫娜小声问。

"老实说,他是自作孽,不可活,"科罗斯捷列夫嘟嘟哝哝地说,没有回答奥莉加·伊万诺夫娜问的话,"您知道他怎样传染到这病的?星期二那天,他用吸管吸一个害白喉的男孩子的薄膜。这是为什么?这是愚蠢……是啊,胡闹……"

"他病得重吗?很重吗?"奥莉加·伊万诺夫娜问。

"对了,据说这是顶厉害的那种白喉。真的,应当把希列克请来才对。"

一个矮小的红发男子来了,鼻子很长,讲话带犹太人的口音。然后来了一个高大、伛偻、头发蓬松的人,看样子像是大助祭。随后又来了一个很胖的青年,生一张红脸,戴着眼镜。这是医师们到他们的同事身旁来轮流值班。科罗斯捷列夫值完班,并不回家,却留在这儿,像阴影似的在各房间里穿来穿去。女仆忙着给值班的医师端茶,常跑到药房去,因此没有人收拾房间了。到处都安安静静,阴阴惨惨。

奥莉加·伊万诺夫娜坐在自己的寝室里,心想这是上帝来惩罚她了,因为她欺骗她的丈夫。那个沉默寡言、从不诉苦、使人不能理解的人,脾气温柔得失去了个性,又过分的忠厚,变得缺乏意志,为人软弱,这时候却独自待在一个地方,冷冷清清,躺在他那长沙发上受苦,一句抱怨的话也不说。要是他说出抱怨的话来,哪怕是在高热中,值班的医师也会知道毛病并不是单单出在白喉上。他们就会去问科罗斯捷列夫。他是什么都知道的,无怪他瞧着他朋友的妻子的时候,眼神好像在说:她才是真正的主犯,白喉不过是她的同谋犯罢了。现在她不再回想伏尔加河上的那个月夜,也不再回想那些爱情的剖白,更不回想他们在农舍里的诗意生活,而只回想:她,由于无聊的空想,由于娇生惯养,已经用一种又脏又黏的东西把自己从头到脚统统弄脏,从此休想洗得干净了……

"哎呀,我做假做得太厉害了!"她记起她跟里亚博夫斯基那段烦心的恋爱,不由得想道,"这种事真该死!……"

到四点钟,她跟科罗斯捷列夫一块儿吃午饭。他一点东西也不吃,光是喝红葡萄酒,皱着眉头。她也什么都没吃。她有时候暗自祷告,向上帝起誓:要是德莫夫病好了,她一定再爱他,做他的忠实妻子。有时候她又暂时忘了自己,瞧着科罗斯捷列夫,暗想:"做一个默默无闻的普通人,没有一点儿出众的地方,再加上生着那么一张满是皱纹的脸,一点儿也不懂礼貌,难道不乏味吗?"有时候她又觉着上帝一定会立刻来弄死她,因为她担心传染,一次也没到她丈夫的书房里去过。总之,她心绪麻木阴郁,相信她的生活已经毁掉,再怎么样也没法挽救了……

饭后,天擦黑了。奥莉加·伊万诺夫娜走进客厅,科罗斯捷列夫正躺在睡椅上睡觉,把一个金线绣的绸垫子枕在脑袋底下。"希——普——啊,"他在打鼾,"希——普——啊。"

医师们来值班,进进出出,却始终没有留意这种杂乱。一个陌生的人躺在客厅里睡觉和打鼾也好,墙上挂着那么多的画稿也好,房间布置得那么别致也好,这房子的女主人头发蓬松,衣冠不整也好,总之,现在,这一切全引不起一丁点儿兴趣了。有一位医师偶尔不知因为什么笑了一声,那笑声带一种古怪而胆怯的音调,听了甚至叫人害怕。

等到奥莉加·伊万诺夫娜第二回走进客厅里来,科罗斯捷列夫已经不在睡觉,而是坐着抽烟了。

"他得了鼻腔白喉症,"他低声说,"心脏已经跳得不正常了。真的,事情不妙。"

"那么您去请希列克吧。"奥莉加·伊万诺夫娜说。

"他已经来过了。发现白喉转到鼻子里去的,就是他。唉,希列克有什么用!真的,希列克一点用也没有。他是希列克,我是科罗斯捷列夫,如此而已。"

时间拖得长极了。奥莉加·伊万诺夫娜在一张从早上起就没收拾过的床上和衣躺下,迷迷糊糊睡着了。她梦见整个宅子里从地板到天花板,装满一大块铁,只要能够把那块铁搬出去,大家就会轻松快活了。等到醒过来,她才想起那不是铁,而是德莫夫的病。

"Nature morte，祸……"她想，又变得什么都想不起来了，"罗……莫……希列克怎么样？西列克……东列克……南列克……现在我的朋友们在哪儿啊？他们知道我们遭了难吗？主啊，救救我……怜恤我。西列克……东列克……"

那块铁又来了……时间拖得很长，可是楼下的钟常常敲响。门铃一个劲儿响，医师们陆陆续续进来……女仆走来，端着盘子，上面摆着一个空玻璃杯。她问道：

"要我把床收拾一下吗，太太？"

听不到答话，她就走了。下面的钟敲着。她梦见伏尔加河上的雨。又有人走进寝室来，仿佛是一个陌生人。奥莉加·伊万诺夫娜跳起来，认出那人是科罗斯捷列夫。

"现在什么时候？"她问。

"将近三点钟。"

"哦，什么事？"

"还有什么好事！……我是来告诉您：他去世了……"

他呜呜地哭了，在床边挨着她坐下，用袖口擦眼泪。她一下子还明白不过来，可是紧跟着周身发凉，开始慢慢地在胸前画十字。

"他去世了……"他用细微的声音再说一遍，又哭了，"他死，是因为他牺牲了自己……对科学来说，这是多大的损失啊！"他沉痛地说，"要是拿我们全体跟他比一下，他真称得起是伟大的人，不平凡的人！什么样的天才啊！他给我们大家多大的希望呀！"科罗斯捷列夫接着说，绞着手，"我的上帝啊，像这样的科学家现在我们就是打着火把也找不着了。奥西卡·德莫夫，奥西卡·德莫夫，你凭什么落到这个地步啊！唉唉，我的上帝啊！"

科罗斯捷列夫灰心得用两只手蒙上脸，摇头。

"而且他有那么大的道德力量！"他接着说，好像越来越气恼什么人似的,"这是一个善良、纯洁、仁慈的灵魂,不是人,是水晶!他为科学服务,为科学而死。他一天到晚跟牛一样地工作,谁也不怜惜他。这个年轻的科学家,未来的教授,却不得不私人行医,晚上做翻译工作,好挣下钱来买这些……无聊的废物!"

科罗斯捷列夫带着憎恨瞧着奥莉加·伊万诺夫娜,伸出两只手抓起被单,气冲冲地撕扯它,倒好像都怪被单不好似的。

"他不怜惜自己,别人也不怜惜他。唉,真的,空谈一阵有什么用!"

"对,真是一个天下少有的人!"客厅里有人用男低音说。

奥莉加·伊万诺夫娜回想她跟他一块儿过的全部生活,从头到尾所有的细节一个也不漏。她这才忽然明白:他果然是一个天下少有的、不平凡的人,拿他跟她认识的任什么人相比,真要算是伟大的人。她想起去世的父亲以及所有跟他共事的医师怎样看待他,她这才明白他们都认定他是一个未来的名人。墙啊,天花板啊,灯啊,地板上的地毯啊,好像一齐对她讥讽地眨眼,仿佛要说:"错过机会啰!错过机会啰!"她哭着冲出寝室,跑过客厅里一个不相识的男子身边,奔进丈夫的书房里去。他一动也不动地躺在一张土耳其式长沙发上,从腰部以下盖着一条被子。他的脸消瘦干瘪得可怕,脸色又黄又灰,活人脸上是看不见那种颜色的。只有凭了那个额头,凭了黑眉毛,凭了熟悉的微笑,才认得出他就是德莫夫。奥莉加·伊万诺夫娜赶快摸他的胸、他的额头、他的手。胸口还有余温,可是额头和那双手却凉得摸上去不舒服了。那对半睁半闭的眼睛没有瞧着奥莉加·伊万诺夫娜,却瞧着被子。

"德莫夫!"她大声喊叫,"德莫夫!"

她想对他说明过去的事都是错误,事情还不是完全没法挽救,生活仍旧可以又美丽又幸福。她还想对他说,他是一个天下少有的、不平凡的、伟大的人,她会一生一世地尊崇他,向他膜拜,感到神圣的敬畏……

"德莫夫!"她叫他,拍他的肩膀,不相信他从此不会再醒来了,"德莫夫!德莫夫啊!"

客厅里,科罗斯捷列夫正在对女仆发话:

"干吗一个劲儿地死问?您上教堂看守人那儿去,问一声靠养老院养活的那些老太婆住在哪儿。她们自会擦洗尸身,装殓起来,该做的事都会做好。"

散 戏 以 后

娜嘉·节列宁娜跟她母亲一块儿,从刚演完《叶甫盖尼·奥涅金》①的戏院里回来,走进自己的房间,很快地脱掉连衣裙,拆散她的发辫,只穿着裙子和白色短上衣,赶紧靠着桌子坐下,想仿照达吉雅娜②的笔调写一封信。

"我爱您,"她写道,"可是您不爱我,不爱我!"

她写完这几句,笑起来。

她刚满十六岁,还没爱过什么人。她知道军官戈尔内依和大学生格鲁兹杰夫爱她,可是现在看过这个歌剧以后,她却打算怀疑他们的爱情。不为人所爱,落到不幸的境地,那是多么有趣啊!一个人爱得很深,另一个人却冷冷淡淡,这种事有一种美妙、动人、富于诗意的味道。奥涅金③有趣,就在于他完全不爱,而达吉雅娜迷人,就因为她爱得很深;假如他们同样相爱,双双幸福,也许倒显得乏味了。

"您不要再向我保证说,您爱我,"娜嘉想着军官戈尔内依,接着写下去,"我不能相信您。您很聪明,有教养,严肃,有巨大的才能,也许前途光明灿烂;而我却是个不招人喜欢的和微不足道的姑

---

①②③ 指根据普希金的诗体长篇小说《叶甫盖尼·奥涅金》改编的歌剧,达吉雅娜是女主人公,奥涅金是男主人公。

娘,您知道得很清楚,我在您的生活里只会成为障碍。不错,您恋着我,您认为在我身上找到了您的理想,然而这是错误,您现在已经灰心地问自己:为什么我要遇见这个姑娘呢?只是您的善良不容许您承认这一点罢了!……"

娜嘉开始可怜自己,哭起来,接着写道:

"我舍不得离开我的妈妈和哥哥,要不然我就会穿上修女的衣服,远走高飞了。那您就变得自由,可以另爱别人了。哎,但愿我死掉才好!"

她隔着眼泪看不清她所写的字。桌子上,地板上,天花板上,有些短短的彩虹在发抖,仿佛娜嘉隔着三棱镜看那些东西似的。她没法再写了,就往圈椅的椅背上一靠,开始想戈尔内依。

我的上帝,男人们是多么有趣,多么吸引人啊!娜嘉回想人家为音乐问题跟这个军官发生争论,他往往现出多么谦让、惭愧、柔和的神情,同时他又竭力按捺自己的性子,免得他的说话声流露出激烈的音调。在社交场合,冷冰冰的高傲和淡漠总是给人看作教养良好和风度高尚的象征,为此,人就得掩盖自己热烈的情绪。他真就掩盖起来,不过没有成功,人人都知道得很清楚,他是热烈地喜爱音乐的。关于音乐的无休无止的争论,以及那些不懂音乐的人的大胆评断,老是使得他经常紧张。他惊吓、胆怯、沉默。他弹起钢琴来像真正的钢琴家那么精彩,如果他不做军官,他一定会成为有名的音乐家呢。

泪水在她的眼眶里干了。娜嘉想起有一次在交响乐演奏会上,后来又有一次在楼下挂衣架旁边,过堂风从四面八方吹来的地方,戈尔内依向她诉说过他的爱情。

"我很高兴,您终于跟大学生格鲁兹杰夫认识了,"她接着写道,"他是个很聪明的人,您一定喜欢他。昨天他到我们家里来,一直坐到两点钟才走。我们家里的人都喜欢他,我暗自惋惜您没有到我们家里来。他说了许多出色的话。"

娜嘉把胳膊放在桌子上,把头枕在胳膊上,她的头发盖没了那封信。她想起大学生格鲁兹杰夫也爱她,他跟戈尔内依一样也有权利得到她的信。真的,给格鲁兹杰夫写封信岂不更好?她的胸中无缘无故掀起一股欢乐。起初这股欢乐很小,在胸中像个皮球那样滚动,然后它变得广阔而巨大,像海浪那样汹涌澎湃。娜嘉已经忘掉戈尔内依和格鲁兹杰夫,她的思路乱了,可是她的欢乐不断增长,从她的胸中涌进她的胳膊,灌进她的腿,她觉得仿佛有一阵凉爽的微风刮过她的头顶,吹动她的头发似的。她不出声地笑,于是她的肩膀开始发抖,就连桌子和玻璃灯罩也颤抖起来,她眼睛里流下的泪水溅湿了那封信。她没有力量忍住笑,她为了对自己表明不是无端发笑,就赶紧回忆一件什么可笑的事情。

"多么可笑的狮子狗啊!"她说,觉得自己笑得透不过气来了,"多么可笑的狮子狗啊!"

她想起昨天格鲁兹杰夫喝完茶以后逗着狮子狗玛克辛玩,后来他讲了一条很机灵的狮子狗的故事,说它在院子里追一只乌鸦,可是乌鸦回过头来看它一眼,说:

"哼,你这个骗子!"

狮子狗不知道它在跟一只有学问的乌鸦打交道,慌张得很,狼狈地往后倒退,然后吠起来。

"不,还是爱格鲁兹杰夫的好。"娜嘉决定,她把信撕了。

她开始想大学生,想他的爱情,想她自己的爱情,然而想来想去,她脑子里的思想往四下里扩散开去,不由得想到一切,想到她妈妈,想到街道,想到铅笔,想到钢琴。……她带着欢乐的心情思索,发现一切都好,都美妙,她的欢乐告诉她说,这还没有完,过一阵子,还会有更美好的事。不久春天来了,夏天到了,她就要跟她妈妈一起到戈尔比吉去。戈尔内依会到那儿去休假,跟她一块儿在花园里散步,对她献殷勤。格鲁兹杰夫也会去的。他会跟她一块儿打槌球,玩地滚球,对她讲些可笑的或者惊人的故事。她热烈地向往花园、黑暗、万里无云的天空、繁星。她又忍不住笑,两个肩膀又颤抖起来。她觉得房间里弥漫着苦艾的气味,似乎有一根树枝在敲打她的窗子。

她走到她的床前,坐了下来。巨大的欢乐弄得她很不好受,不知道怎么办才好,于是她就瞧着挂在床背上边的神像,不住地说:

"主啊!主啊!主啊!"

一 鳞 半 爪

四等文官柯节罗果夫退休以后,买下一个不大的庄园,在那儿住下。他在那儿一半模仿辛辛纳图斯①,一半模仿卡依果罗多夫②教授,亲自辛勤耕地,把他对大自然的观察记录下来。他去世以后,按照他的遗嘱,他的笔记簿随同他的其他财物,一齐传给他的管家妇玛尔法·叶甫拉木皮耶芙娜。大家知道,那个可敬的老太婆把主人的庄园拆毁,在原地建造了一个出色的饭铺,带卖烈酒。这个饭铺专为过路的地主和文官预备下一个"清洁的"房间,房间里桌子上放着死者的那本笔记簿,供过往的行人需要纸张的时候使用。笔记簿上的一页落在我的手里了,这一页显然是死者在农业活动开始时期写的,内容如下:

"三月三日。春天飞回的候鸟已经出现:昨天我看见麻雀了。向你们致敬,南方的羽毛蓬松的儿女!我在你们那悦耳的啾啾声中仿佛听到了你们的祝愿:'祝您幸福,大人!'

"三月十四日。今天我问玛尔法·叶甫拉木皮耶芙娜:'为什么公鸡常啼鸣?'她回答我说:'因为它有嗓子嘛。'我就

---
① 辛辛纳图斯是公元前458年罗马执政官,传说他的生活简单朴素,有时还亲自种地。——俄文本编者注
② 卡依果罗多夫(1846—1924),俄国教授,著有关于物候学和林木工艺学的著作。——俄文本编者注

对她说：'我也有嗓子，可是我就不啼鸣！'自然界的神秘事情好多啊！当初我在彼得堡工作的时候，不止一次吃过雄火鸡，可是直到昨天我才头一次看见活的火鸡。那是一种非常出色的飞禽。

"三月二十二日。本区的警察局长来了。我们谈了很久有关美德的问题，我坐着，他站着。除了别的话以外，他问我：'大人，您希望您再年轻一回吗？'关于这一点，我回答说：'不，我不希望这样，因为如果我年轻，我就没有这样大的官品了。'他同意我的话，走了，而且显然深为感动。

"四月十六日。我亲手在菜园里掘松两畦地，播种一些碎麦粒。这件事我对谁都没有说起，为的是叫我的玛尔法·叶甫拉木皮耶芙娜日后吃一惊。多亏她，我生活里才会有许多幸福的时光。昨天喝茶的时候，她伤心地抱怨她的体格，说是她的身体过分丰满，走不进贮藏室的房门了。关于这一点，我对她说：'正好相反，小亲亲，您形体的丰满增添了您的娇媚，促使我对您生出极大的好感。'她脸红了，我就站起来，伸出两条胳膊搂住她，因为一条胳膊是搂不住她的。

"五月二十八日。有一个老人看见我在妇女浴棚旁边，就问我：为什么我坐在那儿？我回答他说：'我在放哨，不准年轻人走到这儿来坐着。'老人说：'那就让咱们一块儿放哨吧。'说完，老人就挨着我坐下，我们就开始谈论美德。"

一家商号的历史

安德烈·安德烈耶维奇·西多罗夫得到母亲留下的遗产四千卢布,决定用来开一家书店。这样一家商店是极端必要的。这个城市陷在愚昧和偏见中,停滞不前了。老人总是到澡堂去,文官打纸牌,灌白酒,太太们背后说人坏话,年轻人生活没有理想,姑娘天天巴望出嫁、吃荞麦粥,丈夫打老婆,猪满街跑。

"思想!要多一些思想才成!"安德烈·安德烈耶维奇寻思道,"思想!"

他租下一所房子做商店用,然后坐车到莫斯科去,从那儿运回许多老的著作和新的著作以及许多教科书,把这些商品陈列在货架上。最初三个星期,买主一个也没登门。安德烈·安德烈耶维奇坐在柜台里边,读米哈伊洛夫斯基[①]的书,努力按正直的方式思索。比方说,他偶然想到,现在吃点鳊鱼粥倒不错,他就立刻抓住自己这种思想说:"哎呀,多么庸俗!"每天早晨总有一个戴着头巾、光着脚穿一双皮靴子、冻得发僵的姑娘匆匆忙忙闯进商店来,说:

"给我两个戈比的醋!"

安德烈·安德烈耶维奇就带着鄙夷的口气回答她说:

[①] 米哈伊洛夫斯基(1842—1904),俄国民粹派理论家、文学批评家。

"您走错门了,小姐!"

遇到有朋友来找他,他就做出意味深长的神秘脸色,从最远的一个货架上取下皮萨列夫①作品集第三卷,吹掉上面的灰尘,带着一种仿佛这个商店里还有些别的书而他不敢拿出来的神情说:

"是啊,老兄。……这本东西,不瞒您说,不大那个。……是啊。……老兄,我得声明,一句话,这本东西,您知道,叫人读完后只有摊开两只手的份儿。……是啊。"

"小心啊,老兄,你可别惹祸上身!"

过了三个星期,第一位顾客登门了。这是个身材很胖、头发花白的绅士,留着连鬓胡子,戴一顶镶着红帽圈的制帽,多半是地主。他要《祖国语言》②第二册。

"您这儿有石笔卖吗?"他问。

"没有。"

"不应该。……可惜了。为这么一点小东西真不高兴到市上去一趟。……"

"真的,我不该不卖石笔,"安德烈·安德烈耶维奇等顾客走后暗想,"这儿,在内地,狭隘的专业化是不行的,凡是有关教育以及用各种方式促进教育的东西都得卖。"

他就写信到莫斯科去。不出一个月,他的商店橱窗里就陈列着钢笔尖、铅笔、钢笔杆、学生练习簿、石板以及其他学校用品了。间或有几个男孩和女孩到他这儿来,有一天他甚至收到了一个卢布四十戈比货款。有一次,那个穿着皮靴子的姑娘急匆匆地闯进他的商店来。他已经张开嘴,正要用鄙夷的口气对她说她走错了门,她却叫起来:

---

① 皮萨列夫(1840—1868),俄国革命民主主义者、文学批评家。
② 当时俄国学生用的文选读本。

"给我一戈比的纸和七戈比的邮票！"

这以后安德烈·安德烈耶维奇就开始卖邮票和印花税票，顺便也卖票据的纸张。大约过了八个月（从商店开张算起），有位太太到他这儿来买钢笔尖。

"你们这儿卖中学生用的书包吗？"她问。

"哎呀，太太，我这儿没有！"

"唉，真可惜！既是这样，你们有些什么样的玩偶，拿出来给我看看，只要便宜一点的就行。"

"太太，玩偶也没有！"安德烈·安德烈耶维奇悲哀地说。

他没有迟疑多久就写信到莫斯科去，不久他的商店里就摆出书包、玩偶、小鼓、军刀、手风琴、球和各种玩具了。

"这都算不了什么！"他对他的朋友们说，"您等着瞧就是，我要订购一批教学用具和合理化玩具！您要知道，一句话，在我的商店里，教育用品这一部门，要奠基在所谓科学的最精确的结论上。……"

他订购做体操用的哑铃、槌球、跳棋、儿童用的园艺用具和大约二十种很精巧的合理化玩具。后来，走过他的商店的市民们，极为愉快地看到两辆自行车，一辆大的，一辆小的。生意就此兴隆起来。圣诞节前的生意特别好，因为安德烈·安德烈耶维奇在橱窗里挂出一幅广告，说他的商店里出售圣诞树的装饰品。

"您要知道，我还要给他们办些卫生用品来，"他搓着手，对他的朋友们说，"只要让我到莫斯科去一趟就成！将来我这儿会有出色的过滤器和种种科学改良用具，一句话，准叫您看得头昏眼花。科学，老兄，可不能小看。不能小看呀！"

他卖货积下许多钱后，就到莫斯科去买下大约五千卢布的各色货物，有的是用现款买的，有的是赊账。这里面有过滤器，有摆在书桌上用的上等台灯，有六弦琴，有儿童穿的卫生衬裤，有橡皮奶头,有钱包,有动物标本。他顺便买来大约五百卢布的上等餐具,他为买下的这批货色高兴,因为美丽的东西培养优美的趣味,陶冶性情。他从莫斯科回到家里,着手把新货物陈列在搁板和架子上。这时候,出了一点小岔子:他爬上去收拾最上面一层货架,无意中使货架摇动了一下,不料米哈伊洛夫斯基的十册著作就一本跟着一本从搁板上掉下来,有一本砸在他头上,另外那几本一直掉下去,砸在灯上,打碎了两个灯罩。

"嘿,这些书……写得好厚啊!"安德烈·安德烈耶维奇搔了搔头皮,嘟哝说。

他就把所有的书收拾起来,用绳子捆紧,塞在柜台下面。这以后大约过了两天,有人来告诉他说,他的邻居,杂货铺老板,由于虐待侄子而由法院判决去做苦工,因此那家杂货铺出让了。安德烈·安德烈耶维奇很高兴,叮嘱留下这个铺子,由他顶下来。不久墙上就凿开一道门,两家商店合成一家,装满了货物。可是到那半边商店去的顾客们,拗不过习惯,老是要买茶、糖、煤油,于是安德烈·安德烈耶维奇没有犹豫多久就办了些杂货来。

目前他已经成为我们城里一个最出名的商人。他卖餐具、烟草、焦油、肥皂、面包圈、呢绒布匹、服饰、蜡烛一类杂货、枪支、皮革、火腿。他在市集上盘进一家酒馆,据说,他还打算开一个带房间的家庭浴室。至于往日放在他货架上的那些书,包括皮萨列夫的三册著作在内,却早已按一卢布五戈比一普特的价钱统统卖掉了。

在安德烈·安德烈耶维奇如今讥诮地称之为"美国人"的旧日朋友们的命名日宴会和婚礼上,有人间或跟他谈起进步,谈起文学,谈起其他高尚的问题。

"您,安德烈·安德烈耶维奇,看过最近一期的《欧洲通报》①吗?"人家问他。

"不,我没看,先生……"他回答说,眯起眼睛,摆弄着胸前的粗表链,"这种东西跟我们不相干。我们是干比较实际的工作的。"

---

① 从1866年起在彼得堡发行的一份资产阶级自由派月刊。

在 流 放 中

外号叫"精明人"的老谢苗和一个谁也不知道姓名的年轻鞑靼人坐在河岸上一堆篝火旁边,另外三个渡船工人待在小木房里。谢苗是个六十岁光景的老人,瘦伶伶的,牙齿脱落了,可是肩膀挺宽,仍旧很健康的样子,他已经喝得醉醺醺了。他早就应该去睡觉,可是他衣袋里还有半瓶酒,他深怕屋里的年轻人问他要酒喝。那个鞑靼人有病,没精神,把身上的破衣服裹得紧紧的,正在讲辛比尔斯克省多么好,他撇在家里的妻子多么漂亮,多么聪明。他年纪在二十五岁上下,不会超过这个岁数,现在衬着篝火的亮光,显得脸色苍白,露出哀伤的病容,看上去像是一个孩子。

"当然了,这儿不是天堂,"精明人说,"你自己也瞧得明白,这儿只有水啦,光秃秃的河岸啦,四下里的粘土啦,别的就没有了……复活节早就过去了,可是河面上还有冰,今天早晨还飘了雪呢。"

"坏!坏!"鞑靼人说,战兢兢地往四下里看。

大约十步开外流着乌黑的、冰凉的河水,汩汩地响,拍打着凸凹不平的粘土河岸,很快地向遥远的海洋流去。贴近这边河岸,有一个黑糊糊的东西,那是一只大驳船,渡船船夫管它叫做"大木船"。对岸远远的有些火光,一会儿灭了,一会儿又亮起来,像是小蛇在爬,这是人家在烧去年的草。蛇样的火光后面又是一片黑暗。可以听见不大的冰块撞在船边上的声音。天气潮湿、阴冷……

鞑靼人举眼看天空。星星跟在家乡看见的一样多,四下里也是一片漆黑,可是总还缺着点儿什么。在家乡,在辛比尔斯克省,星星完全不同,天空也不一样。

"坏!坏!"他反复说着。

"你会过惯的!"精明人说,笑了,"现在你还年轻,傻气,你嘴唇上的奶还没干,你凭你那股傻劲儿觉着天下再没有比你不幸的人了,可是将来总有一天你会对自己说:'只求上帝叫大家都过着这样的生活才好。'你瞧瞧我。过一个星期,大水退下去,我们就要在这儿摆下渡船。你们要到西伯利亚各处飘荡,我呢,却留在这儿,从这边河岸划到那边河岸。我白天晚上来来去去,照这样过了二十二年。梭鱼和鳟鱼在水底下,我在水上头。谢天谢地。我什么也不要。只求上帝叫大家都过着这样的生活才好。"

鞑靼人往篝火上添些干枝子,向火跟前凑近一点儿,躺下来说:

"我父亲是个多病的人。等他死了,我的母亲和妻子就要到这儿来了。她们答应过的。"

"你要母亲和妻子来干什么?"精明人问,"这简直是傻气,老弟。这是魔鬼迷了你的心窍。滚它的,魔鬼!你千万听不得他的话,那该死的东西。别让他得势。他拿那些女人来逗你,那你就顶他,说:'我不稀罕!'他拿自由来逗你,那你就咬住牙,对他说:'我不稀罕!'我什么也不要!不要爹娘,不要老婆,不要自由,这个也不要,那个也不要!我什么也不要,滚它妈的!"

精明人拿出酒瓶来,喝了一口酒,接着说:

"老弟,我不是普通的农民,不是粗人出身,而是教堂助祭的儿子。当初我没流放的时候住在库尔斯克,老是穿着礼服,现在呢,我却把自己磨练到这个地步,能够光着身子躺在地上大吃青草了。只求上帝叫大家都过着这样的生活才好。我什么也不要,什么人也不怕。照我瞧起来,谁也不及我阔绰,谁也不及我自由。他们把我从俄罗斯送到这儿来,我从头一天起就咬住了牙:我什么也不要!魔鬼拿我的老婆,拿我的亲人,拿自由来逗我,可是我对他说:'我什么也不要!'我打定了主意,所以你瞧,我过得挺好,我不抱怨。谁要是对魔鬼让一让步,听了他的话,哪怕只有一回,那就完了,这人就没救了:他陷进泥潭,灭了顶,休想爬出来了。不但像你们这样糊涂的庄稼汉会完蛋,就连老爷们,受过教育的人,也一样。大约十五年以前,他们从俄罗斯押来一位老爷。他没跟自己的兄弟平分家业,却把遗嘱假造了一下。据人家说,他是个公爵或者男爵,可是也许只不过是个当官儿的,谁知道呢?好,这位老爷到了这儿,头一件事就是在穆霍尔季斯科耶给自己买下一所房子和一块地。'我要靠我自己的劳动来过活,'他说,'我要劳累得满脸出汗,因为我现在不是老爷,'他说,'而是移民了。''嗯,'我说,'求上帝保佑您,那是好事。'当时他还是个青年,忙忙碌碌,十分操心,他往往亲手收割,打鱼,还能骑着马跑上六十俄里的路。不过,就是有一件事糟糕:打头一年起,他就骑马上格里诺邮局去取信。他总是站在我的渡船上叹气:'唉,谢苗,不知什么缘故家里很久没有给我汇钱来了!''您用不着钱,瓦西里·谢尔盖伊奇,'我说,'您要钱有什么用?您把过去丢开,忘掉,仿佛根本没有过,仿佛只是一场梦,您重新过活好了。别听魔鬼的话,'我说,'他不会给您带什么好处来,他会把您拉到绝路上去。现在您想要钱,'我说,'可是过不了多久,瞧着吧,您就想要别的了,随后越要越多。要是您打算要您自己幸福,'我说,'顶要紧的是什么也不要。对了……要是,'我对他说,'命运真要是狠心地欺负您跟我,那就不必跟它求情,对它叩头,而要看不起它,笑它。要不然它就会笑您.'我就是这样跟他说的……大约两年以后,我把他渡到这边岸上来,他搓着手,尽笑。'我现在到格里诺去接我的妻子,'他说,'她可怜我,'他说,'她就来了。我那个人儿啊,她心多好,多善。'他乐得气也透不出来了。过了一天,他带着他妻子一块儿来了。那是一个年轻漂亮的太太,戴着帽子,怀里抱着一个小女孩。各式各样的行李,一大堆。我那个瓦西里·谢尔盖伊奇在她身边忙个不停。他的眼睛一会儿也离不开她,把她夸来夸去总也夸不够。'对了,谢苗老兄,哪怕在西伯利亚,人也活得下去!''哼,好吧,'我想,'用了多久你就乐不下去了。'从那时候起他差不多每个星期都到格里诺去打听从俄罗斯汇钱来没有。他要花许许多多的钱。'她为我留在西伯利亚,断送自己的青春和美丽,'他说,'跟我一块儿共患难,所以,'他说,'我应当让她过得尽量快活才对……'为了让那位太太高兴,他就跟当官的和各式各样的坏蛋来往。当然,他得供那伙人吃喝,还得有一架钢琴,长沙发上也总得有一条毛蓬蓬的叭儿狗才成,活见鬼!……总之,奢华,娇宠。那位太太却没跟他住多久。她怎么住得下去呢?粘土啦,河水啦,寒冷啦,要蔬菜没有蔬菜,要水果没有水果。周围全是些无知无识的人和醉醺醺的人,没一点礼节,她呢,却是生长在大城里娇生惯养的太太……当然她闷得慌。再说她丈夫,不管你怎么说吧,现在可已经不是老爷,而是移民,不那么体面了。我记得,大概三年以后在圣母升天节前夜,有人在对岸叫喊。我划着渡船过去。我这一瞧不要紧,原来是那位太太,穿得严严实实,跟一位年轻的老爷,是个当官儿的,一块儿来了。还有一辆由三匹马拉着的雪橇……我把他们渡到这边岸上,他们坐上雪橇,一阵风似的走了!一转眼他们就没影儿了。将近早晨,瓦西里·谢尔盖伊奇赶着一辆双马雪橇,飞跑到渡口来。'我妻子跟一位戴眼镜的老爷走过这儿没有,谢苗?''过去了,'我说,'您上野地里追风去吧!'他飞跑着,追他们去了。他连追了五天五夜。后来我把他渡到对岸去,他往渡船上一扑,拿脑袋撞船板,哇哇地哭。'本来就会闹成这个样子嘛。'我说。我笑了,还拿话点他:'哪怕在西伯利亚,人也活得下去哟!'他就越发使劲地撞脑袋了……随后,他就开始巴望自由。他妻子到俄罗斯去了,当然他一心要上那儿去看她,把她从情人手里夺回来。他呀,老弟,差不多天天骑着马飞跑,要么上邮局去,要么进城去找长官。他老是把呈文递上去,求他们怜恤他,放他回家乡。他说光是给他们打电报,他就花了两百来个卢布。他卖掉他的土地,把房子押给一个犹太人了。他头发花白,背也驼了,脸色姜黄,跟痨病鬼一样……要是他跟你说话,他就发出'唏哩——唏哩——唏哩'的声音……眼睛里一泡眼泪。他照这么递呈文,足足苦恼了八年,可是现在他又活了,又高兴了:他迷上了另外一样东西。你猜怎么着,他的女儿长大了。他瞧着她,他疼她。她呢,说实在的,也真不错:长得挺好看,眉毛黑黑的,性情活泼。每到星期日他总是跟她一块儿骑着马上格里诺的教堂去。他俩总是并排站在渡船上,她笑,他呢,眼睛一会儿也离不开她。'对了,谢苗,'他说,'哪怕在西伯利亚,人也活得下去。就连在西伯利亚也有幸福。瞧,'他说,'我有一个多么好的女儿!大概周围一千俄里以内,你休想找着另外一个像她这样的人。''您的女儿不错,'我说,'的确,这是实话。……'可是我心里说:'等着瞧吧……这妞儿正年轻,她的血流得正欢,她要生活,可是这儿过的是什么样的生活?'她果然苦恼了,老弟……她蔫下去,蔫下去,憔悴了,病了,现在她站都站不住了。她害了痨病。这就叫西伯利亚的幸福,见它的鬼!这就叫人在西伯利亚也活得下去……他老是骑上马去找这个大夫,找那个大夫,把他们带回家去。他只要听说二三百俄里开外有个大夫或者巫师,马上就坐车去找。为了请大夫,他花了好多的钱哟!要依我说,他还不如把那些钱打酒喝了的好……她反正是要死了。她一定会死的,那他可就完了。他会伤心得上吊,要不然就逃回俄罗斯去,那是一定的。他跑掉,人家抓住他,于是他受审,罚苦役,他就要尝尝鞭子的味道了……"

"好,好。"鞑靼人嘟哝着,冷得缩起身子。

"什么事好?"精明人问。

"妻子,女儿……苦役算什么,伤心算什么,反正他看见妻子,看见女儿了……你说,什么也不要!可是什么也不要,坏!他妻子跟他一起住了三年,那是上帝赐给他的恩典。什么也不要,坏;可是三年,好。你怎么不懂呢?"

鞑靼人浑身发抖,费劲地挑选他知道得很少的俄国话,结结巴巴地说是求上帝别让人在外乡生病,死掉,埋在又冷又黑的土地里才好,又说只要他妻子上他这儿来一天,哪怕只来一个钟头,那他也情愿为这种幸福受任什么样的苦,而且感谢上帝。一天的幸福总比什么也没有强啊。

后来他又说他把一个多么美丽聪明的妻子丢在家里了。然后他双手抱住头,哭起来,向谢苗担保说他什么罪也没犯过,他在冤枉地受苦。他的两个哥哥和一个叔叔抢走一个农民的几匹马,把那个老头打得半死,村社审判不公,下了一个判决,把三弟兄一齐流放到西伯利亚来,叔叔是有钱的人,倒留在家里了。

"你会过惯的!"谢苗说。

鞑靼人一声不响,用沾着泪痕的眼睛呆望着火。他的脸上现出迷茫和恐惧,仿佛仍旧不懂他为什么跑到这儿来,生活在黑暗和潮湿里,在生人旁边,而不是在辛比尔斯克省。精明人在火旁边躺下去,不知为了什么缘故冷笑一声,低声哼起歌来。

"她跟她爸爸在一块儿有什么乐子呢?"过了不大的工夫,他说,"他爱她,他得到了安慰,这话不错,可是,老弟,对他可得小心,他是个严格的老头子,厉害的老头子。年轻的小妞儿却不要严格……她要温存,要哈哈哈,荷荷荷,要香水和头油。对了……唉,事情不妙哟!"谢苗叹口气,笨重地站起来,"酒全喝完了,所以到睡觉的时候了。怎么样?我要走了,老弟……"

剩下自己孤单单一个人,鞑靼人就再添点干枝子,躺下去,呆望着火,开始想他自己的故乡和他的妻子。要是他妻子能来住上一个月,哪怕住上一天,那多好。随后,要是她想回去,再让她回去好了!来住一个月,哪怕只住一天,也总比什么都没有强。可是万一他妻子真照她应许过的那样来了,他拿什么养活她呢?在这种地方,她住到哪儿去呢?

"要是没有东西吃,那怎么活得下去?"鞑靼人大声问。

他现在摇一昼夜的船,他们才给他十个戈比。不错,过路的人赏茶钱、酒钱,可是他那些同伙私下把收来的钱全分光了,一个也不给鞑靼人,反而笑他。他穷得挨饿,受冻,害怕……现在,他周身酸痛,发抖,本来应该到小木房里去躺下睡觉才对,可是他在那边没有被子盖,比在河岸上还要冷。这儿他也没有被子盖,可是他至少还可以烧起火来……

再过一个星期,大水完全退了,他们安排好摆渡的时候,除了谢苗以外,所有的渡船工人都用不着了。鞑靼人就得从这个村子走到那个村子,哀求施舍,找活儿干。他妻子才十七岁;她好看,娇气,腼腆。难道她能不戴面纱,从这个村子走到那个村子去讨饭?不行,这种事就连想一想都是可怕的……

天已经亮起来,驳船、水上的河柳丛和浪花都现出清清楚楚的轮廓。要是回头看,那边是粘土的高坡,坡底下有一个用深棕色麦秆铺成房顶的小屋,高一点的地方,村子里的农舍挤在一块儿。公鸡已经在村子里喔喔地啼起来了。

红褐色的粘土坡、驳船、河流、心眼不好的生人、饥饿、寒冷、疾病,也许这都不是真实的吧。鞑靼人暗想:这多半只是一场梦。他觉得自己在睡觉,还听见了自己的鼾声……当然,他是在辛比尔斯克省的家里,他只要叫一声他妻子的名字,包管她会答应。他母亲就在隔壁房间里……可是,天下有多少可怕的梦呀!为什么要有这种梦呢?鞑靼人微微笑着,睁开眼睛。这是什么河,伏尔加吗?

天在下雪。

"要渡船啊!"对岸有人叫喊,"船啊!"

鞑靼人醒来,去叫醒他的伙伴,把船划到对岸去。渡船工人走到河岸上来,一面走,一面穿上他们的破羊皮袄,用带着睡意的沙哑嗓音骂街,冻得缩起身子。他们刚从睡梦中醒过来,河面上飘来一股刺骨的寒气,他们分明觉着这条河又可恶又可怕。他们不慌不忙地跳上大木船……鞑靼人和那三个渡船工人拿起宽叶的长桨,在黑暗中看上去那些长桨像是螃蟹的螯。谢苗把肚子压着很长的船舵。对岸的喊声仍旧没停,还放了两枪,大概以为渡船工人睡熟了,或者到村子里的小酒馆去了。

"得了吧,忙什么!"精明人用深信这个世界上什么事都不必着急,反正到头来总是一场空的那种人的口气说。

粗笨沉重的驳船离开河岸,在河柳丛中飘浮过去,只有从那慢慢向后退去的河柳才看得出驳船不是停在原地方,而是在动。渡船工人们匀称地合着拍子划桨。精明人用肚子压着船舵,他的身子在空中画了一道圆弧,从这边翻到那边去了。在黑暗中看上去,倒好像那些人坐在一种生着长爪子的上古动物身上,骑着它走过人有时候在恶梦中才会看见的那种寒冷荒漠的地方似的。

他们出了河柳丛,飘到空旷的水面上。对岸已经可以听见船桨的嘎吱嘎吱声和匀称的溅水声,就叫道:"赶快!赶快!"又过了大约十分钟,驳船沉重地撞在登陆的渡口上。

"天老是下个没完,天老是下个没完!"谢苗嘟哝着,擦掉脸上的雪,"这些雪都是打哪儿来的,只有上帝才知道!"

河岸上站着一个身材不高的瘦老头子,穿一件短狐皮袄,戴一顶白羔皮帽子。他站在离马不远的地方,一动也不动。他现出阴郁的、心事重重的神情,仿佛在极力回想什么事,对他自己的不中用的记性很生气似的。谢苗走到他面前,脱掉帽子,现出笑脸,那人就说:

"我要赶到阿纳斯塔西耶夫卡去。我女儿又病重了。据说阿纳斯塔西耶夫卡有一位新派来的医师。"

他们把马车拖上驳船,划回去。谢苗称之为瓦西里·谢尔盖伊奇的那个人,在大家划船的时候始终站在那儿不动,抿紧厚嘴唇,瞪着眼睛发愣。车夫请求他允许在他面前抽烟,他也没答话,好像没听见似的。谢苗用肚子压住船舵,讥诮地瞧着他,说:

"哪怕在西伯利亚,人也活得下去。活得下去哟!"

精明人脸上现出得意的神情,好像他证实了一件事,好像由于事情的结局不出所料而高兴似的。那个穿短狐皮袄的男子的狼狈不幸的样子分明招得他十分快活。

"现在坐车,路上尽是烂泥,瓦西里·谢尔盖伊奇,"他说,这时候马在岸上又套好车子了,"您应该过两个星期再去,到那时候路就干一点儿了。要不然,索性不去也罢……要是您跑一趟路,真会有什么好处,倒也罢了,可是您自己也知道,坐上车子成年累月地跑,白天晚上地跑,到头来一点用处也没有。这是实实在在的!"

瓦西里·谢尔盖伊奇一句话也没说,赏了酒钱,坐上车子走了。

"瞧,他又跑去请医生了!"谢苗说,冷得缩起脖子,"可是要想请真正的好医生,那就跟到田野上去追风,要抓住魔鬼的尾巴一样,滚它妈的! 好一个怪人,主啊,宽恕我这个罪人吧!"

鞑靼人走到精明人面前,带着痛恨和憎恶瞧着他,周身发抖,用不连贯的、夹着鞑靼话的俄国话说:"他好……好,你坏!你坏!老爷是好人,很好,你是畜生,你坏!老爷是活人,你,死尸……上帝创造人,是要人活,要人高兴,要人伤心,要人忧愁,可是你,什么也不要,所以你,不是活人,是石头,泥土!石头才什么都不要,你也什么都不要……你是石头,上帝不爱你,爱老爷!"

大家都笑起来。鞑靼人轻蔑地皱起眉头,摇了摇手,把身上的破衣服裹一裹紧,走到篝火那儿去。渡船工人们跟谢苗慢步走回小屋里去。

"天真冷!"有一个渡船工人哑声哑气地说。潮湿的土地上铺着麦秆,他躺下去,伸直身体。

"对了,真不暖和!"另一个人同意道,"这日子真是活受罪!……"

大家躺下睡觉。门给风刮开了。雪飘进屋里来。谁也没心起来关门:他们怕冷,而且懒得爬起来。

"我挺好!"谢苗说,他快要睡着了,"只求上帝叫大家都过着这样的生活才好。"

"你是个结实的汉子,谁都知道。连魔鬼都不来抓你。"

外面传来狗嗥一样的声音。

"这是什么声音?是谁在那儿?"

"这是那个鞑靼人在哭。"

"嘿!……真是个怪人!"

"他早晚会过惯的!"谢苗说,立刻就睡着了。

另外几个人也很快就睡着了。门始终也没有关。

摘自老教师的札记簿

"人们议论说:家庭应当跟学校携手并进。不错,然而有一个条件:这个家庭必须是上流家庭,而不是商人或者小市民的家庭;因为学校如果跟低层次的家庭接近,就不可能有纯正的校风。可是,有的时候出于博爱,又不应当剥夺商人和富裕的小市民的快乐,例如邀请教师到他们家里去吃馅饼之类。"

"女学生一听到'Предложение'①和'союз'②就温文尔雅地低下眼睛,脸红了。男学生一听到'Прилагательное'③和'Придаточное'④,就带着希望瞩望未来。"

"由于俄语中几乎不再使用字母'ѳ'、'v'以及语法中的呼格,那么,按公正的原则来说,应当减少俄语教师的薪水才对,因为,既然有的字母和格取消,他们的工作也就减轻了。"

"我们的教师劝说学生们不要把时间浪费在阅读小说和报纸上,因为这妨碍人精神集中,害得人心思涣散。再者,小说和报纸没有什么益处。然而,如果教师们本人把许多时间花费在看报纸和杂志上,学生们怎么能相信他们的导师?医生先得治好自己的

---

①② 在俄语中这两个词均为语法用语,分别为"句子"和"连接词"的意思,但前者亦作"求婚"解,后者亦作"结婚"解。
③④ 均为俄语中的语法用语,分别为"形容词"和"从句"的意思,但亦可作"陪送物"、"陪嫁"解。

病！讲到我,那么在这方面,我是完全清白的:三十年来我连一本书和一份报纸也没读过。"

"给学生讲课的时候,应当分外注意,要学生们把自己的书送去装订硬的封面;因为只有在书籍装订上硬封面以后,人才能用书脊打学生的额头。"

"孩子们！领到养老金是多大的福分啊！"

鱼 的 爱 情

这事情说来离奇：潘达雷金将军别墅附近池塘里仅有的一条鲫鱼竟然没命地爱上了住在别墅里的女人索尼雅·玛莫奇金娜。不过这又有什么可奇怪的呢？莱蒙托夫的恶魔就爱上了达玛拉①，天鹅也爱上了勒达②，难道事务员不是往往爱上他们上司的女儿吗？索尼雅·玛莫奇金娜每天早晨都跟她的姨母一块儿来沐浴。一往情深的鲫鱼就游到岸边来观看。附近开着一家克兰杰尔父子铸造厂，因此池塘里的水早就变成深褐色，不过话虽如此，那条鲫鱼还是什么都看得见。它看见白云和鸟雀在蔚蓝的天空飘飞，看见别墅里的女人们脱掉衣服，看见有些年轻人躲在岸边灌木丛里偷看，看见胖姨母下水以前先在石头上坐五分钟光景，得意地摩挲自己的身子，说："我这头象，长成了一副什么样儿？简直看着都可怕哟。"索尼雅脱掉身上的单薄衣服，尖叫一声，跳进水里，游起来，冷得缩起脖子，那条鲫鱼就马上溜到她身边，开始贪婪地吻她的小脚、肩膀、脖子。……

这两个别墅里的女人洗完澡，回家喝茶，吃甜面包去了。那条鲫鱼呢，在广大的池塘里孤零零地游来游去，暗想：

---

① 见莱蒙托夫的长诗《恶魔》。
② 希腊神话中斯巴达王廷达瑞俄斯的妻子，宙斯醉心于她的容貌，化为天鹅与她相会。

"当然,我和她互相爱恋的可能性,是根本谈不到的。她这样一个美人儿能爱上我这样一条鲫鱼?不会,说什么也不会!千万别用幻想诱惑自己,可鄙的鱼!只剩下一种命运等着你,就是死!可是怎么个死法呢?池塘里可没有手枪和带磷的火柴。对我们这些鲫鱼来说,只能有一种死法,就是落到狗鱼的嘴里。不过上哪儿去找狗鱼呢?从前这个池塘里倒有一条狗鱼,可是就连它也烦闷无聊得死掉了。哎,我真不幸啊!"

这个年轻的悲观主义者思考着死亡,钻进淤泥里,在那儿写日记。……

有一次,傍晚前,索尼雅和她的姨母坐在池塘的岸边钓鱼。那条鲫鱼在浮子旁边游来游去,眼睛一刻也不离开它心爱的姑娘。忽然,它脑子里像电光似的闪过一个念头。

"我索性死在她的手里好了!"它暗自想着,快活地摆动它的鳍,"啊,这倒是个绝妙的、舒心的死法!"

它充满决心,只是脸色微微发白,向索尼雅的鱼钩那边游过去,用嘴咬住鱼钩。

"索尼雅,你那儿有鱼上钩了!"她的姨母尖声叫道,"亲爱的,你那儿有鱼上钩了!"

"啊!啊!"

索尼雅跳起来,用尽力气一拉。有个金黄的东西在空中一闪,啪的一声掉进水里,在水面上留下许多圆圈。

"掉了!"两位别墅的女客大叫一声,脸发白了,"掉了!哎呀!亲爱的!"

大家看一下鱼钩,瞧见鱼钩上挂着一片鱼的嘴唇。

"唉,亲爱的,"姨母说,"你不应该使那么大的劲啊。现在那条可怜的鱼只好缺一片嘴唇活下去了。"

我的主人公从鱼钩上掉下来以后,吓呆了,很久都不明白出了

353

什么事。后来它清醒过来,不住地呻吟道:

"我又活了!又活了!唉,命运的嘲弄哟!"

这条鲫鱼发现它的下巴没有了,就脸色惨白,发狂般地哈哈大笑。……它疯了。

不过,我居然打算用鲫鱼这样微不足道和没有趣味的生物的命运来吸引严肃的读者的注意力,这恐怕显得奇怪吧。其实这又有什么可奇怪的呢?有些女士就在大杂志上尽情描写对谁都不需要的鲍鱼①和蜗牛。我在模仿那些女士。甚至我自己就可能是女士,只不过用男人的假名掩盖自己罢了。

总之,这条鲫鱼疯了。这条不幸的鱼一直到现在还活着。一般说来,鲫鱼喜欢被人放在酸奶油里煎熟,然而我的主人公现在却喜欢任何一种死法。索尼雅·玛莫奇金娜已经嫁给一个药房老板,她的姨母到利佩茨克找她那已经结婚的姐姐去了。这是一点也不奇怪的,因为那个已经结婚的姐姐有六个孩子,而所有的孩子都是喜欢姨母的。

现在,接着往下写吧。有一个工程师克雷辛在克兰杰尔父子铸造厂里当厂长。他有个侄子叫伊凡,大家知道,他写诗,而且兴冲冲地把那些诗发表在所有的杂志和报纸上。有一天中午,天气炎热,年轻的诗人走过这个池塘,灵机一动,想下去洗个澡。他就脱掉衣服,进入池塘。那条神志失常的鲫鱼错把他当作索尼雅·玛莫奇金娜,游到他身边来,温柔地吻一下他的后背。这一吻不要紧,却产生了最富于毁灭性的后果:鲫鱼把悲观主义传染给了诗人。诗人可是一点也没料到,他从水里出来,竟发狂般地哈哈大笑,回家去了。过了几天,他去到彼得堡。他到那边的编辑部,把悲观主义传染给了所有的诗人,于是从那时候起,我们的诗人们就都开始写郁郁寡欢的诗了。

---

① 一种中小型鱼类,凶猛鱼类的食饵。

邻　　居

　　彼得·米海雷奇·伊瓦欣心绪恶劣极了。他妹妹是个姑娘家,却搬到一个已婚的男子符拉西奇家里去住了。为了设法摆脱不论在家里还是在野外老是不肯离开他的那种沉郁沮丧的心境,他就向他的正义感,向他的纯正美好的信念求援:他可是素来拥护自由恋爱的啊!然而这都无济于事。他每次总是违背自己的意志,得出和愚蠢的奶妈同样的结论,那就是,他妹妹行为不端,符拉西奇把他的妹妹拐走了。这真是愁煞人。

　　他母亲整天都没走出她的房间。奶妈小声说话,长吁短叹;他的姑妈每天都准备动身,时而把她的皮箱搬到门厅去,时而又搬回她的房间。家里、院子里、花园里,都静悄悄的,仿佛这所房子里死了人似的。他的姑妈、仆人们,甚至那些农民,依彼得·米海雷奇看来,都像是带着捉摸不透的困惑神情瞧着他,仿佛想说:"人家勾引你的妹妹,你怎么没有动静呢?"他责备自己无所作为,可是他也不知道究竟应该采取什么样的行动才是。

　　照这样过了大约六天。到第七天,那是星期日吃过午饭以后,一个骑马的人送来一封信。信封上的字是他所熟悉的女人的笔迹写的:"安娜·尼古拉耶芙娜·伊瓦欣娜夫人收。"不知什么缘故,彼得·米海雷奇觉得这个信封、这种笔迹、"夫人"这两个字,都有一种挑衅的、逞强的、自由主义的意味。而女人的自由主义总是顽强、不退让、残忍无情的。……

"她宁可死,也不肯对她不幸的母亲让步,向她赔罪。"彼得·米海雷奇一面想,一面拿着那封信向他母亲的房间走去。

他母亲和衣躺在床上。她看见儿子,就猛地坐起来,理一下从包发帽里滑下来的白头发,很快地问道:

"什么事?什么事?"

"写信来了……"儿子说,把信交给她。

在这所房子里,"齐娜"这个名字,以至"她"这个字,都没有人提起。碰到说起齐娜的时候,总是不提名道姓,只说"写信来了"或者"走了"。……母亲认出女儿的笔迹,她的脸色变得难看,不愉快,她的白头发又从包发帽里滑下来了。

"不!"她说,摆一下手,好像那封信烫了她的手指头似的,"不,不,拿走!我说什么也不看!"

母亲放声大哭,又是伤心又是羞愧。她显然想看这封信,可是她的自尊心不容许她这样做。彼得·米海雷奇明白他自己应当拆开这封信,大声读一遍;然而他心里忽然生出一股以前从没体验过的怒火,他跑到院子里,对骑马的人嚷道:

"你回去说,没有回信!没有回信!你就这么说,畜生!"

他把那封信撕碎,然后眼泪涌上他的眼眶。他觉得自己残忍、有罪、不幸,就走到野外去了。

他只有二十七岁,可是已经发胖,按老年人的装束,衣服肥大,而且害上了气喘病。他身上已经有年老的独身地主的种种气质。他不谈恋爱,不想结婚,只爱他的母亲、妹妹、奶妈、花匠瓦西里奇。他喜欢吃好菜、睡午觉、谈政治、谈高尚的问题。……他早已大学毕业,不过现在他却把这件事看得像是服满了青年在十八岁到二十五岁之间不得不服的兵役似的;至少,如今每天在他脑子里活动的思想已经跟大学以及他学过的那些科学毫不相干了。

旷野上炎热而安静,下雨以前总是这样。树林里蒸发着热气,松树和腐烂的叶子冒出一股浓重的气味。彼得·米海雷奇时不时地站住,擦一下湿漉漉的额头。他查看他的秋播作物和春播作物,绕过三叶草地,有两次在树林边上赶走一只山鹬和它那些雏鸟。他一直在思忖:这种不堪忍受的局面不能永久拖下去,总得好歹把它了结才成。了结得愚蠢也罢,荒唐也罢,反正非了结不可了。

"可是该怎么了结呢?怎么着手呢?"他问自己,用恳求的眼光望望天空,再望望树木,仿佛央求它们来帮忙似的。

可是天空和树木沉默不语。纯正的信念帮不上他的忙;而常识告诉他,这个恼人的问题除了愚蠢的办法以外不可能有其他的解决办法,今天对待骑马的人的那个场面绝不是这类场面的最后一次。以后还会发生什么事,想一想都可怕!

当他回家的时候,太阳已经快落山了。这时候他才觉得这个问题无论怎样也没法解决。跟既成事实妥协是不行的,不妥协也不行,而中间的道路却没有。他脱下帽子,用手绢扇着脸,顺着大路走,离家大约还有两俄里路,身后响起了铃铛声。那是配合得很精巧、很成功的一串大大小小的铃铛,发出玻璃样的丁零丁零声。马车上装这种铃铛的,只有本县警察局长美多夫斯基一个人。他从前做过骠骑兵的军官,荡尽家财,身体虚弱,是彼得·米海雷奇的一个远亲。伊瓦欣家把他当作自己人,他对齐娜怀着父辈的温柔感情,很喜爱她。

"我正好要到您家去,"他追上彼得·米海雷奇,说,"您坐上车来吧,我带您走一程。"

他微微地笑,样子很快活。显然,他还不知道齐娜跑到符拉西奇家里去了。很可能他已经听到这个消息,可是不相信。彼得·米海雷奇觉得自己处境尴尬。

"欢迎您来。"他支吾道,脸红得快要流泪了,不知道该说什么谎话,也不知道该怎么说才好。"我很高兴,"他接着说,极力做出笑脸,"不过……齐娜走了,我母亲病了。"

"真遗憾!"警察局长说,呆呆地瞧着彼得·米海雷奇出神,"我本来打算在您家里消磨一个傍晚呢。可是齐娜伊达①·米海洛芙娜到哪儿去了?"

"到西尼茨基那儿去了,从那儿好像要到修道院去。我不十分清楚。"

警察局长又谈了一阵,就拨转马头回去了。彼得·米海雷奇走回家,战战兢兢地思忖着警察局长知道真情以后,会有什么样的心情。彼得·米海雷奇想象着这种心情,体会着这种心情,同时走进了正房。

"帮助我们吧,主啊,帮助我们吧……"他想。

临到喝晚茶,饭厅里只坐着他姑妈一个人,她的脸上照例表现出这样一种神情:她虽然弱小,无依无靠,可是绝不允许任何人侮辱她。彼得·米海雷奇在桌子的另一头坐下(他不喜欢他的姑妈),开始默默地喝茶。

"你母亲今天又没吃午饭,"他的姑妈说,"你,彼得鲁希卡②,应该过问一下。挨饿光是苦了自己。这可解不了愁啊。"

彼得·米海雷奇觉得荒唐可笑,因为他姑妈居然出头管别人的事,而且她看到齐娜走了,自己也要走。他本想说几句话顶撞她,可是忍住了。他一面按捺自己,一面感到如今已经到了非采取行动不可的时候,他再也没有力量忍耐下去了。要么马上采取行动,要么就往地上一扑,大嚷大叫,用脑袋撞地板。他想象符拉西奇和齐娜,这两个心满意足的自由思想者,目前正在不知什么地方

---

① 上文的齐娜和下文的齐诺琪卡均为齐娜伊达的爱称。
② 彼得鲁希卡和下文的彼得鲁沙都是彼得的爱称。

一棵槭树底下亲嘴,于是这七天当中郁积在他心头的愤恨和怨毒就一齐落到了符拉西奇身上。

"一个人来勾引我的妹妹,把她拐走了,"他想,"另外就会有人来杀死我母亲,还会有人来放火烧房子,或者把这所房子抢劫一空。……所有这些都是打着个人的友谊、高尚的思想、不惜受苦的旗号干出来的!"

"不,这不行!"彼得·米海雷奇忽然大叫一声,一拳头砸在桌子上。

他跳起来,跑出饭厅。马厩里站着总管的一匹马,已经备好鞍子。他骑上去,疾驰到符拉西奇家去了。

他的灵魂里掀起了十足的风暴。他感到有必要做一件泼辣的、非同小可的事,哪怕事后懊悔一辈子也在所不惜。要不要索性骂符拉西奇一声坏蛋,打他一个耳光,然后挑战,跟他决斗?然而符拉西奇绝不是那种敢于站出来决斗的人,至于骂他坏蛋,打他耳光,他只会变得更加可怜,更加畏畏缩缩。这班不会反抗的可怜虫都是些最讨厌、最难缠的人。不管他们干出什么事来,都可以不受惩罚。这种可怜虫每逢受到罪有应得的责难,总是抬起深深地负疚的眼睛,露出一脸的苦笑,温顺地低下头去作为回答;看到这光景,就连正义本身都不忍心举起手来惩罚他了。

"那也不管。我要当着她的面用马鞭子抽他,对他狠狠地骂一顿。"彼得·米海雷奇决定。

他骑着马穿过他的树林和荒地,想象着齐娜为了替自己的行为辩护会讲到妇女的权利,讲到个人的自由,讲到在教堂里按规定的仪式结婚和自由结合之间并没有什么区别。她会像一般女人那样争论她不理解的事。临了,她多半会问:"这件事跟你有什么相干?你有什么权利管这件事?"

"是的,我没有权利,"彼得·米海雷奇嘟哝说,"不过这就更

359

好。……越是粗暴,越是没有权利,那倒越好。"

天气闷热。下边,靠近地面,有一群群云雾般的蚊子低飞,凤头麦鸡在荒地上发出凄凉的悲鸣声。一切都预告天要下雨,可是天上一点云也没有。彼得·米海雷奇越过他的田界,在光滑平坦的旷野上奔驰。他常骑马走这条路,熟悉这条路上的每丛灌木和每块洼地。眼前,在暮色中,远远看去像一道黑色峭壁的东西,其实是一座红色教堂。他能完全想象它的模样,连一个细节也不漏,甚至想象大门上的灰泥,想象老是到围墙里面去吃草的牛犊。在教堂右边一俄里远的地方有个黑乎乎的小树林,那是柯尔托维奇伯爵的树林。树林后面就是符拉西奇的土地。

从教堂和伯爵的树林后面,有一大块乌云拢过来,乌云里不时现出苍白色的闪电。

"果然要下雨了!"彼得·米海雷奇暗想,"保佑我,主啊,保佑我。"

马跑得太快,不久就乏了,彼得·米海雷奇本人也累了。带来风暴的乌云愤愤地瞧着他,仿佛劝他回家去。他有点心惊胆战了。

"我要对他们证明他们做得不对!"他鼓励自己,"他们会说这是自由恋爱,这是个人自由。可是自由就是克制,不是听凭情欲摆布。他们这么干,是放荡,不是自由!"

这时候,他来到伯爵的大池塘边上。由于天空有乌云,池水变成了深蓝色,阴森森的,池子里冒出一股潮气和绿苔的气味。小径旁边有两棵柳树,一棵老的和一棵小的,彼此温柔地依偎着。大约两个星期以前,就是在这个地方,彼得·米海雷奇和符拉西奇一块儿溜达过,低声唱过一首大学生的歌:"要是没有爱情,青春虚度,就等于断送年轻的生命。……"无聊的歌!

等到彼得·米海雷奇走出小树林,天上已经响起隆隆的雷声,树木发出飒飒声,给风刮得弯下腰去。应当快点走才对。从这片小树林到符拉西奇的庄园,只要穿过一个草场,至多走一俄里路。这儿,道路两旁立着些老桦树。它们,如同它们的主人符拉西奇一样,显得忧伤而可怜,也跟他一样消瘦而细长。大颗的雨点打得桦树和青草沙沙地响。风顿时停了,空中有潮湿的土地和杨树的气味。前边出现了符拉西奇的篱笆以及一棵也是又瘦又高的黄色金合欢。在栅栏坍塌的地方可以看见一个荒芜的果园。

彼得·米海雷奇不再想耳光,也不再想鞭子,他不知道他到了符拉西奇家里会有什么举动。他心虚了。他为自己,也为他妹妹害怕,想到他马上会跟她见面不由得战战兢兢。她会怎样对待她哥哥呢?他们两个人会说出些什么话来呢?要不要趁时机还不算迟,赶紧往回走?他一面这样想,一面策动马匹走上菩提树林荫道,往正房跑去。他绕过很大的丁香花丛,突然看见了符拉西奇。

符拉西奇没戴帽子,穿着花布衬衫和长筒皮靴,在大雨下躬着身子,从房角往门廊走去。他身后跟着一个工人,拿着锤子和钉子盒。大概他们刚修完一块给风刮坏的护窗板吧。符拉西奇看见彼得·米海雷奇,就站住了。

"是你?"他说,微微一笑,"啊,这真好。"

"是啊,你瞧,我来了……"彼得·米海雷奇轻声说着,两只手拂掉身上的雨。

"哦,这真好。很高兴。"符拉西奇说,可是没有伸出手来,显然他不敢先伸手而等着对方伸手。"这场雨对燕麦很好!"他说,看一下天空。

"是的。"

他们沉默地走进房子。从门厅往右走,穿过一道门,走进另一个前厅,然后走进大厅,再往左是一个小房间,总管在冬天就住在那儿。彼得·米海雷奇和符拉西奇走进这个房间。

"你是在什么地方遇上雨的?"符拉西奇问。

"不远。差不多就在这所房子附近。"

彼得·米海雷奇在床上坐下。他暗自高兴,因为雨声很响,房间里又黑。这样好一点,不那么可怕,也不必瞧着对方的脸了。他的怨恨已经过去,只剩下恐惧和对自己的气恼。他觉得自己一开头就做得不对头,觉得他这次跑来不会有什么结果。

这两个人沉默一会儿,装出听雨声的样子。

"谢谢你,彼得鲁沙,"符拉西奇噘一下喉咙,开口说,"你来了,我很感激。这足见你宽宏大量,品格高尚。我明白这一点。请你相信我,我对这一点看得很重。请你相信我。"

他看一眼窗外,在房间里站定,接着说:

"事情发生得有点神秘,好像我们要瞒着你似的。这些天来,我们想到你也许会觉得受了我们的侮辱,生我们的气,我们的幸福就显得不圆满。不过请你容许我辩白一下。我们保守秘密倒不是因为我们信不过你。第一,事情发生得突然,像是来了灵感似的,没有仔细考虑的余地。第二,这是一件私事,不好对外人讲……不便让第三者插手,哪怕像你这样亲近的人也不行。然而主要的是,在这件事上我们始终强烈地指望你会宽宏大量。你是一个极其宽宏大量,极其高尚的人。我对你感激不尽。日后如果你需要我的生命,你管自来,把它拿去就是。"

符拉西奇用平静而低沉的男低音讲话,老是那么个调门,仿佛在嗡嗡地叫。他分明很激动。彼得·米海雷奇觉得现在该由他讲话了,如果光是听人讲话而自己沉默,那在他就无异于真要扮演一个最宽宏大量和最高尚的忠厚人了,然而他到此地来并不是为了这个目的。他很快站起来,喘着气,低声说:

"你听我说,格利果利,你知道,我喜欢你,我不能希望我妹妹找到一个比你更好的丈夫了。可是现在发生的这件事太吓人!连想一下都可怕!"

"这有什么可怕的呢?"符拉西奇用发颤的声调问道,"假如我们做了坏事,那才可怕,可是这并不是坏事啊!"

"你听我说,格利果利,你知道,我是没有成见的。可是原谅我说句老实话,依我看来,你们俩的行为太自私了。当然,这话我不会对齐娜说,那会伤她的心,不过你得知道,我母亲难过到了没法形容的地步。"

"是的,这事是叫人难受的,"符拉西奇说,叹了口气,"这一点我们事先已经料到了,彼得鲁沙,可是我们有什么办法呢?如果你的行为使得一个什么人伤心,那还不能说这种行为不好。有什么办法呢!你所采取的每个严肃步骤总难免要伤别人的心。假如你去为自由战斗,那也会惹得你母亲难过的。有什么办法呢!谁要是把亲人的安宁看得高于一切,谁就得全盘放弃思想生活。"

窗外闪过一道明亮的电光,这道闪光仿佛改变了符拉西奇的思路。他挨着彼得·米海雷奇坐下,讲出些完全不必要的话。

"我,彼得鲁沙,是崇拜你妹妹的。"他说。"往常我到你家去,每次我都有一种感觉,仿佛是去朝圣似的,而我也真的对她佩服得五体投地。现在我这种崇拜还在一天天增长。在我的心目中,她比妻子高得多!高得多!"符拉西奇把双手一挥,说,"她就是我的神。自从她在我这儿住下的那天起,我走进这所房子就像走进一座神殿。她是个天下少有的、不同寻常的、最最高尚的女人!"

"嘿,他胡扯起来了!"彼得·米海雷奇想。他不喜欢"女人"这两个字。

"为什么您不正式结婚呢?"他问,"你妻子要多少钱才肯离婚?"

"七万五。"

"数目不小。不过要是跟她讨价还价呢?"

"她连一文钱也不肯让。老兄,她是个糟透了的女人!"符拉西奇叹了口气,说,"我以前从没对你讲过她,我想起她来就讨厌,可是现在机会来了,我就说一说吧。当初我是在一种优美纯正的思想的影响下跟她结婚的。要是你想知道详情的话,那就要从头说起。我们团里有个营长,跟一个十八岁的姑娘同居,那就是说,随随便便把她弄上手,跟她同居两个月,又把她抛弃了。她的处境非常可怕,老兄。她不好意思回到父母那儿去,再者他们也不会收留她。她的情人又抛弃了她,她简直只好到营房里去卖淫了。团里的军官们都感到愤慨。他们自己也并不是圣徒,可是这种卑鄙的行为实在太刺眼了。再者,团里的军官们本来就受不了这个营长。你知道,为了跟他捣乱,气愤的准尉和少尉们就一齐开始为不幸的姑娘募捐。好,我们这些低级尉官坐在一起开了个会,这个人拿出五个卢布,那个人拿出十个,忽然间,我的头脑发热了。我感到这个局面正是干一番英雄事业的大好机会。我就赶紧到姑娘那儿去,用热烈的言辞对她表白我的同情。我一路去找她的时候以及后来我对她讲我热烈地爱她的时候,我一直把她看成一个被伤害与侮辱的女人。是啊。……结果,这以后过了一个星期,我向她求婚了。我的长官和同事们认为我的婚姻同军官的尊严不相容。这反而给我火上加油。我,你知道,写了一封长信,在信上证明我的行为应该用金字写在团史上,等等。这封信寄到团长那儿去了,我还抄出许多份,分发给同事们。嗯,当然,我心情激动,难免写了些尖刻的话。团里就要求我退役。这封信的草稿我不知收藏在哪儿,将来我设法拿给你看一看。信写得很有感情。你会看出我经历过多么正直而光明的冲动。我退役后,带着我妻子到这儿来。我父亲死后只留下一些债务,我自己也没有钱,可是我妻子从头一天起就应酬朋友,喜好打扮,玩牌,我只好把田产抵押出去。你知道,她过一种很糟糕的生活,我所有的邻居当中只有你一个人没有成为她的情夫。过了大约两年,我把我当时所有的钱都送给她,算是赔偿费,她就住到城里去了。是啊。……就连现在我也每年给她一千二百卢布。糟透了的女人!老兄,有的苍蝇把卵下在蜘蛛的背上,弄得蜘蛛无论如何也抖不掉它。卵就在蜘蛛身上生长,吸它心里的血。这个女人就是照这样在我身上生长,吸我心里的血。她憎恶我,看不起我,因为我做了蠢事,也就是娶了一个像她这样的女人。她压根儿没有把我的宽宏大量看在眼里。她说:'聪明人丢掉了我,而傻瓜捡起了我。'依她看来,只有可怜的白痴才会干出我这样的事。老兄,我痛心得不得了。总之,老兄,顺便说说,命运总是折磨我。它把我折磨得好苦啊。"

彼得·米海雷奇听符拉西奇讲话,大感不解地问自己:这个人究竟在哪方面使齐娜如此钟情呢?他年纪不轻了,已经四十一岁,长得又瘦又干瘪,胸脯很窄,鼻子挺长,胡子花白。他说话好像在嗡嗡地叫,脸上现出病态的笑容,一面说话,一面难看地挥着手。他既谈不到健康,也没有漂亮的、男子汉的风度,更没有上流社会的气派,连欢欢喜喜的样子也没有,从外表来看,总显得没有光彩,不知道是个什么路数。他的装束不雅致,环境单调乏味。他不赞成诗歌和绘画,因为它们"没有回答当代的问题",也就是说他不理解它们。音乐不能打动他的心。他在务农方面能力很差。他的田产让他管理得乱七八糟,已经抵押出去,后来又被第二次抵押,按照第二次抵押契约,得付一分二的利息。此外,由于期票未曾清偿,还欠下一万卢布的债务。每逢到了付利息或者给他妻子汇钱的日子,他总是到处求人借钱,从他的神情看来,好像他的房子起了火似的;同时,他冒冒失失地把存着过冬用的全部干柴卖掉而只换来五个卢布,把一大垛干草卖掉而只换来三个卢布,到后来就吩咐人拆掉果园的篱栅或者旧的温床架子,用来生火炉。他的草场给猪踩坏,树林里的幼林地段任凭农民的牲口践踏,老树每过一冬就少一些,菜园里和果园里丢着养蜂的木箱和生锈的水桶。他既没有才能,也缺乏天赋,甚至没有普通的生活能力。他在实际生活中是个天真而软弱的人,容易上当和受气,无怪农民们称他为"傻大爷"了。

他是个自由思想者,在县里被人看作赤色分子,可是就连这一点,在他身上也表现得枯燥乏味。他的自由思想缺乏独创精神和热情。不管愤慨也好,盛怒也好,高兴也好,他老是一个样子,毫不动人,显得疲疲沓沓。就连激昂慷慨的时候,他也不抬起头来,仍旧拱起后背。不过最乏味的是,他的优美纯正的思想,经他一讲,也显得平庸而落后了。每逢他慢腾腾,带着沉思的样子,讲起他纯正而高尚的时刻,讲起最好的岁月,或者每逢他称赞青年,说他们素来走在社会前面,现在也是如此,或者他斥责俄国人,说他们一到三十岁就穿上家常长袍,忘了他们的养我育我的母亲①的原则,他的话总是使人不由得想起早已读过的旧书。遇到有人在他家里过夜,他就在那人的床头小桌上放一本皮萨列夫或者达尔文的作品。如果那人说这些书已经读过,他就走出去,拿一本杜勃罗留波夫的著作来。

在这个县里,这就叫自由思想。许多人把这种自由思想看作一种没有害处的、无伤大雅的怪癖,然而这种思想却害得他深深地不幸。这种思想对他来说无异于他刚才讲过的蝇卵:它紧紧地贴在他身上,吸他心里的血。过去,他那陀思妥耶夫斯基式的古怪婚姻,他那些笔迹很糟、叫人认不清楚可是感情丰富的长信和副本,那些无穷无尽的误会、解释、幻灭,还有他的债务、第二次抵押、给妻子的津贴、每月的借贷,所有这些对人对己都没有好处,总之,对任何人都没有好处。就连现在,他也跟从前一样,仍旧忙这忙那,追求英雄事业,过问别人的事。一有适当的机会,他照旧写长信,

---

① 原文为拉丁语,高等学校的古称。

抄副本，发表使人厌烦的陈词滥调，讲村社，讲加强家庭手工业，讲创办干酪制造业，这些话千篇一律，仿佛不是活的脑筋里想出来，而是用机械方法制造出来的。最后还有他跟齐娜闹出来的这件丑事，谁也不知道会怎样结束！

然而，齐娜却年轻，刚二十二岁，长得好看，风度优雅，心绪欢畅。她喜欢笑，喜欢谈天，喜欢争吵，热烈地喜爱音乐。在装束、读书、布置美好的环境方面，她都在行。像这种有皮靴气味和廉价白酒气味的房间，她在自己家里就受不了。她也是自由思想者，然而在她的自由思想里人却可以感觉到充沛的力量，可以感觉到年轻、强健、胆大的姑娘的自尊心，可以感觉到她热切地巴望做一个比别人好、比别人更有独创精神的人。……那她怎么会爱上符拉西奇的呢？

"他无异于堂吉诃德，固执的空想家，狂人，"彼得·米海雷奇暗想，"她却像我一样意志薄弱，没主心骨，随和。……我和她都容易很快就毫不抵抗地让步。她爱他，然而我自己岂不也喜欢他，尽管他……"

彼得·米海雷奇认为符拉西奇是个优秀、正直，然而狭隘、偏激的人。他在符拉西奇的激动和痛苦里，以至他的全部生活里，根本就看不见最近期的或者遥远的崇高目标，却只看见烦闷无聊和缺乏生活能力。他的自我牺牲以及凡是符拉西奇称之为英雄事业或者正直的激情的一切，依他看来都是毫无益处地浪费精力，就好比白白消耗很多的弹药，不必要地放一些空枪。符拉西奇狂热地相信自己的思想异常正直，绝对正确，他却觉得这种看法未免天真，甚至病态。至于符拉西奇这一辈子不知怎么竟能把琐屑无聊的事和高尚的事混在一起，他愚蠢地结了婚而又认为这是英勇行为，后来他跟一个女人同居却从中看到某种思想的胜利，那就简直叫人无法理解了。

可是彼得·米海雷奇仍旧喜爱符拉西奇,感到他身上有一种力量;不知什么缘故,他从来也没有勇气反驳他的话。

符拉西奇找了个离他非常近的地方坐下,以便在黑暗里,在哗哗的雨声里讲话。他已经嗽过喉咙,准备讲述他的结婚经过这一类冗长的故事,可是彼得·米海雷奇再也听不下去了。他一想到马上要跟他妹妹见面就感到苦恼。

"是的,你在生活里不走运,"他柔声说,"不过,对不起,我们的话离开正题了。我们谈的不是正事。"

"对了,对了,真是这样。那么我们回到正题上来吧,"符拉西奇说,站起来,"我对你说,彼得鲁沙,我们的良心是清白的。我们没有举行婚礼,可是我们的婚姻完全合法,这是用不着我来证明的,你也用不着再听我解释。谢天谢地,你跟我一样思想解放,在这方面我们不可能有什么分歧。讲到我们的将来,也不应该使你担惊受怕。我要让齐娜幸福,为此工作到筋疲力尽,连晚上也不睡觉,总之使出全部力量来。她的生活会过得很好。你要问:我能做到这一点吗?我能,老兄!一个人时时刻刻只想着一个目标,那么他的愿望就不难达到。不过我们到齐娜那儿去吧。应当叫她高兴一下才对。"

彼得·米海雷奇的心开始急剧地跳动。他站起来,跟着符拉西奇走进门厅,从那儿走进大厅。在这个高大而阴森的房间里只有一架钢琴和一长排古老的、镶着铜饰的椅子,这些椅子从来也没有人坐过。钢琴上点着一支蜡烛。他们从这个大厅默默地走进饭厅。这儿也宽敞而不舒服。房中央放着一张大桌子,桌面由两块板镶成,下面有六条粗腿,这儿只点着一支蜡烛。一架时钟装在红色的大框子里,像是神龛,时针指着两点半。

符拉西奇推开一扇通到隔壁房间的门,说:

"齐诺琪卡,彼得鲁沙到我们这儿来了!"

立刻响起了匆忙的脚步声,齐娜走进饭厅来了。她身量高,长得丰满,脸色十分苍白,就跟彼得·米海雷奇在家里最后一次看见她的时候一样。她穿黑色的裙子和红色的短上衣,腰带上有一个大扣环。她伸出一只手搂住哥哥,吻了一下他的鬓角。

"好大的暴风雨!"她说,"刚才格利果利一出去,整个房子只剩下我一个人守着了。"

她并不慌张,瞧着哥哥,诚恳而爽朗,就跟在家里一样。彼得·米海雷奇瞧着她,也不再感到慌张了。

"不过话说回来,你是素来不怕暴风雨的。"他说,在桌子旁边坐下来。

"不错,可是这儿都是大房间,房子又老,天一打雷就震动得乱响,好比一个装着餐具的柜子。一般说来,这是一所挺可爱的房子,"她接着说,在哥哥的对面坐下来,"这儿不论哪个房间都有一段生动的历史。你想想看,格利果利的祖父就是在我那个房间里开枪自杀的。"

"八月里我们就会有钱,我要修好果园里那间小屋。"符拉西奇说。

"不知什么缘故,打雷的时候我不由得想起他的祖父,"齐娜接着说,"在这个饭厅里,从前有个人给活活打死。"

"这是真正的事实,"符拉西奇肯定道,他那对大眼睛看着彼得·米海雷奇,"在四十年代,有个姓奥里威尔的法国人租下了这个庄园。他女儿的肖像如今还丢在我们的阁楼上。她长得很好看。据我的父亲告诉我说,这个奥里威尔看不起俄国人,嫌俄国人愚昧,而且残忍地耍弄他们。例如,他硬要教士走过庄园的时候,相距半俄里远就得脱掉帽子。又如,每逢奥里威尔一家人坐车穿过村子,教堂就得敲钟。他对待农奴,对待那些地位低下的人,当然更不客气。有一次,一个俄国流浪汉的儿子路过此地,他心地善良,很像果戈理笔下的神学校学生霍玛·布鲁特①。他要求留宿一夜,管事们很喜欢这个人,就留下他在账房里工作。这件事有种种不同的说法。有人说这个神学校学生煽动农民,又有人说,似乎奥里威尔的女儿爱上了他。我不知道哪一个说法可靠,总之,有一天傍晚,奥里威尔把他叫到这儿来,盘问他,然后吩咐人打他。你知道,奥里威尔本人坐在这个桌子旁边,大口喝着波尔多葡萄酒②,瞧着那些养马的打神学校学生。他大概是在逼口供。神学校学生经不起酷刑,将近早晨给打死了,他们就把他的尸首藏起来。据说那尸首被丢在柯尔托维奇的池塘里。这引起一场官司,可是那个法国人塞给当局几千卢布,他自己离开此地,到阿尔萨斯去了。正巧租期已满,事情就这么了结了。"

"好一个坏蛋!"齐娜说,打了个哆嗦。

"不管奥里威尔也好,他女儿也好,我父亲都记得很清楚。他说那个美人儿俊极了,同时又性情古怪。我猜想,神学校学生把两件事都做了,既煽动了农民,也打动了女儿的心。说不定这个人根本不是什么神学校学生,而是一个隐姓埋名的人呢。"

齐娜沉思了。神学校学生和法国姑娘的故事显然把她的幻想引到远处去了。在彼得·米海雷奇看来,这个星期她的外貌一点也没改变,只是脸色显得更苍白了一点。她神态安详,平平稳稳,好像跟她哥哥一块儿到符拉西奇家来做客似的。可是彼得·米海雷奇却感到自己起了点变化。真的,以前她住在家里的时候,他什么话都敢跟她说,现在呢,他却连'你在这儿过得怎么样'这样简单的问题都问不出口了。这么问,似乎不妥当,也不必要。大概她自己也起了这样的变化。她并不急着把话题转到她母亲,转到她

---

① 果戈理的小说《地精》的主人公。——俄文本编者注
② 法国所产的一种带水果香气的烈性葡萄酒。

家里,转到她跟符拉西奇的爱情上去。她并不为自己辩白,也不说自由结合比合法婚姻好,更不激动,而是平静地思考奥里威尔的事情。……可是他们为什么忽然谈起奥里威尔的事情来了?

"你们两个人的肩膀都给雨淋湿了。"齐娜说,快活地笑了笑。她哥哥和符拉西奇这种小小的相似,使得她感动了。

彼得·米海雷奇却感到自己的处境十分可悲,十分可怕。他想起他的空荡荡的家、那架关着的钢琴、齐娜那个如今再也没有人走进去的明亮的房间;他想起花园里林荫道上从此再也不会有那双小脚的足迹,喝晚茶以前再也不会有人大声笑着,跑出去游泳了。凡是他从小时候起就越来越留恋不舍的东西,凡是当初他坐在闷热的中学教室或者大学讲堂里喜欢想念的东西,例如明朗、纯洁、欢乐,一切使那所房子充满生命和亮光的东西,都已经悄然离去,一去不复返,跟一个什么营长、宽宏大量的准尉、淫荡的女人、开枪自杀的祖父等等粗鄙恶俗的故事混淆在一起了。……再要提起他的母亲,再要认为过去的事可以挽回,那就是不理解已经变得很清楚的事。

彼得·米海雷奇的眼睛里满含泪水,他那只放在桌上的手颤抖起来。齐娜猜出他在想什么,她的眼睛也发红,发亮了。

"格利果利,到这儿来!"她对符拉西奇说。

他们两人走到窗前,开始小声讲话。凭符拉西奇低下头凑近她的样子,凭她看着他的样子,彼得·米海雷奇再一次体会到事情已经无可挽回地定局,没有必要再谈什么了。齐娜走出去了。

"是啊,老兄,"符拉西奇沉默了一会儿,开口说,搓着手,微微地笑,"我刚才说我们的生活幸福,那只是顺应所谓文学的要求罢了。实际上幸福的感觉还没有。齐娜始终在想你,想她母亲,心里难过。我瞧着她,心里也难过。她生性爱好自由,勇敢,然而你知道,不习惯这局面,却是件苦事,再说,她年轻。仆人称呼她太太,这似乎是小事,可是惹得她不痛快。就是这样,老兄。"

齐娜端来满满的一盘草莓。她身后跟着一个矮小的使女,带着驯服、畏缩的神情。她把装着牛奶的高水罐放在桌子上,深深地一鞠躬。……她跟那些古老的家具倒有共同之处,也那么麻木而乏味。

雨声已经听不见了。彼得·米海雷奇吃着草莓,符拉西奇和齐娜默默地瞧着他。那种不必要而又无法回避的谈话就要开始了。三个人都感到它的沉重。彼得·米海雷奇的眼睛里又含满泪水,他推开面前的盘子,说他现在该回家,要不然就会太迟,说不定要下雨了。这就到了齐娜出于礼貌必须谈一谈家里人,谈一谈自己新生活的时候了。

"我们家里怎么样?"她很快地问,她那苍白的脸颤抖起来,"妈妈怎么样?"

"你知道妈妈的脾气……"彼得·米海雷奇说,眼睛没看她。

"彼得鲁沙,关于已经发生的事,你已经想得很多了,"她说,拉住她哥哥的衣袖,他明白,她讲话的时候心里是多么难受,"你想了很久,那么告诉我,是不是可以指望妈妈日后容得下格利果利……一般地说容得下这种局面?"

她站得离她哥哥很近,脸对着脸,他暗暗惊讶她长得美极了,以前他似乎没有留意到这一点。他想到他妹妹长得像妈妈,娇柔、文雅,却住在符拉西奇家里,跟符拉西奇同居,身旁有一个神情麻木的使女,有一张六条腿的桌子,住在一所以前活活打死过人的房子里;想到她目前不会跟他一起回家,却留在这里过夜,他就觉得这简直荒唐极了。

"你知道妈妈的脾气……"他说,没有回答她的问话,"依我看来,应当遵守……应当做点什么事,请求她原谅什么的。……"

"然而请求原谅就等于装出我们做了坏事的样子。为了叫妈妈得到安慰,我倒也准备说谎,可是要知道,这是不会有什么结果的。我知道妈妈的脾气。哎,听天由命吧!"齐娜说着,快活起来,因为最不愉快的话已经说出口了,"我们等它五年或者十年,我们要有耐心,到那时候再看上帝的旨意吧。"

她挽起哥哥的胳膊,当她穿过幽暗的门厅时,她的身子紧贴他的肩膀。

他们走到台阶上。彼得·米海雷奇告辞,骑上马,缓步走去。齐娜和符拉西奇步行送他一程。四下里安静而温暖,弥漫着干草的美妙的香气;天上那些浮云中间,有些星星在明亮地放光。符拉西奇那个历年来目睹过许多惨事的老花园,笼罩在昏暗中,睡熟了;不知什么缘故,人骑着马穿过这个花园,心里就会觉得忧伤。

"我和齐娜今天吃过午饭以后度过一段真正愉快的时光!"符拉西奇说,"我给她朗诵一篇关于移民问题的精彩论文。你该看一遍,老兄!你务必要看一遍!这篇文章写得十分实在!我忍不住写了封信给编辑部,托他们转交作者。我只写了一行:'我感激您,紧紧地握您诚实的手!'"

彼得·米海雷奇本来想说:"请你不要去管那种跟你不相干的事吧!"可是他没有说出口。

符拉西奇靠着他右边的马镫走,齐娜靠着他左边的马镫走,两人仿佛忘记应该回家去了。天气潮湿,他们离柯尔托维奇的小树林不远了。彼得·米海雷奇感到他们在等他说出一些话来,至于究竟是什么话,连他们自己也不知道,于是他可怜起他们来了,替他们难过得不行。现在他们带着温顺的神情,沉思不语,在马旁边走着,他这才深深地相信他们并不幸福,也不可能幸福。他们的爱情,依他看来,是一种可悲的、无可挽救的错误。他满腔怜悯,又感到自己没有办法帮助他们,于是生出一种无可奈何的心情;为了摆脱沉重的怜悯心情,他简直情愿作出任何牺牲。

"我将来要到你们家来住一夜。"他说。

不过,这像是他在作出让步似的,他心里感到不满意。可是,当他们在柯尔托维奇的小树林旁边停下来告别之际,他却向齐娜弯下腰去,碰到她的肩膀,说:

"你,齐娜,是对的。你做得好!"

为了避免多说话,避免哭出来,他就用鞭子抽马,跑进小树林里去了。他钻进幽暗的小树林,回过头来,看见符拉西奇和齐娜正往回家的路上走去,他迈开大步,她挨近他,踩着急促的、一颠一纵的步子,两个人正在活跃地谈着什么。

"我简直成了老婆婆,"彼得·米海雷奇想,"我原是来解决问题的,可是反而把问题弄得更加复杂了。哎,随它去吧!"

他心头沉重。等到小树林走完,他就让马的脚步放慢,然后在池塘旁边勒住马。他想一动也不动地坐在马上,想一想。月亮升上来,映在远处的水面上,像是一根红柱子。雷声在什么地方闷闷地响着。彼得·米海雷奇目不转睛地瞧着池水,想象他妹妹的绝望心情,她那痛苦、苍白的脸容,她那双为了把自己的委屈瞒住外人而不流泪的眼睛。他想象日后她会怀孕,想象他母亲会去世,想象葬礼,想象齐娜的凄惨。……那骄傲的、迷信的老太太临了一定会死掉。在他眼前,一幅幅未来的可怕画面在乌黑平滑的水面上升起来,他在那些脸色苍白的女人身影当中看见了他自己,战战兢兢,软弱无能,带着惭愧的脸色。……

池塘右岸,百步开外,立着一个黑乎乎的东西,一动也不动:那是人呢,还是高树桩?彼得·米海雷奇想起那个神学校学生,他被人打死以后就是丢在这个池塘里的。

"奥里威尔做事惨无人道,可是话说回来,他好歹总算把问题解决了,我呢,却什么也没解决,反而把问题弄乱了,"他暗想,凝神看着那个幽灵般的黑影,"他按他自己的想法说话和办事,可是我所说和所做的都不是我自己所想的。再说,我所想的究竟是什么,我自己也不十分清楚。……"

他往黑影那边走过去,原来那是从前某个建筑物残存下来的一根朽烂的旧柱子。

从小树林里和柯尔托维奇的庄园上飘来铃兰和带蜜的花草的浓香。彼得·米海雷奇在池塘边上走来走去,悲怆地瞧着池水,想起自己的生活,暗自相信到目前为止他所说的和所做的都不是他所想的,别人对他也是如此;因此,如今在他眼里,全部生活就像映着夜晚的天空、纠结着许多水草的池水那样黑。而且他觉得,这是无法补救的。

第六病室

一

医院的院子里有一幢不大的厢房,四周长着密密麻麻的牛蒡、荨麻和野生的大麻。这幢厢房的屋顶生了锈,烟囱半歪半斜,门前台阶已经朽坏,长满杂草,墙面的灰泥只剩下些斑驳的残迹。这幢厢房的正面对着医院,后墙朝着田野,厢房和田野之间由一道安着钉子的灰色院墙隔开。那些尖头朝上的钉子、那围墙、那厢房本身,都有一种特别的、阴郁的、罪孽深重的景象,只有我们的医院和监狱的房屋才会这样。

要是您不怕被荨麻扎伤,那您就顺着通到厢房的那条羊肠小道走过去,瞧瞧里面在干些什么吧。推开头一道门,我们就走进了前堂。在这儿,沿着墙,靠火炉的旁边,丢着一大堆医院里的破烂东西。褥垫啦,破旧的长袍啦,裤子啦,细蓝条子的衬衫啦,没有用处的破鞋啦,所有这些破烂堆在一块儿,揉得很皱,混在一起,正在腐烂,冒出一股闷臭的气味。

看守人尼基达是个年老的退伍兵,衣服上的军章已经褪成棕色。他老是躺在那堆破烂东西上,两排牙齿中间衔着一只烟斗。他的脸相严厉而枯瘦,他的眉毛滋出来,给那张脸添上了草原的看羊狗的神情,他的鼻子发红,身材矮小,虽说长得清瘦,筋脉嶙嶙,可是气派威严,拳头粗大。他是那种心眼简单、说干就干、办事牢靠、脑筋迟钝的人。在人间万物当中他最喜爱的莫过于安分守己,因此相信对他们是非打不可的。他打他们的脸,打他们的胸,打他们的背,碰到哪儿就打哪儿,相信要是不打人,这地方就要乱了。

随后您就走进一个宽绰的大房间,要是不把前堂算在内的话,整个厢房里就只有这么一个房间。这儿的墙壁涂了一层混浊的淡蓝色灰粉,天花板熏得挺黑,就跟不装烟囱的农舍一样。事情很清楚,这儿到冬天,炉子经常冒烟,房间里净是煤气。窗子的里边钉着一排铁格子,很难看。地板颜色灰白,满是木刺。酸白菜、灯心的焦味、臭虫、阿摩尼亚味,弄得房间里臭烘烘的,您一进来,这种臭气就使您觉着仿佛走进了动物园。

房间里放着几张床,床脚钉死在地板上。有些穿着医院的蓝色长袍、按照老派戴着睡帽的男子在床上坐着或者躺着。这些人都是疯子。

这儿一共有五个人。只有一个人出身贵族,其余的全是小市民。顶靠近房门的那个人是个又高又瘦的小市民,唇髭棕红发亮,眼睛沾着泪痕,坐在那儿用手托着头,瞧着一个地方发呆。他一天到晚伤心,摇头,叹气,苦笑。人家讲话,他很少插嘴;人家问他什么话,他也总是不答话。人家给他吃食,他就随手拿起来吃下去,喝下去。从他那痛苦的、喀喀的咳嗽声,他那消瘦,他那脸颊上的红晕看来,他正在开始害肺痨病。

他旁边是一个矮小活泼、十分爱动的老头,留一把尖尖的小胡子、长着跟黑人那样鬈曲的黑头发。白天,他在病室里从这个窗口走到那个窗口,或者坐在床上照土耳其人那样盘着腿。他像灰雀那样不住地打唿哨,轻声唱歌,嘿嘿地笑。到了晚上他也显出孩子气的欢乐和活泼的性格。他从床上起来祷告上帝,那就是,拿拳头捶胸口,用手指头抓门。这是犹太籍傻子莫依谢依卡,二十年前他的帽子作坊焚毁的时候发了疯。

在第六病室的所有病人当中,只有他一个人得到允许,可以走出屋子,甚至可以走出院子上街。他享受这个特权已经很久,这大概因为他是医院里的老病人,又是一个安分的、不伤人的傻子,本城的小丑。他在街上给小孩和狗包围着的情景,城里人早已看惯了。他穿着破旧的长袍,戴着可笑的睡帽,穿着拖鞋,有时候光着脚,甚至没穿长裤,在街上走来走去,在民宅和小店的门口站住讨一个小钱。有的地方给他一点克瓦斯喝,有的给他一点面包吃,有的给他一个小钱,因此他总是吃得饱饱的,满载而归。凡是他带回来的东西,尼基达统统从他身上搜去归自己享用。这个兵干起这种事来很粗暴,怒气冲冲,把犹太人的口袋底都翻出来,而且要上帝做见证,赌咒说他绝不让这个犹太人再上街,说他认为这种不安分守己的事比世界上任何什么事都坏。

莫依谢依卡喜欢帮人的忙。他给同伴们端水,他们睡熟了,他就给他们盖被。他应许每个人说:他从街上回来,一定给他们每个人一个小钱,给每个人缝一顶新帽子。他还用一把调羹喂他左边的邻居吃东西,那人是一个瘫子。他这样做不是出于同情,也不是出于人道主义性质的考虑,而是摹仿他右边的邻居格罗莫夫的举动,不知不觉地受了他的影响。

伊万·德米特里奇·格罗莫夫是个大约三十三岁的男子,出身贵族家庭,做过法院的民事执行吏和十二品文官,害着被虐狂。他要么躺在床上,蜷着身子,要么就在房间里从这头走到那头,仿佛在锻炼身体。他很少坐着。他老是怀着一种朦胧的、不明确的担心,因此总是激动,焦躁,紧张。只要前堂传来一丁点儿沙沙声或者院子里有人叫一声,他就抬起头来,竖起耳朵:是不是有人来抓他了?是不是有人在找他?遇到这种时候,他脸上就现出极其不安和憎恶的神情。

我喜欢他这张颧骨很高的宽脸,脸色老是苍白而愁苦,像镜子那样映出一个被挣扎和长期的恐惧苦苦折磨着的灵魂。他这种愁眉苦脸是古怪而病态的,可是深刻纯真的痛苦在他脸上刻下来的细纹,却显出智慧和理性,他的眼睛射出热烈而健康的光芒。我也喜欢这个人本身,他殷勤,乐于为人出力,除了对尼基达以外,对一切人都异常体贴。不管谁掉了一个扣子或者一把调羹,他总是连忙从床上跳下来,捡起那件东西。每天早晨他都要向同伴们道早安,临睡也要向他们道晚安。

除了他经常保持紧张状态并且露出愁眉苦脸以外,他的疯病还有下面的表现。每到傍晚,有时候他把身上的短小的长袍裹一裹紧,周身发抖,牙齿打战,很快地从房间这头走到那头,在床铺之间穿来穿去。看上去,他仿佛在发高烧。从他忽然站住,瞧一眼同伴的样子看来,他分明想说什么很重要的话,可是大概想到他们不会听他讲,也听不懂他的话,就烦躁地摇摇头,仍旧走来走去。然而不久,说话的欲望就压倒一切顾虑,占了上风,他管不住自己,热烈奔放地讲起来。他的话又乱又急,像是梦呓,前言不搭后语,常常叫人听不懂,不过另一方面,不管在话语里也好,声调里也好,都可以使人听出一种非常优美的东西。他一讲话,您就会在他身上看出他既是疯子,又是正常的人。他那些疯话是很难写到纸上来的。他讲到人的卑鄙,讲到蹂躏真理的暴力,讲到将来终有一天会在地球上出现的灿烂生活,讲到时时刻刻使他想起强暴者的麻木残忍的铁窗格。结果他的话就变成由许多古老的,然而还没过时的歌合成的一首凌乱而不连贯的杂曲了。

二

大约十二年前或者十五年前,一个姓格罗莫夫的文官住在本城大街上他自己的房子里,这是一个有地位又有家产的人。他有两个儿子,谢尔盖和伊万。谢尔盖在大学读到四年级的时候,得急性肺痨病死了,他的死亡仿佛给忽然降到格罗莫夫家中的一大串灾难开了个头。谢尔盖葬后不出一个星期,老父亲因为伪造文件和挪用公款而送审,不久以后就害伤寒,在监狱医院里去世了。房子连同所有的动产都被拍卖,撇下伊万·德米特里奇和他母亲没法生活了。

原先在父亲生前,伊万·德米特里奇住在彼得堡,在大学里念书,每月收到六七十个卢布,根本不懂什么叫做穷,现在他却得一下子改变他的生活了。他为了挣几个小钱而不得不一天到晚教家馆,做抄写工作,尽管这样却仍旧要挨饿,因为他把全部收入都寄给母亲维持生活了。伊万·德米特里奇受不了这样的生活;他灰心丧气,身体虚弱,就离开大学,回家来了。在这儿,在这小城里,他托人情在县立学校里谋到一个教员的位子,可是跟同事们处不好,学生也不喜欢他,不久他就辞职了。他母亲去世了。他有六个月没找到工作,光靠面包和水生活,后来作了法院的民事执行吏。他一直干这个差使,后来就因病被辞了。

他还在年纪轻轻、做大学生的时候,就从来没有让人觉得是个健康的人。他素来苍白,消瘦,动不动就着凉。他吃得少,睡不酣。他只要喝上一杯葡萄酒,就头晕,发歇斯底里病。他一向喜欢跟人们来往,可是由于他那爱生气的脾气和多疑的性格,他跟任何人都不接近,也没有交到朋友。他总是满心看不起地批评城里人,说是他觉着他们那种浑浑噩噩的愚昧和昏昏沉沉的兽性生活又恶劣又讨厌。他用男高音讲话,响亮,激烈,要么带着忿怒和愤慨的口气,要么带着热中和惊奇的口气,不过他永远讲得诚恳。不管人家跟他谈什么,他老是把话题归结到一件事上去:在这个城里生活又无聊又烦闷,一般人没有高尚的趣味,过着黯淡而毫无意义的生活,用强暴、粗鄙的放荡、伪善来使这生活添一点变化;坏蛋吃得饱,穿得好,正人君子却忍饥受寒;这个社会需要创办学校、立论正直的地方报纸、剧院、公开的演讲、知识力量的团结;必须让这个社会看清楚自己,为自己害怕才成。他批评人们的时候,总是涂上浓重的色彩,只用黑白两色,任何其他的色调都不用。依他看来,人类分成正直的人和坏蛋,中间的人是没有的。提起女人和爱情,他总是讲得热烈而入迷,可是他从没恋爱过一回。

在这个城里,尽管他尖刻地批评人,容易冲动,可是大家都喜爱他,背地里总是亲切地叫他万尼亚①。他那天生的体贴、乐于帮忙的性情、正派的作风、道德的纯洁,他那又旧又小的礼服、病弱的外貌、家庭的不幸,在人们心中勾起一种美好、热烈、忧郁的感情。再说,他受过很好的教育,念过许多书,照城里人的看法,他无所不知,在这个城里像是一部备人查考的活字典。

他看过很多书。他老是坐在俱乐部里,兴奋地扯着稀疏的胡子,翻看杂志和书籍。凭他的脸色看得出来他不是在看书,而是在吞吃那些书页,几乎来不及嚼烂它们。人们必须认为看书是他的一种病态的嗜好,因为不管他碰到什么,哪怕是去年的报纸或者日历,也一概贪婪地抓过来,读下去。他在家里总是躺着看书。

三

有一次,那是秋天的一个早晨,伊万·德米特里奇竖起大衣的领子,蹚着烂泥,穿过后街和小巷,带着一张执行票到一个小市民家里去收钱。他心绪郁闷,每天早晨他总是这样的。在一条小巷里,他遇见两个戴镣铐的犯人,有四个带枪的兵押着他们走。以前

---

① 伊万的爱称。

伊万·德米特里奇常常遇见犯人,他们每一次都在他心里引起怜悯和别扭的感情,可是这回的相逢却在他心上留下一种特别的奇怪印象。不知什么缘故,他忽然觉得他也可能戴上镣铐,像那样走过泥地,被人押送到监狱里去。他到那个小市民家里去过以后,在回到自己家里去的路上,在邮政局附近碰见一个他认识的警官,那人跟他打招呼,并排顺着大街走了几步,不知什么缘故,他觉得这很可疑。他回到家里,那一整天都没法把那两个犯人和荷枪的兵从脑子里赶出去,一种没法理解的不安心理搅得他没法看书,也没法集中脑力思索什么事。到傍晚他没有在自己屋里点上灯,一晚上也睡不着觉,不住地暗想:他可能被捕,戴上镣铐,送进监牢里去。他知道自己从来没做过什么犯法的事,而且能够担保将来也绝不会杀人,不会放火,不会偷东西。不过,话说回来,偶然在无意中犯下罪,不是很容易吗?而且受人诬陷,最后,还有审判方面的错误,不是也可能发生吗?难怪老百姓的年代久远的经验教导人们:谁也不能保险不讨饭和不坐牢。在眼下这种审判程序下,审判方面的错误很有可能,没有什么可奇怪的。凡是对别人的痛苦有职务上、业务上的关系的人,例如法官、警察、医师等,时候一长,由于习惯的力量,就会变得麻木不仁,即使有心,也不能不采取敷衍了事的态度对待他们的当事人;在这方面,他们跟在后院屠宰牛羊却看不见血的农民没有什么不同。法官既然对人采取敷衍了事、冷酷无情的态度,那么为了剥夺无辜的人的一切公民权,判他苦役刑,就只需要一件东西,那就是时间。只要有时间来完成一些法定手续(法官们正是因此才拿薪水的),就大功告成了。事后,你休想在这个离铁路线有二百俄里远的、肮脏的、糟糕的小城里找到正义和保障!再者,既然社会认为一切暴力都是合理而适当的必要手段,各种仁慈行为,例如宣告无罪的判决,会引起沸沸扬扬的不满和报复情绪,那么,就连想到正义不也可笑吗?

到早晨,伊万·德米特里奇起床,满心害怕,额头冒出冷汗,已经完全相信他随时会被捕了。他想,既然昨天的阴郁思想这么久都不肯离开他,可见其中必是有点道理。的确,那些思想绝不会无缘无故钻进他脑子里来。

有一个警察不慌不忙地走过他的窗口,这可不会没有来由。那儿,在房子附近,有两个人站着不动,也不言语。为什么他们沉默呢?

从此,伊万·德米特里奇一天到晚提心吊胆。凡是路过窗口或者走进院子里来的人,他都觉得是间谍和暗探。中午,县警察局长照例坐着一辆双马马车走过大街,这是他从近郊的庄园坐车到警察局去,可是伊万·德米特里奇每回都觉得他的车子走得太快,而且他的脸上有一种特别的神情:他分明急着要去报告,说城里有一个很重要的犯人。门口有人一拉铃,一敲门,伊万·德米特里奇就打一个冷颤,每逢在女房东屋里碰到生客,就坐立不安。他一遇见警察和宪兵就微笑,打唿哨,为了显得满不在乎。他一连好几夜担心被捕而睡不着觉,可又像睡熟的人那样大声打鼾,呼气,好让女房东以为他睡着了。因为,要是他睡不着,那一定是他在受良心的煎熬:这就是了不起的罪证!事实和常识使他相信所有这些恐惧都是荒唐,都是心理作用。要是往大处看,那么被捕也好、监禁也好,其实并没有什么可怕的,只要良心清白就行,可是他越是有理性、有条理地思考,他那内心的不安反而变得越发强烈痛苦。这倒跟一个隐士的故事相仿了:那隐士想在一片密林里给自己开辟一小块空地,他越是辛辛苦苦用斧子砍,树林反而长得越密越盛。到头来,伊万·德米特里奇看出这没有用处,就索性不再考虑,完全听凭绝望和恐惧来折磨自己了。

他开始过隐居的生活,躲开人们。他早先就讨厌他的职务,现在他简直干不下去了。他深怕他会被人蒙骗,上了什么圈套,趁他不防备往他口袋里塞一点贿赂,然后揭发他,或者他自己一不小心在公文上出了个错,类似伪造文书,再不然丢了别人的钱。奇怪的是在别的时候他的思想从来没有像现在这样灵活机动,千变万化过,他每天想出成千种不同的理由来认真担忧他的自由和名誉。可是另一方面,他对外界的兴趣,特别是对书的兴趣,却明显地淡薄,他的记性也非常靠不住了。

春天,雪化了,在墓园附近的一条山沟里发现了两个部分腐烂的尸体,一个是老太婆,一个是男孩,都带着因伤致死的痕迹。城里人不谈别的,专门谈这两个死尸和没有查明的凶手。伊万·德米特里奇为了不让人家认为是他杀了人,就在街上走来走去,微微笑着,一遇见熟人,脸色就白一阵红一阵,开始表白说再也没有比杀害弱小和无力自卫的人更卑鄙的罪行了。可是这种做假的行为不久就弄得他厌烦了,他略略想了一阵,就决定处在他的地位,他顶好是躲到女房东的地窖里去。他在地窖里坐了一整天,后来又坐上一夜,和一个白天,实在冷得厉害,挨到天黑就像贼那样悄悄溜回自己的房间里去了。他在房间中央呆站着,一动也不动地听着,直到天亮。大清早,太阳还没出来,就有几个修理炉灶的工人来找女房东。伊万·德米特里奇明明知道这些人是来翻修厨房里的炉灶的,可是恐惧却告诉他说,他们是假扮成修理炉灶工人的警察。他悄悄溜出住所,没穿外衣,没戴帽子,满腔害怕,沿着大街飞跑。狗汪汪叫着在他身后追来,一个农民在他身后什么地方呼喊,风在他耳朵里呼啸,伊万·德米特里奇觉得在他背后,全世界的暴力合成一团,正在追他。

人家拦住他,把他送回家,打发他的女房东去请医师。安德烈·叶菲梅奇(关于他以后还要提到)吩咐在他额头上放个冰袋,要他服一点儿稠樱叶水,忧虑地摇摇头,走了,临行对女房东说,他不再来了,因为人不应该打搅发了疯的人。伊万·德米特里奇在家里没法生活，也得不到医疗，不久就给送到医院里去，安置在花柳病人的病室里。他晚上睡不着觉，任性胡闹，搅扰病人，不久就由安德烈·叶菲梅奇下命令，转送到第六病室去了。

过了一年，城里人已经完全忘掉了伊万·德米特里奇，他的书由女房东堆在一个敞棚底下的一辆雪橇上，给小孩子陆续偷走了。

四

伊万·德米特里奇左边的邻居，我已经说过，是犹太人莫依谢依卡。他右边的邻居是一个农民，胖得臃肿，身材差不多滚圆，脸容痴呆，完全缺乏思想的痕迹。这是一个不动的、贪吃的、不爱干净的动物，早就丧失思想和感觉的能力。他那儿经常冒出一股令人窒息的刺鼻的臭气。

尼基达给他收拾脏东西的时候，总是狠命打他，使足力气，一点也不顾惜自己的拳头。可怕的还不是他挨打，这是谁都能习惯的；可怕的倒是这个呆钝的动物挨了拳头，却毫无反应，一声不响，也不动一动，眼睛里没有一点表情，光是稍微摇晃几下身子，好比一只沉甸甸的大圆桶。

第六病室里第五个，也就是最后一个病人，是一个小市民，从前做过邮政局的检信员。这是一个矮小的、相当瘦的金发男子，脸容善良，可又带点调皮。根据他那对聪明镇静的眼睛闪着明亮快活的光芒来判断，他很有心计，心里有一桩很重大的、愉快的秘密。他在枕头和褥子底下藏着点东西，从来不拿给别人看，倒不是怕人家抢去或者偷走，而是因为不好意思拿出来。有时候他走到窗口，背对着同伴，把一个什么东西戴在胸口上，低下头看它。要是你在这样的时候走到他面前去，他就慌里慌张，赶紧从胸口扯下一个什么东西来。不过要猜破他的秘密，却也不难。

"请您跟我道喜吧,"他常对伊万·德米特里奇说,"我已经由他们呈请授予带星的斯坦尼斯拉夫二等勋章了。带星的二等勋章是只给外国人的,可是不知什么缘故他们愿意为我破例,"他微笑着说,迷惑的耸耸肩膀,"是啊,老实说,我可真没料到!"

"这类事我一点也不懂。"伊万·德米特里奇阴郁地声明说。

"可是您知道我早晚还会得着什么勋章吗?"原先的检信员接着说,调皮地眯细眼睛,"我一定会得着瑞典的'北极星'。为了那样的勋章,真值得费点心思呢。那是一个白十字,有一条黑丝带。那是很漂亮的。"

大概别处任什么地方的生活都不及这所厢房里这样单调。早晨,除了瘫子和胖农民以外,病人都到前堂去,在一个大木桶那儿洗脸,用长袍的底襟擦脸。这以后他们就用带把的白铁杯子喝茶,这茶是尼基达从医院主楼拿来的。每人只许喝一杯。中午他们喝酸白菜汤和麦糊,晚上吃中午剩下来的麦糊。空闲的时候,他们就躺着,睡觉,看窗外,从这个墙角走到那个墙角。天天这样。甚至原先的检信员也老是谈他的那些勋章。

第六病室里很难见到新人。医师早已不收疯人了。再者,世界上喜欢访问疯人院的人总是很少的。每过两个月,理发师谢苗·拉扎里奇就到这个厢房里来一趟。至于他怎样给那些疯人理发,尼基达怎样帮他的忙,这个醉醺醺、笑嘻嘻的理发师每次光临的时候病人怎样大乱,我就不愿意再描写了。

除了理发师以外,还从来没有一个人来看一看这个厢房。病人们注定了一天到晚只看见尼基达一个人。

不过近来,医院主楼里却在散布一种相当奇怪的流言。

风传医师开始常到第六病室去了。

五

奇怪的流言!

安德烈·叶菲梅奇·拉京医师从某一点来看是一个与众不同的人。据说他年纪很轻的时候十分信神,准备干教士的行业。一八六三年在中学毕业的时候,他有心进一个宗教学院,可是他父亲,一个内外科的医师,似乎刻薄地挖苦他,干脆声明说,要是他去做教士,就不认他做儿子。这话是真是假,我不知道,不过安德烈·叶菲梅奇不止一回承认他对医学或者一般的专门科学素来不怎么爱好。

不管怎样,总之,他在医科毕业以后,并没出家做教士。他并不显得特别信教,他现在跟初作医师时候一样,不像是宗教界的人。

他的外貌笨重、粗俗,跟农民一样。他的脸相、胡子、平顺的头发、又壮又笨的体格,都叫人联想到大道边上小饭铺里那种吃得挺胖、喝酒太多、脾气很凶的老板。他那严厉的脸上布满细小的青筋,他眼睛小,鼻子红。他身材高,肩膀宽,因而手脚也大,仿佛一拳打出去准能制人死命似的。可是他的脚步轻,走起路来小心谨慎,蹑手蹑脚。要是他在一个窄过道里碰见了谁,他总是先站住让路,说一声"对不起!"而且他那讲话声音,出人意外,并不粗,而是尖细柔和的男高音。他的脖子上长着一个不大的瘤子,使他没法穿浆硬的衣领,因此他老是穿软麻布或者棉布的衬衫。总之,他的装束不像个医生。一套衣服,他一穿就是十年。新的衣服,他通常总是到犹太人的铺子①里去买,经他穿在身上以后,就跟旧衣服一

---

① 这种铺子里的东西价钱便宜。

样又旧又皱。他看病也好,吃饭也好,拜客也好,总是穿着那套衣服,可是这倒不是因为他吝啬,而是因为对自己的仪表全不在意。

安德烈·叶菲梅奇到这个城里来就职的时候,这个"慈善机关"的情形糟极了。病室里,过道上,医院的院子里,臭得叫人透不过气来。医院的杂役,助理护士和他们的孩子,跟病人一块儿住在病房里。大家抱怨说这地方没法住,因为蟑螂、臭虫、耗子太多。外科病室里丹毒从没绝迹过。整个医院里只有两把外科手术刀,温度计连一个也没有。浴室里存放土豆。总务处长、女管理员、医士,一齐向病人勒索钱财。安德烈·叶菲梅奇的前任是一个老医师,据说似乎私下里卖医院的酒精,还罗致护士和女病人,成立了一个后宫。这些乱七八糟的情形,城里人是十分清楚的,甚至把它说得言过其实,可是大家对待这种现象却满不在乎。有人还辩白说躺在医院里的只有小市民和农民,他们不可能不满意,因为他们家里比医院里还要糟得多。总不能拿松鸡来给他们吃啊!还有人辩白说:没有地方自治局的资助,单靠这个小城本身是没有力量维持一个好医院的,谢天谢地,这个医院即使差一点,可是总算有了一个。新成立的地方自治局,在城里也好,在城郊也好,根本没有开办诊疗所,推托说城里已经有医院了。

安德烈·叶菲梅奇视察医院以后,断定这个机构道德败坏,对病人的健康极其有害。依他看来,目前所能做的顶聪明的办法就是把病人放出去,让医院关门。可是他考虑到单是他一个人的意思办不成这件事,况且这样办了也没用,就算把肉体的和精神的污秽从一个地方赶出去,它们也会搬到另外一个地方去。那就只好等它们自己消灭。再说,人们既开办了一个医院,容许它存在下去,可见他们是需要它的。偏见以及日常生活中的种种坏事和丑事都是必要的,因为日子一长,它们就会化为有益的东西,如同粪肥变成黑土一样。人世间没有一种好东西在起源的时候会不沾一点肮脏的。

等到安德烈·叶菲梅奇上任办事以后,他对那种乱七八糟的情形分明相当冷淡。他只要求医院的杂役和助理护士不要在病房里过夜,购置了装满两个柜子的外科器械。至于总务处长、女管理员、医士、外科的丹毒等,仍旧维持原状。

安德烈·叶菲梅奇十分喜爱智慧和正直,可是讲到在自己四周建立一种合理而正直的生活,他却缺乏毅力,缺乏信心来维护自己这种权利。下命令、禁止、坚持,他根本办不到。这就仿佛他赌过咒,永远不提高喉咙说话,永远不用命令的口气似的。要他说一句"给我这个"或者"把那个拿来"是很困难的;他要吃东西的时候,总是迟疑地嗽一嗽喉咙,对厨娘说:"给我喝点茶才好。……"或者"给我开饭才好。"至于吩咐总务处长别再偷东西,或者赶走他,再不然干脆取消这个不必要的、寄生的职位,他是根本没有力量办到的。安德烈·叶菲梅奇每逢遭到欺骗或者受到奉承,或者看到一份他分明知道是假造的账单送来请他签署的时候,他就把脸涨得跟龙虾一样红,觉着于心有愧,不过还是签了字。每逢病人向他抱怨说他们在挨饿,或者责怪助理护士粗暴,他就发窘,惭愧地嘟哝道:

"好,好,以后我来调查一下……多半这是出了什么误会……"

起初安德烈·叶菲梅奇工作得很勤快。他每天从早晨起到吃午饭的时候止一直给病人看病,动手术,甚至接生。女人们说他工作用心,诊断很灵,特别是妇科病和小儿科病。可是日子一长,因为这工作单调无味而且显然无益,他分明厌烦了。今天接诊三十个病人,到明天一瞧,加到三十五个了,后天又加到四十个,照这样一天天,一年年地干下去,城里的死亡率并没减低,病人仍旧不断地来。从早晨起到吃午饭为止要对四十个门诊病人真正有所帮助,那是体力上办不到的,因此这就不能不成为骗局。一年接诊一万二千个门诊病人,如果简单地想一想,那就等于欺骗了一万二千人。讲到把病重的人送进病房,照科学的规则给他们治病,那也是办不到的,因为规则倒是有,科学却没有。要是他丢开哲学,照别的医生那样一板一眼地依规则办事,那么首先,顶要紧的事情就是消除肮脏,改成干净和通风,取消臭烘烘的酸白菜汤,改成有益健康的营养食品,取消盗贼,改用好的助手。

不过话说回来,既然死亡是每个人正常的、注定的结局,那又何必拦着他死呢?要是一个小商人或者文官多活个五年十载,那又有什么好处呢?要是认为医疗的目的在于借药品减轻痛苦,那就不能不提出一个问题来:为什么要减轻痛苦呢?第一,据说痛苦可以使人达到精神完美的境界;第二,人类要是真学会了用药丸和药水来减轻痛苦,就会完全抛弃宗教和哲学,可是直到现在为止,在这两种东西里,人们不但找到了逃避各种烦恼的保障,甚至找到了幸福。普希金临死受到极大的痛苦,可怜的海涅躺在床上瘫了好几年,那么其余的人,安德烈·叶菲梅奇也好,玛特辽娜·萨维希娜也好,生点病有什么关系?反正他们的生活根本没有什么内容,再要没有痛苦,就会完全空虚,跟阿米巴的生活一样了。

安德烈·叶菲梅奇给这类想法压垮,心灰意懒,不再天天到医院里去了。

六

他的生活是这样过的。他照例早晨八点钟起床,穿好衣服,喝茶。然后他在自己的书房里坐下看书,或者到医院里去。那边,在医院里,门诊病人坐在又窄又黑的小过道里等着看病。医院的杂役和助理护士在他们身边跑来跑去,皮靴在砖地上踩得咚咚地响;

穿着长袍、形容憔悴的病人也从这儿过路。死尸和装满脏东西的器具也从这儿抬过去。小孩子啼哭,过堂风吹进来。安德烈·叶菲梅奇知道这种环境对发烧的、害肺痨的、一般敏感的病人是痛苦的,可是那又有什么办法呢?在候诊室里,他遇见医士谢尔盖·谢尔盖伊奇,那是一个矮胖子,脸蛋很肥,洗得干干净净,胡子刮光,态度温和沉稳,穿一身肥大的新衣服,看上去与其说像医士,倒不如说像枢密官。他在城里私人行医,生意做得很大。他打着白领结,自以为比医师精通医术,因为医师不另外私人行医。在候诊室的墙角神龛里放着一个大圣像,面前点着一盏笨重的长明灯,旁边有一个读经台,蒙着白罩子。墙上挂着主教的像、圣山修道院的照片、一圈圈干枯的矢车菊。谢尔盖·谢尔盖伊奇信教,喜欢庄严的仪式。圣像是由他出钱设置的。每到星期日,他指定一个病人在这候诊室里大声念赞美歌。念完以后,谢尔盖·谢尔盖伊奇就亲自拿着手提香炉,摇着它,散出里面的香烟,走遍各病室。

病人很多,可是时间很少,因此诊病工作就只限于简短地问一问病情,发给一点药品,例如挥发性油膏或者蓖麻油等等。安德烈·叶菲梅奇坐在那儿,用拳头支着脸颊,沉思着,随口问话。谢尔盖·谢尔盖伊奇也坐下,搓着手,偶尔插一句嘴。

"我们生病,受穷,"他说,"那是因为我们没有好好地向仁慈的上帝祷告。对了!"

安德烈·叶菲梅奇诊病的时候从来也不动手术。他早已不干这种事,一看见血心里就不愉快地激动起来。每逢他不得不扳开小孩的嘴,看一下喉咙,而小孩哭哭啼啼,极力用小手招架的时候,他耳朵里的闹声就会弄得他头晕,眼睛里涌出眼泪来。他连忙开个药方,摆一摆手,让女人赶快把孩子带走。

在诊病时候,病人的胆怯和前言不搭后语,再加上身边坐着的庄严的谢尔盖·谢尔盖伊奇、墙上的像片、二十多年以来他反反复复问过不知多少次的那些话,不久就弄得他厌烦了。他看过五六个病人以后就走了。他走后,余下的病人由医士接着看下去。

安德烈·叶菲梅奇回到家里,愉快地想到:谢天谢地,他已经很久没有私人行医,现在没有人会来打搅他了,就立刻在书房里桌子旁边坐下,开始看书。他看很多书,老是看得津津有味。他的薪水有一半都用在买书上,他的住处一共有六个房间,其中倒有三个房间堆满了书籍和旧杂志。他最爱看的是历史书和哲学书。医学方面,他却只订了一份《医师》,而且他总是从后面看起。每回看书,他老是一连看好几个钟头,中间不停顿,也不觉着累。他看书不像伊万·德米特里奇过去那样看得又快又急,而是慢慢地看,集中心力,遇到他喜欢的或者不懂的段落常常停一停。书旁边总是放着一小瓶白酒,旁边放一根腌黄瓜或者一个盐渍苹果,不是盛在碟子里,而是干脆放在粗呢桌布上。每过半个钟头,他就倒一杯白酒,慢慢喝下去,眼睛始终没离开书。随后,他不用眼睛去看,光是用手摸到黄瓜,咬下一小截来。

到下午三点钟,他就小心地走到厨房门口,嗽一嗽喉咙说:"达留希卡,给我开饭才好……"

吃过一顿烧得很差、不干不净的午饭以后,安德烈·叶菲梅奇就把两条胳膊交叉在胸口上,在房间里走来走去,思索着。钟敲四下,后来敲五下,他始终走来走去思索着。偶尔厨房的门吱吱嘎嘎响起来,达留希卡那张带着睡意的红脸从门里探出来。

"安德烈·叶菲梅奇,到您喝啤酒的时候了吧?"她操心地问。

"没有,还没到时候……"他回答,"我要等一会儿……我要等一会儿……"

照例,到了傍晚,邮政局长米哈依尔·阿韦良内奇来了,他在全城当中是唯一没有惹得安德烈·叶菲梅奇讨厌的人。米哈依尔·阿韦良内奇从前是个很有钱的地主,在骑兵队里当差,后来家道中落,为贫穷所迫,晚年就到邮政部门里做事了。他精神旺盛,相貌健康,白色络腮胡子蓬蓬松松,风度文雅,嗓音响亮而好听。他心眼好,感情重,可是脾气躁。每逢邮政局里有个主顾提出抗议,或者不同意他的话,或者刚要辩理,米哈依尔·阿韦良内奇就涨红脸,周身发抖,用雷鸣般的声调叫道:"闭嘴!"因此这个邮政局早就出了名,到这个机关去一趟真要战战兢兢。米哈依尔·阿韦良内奇喜欢而且尊重安德烈·叶菲梅奇,因为他有学问,心灵高尚。可是他对本城的别的居民总是很高傲,仿佛他们是他的部下似的。

"我来了!"他走进安德烈·叶菲梅奇的房间说,"您好,老兄!您恐怕已经讨厌我了吧,对不对?"

"刚好相反,我很高兴,"医师回答说,"我见着您总是很高兴。"

两个朋友在书房里一张长沙发上坐下来,沉默地抽一会儿烟。

"达留希卡,给我们拿点啤酒来才好!"安德烈·叶菲梅奇说。

他们仍旧一句话也不说,把第一瓶酒喝完。医师沉思着,米哈依尔·阿韦良内奇现出畅快活泼的神情,仿佛有什么极其有趣的事要讲一讲似的。谈话总是由医师开头。

"多么可惜啊,"他轻轻地、慢慢地说,摇着头,没有瞧他朋友的脸(他从来不瞧人家的脸),"真是可惜极了,尊敬的米哈依尔·阿韦良内奇,我们城里简直没有一个人能够聪明而有趣地谈一谈天,他们也不喜欢谈天。这对我们就是很大的苦事了。甚至知识分子也不免于庸俗。我跟您保证,他们的智力水平一点也不比下层人高。"

"完全对。我同意。"

"您知道,"医师接着轻声说,音调抑扬顿挫,"在这个世界上,除了人类智慧的最崇高的精神表现以外,一切都是无足轻重而没有趣味的。智慧在人和兽类中间划了一条明显的界线,暗示人类的神圣性,甚至在一定程度上由它代替了实际并不存在的不朽。因此,智慧成为快乐的唯一可能的源泉了。可是在我们四周,我们却看不见,也听不见智慧,这就是说我们的快乐被剥夺了。不错,我们有书,可是这跟活跃的谈话和交际根本不一样。要是您容许我打个不完全恰当的比喻的话,那我就要说,书是音符,谈话才是歌。"

"完全对。"

接着是沉默。达留希卡从厨房里走来,站在门口,用拳头支住下巴,带着茫然的哀伤神情,想听一听。

"唉!"米哈依尔·阿韦良内奇叹口气,"要希望现在的人有脑筋,那可是休想!"

他就叙述过去的生活是多么健康、快乐、有趣,从前俄罗斯的知识分子多么聪明,他们对名誉和友情有多么高尚的看法。借出钱去不要借据。朋友遭了急难而自己不出力帮忙,那是被人看做耻辱的。而且从前的出征、冒险、交锋是什么样子啊!什么样的朋友,什么样的女人!再说高加索,好一个惊人的地区!有一个营长的妻子,是个怪女人,常穿上军官的军服,傍晚骑马到山里去,单身一个人,向导也不带。据说她跟一个山村里的小公爵有点风流韵事。

"圣母啊,母亲啊……"达留希卡叹道。

"那时候我们怎样地喝酒!我们怎样地吃饭啊!那时候有多么激烈的自由主义者!"

安德烈·叶菲梅奇听着,却没听进去。他一边喝啤酒,一边在想什么。

"我常常盼望有些聪明的人,跟他们谈一谈天,"他忽然打断米哈依尔·阿韦良内奇的话说,"我父亲使我受到很好的教育,可是他在六十年代的思想影响下,硬叫我做医生。我觉得当时要是没听从他的话,那我现在一定处在智力活动的中心了。我多半做了大学一个系里的教员了。当然,智慧也不是永久的,而是变动无常的,可是您已经知道我为什么对它有偏爱。生活是恼人的牢笼。一个有思想的人到了成年时期,思想意识成熟了,就会不由自主地感到他关在一个无从脱逃的牢笼里面。确实,他从虚无中活到世上来原是由不得自己作主,被偶然的条件促成的……这是为什么呢?他想弄明白自己生活的意义和目的,人家却什么也说不出来,或者跟他说些荒唐话。他敲门,可是门不开。随后死亡来找他,这也是由不得他自己做主的。因此,如同监狱里的人被共同的灾难联系着,聚在一块儿就觉着轻松得多一样,喜欢分析和归纳的人只要凑在一起,说说彼此的骄傲而自由的思想来消磨时间,也就不觉得自己是关在牢笼里了。在这个意义上说来,智慧是没有别的东西可以代替的快乐。"

"完全对。"

安德烈·叶菲梅奇没有瞧朋友的脸,继续轻声讲聪明的人,讲跟他们谈天,他的话常常停顿一下,再往下讲。米哈依尔·阿韦良内奇专心听着,同意说:"完全对。"

"您不相信灵魂不朽吗?"邮政局长忽然问。

"不,尊敬的米哈依尔·阿韦良内奇;我不相信,而且也没有理由相信。"

"老实说,我也怀疑。不过我又有一种感觉,好像我永远也不会死似的。我暗自想道,得了吧,老家伙,你也该死了!可是我的灵魂里却有个小小的声音说:'别信这话,你不会死的!'……"

九点钟过后不久,米哈依尔·阿韦良内奇就告辞了。他在前堂穿上皮大衣,叹口气说:

"可是命运把我们送到什么样的穷乡僻壤来了!顶恼人的是我们不得不死在这儿。唉!……"

七

安德烈·叶菲梅奇送走朋友以后,就在桌旁坐下,又开始看书。傍晚的宁静以及后来夜晚的宁静,没有一点响声来干扰。时间也仿佛停住,跟医师一块儿呆呆地看书,好像除了书和带绿罩子的灯以外什么也不存在似的。医师那粗俗的、农民样的脸渐渐放光,在人的智慧的活动面前现出感动而入迷的笑容。"啊,为什么人类不会长生不死呢?"他想。为什么人要有脑中枢和脑室,为什么人要有视力、说话能力、自觉能力、天才呢?这些不都是注定了要埋进土里,到头来跟地壳一同冷却,然后在几百万年中间随着地球围绕太阳旋转,既没有意义,也没有目的吗?只为了叫人变凉,然后去旋转,那根本用不着把人以及人的高尚的、近似神的智慧从虚无中拉出来,然后仿佛开玩笑似的再把他变成泥土。

这是新陈代谢!可是用这种代替不朽的东西来安慰自己,这是多么懦弱啊!自然界所发生的这种无意识的变换过程甚至比人的愚蠢还要低劣,因为,不管怎样,愚蠢总还含得有知觉和意志,在那种过程里却什么也没有。只有在死亡面前恐惧多于尊严的懦夫才会安慰自己说:他的尸体迟早会长成青草,长成石头,长成癞蛤蟆的……在新陈代谢中见到不朽是奇怪的,就像一个宝贵的提琴砸碎,没用了以后却预言装提琴的盒子会有灿烂的前途一样。

每逢时钟敲响,安德烈·叶菲梅奇就把身子往圈椅的椅背上一靠,闭上眼睛,为的是思索一会儿。他在刚从书上读到的优美思想的影响下,不由得对他的过去和现在看一眼。过去是可憎的,还是不想为妙。可是现在也跟过去一样。他知道:如今正当他的思想随同凉下去的地球围绕太阳旋转的时候,在那跟医师住宅并排的大房子里,人们却在疾病和肉体方面的污秽中受苦,有的人也许没睡觉，正在跟虫子打仗，有的人正在受着丹毒的传染，或者因为绷带扎得太紧而呻吟。也许病人在跟助理护士打牌，喝酒。每年有一万二千个人受到欺骗，全部医院工作跟二十年前一样，建立在偷窃、污秽、毁谤、徇私上面，建立在草率的庸医骗术上面。医院仍旧是个不道德的机构，对病人的健康极为有害。他知道尼基达在那安着铁窗子的第六病室里殴打病人，也知道莫依谢依卡每天到城里走来走去讨饭。

另一方面，他也很清楚地知道：在最近二十五年当中医学起了神话样的变化。当初他在大学念书的时候，觉着医学不久就会遭到炼金术和玄学同样的命运。可是如今每逢他晚上看书，医学却感动他，引得他惊奇，甚至入迷。真的，多么意想不到的辉煌，什么样的革命啊！由于有了防腐方法，伟大的皮罗戈夫①认为就连 in spe② 都不能做的手术，现在也能做了。普通的地方自治局医师都敢于做截除膝关节的手术。一百例腹腔切开术当中只有一例造成死亡。讲到结石病，那已经被人看做小事，甚至没人为它写文章了。梅毒已经能够根本治疗。另外还有遗传学说、催眠术、巴斯德③与科赫④的发现、以统计做基础的卫生学，还有我们俄罗斯的地方自治局医师的工作！精神病学以及现代的精神病分类法、诊断法和医疗法，跟过去相比，成了十足的厄尔布鲁士⑤。现在不再往疯子的头上泼冷水，也不再给他们穿紧身衣了，人们用人道态度对待疯子，据报纸上说甚至为他们开舞会，演剧了。安德烈·叶菲梅奇知道，就现代的眼光和水平来看，像第六病室这样糟糕的东西

---

① 皮罗戈夫(1810—1881)，俄国外科学家和解剖学家。
② 拉丁文：在将来。
③ 巴斯德(1822—1895)，法国生物学家。
④ 科赫(1843—1910)，德国微生物学家。
⑤ 高加索地区的高山。

也许只有在离铁路线两百俄里远的小城中才会出现,在那样的小城里市长和所有的市议员都是半文盲的小市民,把医生看做术士,即使医生要把烧熔的锡灌进他们的嘴里去,也得相信他,不加一点批评,换了在别的地方,社会人士和报纸早就把这个小小的巴士底①捣得稀烂了。

"可是这又怎么样呢?"安德烈·叶菲梅奇睁开眼睛,问自己,"由此能得出什么结论来呢?有防腐方法也罢,有科赫也罢,有巴斯德也罢,可是事情的实质却一点也没有改变。患病率和死亡率仍旧一样。他们给疯子开舞会,演戏,可是仍旧不准疯子自由行动。可见这都是胡扯和瞎忙,最好的维也纳医院和我的医院实际上并没有什么差别。"

然而悲哀和一种近似嫉妒的感觉却不容他漠不关心。这大概是由于疲劳的缘故吧。他那沉甸甸的头向书本垂下去,他就用两只手托住脸,使它舒服一点,暗想道:

"我在做有害的事。我从人们手里领了薪水,却欺骗他们。我不正直。不过,话要说回来,我自己是无能为力的,我只是一种不可避免的社会罪恶的一小部分,所有县里的文官都有害,都白拿薪水……可见我的不正直不能怪我,要怪时代……我要是生在二百年以后,就会成为另一个人了。"

等到时钟敲了三下,他就吹熄灯,走进寝室。他并没有睡意。

八

两年前,地方自治局表示慷慨,议决每年拨出三百卢布作为补助金,供城中医院作扩充医务人员用,直到将来地方自治局的医院

---

① 一七八九年法国大革命时巴黎民众所捣毁的黑暗监狱。

开办为止。县医师叶夫根尼·费奥多雷奇·霍博托夫也应邀进城来协助安德烈·叶菲梅奇。这个人还很年轻,甚至没到三十岁。他身量高,头发黑,颧骨高,眼睛小。他的祖先多半是异族人。他来到本城的时候,一个钱也没有,只有一个又小又破的手提箱,还带着一个难看的年轻女人,他管她叫厨娘。这女人有个要喂奶的孩子。叶夫根尼·费奥多雷奇平时脚穿高筒皮靴,戴一顶硬帽檐的大沿帽,冬天穿一件短羊皮袄。他跟医士谢尔盖·谢尔盖伊奇和会计主任交成了好朋友,可是不知什么缘故却把别的职员叫做贵族,而且躲着他们。他的整个住宅里只有一本书:《一八八一年维也纳医院最新处方》①。他去看病人,总要随身带着这本小书。一到傍晚他就到俱乐部去打台球,他不喜欢打牌。他在谈话中很喜欢用这类字眼:"无聊之至","废话连篇","故布疑阵",等等。

他每个星期到医院里来两次,查病房,看门诊。医院里完全不用消毒方法,放血用拔血罐,这些都使他愤慨,可是他也没有运用新方法,怕的是这样会得罪安德烈·叶菲梅奇。他把他的同行安德烈·叶菲梅奇看做老滑头,疑心他有很多的钱,私下里嫉妒他。他恨不得占据到他的职位才好。

九

那是春天,三月底,地上已经没有积雪,椋鸟在医院的花园里啼叫了。一天黄昏,医师送他的朋友邮政局长走到大门口。正巧这当儿犹太人莫依谢依卡带着战利品回来,走进院子里。他没戴帽子,一双光脚上套着低腰雨鞋,手里拿着一小包人家施舍的东西。

---

① 《第六病室》发表在一八九二年,那本书相当旧了。

"给我一个小钱!"他对医师说,微微笑着,冷得直哆嗦。

安德烈·叶菲梅奇素来不肯回绝别人的要求,就给他一个十戈比的银币。

"这多么糟,"他瞧着犹太人的光脚和又红又瘦的足踝,暗想,"瞧,脚都湿了。"

这在他心里激起一种又像是怜悯又像是厌恶的感情,他就跟在犹太人的身后,时而看一看他的秃顶,时而看一看他的足踝,走进了那幢厢房。医师一进去,尼基达就从那堆破烂东西上跳下来,立正行礼。

"你好,尼基达,"安德烈·叶菲梅奇温和地说,"发一双靴子给那个犹太人穿才好,不然他就要着凉了。"

"是,老爷。我去报告总务处长。"

"劳驾。你用我的名义请求他好了。就说是我请他这么办的。"

从前堂通到病室的门敞开着。伊万·德米特里奇躺在床上,用胳膊肘支起身子,惊慌地听着不熟悉的声音,忽然认出了来人是医师。他气得周身发抖,从床上跳下来,脸色气愤、发红,眼睛爆出来,跑到病室中央。

"大夫来了!"他喊一声,哈哈大笑,"到底来了!诸位先生,我给你们道喜。大夫赏光,到我们这儿来了!该死的败类!"他尖声叫着,带着以前病室里从没见过的暴怒,跺一下脚,"打死这个败类!不,打死还嫌便宜了他!把他淹死在粪坑里!"

安德烈·叶菲梅奇听见这话,就从前堂探进头去,向病室里看,温和地问道:

"这是为什么?"

"为什么?"伊万·德米特里奇嚷道,带着威胁的神情走到他面前,急忙把身上的长袍裹紧一点,"为什么?你是贼!"他带着憎恶的神情说,努起嘴唇像要啐出一口痰去,"骗子!刽子手!"

"请您消一消气,"安德烈·叶菲梅奇说,抱愧地微笑着,"我跟您担保我从没偷过什么东西;至于别的话,您大概说得大大地过火了。我看得出来您在生我的气。我求您,消一消气,要是可能的话,请您冷静地告诉我:您为什么生气?"

"那么您为什么把我关在这儿?"

"因为您有病。"

"不错,我有病。可是要知道,成十成百的疯子都逍遥自在地走来走去,因为您糊涂得分不清疯子跟健康的人。那么,为什么我跟这些不幸的人必得像替罪羊似的替大家关在这儿?您、医士、总务处长、所有你们这医院里的混蛋,在道德方面不知比我们每个人要低下多少,那为什么关在这儿的是我们而不是你们?道理在哪儿?"

"这跟道德和道理全不相干。一切都要看机会。谁要是关在这儿,谁就只好待在这儿。谁要是没关起来,谁就可以走来走去,就是这么回事。至于我是医生,您是精神病人,这是既说不上道德,也讲不出道理来的,只不过是刚好机会凑巧罢了。"

"这种废话我不懂……"伊万·德米特里奇用闷闷的声调说,在自己床上坐下来。

尼基达不敢当着医师的面搜莫依谢依卡。莫依谢依卡就把一块块面包、纸片、小骨头摊在他自己的床上。他仍旧冻得打哆嗦,用犹太话讲起来,声音像唱歌,说得很急。他多半幻想自己在开铺子了。

"放我出去吧。"伊万·德米特里奇说,他的嗓音发颤。

"我办不到。"

"可是为什么?为什么呢?"

"因为这不是我能决定的。请您想想看,就算我放您出去了,那于您又有什么好处呢？您出去试试看。城里人或者警察会抓住您,送回来的。"

"不错,不错,这倒是实话……"伊万·德米特里奇说,用手心擦着脑门,"这真可怕！可是我该怎么办呢？怎么办呢？"

安德烈·叶菲梅奇喜欢伊万·德米特里奇的声调、他那年轻聪明的容貌和那种愁苦的脸相。他有心对这年轻人亲热点,安慰他一下。他就在床边挨着他坐下,想了一想,开口说：

"您问我该怎么办。处在您的地位,顶好是从这儿逃出去。然而可惜,这没用处。您会被人捉住。社会在防范罪人、神经病人和一般不稳当的人的时候,总是不肯善罢干休的。剩下来您就只有一件事可做,那就是心平气和地认定您待在这个地方是不可避免的。"

"这是对任什么人都没有必要的。"

"只要有监狱和疯人院,那就总得有人关在里面才成。不是您,就是我。不是我,就是另外一个人。您等着吧,到遥远的未来,监狱和疯人院绝迹的时候,也就不会再有窗上的铁格,不会再有这种长袍了。当然,那个时代是早晚要来的。"

伊万·德米特里奇冷笑。

"您说起笑话来了,"他说,眯细了眼睛,"像您和您的助手尼基达之流的老爷们跟未来是一点关系也没有的。不过您放心就是,先生,美好的时代总要来的！让我用俗话来表一表我的看法,您要笑就尽管笑好了：新生活的黎明会放光,真理会胜利,那时候节日会来到我们街上！我是等不到那一天了,我会死掉,不过总有别人的曾孙会等到的。我用我整个灵魂向他们欢呼,我高兴,为他们高兴！前进啊！求主保佑你们,朋友们！"

伊万·德米特里奇闪着亮晶晶的眼睛站起来,向窗子那边伸出手去,继续用激动的声调说：

"我从这铁格窗里祝福你们!真理万岁!我高兴啊!"

"我看不出有什么特殊的理由要高兴,"安德烈·叶菲梅奇说,他觉得伊万·德米特里奇的举动像是演戏,不过他也还是很喜欢,"将来,监狱和疯人院都不会有,真理会像您所说的那样胜利,不过要知道,事物的本质不会变化,自然界的规律也仍旧一样。人们还是会像现在这样害病,衰老,死掉。不管将来会有多么壮丽的黎明照亮您的生活,可是您到头来还是会躺进棺材,钉上钉子,扔到墓穴里去。"

"那么,长生不死呢?"

"唉,算了吧!"

"您不相信,可是我呢,却相信。不知是在陀思妥耶夫斯基还是伏尔泰①的一本书里,有一个人物说:要是没有上帝,人就得臆造出一个来。我深深地相信:要是没有长生不死,伟大的人类智慧早晚也会把它发明出来。"

"说得好,"安德烈·叶菲梅奇说,愉快地微笑着,"您有信心,这是好事。人有了这样的信心,哪怕幽禁在四堵墙当中,也能生活得很快乐。您以前大概在哪儿念过书吧?"

"对了,我在大学里念过书,可是没有毕业。"

"您是个有思想、爱思考的人。在随便什么环境里,您都能保持内心的平静。那种极力要理解生活的、自由而深刻的思索,那种对人间无谓纷扰的十足蔑视,这是两种幸福,比这更高的幸福人类还从来没有领略过。您哪怕生活在三道铁栅栏里,却仍旧能够享

---

① 法国作家伏尔泰(1694—1778)在《致关于三个冒充者的新书的作者》中说:"如果不存在上帝,就该臆造一个。"俄国作家陀思妥耶夫斯基在小说《卡拉玛佐夫兄弟》中引用了上述的话,并且增补了一句:而且确实,人类臆造出上帝来了。——俄文本编者注

受这种幸福。第奥根尼①住在一个桶子里,可是他比世界上所有的皇帝都幸福。"

"您那个第奥根尼是傻瓜,"伊万·德米特里奇阴郁地说,"您干吗跟我提什么第奥根尼,说什么理解生活?"他忽然生气了,跳起来叫道,"我爱生活,热烈地爱生活!我害被虐狂,心里经常有一种痛苦的恐惧。不过有时候我充满生活的渴望,一到那种时候我就害怕自己会发疯。我非常想生活,非常想!"

他激动得在病室里走来走去,然后压低了嗓音说:

"每逢我幻想起来,我脑子里就生出种种幻觉。有些人走到我跟前来了,我听见说话声和音乐声了,我觉得我好像在一个树林里漫步,或者沿海边走着,我那么热烈地渴望着纷扰,渴望着奔忙……那么,请您告诉我,有什么新闻吗?"伊万·德米特里奇问,"外头怎么样了?"

"您想知道城里的情形呢,还是一般的情形?"

"哦,先跟我讲一讲城里的情形,再讲一般的情形吧。"

"好吧。城里乏味得难受……你找不着一个人来谈天,也找不着一个人可以让你听他谈话。至于新人是没有的。不过最近倒是来了一个姓霍博托夫的年轻医师。"

"居然在我还活着的时候就有人来了。他是怎么样的一个人,粗俗吗?"

"对了,他不是一个有教养的人。您知道,说来奇怪……凭各种征象看来,我们的大城里并没有智力停滞的情形,那儿挺活跃,可见那边一定有真正的人,可是不知什么缘故,每回他们派到我们这儿来的都是些看不上眼的人。这真是个不幸的城!"

---

① 第奥根尼(公元前约400—前约325),古希腊哲学家。关于他的生活,有很多传说保留下来。人们断言第奥根尼由于是禁欲主义的信徒而住在木桶里。据传说,这个哲学家大白天举着灯找有权利称为人的人。——俄文本编者注

"是的,这是个不幸的城!"伊万·德米特里奇叹道,他笑起来,"那么一般的情形怎么样? 人家在报纸和杂志上写了些什么文章?"

病室里已经暗下来了。医师站起来,立在那儿,开始叙述国内外发表了些什么文章,现在出现了什么样的思想潮流。伊万·德米特里奇专心听着,提出些问题,可是忽然间,仿佛想起什么可怕的事,抱住头,在床上躺下,背对着医师。

"您怎么了?"安德烈·叶菲梅奇问。

"您休想再听见我说一个字!"伊万·德米特里奇粗鲁地说,"躲开我!"

"这是为什么?"

"我跟您说:躲开我! 干吗一股劲儿地追问?"

安德烈·叶菲梅奇耸一耸肩膀,叹口气,出去了。他走过前堂的时候说:

"把这儿打扫一下才好,尼基达……气味难闻得很!"

"是,老爷。"

"这个年轻人多么招人喜欢!"安德烈·叶菲梅奇一面走回自己的寓所,一面想,"从我在此地住下起,这些年来他好像还是我所遇见的第一个能够谈一谈的人。他善于思考,他所关心的也正是应该关心的事。"

这以后,他看书也好,后来上床睡觉也好,总是想着伊万·德米特里奇。第二天早晨他一醒,就想起昨天他认识了一个头脑聪明、很有趣味的人,决定一有机会就再去看他一趟。

十

伊万·德米特里奇仍旧照昨天那种姿势躺着,双手抱住头,腿缩起来。他的脸却看不见。

"您好,我的朋友,"安德烈·叶菲梅奇说,"您没有睡着吧?"

"第一,我不是您的朋友,"伊万·德米特里奇把嘴埋在枕头里说,"第二,您白忙了,您休想再听见我说一个字。"

"奇怪……"安德烈·叶菲梅奇狼狈地嘟哝着,"昨天我们谈得挺和气,可是忽然间不知什么缘故,您怄气了,一下子什么也不肯谈了……大概总是我说了什么不得体的话,再不然也许说了些不合您的信念的想法……"

"是啊,居然要我来相信您的话!"伊万·德米特里奇说,欠起身来,带着讥讽和惊慌的神情瞧着医师。他的眼睛发红,"您尽可以上别处去侦察,探访,可是您在这儿没什么事可做。我昨天就已经明白您为什么上这儿来了。"

"古怪的想法!"医师笑着说,"那么您当我是密探吗?"

"对了,我就是这么想的……密探也好,大夫也好,反正是奉命来探访我的,这总归是一样。"

"唉,真的,原谅我说句实话,您可真是个……怪人啊!"

医师在床旁边一张凳子上坐下,不以为然地摇摇头。

"不过,姑且假定您的话不错吧,"他说,"就算我在阴险地套出您的什么话来,好把您告到警察局去。于是您被捕,然后受审。可是您在法庭上和监狱里难道会比待在这儿更糟吗?就算您被判终身流放,甚至服苦役刑,难道这会比关在这个厢房里还要糟吗?我觉得那也不见得更糟……那么您有什么可怕的呢?"

这些话分明对伊万·德米特里奇起了作用。他安心地坐下了。

这是下午四点多钟,在这种时候安德烈·叶菲梅奇通常总是在自己家中各房间里走来走去,达留希卡问他到了喝啤酒的时候没有。外面没有风,天气晴朗。

"我吃完饭出来蹓跶蹓跶,顺便走进来看看您,正像您看到的那样,"医师说,"外面完全是春天了。"

"现在是几月?三月吗?"伊万·德米特里奇问。

"是的,三月尾。"

"外面很烂吗?"

"不,不很烂。花园里已经有路可走了。"

"眼下要是能坐上一辆四轮马车到城外什么地方去走一趟,倒挺不错,"伊万·德米特里奇说,揉揉他的红眼睛,好像半睡半醒似的,"然后回到家里,走进一个温暖舒适的书房……请一位好大夫来治一治头痛……我已经好久没有照普通人那样生活过了。这儿糟透了!糟得叫人受不了!"

经过昨天的兴奋以后,他累了,无精打采,讲话不大起劲。他的手指头发抖,从他的脸相看得出他头痛得厉害。

"温暖舒适的书房跟这个病室并没有什么差别,"安德烈·叶菲梅奇说,"人的恬静和满足并不在人的外部,而在人的内心。"

"您这话是什么意思?"

"普通人从身外之物,那就是说从马车和书房,寻求好的或者坏的东西,可是有思想的人却在自己内心寻找那些东西。"

"请您到希腊去宣传那种哲学吧。那边天气暖和,空中满是酸橙的香气,这儿的气候却跟这种哲学配不上。我跟谁谈起第奥根尼来着?大概就是跟您吧?"

"对了,昨天跟我谈过。"

"第奥根尼用不着书房或者温暖的住处,那边没有这些东西也已经够热了。只要睡在桶子里,吃吃橙子和橄榄就成了。可是如果他有机会到俄罗斯来生活,那他慢说在十二月,就是在五月里也会要求住到屋里去。他准会冻得缩成一团呢。"

"不然。寒冷如同一般说来任何一种痛苦一样,人能够全不觉得。马可·奥勒留①说:'痛苦是一种生动的痛苦概念:运用意志的力量改变这个概念,丢开它,不再诉苦,痛苦就会消灭了。'②这话说得中肯。大圣大贤,或者只要是有思想、爱思索的人,他们之所以与众不同就在于蔑视痛苦,他们永远心满意足,对任什么事都不感到惊讶。"

"那么我就是呆子了,因为我痛苦,不满足,对人的卑劣感到惊讶。"

"您这话说错了。只要您多想一想,您就会明白那些搅得我们心思不定的外在事物都是多么渺小。人得努力理解生活,真正的幸福就在这儿。"

"理解……"伊万·德米特里奇说,皱起眉头,"什么外在,内在的……对不起,我实在不懂。我只知道,"他说,站起来,怒冲冲地瞧着医师,"我只知道上帝是用热血和神经把我创造出来的,对了,先生!人的机体组织如果是有生命的,对一切刺激就一定有反应。我就有反应!受到痛苦,我就用喊叫和泪水来回答;遇到卑鄙,我就愤慨。看见肮脏,我就憎恶。依我看来,说实在的,只有这才叫做生活。这个有机体越低下,它的敏感程度也越差,对刺激的反应也就越弱。机体越高级,也就越敏感,对现实的反应也就越有力。这点道理您怎么会不懂?您是医师,却不懂这些小事!为要蔑视痛苦,永远知足,对任什么事也不感到惊讶,人得先落到这种地步才成,"伊万·德米特里奇就指了指肥胖的、满身是脂肪的农民说,"要不然,人就得在苦难中把自己磨练得麻木不仁,对苦难失去一切感觉,换句话说,也就是停止生活才成。对不起,我不是

---

① 马可·奥勒留(121—180),罗马帝国皇帝,是斯多葛派最后的一个大哲学家。
② 在契诃夫故乡塔干罗格的契诃夫私人图书馆里保存着《马可·奥勒留·安东尼皇帝关于对自己重要的事物的思考》一书,上有契诃夫的很多批注。此处的一段话即引自该书。——俄文本编者注

大圣大贤,也不是哲学家,"伊万·德米特里奇愤愤地接着说,"那些道理我一点也不懂。我也不善于讲道理。"

"刚好相反,您讲起道理来很出色。"

"您摹仿的斯多葛派①,是些了不起的人,可是他们的学说远在两千年前就已经停滞不前,一步也没向前迈进,将来也不会前进,因为那种学说不切实际,不合生活。那种学说只在那些终生终世致力于研究和赏玩各种学说的少数人当中才会得到成功,可是大多数人都不懂。任何鼓吹对富裕冷淡、对生活的舒适冷淡、对痛苦和死亡加以蔑视的学说,对绝大部分人来说是完全没法理解的,因为这大部分人从来也没有享受过富裕,也从没享受过生活的舒适。对他们来说,蔑视痛苦就等于蔑视生活本身,因为人的全部实质就是由饥饿、寒冷、委屈、损失等感觉以及哈姆莱特式的怕死感觉构成的。全部生活不外乎这些感觉。人也许会觉得生活苦恼,也许会痛恨这种生活,可是绝不会蔑视它。对了,所以,我要再说一遍:斯多葛派的学说绝不会有前途。从开天辟地起一直到今天,您看得明白,不断进展着的是奋斗、对痛苦的敏感、对刺激的反应能力……"

伊万·德米特里奇忽然失去思路,停住口,烦躁地揉着额头。

"我本来想说一句重要的话,可是我的思路断了,"他说,"我刚才说什么来着?哦,对了!我想说的是这个:有一个斯多葛派为了给亲人赎身,就自己卖身做了奴隶。那么,您看,这意思是说,就连斯多葛派对刺激也是有反应的,因为人要做出这种舍己救人的慷慨行为,就得有一个能够同情和愤慨的灵魂才成。眼下,我关在这个监狱里,已经把以前所学的东西忘光了,要不然我还能想起一

---

① 自公元前四世纪起在古代奴隶占有制社会兴起的一个哲学派别,鼓吹人完全听从命运的宿命论观点。

点别的事情。拿基督来说,怎么样呢?基督对现实生活的反应是哭泣,微笑,忧愁,生气,甚至难过。他并没有带着微笑去迎接痛苦,他也没有蔑视死亡,而是在客西马尼花园里祷告,求这杯子离开他。"①

伊万·德米特里奇笑起来,坐下去。

"就算人的安宁和满足不在外界,而在自己的内心,"他说,"就算人得蔑视痛苦,对任什么事也不感到惊讶。可是您到底根据什么理由鼓吹这些呢?您是圣贤?是哲学家?"

"不,我不是哲学家,不过人人都应当鼓吹这道理,因为这是入情入理的。"

"不,我要知道您凭什么自以为有资格谈理解生活,谈蔑视痛苦等等?难道您以前受过苦?您懂得什么叫做痛苦?容我问一句,您小时候挨过打吗?"

"没有,我的父母是厌恶体罚的。"

"我父亲却死命地打过我。我父亲是个很凶的、害痔疮的文官,鼻子挺长,脖子发黄。不过,我们还是来谈您。您有生以来从没被人用手指头碰过一下,谁也没有吓过您,打过您,您结实得跟牛一样。您在您父亲的翅膀底下长大成人,用他的钱求学,后来一下子就谋到了这个俸禄很高而又清闲的差使。您有二十多年一直住着不花钱的房子,有炉子,有灯火,有仆人,同时您有权利爱怎么干就怎么干,爱干多少就干多少,哪怕不做一点事也不要紧。您本性是一个疲沓的懒汉,因此您把您的生活极力安排得不让任什么事来打搅您,不让任什么事来惊动您,免得您动一动。您把工作交给医士跟别的坏蛋去办。您自己呢,找个温暖而又清静的地方坐着,攒钱,看书,为了消遣而思索各种高尚的无聊问题,而且,"说

---

① 见《新约·马太福音》第二十六章第三十六节。

到这儿,伊万·德米特里奇看着医师的红鼻子,"喝酒。总之,您并没见识过生活,完全不了解它,对现实只有理论上的认识。至于您蔑视痛苦,对任什么事都不感到惊讶,那完全是出于一种很简单的理由。什么四大皆空啦,外界和内部啦,把生活、痛苦、死亡看得全不在意啦,理解生活啦、真正的幸福啦,这都是最适合俄罗斯懒汉的哲学。比方说,您看见一个农民在打他的妻子。何必出头打抱不平呢?让他去打好了,反正他俩早晚都要死的。况且打人的人在打人这件事上所污辱的倒不是挨打的人,而是他自己。酗酒是愚蠢而又不像样子的,可是喝酒的结果也是死,不喝酒的结果也是死。一个农妇来找您,她牙痛……哼,那有什么要紧?痛苦只不过是痛苦的概念罢了。再说,人生在世免不了灾病,大家都要死的,因此,娘儿们,去你的吧,别妨碍我思索和喝酒。一个青年来请教:他该怎样做,怎样生活才对。换了别人,在答话以前总要好好想一想,可是您的回答却是现成的:努力去理解啊,或者努力去追求真正的幸福啊。可是那个荒唐的'真正的幸福'究竟是什么东西呢?当然,回答是没有的。在这儿,我们关在铁格子里面,长期幽禁,受尽折磨,可是这很好,合情合理,因为这个病室跟温暖舒适的书房之间根本没有什么分别。好方便的哲学:不用做事而良心清清白白,并且觉着自己是大圣大贤……不行,先生,这不是哲学,不是思想,也不是眼界开阔,而是懒惰,托钵僧①作风,浑浑噩噩的麻木……对了!"伊万·德米特里奇又生气了,"您蔑视痛苦,可是如果用房门把您的手指头夹一下,您恐怕就要扯着嗓门大叫起来了!"

"可是也许我并不叫呢。"安德烈·叶菲梅奇说,温和地笑笑。

"对,当然!瞧着吧,要是您一下子中了风,或者假定有个傻

---

① 指伊斯兰教或印度教的被人目为圣者的沿街乞讨者。

瓜和蛮横的家伙利用他自己的地位和官品当众侮辱您一场,而且您知道他侮辱了您仍旧可以逍遥法外,哼,到那时候您才会明白您叫别人去理解和寻求真正的幸福是怎么回事了。"

"这话很有独到之处,"安德烈·叶菲梅奇说,愉快地笑起来,搓着手,"您那种对于概括的爱好使我感到愉快的震动。多承您刚才把我的性格勾勒一番,简直精彩得很。我得承认,跟您谈话使我得到很大的乐趣。好,我已经听完您的话,现在要请您费心听我说一说了……"

十一

这次谈话接下去又进行了一个多钟头,分明给安德烈·叶菲梅奇留下了深刻的印象。从此他天天到这个厢房里来。他早晨去,吃过午饭后也去,到了天近黄昏,他往往仍旧在跟伊万·德米特里奇交谈。起初伊万·德米特里奇见着他还有点拘束,疑惑他存心不良,就公开表示自己的敌意,可是后来他跟他处熟了,他那声色俱厉的态度就换成了鄙夷讥诮的态度。

不久医院里传遍一种流言,说是安德烈·叶菲梅奇医师开始常到第六病室去了。谢尔盖·谢尔盖伊奇也好,尼基达也好,助理护士也好,谁都不明白他为什么到那儿去,为什么在那儿一连坐上好几个钟头,到底谈了些什么,为什么不开药方。他的行动显得古怪。米哈依尔·阿韦良内奇常常发现他不在家,这在过去是从来没有过的事。达留希卡也很心慌,因为现在医师不按一定的时候喝啤酒,有时候连吃饭都耽误了。

有一天,那已经是在六月末尾,霍博托夫医师去看望安德烈·叶菲梅奇,商量点事。他发现医师没有在家,就到院子里去找他。在那儿有人告诉他,说老医师到精神病人那儿去了。霍博托夫走

进厢房,在前堂里站住,听见下面的谈话:

"我们永远也谈不拢,您休想叫我改信您那种信仰,"伊万·德米特里奇愤愤地说,"您完全不熟悉现实,您从来没有受过苦,反而像蚂蝗那样靠别人的痛苦生活着,我呢,从生下来那天起直到今天却一直不断地受苦。因此我老实对您说,我认为在各方面我都比您高明,比您有资格。您不配教导我。"

"我根本没有存心叫您改信我的信仰,"安德烈·叶菲梅奇低声说,惋惜对方不肯了解他的心意,"问题不在这儿,我的朋友。问题不在于您受过苦而我没受过。痛苦和欢乐都是暂时的,我们不谈这些,不去管它吧。问题在于您跟我都在思考,我们看出彼此都是善于思考和推理的人,那么不管我们的见解多么不同,这却把我们联系起来了。我的朋友,要是您知道我是多么厌恶那种普遍存在的狂妄、平庸、愚钝,而我每次跟您谈话的时候是多么高兴就好了!您是有头脑的人,我觉得跟您相处很快活。"

霍博托夫推开一点门缝儿,往病室里看了一眼。戴着睡帽的伊万·德米特里奇跟安德烈·叶菲梅奇医师并排坐在床上。疯子愁眉苦脸,打哆嗦,颤巍巍地裹紧身上的长袍。医师一动不动地坐在那儿,头低垂着,脸色发红,显得凄苦而悲伤。霍博托夫耸一耸肩膀,冷笑一声,跟尼基达互相看一眼。尼基达也耸一耸肩膀。

第二天霍博托夫跟医士一块儿到厢房里来。两个人站在前堂里偷听。

"咱们的老大爷似乎完全疯了!"霍博托夫走出厢房时候说。

"主啊,饶恕我们这些罪人吧!"庄重的谢尔盖·谢尔盖伊奇叹道,小心地绕过泥塘,免得弄脏他那双擦得很亮的靴子,"老实说,尊敬的叶夫根尼·费奥多雷奇,我早就料着会出这样的事了!"

十二

这以后,安德烈·叶菲梅奇开始发觉四周有一种神秘的空气。杂役、助理护士、病人,一碰见他就追根究底地瞧他,然后交头接耳地说话。往常他总是喜欢在医院花园里碰见总务处长的女儿玛霞小姑娘,可是现在每逢他带着笑容向她跟前走过去,想摩挲一下她的小脑袋,不知因为什么缘故她却躲开他,跑掉了。邮政局长米哈依尔·阿韦良内奇听他讲话,也不再说"完全对",却莫名其妙地慌张起来,含糊地说:"是啊,是啊,是啊……"而且带着悲伤的、深思的神情瞧他。不知什么缘故,他开始劝他的朋友戒掉白酒和啤酒,不过他是一个有礼貌的人,在劝的时候并不直截了当地说,只是用了种种暗示,先对他讲起一个营长,那是一个极好的人,然后谈到团里的神甫,也是一个很好的人,他俩怎样贪酒,害了病,可是戒掉酒以后,病就完全好了。安德烈·叶菲梅奇的同事霍博托夫来看过他两三回,也劝他戒酒,而且无缘无故地劝他服用溴化钾①。

八月里安德烈·叶菲梅奇收到市长一封信,说是有很要紧的事请他去谈一谈。安德烈·叶菲梅奇按照约定的时间到了市政厅,发现在座的有军事长官、政府委派的县立学校的校长、市参议员、霍博托夫,还有一位胖胖的、头发金黄的先生,经过介绍,原来是一位医师。这位医师姓一个很难上口的波兰姓,住在离城三十俄里远的一个养马场上,现在凑巧路过这个城。

"这儿有一份申请关系到您的工作部门,"等到大家互相招呼过,围着桌子坐下来以后,市参议员对安德烈·叶菲梅奇说,"叶

---

① 一种医治神经的镇静剂。

夫根尼·费奥多雷奇刚才在这儿对我们说起医院主楼里的药房太窄了,应当把它搬到一个厢房里去。这当然没有问题,要搬也可以搬,可是主要问题在于厢房需要修理了。"

"对了,不修理不行了,"安德烈·叶菲梅奇想了一想,说,"比方说,要是把院子角上那个厢房布置出来,改作药房的话,我想至少要用五百卢布。这是一笔不生产的开支。"

大家沉默了一会儿。

"十年前我已经呈报过,"安德烈·叶菲梅奇低声说下去,"照现在的形式存在着的这个医院对这个城市来说,是一种超过了它负担能力的奢侈品。这个医院是在四十年代建筑起来的,不过那时候的经费跟现在不同。这个城市在不必要的建筑和多余的职位方面花的钱太多了。我想,换一个办法就可以用同样多的钱来维持两个模范的医院。"

"好,那您就提出另外一个办法吧!"市参议员活跃地说。

"我已经向您呈请过把医疗部门移交地方自治局办理。"

"对,您要是把钱移交地方自治局,他们就会把它贪污了事。"头发金黄的医师笑着说。

"这是照例如此的。"市参议员同意道,也笑了。

安德烈·叶菲梅奇用无精打采、暗淡无光的眼睛瞧着金黄头发的医师说:

"我们得公道才对。"

他们又沉默了一会儿。茶端上来了。不知什么缘故,军事长官很窘,就隔着桌子碰了碰安德烈·叶菲梅奇的手说:

"您完全把我们忘了,大夫。不过,您是个修士:您既不打牌,也不喜欢女人。您跟我们这班人来往一定觉着没意思。"

大家谈起一个正派人住在这个城里多么无聊。没有剧院,没有音乐,俱乐部最近开过一次跳舞晚会,女人倒来了二十个上下,男舞伴却只有两个。青年男子不跳舞,却一直聚在小卖部附近,或者打牌。安德烈·叶菲梅奇没有抬起眼睛瞧任何人,低声慢慢讲起来,说到城里人把他们生命的精力、他们的心灵和智慧,都耗费在打牌和造谣上,不善于,也不愿意,把时间用在有趣的谈话和读书方面,不肯享受智慧所提供的快乐,这真是可惜,可惜极了。只有智慧才有趣味,才值得注意,至于别的一切东西,那都是卑贱而渺小的。霍博托夫专心地听他的同事讲话,忽然问道:

"安德烈·叶菲梅奇,今天是几月几号?"

霍博托夫听到回答以后,就和金黄头发的医师用一种连自己也觉得不高明的主考人的口气开始盘问安德烈·叶菲梅奇今天是星期几,一年当中有多少天,第六病室里是不是住着一个了不起的先知。

回答最后一个问题的时候,安德烈·叶菲梅奇脸红了,说:

"是的,他有病,不过他是一个有趣味的年轻人。"

此外他们没有再问他别的话。

他在前厅穿大衣的时候,军事长官伸出一只手来放在他的肩膀上,叹口气说:

"现在我们这些老头子到退休的时候了!"

安德烈·叶菲梅奇走出市政厅,才明白过来,原来这是一个奉命考察他的智力的委员会。他回想他们对他提出的种种问题,就涨红了脸,而且现在,不知因为什么缘故,生平第一回沉痛地为医学惋惜。

"我的上帝啊,"他想起那些医师刚才怎样考察他,不由得暗想,"要知道,他们前不久刚听完精神病学的课,参加过考试,怎么会这样一窍不通呢?他们连精神病学的概念都没有!"

他生平第一回感到受了侮辱,生气了。

当天傍晚,米哈依尔·阿韦良内奇来看他。这个邮政局长没

有向他打招呼,径直走到他跟前,拉住他的双手,用激动的声调说:

"我亲爱的,我的朋友,请您向我表明您相信我的真诚的好意,把我看做您的朋友!……我的朋友!"他不容安德烈·叶菲梅奇开口讲话,仍旧激动地接着说下去,"我因为您有教养,您心灵高尚而喜爱您。听我说,我亲爱的。那些医生受科学规章的限制,不能对您说真话,可是我要像军人那样实话实说:您的身体不大好!请您原谅我,我亲爱的,不过这是实情,您四周的人早就注意到这一点了。叶夫根尼·费奥多雷奇医师刚才对我说:为了有利于您的健康,您务必要休养一下,散散心才成。完全对!好极了!过几天我就要度假日,出外去换一换空气。请您表明您是我的朋友,我们一块儿走!仍照往日那样,我们一块儿走。"

"我觉得我的身体十分健康,"安德烈·叶菲梅奇想了一想,说,"我不能走。请您容许我用别的办法来向您表明我的友情。"

丢开书本,丢开达留希卡,丢开啤酒,一下子打破已经建立了二十年的生活秩序,出外走一趟,既不知道到哪儿去,也不知道为什么要去,这种想法一开头就使他觉着又荒唐又离奇。可是他想起了市政厅里的那番谈话,想起了他从市政厅出来,在回家的路上经历到的沉重心情,那么认为暂时离开这个城,躲开那些把他看做疯子的蠢人,倒也未尝不可。

"那么您究竟打算到哪儿去呢?"他问。

"到莫斯科去,彼得堡去,华沙去……在华沙,我消磨过我一生中最幸福的五个年头。那是多么了不起的城啊!去吧,我亲爱的!"

十三

一个星期以后,人们向安德烈·叶菲梅奇建议,要他休养一下,也就是说要他提出辞呈,他满不在乎地照着做了。再过一个星期,米哈依尔·阿韦良内奇就和他坐上一辆邮车,到就近的火车站去了。天气凉快,晴朗,天空蔚蓝,远处风景看得清清楚楚。他们离火车站有两百俄里远,坐马车走了两天,在路上住了两夜。每逢在驿站上他们喝的茶用没有洗干净的杯子盛来,或者车夫套马车费的时间久了一点,米哈依尔·阿韦良内奇就涨紫了脸,周身打抖,嚷道:"闭嘴!不准强辩!"一坐上马车,他就一会儿也不停地说话,讲起他当初在高加索和波兰帝国旅行的情形。他有过多少奇遇,有过什么样的遭际啊!他讲得很响,同时还惊奇地瞪起眼睛,弄得听的人以为他是在说谎。再者,他一面说话,一面对着安德烈·叶菲梅奇的脸喷气,对着他的耳朵哈哈大笑。这弄得医师很别扭,妨碍他思考,不容他聚精会神地思索。

为了省钱,他们在火车上乘三等车,坐在一个不准吸烟的车厢里。有一半的乘客是上等人。米哈依尔·阿韦良内奇不久就跟所有的人认识了,从这个座位换到那个座位,大声地说他们大不该在这样糟糕的铁路上旅行。简直是骗人上当!如果骑一匹好马赶路,那就大不相同:一天走一百俄里的路,赶完了路还精神抖擞,身强力壮。讲到我们收成不好,那是因为宾斯克沼泽地带排干了水。总之,什么事都乱七八糟。他兴奋起来,讲得很响,不容别人开口。这种夹杂大声哄笑和指手划脚的不停的扯淡,闹得安德烈·叶菲梅奇很疲劳。

"我们这两个人当中究竟谁是疯子呢?"他懊恼地想,"究竟是我这个极力不惊吵乘客的人呢,还是这个自以为比大家都聪明有趣,因此不容人消停的利己主义者?"

在莫斯科,米哈依尔·阿韦良内奇穿上没有肩章的军衣和镶着红丝绦的裤子。他一上街就戴上军帽,穿上军大衣,兵士们见着他都立正行礼。安德烈·叶菲梅奇现在觉得这个人把原来所有的贵族气派中的一切优点都丢掉,只留下了劣点。他喜欢有人伺候他,哪怕在完全不必要的时候也是一样。火柴就在他面前的桌子上,他自己也看见了,却对仆役嚷叫,要他拿火柴来。有女仆在场,他却只穿着衬里衣裤走来走去,并不觉着难为情。他对所有的仆人,哪怕是老人,也一律称呼"你"①,遇到他生了气,就骂他们是傻瓜和蠢货。安德烈·叶菲梅奇觉得这是老爷派头,可是恶劣得很。

首先,米哈依尔·阿韦良内奇领他的朋友到伊文尔斯卡雅教堂去。他热心地祷告,叩头,流泪,完事以后,深深地叹口气说:

"即使人不信神,可是祷告一下,心里也好像踏实点。吻圣像吧,我亲爱的。"

安德烈·叶菲梅奇很窘,吻了吻圣像,同时米哈依尔·阿韦良内奇努起嘴唇,摇头,小声祷告,眼泪又涌上了眼眶。随后,他们到克里姆林宫去,观看皇家的炮和皇家的钟,甚至伸出手指头去摸一摸。他们欣赏莫斯科河对面的风景,游览救世主教堂和鲁缅采夫博物馆。

他们在捷斯托夫饭店吃饭。米哈依尔·阿韦良内奇把菜单看了很久,摩挲着络腮胡子,用一种素来觉得到了饭店就像到了家里一样的美食家的口气对仆役说:

"我们倒要瞧瞧今天你们拿什么菜来给我们吃,天使!"

十四

医师走来走去,看这看那,吃啊喝的,可是他只有一种感觉:恼恨米哈依尔·阿韦良内奇。他一心想离开他的朋友休息一下,躲着他,藏起来,可是那位朋友却认为自己有责任不放医师离开身边

---

① 意谓有礼貌的人对仆人应该称呼"您"。

一步,尽量为他想出种种消遣办法。到了没有东西可看的时候,他就用谈天来给他解闷儿。安德烈·叶菲梅奇一连隐忍了两天,可是到第三天他就向朋友声明他病了,想留在家里待一整天。他的朋友回答说,既是这样,那他也不出去。实在,也该休息一下了,要不然两条腿都要跑断了。安德烈·叶菲梅奇在一个长沙发上躺下,脸对着靠背,咬紧牙齿,听他朋友热烈地向他肯定说:法国早晚一定会打垮德国,莫斯科有很多骗子,单凭马的外貌绝看不出马的长处。医师耳朵里嗡嗡地响起来,心卜卜地跳,可是出于客气,又不便请他的朋友走开或者住口。幸亏米哈依尔·阿韦良内奇觉着坐在旅馆房间里闷得慌,饭后就出去散步了。

等到只剩下自己一个人,安德烈·叶菲梅奇就让自己沉湎于休息的感觉里。一动不动地躺在长沙发上,知道屋里只有自己一个人,这是多么痛快啊!没有孤独就不会有真正的幸福。堕落的天使之所以背弃上帝,大概就因为他一心想孤独吧,而天使们是不知道什么叫做孤独的。安德烈·叶菲梅奇打算想一想近几天来他看见了些什么,听见了些什么,可是米哈依尔·阿韦良内奇却不肯离开他的脑海。

"话说回来,他度假日,跟我一块儿出来旅行,还是出于友情,出于慷慨呢,"医师烦恼地想,"再也没有比这种友情的保护更糟糕的事了。本来他倒好像是个好心的、慷慨的、快活的人,不料是个无聊的家伙。无聊得叫人受不了。有些人就是这样,平素说的都是聪明话、好话,可是人总觉得他们是愚蠢的人。"

这以后一连几天,安德烈·叶菲梅奇声明他生病了,不肯走出旅馆的房间。他躺着,用脸对着长沙发的靠背;遇到他的朋友用谈话来给他解闷儿,他总是厌烦。遇到他的朋友不在,他就养神。他生自己的气,因为他跑出来旅行,他还生他朋友的气,因为他一天天地变得贫嘴,放肆了。他无论如何也不能把他的思想提到严肃高尚的方面去。

"这就是伊万·德米特里奇所说的现实生活了,它把我折磨得好苦,"他想,气恼自己这样小题大做,"不过这也没什么要紧……将来我总要回家去,一切就会跟先前一样了……"

到了彼得堡,局面仍旧是那样。他一连好几天不走出旅馆的房间,老是躺在长沙发上,只有为了喝啤酒才起来一下。

米哈依尔·阿韦良内奇时时刻刻急着要到华沙去。

"我亲爱的,我上那儿去干什么?"安德烈·叶菲梅奇用恳求的声音说,"您一个人去,让我回家好了!我求求您了!"

"那可无论如何也不成!"米哈依尔·阿韦良内奇抗议道,"那是个了不起的城。在那儿,我消磨过我一生中顶幸福的五个年头呢!"

安德烈·叶菲梅奇缺乏坚持自己主张的性格,勉强到华沙去了。到了那儿,他没有走出过旅馆的房间,躺在长沙发上,生自己的气,生朋友的气,生仆役的气,这些仆役固执地不肯听懂俄国话。米哈依尔·阿韦良内奇呢,照常健康快活,精神抖擞,一天到晚在城里蹓跶,找他旧日的熟人。他有好几回没在旅馆里过夜。有一天晚上他不知在一个什么地方过了一夜,一清早回到旅馆里,神情激动极了,脸涨得绯红,头发乱蓬蓬。他在房间里从这头走到那头,走了很久,自言自语,不知在讲些什么,后来站住说:

"名誉第一啊!"

他又走了一阵,忽然双手捧住头,用悲惨的声调说:

"对了,名誉第一啊!不知我为什么起意来游历这个巴比伦①,真是该死!我亲爱的,"他接着对医师说,"请您看轻我吧,我打牌输了钱!请您给我五百卢布吧!"

---

① 借喻"乱糟糟的城",典出基督教经书《旧约·创世记》。

安德烈·叶菲梅奇数出五百个卢布,一句话也没有说就交给了他的朋友。他的朋友仍旧因为羞臊和气愤而涨红了脸,没头没脑地赌了一个不必要的咒,戴上帽子,走出去了。大约过了两个钟头,他回来了,往一张圈椅上一坐,大声叹一口气说:

"我的名誉总算保住了!走吧,我的朋友!在这个该死的城里,我连一分钟也不愿意再待了。骗子!奥地利的间谍!"

等到两个朋友回到他们自己的城里,那已经是十一月了,街上积了很深的雪。霍博托夫医师接替了安德烈·叶菲梅奇的职位。他仍旧住在原来的寓所,等安德烈·叶菲梅奇回来,腾出医院的寓所。那个被他称做"厨娘"的丑女人已经在一个厢房里住下了。

关于医院又有新的流言在城里传布。据说那丑女人跟总务处长吵过一架,总务处长就跪在她的面前告饶。

安德烈·叶菲梅奇回到本城以后第一天就得出外去找住处。

"我的朋友,"邮政局长不好意思地对他说,"原谅我提一个唐突的问题:您手里有多少钱?"

安德烈·叶菲梅奇一句话也没有说,数一数自己的钱说:

"八十六卢布。"

"我问的不是这个,"米哈依尔·阿韦良内奇慌张地说,没听懂他的意思,"我问的是您一共有多少家底?"

"我已经告诉您了,八十六卢布……以外我什么也没有了。"

米哈依尔·阿韦良内奇素来把医师看做正人君子,可是仍旧疑心他至少有两万存款。现在听说安德烈·叶菲梅奇成了乞丐,没有钱来维持生活,不知什么缘故他忽然流下眼泪,拥抱他的朋友。

十五

安德烈·叶菲梅奇在一个女小市民别洛娃家一所有三个窗子的小房子里住下来。在这所小房子里,如果不算厨房,就只有三个房间。医师住在朝街的两个房间里,达留希卡和带着三个孩子的女小市民住在第三个房间和厨房里。有时候女房东的情人,一个醉醺醺的农民,上她这儿来过夜。他晚上吵吵闹闹,弄得达留希卡和孩子们十分害怕。他一来就在厨房里坐下,开始要酒喝,大家就都觉着很不自在。医师动了怜悯的心,把啼哭的孩子带到自己的房间里,让他们在地板上睡下。这样做,使他感到很大的快乐。

他跟先前一样,八点钟起床,喝完早茶以后坐下来看自己的旧书和旧杂志。他已经没有钱买新的了。要就是因为那些书都是旧的,要就是或许因为环境变了,总之,书本不再像从前那样紧紧抓住他的注意力,他看书感到疲劳了。为了免得把时间白白度过,他就给他的书开一个详细书目,在书脊上粘贴小签条;这种机械而费事的工作,他倒觉着比看书还有趣味。这种单调费事的工作不知怎么弄得他的思想昏睡了。他什么也不想,时间过得很快。即使坐在厨房里跟达留希卡一块儿削土豆皮,或者挑出荞麦粒里的皮屑,他也觉着有趣味。一到星期六和星期日,他就到教堂去。他站在墙边,眯细眼睛,听着歌声,想起他的父亲、他的母亲、想起大学、想起各种宗教,他心里变得平静而忧郁。事后他走出教堂,总惋惜礼拜式结束得太快。

他有两次到医院里去看望伊万·德米特里奇,想跟他谈天。可是那两回伊万·德米特里奇都非常激动,气忿;他请医师不要来搅扰他,因为他早就讨厌空谈了。他说他为自己的一切苦难只向那些该死的坏蛋要求一种补偿:单人监禁。难道连这么一点儿要求他们也会拒绝他吗？那两回安德烈·叶菲梅奇向他告辞，祝他晚安的时候，他没好气地哼一声，回答说：

"滚你的吧！"

现在安德烈·叶菲梅奇不知道该不该再去看望他。不过他心里还是想去。

从前，在吃完午饭以后的那段时间，安德烈·叶菲梅奇总是在房间里走来走去，思索，可是现在从吃完午饭起直到喝晚茶的时候止，他却一直躺在长沙发上，脸对着靠背，满脑子的浅薄思想，无论如何也压不下去。他想到自己做了二十几年的事，既没有得到养老金，也没有得到一次发给的补助金，不由得愤愤不平。不错，他工作得不勤恳，不过话说回来，所有的工作人员，不管勤恳也好，不勤恳也好，是一律都领养老金的。当代的正义恰好就在于官品、勋章、养老金等不是根据道德品质或者才干，却是一般地根据服务，不论什么样的服务，而颁给的。那为什么只有他一个人是例外呢？他已经完全没有钱了。他一走过小杂货店，一看见女老板，就觉着害臊。到现在他已经欠了三十二个卢布的啤酒钱。他也欠小市民别洛娃的钱。达留希卡悄悄地卖旧衣服和旧书，还对女房东撒谎，说是医师不久就要收到很多很多钱。

他恼恨自己，因为他在旅行中花掉了他积蓄的一千卢布。那一千卢布留到现在会多么有用啊！他心里烦躁，因为人家不容他消消停停过日子。霍博托夫认为自己有责任偶尔来看望这个有病的同事。安德烈·叶菲梅奇觉得他处处都讨厌：胖胖的脸、恶劣而尊大的口气、"同事"那两个字、那双高筒皮靴。顶讨厌的是他自以为有责任给安德烈·叶菲梅奇医病，而且自以为真的在给他看病。每回来访，他总带来一瓶溴化钾药水和几粒大黄药丸。

米哈依尔·阿韦良内奇也认为自己有责任来看望这个朋友，给他解闷儿。每一回他走进安德烈·叶菲梅奇的屋里总是装出随随便便的神情,不自然地大声笑着,开始向他保证说今天他气色大好。谢谢上帝,局面有了转机。从这样的话里,人就可以推断他认为他朋友的情形没有希望了。他还没有归还他在华沙欠下的债,心头压着沉重的羞愧,觉着紧张,因此极力大声地笑,说些滑稽的话。他的奇闻轶事现在好像讲不完了,这对安德烈·叶菲梅奇也好,对他自己也好,都是痛苦的。

有他在座,安德烈·叶菲梅奇照例躺在长沙发上,脸对着墙,咬紧牙关听着,他的心上压着一层层的水锈。他的朋友每来拜访一回,他就觉着这些水锈堆得更高一点,好像就要涌到他的喉头来了。

为了压下这些无聊的感触,他就赶紧暗想:他自己也罢,霍博托夫也罢,米哈依尔·阿韦良内奇也罢,反正早晚都会死亡,甚至不会在大自然中留下一点痕迹。要是想象一百万年以后有个精灵飞过地球上空,那么这个精灵就只会看见粘土和光秃的峭壁。一切东西,文化也好,道德准则也好,都会消灭,连一棵牛蒡也不会长出来。那么,在小店老板面前觉着害臊,有什么必要呢?那个不足道的霍博托夫,或者米哈依尔·阿韦良内奇的讨厌的友情,有什么道理呢?这一切都琐琐碎碎,毫无意义。

可是这样的想法已经无济于事了。他刚刚想到一百万年以后的地球,穿着高筒靴的霍博托夫或者勉强大笑的米哈依尔·阿韦良内奇就从光秃的峭壁后面闪出来,甚至可以听见含羞带愧的低语声:"讲到华沙的债,好朋友,过几天我就还给您……一定。"

十六

有一天,米哈依尔·阿韦良内奇饭后来了,安德烈·叶菲梅奇正躺在长沙发上。凑巧,霍博托夫同时带着溴化钾药水也来了。

安德烈·叶菲梅奇费力地爬起来,坐好,把两条胳膊支在长沙发上。

"今天您的气色比昨天好多了,我亲爱的,"米哈依尔·阿韦良内奇开口说,"对了,您显得挺有精神。真的,挺有精神!"

"您也真的到了该复原的时候了,同事,"霍博托夫说,打个呵欠,"大概这种无聊的麻烦事您自己也腻烦了。"

"咱们会复原的!"米哈依尔·阿韦良内奇快活地说,"咱们会再活一百年的!一定!"

"一百年倒活不了,再活二十年是总能行的,"霍博托夫安慰说,"没关系,没关系,同事,别灰心……那种病只不过是给您故布疑阵罢了。"

"我们还要大显身手呢!"米哈依尔·阿韦良内奇哈哈大笑,拍一拍他朋友的膝头,"我们还要大显身手呢!明年夏天,求上帝保佑,咱们到高加索去玩一趟,骑着马到处逛一逛——驾!驾!驾!等到我们从高加索回来,瞧着吧,大概还要热热闹闹地办一回喜事呐。"讲到这儿,米哈依尔·阿韦良内奇调皮地眨一眨眼,"我们会给您说成一门亲事的,好朋友……我们会给您说成一门亲事的……"

安德烈·叶菲梅奇忽然觉着那点儿水锈涌到喉头上来了。他的心猛烈地跳起来。

"这是庸俗!"他说,很快地站起来,走到窗子那边去,"难道你们不明白你们说的是些庸俗的话吗?"

他本来想温和而有礼貌地讲下去,可是他违背本心,忽然攥紧拳头,高高地举到自己的头顶上。

"躲开我!"他嚷道,嗓音变了,脸胀得通红,浑身打抖,"出去,你们俩都出去!你们俩!"

米哈依尔·阿韦良内奇和霍博托夫站起来,瞧着他,先是愣住,后来害怕了。

"出去,你们俩!"安德烈·叶菲梅奇不断地嚷道,"蠢材!愚人!我既不要你们的友情,也不要你的药品,蠢材!庸俗!可恶!"

霍博托夫和米哈依尔·阿韦良内奇狼狈地互相看一眼,踉跄地退到门口,走进了前堂。安德烈·叶菲梅奇抓起那瓶溴化钾,对他们背后扔过去。药水瓶摔在门槛上,砰的一声碎了。

"滚蛋!"他跑进前堂,用含泪的声音嚷道,"滚!"

等到客人走了,安德烈·叶菲梅奇就在长沙发上躺下来,像发烧一样地哆嗦,反反复复说了很久:

"蠢材!愚人!"

等到他的火气平下来,他首先想到可怜的米哈依尔·阿韦良内奇现在一定羞愧得不得了,心里难受,他想到这件事做得真可怕。以前还从来没有出过这样的事。他的智慧和客气到哪儿去了?对人间万物的理解啦,哲学性质的淡漠啦,都到哪儿去了?

医师又是羞愧,又是生自己的气,一夜也没有能够睡着,第二天早晨大约十点钟就动身到邮局去,向邮政局长道歉。

"以前发生的事,我们不要再提了,"米哈依尔·阿韦良内奇十分感动,握紧他的手,叹口气说,"谁再提旧事,就叫谁的眼睛瞎掉。留巴甫金!"他忽然大喊一声,弄得所有的邮务人员和顾客都打了个哆嗦,"搬椅子来。你等着!"他对一个农妇嚷道,她正把手伸进铁栅栏,向他递过一封挂号信来,"难道你没看见我忙着吗?过去的事我们就不要再提了,"他接着温和地对安德烈·叶菲梅奇说,"我恳求您,坐下吧,我亲爱的。"

他沉默了一会儿,揉着自己的膝头,然后说:

"我心里一点也没有生您的气。害病可不是闹着玩儿的事,我明白。昨天您发了病,吓坏了医师跟我,事后关于您我们谈了很久。我亲爱的,您为什么不肯认真地治一治您的病呢?难道可以照这样下去吗?原谅我出于友情直爽地说一句,"米哈依尔·阿韦良内奇小声说,"您生活在极其不利的环境里:狭窄,肮脏,没有人照料您,也没有钱治病……我亲爱的朋友,我跟医师全心全意地恳求您听从我们的忠告:到医院里去养病吧!在那儿有滋补的吃食,有照应,有人治病。咱们背地里说一句,叶夫根尼·费奥多雷奇虽然举止粗俗,不过他精通医道,咱们倒可以完全信任他。他已经答应我说他要给您治病。"

安德烈·叶菲梅奇被这种真诚的关心和忽然在邮政局长脸颊上闪光的眼泪感动了。

"我尊敬的朋友,不要听信那种话!"他小声说,把手按在胸口上,"不要听信那种话!那全是骗人的!我的病只不过是这么回事:二十年来我在全城只找到一个有头脑的人,而他又是个疯子。我根本没有害病,只不过我落进了一个魔圈里,出不来了。我觉得随便怎样都没关系,我准备承担一切。"

"进医院去养病吧,我亲爱的。"

"我是无所谓的,哪怕进深渊也没关系。"

"好朋友,答应我:您样样都听叶夫根尼·费奥多雷奇的安排。"

"遵命,要我答应我就答应。可是我再说一遍,我尊敬的朋友,我落进了一个魔圈里。现在不管什么东西,就连朋友的真心同情在内,也只有一个结局:引我走到灭亡。我正在走向灭亡,我也有勇气承认这个事实。"

"好朋友,您会复原的。"

"何必再说这种话呢?"安德烈·叶菲梅奇愤愤地说,"很少有人在一生的结尾不经历到我现在所经历到的情形。临到有人告诉您说您肾脏有病或者心房扩大之类的话,因此您开始看病的时候,或者有人告诉您说您是疯子或者罪犯,总之换句话说,临到人家忽然注意您,那您就得知道您已经落进魔圈里,再也出不来了。您极力想逃出来,可是反而陷得越发深了。那您就索性听天由命吧,因为任何人力都已经不能挽救您了。我觉得就是这样。"

这当儿窗洞那里挤满了人。为了免得妨碍人家的工作,安德烈·叶菲梅奇就站起来告辞。米哈依尔·阿韦良内奇又一次取得他的诺言,然后送他到外边门口。

当天,将近傍晚,出人意外,霍博托夫穿着短羊皮袄和高筒靴到安德烈·叶菲梅奇家里来了,用一种仿佛昨天根本没出过什么事的口气说道:

"我是有事来找您的,同事。我来邀请您:您愿意不愿意跟我一块儿去参加会诊?啊?"

安德烈·叶菲梅奇心想霍博托夫大概要他出去散步解一解闷儿,或者真的要给他一个赚点儿钱的机会,就穿上衣服,跟他一块儿走到街上。他暗自高兴,总算有个机会可以把他昨天的过失弥补一下,就此和解了。他心里感激霍博托夫,因为昨天的事他绝口不提,分明原谅他了。这个没有教养的人会有这样细腻的感情,倒是很难料到的。

"您的病人在哪儿?"安德烈·叶菲梅奇问。

"在我的医院里。我早就想请您去看一看了……那是一个很有趣的病例。"

他们走进医院的院子,绕过主楼,向那住着疯人的厢房走去。不知什么缘故他们走这一路都没有说话。他们一走进厢房,尼基达照例跳起来,挺直了身子立正。

"这儿有一个病人两侧肺部忽然害了并发症,"霍博托夫跟安德烈·叶菲梅奇一块儿走进病室,低声说,"您在这儿等一会儿,我马上就来。我只是为了去拿我的听诊器。"

说完,他就出去了。

十七

天渐渐黑下来。伊万·德米特里奇躺在床上,把脸埋在枕头里。那个瘫子一动也不动地坐着,轻声地哭,努动嘴唇。胖农民和从前的检信员睡觉了。屋里寂静无声。

安德烈·叶菲梅奇在伊万·德米特里奇的床上坐下,等着。可是半个钟头过去了,霍博托夫没有来,尼基达却抱着一件长袍、一身不知什么人的衬里衣裤、一双拖鞋,走进病室里来。

"请您换衣服,老爷,"他轻声说,"您的床在这边,请到这边来,"他又说,指一指一张空床,那分明是不久以前搬进来的,"不要紧,求上帝保佑,您会复原的。"

安德烈·叶菲梅奇心里全明白了。他一句话也没说,依照尼基达的指点,走到那张床边坐下。他看见尼基达站在那儿等着,就脱光身上的衣服,觉着很害臊。然后他穿上医院的衣服,衬裤很短,衬衫却长,长袍上有熏鱼的气味。

"求上帝保佑,您会复原的。"尼基达又说一遍。

他把安德烈·叶菲梅奇的衣服收捡起来,抱在怀里,走出去,随手关上了门。

"没关系……"安德烈·叶菲梅奇想,害臊地把长袍的衣襟掩上,觉着穿了这身新换的衣服像是一个囚犯,"这也没关系……礼服也好,制服也好,这件长袍也好,反正是一样……"

可是他的怀表怎么样了? 侧面衣袋里的笔记簿呢? 他的纸烟呢? 尼基达把他的衣服拿到哪儿去了? 这样一来,大概直到他死的那天为止,他再也没有机会穿长裤、背心、高筒靴了。这种事,乍一想,不知怎的,有点古怪,甚至不能理解。安德烈·叶菲梅奇到现在还相信小市民别洛娃的房子跟第六病室没有什么差别,这世界上的一切都无聊、空虚。然而他的手发抖,脚发凉,一想到待一会儿伊万·德米特里奇起来,看见他穿着长袍,就不由得害怕。他站起来,在房间里走了一个来回,又坐下。

在那儿,他已经坐了半个钟头,一个钟头,他厌烦得要命。难道在这种地方人能住一天,一个星期,甚至像这些人似的一连住好几年吗?是啊,他已经坐了一阵,走了一阵,又坐下了。他还可以再走一走,瞧一瞧窗外,再从这个墙角走到那个墙角。可是这以后怎么样呢?就照这样像个木头人似的始终坐在这儿思考吗?不,这样总不行啊。

安德烈·叶菲梅奇躺下去,可是立刻坐起来,用衣袖擦掉额头上的冷汗,于是觉着整个脸上都有熏鱼的气味了。他又走来走去。

"这一定是出了什么误会……"他说,茫然摊开两只手,"这得解释一下才成,一定是出了什么误会……"

这当儿伊万·德米特里奇醒来了。他坐起来,用两个拳头支着腮帮子。他吐了口唾沫。然后他懒洋洋地瞧一眼医师,起初分明不明白这是怎么回事。可是不久他那带着睡意的脸就现出了恶毒的讥讽神情。

"啊哈!好朋友,他们把您也关到这儿来了!"他眯细一只眼睛,用带着睡意而发哑的声音说,"我很高兴。您以前吸别人的血,现在人家要吸您的血了。好极了!"

"这一定是出了什么误会。"安德烈·叶菲梅奇给伊万·德米特里奇的话吓坏了,慌张地说。他耸一耸肩膀,再说一遍:"这一定是出了什么误会……"

伊万·德米特里奇又吐口唾沫,躺下去。

"该诅咒的生活!"他嘟哝说,"这种生活真叫人痛心,感到气忿,要知道它不是以我们的痛苦得到补偿来结束,不是像歌剧里那

431

样庄严地结束,却是用死亡来结束。临了,来几个医院杂役,拉住死尸的胳膊和腿,拖到地下室去。呸!不过,那也没关系……到了另一个世界里,那就要轮着我们过好日子了……到那时候我要从那个世界到这里来显灵,吓一吓这些坏蛋。我要把他们吓得白了头。"

莫依谢依卡回来了,看见医师,就伸出手。

"给我一个小钱!"他说。

十八

安德烈·叶菲梅奇走到窗口去,瞧着外面的田野。天已经黑下来,右面天边一个冷冷的、发红的月亮升上来了。离医院围墙不远,至多不出一百俄丈的地方,矗立着一所高大的白房子,由一道石墙围起来。那是监狱。

"这就是现实生活!"安德烈·叶菲梅奇想,他觉着害怕了。

月亮啦,监狱啦,围墙上的钉子啦,远处一个烧骨场上腾起来的火焰啦,全都可怕。他听见身后一声叹息。安德烈·叶菲梅奇回过头去,看见一个人胸前戴着亮闪闪的星章和勋章,微微笑着,调皮地眨眼。这也显得可怕。

安德烈·叶菲梅奇极力对自己说:月亮或者监狱并没有什么蹊跷的地方。勋章是就连神智健全的人也戴的,人间万物早晚会腐烂,化成粘土。可是他忽然满心绝望,双手抓住窗上的铁窗格,使足力气摇它。坚固的铁窗格却一动也不动。

随后,为了免得觉着可怕,他走到伊万·德米特里奇的床边,坐下。

"我的精神支持不住了,我亲爱的,"他喃喃地说,发抖,擦掉冷汗,"我的精神支持不住了。"

"可是您不妨谈点儿哲学啊。"伊万·德米特里奇讥诮地说。

"我的上帝,我的上帝啊……对了,对了……有一回您说俄罗斯没有哲学,然而大家都谈哲学,连小人物也谈。其实,小人物谈谈哲学,对谁都没有什么害处啊,"安德烈·叶菲梅奇说,那声音仿佛要哭出来,引人怜悯似的,"可是我亲爱的,为什么您发出这种幸灾乐祸的笑声呢?小人物既然不满意,怎么能不谈哲学呢?一个有头脑、受过教育的人,他有神那样的相貌,有自尊心,爱好自由,却没有别的路可走,只能到一个肮脏愚蠢的小城里来做医师,把整整一辈子消磨在拔血罐、蚂蟥、芥子膏上面!欺骗,狭隘,庸俗!啊,我的上帝!"

"您在说蠢话了。要是您不愿意做医师,那就去做大臣好了。"

"不行,我什么也做不成。我们软弱啊,亲爱的。……以前我满不在乎,活泼清醒地思考着,可是生活刚刚粗暴地碰到我,我的精神就支持不住……泄气了……我们软弱啊,我们不中用……您也一样,我亲爱的。您聪明,高尚,从母亲的奶里吸取了美好的激情,可是刚刚走进生活就疲乏,害病了……我们软弱啊,软弱啊!"

随着黄昏来临,除了恐惧和屈辱的感觉以外,另外还有一种没法摆脱的感觉不断折磨安德烈·叶菲梅奇。临了,他明白了:他想喝啤酒,想抽烟。

"我要从这儿出去,我亲爱的,"他说,"我要叫他们在这儿点个灯……这样我可受不了……我不能忍受下去……"

安德烈·叶菲梅奇走到门口,开了门,可是尼基达立刻跳起来,挡住他的去路。

"您上哪儿去?不行,不行!"他说,"到睡觉的时候了!"

"可是我只出去一会儿,在院子里散一散步!"安德烈·叶菲梅奇慌张地说。

"不行,不行。这是不许可的。您自己也知道。"

尼基达砰的一声关上房门,用背抵住门。

"可是,就算我出去一趟,对别人又有什么害处呢?"安德烈·叶菲梅奇问,耸一耸肩膀,"我不明白!尼基达,我一定要出去!"他用发颤的嗓音说,"我要出去!"

"不许捣乱,这可要不得!"尼基达告诫说。

"鬼才知道这是怎么回事!"伊万·德米特里奇忽然叫道,他跳下床,"他有什么权利不放我们出去?他们怎么敢把我们关在这儿?法律上似乎明明说着不经审判不能剥夺人的自由啊!这是暴力!这是专横!"

"当然,这是专横!"安德烈·叶菲梅奇听到伊万·德米特里奇的叫声,添了点儿勇气,说道,"我一定要出去,非出去不可!他没有权利!我跟你说:你放我出去!"

"听见没有,愚蠢的畜生?"伊万·德米特里奇叫道,用拳头砰砰地敲门,"开门!要不然我就把门砸碎!残暴的家伙!"

"开门!"安德烈·叶菲梅奇叫道,浑身发抖,"我要你开门!"

"你尽管说吧!"尼基达隔着门回答道,"随你去说吧!"

"至少去把叶夫根尼·费奥多雷奇叫到这儿来!就说我请他来……来一会儿!"

"明天他老人家自己会来。"

"他们绝不会放我们出去!"这当儿伊万·德米特里奇接着说,"他们要把我们在这儿折磨死!啊,主,难道下一个世界里真的没有地狱,这些坏蛋会得到宽恕?正义在哪儿?开门,坏蛋,我透不出气来啦!"他用嗄哑的声调喊着,用尽全身力量撞门,"我要把我的脑袋碰碎!杀人犯!"

尼基达很快地开了门,用双手和膝盖粗暴地推开安德烈·叶菲梅奇,然后抡起胳膊,一拳打在他的脸上。安德烈·叶菲梅奇觉着有一股咸味的大浪兜头盖上来,把他拖到床边去。他嘴里真的有一股咸味:多半他的牙出血了。他好像要游出这股大浪似的挥舞胳膊,抓住什么人的床架,同时觉得尼基达在他背上打了两拳。

伊万·德米特里奇大叫一声。大概他也挨打了。

然后一切都安静了。淡淡的月光从铁格子里照进来,地板上铺着一个像网子那样的阴影。这是可怕的。安德烈·叶菲梅奇躺在那儿,屏住呼吸:他战兢兢地等着再挨打。他觉着好像有人拿一把镰刀,刺进他的身子,在他胸中和肠子里搅了几下似的。他痛得咬枕头,磨牙,忽然在他那乱糟糟的脑子里清楚地闪过一个可怕的、叫人受不了的思想:这些如今在月光里像黑影一样的人,若干年来一定天天都在经受这样的痛苦。这种事他二十多年以来怎么会一直不知道,也不想知道?他不懂痛苦,根本没有痛苦的概念,可见这不能怪他,不过他那跟尼基达同样无情而粗暴的良心却使得他从后脑勺直到脚后跟都变得冰凉了。他跳起来,想用尽气力大叫一声,赶快跑去打死尼基达,然后打死霍博托夫、总务处长、医士,再打死他自己。可是他的胸膛里却发不出一点声音,他的腿也不听他使唤了。他喘不过气来,拉扯胸前的长袍和衬衫,撕得粉碎,然后倒在床上,不省人事了。

十九

第二天早晨他头痛,耳朵里嗡嗡地响,觉得周身不舒服。他想起昨天他的软弱,并不害臊。昨天他胆怯,甚至怕月亮,而且真诚地说出了这以前他万没料到自己会有的感情和思想。比方说,想到小人物爱谈哲学是由于不满足。可是现在,他什么也不在意了。

他不吃不喝,躺在那儿一动也不动,也不说话。

"对我说来,什么都一样了,"他们问他话的时候,他想,"我不想回答了……对我说来,什么都一样了。"

午饭后,米哈依尔·阿韦良内奇来了,送给他四分之一磅的茶叶和一磅果冻。达留希卡也来了,在床边站了整整一个钟头,脸上现出茫然的悲伤神情。霍博托夫医师也来看他。他拿来一瓶溴化钾药水,吩咐尼基达烧点什么熏一熏病室。

将近傍晚,安德烈·叶菲梅奇因为中风而死了。起初他感到猛烈的寒颤和恶心;仿佛有一种使人恶心的东西浸透他的全身,甚至钻进他的手指头,从肚子里往上冒,涌到他的脑袋里,淹没他的眼睛和耳朵。一切东西在他眼前都变成绿色了。安德烈·叶菲梅奇明白他的末日已经到了,想起伊万·德米特里奇、米哈依尔·阿韦良内奇、成百万的人,都相信长生不死。万一真会不死呢?可是他并不希望不死,他只想了一想就算了。他昨天在书上读到过一群非常美丽优雅的鹿,如今在他的面前跑过去。随后有一个农妇向他伸出手来,手里拿着一封挂号信……米哈依尔·阿韦良内奇说了句什么话。后来一切都消散,安德烈·叶菲梅奇永远昏过去了。

杂役们走来,抓住他的胳膊和腿,把他抬到小教堂里去了。在那儿他躺在桌子上,睁着眼睛,晚上月光照着他。到早晨,谢尔盖·谢尔盖伊奇来了,对着耶稣钉在十字架上的雕像虔诚地祷告一番,把他前任长官的眼睛阖上了。

第二天安德烈·叶菲梅奇下了葬。送葬的只有米哈依尔·阿韦良内奇和达留希卡。

题　　解

《没意思的故事》
摘自一个老人的札记

　　最初发表在一八八九年十一月《北方通报》杂志第十一期上，篇末注明写作地点和时间："苏梅县卢卡村，一八八九年。"

　　一八九〇年该小说由作者修改后，收入在彼得堡出版的作者的小说集《闷闷不乐的人们》，该书从一八九〇年到一八九九年共印行十版，这篇小说未再改动。

　　后来，该小说又由作者作了文字上的修改后，收入他自编的文集第五卷。

　　一八九〇年，作者对该小说作了一些删削。例如，第三章，在"'简直是废物！'她又说"之后，删去如下一段："然后她眼睛里含满泪水，带着温情和兴奋瞧着我，说道：

　　"'她们应当对您膜拜，为您昼夜祈祷才对。您是人，您是英雄！啊，如果我是您的女儿，该多好！我决不允许有一小粒尘屑落在您身上。凡是敢于向您投下阴影的树木，我一概无情地砍倒。我会时时刻刻保卫您的安宁。我要强逼自己信仰上帝，以便为您的幸福祈祷。可是她们呢？'"

　　在同一章中，在"于是我索性把那四页也都对他们念了"之后，作者还删去如下两段：

"每逢我打算替一个什么人说句好话,他总是讪笑我。

"'您,尼古拉·斯捷潘诺维奇,有一种不可救药的根本缺点,'他说。'您那平常人的胸膛里,却跳动着鸽子的心。由于您为人真诚善良,您甚至乐意为毒蜘蛛说好话,证明它是很美的动物。'"

一八八九年九月底,契诃夫写完《没意思的故事》。九月三日,他在写给俄国作家普列谢耶夫的信上说,"这篇小说"已经写好,不过他还想"润色一下,修饰一下,主要是对它认真思考一番。我有生以来没写过这类东西,小说内容对我来说完全是新的,我担心我会写坏,因为我没有经验。说得确切点,我怕写出蠢东西。"

同年九月七日,契诃夫在写给《北方通报》女发行人叶甫烈诺娃的信上说,他"正忙于修改这篇作品,把稿纸改得一塌糊涂,删掉中间一部分和结尾,决定把它们重新写过"。同年九月十四日,契诃夫在写给《北方通报》编辑普列谢耶夫的信上也提到这篇小说的修改工作。契诃夫一面说明他的不满,一面也指出他创造了"两三个新型的人物,凡是知识界的读者都会发生兴趣的……另外还有一两个新的场面"。同年九月十三日,契诃夫在写给俄国作家季洪诺夫的信上,也讲到这篇小说的新颖之处。

同年九月二十四日,契诃夫将小说原稿寄给《北方通报》杂志编辑普列谢耶夫,并且在附去的信上说,小说中的冗长议论,"可惜,是不能删掉的,因为我那个写札记的男主人公少了它就不行。这些议论是注定要有,不能缺少的,就跟大炮离不了沉重的炮架子一样。它们刻画了主人公的性格,阐明了他的心情以及他在自己面前摇摆不定的特征"。

同年九月二十七日,普列谢耶夫在写给契诃夫的回信上说:"您还没有写过这么深刻和强烈的作品。老学者保持着非常出色的格调,就连那些带着主观的调子,也就是您自己的调子的议论也没什么妨害。这个人物活生生地立在读者面前。卡嘉也写得精彩。……所有的次要人物也很生动。……"普列谢耶夫劝契诃夫更换小说的题名,因为它可能引得批评家发出廉价的揶揄声。他请契诃夫注意小说中某些依他看来写得不清楚的地方以及为数不多的修辞方面的失误。普列谢耶夫表示,他深信这篇小说会引起激烈的批评,特别是因为小说中发表了"针对俄国文学的尖刻议论,尤其是有关学术论文的议论"。

同年九月三十日,契诃夫在写给普列谢耶夫的回信上拒绝更换小说题名,反驳普列谢耶夫的某些意见。例如,关于小说结尾处提到米哈依尔·费多罗维奇的信,契诃夫写道:"我的感觉告诉我说,在短篇小说和中篇小说的结尾,我必须艺术地加强整篇小说在读者心中的印象,为此就得把前面叙过的事略略提一下,哪怕轻轻带过一笔也成。"契诃夫解释男主人公的性格说:"我的男主人公对周围人们的内心生活漠不关心,而这正是他的一个主要特征。每逢有人在他身旁哭泣,犯错误,撒谎,他总是心平气和,大谈戏剧、文学。如果他是另一种气质的人,丽扎和卡嘉也许就不会堕落了。"

根据一八八八年十月六日契诃夫写给普列谢耶夫的信来判断,契诃夫仍然在小说的校样上作了新的修改。他写道:"您的指教具有相当的力量。"

《没意思的故事》引起许多报刊的评论。

那些反动批评家不但有意贬低《没意思的故事》在揭露方面的热情,而且有意推翻当时人们对契诃夫的积极评价,不承认他是个极其伟大的天才。一八八九年十二月十四日《莫斯科新闻》上刊载的尼古拉耶夫的长篇论文就抱有这样的目的。与此相呼应,批评家布列宁在同年十一月十日《新时报》上发表评论,也存心贬低这篇小说的社会意义,要求读者把《没意思的故事》只看作"文学的病理学专著",看作一个学医的作者研究老人灵魂的死亡过程的一种尝试。

自由派批评家"旁观者"（奥鲍连斯基的笔名）在一八九〇年《俄罗斯财富》杂志第一期上发表论文《我们文学思想的新转变》，评论这篇小说。他赞成契诃夫的主张，认为缺了"所谓中心思想或者活人的神"是没法生活下去的，可是他又把这解释成探索生活的伦理学意义。

密切注视契诃夫才能发展的民粹派批评家米哈伊洛夫斯基在一八九〇年四月十八日《俄罗斯新闻》上发表长篇论文评论契诃夫，特别是他的小说集《闷闷不乐的人们》。他埋怨艺术家契诃夫的冷漠态度。批评家认为，这表现在契诃夫以同样的注意力对待人类生活的各个不同方面（对契诃夫来说，似乎"不管是人也罢，人的阴影也罢，铃铛也罢，自杀者也罢，反正都是一样"）。米哈伊洛夫斯基认为契诃夫的这种态度在《没意思的故事》里有某种转变。他赞扬这篇小说描写了对中心思想的"向往"，也就是领悟到人必须树立有目标的世界观。米哈伊洛夫斯基把《没意思的故事》评定为"契诃夫先生至今所写的一切作品当中最优秀出色的一篇"。米哈伊洛夫斯基惋惜年轻的作家，认为四十年代和六十年代的理想是不应接受的。批评家要求他形成"他自己的中心思想"，或者至少成为"向往中心思想而且痛苦地感到缺了它就不行的诗人"。

批评家们总是把一八八八年和一八八九年契诃夫作品中有关人生意义问题的提法同托尔斯泰作品中有关这类问题的提法相提并论。许多批评家认为这两个作家作品中的艺术表现方法是相近的，便企图说服读者：契诃夫的作品具有模仿的性质。有一部分批评家认为《没意思的故事》无非是托尔斯泰的小说《伊凡·伊里奇之死》的异文而已。批评家阿利斯达尔霍夫在一八八九年十二月四日《俄罗斯新闻》上发表文章,写道:"说来奇怪,这位似乎独立自主的作家竟然做了一次失败的模仿。"

批评家斯特鲁宁在一八九〇年《俄罗斯财富》杂志第四期上驳斥了这类评价。他在《杰出的文学典型》一文中写道,契诃夫和托尔斯泰的小说主人公的近似,并不是托尔斯泰的文学影响促成的,而是由于两位艺术家真实地描写同类社会现象形成的。据这位批评家说,托尔斯泰在《伊凡·伊里奇之死》中精彩地揭示一个缺乏内心热情的人如何片面地发展,伊凡·伊里奇是一个带有惰性的人,在小说里"被提高为典型"了。《没意思的故事》里的尼古拉·斯捷潘诺维奇虽然有高深的学识,却也是伊凡·伊里奇之流,只是在科学领域里活动而已。这位批评家认为,托尔斯泰和契诃夫在创造这类典型方面都立了大功。这位批评家把《没意思的故事》看成是对当代生活的天才揭示,他指出契诃夫没有在这篇小说里说明在什么条件下才能达到人和学者的和谐统一,可是契诃夫正确地提出了这种统一的必要性问题。当时许多批评家还在纷纷责难契诃夫缺乏思想原则,斯特鲁宁却宣称,《没意思的故事》的作者有力地证明,"艺术是武器,是感情和思想的苗圃,换句话说,艺术是明确的情绪的向导"。

批评家"读者"(库兹明的笔名)也在一八八九年十一月二十八日《每日新闻》上,著文称契诃夫为文学典型的创造者。

一八八九年十一月五日,作家普列谢耶夫在写给契诃夫的信上讲到这篇小说在读者当中获得的成功说:"我从四面八方(从不同见解、不同群体、不同阵营的人们当中)听到对您这篇小说的热烈赞扬。有的人甚至说,这是您到现在为止所写的一切作品当中最好的一篇。有的人说,这篇小说给人留下深刻的印象。有的人说,这篇作品是全新的。还有人说,这是《北方通报》杂志上全年当中最出色的一篇。"

441

《贼》

最初发表在一八九〇年四月一日《新时报》第五〇六一号上，原题名《魔鬼》。

同年，该小说未经改动，转载在《奥尔洛夫通报》第三一七号至三一九号上。

后来，该小说由契诃夫更换题名，并加修改后，收入他自编的文集第四卷。

作者的修改主要在于文学上的润色和删削。关于删削，举例如下。

在小说中部，饭铺里的谈话中，卡拉希尼科夫有一段话是以"痛快极了，痛快极了！"结束的，但在原文中则未结束，而且结束后还有一段描写：

"'……痛快极了，痛快极了！眼下回想起来，只好挥一挥手算了。'

"柳勃卡从立柜里取出一把三弦琴，往美利克手里一塞。美利克对那琴啐了一口唾沫，定好弦，弹起来。医士从前认为，像三弦琴这样不值钱的土乐器，只能用来弹个不太难的简单曲子，类似黄雀啼鸣，或者至多弹个特列帕克舞①曲罢了。可是现在他听一听乐声，倒好像美利克的手指在拨弄二十根琴弦似的，那曲子又复杂又繁乱，调门千变万化，谁也听不清那是喜调还是悲调，多半是又喜又悲吧。医士听着乐声，不由得心头郁闷，可是又恨不得跺着脚，扯开喉咙大叫一声：'哎呀，你们，可爱的朋友啊！'美利克正弹得欢，柳勃卡却走出去了。"

又如下文，在"多半他在想库班吧"后面，作者删去如下一些

---

① 一种快速的古俄罗斯民间舞。

文字：

"卡拉希尼科夫走到房间中央,摩挲自己的肋部,瞧一下众人,然后用尖细的男高音唱起来。他凄凉地唱道:顿河流域的草原上有一个荒废的农庄孤零零地立在那儿。农庄的主人早已不在,只有在乌黑的秋夜,农庄才跟狂风大雪倾心交谈。夏天,只有风滚草滚过庄前,粘在物体上,至于后来怎样,那就不得而知了,因为男高音忽然开始颤抖,卡拉希尼科夫呜咽起来,唱不下去了。

"显然,他为哭泣感到难为情,一句话也没说,也没瞧一眼任何人,穿上羊皮袄,把马鞭拿在手里,阴沉地说:

"'我该走了。……'"

小说的结尾在初稿中是这样的:

"医士想起那年冬天他遇到过什么事,美利克讲过什么话,觉得天边发亮的不是火光,而是柳勃卡鲜红的血。他羡慕美利克了!"

一八九〇年三月十五日,契诃夫在写给《新时报》发行人苏沃陵的信上,要求他把校样寄来,因为"这篇小说是用鞋刷子写成的,需要润色。这得大加删削和作些修改才成"。

苏沃陵责备契诃夫的这篇小说表现出"客观主义"态度。一八九〇年四月一日,契诃夫在写给他的信上回答道:"您责备我过于客观,说这是对善恶漠不关心,缺乏理想和思想,等等。您希望我描写偷马贼的时候,应该说明偷马是坏事。不过要知道,这个道理即使我不说,大家也早已知道了。让陪审员去审判他们吧,我的工作只在于表明他们是些什么样的人。我写道,您要跟偷马贼打交道了,那么,您得知道,他们并不是叫花子,而是衣食温饱的人,这些人无异于狂热的信徒,偷马不单纯是盗窃,而且是癖好。当然,把艺术和说教结合在一起是愉快的事,不过,就我个人来说,这却非常困难,并且由于技巧的缘故而几乎不可能。是啊,为了用七百行文字描绘偷马贼,我就得始终按他们的方式说话和思索,按他们的心理去感觉;否则,如果我把主观成分加进去,形象就会模糊,这篇小说也就不会像一切篇幅短小的小说所必需的那样紧凑了。我写作的时候,总是充分信赖读者,认为小说中所欠缺的主观成分,读者是自会加进去的。"

同年四月四日,契诃夫的大哥亚历山大·巴甫洛维奇在写给他的信上说:"你的《魔鬼》妙不可言。"

《古塞夫》

最初发表在一八九〇年十二月二十五日《新时报》第五三二六号上,注明写作地点和日期:科伦坡①,十一月十二日。

一八九三年,该小说由作者重新分章,并作文字上的修改后,收入他的小说集《第六病室》。在一八九三年至一八九九年间,该书印行第二版至第七版时,该小说未再改动。

后来,该小说由作者在文字上略作修改后,收入他自编的文集第六卷。

从一八九〇年十二月九日契诃夫写给《新时报》发行人苏沃陵的信来看,这篇小说多多少少反映了契诃夫从萨哈林岛②归途中目睹海葬场面的印象。

一八九〇年十二月三十日,俄国作家谢格洛夫在写给契诃夫的信上说:"多么动人啊! 或者说得确切点,多么真实啊! 以前您的一些作品在塑造人物上有过模糊的毛病,这次却一点影子也没有了。古塞夫和巴威尔·伊凡诺维奇都是完美的艺术典型。"

一八九〇年十二月三十日,契诃夫的大哥亚历山大·巴甫洛

---

① 锡兰(今斯里兰卡)的首都。
② 即库页岛,旧俄时代苦役犯服刑的地方。

维奇在写给他的信上说:"你的《古塞夫》引得全彼得堡入了迷!"

一八九一年一月十二日,俄国作家普列谢耶夫在写给契诃夫的信上说:"您发表在《新时报》圣诞节专刊上的那篇小说,在这儿给大家留下了深刻的印象。您那个'抗议者'的形象写得真出色。"

一八九一年一月一日,俄国作曲家柴可夫斯基在写给弟弟的信上说:"《新时报》圣诞节专刊上登载的契诃夫的短篇多么动人啊。"

《村妇》

最初发表在一八九一年六月二十五日《新时报》第五五○二号上。

一八九三年,该小说由作者稍作删削,并作文字上的修改后,收入他的小说集《第六病室》,在彼得堡出版。该书在一八九三年至一八九九年间印行第二版至第七版时这篇小说未再改动。

一八九四年,俄国"媒介"出版社根据《新时报》原文,删去索菲雅和瓦尔瓦拉夜间谈话的场面,在莫斯科出版单行本,前后共印三版。

后来,该小说经作者在文字上略加修改后,收入他自编的文集第六卷。

一八九一年,"媒介"出版社编辑戈尔布诺夫-波沙多夫写信给契诃夫,要求他允许该社出版这篇小说的单行本,认为"这篇小说极其精彩地描绘了民间的达尔杜弗[①]、荡子、伪善者、笃信神者的典型"。同年七月十八日,契诃夫回信表示同意。

[①] 法国剧作家莫里哀同名剧本中的主人公,是个披着虔诚的天主教徒外衣的骗子。

一八九七年，俄国国民教育部学术委员会成员阿威尔基耶夫发表他对"媒介"出版社出版的小说《村妇》的评价说："该小说写得不坏，然而其道德基础毫不稳固，因而未必适宜于民众阅读。"于是政府下令，禁止学校图书馆和民众阅览室收藏这篇小说。

列夫·托尔斯泰把小说《村妇》列为契诃夫最佳作品之一（请参看本文集第二卷《假面》的题解）。

《决斗》

最初发表在《新时报》上（一八九一年十月二十二日、二十三日、二十五日、二十九日、三十日以及十一月五日、十二日、十三日、十九日、二十六日、二十七日，即该报第五六二一、五六二二、五六二四、五六二八、五六二九、五六三五、五六四二、五六四三、五六四九、五六五六、五六五七号）。小说结尾处注明写作地点和日期："包吉莫沃村，一八九一年。"

一八九二年，该小说由作者重新分章，并加修改后，出版单行本，到一八九九年止共印行九版。

后来，该小说由作者删削及修改后，收入他自编的文集第六卷。

该小说结尾由作者略加改动，主要是冯·科连的话语。原文"请你转告他和他的太太，说我深深地尊敬他们两人。你就说，我临走的时候，对他们感到吃惊，祝他们万事如意……"后来改成"请你转告他和他的太太，就说我临走的时候，对他们感到吃惊，祝他们万事如意……"又如，原文"请您代我问候您的太太，对她说我没有能够对她表示敬意，觉得很抱歉"，后来改成"请您代我问候您的太太，对她说我没有能够向她辞行，觉得很抱歉"。

契诃夫开始写《决斗》，大概是在一八九一年一月。他对自己的这个作品不满意，一八九一年二月二十三日他在写给《新时报》

发行人苏沃陵的信上说,这篇小说"缺乏生动的情节",一八九一年八月六日他在信上说:"它的结构有点复杂,我思想混乱,常常把写下来的撕掉。"

据契诃夫的小弟米哈依尔·巴甫洛维奇在回忆录《在契诃夫周围》里说,契诃夫在撰写《决斗》期间,常跟动物学家瓦格涅尔发生争论,题目是当时流行的退化问题、强者的权力问题、自然淘汰问题等,后来这些都成为冯·科连的哲学基础了。……安东·巴甫洛维奇在这类谈话中总是抱定主张,认为人的精神力量永远能够克服由遗传产生的缺陷。

一八九一年八月十八日,《决斗》原稿写完,并且寄给苏沃陵。

同年八月三十日,契诃夫在写给苏沃陵的信上答复他有关小说人物姓名提出的意见说:"如果拉德济耶夫斯基这个姓真的不好,可另取一个姓,就改成姓拉吉耶甫斯基好了。冯·科连这个姓还是不改为好。动物学界姓瓦格涅尔、勃兰特、法乌塞克等等有的是,人们却不承认有俄国人,其实他们都是俄国人。不过,还算有一个柯瓦列夫斯基。顺便说一句,俄国的生活现在十分混乱,因此什么姓都能用。"

苏沃陵主张改换小说的题名,契诃夫在同年九月八日的回信上拒绝了这个建议:"您推荐的题名《虚伪》对我这篇小说来说不合适。只有在描写自觉的虚伪的小说里,您的题名才合用。不自觉的虚伪不是虚伪,而是错误。"

该小说受到读者的热烈欢迎。小说发表后,一八九一年十二月三日,契诃夫在写给苏沃陵的信上说:"我从彼得堡,从维尔诺,从俄罗斯各个城市,收到许多有关《决斗》的信。都是些不相识的人写来的。那些信极其诚挚,流露出善意。"

报刊上对《决斗》的评论却极不相同。

批评家们承认,小说中的两个人物都是"多余的人"(一个是

447

拉耶甫斯基,一个是新型的"强者"冯·科连),都是从生活里取来的;另一方面却又责难作者,说他的一切作品里都有的一些缺陷,这篇小说里也有。批评家斯卡比切甫斯基在一八九二年二月十三日《新闻与交易所报》上发表的一篇论文中虽然承认小说中个别人物刻画得"尽善尽美",却又断定作者在理解生活方面全然无能。

在一八九二年十二月十七日《俄罗斯新闻》上,批评家伊凡诺夫写道:"局部和细节在作者笔下总是写得很成功。整体却含混不清,缺乏心理上和艺术上的完整性和真实性。"

有的批评家认为《决斗》是对托尔斯泰《克莱采奏鸣曲》的论战性答复,在一八九二年《作品》杂志第二期上,批评家别林斯基(亚辛斯基的笔名)就是这样认为的。

有许多同时代的作家不满意该小说的结局。例如,一八九二年一月间,作家普列谢耶夫在写给契诃夫的信上说:"如果您能对我解释清楚,说明所有人物相互之间的关系怎么会发生突如其来的转变,那我会十分感激您的。冯·科连本来痛骂而且看不起拉耶甫斯基,这种敌意怎么会一下子变成尊敬呢⋯⋯拉耶甫斯基本来痛恨跟他同居的那个女人,这种痛恨怎么会突然变成热爱呢,况且她干的事他都知道了。⋯⋯依我看来,小说结束得过于武断。"有些报纸上的评论,也有这类看法。显然,契诃夫修改小说结尾的时候,参考了这种意见。

《决斗》出版单行本后,引起某些评论。对于这个问题,俄国作家兼导演聂米罗维奇-丹钦科在一八九二年二月间写给契诃夫的信上说:"我在新鲜的印象下写几句话。请您不要相信那些虚伪的、部分地赞同的评论。《决斗》乃是您至今所写的一切作品中最好的一篇。"

高尔基亲耳听见托尔斯泰对这篇小说的积极评价,说托尔斯泰认为"契诃夫那些精彩而深刻的作品,如《伤寒》、《宝贝儿》、《神经错乱》、《凶犯》、《决斗》以及其他许多作品,都是年轻的文学工作者应该学习的范例"。

《妻子》

最初发表在一八九二年一月《北方通报》杂志第一期上。

一八九二年,该小说经作者同意重新刊载在《奥尔洛夫通报》三月八日、十日及十八日第六十四、六十六、七十四号上。

一八九三年,该小说由莫斯科"媒介"出版社收入《知识分子读物》。

后来,该小说由作者修改后收入他自编的文集第五卷。

作者将该小说收入文集时,曾大加压缩,并在文字上作过大量修改。若干表明男主人公及其妻子相互关系的场面、男主人公述说个人经历的话语以及伊凡·伊凡诺维奇和索包尔大夫的谈话,都作过删削。

例如,第六章,在"我就乖乖地躺了下去"后,被删掉如下一段:"'我发疯了,我是个渺小而且糟糕的人,'我暗想,把脸藏在暖和的枕头底下,'可是这话,我是不会对外人说的。去它的。……'

"随后,我立刻梦见妻子、她的房间、带着憎恨脸色的站长、一堆堆雪、戏院里的火灾。这家戏院内部起火了,我呢,却漠然置之,若无其事地把倒下的人扶起来,向人们说明出口在哪儿,随后就走出戏院,回家去了,毫不愤慨,也不问一下自己,火灾是谁引起的……这样好些。"

又如,第七章,"使我高兴的是,索包尔回答得更朴实:'行。'"后面,被删去如下一段:"'您吃饭的时候谈起气候,'我说,'这样的气候,这样的地区,这种无可避免的、可怜的文化,这种在我一生中,尤其是在任职期间看惯了的惊人的残忍(我记得我至今是个什么样的人),——在这种条件下,我们唯一的出路是,一方面是人与人之间的朴实关系,容许彼此说真话,另一方面则是十足的冷漠。恐惧啦,绝望啦,经常关心保全自己啦,所有这些,只能使危险性复杂化。不过,我们走吧。是时候了。'"

该小说结尾,"我对她快活地微笑"后面,被删掉如下一段:"自从我与这冷漠的一群人为伍以后,我自己也变得冷漠了,我倒觉得很好。以后会怎么样,我就不知道了。"

一八九一年至一八九二年,契诃夫积极参加下诺夫哥罗德和沃罗涅日等省的饥民赈济工作。小说《妻子》的题材反映了"饥馑的岁月"。

一八九一年秋天,契诃夫允诺向《北方通报》提供新的作品。契诃夫原定将《匿名氏的故事》写出寄去,可是作者不久就想到这篇作品送交受书报检查机关审查的杂志刊登,是不妥当的。

当年十月二十二日,契诃夫写信通知该杂志主编阿尔包夫说,他正在为该杂志写一篇新作品,不久又向他说明新作品的题目是《妻子》。

当年十一月二十日,契诃夫将允诺的小说寄去,然而改题名为《在乡间》,据作者说,"这个题名虽然乏味,却比较普通"。契诃夫在同一封信中要求阿尔包夫尽快将小说校样寄去,说:"我在收到校样的当天就会把它读完,我不会耽搁日子的。我的小说,各种败笔大概很多,因为流行性感冒仍然抓住我不放,我的头脑完全不听使唤了。我软弱无力,心灰意懒。那些败笔在校样上是必须改正的。"

阿尔包夫却认为第一个题名比较妥当。当年十一月二十六日他在写给契诃夫的信上说:"这个题名比较吸引人,而这在我们当前这个时代不是多余的。"该小说送交书报检查机关审查后顺利通过,当年十二月十一日《北方通报》杂志发行人古烈维奇在写给契诃夫的信上说:书报检查机关"连一个字也没删掉。我却一直担惊受怕,因为我们的书报检查官是不太喜欢作者提出饥饿问题的"。

该小说引起宣传托尔斯泰道德与哲学观点的"媒介"出版社领导人的注意。该出版社领导人切尔特科夫一八九二年五月三十日和六月六日在写给契诃夫的信上请求作者允许刊印他的小说《妻子》和《命名日》。一八九二年八月一日,契诃夫在写给切尔特科夫的信上说明,他并不反对这两个作品重新发表,然而他要求这两篇小说不要收在同一本书里。

"媒介"出版社没有把《妻子》的校样送交作者审阅,径自将该小说付印出版,这引起契诃夫的抗议,他要求销毁这本书。直到一八九三年一月间"媒介"出版社编辑戈尔布诺夫-波沙多夫与契诃夫私人会晤,这场冲突才算平息。

戈尔布诺夫-波沙多夫于一八九三年五月十六日给契诃夫的信中谈到这本书在读者当中获得的成功,他写道:"……在我们第一套丛书的所有小说当中,读者最喜欢的是《妻子》。"

俄国批评家们指出作者最近几年有心研究道德问题。在一八九二年一月二十日《俄罗斯新闻》上,批评家伊凡诺夫指出,这篇小说的任务在于揭示"利己主义和心灵的粗暴被朴实而宽厚的心灵所征服"。同时,所有的批评家都对小说中有关男主人公精神复活的描写持保留态度,感到不十分满意。

最尖刻的批评是发表在俄罗斯反动报纸《公民》上的一篇论文。在这篇论文中,联系小说《妻子》的发表,批评家对契诃夫的全部创作进行了评价。批评家认为这个新作品的题材和作者的艺术手法不当。批评家指责作家在创作上过于"大胆",这表现在他背弃文学方面惯用的准则(批评家们早已认为,契诃夫不直截了当地表达作者对所描写的事物的态度,极力注意普通的日常生活现象,深入地进行心理分析,创作素材"不够完善"等,都与他偏离上述准则有关)。论文中写道:"……他(契诃夫)藐视文学经验和权威们的文学范例,藐视读者大众的艺术鉴赏力(这种鉴赏力也许不佳,可是毕竟占统治地位),一味依靠他的头脑(而不是才华),打算跳两三步就越过荆棘丛生的艺术发展的广阔原野,而从他那时代优秀作家们停滞不前的地方开始举步。"

《跳来跳去的女人》

最初发表在一八九二年一月五日和十二日《北方》杂志第一期和第二期上。

一八九四年,该小说由作者略加修改后,收入他的作品集《中篇和短篇小说集》,在莫斯科出版。

后来,该小说由作者稍加改动后,收入他自编的文集第八卷。

以《伟大的人》为篇名的小说原稿如今还保存在苏联中央国家文学艺术档案馆。

契诃夫对杂志上的原文作过文字上的修改,取消了几个细节,并在第二章中删掉一段话:"她觉得,要是她见过真正的伟人,如普希金或者格林卡,那她就会乐死,她希望迟早会遇到这样的人。"

一八九一年九月十二日,《北方》杂志主编季洪诺夫写信给契诃夫,要求寄一个短篇小说给他。契诃夫回信表示同意撰稿,可是作者拒绝为该杂志的征订广告确定他未来作品的名称。

一八九一年九月十四日,契诃夫在写给季洪诺夫的信上说:"小说我会寄上……可是小说的名字,我却说不上来。现在要我来取名,那是困难的,就像鸡蛋还没生出来,就要先确定鸡蛋里孵出的小鸡是什么毛色一样。"在当年十月十一日的下一封信中,契诃夫说,他"还什么都没想出来",在征订广告上,不妨"干脆叫《故事》或者《市民》。这两个名字都行"。

契诃夫在当年十一月二十一日开始写这篇小说,到十一月三十日已经把小说寄出,取名《伟大的人》。他在信上说:"兹寄上短小而富于感情的小说一篇,以供家庭阅读。这就是《市民》,不过您知道,我写完小说后给了它另一个更加合适的名称。"

可是,就连这个新名称也没让契诃夫满意。一八九一年十二月十四日读完小说校样后,他在写给季洪诺夫的信上说:"说真的,我也不知道该把我小说的题名怎么办才好!《伟大的人》我很不喜欢。应当另起一个名称,这非办不可。那就叫它《跳来跳去的女人》吧。对,就用《跳来跳去的女人》好了,请您不要忘记更改题名。"

一八九二年四月二十九日,契诃夫在写给俄国女作家阿维洛娃的信上说:"昨天我到莫斯科去了一趟,可是在那儿又无聊,又碰上种种倒霉的事,差点憋死。您猜怎么着,我认识一个四十二岁的太太(库甫兴尼科娃),她认为我那篇《跳来跳去的女人》(《北方》杂志,第一期和第二期)中的二十岁的女主人公就是指她,于是整个莫斯科的人都指责我诽谤中伤。主要的罪证就是外部的相似:那个太太画画,她的丈夫是医生,她跟画家同居。"

这篇小说成为契诃夫和俄国画家列维丹之间友谊中断的缘由,因为列维丹认为《跳来跳去的女人》暗示他同库甫兴尼科娃的关系。

《跳来跳去的女人》受到读者的热烈欢迎。俄国诗人和批评家安德烈耶夫斯基在一八九五年一月十七日的《新时报》上著文评论契诃夫的《中篇和短篇小说集》,他写道:"毫无疑义,《跳来跳去的女人》乃是我国短篇小说中的瑰宝。您再也找不到另一篇小说把一个高尚而真正伟大的人物的朴素和忍让写得那么动人,那么光彩照人,而他那好看的、妩媚的、为他所热爱的妻子却那么神经质而且渺小卑微,两人对比之下,他显得无比崇高。"

一九〇七年三月二十九日,托尔斯泰的家庭医生玛科维茨基在日记本上写到他大声朗诵小说《跳来跳去的女人》时,托尔斯泰发表意见说:"真精彩啊,真精彩啊!先是有点幽默,然后就严肃起来了。……它使人们感到,在他死后她仍然会再干那一套的。"

俄国作家蒲宁认为,《跳来跳去的女人》是契诃夫的最佳作品之一,然而有一点保留:"小说挺好,可是题名太糟了。"

《散戏以后》

最初发表在一八九二年四月七日《彼得堡报》上,题名《喜悦》。

该小说由作者更改题名并加修改后,收入他自编的文集第二卷。

契诃夫修改该小说时,在文字上略加润色,并压缩娜嘉的信以及有关她对大学生格鲁兹杰夫的回忆。

《一鳞半爪》

最初发表在一八九二年四月十八日《花絮》杂志第十六期上,署名"无脾人"。

契诃夫在一八八八年到一八八九年间所写的信中屡次表示希望回到小小说的写作上去,而且答应《花絮》杂志主编列依金,他将给《花絮》杂志写些"小东西"(例如:一八八八年四月二十三日和二十九日以及一八八九年十一月十七日的信)。可是契诃夫的这个愿望直到一八九二年才实现。三月三十一日,他在写给列依金的信上说,他写好"一个短篇和两篇小东西,都是按《花絮》风格写成的。我写完就把它们丢在桌子抽屉里了。将来我总会打起精神,再写几篇小东西,然后一起寄上"。当年四月七日,契诃夫寄出他的作品,署名"无脾人"和"白嘴鸦"。契诃夫在信上说:"因为契洪捷已经被我废弃不用了,至于契诃夫这个名字,请允许我留给另一类小说用吧。"

他寄出的几个短篇刊登在一八九二年《花絮》杂志第十六期、十八期、二十一期上。

《一家商号的历史》

最初发表在一八九二年五月二日《花絮》杂志第十八期上,署名白嘴鸦。

《在流放中》

最初发表在一八九二年五月九日《全球插图作品》第二十期上,并有副标题《安·巴·契诃夫的特写》。

一八九四年,该小说经过修改后,收入契诃夫的《中篇和短篇小说集》,在莫斯科出版。

后来,该小说由作者收入他自编的文集第五卷。

小说集出版前,契诃夫对这个短篇进行了大幅度的压缩,主要是对"精明人"的话语作了删节。登在杂志上的本文中,那个被流放的移民先是被妻子,后来被女儿抛弃;在重新发表时,契诃夫将"精明人"所讲的女儿逃跑的故事改为女儿生病的故事,从而稍稍改变了作品的结构。

契诃夫删去了一些段落。在"又过了大约十分钟,驳船沉重地撞在登陆的渡口上"后面,原来是这样写的:

"岸上停着一辆车篷放下的四轮马车,由三匹马拉着,车上系着小铃铛。马车上坐着一个身子被裹得严严实实的女人。车夫和另一个人在马旁边走来走去。那个人生一把宽而密的黑胡子,穿着羊皮袄,戴着海龙皮帽,看来是个文官或者是过路的老爷。

"'快点,快点!'他催促道,帮他们把马卸下来,'手脚麻利点!'

"那些马卸下来了,由人顺着木板牵上驳船,然后他们又把里面坐着女人的马车也拖上船来。几个船夫在船桨旁边坐下。'精明人'把肚子压在船舵上,这条船就离岸而去。戴海龙皮帽的男人点上纸烟吸起来,讲了几句法国话。马车上的人也回答他几句法国话。

"'快点,谢敏!我们会赏给你们酒钱的!'那个女人说。

"'我不认识您,小姐,''精明人'笑着说,'您真阔气。是要出远门吗?'

"'是要出远门,老大爷。……远极了,远极了,简直吓人。……'

"'哦。……祝您一路顺风。那么您的爸爸呢?'

"'没关系,他身体挺硬朗。'小姐说着,打了个哆嗦。'我还是要说,'她忽然转过身去对男人说,'我们不该不给他留封信。'

"'这是废话,亲爱的……'男人回答说,然后用法语热烈地讲起来。

"等到人们在岸上把马套上车,那个男人就在小姐身旁坐下,搂住她的腰。车夫在车辄下边解开皮带,让小铃铛自由摇动,这辆车就响着铃声离开河岸。小姐回过头来,喊道:

"'再见,老大爷。往后我们再也不会见面了!'

"老大爷笑起来,摇摇头。

"'刚提到她,她就来了,'等到铃声消失,他就对鞑靼人说,'她就是刚才我跟你讲过的瓦西里·谢尔盖伊奇的女儿。你瞧,事儿就是照我说的那样发生了。就像预料的那样。……是啊。……我活像猫头鹰,一说不吉利的话就有灾祸来。……'

"船夫们走进小屋去睡觉,'精明人'和鞑靼人又在篝火旁坐下。

"'她走了……'老人沉默一阵,说道,摇摇头。'妞儿长大,明白自己的身价了。你瞧她,勾搭上一个什么样的大胡子!这妞儿真行。……说来也是:她凭什么要在这儿过日子?父亲是父亲,可她总得想想她自己。她跟父亲一块儿过,有什么乐子?他疼她,疼得不得了,这是真的,但是,老弟,在他面前可得小心:他是个严厉且固执的老头子。年轻的妞儿却不需要什么严厉。……是啊。……哎,事情不妙,事情不妙啊!'谢敏叹口气,费力地站起来,'白酒全喝光了,那就该睡觉了。……不是吗?我走了,老弟。……'"

又如,在"谢敏走到他面前,脱掉帽子,现出笑脸"后面,被删掉如下一段:"他就问道:

"'我女儿夜里一定经过这儿。……她是几点钟到这儿的?'

"'大概是两点钟,或许还要早一点。我们没有怀表,瓦西里·谢尔盖伊奇。……'

"马车被拖上船了。"

又如,在"……坐上车子走了"后面被删去如下一段:

"'事情的发展就像预料的那样!'谢敏说,快活地笑起来,'怎么说的就怎么发生了,该死的!现在他跑着去追人了,蠢人。……哼,到野地里吹风去吧,揪魔鬼的尾巴去吧!'

"鞑靼人走到'精明人'跟前来。"

这篇意在反对对待生活的消极态度的短篇小说没有在当时的报刊上引起反响。可是后来,该小说在俄国国内和国外的批评家当中获得了高度评价。一九二〇年十二月英国女作家曼斯菲尔德写道:"……我得说,在我心目中,契诃夫真是个了不起的作家。我相信,像《在流放中》和《逃亡者》这样的小说,简直是无与伦

457

比的。"

《摘自老教师的札记簿》

最初发表在一八九二年五月二十三日《花絮》杂志第二十一期上,题名是《摘自退休的老教师的札记簿》,署名"无脾人"。这个题名是《花絮》杂志主编列依金提供的,他在一八九二年四月十二日写给契诃夫的信上说:"书报检查官不喜欢我们写教师,哪怕是老教师也一样;因此这篇小作品我在送审以前将'老'字改成'退休的'。内容并没改动,而书报检查官却不必惊恐了。……"可是在杂志上发表时,题名并没改换,而是加了一个形容词。

《鱼的爱情》

最初发表在一八九二年六月十三日《花絮》杂志第二十四期上,署名"无脾人"。

一八九二年六月七日,《花絮》杂志主编列依金在写给契诃夫的信上说:"上帝啊!书报检查官都干了些什么呀!您的小说《鱼的爱情》似乎再也挑不出什么岔子了,可是就连它也在书报检查官那儿被扣留了两星期之久,全体书报检查官开会仔细审查这篇小说,虽然批准发表,然而仍旧涂改了几个字。"

《邻居》

最初发表在一八九二年七月《书籍周刊》第七期上。

一八九四年,该小说经修改后,收入在莫斯科出版的契诃夫的《中篇和短篇小说集》。

后来,该小说经作者再加修改后收入作者自编的文集第八卷。

一八九四年,作者修改该小说时,姓氏"卡欣采夫"改为"伊瓦欣",原文压缩,文字上作过修改。

小说的结尾删掉了彼得·米海洛维奇的沉思,在"奥里威尔做事惨无人道"后面,原有如下几段:

"'然而他比我更像人,更像一千倍,'他暗想,瞟一眼类似幽灵的黑影,'他怎么想就怎么说,怎么做。'

"彼得·米海洛维奇问自己:为什么他今天像个顽皮的孩子似的对警察局长说谎,总之,为什么说的老是跟想的不一样?要是先前他有大胆表达自己思想的习惯,那么,齐娜就不会到符拉西奇家里去,未来的画面也就不会像现在这样阴暗了。他不是每天都向大家一本正经地说,他跟符拉西奇的信念是一样的吗?他不是羞羞答答地放弃自己的思想吗?而今天,他又为什么对齐娜说,她是对的,她做得好,其实事情并非如此?

"'是的,我让他们幸福了一个傍晚,可是以后又怎样呢?'他想着,骑马走到黑影跟前:原来那是当初一所房子残留下来的旧柱子,已经朽坏了,'那么以后又会怎样呢?我原是来解决问题的,可是,说真的,没有一个日常生活上的问题有专门的解决办法。对于每一件事都应当怎么想就怎么做,这就是一切问题的解决办法。'

"从小树林和柯尔托维奇的庄园那儿飘来浓烈的铃兰和带蜜味的青草的香气。"

该小说收入文集时,契诃夫又在文字上略作修改,并将彼得·米海洛维奇有关他的无所作为和犹豫不决的沉思重新加以压缩。例如,在作品集中,在"不知什么缘故,他从来也没有勇气反驳他的话"后面,本来还有如下一段话:

"他担心他的思想显得粗鲁而可怕,也担心人们认为他是落后的、顽固的、难以相处的人。有的时候,他热烈希望吐露衷曲,大声说出心中所有的思想;可是他担心符拉西奇会忽然生气,失望,痛苦,而且齐娜和所有的朋友也会像他那样失望。他喜爱自己的思想,希望能够自由和大胆地行事,可是谁能向他担保说,他的思想是正确的呢?这样的疑虑是经常有的。……还有,伊瓦欣家的人都有一种不幸的世代相传的特点:他们都有一颗脆弱的、柔和的、懒散的心,——这不能叫作心,而是鼻涕虫。看来,要是有个什么人现在走来,骑在彼得·米海洛维奇的脖子上,他是连一句话也不会说的,也许还要道歉,说是他的肩膀不好,没能叫他坐得舒服。"

以前,在发表在杂志上的原文中,这一段文字的后面还有下文,然而一八九四年作者修改小说时删掉了,删掉的原文如下:

"'要知道,他害我,破坏我的生活,就跟我最凶恶的敌人一样,'彼得·米海洛维奇心里想,'实际上,我应当把我的妹妹从他那儿硬拖出来,甚至断送他的性命;可我却乖乖地坐着,像没事人似的。齐娜也罢,全县的人也罢,都认为我跟符拉西奇思想方式相同,俩人一鼻孔出气。他们会认为我祝福他们的结合。……这多么糟糕啊!'"

契诃夫在其剧本《海鸥》(第三幕)中,把符拉西奇的话:"要是有一天你需要我的生命,那你来,把它拿去就是",作为特利果陵①所写的书中的一句话,加以引用。

该小说写于一八九二年三月到六月间。当年六月四日,契诃夫在写给苏沃陵的信上谈到他在写《邻居》时,说:"我在写一个中篇小说,一个小小的恋爱故事。我写得很畅快,在写作过程中感到愉快,这是个耐心细致和缓慢的过程。"该小说并没有使作者感到满意。一八九二年十月二十四日,他在写给俄国作家谢格洛夫的信上说:"……这篇小说写得不怎么样,不应该发表:没头没尾,只有个去头斩尾的中段。"但是,在早些时候(十月十日),契诃夫在

---

① 契诃夫的剧本《海鸥》中的人物,一个作家。

写给苏沃陵的信上说,这篇小说"写得还可以"。

这篇小说揭示作者对自由民粹派的教条主义者——符拉西奇这个典型的否定态度,它没有在报刊上引起广泛的评价。对该小说的积极评论却是由读者在信中写出的。

俄国画家列宾在一八九五年二月十三日写给契诃夫的信上,谈起《中篇和短篇小说集》说:"……我翻开您那本可爱的书后,就再也放不下了:我一直带着忧郁的心情读完最后一个中篇小说,最后一页。读完那些充满生活、充满深刻思想的小说之后,其中的人物像活的一样,掠过我的想象,我生怕放走他们,我恨不得紧跟在他们后面,了解他们以后在这种普通的日常现实生活中遇见些什么事。安娜·阿基莫芙娜①做出什么聪明的事没有?奥尔迦·伊凡诺芙娜②的世界观改变了吗?黑修士③的幽灵另外还诱惑过许多有趣的受害者吗?……《邻居》却引人怜惜。是的,不知什么缘故,这些人变得跟我贴近了,我很想再听一听他们的事。"

《第六病室》

最初发表在一八九二年十一月《俄罗斯思想》杂志第十一期上。

一八九三年,该小说经作者略加修改,重分章节后,收入在彼得堡出版的契诃夫作品集《第六病室》,前后共出七版。

一八九三年,该小说经书报检查官删削后,收入"媒介"出版社出版的《知识分子读物丛书》,在莫斯科出版。

后来,该小说经作者略加修改后,收入他自编的文集第六卷。

---

① 中篇小说《女人的王国》中的女主人公。
② 中篇小说《跳来跳去的女人》中的女主人公。
③ 中篇小说《黑修士》中的主人公。

契诃夫在一八九二年三月三十一日致苏沃陵的信上初次提到他在写《第六病室》:"我在写一个中篇小说。在发表以前,我打算把它寄给您送审。……小说里有许多议论,却缺乏恋爱的成分。小说有含义,有开头,有结局。思想倾向是自由主义。篇幅是两个印张。"一八九二年四月二十九日,契诃夫在写给俄国女作家阿维洛娃的信上也谈起这个作品,说:"我正在结束一个中篇小说。它很乏味,因为其中根本没写女人和恋爱。我受不了这样的小说,我好像是偶然地心血来潮写出来的。"

《第六病室》原是寄给《俄罗斯评论》杂志的,契诃夫五月间已经在读校样了。可是该杂志编辑部扣留稿费长期不付,这就迫使契诃夫索回小说原稿。

一八九二年六月二十三日,契诃夫收到《俄罗斯思想》杂志负责人拉符罗夫的信,约他为《俄罗斯思想》杂志撰稿。当年十月,契诃夫把他的中篇小说《匿名氏故事》和《第六病室》交给这家杂志,主张把《第六病室》推迟到一八九三年发表。可是拉符罗夫担心书报检查官会刁难《匿名氏故事》,因此在十月二十五日写给契诃夫的信上,要求契诃夫允许他提前刊登《第六病室》。一八九二年十月二十五日,契诃夫回信说:"就按您的意思办!请您先发表《第六病室》,不过这使我有点不好意思,因为我对包包雷金①说过,我从他那儿收回这个中篇小说,只是为了要把它在我那儿多放一阵子,修改一下。我对他说的不是假话,可是现在这样一来,就变成我说假话了。"

该小说发表后不久,"媒介"出版社负责人切尔特科夫在当年十一月二十六日给契诃夫写了一封热情洋溢的信,后来,在一八九三年一月十五日给契诃夫的信上,请求他允许"媒介"出版社把这

---

① 包包雷金(1836—1921),俄国作家,《俄罗斯评论》出版人。

篇小说收在《知识分子读物丛书》中发表。在下一封信,即一月二十日的信中,他又提到《第六病室》,说:"人们从四面八方纷纷向我们提到这篇作品。前不久我们还看到托尔斯泰激赏它的评论。"

一八九三年一月二十日,契诃夫回信说,他的作品已经收在苏沃陵出版的作品集内。然而这并没有改变切尔特科夫的决心,他还是要帮助这个作品广泛流传。

在"媒介"出版社印行的这个作品中,书报检查官在第十五章中删略一段:从"不错,他工作不勤恳"起,到"那为什么唯独他要成为例外呢"止。一八九三年三月十三日,"媒介"出版社编辑戈尔布诺夫-波沙多夫把小说校样寄给契诃夫,通知他说:"书报检查官对小说作了小小的删削。那一段写得很细致,很好,可是有什么办法呢?其实,他们对《第六病室》(为了预先审查)比对其他的文稿要客气得多呢。"当年三月二十八日,契诃夫在回信中提到,《第六病室》被收入作品集的时候,曾作过一些修改,请出版社读一读,他写道:"我没想到莫斯科的书报检查官对待我的《第六病室》竟然这样仁慈。"

该小说引起进步知识分子的热情评价。在《第六病室》中,契诃夫愤怒地抨击当时的俄罗斯现实生活,揭露无所作为和容忍当前邪恶的哲学。

年轻的列宁对该小说的评价由他的妹妹作了叙述。安·伊·乌里扬诺娃-叶里扎罗娃回忆道:"沃洛佳本来喜欢契诃夫,他谈到这篇小说的精湛,谈到小说给他留下强烈的印象,他用下面几句话极好地说明了这种印象:'昨天晚上我读完了这篇小说,觉得简直可怕极了,没法再待在我的房间里了,我就站起来,走了出去。我有这样一种感觉,仿佛我自己也被关在第六病室里似的。'"

契诃夫的许多同时代人,其中包括柯罗连科在内,都认为这个作品标志着契诃夫的创作活动进入了新时期。他们既看出契诃夫的"新倾向"(这表现在他极力提出关于人生意义的问题,抨击对社会的冷漠态度),又看出他的民主主义观点加强了。

读者们注意到这个新作品的特殊的艺术上的朴素和表达力。俄国画家列宾在一八九三年四月间写给契诃夫的信上说:"我多么感激您……感激您的《第六病室》啊。这个作品产生多么强大的影响啊!简直叫人弄不明白,这么简单的、不复杂的、内容甚至十分贫乏的小说,最后怎么会产生这么令人倾倒的、深刻的、了不起的人类思想!!可是不,我哪能评价这个绝妙的作品。……我震动,着迷,暗自庆幸我总算还没有处在安德烈·叶菲梅奇的困境里。……多谢,多谢,多谢!您是什么样的大力士啊!……您竟写出了这样的作品!"

一八九二年十二月十四日,俄国作家艾尔捷尔在给拉符罗夫的信上评价《第六病室》说:"《第六病室》是个十分精彩、深刻的作品,然而还缺少点儿普希金式的明晰和冷静。这不是生活本身,而是关于生活的文学思考;然而这种才能类似'一代杰出人物的才能'",也就是说,类似普希金时代最伟大的作家们的才能。

俄国作家列斯科夫评论说:"《第六病室》是描写我们的总秩序和典型人物的缩图。到处都是第六病室。这就是俄罗斯。……契诃夫自己并没想到他写了些什么(这是他自己对我说的),可是事情就是这样。他的病室就是俄国!"

然而大多数批评家仍然不顾事实,议论契诃夫的世界观和思想立场含混不清。这些批评家固然承认《第六病室》是杰作,却又认为该小说的社会含义暧昧不明,对契诃夫的艺术手法采取不赞同的态度。

俄国民粹派进步批评家米哈伊洛夫斯基在一八九二年十二月四日的《俄罗斯新闻》上写道,那些承认契诃夫才华的人可以截然分为两种人:"一种人把契诃夫独特的写作手法誉为原则",也就是说,一切都值得描写;另一种人则"哀叹这种巨大的才能就这样随便糟蹋掉了!"米哈伊洛夫斯基在《第六病室》里,如同在契诃夫其他作品里一样,仅仅看见一系列的素描,虽然才气横溢,却缺乏中心思想。

《第六病室》引起反动报刊的愤怒。它们否定该小说所反映的现象具有典型性。反动报纸《公民》在一八九二年十一月二十四日发表批评家尤日内依的文章,他写道:"作者是从哪儿弄来这么一个死城的?说它是死城,倒不是因为这个城里人少,生活少,活动少;而是因为在这个城里根本不可能有生活,人的生活。"可是,他们一方面硬说契诃夫描写的俄罗斯帝国的城市不典型,一方面又违背这些批评家的本意,不得不承认《第六病室》给人十分强烈的印象。

在一八九二年十二月三日和十日的《新闻和交易所报》上,俄国批评家斯卡比切甫斯基为契诃夫辩护道:"《第六病室》之所以产生震动人心的印象不仅是由于契诃夫的作品所固有的细致和'深刻的分析',而且还由于作者描绘了偏僻小城的普通社会画面,这种小城的生活已经变得全盘荒谬,使您根本闹不清,在那伙人里,谁可以算是健康人,谁是精神病人,而且第六病室是在哪儿结束,所谓健康的领域又是从哪儿开始……"批评家们后来曾不止一次地回到评价这个作品上来。

一八九五年,斯卡比切甫斯基写了一篇评价《第六病室》和《匿名氏故事》的文章,题名为《契诃夫有理想吗?》。他对这个问题提出了肯定的答案,这引起了俄国反动文人布列宁在一八九五年一月二十七日《新时报》上的尖锐反驳。契诃夫创作的民主主义倾向遭到俄国反动报刊的猛烈抨击。